VOYAGE AU BOUT DE LA NUIT

ŒUVRES DE LOUIS-FERDINAND CÉLINE

nrf

LOUIS-FERDINAND CÉLINE

Voyage
au bout de la nuit

GALLIMARD

à ELISABETH CRAIG

Notre vie est un voyage
Dans l'hiver et dans la Nuit,
Nous cherchons notre passage
Dans le Ciel où rien ne luit.

Chanson des Gardes Suisses
1793.

Voyager, c'est bien utile, ça fait travailler l'imagination. Tout le reste n'est que déceptions et fatigues. Notre voyage à nous est entièrement imaginaire. Voilà sa force.

Il va de la vie à la mort. Hommes, bêtes, villes et choses, tout est imaginé. C'est un roman, rien qu'une histoire fictive. Littré le dit, qui ne se trompe jamais.

Et puis d'abord tout le monde peut en faire autant. Il suffit de fermer les yeux.

C'est de l'autre côté de la vie.

Ah! on remet le « Voyage » en route.

Ça me fait un effet.

Il s'est passé beaucoup de choses depuis quatorze ans...

Si j'étais pas tellement contraint, obligé pour gagner ma vie, je vous le dis tout de suite, je supprimerais tout. Je laisserais pas passer plus une ligne.

Tout est mal pris. J'ai trop fait naître de malfaisances.

Regardez un peu le nombre des morts, des haines autour... ces perfidies... le genre de cloaque que ça donne... ces monstres...

Ah, il faut être aveugle et sourd!

Vous me direz : mais c'est pas le « Voyage »! Vos crimes là que vous en crevez, c'est rien à faire! c'est votre malédiction vous-même! votre « Bagatelles »! vos ignominies pataquès! votre scélératesse imageuse, bouffonneuse! La justice vous arquinque? garrotte? Eh foutre, que plaignez? Zigoto!

Ah mille grâces! mille grâces! Je m'enfure! fuerie! pantèle! bomine! Tartufes! Salsifis! Vous m'errerez pas! C'est pour le « Voyage » qu'on me cherche! Sous la hache, je l'hurle! c'est le compte entre moi et « Eux »! au tout profond... pas racontable... On est en pétard de Mystique! Quelle histoire!

Si j'étais pas tellement contraint, obligé pour gagner ma vie, je vous le dis tout de suite, je supprimerais tout. J'ai fait un hommage aux chacals!... Je veux!... Aimable!... Le don d'avance... « Denier à Dieu »!... Je me suis débarrassé de la Chance... dès 36... aux bourrelles! Procures! Roblots!... Un, deux, trois livres admirables à m'égorger! Et que je geigne! J'ai fait le don! J'ai été charitable, voilà!

Le monde des intentions m'amuse... m'amusait... il ne m'amuse plus.

Si j'étais pas tellement astreint, contraint, je supprimerais tout...

surtout le « Voyage »... Le seul livre vraiment méchant de tous mes livres c'est le « Voyage »... Je me comprends... Le fonds sensible...

Tout va reprendre! Ce Sarabbath! Vous entendrez siffler d'en haut, de loin, de lieux sans noms : des mots, des ordres...

Vous verrez un peu ces manèges!... Vous me direz...

Ah, n'allez pas croire que je joue! Je ne joue plus... je suis même plus aimable.

Si j'étais pas là tout astreint, comme debout, le dos contre quelque chose... je supprimerais tout.

ÇA a débuté comme ça. Moi, j'avais jamais rien dit. Rien. C'est Arthur Ganate qui m'a fait parler. Arthur, un étudiant, un carabin lui aussi, un camarade. On se rencontre donc place Clichy. C'était après le déjeuner. Il veut me parler. Je l'écoute. « Restons pas dehors ! qu'il me dit. Rentrons ! » Je rentre avec lui. Voilà. « Cette terrasse, qu'il commence, c'est pour les œufs à la coque ! Viens par ici ! » Alors, on remarque encore qu'il n'y avait personne dans les rues, à cause de la chaleur ; pas de voitures, rien. Quand il fait très froid, non plus, il n'y a personne dans les rues ; c'est lui, même que je m'en souviens, qui m'avait dit à ce propos : « Les gens de Paris ont l'air toujours d'être occupés, mais en fait, ils se promènent du matin au soir ; la preuve, c'est que lorsqu'il ne fait pas bon à se promener, trop froid ou trop chaud, on ne les voit plus ; ils sont tous dedans à prendre des cafés-crème et des bocks. C'est ainsi ! Siècle de vitesse ! qu'ils disent. Où ça ? Grands changements ! qu'ils racontent. Comment ça ? Rien n'est changé en vérité. Ils continuent à s'admirer et c'est tout. Et ça n'est pas nouveau non plus. Des mots, et encore pas beaucoup, même parmi les mots, qui sont changés ! Deux ou trois par-ci, par-là, des petits... » Bien fiers alors d'avoir fait sonner ces vérités utiles, on est demeuré là assis, ravis, à regarder les dames du café.

Après, la conversation est revenue sur le Président Poincaré qui s'en allait inaugurer, justement ce matin-là, une exposition de petits chiens ; et puis, de fil en aiguille, sur *le Temps* où c'était écrit. « Tiens, voilà un maître journal, *le Temps !* » qu'il me taquine Arthur Ganate, à ce propos. « Y en a pas deux comme lui pour défendre la race française ! — Elle en a bien besoin la race française, vu qu'elle n'existe pas ! » que j'ai répondu moi pour montrer que j'étais documenté, et du tac au tac.

— Si donc ! qu'il y en a une ! Et une belle de race ! qu'il insistait lui, et même que c'est la plus belle race du monde, et bien cocu qui s'en dédit! Et puis, le voilà parti à m'engueuler. J'ai tenu ferme bien entendu.

— C'est pas vrai! La race, ce que t'appelles comme ça, c'est seulement ce grand ramassis de miteux dans mon genre, chassieux, puceux, transis, qui ont échoué ici poursuivis par la faim, la peste, les tumeurs et le froid, venus vaincus des quatre coins du monde. Ils ne pouvaient pas aller plus loin à cause de la mer. C'est ça la France et puis c'est ça les Français.

— Bardamu, qu'il me fait alors gravement et un peu triste, nos pères nous valaient bien, n'en dis pas de mal!...

— T'as raison, Arthur, pour ça t'as raison! Haineux et dociles, violés, volés, étripés et couillons toujours, ils nous valaient bien! Tu peux le dire! Nous ne changeons pas! Ni de chaussettes, ni de maîtres, ni d'opinions, ou bien si tard, que ça n'en vaut plus la peine. On est nés fidèles, on en crève nous autres! Soldats gratuits, héros pour tout le monde et singes parlants, mots qui souffrent, on est nous les mignons du Roi Misère. C'est lui qui nous possède! Quand on est pas sages, il serre... On a ses doigts autour du cou, toujours, ça gêne pour parler... faut faire bien attention si on tient à pouvoir manger... Pour des riens, il vous étrangle... C'est pas une vie...

— Il y a l'amour, Bardamu!

— Arthur, l'amour c'est l'infini mis à la portée des caniches et j'ai ma dignité moi! que je lui réponds.

— Parlons-en de toi! T'es un anarchiste et puis voilà tout!

Un petit malin, dans tous les cas, vous voyez ça d'ici, et tout ce qu'il y avait d'avancé dans les opinions.

— Tu l'as dit, bouffi, que je suis anarchiste! Et la preuve la meilleure, c'est que j'ai composé une manière de prière vengeresse et sociale dont tu vas me dire tout de suite des nouvelles : LES AILES EN OR! C'est le titre!... Et je lui récite alors :

Un Dieu qui compte les minutes et les sous, un Dieu désespéré, sensuel et grognon comme un cochon. Un cochon avec des ailes en or qui retombe partout, le ventre en l'air, prêt aux caresses, c'est lui, c'est notre maître. Embrassons-nous!

— Ton petit morceau ne tient pas devant la vie, j'en suis, moi, pour l'ordre établi et je n'aime pas la politique. Et d'ailleurs le jour où la patrie me demandera de verser mon sang pour elle, elle me trouvera moi bien sûr, et pas fainéant, prêt à le donner.

— Voilà ce qu'il m'a répondu.

Justement la guerre approchait de nous deux sans qu'on s'en soye rendu compte et je n'avais plus la tête très solide. Cette brève mais vivace discussion m'avait fatigué. Et puis, j'étais ému aussi parce que le garçon m'avait un peu traité de sordide à cause du pourboire. Enfin, nous nous réconciliâmes avec Arthur pour finir, tout à fait. On était du même avis sur presque tout.

— C'est vrai, t'as raison en somme, que j'ai convenu, conciliant, mais enfin on est tous assis sur une grande galère, on rame tous à tour de bras, tu peux pas venir me dire le contraire !... Assis sur des clous même à tirer tout nous autres ! Et qu'est-ce qu'on en a ? Rien ! Des coups de trique seulement, des misères, des bobards et puis des vacheries encore. On travaille ! qu'ils disent. C'est ça encore qu'est plus infect que tout le reste, leur travail. On est en bas dans les cales à souffler de la gueule, puants, suintants des rouspignolles, et puis voilà ! En haut sur le pont, au frais, il y a les maîtres et qui s'en font pas, avec des belles femmes roses et gonflées de parfums sur les genoux. On nous fait monter sur le pont. Alors, ils mettent leurs chapeaux haut de forme et puis il nous en mettent un bon coup de la gueule comme ça : « Bandes de charognes, c'est la guerre ! qu'ils font. On va les aborder, les saligauds qui sont sur la patrie n° 2, et on va leur faire sauter la caisse ! Allez ! Allez ! Y a de tout ce qu'il faut à bord ! Tous en chœur ! Gueulez voir d'abord un bon coup et que ça tremble : « Vive la Patrie n° 1 ! » Qu'on vous entende de loin ! Celui qui gueulera le plus fort, il aura la médaille et la dragée du bon Jésus ! Nom de Dieu ! Et puis ceux qui ne voudront pas crever sur mer, ils pourront toujours aller crever sur terre où c'est fait bien plus vite encore qu'ici ! »

— C'est tout à fait comme ça ! que m'approuva Arthur, décidément devenu facile à convaincre.

Mais voilà-t-y pas que juste devant le café où nous étions attablés un régiment se met à passer, et avec le colonel par-devant sur son cheval, et même qu'il avait l'air bien gentil et richement gaillard, le colonel ! Moi, je ne fis qu'un bond d'enthousiasme.

— J'vais voir si c'est ainsi ! que je crie à Arthur, et me voici parti m'engager, et au pas de course encore.

— T'es rien c... Ferdinand ! qu'il me crie, lui Arthur en retour, vexé sans aucun doute par l'effet de mon héroïsme sur tout le monde qui nous regardait.

Ça m'a un peu froissé qu'il prenne la chose ainsi, mais ça m'a pas arrêté. J'étais au pas. « J'y suis, j'y reste ! » que je me dis.

— On verra bien, eh navet ! que j'ai même encore eu le temps de lui crier avant qu'on tourne la rue avec le régiment derrière le colonel et sa musique. Ça s'est fait exactement ainsi.

Alors on a marché longtemps. Y en avait plus qu'il y en avait encore des rues, et puis dedans des civils et leurs femmes qui nous poussaient des encouragements, et qui lançaient des fleurs, des terrasses, devant les gares, des pleines églises. Il y en avait des patriotes ! Et puis il s'est mis à y en avoir moins des patriotes... La pluie est tombée, et puis encore de moins en moins et puis plus du tout d'encouragements, plus un seul, sur la route.

Nous n'étions donc plus rien qu'entre nous ? Les uns derrière les autres ? La musique s'est arrêtée. « En résumé, que je me suis dit alors quand j'ai vu comment ça tournait c'est plus drôle ! C'est tout à recommencer ! » J'allais m'en aller. Mais trop tard ! Ils avaient refermé la porte en douce derrière nous les civils. On était faits, comme des rats.

UNE fois qu'on y est, on y est bien. Ils nous firent monter à cheval et puis au bout de deux mois qu'on était là-dessus, remis à pied. Peut-être à cause que ça coûtait trop cher. Enfin, un matin, le colonel cherchait sa monture, son ordonnance était parti avec, on ne savait où, dans un petit endroit sans doute où les balles passaient moins facilement qu'au milieu de la route. Car c'est là précisément qu'on avait fini par se mettre, le colonel et moi, au beau milieu de la route, moi tenant son registre où il inscrivait des ordres.

Tout au loin sur la chaussée, aussi loin qu'on pouvait voir, il y avait deux points noirs, au milieu, comme nous, mais c'était deux Allemands bien occupés à tirer depuis un bon quart d'heure.

Lui, notre colonel, savait peut-être pourquoi ces deux gens-là tiraient, les Allemands aussi peut-être qu'ils savaient, mais moi, vraiment, je savais pas. Aussi loin que je cherchais dans ma mémoire, je ne leur avais rien fait aux Allemands. J'avais toujours été bien aimable et bien poli avec eux. Je les connaissais un peu les Allemands, j'avais même été à l'école chez eux, étant petit, aux environs de Hanovre. J'avais parlé leur langue. C'était alors une masse de petits crétins gueulards avec des yeux pâles et furtifs comme ceux des loups; on allait toucher ensemble les filles après l'école dans les bois d'alentour, et on tirait aussi à l'arbalète et au pistolet qu'on achetait même quatre marks. On buvait de la bière sucrée. Mais de là à nous tirer maintenant dans le coffret, sans même venir nous parler d'abord et en plein milieu de la route, il y avait de la marge et même un abîme. Trop de différence.

La guerre en somme c'était tout ce qu'on ne comprenait pas. Ça ne pouvait pas continuer.

Il s'était donc passé dans ces gens-là quelque chose d'extraordinaire? Que je ne ressentais, moi, pas du tout. J'avais pas dû m'en apercevoir...

Mes sentiments toujours n'avaient pas changé à leur égard. J'avais comme envie malgré tout d'essayer de comprendre leur brutalité, mais plus encore j'avais envie de m'en aller, énormément, absolument, tellement tout cela m'apparaissait soudain comme l'effet d'une formidable erreur.

« Dans une histoire pareille, il n'y a rien à faire, il n'y a qu'à foutre le camp », que je me disais, après tout...

Au-dessus de nos têtes, à deux millimètres, à un millimètre peut-être des tempes, venaient vibrer l'un derrière l'autre ces longs fils d'acier tentants que tracent les balles qui veulent vous tuer, dans l'air chaud d'été.

Jamais je ne m'étais senti aussi inutile parmi toutes ces balles et les lumières de ce soleil. Une immense, universelle moquerie.

Je n'avais que vingt ans d'âge à ce moment-là. Fermes désertes au loin, des églises vides et ouvertes, comme si les paysans étaient partis de ces hameaux pour la journée, tous, pour une fête à l'autre bout du canton, et qu'ils nous eussent laissé en confiance tout ce qu'ils possédaient, leur campagne, les charrettes, brancards en l'air, leurs champs, leurs enclos, la route, les arbres et même les vaches, un chien avec sa chaîne, tout, quoi. Pour qu'on se trouve bien tranquilles à faire ce qu'on voudrait pendant leur absence. Ça avait l'air gentil de leur part. « Tout de même, s'ils n'étaient pas ailleurs! — que je me disais — s'il y avait encore eu du monde par ici, on ne se serait sûrement pas conduits de cette ignoble façon! Aussi mal! On aurait pas osé devant eux! » Mais, il n'y avait plus personne pour nous surveiller! Plus que nous, comme des mariés qui font des cochonneries quand tout le monde est parti.

Je me pensais aussi (derrière un arbre) que j'aurais bien voulu le voir ici moi, le Déroulède dont on m'avait tant parlé, m'expliquer comment qu'il faisait, lui, quand il prenait une balle en plein bidon.

Ces Allemands accroupis sur la route, têtus et tirailleurs, tiraient mal, mais ils semblaient avoir des balles à en revendre, des pleins magasins sans doute. La guerre décidément, n'était pas terminée! Notre colonel, il faut dire ce qui est, manifestait une bravoure stupéfiante! Il se promenait au beau milieu de la chaussée et puis de long en large parmi les trajectoires aussi simplement que s'il avait attendu un ami sur le quai de la gare, un peu impatient seulement.

Moi d'abord la campagne, faut que je le dise tout de suite, j'ai jamais pu la sentir, je l'ai toujours trouvée triste, avec ses bourbiers qui n'en finissent pas, ses maisons où les gens n'y sont jamais et ses chemins qui ne vont nulle part. Mais quand on y ajoute la guerre en plus, c'est à pas y tenir. Le vent s'était levé, brutal, de chaque côté des talus, les peupliers mêlaient leurs rafales de feuilles aux petits bruits secs qui venaient de là-bas sur nous. Ces soldats inconnus nous rataient sans cesse, mais tout en nous entourant de mille morts, on s'en trouvait comme habillés. Je n'osais plus remuer.

Ce colonel, c'était donc un monstre! A présent, j'en étais assuré, pire qu'un chien, il n'imaginait pas son trépas! Je conçus en même temps qu'il devait y en avoir beaucoup des comme lui dans notre armée, des braves, et puis tout autant sans doute dans l'armée d'en face. Qui savait combien? Un, deux, plusieurs millions peut-être en tout? Dès lors ma frousse devint panique. Avec des êtres semblables, cette imbécillité infernale pouvait continuer indéfiniment... Pourquoi s'arrêteraient-ils? Jamais je n'avais senti plus implacable la sentence des hommes et des choses.

Serais-je donc le seul lâche sur la terre? pensais-je. Et avec quel effroi!... Perdu parmi deux millions de fous héroïques et déchaînés et armés jusqu'aux cheveux? Avec casques, sans casques, sans chevaux, sur motos, hurlants, en autos, sifflants, tirailleurs, comploteurs, volants, à genoux, creusant, se défilant, caracolant dans les sentiers, pétaradant, enfermés sur la terre comme dans un cabanon, pour y tout détruire, Allemagne, France et Continents, tout ce qui respire, détruire, plus enragés que les chiens, adorant leur rage (ce que les chiens ne font pas), cent, mille fois plus enragés que mille chiens et tellement plus vicieux! Nous étions jolis! Décidément, je le concevais, je m'étais embarqué dans une croisade apocalyptique.

On est puceau de l'Horreur comme on l'est de la volupté. Comment aurais-je pu me douter moi de cette horreur en quittant la place Clichy? Qui aurait pu prévoir, avant d'entrer vraiment dans la guerre, tout ce que contenait la sale âme héroïque et fainéante des hommes? A présent, j'étais pris dans cette fuite en masse, vers le meurtre en commun, vers le feu... Ça venait des profondeurs et c'était arrivé.

Le colonel ne bronchait toujours pas, je le regardais recevoir, sur le talus, des petites lettres du général qu'il déchirait ensuite menu, les ayant lues sans hâte, entre les balles. Dans aucune d'elles, il n'y avait donc pas l'ordre d'arrêter net cette abomination? On ne lui disait donc pas d'en haut qu'il y avait méprise? Abominable erreur? Maldonne? Qu'on s'était trompé? Que c'était des manœuvres pour rire qu'on avait voulu faire, et pas des assassinats! Mais non! « Continuez, colonel, vous êtes dans la bonne voie! » Voilà sans doute ce que lui écrivait le général des Entrayes, de la division, notre chef à tous, dont il recevait une enveloppe chaque cinq minutes, par un agent de liaison, que la peur rendait chaque fois un peu plus vert et foireux. J'en aurais fait mon frère peureux de ce garçon-là! Mais on n'avait pas le temps de fraterniser non plus.

Donc pas d'erreur? Ce qu'on faisait à se tirer dessus, comme ça, sans même se voir, n'était pas défendu! Cela faisait partie des choses qu'on peut faire sans mériter une bonne engueulade. C'était même reconnu, encouragé sans doute par les gens sérieux, comme le tirage au sort, les fiançailles, la chasse à courre!... Rien à dire. Je venais de découvrir d'un coup la guerre tout entière. J'étais dépucelé. Faut être à peu près seul devant elle comme je l'étais à ce moment-là pour bien la voir la vache, en face et de profil. On venait d'allumer la guerre entre nous et ceux d'en face, et à présent ça brûlait! Comme le courant entre les deux charbons, dans la lampe à arc. Et il n'était pas près de s'éteindre le charbon! On y passerait tous, le colonel comme les autres, tout mariole qu'il semblait être, et sa carne ne ferait pas plus de rôti que la mienne quand le courant d'en face lui passerait entre les deux épaules.

Il y a bien des façons d'être condamné à mort. Ah! combien n'aurais-je pas donné à ce moment-là pour être en prison au lieu d'être ici, moi crétin! Pour avoir, par exemple, quand c'était si facile, prévoyant, volé quelque chose, quelque part, quand il en était temps encore. On ne pense à rien! De la prison, on en sort vivant, pas de la guerre. Tout le reste, c'est des mots.

Si seulement j'avais encore eu le temps, mais je ne l'avais

plus! Il n'y avait plus rien à voler! Comme il ferait bon dans
une petite prison pépère, que je me disais, où les balles ne passent
pas! Ne passent jamais! J'en connaissais une toute prête, au
soleil, au chaud! Dans un rêve, celle de Saint-Germain précisément, si proche de la forêt, je la connaissais bien, je passais
souvent par là, autrefois. Comme on change! J'étais un enfant
alors, elle me faisait peur la prison. C'est que je ne connaissais
pas encore les hommes. Je ne croirai plus jamais à ce qu'ils disent,
à ce qu'ils pensent. C'est des hommes et d'eux seulement qu'il
faut avoir peur, toujours.

Combien de temps faudrait-il qu'il dure leur délire, pour
qu'ils s'arrêtent épuisés enfin, ces monstres? Combien de temps
un accès comme celui-ci peut-il bien durer? Des mois? Des années?
Combien? Peut-être jusqu'à la mort de tout le monde, de tous
les fous? Jusqu'au dernier? Et puisque les événements prenaient
ce tour désespéré je me décidais à risquer le tout pour le tout,
à tenter la dernière démarche, la suprême, essayer, moi, tout
seul, d'arrêter la guerre! Au moins dans ce coin-là où j'étais.

Le colonel déambulait à deux pas. J'allais lui parler. Jamais
je ne l'avais fait. C'était le moment d'oser. Là où nous en étions,
il n'y avait presque plus rien à perdre. « Qu'est-ce que vous
voulez? me demanderait-il, j'imaginais, très surpris bien sûr
par mon audacieuse interruption. Je lui expliquerais alors les
choses telles que je les concevais. On verrait ce qu'il en pensait,
lui. Le tout c'est qu'on s'explique dans la vie. A deux on y arrive
mieux que tout seul.

J'allais faire cette démarche décisive quand, à l'instant même,
arriva vers nous au pas de gymnastique, fourbu, dégingandé,
un cavalier à pied (comme on disait alors) avec son casque
renversé à la main, comme Bélisaire, et puis tremblant et bien
souillé de boue, le visage plus verdâtre encore que celui de l'autre
agent de liaison. Il bredouillait et semblait éprouver comme un
mal inouï, ce cavalier, à sortir d'un tombeau et qu'il en avait
tout mal au cœur. Il n'aimait donc pas les balles ce fantôme lui
non plus? Les prévoyait-il comme moi?

— Qu'est-ce que c'est? l'arrêta net le colonel, brutal, dérangé,
en jetant dessus ce revenant une espèce de regard en acier.

De le voir ainsi cet ignoble cavalier dans une tenue aussi peu
réglementaire, et tout foirant d'émotion, ça le courrouçait fort

notre colonel. Il n'aimait pas cela du tout la peur. C'était évident.
Et puis ce casque à la main surtout, comme un chapeau melon,
achevait de faire joliment mal dans notre régiment d'attaque,
un régiment qui s'élançait dans la guerre. Il avait l'air de la saluer
lui, ce cavalier à pied, la guerre, en entrant.

Sous ce regard d'opprobre, le messager vacillant se remit au
« garde-à-vous », les petits doigts sur la couture du pantalon,
comme il se doit dans ces cas-là. Il oscillait ainsi, raidi, sur le
talus, la transpiration lui coulant le long de la jugulaire, et ses
mâchoires tremblaient si fort qu'il en poussait des petits cris
avortés, tel un petit chien qui rêve. On ne pouvait démêler s'il
voulait nous parler ou bien s'il pleurait.

Nos Allemands accroupis au fin bout de la route venaient
justement de changer d'instrument. C'est à la mitrailleuse qu'ils
poursuivaient à présent leurs sottises; ils en craquaient comme
de gros paquets d'allumettes et tout autour de nous venaient
voler des essaims de balles rageuses, pointilleuses comme des
guêpes.

L'homme arriva tout de même à sortir de sa bouche quelque
chose d'articulé :

— Le maréchal des logis Barousse vient d'être tué, mon colonel,
qu'il dit tout d'un trait.

— Et alors?

— Il a été tué en allant chercher le fourgon à pain sur la route
des Etrapes, mon colonel!

— Et alors?

— Il a été éclaté par un obus!

— Et alors, nom de Dieu!

— Et voilà! Mon colonel...

— C'est tout?

— Oui, c'est tout, mon colonel.

— Et le pain? demanda le colonel.

Ce fut la fin de ce dialogue parce que je me souviens bien
qu'il a eu le temps de dire tout juste : « Et le   in? » Et puis
ce fut tout. Après ça, rien que du feu et puis du bruit avec.
Mais alors un de ces bruits comme on ne croirait jamais qu'il
en existe. On en a eu tellement plein les yeux, les oreilles, le
nez, la bouche, tout de suite, du bruit, que je croyais bien que
c'était fini, que j'étais devenu du feu et du bruit moi-même.

Et puis non, le feu est parti, le bruit est resté longtemps dans ma tête, et puis les bras et les jambes qui tremblaient comme si quelqu'un vous les secouait de par-derrière. Ils avaient l'air de me quitter, et puis ils me sont restés quand même mes membres. Dans la fumée qui piqua les yeux encore pendant longtemps, l'odeur pointue de la poudre et du soufre nous restait comme pour tuer les punaises et les puces de la terre entière.

Tout de suite après ça, j'ai pensé au maréchal des logis Barousse qui venait d'éclater comme l'autre nous l'avait appris. C'était une bonne nouvelle. Tant mieux! que je pensais tout de suite ainsi : « C'est une bien grande charogne en moins dans le régiment! » Il avait voulu me faire passer au Conseil pour une boîte de conserves. « Chacun sa guerre! » que je me dis. De ce côté-là, faut en convenir, de temps en temps, elle avait l'air de servir à quelque chose la guerre! J'en connaissais bien encore trois ou quatre dans le régiment, de sacrées ordures que j'aurais aidé bien volontiers à trouver un obus comme Barousse.

Quant au colonel, lui, je ne lui voulais pas de mal. Lui pourtant aussi il était mort. Je ne le vis plus, tout d'abord. C'est qu'il avait été déporté sur le talus, allongé sur le flanc par l'explosion et projeté jusque dans les bras du cavalier à pied, le messager, fini lui aussi. Ils s'embrassaient tous les deux pour le moment et pour toujours, mais le cavalier n'avait plus sa tête, rien qu'une ouverture au-dessus du cou, avec du sang dedans qui mijotait en glouglou comme de la confiture dans la marmite. Le colonel avait son ventre ouvert, il en faisait une sale grimace. Ça avait dû lui faire du mal ce coup-là au moment où c'était arrivé. Tant pis pour lui! S'il était parti dès les premières balles, ça ne lui serait pas arrivé.

Toutes ces viandes saignaient énormément ensemble.

Des obus éclataient encore à la droite et à la gauche de la scène.

J'ai quitté ces lieux sans insister, joliment heureux d'avoir un aussi beau prétexte pour foutre le camp. J'en chantonnais même un brin, en titubant, comme quand on a fini une bonne partie de canotage et qu'on a les jambes un peu drôles. « Un seul obus! C'est vite arrangé les affaires tout de même, avec un seul obus », que je me disais. « Ah! dis donc! que je me répétais tout le temps. Ah! dis donc!... »

Il n'y avait plus personne au bout de la route. Les Allemands étaient partis. Cependant, j'avais appris très vite ce coup-là à ne plus marcher désormais que dans le profil des arbres. J'avais hâte d'arriver au campement pour savoir s'il y en avait d'autres au régiment qui avaient été tués en reconnaissance. Il doit y avoir des bons trucs aussi, que je me disais encore, pour se faire faire prisonnier !... Çà et là des morceaux de fumée âcre s'accrochaient aux mottes. « Ils sont peut-être tous morts à l'heure actuelle? que je me demandais. Puisqu'ils ne veulent rien comprendre à rien, c'est ça qui serait avantageux et pratique qu'ils soient tous tués très vite... Comme ça on en finirait tout de suite... On rentrerait chez soi... On repasserait peut-être place Clichy en triomphe... Un ou deux seulement qui survivraient... Dans mon désir... Des gars gentils et bien balancés, derrière le général, tous les autres seraient morts comme le colon... Comme Barousse... comme Vanaille (une autre vache)... etc. On nous couvrirait de décorations, de fleurs, on passerait sous l'Arc de Triomphe. On entrerait au restaurant, on vous servirait sans payer, on payerait plus rien, jamais plus de la vie! On est les héros! qu'on dirait au moment de la note... Des défenseurs de la Patrie! Et ça suffirait !... On payerait avec des petits drapeaux français !... La caissière refuserait même l'argent des héros et même elle vous en donnerait, avec des baisers quand on passerait devant sa caisse. Ça vaudrait la peine de vivre. »

Je m'aperçus en fuyant que je saignais du bras, mais un peu seulement, pas une blessure suffisante du tout, une écorchure. C'était à recommencer.

Il se remit à pleuvoir, les champs des Flandres bavaient l'eau sale. Encore pendant longtemps je n'ai rencontré personne, rien que le vent et puis peu après le soleil. De temps en temps, je ne savais d'où, une balle, comme ça, à travers le soleil et l'air me cherchait, guillerette, entêtée à me tuer, dans cette solitude, moi. Pourquoi? Jamais plus, même si je vivais encore cent ans, je ne me promènerais à la campagne. C'était juré.

En allant devant moi, je me souvenais de la cérémonie de la veille. Dans un pré qu'elle avait eu lieu cette cérémonie, au revers d'une colline; le colonel avec sa grosse voix avait harangué le régiment : « Haut les cœurs! qu'il avait dit... Haut les cœurs! et vive la France ! » Quand on a pas d'imagination, mourir c'est

peu de chose, quand on en a, mourir c'est trop. Voilà mon avis.
Jamais je n'avais compris tant de choses à la fois.

Le colonel n'avait jamais eu d'imagination lui. Tout son
malheur à cet homme était venu de là, le nôtre surtout. Étais-je
donc le seul à avoir l'imagination de la mort dans ce régiment?
Je préférais la mienne de mort, tardive... Dans vingt ans...
Trente ans... Peut-être davantage, à celle qu'on me voulait de
suite, à bouffer de la boue des Flandres, à pleine bouche, plus
que la bouche même, fendue jusqu'aux oreilles, par un éclat.
On a bien le droit d'avoir une opinion sur sa propre mort. Mais
alors où aller? Droit devant moi? Le dos à l'ennemi. Si les gendarmes ainsi m'avaient pincé en vadrouille, je crois bien que
mon compte eût été bon. On m'aurait jugé le soir même, très vite,
à la bonne franquette, dans une classe d'école licenciée. Il y en
avait beaucoup des vides des classes, partout où nous passions.
On aurait joué avec moi à la justice comme on joue quand le
maître est parti. Les gradés sur l'estrade, assis, moi debout,
menottes aux mains devant les petits pupitres. Au matin, on
m'aurait fusillé : douze balles, plus une. Alors?

Et je repensais encore au colonel, brave comme il était cet
homme-là, avec sa cuirasse, son casque et ses moustaches, on
l'aurait montré se promenant comme je l'avais vu moi, sous
les balles et les obus, dans un music-hall, c'était un spectacle
à remplir l'Alhambra d'alors, il aurait éclipsé Fragson, dans
l'époque dont je vous parle une formidable vedette, cependant.
Voilà ce que je pensais moi. Bas les cœurs! que je pensais moi.

Après des heures et des heures de marche furtive et prudente,
j'aperçus enfin nos soldats devant un hameau de fermes: C'était
un avant-poste à nous. Celui d'un escadron qui était logé par là.
Pas un tué chez eux, qu'on m'annonça. Tous vivants! Et moi
qui possédais la grande nouvelle : « Le colonel est mort! » que je
leur criai, dès que je fus assez près du poste. « C'est pas les colonels
qui manquent! » que me répondit le brigadier Pistil, du tac au
tac, qu'était justement de garde lui aussi et même de corvée.

— Et en attendant qu'on le remplace le colonel, va donc,
eh carotte, toujours à la distribution de bidoche avec Empouille
et Kerdoncuff et puis, prenez deux sacs chacun, c'est derrière
l'église que ça se passe. Qu'on voit là-bas... Et puis vous faites
pas refiler encore rien que les os comme hier, et puis tâchez de

vous démerder pour être de retour à l'escouade avant la nuit, salopards !

On a repris la route tous les trois donc.

« Je leur raconterai plus rien à l'avenir ! » que je me disais, vexé. Je voyais bien que c'était pas la peine de leur rien raconter à ces gens-là, qu'un drame comme j'en avais vu un, c'était perdu tout simplement pour des dégueulasses pareils ! qu'il était trop tard pour que ça intéresse encore. Et dire que huit jours plus tôt on en aurait mis sûrement quatre colonnes dans les journaux et ma photographie pour la mort d'un colonel comme c'était arrivé. Des abrutis.

C'était donc dans une prairie d'août qu'on distribuait toute la viande pour le régiment, — ombrée de cerisiers et brûlée déjà par la fin de l'été. Sur des sacs et des toiles de tentes largement étendues et sur l'herbe même, il y en avait pour des kilos et des kilos de tripes étalées, de gras en flocons jaunes et pâles, des moutons éventrés avec leurs organes en pagaïe, suintant en ruisselets ingénieux dans la verdure d'alentour, un bœuf entier sectionné en deux, pendu à l'arbre, et sur lequel s'escrimaient encore en jurant les quatre bouchers du régiment pour lui tirer des morceaux d'abattis. On s'engueulait ferme entre escouades à propos de graisses, et de rognons surtout, au milieu des mouches comme on en voit que dans ces moments-là, importantes et musicales comme des petits oiseaux.

Et puis du sang encore et partout, à travers l'herbe, en flaques molles et confluentes qui cherchaient la bonne pente. On tuait le dernier cochon quelques pas plus loin. Déjà quatre hommes et un boucher se disputaient certaines tripes à venir.

— C'est toi eh vendu ! qui l'as étouffé hier l'aloyau !...

J'ai eu le temps encore de jeter deux ou trois regards sur ce différend alimentaire, tout en m'appuyant contre un arbre et j'ai dû céder à une immense envie de vomir, et pas qu'un peu, jusqu'à l'évanouissement.

On m'a bien ramené jusqu'au cantonnement sur une civière, mais non sans profiter de l'occasion pour me barboter mes deux sacs en toile cachou.

Je me suis réveillé dans une autre engueulade du brigadier. La guerre ne passait pas.

Tout arrive et ce fut à mon tour de devenir brigadier vers la fin de ce même mois d'août. On m'envoyait souvent avec cinq hommes, en liaison, aux ordres du général des Entrayes. Ce chef était petit de taille, silencieux, et ne paraissait à première vue ni cruel, ni héroïque. Mais il fallait se méfier... Il semblait préférer par-dessus tout ses bonnes aises. Il y pensait même sans arrêt à ses aises et bien que nous fussions occupés à battre en retraite depuis plus d'un mois, il engueulait tout le monde quand même si son ordonnance ne lui trouvait pas dès l'arrivée à l'étape, dans chaque nouveau cantonnement, un lit bien propre et une cuisine aménagée à la moderne.

Au chef d'État-major, avec ses quatre galons, ce souci de confort donnait bien du boulot. Les exigences ménagères du général des Entrayes l'agaçaient. Surtout que lui, jaune, gastritique au possible et constipé, n'était nullement porté sur la nourriture. Il lui fallait quand même manger ses œufs à la coque à la table du général et recevoir en cette occasion ses doléances. On est militaire ou on ne l'est pas. Toutefois, je n'arrivais à le plaindre parce que c'était un bien grand saligaud comme officier. Faut en juger. Quand nous avions donc traîné jusqu'au soir de chemins en collines et de luzernes en carottes, on finissait tout de même par s'arrêter pour que notre général puisse coucher quelque part. On lui cherchait, et on lui trouvait un village calme, bien à l'abri, où les troupes ne campaient pas encore et s'il y en avait déjà dans le village des troupes, elles décampaient en vitesse, on les foutait à la porte, tout simplement ; à la belle étoile, même si elles avaient déjà formé les faisceaux.

Le village c'était réservé rien que pour l'État-major, ses chevaux, ses cantines, ses valises, et aussi pour ce saligaud de commandant. Il s'appelait Pinçon ce salaud-là, le commandant Pinçon. J'espère qu'à l'heure actuelle il est bien crevé (et pas d'une mort

pépère). Mais à ce moment-là, dont je parle, il était encore salement vivant le Pinçon. Il nous réunissait chaque soir les hommes
de la liaison et puis alors il nous engueulait un bon coup pour
nous remettre dans la ligne et pour essayer de réveiller nos ardeurs.
Il nous envoyait à tous les diables, nous qui avions traîné toute
la journée derrière le général. Pied à terre! A cheval! Repied à
terre! Comme ça à lui porter ses ordres, de-ci, de-là. On aurait
aussi bien fait de nous noyer quand c'était fini. Ç'eût été plus
pratique pour tout le monde.

— Allez-vous-en tous! Allez rejoindre vos régiments! Et vivement! qu'il gueulait.

— Où qu'il est le régiment, mon commandant? qu'on demandait nous...

— Il est à Barbagny.

— Où que c'est Barbagny?

— C'est par là!

Par là, où il nous montrait, il n'y avait rien que la nuit, comme
partout d'ailleurs, une nuit énorme qui bouffait la route à deux
pas de nous et même qu'il n'en sortait du noir qu'un petit bout
de route grand comme la langue.

Allez donc le chercher son Barbagny dans la fin d'un monde!
Il aurait fallu qu'on sacrifiât pour le retrouver son Barbagny
au moins un escadron tout entier! Et encore un escadron de
braves! Et moi qui n'étais point brave et qui ne voyais pas du
tout pourquoi je l'aurais été brave, j'avais évidemment encore
moins envie que personne de retrouver son Barbagny, dont il
nous parlait d'ailleurs lui-même absolument au hasard. C'était
comme si on avait essayé en m'engueulant très fort de me donner
l'envie d'aller me suicider. Ces choses-là on les a ou on ne les
a pas.

De toute cette obscurité si épaisse qu'il vous semblait qu'on
ne reverrait plus son bras dès qu'on l'étendait un peu plus loin
que l'épaule, je ne savais qu'une chose, mais cela alors tout à fait
certainement, c'est qu'elle contenait des volontés homicides
énormes et sans nombre.

Cette gueule d'Etat-major n'avait de cesse, dès le soir revenu,
de nous expédier au trépas et ça le prenait souvent dès le coucher
du soleil. On luttait un peu avec lui à coups d'inertie, on s'obsti-
nait à ne pas le comprendre, on s'accrochait au cantonnement

pépère tant bien que mal, tant qu'on pouvait, mais enfin quand on ne voyait plus les arbres, à la fin, il fallait consentir tout de même à s'en aller mourir un peu : le dîner du général était prêt.

Tout se passait alors à partir de ce moment-là, selon les hasards. Tantôt on le trouvait et tantôt on ne le trouvait pas le régiment et son Barbagny. C'était surtout par erreur qu'on les retrouvait parce que les sentinelles de l'escadron de garde tiraient sur nous en arrivant. On se faisait reconnaître ainsi forcément et on achevait presque toujours la nuit en corvées de toutes natures, à porter beaucoup de ballots d'avoine et des seaux d'eau en masse, à se faire engueuler jusqu'à en être étourdi en plus du sommeil.

Au matin on repartait, groupe de la liaison, tous les cinq pour le quartier du général des Entrayes, pour continuer la guerre.

Mais la plupart du temps on ne le trouvait pas le régiment et on attendait seulement le jour en cerclant autour des villages sur les chemins inconnus, à la lisière des hameaux évacués, et des taillis sournois, on évitait tout ça autant qu'on le pouvait à cause des patrouilles allemandes. Il fallait bien être quelque part cependant en attendant le matin, quelque part dans la nuit. On ne pouvait pas éviter tout. Depuis ce temps-là, je sais ce que doivent éprouver les lapins en garenne.

Ça vient drôlement la pitié. Si on avait dit au commandant Pinçon qu'il n'était qu'un sale assassin lâche, on lui aurait fait un plaisir énorme, celui de nous faire fusiller, séance tenante, par le capitaine de gendarmerie, qui ne le quittait jamais d'une semelle et qui, lui, ne pensait précisément qu'à cela. C'est pas aux Allemands qu'il en voulait, le capitaine de gendarmerie.

Nous dûmes donc courir les embuscades pendant des nuits et des nuits imbéciles qui se suivaient, rien qu'avec l'espérance de moins en moins raisonnable d'en revenir, et celle-là seulement et aussi que si on en revenait qu'on n'oublierait jamais, absolument jamais, qu'on avait découvert sur la terre un homme bâti comme vous et moi, mais bien plus charognard que les crocodiles et les requins qui passent entre deux eaux la gueule ouverte autour des bateaux d'ordures et de viandes pourries qu'on va leur déverser au large, à La Havane.

La grande défaite, en tout, c'est d'oublier, et surtout ce qui vous a fait crever, et de crever sans comprendre jamais jusqu'à quel point les hommes sont vaches. Quand on sera au bord du

trou faudra pas faire les malins nous autres, mais faudra pas
oublier non plus, faudra raconter tout sans changer un mot,
de ce qu'on a vu de plus vicieux chez les hommes et puis poser
sa chique et puis descendre. Ça suffit comme boulot pour une vie
tout entière.

Je l'aurais bien donné aux requins à bouffer moi, le commandant Pinçon, et puis son gendarme avec, pour leur apprendre à
vivre; et puis mon cheval aussi en même temps pour qu'il ne
souffre plus, parce qu'il n'en avait plus de dos ce grand malheureux, tellement qu'il avait mal, rien que deux plaques de chair
qui lui restaient à la place, sous la selle, larges comme mes deux
mains et suintantes, à vif, avec des grandes traînées de pus qui
lui coulaient par les bords de la couverture jusqu'aux jarrets.
Il fallait cependant trotter là-dessus, un, deux... Il s'en tortillait
de trotter. Mais les chevaux c'est encore bien plus patient que
des hommes. Il ondulait en trottant. On ne pouvait plus le laisser
qu'au grand air. Dans les granges, à cause de l'odeur qui lui sortait des blessures, ça sentait si fort, qu'on en restait suffoqué.
En montant dessus son dos, ça lui faisait si mal qu'il se courbait,
comme gentiment, et le ventre lui en arrivait alors aux genoux.
Ainsi on aurait dit qu'on grimpait sur un âne. C'était plus commode ainsi, faut l'avouer. On était bien fatigués nous-mêmes,
avec tout ce qu'on supportait en aciers sur la tête et sur les
épaules.

Le général des Entrayes, dans la maison réservée, attendait
son dîner. Sa table était mise, la lampe à sa place.

— Foutez-moi tous le camp, nom de Dieu, nous sommait
une fois de plus le Pinçon, en nous balançant sa lanterne à hauteur du nez. On va se mettre à table! Je ne vous le répéterai
plus! Vont-ils s'en aller ces charognes! qu'il hurlait même. Il
en reprenait, de rage, à nous envoyer crever ainsi, ce diaphane,
quelques couleurs aux joues.

Quelquefois le cuisinier du général nous repassait avant qu'on
parte un petit morceau, il en avait de trop à bouffer le général,
puisqu'il touchait d'après le règlement quarante rations pour
lui tout seul! Il n'était plus jeune cet homme-là. Il devait même
être tout près de la retraite. Il pliait aussi des genoux en marchant. Il devait se teindre les moustaches.

Ses artères, aux tempes, cela se voyait bien à la lampe, quand on s'en allait, dessinaient des méandres comme la Seine à la sortie de Paris. Ses filles étaient grandes, disait-on, pas mariées, et comme lui, pas riches. C'était peut-être à cause de ces souvenirs-là qu'il avait tant l'air vétillard et grognon, comme un vieux chien qu'on aurait dérangé dans ses habitudes et qui essaie de retrouver son panier à coussin partout où on veut bien lui ouvrir la porte.

Il aimait les beaux jardins et les rosiers, il n'en ratait pas une, de roseraie, partout où nous passions. Personne comme les généraux pour aimer les rosiers. C'est connu.

Tout de même on se mettait en route. Le boulot c'était pour les faire passer au trot les canards. Ils avaient peur de bouger à cause des plaies d'abord et puis ils avaient peur de nous et de la nuit aussi, ils avaient peur de tout, quoi! Nous aussi! Dix fois on s'en retournait pour lui redemander la route au commandant. Dix fois qu'il nous traitait de fainéants et de tire-au-cul dégueulasses. A coups d'éperon enfin on franchissait le dernier poste de garde, on leur passait le mot aux plantons et puis on plongeait d'un coup dans la sale aventure, dans les ténèbres de ces pays à personne.

A force de déambuler d'un bord de l'ombre à l'autre, on finissait par s'y reconnaître un petit peu, qu'on croyait du moins... Dès qu'un nuage semblait plus clair qu'un autre on se disait qu'on avait vu quelque chose... Mais devant soi, il n'y avait de sûr que l'écho allant et venant, l'écho du bruit que faisaient les chevaux en trottant, un bruit qui vous étouffe, énorme, tellement qu'on en veut pas. Ils avaient l'air de trotter jusqu'au ciel, d'appeler tout ce qu'il y avait sur la terre de chevaux, pour nous faire massacrer. On aurait pu faire ça d'ailleurs d'une seule main, avec une carabine, il suffisait de l'appuyer en nous attendant, le long d'un arbre. Je me disais toujours que la première lumière qu'on verrait ce serait celle du coup de fusil de la fin.

Depuis quatre semaines qu'elle durait, la guerre, on était devenus si fatigués, si malheureux, que j'en avais perdu, à force de fatigue, un peu de ma peur en route. La torture d'être tracassés jour et nuit par ces gens, les gradés, les petits surtout, plus abrutis, plus mesquins et plus haineux encore que d'habitude, ça finit par faire hésiter les plus entêtés, à vivre encore.

Ah! l'envie de s'en aller! Pour dormir! D'abord! Et s'il n'y a plus vraiment moyen de partir pour dormir alors l'envie de vivre s'en va toute seule. Tant qu'on y resterait en vie faudrait avoir l'air de chercher le régiment.

Pour que dans le cerveau d'un couillon la pensée fasse un tour, il faut qu'il lui arrive beaucoup de choses et des bien cruelles. Celui qui m'avait fait penser pour la première fois de ma vie vraiment penser, des idées pratiques et bien à moi, c'était bien sûrement le commandant Pinçon, cette gueule de torture. Je pensais donc à lui aussi fortement que je pouvais, tout en bringuebalant, garni, croulant sous les armures, accessoire figurant dans cette incroyable affaire internationale, où je m'étais embarqué d'enthousiasme... Je l'avoue.

Chaque mètre d'ombre devant nous était une promesse nouvelle d'en finir et de crever, mais de quelle façon? Il n'y avait guère d'imprévu dans cette histoire que l'uniforme de l'exécutant. Serait-ce un d'ici? Ou bien un d'en face?

Je ne lui avais rien fait, moi, à ce Pinçon! A lui, pas plus d'ailleurs qu'aux Allemands!... Avec sa tête de pêche pourrie, ses quatre galons qui lui scintillaient partout de sa tête au nombril, ses moustaches rêches et ses genoux aigus, et ses jumelles qui lui pendaient au cou comme une cloche de vache, et sa carte au 1/1000 donc? Je me demandais quelle rage d'envoyer crever les autres le possédait celui-là? Les autres qui n'avaient pas de carte.

Nous quatre cavaliers sur la route, nous faisions autant de bruit qu'un demi-régiment. On devait nous entendre venir à quatre heures de là ou bien c'est qu'on voulait pas nous entendre. Cela demeurait possible... Peut-être qu'ils avaient peur de nous les Allemands? Qui sait?

Un mois de sommeil sur chaque paupière voilà ce que nous portions et autant derrière la tête, en plus de ces kilos de ferraille.

Ils s'exprimaient mal mes cavaliers d'escorte. Ils parlaient à peine pour tout dire. C'étaient des garçons venus du fond de la Bretagne pour le service et tout ce qu'ils savaient ne venait pas de l'école, mais du régiment. Ce soir-là, j'avais essayé de m'entretenir un peu du village de Barbagny avec celui qui était à côté de moi et qui s'appelait Kersuzon.

— Dis donc, Kersuzon, que je lui dis, c'est les Ardennes ici tu sais... Tu ne vois rien toi loin devant nous? Moi, je vois rien du tout...

— C'est tout noir comme un cul, qu'il m'a répondu Kersuzon. Ça suffisait...

— Dis donc, t'as pas entendu parler de Barbagny toi dans la journée? Par où que c'était? que je lui ai demandé encore.

— Non.

Et voilà.

On ne l'a jamais trouvé le Barbagny. On a tourné sur nous-mêmes seulement jusqu'au matin, jusqu'à un autre village, où nous attendait l'homme aux jumelles. Son général prenait le petit café sous la tonnelle devant la maison du maire quand nous arrivâmes.

— Ah! comme c'est beau la jeunesse, Pinçon! qu'il lui a fait remarquer très haut à son chef d'État-major en nous voyant passer, le vieux. Ceci dit, il se leva et partit faire un pipi et puis encore un tour les mains derrière le dos, voûté. Il était très fatigué ce matin-là, m'a soufflé l'ordonnance, il avait mal dormi le général, quelque chose qui le tracassait dans la vessie, qu'on racontait.

Kersuzon me répondait toujours pareil quand je le questionnais la nuit, ça finissait par me distraire comme un tic. Il m'a répété ça encore deux ou trois fois à propos du noir et du cul et puis il est mort, tué qu'il a été, quelque temps plus tard, en sortant d'un village, je m'en souviens bien, un village qu'on avait pris pour un autre, par des Français qui nous avaient pris pour des autres.

C'est même quelques jours après la mort de Kersuzon qu'on a réfléchi et qu'on a trouvé un petit moyen, dont on était bien content, pour ne plus se perdre dans la nuit.

Donc, on nous foutait à la porte du cantonnement. Bon. Alors on disait plus rien. On ne rouspétait plus. « Allez-vous-en! » qu'il faisait, comme d'habitude, la gueule en cire.

— Bien mon commandant!

Et nous voilà dès lors partis du côté du canon, et sans se faire prier, tous les cinq. On aurait dit qu'on allait aux cerises. C'était bien vallonné de ce côté-là. C'était la Meuse, avec ses collines, avec des vignes dessus, du raisin pas encore mûr et l'automne, et des villages en bois bien séchés par trois mois d'été, donc qui brûlaient facilement.

On avait remarqué ça nous autres, une nuit qu'on savait plus du tout où aller. Un village brûlait toujours du côté du canon. On en approchait pas beaucoup, pas de trop, on le regardait seulement d'assez loin le village, en spectateurs pourrait-on dire, à dix, douze kilomètres par exemple. Et tous les soirs ensuite, vers cette époque-là, bien des villages se sont mis à flamber à l'horizon, ça se répétait, on en était entourés, comme par un très grand cercle d'une drôle de fête de tous ces pays-là qui brûlaient, devant soi et des deux côtés, avec des flammes qui montaient et léchaient les nuages.

On voyait tout y passer dans les flammes : les églises, les granges, les unes après les autres, les meules qui donnaient des flammes plus animées, plus hautes que le reste, et puis les poutres qui se redressaient tout droit dans la nuit avec des barbes de flammèches avant de chuter dans la lumière.

Ça se remarque bien comment que ça brûle un village, même à vingt kilomètres. C'était gai. Un petit hameau de rien du tout qu'on apercevait même pas pendant la journée, au fond d'une moche petite campagne, eh bien, on a pas idée la nuit, quand il brûle, de l'effet qu'il peut faire ! On dirait Notre-Dame ! Ça dure bien toute une nuit à brûler, un village, même un petit, à la fin on dirait une fleur énorme, puis, rien qu'un bouton, puis plus rien.

Ça fume et alors c'est le matin.

Les chevaux qu'on laissait tout sellés, dans les champs à côté de nous, ne bougeaient pas. Nous, on allait roupiller dans l'herbe, sauf un, qui prenait la garde, à son tour, forcément. Mais quand on a des feux à regarder la nuit passe bien mieux, c'est plus rien à endurer, c'est plus de la solitude.

Malheureux qu'ils n'ont pas duré les villages... Au bout d'un mois, dans ce canton-là, il n'y en avait déjà plus. Les forêts, on a tiré dessus aussi, au canon. Elles n'ont pas existé huit jours les forêts. Ça fait encore des beaux feux les forêts, mais ça dure à peine.

Après ce temps-là, les convois d'artillerie prirent toutes les routes dans un sens et les civils qui se sauvaient, dans l'autre.

En somme, on ne pouvait plus, nous, ni aller, ni revenir ; fallait rester où on était.

On faisait queue pour aller crever. Le général même ne trouvait plus de campements sans soldats. Nous finîmes par coucher tous en pleins champs, général ou pas. Ceux qui avaient encore un peu de cœur l'ont perdu. C'est à partir de ces mois-là qu'on a commencé à fusiller des troupiers pour leur remonter le moral, par escouades, et que le gendarme s'est mis à être cité à l'ordre du jour pour la manière dont il faisait sa petite guerre à lui, la profonde, la vraie de vraie.

Après un repos, on est remonté à cheval, quelques semaines plus tard, et on est reparti vers le Nord. Le froid lui aussi vint avec nous. Le canon ne nous quittait plus. Cependant, on ne se rencontrait guère avec les Allemands que par hasard, tantôt un hussard ou un groupe de tirailleurs, par-ci, par-là, en jaune et vert, des jolies couleurs. On semblait les chercher, mais on s'en allait plus loin dès qu'on les apercevait. A chaque rencontre, deux ou trois cavaliers y restaient, tantôt à eux, tantôt à nous. Et leurs chevaux libérés, étriers fous et clinquants, galopaient à vide et dévalaient vers nous de très loin avec leurs selles à troussequins bizarres, et leurs cuirs frais comme ceux des portefeuilles du Jour de l'an. C'est nos chevaux qu'ils venaient rejoindre, amis tout de suite. Bien de la chance ! C'est pas nous qu'on aurait pu en faire autant !

Un matin, en rentrant de reconnaissance, le lieutenant de Sainte-Engence invitait les autres officiers à constater qu'il ne leur racontait pas des blagues. « J'en ai sabré deux ! » assurait-il à la ronde, et montrait en même temps son sabre où, c'était vrai, le sang caillé comblait la petite rainure, faite exprès pour ça.

— Il a été épatant ! Bravo, Sainte-Engence !... Si vous l'aviez vu, messieurs ! Quel assaut ! l'appuyait le capitaine Ortolan.

C'était dans l'escadron d'Ortolan que ça venait de se passer.

— Je n'ai rien perdu de l'affaire ! Je n'en étais pas loin ! Un coup de pointe au cou en avant et à droite !... Toc ! Le premier tombe !... Une autre pointe en pleine poitrine !... A gauche ! Traversez ! Une véritable parade de concours, messieurs !... Encore bravo, Sainte-Engence ! Deux lanciers ! A un kilomètre d'ici ! Les deux gaillards y sont encore ! En pleins labours ! La guerre est finie pour eux, hein, Sainte-Engence ?... Quel coup double ! Ils ont dû se vider comme des lapins !

Le lieutenant de Sainte-Engence, dont le cheval avait longue-

ment galopé, accueillait les hommages et compliments des camarades avec modestie. A présent qu'Ortolan s'était porté garant de
l'exploit, il était rassuré et il prenait du large, il ramenait sa
jument au sec en la faisant tourner lentement en cercle autour
de l'escadron rassemblé comme s'il se fût agi des suites d'une
épreuve de haies.

— Nous devrions envoyer là-bas tout de suite une autre
reconnaissance et du même côté! Tout de suite! — s'affairait
le capitaine Ortolan décidément excité. — Ces deux bougres
ont dû venir se perdre par ici, mais il doit y en avoir encore
d'autres derrière... Tenez, vous, brigadier Bardamu, allez-y donc
avec vos quatre hommes!

C'est à moi qu'il s'adressait le capitaine.

— Et quand ils vous tireront dessus, eh bien tâchez de les
repérer et venez me dire tout de suite où ils sont! Ce doit être
des Brandebourgeois!...

Ceux de l'active racontaient qu'au quartier, en temps de paix,
il n'apparaissait presque jamais le capitaine Ortolan. Par contre,
à présent, à la guerre, il se rattrapait ferme. En vérité, il était
infatigable. Son entrain, même parmi tant d'autres hurluberlus,
devenait de jour en jour plus remarquable. Il prisait de la cocaïne
qu'on racontait aussi. Pâle et cerné, toujours agité sur ses membres
fragiles, dès qu'il mettait pied à terre, il chancelait d'abord et
puis il se reprenait et arpentait rageusement les sillons en quête
d'une entreprise de bravoure. Il nous aurait envoyés prendre du
feu à la bouche des canons d'en face. Il collaborait avec la mort.
On aurait pu jurer qu'elle avait un contrat avec le capitaine
Ortolan.

La première partie de sa vie (je me renseignai) s'était passée
dans les concours hippiques à s'y casser les côtes, quelques fois
l'an. Ses jambes, à force de les briser aussi et de ne plus les faire
servir à la marche, en avaient perdu leurs mollets. Il n'avançait
plus Ortolan qu'à pas nerveux et pointus comme sur des triques.
Au sol, dans la houppelande démesurée, voûté sous la pluie,
on l'aurait pris pour le fantôme arrière d'un cheval de course.

Notons qu'au début de la monstrueuse entreprise, c'est-
à-dire au mois d'août, jusqu'en septembre même, certaines heures,
des journées entières quelquefois, des bouts de routes, des coins
de bois demeuraient favorables aux condamnés... On pouvait

s'y laisser approcher par l'illusion d'être à peu près tranquille et croûter par exemple une boîte de conserves avec son pain, jusqu'au bout, sans être trop lancinés par le pressentiment que ce serait la dernière. Mais à partir d'octobre ce fut bien fini ces petites accalmies, la grêle devint de plus en plus épaisse, plus dense, mieux truffée, farcie d'obus et de balles. Bientôt on serait en plein orage et ce qu'on cherchait à ne pas voir serait alors en plein devant soi et on ne pourrait plus voir qu'elle : sa propre mort.

La nuit, dont on avait eu si peur dans les premiers temps, en devenait par comparaison assez douce. Nous finissions par l'attendre, la désirer la nuit. On nous tirait dessus moins facilement la nuit que le jour. Et il n'y avait plus que cette différence qui comptait.

C'est difficile d'arriver à l'essentiel, même en ce qui concerne la guerre, la fantaisie résiste longtemps.

Les chats trop menacés par le feu finissent tout de même par aller se jeter dans l'eau.

On dénichait dans la nuit çà et là des quarts d'heure qui ressemblaient assez à l'adorable temps de paix, à ces temps devenus incroyables, où tout était bénin, où rien au fond ne tirait à conséquence, où s'accomplissaient tant d'autres choses, toutes devenues extraordinairement, merveilleusement agréables. Un velours vivant, ce temps de paix...

Mais bientôt les nuits, elles aussi, à leur tour, furent traquées sans merci. Il fallut presque toujours la nuit faire encore travailler sa fatigue, souffrir un petit supplément, rien que pour manger, pour trouver le petit rabiot de sommeil dans le noir. Elle arrivait aux lignes d'avant-garde, la nourriture, honteusement rampante et lourde, en longs cortèges boiteux de carrioles précaires, gonflées de viande, de prisonniers, de blessés, d'avoine, de riz et de gendarmes et de pinard aussi, en bonbonnes le pinard, qui rappellent si bien la gaudriole, cahotantes et pansues.

A pied, les traînards derrière la forge et le pain et des prisonniers à nous, des leurs aussi, en menottes, condamnés à ceci, à cela, mêlés, attachés par les poignets à l'étrier des gendarmes, certains à fusiller demain, pas plus tristes que les autres. Ils mangeaient aussi ceux-là, leur ration de ce thon si difficile à digérer (ils n'en auraient pas le temps) en attendant que le convoi reparte, sur le rebord de la route — et le même dernier pain avec un civil enchaîné à eux, qu'on disait être un espion, et qui n'en savait rien. Nous non plus.

La torture du régiment continuait alors sous la forme nocturne, à tâtons dans les ruelles bossues du village sans lum ère et sans visage, à plier sous des sacs plus lourds que des h mes, d'une grange inconnue vers l'autre, engueulés, menacés, de l'une à l'autre, hagards, sans l'espoir décidément de finir autrement que dans la menace, le purin et le dégoût d'avoir été torturés, dupés jusqu'au sang par une horde de fous vicieux devenus incapables soudain d'autre chose, autant qu'ils étaient, que de tuer et d'être étripés sans savoir pourquoi.

Vautrés à terre, entre deux fumiers, à coups de gueule, à coups de bottes on se trouvait bientôt relevés par la gradaille et relancés encore un coup vers d'autres chargements du convoi, encore.

Le village en suintait de nourriture et d'escouades dans la nuit bouffie de graisse, de pommes, d'avoine, de sucre, qu'il fallait coltiner et bazarder en route, au hasard des escouades. Il amenait de tout le convoi, sauf la fuite.

Lasse, la corvée s'abattait autour de la carriole et survenait le fourrier alors avec son fanal au-dessus de ces larves. Ce singe à deux mentons qui devait dans n'importe quel chaos découvrir des abreuvoirs. Aux chevaux de boire ! Mais j'en ai vu moi, quatre des hommes, derrière compris, roupiller dedans la pleine eau, évanouis de sommeil, jusqu'au cou.

Après l'abreuvoir il fallait encore la retrouver la ferme et la ruelle par où on était venus, et où on croyait bien l'avoir laissée l'escouade. Si on ne retrouvait rien, on était quittes pour s'écrouler une fois de plus le long d'un mur, pendant une seule heure, s'il en restait encore une à roupiller. Dans ce métier d'être tué, faut pas être difficile, faut faire comme si la vie continuait, c'est ça le plus dur, ce mensonge.

Et ils repartaient vers l'arrière les fourgons. Fuyant l'aube, le convoi reprenait sa route, en crissant de toutes ses roues tordues, il s'en allait avec mon vœu qu'il serait surpris, mis en pièces, brûlé enfin au cours de cette journée même, comme on voit dans les gravures militaires, pillé le convoi, à jamais avec tout son équipage de gorilles gendarmes, de fers à chevaux et de rengagés à lanternes et tout ce qu'il contenait de corvées et de lentilles encore et d'autres farines, qu'on ne pouvait jamais faire cuire, et qu'on ne le reverrait plus jamais. Car crever pour crever de fatigue ou d'autre chose, la plus douloureuse façon est encore d'y parvenir en coltinant des sacs pour remplir la nuit avec.

Le jour où on les aurait ainsi bousillés jusqu'aux essieux ces salauds-là, au moins nous foutraient-ils la paix, pensais-je, et même si ça ne serait rien que pendant une nuit tout entière, on pourrait dormir au moins une fois tout entier corps et âme.

Ce ravitaillement, un cauchemar en surcroît, petit monstre tracassier sur le gros de la guerre. Brutes devant, à côté et derrière. Ils en avaient mis partout. Condamnés à mort différés on ne sortait plus de l'envie de roupiller énorme, et tout devenait souffrance en plus d'elle, le temps et l'effort de bouffer. Un bout de ruisseau, un pan de mur par là qu'on croyait avoir reconnus... On s'aidait des odeurs pour retrouver la ferme de l'escouade, redevenus chiens dans la nuit de guerre des villages abandonnés. Ce qui guide encore le mieux, c'est l'odeur de la merde.

Le juteux du ravitaillement, gardien des haines du régiment, pour l'instant maître du monde. Celui qui parle de l'avenir est un coquin, c'est l'actuel qui compte. Invoquer sa postérité, c'est faire un discours aux asticots. Dans la nuit du village de guerre, l'adjudant gardait les animaux humains pour les grands abattoirs qui venaient d'ouvrir. Il est le roi l'adjudant! Le Roi de la Mort! Adjudant Cretelle! Parfaitement! On ne fait pas plus puissant. Il n'y a d'aussi puissant que lui qu'un adjudant des autres, en face.

Rien ne restait du village, de vivant, que des chats effrayés. Les mobiliers bien cassés d'abord, passaient à faire du feu pour la cuistance, chaises, fauteuils, buffets, du plus léger au plus lourd. Et tout ce qui pouvait se mettre sur le dos, ils l'emmenaient avec eux, mes camarades. Des peignes, des petites lampes, des tasses, des petites choses futiles, et même des couronnes de mariées, tout y passait. Comme si on avait encore eu à vivre pour des années. Ils volaient pour se distraire, pour avoir l'air d'en avoir encore pour longtemps. Des envies de toujours.

Le canon pour eux c'était rien que du bruit. C'est à cause de ça que les guerres peuvent durer. Même ceux qui la font, en train de la faire, ne l'imaginent pas. La balle dans le ventre, ils auraient continué à ramasser de vieilles sandales sur la route, qui pouvaient « encore servir ». Ainsi le mouton, sur le flanc, dans le pré, agonise et broute encore. La plupart des gens ne meurent qu'au dernier moment; d'autres commencent et s'y prennent vingt ans d'avance et parfois davantage. Ce sont les malheureux de la terre.

Je n'étais point très sage pour ma part, mais devenu assez pratique cependant pour être lâche définitivement. Sans doute donnais-je à cause de cette résolution l'impression d'un grand calme. Toujours est-il que j'inspirais tel que j'étais une paradoxale confiance à notre capitaine, Ortolan lui-même, qui résolut pour cette nuit-là de me confier une mission délicate. Il s'agissait, m'expliqua-t-il, en confidence, de me rendre au trot avant le jour à Noirceur-sur-la-Lys, ville de tisserands, située à quatorze kilomètres du village où nous étions campés. Je devais m'assurer, dans la place même, de la présence de l'ennemi. A ce sujet, depuis le matin, les envoyés n'arrivaient qu'à se contredire. Le général des Entrayes en était impatient. A l'occasion de cette reconnaissance, on me permit de choisir un cheval parmi les moins purulents du peloton. Depuis longtemps, je n'avais pas été seul. Il me sembla du coup partir en voyage. Mais la délivrance était fictive.

Dès que j'eus pris la route, à cause de la fatigue, je parvins mal à m'imaginer, quoi que je fisse mon propre meurtre, avec assez de précision et de détails. J'avançais d'arbre en arbre, dans mon bruit de ferraille. Mon beau sabre à lui seul, pour le potin, valait un piano. Peut-être étais-je à plaindre, mais en tout cas sûrement, j'étais grotesque.

A quoi pensait donc le général des Entrayes en m'expédiant ainsi dans ce silence, tout vêtu de cymbales? Pas à moi bien assurément.

Les Aztèques éventraient couramment, qu'on raconte, dans leurs temples du soleil, quatre-vingt mille croyants par semaine, les offrant ainsi au Dieu des nuages, afin qu'il leur envoie la pluie. C'est des choses qu'on a du mal à croire avant d'aller en guerre. Mais quand on y est, tout s'explique, et les Aztèques et leur mépris du corps d'autrui, c'est le même que devait avoir pour mes humbles tripes notre général Céladon des Entrayes, plus haut nommé, devenu par l'effet des avancements une sorte de dieu précis, lui aussi, une sorte de petit soleil atrocement exigeant.

Il ne me restait qu'un tout petit peu d'espoir, celui d'être fait prisonnier. Il était mince cet espoir, un fil. Un fil dans la nuit, car les circonstances ne se prêtaient pas du tout aux politesses préliminaires. Un coup de fusil vous arrive plus vite qu'un coup de chapeau dans ces moments-là. D'ailleurs, que trouverais-je à lui dire à ce militaire hostile par principe, et venu expressément pour m'assassiner de l'autre bout de l'Europe?... S'il hésitait une seconde (qui me suffirait) que lui dirais-je?... Que serait-il d'abord en réalité? Quelque employé de magasin? Un rengagé professionnel? Un fossoyeur peut-être? Dans le civil? Un cuisinier?... Les chevaux ont bien de la chance eux, car s'ils subissent aussi la guerre, comme nous, on ne leur demande pas d'y souscrire, d'avoir l'air d'y croire. Malheureux mais libres chevaux! L'enthousiasme hélas! c'est rien que pour nous, ce putain!

Je discernais très bien la route à ce moment et puis posés sur les côtés, sur le limon du sol, les grands carrés et volumes des maisons, aux murs blanchis de lune, comme de gros morceaux de glace inégaux, tout silence, en blocs pâles. Serait-ce ici la fin de tout? Combien y passerais-je de temps, dans cette solitude, après qu'ils m'auraient fait mon affaire? Avant d'en finir? Et dans quel fossé? Le long duquel de ces murs? Ils m'achèveraient peut-être? D'un coup de couteau? Ils arrachaient parfois les mains, les yeux et le reste... On racontait bien des choses à ce propos et des pas drôles! Qui sait?... Un pas du cheval... Encore un autre... suffiraient? Ces bêtes trottent chacune comme deux hommes en souliers de fer collés ensemble, avec un drôle de pas de gymnastique tout désuni.

Mon cœur au chaud, ce lapin, derrière sa petite grille des côtes, agité, blotti, stupide.

Quand on se jette d'un trait du haut de la Tour Eiffel on doit sentir des choses comme ça. On voudrait se rattraper dans l'espace.

Il garda pour moi secrète sa menace, ce village, mais toute-

fois, pas entièrement. Au centre d'une place, un minuscule jet
d'eau glouglloutait pour moi tout seul.

J'avais tout, pour moi tout seul, ce soir-là. J'étais propriétaire enfin, de la lune, du village, d'une peur énorme. J'allais
me remettre au trot. Noirceur-sur-la-Lys, ça devait être encore
à une heure de route au moins, quand j'aperçus une lueur bien
voilée au-dessus d'une porte. Je me dirigeai tout droit vers cette
lueur et c'est ainsi que je me suis découvert une sorte d'audace,
déserteuse il est vrai, mais insoupçonnée. La lueur disparut vite,
mais je l'avais bien vue. Je cognai. J'insistai, je cognai encore,
j'interpellai très haut, mi en allemand, mi en français, tour à
tour, pour tous les cas, ces inconnus bouclés au fond de cette
ombre.

La porte finit par s'entrouvrir, un battant.

— Qui êtes-vous? fit une voix J'étais sauvé.

— Je suis un dragon...

— Un Français? — La femme qui parlait, je pouvais l'apercevoir.

— Oui, un Français...

— C'est qu'il en est passé ici tantôt des dragons allemands...
Ils parlaient français aussi ceux-là...

— Oui, mais moi, je suis Français pour de bon...

— Ah!...

Elle avait l'air d'en douter.

— Où sont-ils à présent? demandai-je.

— Ils sont repartis vers Noirceur sur les huit heures... Et
elle me montrait le nord avec le doigt.

Une jeune fille, un châle, un tablier blanc, sortaient aussi de
l'ombre à présent, jusqu'au pas de la porte.

— Qu'est-ce qu'ils vous ont fait? que je lui ai demandé, les
Allemands?

— Ils ont brûlé une maison près de la mairie et puis ici ils
ont tué mon petit frère avec un coup de lance dans le ventre...
Comme il jouait sur le pont Rouge en les regardant passer...
Tenez! qu'elle me montra... Il est là...

Elle ne pleurait pas. Elle ralluma cette bougie dont j'avais
surpris la lueur. Et j'aperçus — c'était vrai — au fond, le petit
cadavre couché sur un matelas, habillé en costume marin; et
le cou et la tête livides autant que la lueur même de la bougie,

dépassaient d'un grand col carré bleu. Il était recroquevillé sur
lui-même, bras et jambes et dos recourbés, l'enfant. Le coup
de lance lui avait fait comme un axe pour la mort par le milieu
du ventre. Sa mère, elle, pleurait fort, à côté, à genoux, le père
aussi. Et puis, ils se mirent à gémir encore tous ensemble. Mais
j'avais bien soif.

— Vous n'avez pas une bouteille de vin à me vendre? Que
je demandai.

— Faut vous adresser à la mère... Elle sait peut-être s'il
y en a encore... Les Allemands nous en ont pris beaucoup
tantôt...

Et alors, elles se mirent à discuter ensemble à la suite de ma
demande et tout bas.

— Y en a plus! qu'elle revint m'annoncer, la fille, les Allemands ont tout pris... Pourtant on leur en avait donné de nous-
mêmes et beaucoup...

— Ah! oui, alors, qu'ils en ont bu! que remarqua la mère, qui
s'était arrêtée de pleurer, du coup. Ils aiment ça...

— Et plus de cent bouteilles, sûrement, ajouta le père, toujours à genoux, lui.

— Y en a plus une seule alors? insistai-je, espérant encore,
tellement j'avais grand-soif, et surtout de vin blanc, bien amer,
celui qui réveille un peu. J'veux bien payer...

— Y en a plus que du très bon. Y vaut cinq francs la bouteille... consentit alors la mère.

— C'est bien! Et j'ai sorti mes cinq francs de ma poche, une
grosse pièce.

— Va en chercher une! lui commanda-t-elle tout doucement
à la sœur.

La sœur prit la bougie et remonta un litre de la cachette un
instant plus tard.

J'étais servi, je n'avais plus qu'à m'en aller.

— Ils vont revenir? demandai-je, inquiet à nouveau.

— Peut-être, firent-ils ensemble, mais alors ils brûleront tout...
Ils l'ont promis en partant...

— Je vais aller voir ça.

— Vous êtes bien brave... C'est par là! que m'indiquait le
père, dans la direction de Noirceur-sur-la-Lys... Même il sortit
sur la chaussée pour me regarder m'en aller. La fille et la

mère demeurèrent craintives près du petit cadavre, en veillée.

— Reviens! qu'elles lui faisaient de l'intérieur. Rentre donc. Joseph, t'as rien à faire sur la route, toi...

— Vous êtes bien brave, me dit-il encore le père, et il me serra la main.

Je repris, au trot, la route du Nord.

— Leur dites pas que nous sommes encore là au moins! La fille était ressortie pour me crier cela.

— Ils le verront bien, demain, répondis-je, si vous êtes là! J'étais pas content d'avoir donné mes cent sous. Il y avait ces cent sous entre nous. Ça suffit pour haïr, cent sous, et désirer qu'ils en crèvent tous. Pas d'amour à perdre dans ce monde, tant qu'il y aura cent sous.

— Demain! répétaient-ils, eux, douteux...

Demain, pour eux aussi, c'était loin, ça n'avait pas beaucoup de sens, un demain comme ça. Il s'agissait de vivre une heure de plus au fond pour nous tous, et une seule heure dans un monde où tout s'est rétréci au meurtre c'est déjà un phénomène.

Ce ne fut plus bien long. Je trottais d'arbre en arbre et m'attendais à être interpellé ou fusillé d'un moment à l'autre. Et puis rien.

Il devait être sur les deux heures après minuit, guère plus, quand je parvins sur le faîte d'une petite colline, au pas. De là j'ai aperçu tout d'un coup en contrebas des rangées et encore des rangées de becs de gaz allumés, et puis, au premier plan, une gare toute éclairée avec ses wagons, son buffet, d'où ne montait cependant aucun bruit... Rien. Des rues, des avenues, des réverbères, et encore d'autres parallèles de lumières, des quartiers entiers, et puis le reste autour, plus que du noir, du vide, avide autour de la ville, tout étendue, elle, étalée devant moi, comme si on l'avait perdue la ville, toute allumée et répandue au beau milieu de la nuit. J'ai mis pied à terre et je me suis assis sur un petit tertre pour regarder ça pendant un bon moment.

Cela ne m'apprenait toujours pas si les Allemands étaient entrés dans Noirceur, mais comme je savais que dans ces cas-là, ils mettaient le feu d'habitude, s'ils étaient entrés et s'ils n'y mettaient point le feu tout de suite à la ville, c'est sans doute qu'ils avaient des idées et des projets pas ordinaires.

Pas de canon non plus, c'était louche.

Mon cheval voulait se coucher lui aussi. Il tirait sur sa bride et cela me fit retourner. Quand je regardait à nouveau du côté de la ville, quelque chose avait changé l'aspect du tertre devant moi, pas grand-chose, bien sûr, mais tout de même assez pour que j'appelle. « Hé là! qui va là?... » Ce changement dans la disposition de l'ombre avait eu lieu à quelques pas... Ce devait être quelqu'un...

— Gueule pas si fort! que répondit une voix d'homme lourde et enrouée, une voix qui avait l'air bien française.

— T'es à la traîne aussi toi? qu'il me demande de même. A présent, je pouvais le voir. Un fantassin c'était, avec sa visière bien cassée « à la classe ». Après des années et des années, je me souviens bien encore de ce moment-là, sa silhouette sortant des herbes, comme faisaient des cibles au tir autrefois dans les fêtes, les soldats.

Nous nous rapprochions. J'avais mon revolver à la main. J'aurais tiré sans savoir pourquoi, un peu plus.

— Écoute, qu'il me demande, tu les as vus, toi?

— Non, mais je viens par ici pour les voir.

— T'es du 145e dragons?

— Oui, et toi?

— Moi, je suis un réserviste...

— Ah! que je fis. Ça m'étonnait, un réserviste. Il était le premier réserviste que je rencontrais dans la guerre. On avait toujours été avec des hommes de l'active nous. Je ne voyais pas sa figure, mais sa voix était déjà autre chose que les nôtres, comme plus triste, donc plus valable que les nôtres. A cause de cela, je ne pouvais m'empêcher d'avoir un peu confiance en lui. C'était un petit quelque chose.

— J'en ai assez moi, qu'il répétait, je vais aller me faire paumer par les Boches...

Il cachait rien.

— Comment que tu vas faire?

Ça m'intéressait soudain, plus que tout, son projet, comment qu'il allait s'y prendre lui pour réussir à se faire paumer?

— J'sais pas encore...

— Comment que t'as fait toujours pour te débiner?... C'est pas facile de se faire paumer!

— J' m'en fous, j'irai me donner.

— T'as donc peur?

— J'ai peur et puis je trouve ça con, si tu veux mon avis, j'm'en fous des Allemands moi, ils m'ont rien fait...

— Tais-toi, que je lui dis, ils sont peut-être à nous écouter...

J'avais comme envie d'être poli avec les Allemands. J'aurais bien voulu qu'il m'explique celui-là pendant qu'il y était, ce réserviste, pourquoi j'avais pas de courage non plus moi, pour faire la guerre, comme tous les autres... Mais il n'expliquait rien, il répétait seulement qu'il en avait marre.

Il me raconta alors la débandade de son régiment, la veille, au petit jour, à cause des chasseurs à pied de chez nous, qui par erreur avaient ouvert le feu sur sa compagnie à travers champs. On les avait pas attendus à ce moment-là. Ils étaient arrivés trop tôt de trois heures sur l'heure prévue. Alors les chasseurs, fatigués, surpris, les avaient criblés. Je connaissais l'air, on me l'avait joué.

— Moi, tu parles, si j'en ai profité! qu'il ajoutait. Robinson, que je me suis dit! C'est mon nom Robinson!... Robinson Léon! — C'est maintenant ou jamais qu'il faut que tu les mettes, que je me suis dit!... Pas vrai? J'ai donc pris par le long d'un petit bois et puis là, figure-toi, que j'ai rencontré notre capitaine... Il était appuyé à un arbre, bien amoché le piston!... En train de crever qu'il était... Il se tenait la culotte à deux mains, à cracher... Il saignait de partout en roulant des yeux... Y avait personne avec lui. Il avait son compte... « Maman! maman! » qu'il pleurnichait tout en crevant et en pissant du sang aussi...

« Finis ça! que je lui dis. Maman! Elle t'emmerde! »... Comme ça, dis donc, en passant!... Sur le coin de la gueule!... Tu parles si ça a dû le faire jouir la vache!... Hein, vieux!... C'est pas souvent, hein, qu'on peut lui dire ce qu'on pense, au capitaine... Faut en profiter. C'est rare!... Et pour foutre le camp plus vite, j'ai laissé tomber le barda et puis les armes aussi... Dans une mare à canards qui était là à côté... Figure-toi que moi, comme tu me vois, j'ai envie de tuer personne, j'ai pas appris... J'aimais déjà pas les histoires de bagarre, déjà en temps de paix... Je m'en allais... Alors tu te rends compte?... Dans le civil, j'ai essayé d'aller en usine régulièrement... J'étais même un peu graveur, mais j'aimais pas ça, à cause des disputes, j'aimais mieux vendre les journaux du soir et dans un quartier tranquille où j'étais connu, autour de

la Banque de France... Place des Victoires si tu veux savoir...
Rue des Petits-Champs... C'était mon lot... J'dépassais jamais
la rue du Louvre et le Palais-Royal d'un côté, tu vois d'ici...
Je faisais le matin des commissions pour les commerçants...
Une livraison l'après-midi de temps en temps, je bricolais quoi...
Un peu manœuvre... Mais je veux pas d'armes moi!... Si les
Allemands te voient avec des armes, hein? T'es bon! Tandis
que quand t'es en fantaisie, comme moi maintenant... Rien dans
les mains... Rien dans les poches... Ils sentent qu'ils auront
moins de mal à te faire prisonnier, tu comprends? Ils savent à
qui ils ont affaire... Si on pouvait arriver à poil aux Allemands,
c'est ça qui vaudrait encore mieux... Comme un cheval! Alors
ils pourraient pas savoir de quelle armée qu'on est?...

— C'est vrai ça!

Je me rendais compte que l'âge c'est quelque chose pour les
idées. Ça rend pratique.

— C'est là qu'ils sont, hein? Nous fixions et nous estimions
ensemble nos chances et cherchions notre avenir comme aux
cartes dans le grand plan lumineux que nous offrait la ville en
silence.

— On y va?

Il s'agissait de passer la ligne du chemin de fer d'abord. S'il
y avait des sentinelles, on serait visé. Peut-être pas. Fallait
voir. Passer au-dessus ou en dessous par le tunnel.

— Faut nous dépêcher, qu'a ajouté ce Robinson...

C'est la nuit qu'il faut faire ça, le jour, il y a plus d'amis,
tout le monde travaille pour la galerie, le jour, tu vois, même
à la guerre, c'est la foire... Tu prends ton canard avec toi? J'emme-
nai le canard. Prudence pour filer plus vite si on était mal accueilli.
Nous parvînmes au passage à niveau, levés ses grands bras rouges
et blancs. J'en avais jamais vu non plus des barrières de cette
forme-là. Y en avait pas des comme ça aux environs de Paris.

— Tu crois qu'ils sont déjà entrés dans la ville, toi?

— C'est sûr! qu'il a dit... Avance toujours!...

On était à présent forcés d'être aussi braves que des braves,
à cause du cheval qui avançait tranquillement derrière nous,
comme s'il nous poussait avec son bruit, on n'entendait que
lui. Toc! et toc! avec ses fers. Il cognait en plein dans l'écho,
comme si de rien n'était.

Ce Robinson comptait donc sur la nuit pour nous sortir de là?... On allait au pas tous les deux au milieu de la rue vide, sans ruse du tout, au pas cadencé encore, comme à l'exercice.

Il avait raison, Robinson, le jour était impitoyable, de la terre au ciel. Tels que nous allions sur la chaussée, on devait avoir l'air bien inoffensifs tous les deux toujours, bien naïfs même, comme si l'on rentrait de permission. « T'as entendu dire que le 1er hussards a été fait prisonnier tout entier?... dans Lille?... Ils sont entrés comme ça, qu'on a dit, ils savaient pas, hein! le colonel devant... Dans une rue principale mon ami! Ça s'est refermé... Par-devant... Par-derrière... Des Allemands partout!... Aux fenêtres!... Partout... Ça y était... Comme des rats qu'ils étaient faits!... Comme des rats! Tu parles d'un filon!...

— Ah! les vaches!...

— Ah dis donc! Ah dis donc!... On n'en revenait pas nous autres de cette admirable capture, si nette, si définitive... On en bavait. Les boutiques portaient toutes leurs volets clos, les pavillons d'habitation aussi, avec leur petit jardin par-devant, tout ça bien propre. Mais après la Poste on a vu que l'un de ces pavillons, un peu plus blanc que les autres, brillait de toutes ses lumières à toutes les fenêtres, au premier comme à l'entresol. On a été sonner à la porte. Notre cheval toujours derrière nous. Un homme épais et barbu nous ouvrit. « Je suis le Maire de Noirceur — qu'il a annoncé tout de suite, sans qu'on lui demande — et j'attends les Allemands! » Et il est sorti au clair de lune pour nous reconnaître le maire. Quand il s'aperçut que nous n'étions pas des Allemands, nous, mais encore bien des Français, il ne fut plus si solennel, cordial seulement. Et puis gêné aussi. Évidemment, il ne nous attendait plus, nous venions un peu en travers des dispositions qu'il avait dû prendre, des résolutions arrêtées. Les Allemands devaient entrer à Noirceur cette nuit-là, il était prévenu et il avait tout réglé avec la Préfecture, leur colonel ici, leur ambulance là-bas, etc... Et s'ils entraient à présent? Nous étant là? Ça ferait sûrement des histoires! Ça créerait sûrement des complications... Cela il ne nous le dit pas nettement, mais on voyait bien qu'il y pensait.

Alors il se mit à nous parler de l'intérêt général, dans la nuit, là, dans le silence où nous étions perdus. Rien que de l'intérêt

général... Des biens matériels de la communauté... Du patrimoine
artistique de Noirceur, confié à sa charge, charge sacrée, s'il en
était une... De l'église du xve siècle notamment... S'ils allaient
la brûler l'église du xve? Comme celle de Condé-sur-Yser à côté!
Hein?... Par simple mauvaise humeur... Par dépit de nous trouver
là nous... Il nous fit ressentir toute la responsabilité que nous
encourions... Inconscients jeunes soldats que nous étions!...
Les Allemands n'aimaient pas les villes louches où rôdaient encore
des militaires ennemis. C'était bien connu...

Pendant qu'il nous parlait ainsi à mi-voix, sa femme et ses
deux filles, grosses et appétissantes blondes, l'approuvaient fort,
de-ci, de-là, d'un mot... On nous rejetait, en somme. Entre nous,
flottaient les valeurs sentimentales et archéologiques, soudain
fort vives, puisqu'il n'y avait plus personne à Noirceur dans la
nuit pour le contester... Patriotiques, morales, poussées par des
mots, fantômes qu'il essayait de rattraper, le maire, mais qui
s'estompaient aussitôt vaincus par notre peur et notre égoïsme
à nous et aussi par la vérité pure et simple.

Il s'épuisait en de touchants efforts, le maire de Noirceur,
ardent à nous persuader que notre Devoir était bien de foutre
le camp tout de suite à tous les diables, moins brutal certes,
mais tout aussi décidé dans son genre que notre commandant
Pinçon.

De certain, il n'y avait à opposer décidément, à tous ces puissants, que notre petit désir, à nous deux, de ne pas mourir et de
ne pas brûler. C'était peu, surtout que ces choses-là ne peuvent
pas se déclarer pendant la guerre. Nous retournâmes donc vers
d'autres rues vides. Décidément tous les gens que j'avais rencontrés pendant cette nuit-là m'avaient montré leur âme.

— C'est bien ma chance! qu'il remarqua Robinson comme
on s'en allait. Tu vois, si seulement t'avais été un Allemand toi,
comme t'es un bon gars aussi, tu m'aurais fait prisonnier et ça
aurait été une bonne chose de faite... On a du mal à se débarrasser
de soi-même en guerre!

— Et toi, que je lui ai dit, si t'avais été un Allemand, tu
m'aurais pas fait prisonnier aussi? T'aurais peut-être alors eu
leur médaille militaire! Elle doit s'appeler d'un drôle de mot
en allemand leur médaille militaire, hein?

Comme il ne se trouvait toujours personne sur notre chemin

à vouloir de nous comme prisonniers, nous finîmes par aller nous asseoir sur un banc dans un petit square et on a mangé alors la boîte de thon que Robinson Léon promenait et réchauffait dans sa poche depuis le matin. Très au loin, on entendait du canon à présent, mais vraiment très loin. S'ils avaient pu rester chacun de leur côté, les ennemis, et nous laisser là tranquilles!

Après ça, c'est un quai qu'on a suivi; et le long des péniches à moitié déchargées, dans l'eau, à longs jets, on a uriné. On emmenait toujours le cheval à la bride, derrière nous, comme un très gros chien, mais près du pont, dans la maison du passeur, à une seule pièce, sur un matelas aussi, était étendu encore un mort, tout seul, un Français, commandant de chasseurs à cheval qui ressemblait d'ailleurs un peu à ce Robinson, comme tête.

— Tu parles qu'il est vilain! que me fit remarquer Robinson. Moi j'aime pas les morts...

— Le plus curieux, que je lui répondis, c'est qu'il te ressemble un peu. Il a un long nez comme le tien et toi t'es pas beaucoup moins jeune que lui...

— Ce que tu vois, c'est par la fatigue forcément qu'on se ressemble un peu tous, mais si tu m'avais vu avant... Quand je faisais de la bicyclette tous les dimanches!... J'étais beau gosse! J'avais des mollets, mon vieux! Du sport, tu sais! Et ça développe les cuisses aussi...

On est ressorti, l'allumette qu'on avait prise pour le regarder s'était éteinte.

— Tu vois, c'est trop tard, tu vois!...

Une longue raie grise et verte soulignait déjà au loin la crête du coteau, à la limite de la ville, dans la nuit; le Jour! Un de plus! Un de moins! Il faudrait essayer de passer à travers celui-là encore comme à travers les autres, devenus des espèces de cerceaux de plus en plus étroits, les jours, et tout remplis avec des trajectoires et des éclats de mitraille.

— Tu reviendras pas par ici toi, dis, la nuit prochaine? qu'il demanda en me quittant.

— Il n'y a pas de nuit prochaine, mon vieux!... Tu te prends donc pour un général?

— J'pense plus à rien, moi, qu'il a fait, pour finir... A rien, t'entends!... J'pense qu'à pas crever... Ça suffit... J'me dis qu'un jour de gagné, c'est toujours un jour de plus!

POUR être bien vus et considérés, il a fallu se dépêcher dare-dare de devenir bien copains avec les civils parce qu'eux, à l'arrière, ils devenaient, à mesure que la guerre avançait, de plus en plus vicieux. Tout de suite j'ai compris ça en rentrant à Paris et aussi que leurs femmes avaient le feu au derrière, et les vieux des gueules grandes comme ça, et les mains partout, aux culs, aux poches.

On héritait des combattants à l'arrière, on avait vite appris la gloire et les bonnes façons de la supporter courageusement et sans douleur.

Les mères, tantôt infirmières, tantôt martyres, ne quittaient plus leurs longs voiles sombres, non plus que le petit diplôme que le Ministre leur faisait remettre à temps par l'employé de la Mairie. En somme, les choses s'organisaient.

Pendant des funérailles soignées on est bien tristes aussi, mais on pense quand même à l'héritage, aux vacances prochaines, à la veuve qui est mignonne, et qui a du tempérament, dit-on, et à vivre encore, soi-même, par contraste, bien longtemps, à ne crever jamais peut-être... Qui sait?

Quand on suit ainsi l'enterrement, tous les gens vous envoient des grands coups de chapeau. Ça fait plaisir. C'est le moment alors de bien se tenir, d'avoir l'air convenable, de ne pas rigoler tout haut, de se réjouir seulement en dedans. C'est permis. Tout est permis en dedans.

Dans le temps de la guerre, au lieu de danser à l'entresol, on dansait dans la cave. Les combattants le toléraient et mieux encore, ils aimaient ça. Ils en demandaient dès qu'ils arrivaient et personne ne trouvait ces façons louches. Y a que la bravoure au fond qui est louche. Être brave avec son corps? Demandez alors à l'asticot aussi d'être brave, il est rose et pâle et mou, tout comme nous.

Pour ma part, je n'avais plus à me plaindre. J'étais même en train de m'affranchir par la médaille militaire que j'avais gagnée, la blessure et tout. En convalescence, on me l'avait apportée la médaille, à l'hôpital même. Et le même jour, je m'en fus au théâtre, la montrer aux civils pendant les entractes. Grand effet. C'étaient les premières médailles qu'on voyait dans Paris. Une affaire !

C'est même à cette occasion, qu'au foyer de l'Opéra-Comique j'ai rencontré la petite Lola d'Amérique et c'est à cause d'elle que je me suis tout à fait dessalé.

Il existe comme ça certaines dates qui comptent parmi tant de mois où on aurait très bien pu se passer de vivre. Ce jour de la médaille à l'Opéra-Comique fut dans la mienne, décisif.

A cause d'elle, de Lola, je suis devenu tout curieux des Etats-Unis, à cause des questions que je lui posais tout de suite et auxquelles elle ne répondait qu'à peine. Quand on est lancé de la sorte dans les voyages, on revient quand on peut et comme on peut...

Au moment dont je parle, tout le monde à Paris voulait posséder son petit uniforme. Il n'y avait guère que les neutres et les espions qui n'en avaient pas, et ceux-là c'étaient presque les mêmes. Lola avait le sien d'uniforme officiel, et un vrai bien mignon, rehaussé de petites croix rouges partout, sur les manches, sur son menu bonnet de police, coquinement posé de travers toujours sur ses cheveux ondulés. Elle était venue nous aider à sauver la France, confiait-elle au directeur de l'hôtel, dans la mesure de ses faibles forces, mais avec tout son cœur ! Nous nous comprîmes tout de suite, mais pas complètement toutefois, parce que les élans du cœur m'étaient devenus tout à fait désagréables. Je préférais ceux du corps, tout simplement. Il faut s'en méfier énormément du cœur, on me l'avait appris et comment ! à la guerre. Et je n'étais pas près de l'oublier.

Le cœur de Lola était tendre, faible et enthousiaste. Le corps était gentil, très aimable, et il fallut bien que je la prisse dans son ensemble comme elle était. C'était une gentille fille après tout Lola, seulement, il y avait la guerre entre nous, cette foutue énorme rage qui poussait la moitié des humains, aimants ou non, à envoyer l'autre moitié vers l'abattoir. Alors ça gênait dans les relations, forcément, une manie comme celle-là. Pour

moi qui tirais sur ma convalescence tant que je pouvais et qui
ne tenais pas du tout à reprendre mon tour au cimetière ardent
des batailles, le ridicule de notre massacre m'apparaissait, clinquant, à chaque pas que je faisais dans la ville. Une roublar-
dise immense s'étalait partout.

Cependant j'avais peu de chance d'y échapper, je n'avais
aucune des relations indispensables pour s'en tirer. Je ne connaissais que des pauvres, c'est-à-dire des gens dont la mort n'intéresse personne. Quant à Lola, il ne fallait pas compter sur
elle pour m'embusquer. Infirmière comme elle était, on ne pouvait rêver, sauf Ortolan peut-être, d'un être plus combattif
que cette enfant charmante. Avant d'avoir traversé la fricassée
boueuse des héroïsmes, son petit air Jeanne d'Arc m'aurait
peut-être excité, converti, mais à présent, depuis mon enrôle-
ment de la place Clichy, j'étais devenu devant tout héroïsme
verbal ou réel, phobiquement rébarbatif. J'étais guéri, bien
guéri.

Pour la commodité des dames du Corps Expéditionnaire américain, le groupe des infirmières dont Lola faisait partie logeait
à l'hôtel Paritz et pour lui rendre, à elle particulièrement, les
choses encore plus aimables, il lui fut confié (elle avait des relations) dans l'hôtel même la direction d'un service spécial, celui
des beignets aux pommes pour les hôpitaux de Paris. Il s'en
distribuait ainsi chaque matin des milliers de douzaines. Lola
remplissait cette fonction bénigne avec un certain petit zèle qui
devait d'ailleurs un peu plus tard tourner tout à fait mal.

Lola, il faut le dire, n'avait jamais confectionné de beignets
de sa vie. Elle embaucha donc un certain nombre de cuisinières
mercenaires, et les beignets furent, après quelques essais, prêts
à être livrés ponctuellement juteux, dorés et sucrés à ravir. Lola
n'avait plus en somme qu'à les goûter avant qu'on les expédiât
dans les divers services hospitaliers. Chaque matin Lola se levait
dès dix heures et descendait, ayant pris son bain, vers les cuisines situées profondément auprès des caves. Cela, chaque matin,
je le dis, et seulement vêtue d'un kimono japonais noir et jaune
qu'un ami de San Francisco lui avait offert la veille de son
départ.

Tout marchait parfaitement en somme et nous étions bien
en train de gagner la guerre, quand un certain beau jour, à l'heure

du déjeuner, je la trouvai bouleversée, se refusant à toucher
à un seul plat du repas. L'appréhension d'un malheur arrivé,
d'une maladie soudaine me gagna. Je la suppliai de se confier
à mon affection vigilante.

D'avoir goûté ponctuellement les beignets pendant tout un
mois, Lola avait grossi de deux bonnes livres! Son petit ceinturon témoignait d'ailleurs, par un cran, du désastre. Vinrent les
larmes. Essayant de la consoler, de mon mieux, nous parcourûmes, sous le coup de l'émotion, en taxi, plusieurs pharmaciens,
très diversement situés. Par hasard, implacables, toutes les
balances confirmèrent que les deux livres étaient bel et bien
acquises, indéniables. Je suggérai alors qu'elle abandonne son
service à une collègue qui, elle, au contraire, recherchait des « avantages ». Lola ne voulut rien entendre de ce compromis qu'elle
considérait comme une honte et une véritable petite désertion
dans son genre. C'est même à cette occasion qu'elle m'apprit
que son arrière-grand-oncle avait fait, lui aussi, partie de l'équipage à tout jamais glorieux du « Mayflower » débarqué à Boston
en 1677, et qu'en considération d'une pareille mémoire, elle ne
pouvait songer à se dérober, elle, au devoir des beignets, modeste
certes, mais sacré quand même.

Toujours est-il que de ce jour, elle ne goûtait plus les beignets
que du bout des dents, qu'elle possédait d'ailleurs toutes bien
rangées et mignonnes. Cette angoisse de grossir était arrivée à
lui gâter tout plaisir. Elle dépérit. Elle eut en peu de temps aussi
peur des beignets que moi des obus. Le plus souvent à présent,
nous allions nous promener par hygiène de long en large, à cause
des beignets, sur les quais, sur les boulevards, mais nous n'en-
trions plus au Napolitain, à cause des glaces qui font, elles aussi,
engraisser les dames.

Jamais je n'avais rien rêvé d'aussi confortablement habitable
que sa chambre, toute bleu pâle, avec une salle de bains à côté.
Des photos de ses amis, partout, des dédicaces, peu de femmes,
beaucoup d'hommes, de beaux garçons, bruns et frisés, son genre,
elle me parlait de la couleur de leurs yeux, et puis de ces dédicaces tendres, solennelles, et toutes, définitives. Au début, pour
la politesse, ça me gênait, au milieu de toutes ces effigies, et
puis on s'habitue.

Dès que je cessais de l'embrasser, elle y revenait, je n'y cou-

pais pas, sur les sujets de la guerre ou des beignets. La France
tenait de la place dans nos conversations. Pour Lola, la France
demeurait une espèce d'entité chevaleresque, aux contours
peu définis dans l'espace et le temps, mais en ce moment dange-
reusement blessée et à cause de cela même très excitante. Moi,
quand on me parlait de la France, je pensais irrésistiblement à
mes tripes, alors forcément, j'étais beaucoup plus réservé pour
ce qui concernait l'enthousiasme. Chacun sa terreur. Cependant,
comme elle était complaisante au sexe, je l'écoutais sans jamais
la contredire. Mais question d'âme, je ne la contentais guère.
C'est tout vibrant, tout rayonnant qu'elle m'aurait voulu, et
moi, de mon côté, je ne concevais pas du tout pourquoi j'aurais
été dans cet état-là, sublime, je voyais au contraire mille raisons,
toutes irréfutables, pour demeurer d'humeur exactement contraire.

Lola, après tout, ne faisait que divaguer de bonheur et d'optimisme, comme tous les gens qui sont du bon côté de la vie,
celui des privilèges, de la santé, de la sécurité et qui en ont encore
pour longtemps à vivre.

Elle me tracassait avec les choses de l'âme, elle en avait plein
la bouche. L'âme, c'est la vanité et le plaisir du corps tant qu'il
est bien portant, mais c'est aussi l'envie d'en sortir du corps
dès qu'il est malade ou que les choses tournent mal. On prend
des deux poses celle qui vous sert le plus agréablement dans le
moment et voilà tout! Tant qu'on peut choisir, entre les deux,
ça va. Mais moi, je ne pouvais plus choisir, mon jeu était fait!
J'étais dans la vérité jusqu'au trognon, et même que ma propre
mort me suivait pour ainsi dire pas à pas. J'avais bien du mal
à penser à autre chose qu'à mon destin d'assassiné en sursis,
que tout le monde d'ailleurs trouvait pour moi tout à fait
normal.

Cette espèce d'agonie différée, lucide, bien portante, pendant
laquelle il est impossible de comprendre autre chose que des
vérités absolues, il faut l'avoir endurée pour savoir à jamais
ce qu'on dit.

Ma conclusion c'était que les Allemands pouvaient arriver
ici, massacrer, saccager, incendier tout, l'hôtel, les beignets,
Lola, les Tuileries, les Ministres, leurs petits amis, la Coupole,
le Louvre, les Grands Magasins, fondre sur la ville, y foutre le

tonnerre de Dieu, le feu de l'enfer, dans cette foire pourrie à laquelle on ne pouvait vraiment plus rien ajouter de plus sordide, et que moi, je n'avais cependant vraiment rien à perdre, rien, et tout à gagner.

On ne perd pas grand-chose quand brûle la maison du propriétaire. Il en viendra toujours un autre, si ce n'est pas toujours le même, Allemand ou Français, ou Anglais ou Chinois, pour présenter, n'est-ce pas, sa quittance à l'occasion... En marks ou francs? Du moment qu'il faut payer...

En somme, il était salement mauvais, le moral. Si je lui avais dit ce que je pensais de la guerre, à Lola, elle m'aurait pris pour un monstre tout simplement, et chassé des dernières douceurs de son intimité. Je m'en gardais donc bien, de lui faire ces aveux. J'éprouvais, d'autre part, quelques difficultés et rivalités encore. Certains officiers essayaient de me la souffler, Lola. Leur concurrence était redoutable, armés qu'ils étaient, eux, des séductions de leur Légion d'honneur. Or, on se mit à en parler beaucoup de cette fameuse Légion d'honneur dans les journaux américains. Je crois même qu'à deux ou trois reprises où je fus cocu, nos relations eussent été très menacées, si au même moment cette frivole ne m'avait découvert soudain une utilité supérieure, celle qui consistait à goûter chaque matin les beignets à sa place.

Cette spécialisation de la dernière minute me sauva. De ma part, elle accepta le remplacement. N'étais-je pas moi aussi un valeureux combattant, donc digne de cette mission de confiance! Dès lors, nous ne fûmes plus seulement amants mais associés. Ainsi débutèrent les temps modernes.

Son corps était pour moi une joie qui n'en finissait pas. Je n'en avais jamais assez de le parcourir ce corps américain. J'étais à vrai dire un sacré cochon. Je le demeurai.

Je me formai même à cette conviction bien agréable et renforçatrice qu'un pays apte à produire des corps aussi audacieux dans leur grâce et d'une envolée spirituelle aussi tentante devait offrir bien d'autres révélations capitales au sens biologique il s'entend.

Je décidai, à force de peloter Lola, d'entreprendre tôt ou tard le voyage aux Etats-Unis, comme un véritable pèlerinage et cela dès que possible. Je n'eus en effet de cesse et de repos (à travers une vie pourtant implacablement contraire et tracassée) avant d'avoir mené à bien cette profonde aventure, mystiquement anatomique.

Je reçus ainsi tout près du derrière de Lola le message d'un nouveau monde. Elle n'avait pas qu'un corps Lola, entendons-nous, elle était ornée aussi d'une tête menue, mignonne et un peu cruelle à cause des yeux bleu grisaille qui lui remontaient d'un tantinet vers les angles tels ceux des chats sauvages.

Rien que la regarder en face me faisait venir l'eau à la bouche comme par un petit goût de vin sec, de silex. Des yeux durs en résumé, et point animés par cette gentille vivacité commerciale, orientalo-fragonarde qu'ont presque tous les yeux de par ici.

Nous nous retrouvions le plus souvent dans un café d'à côté. Les blessés de plus en plus nombreux clopinaient à travers les rues, souvent débraillés. A leur bénéfice il s'organisait des quêtes, « Journées » pour ceux-ci, pour ceux-là, et surtout pour les organisateurs des « Journées ». Mentir, baiser, mourir. Il venait d'être défendu d'entreprendre autre chose. On mentait avec rage au-delà de l'imaginaire, bien au-delà du ridicule et de l'absurde, dans les journaux, sur les affiches, à pied, à cheval, en voiture. Tout le monde s'y était mis. C'est à qui mentirait plus énormément que l'autre. Bientôt, il n'y eut plus de vérité dans la ville.

Le peu qu'on y trouvait en 1914 on en était honteux à présent. Tout ce qu'on touchait était truqué, le sucre, les avions, les sandales, les confitures, les photos; tout ce qu'on lisait, avalait, suçait, admirait, proclamait, réfutait, défendait, tout cela n'était que fantômes haineux, truquages et mascarades. Les traîtres eux-mêmes étaient faux. Le délire de mentir et de croire s'attrape comme la gale. La petite Lola ne connaissait du français que quelques phrases, mais elles étaient patriotiques : « On les aura !...», « Madelon, viens !... » C'était à pleurer.

Elle se penchait ainsi sur notre mort avec entêtement, impudeur, comme toutes les femmes d'ailleurs, dès que la mode d'être courageuse pour les autres est venue.

Et moi qui précisément me découvrais tant de goût pour toutes les choses qui m'éloignaient de la guerre ! Je lui demandai à plusieurs reprises des renseignements sur son Amérique à Lola, mais elle ne me répondait alors que par des commentaires tout à fait vagues, prétentieux et manifestement incertains, tendant à faire sur mon esprit une brillante impression.

Mais je me méfiais des impressions à présent. On m'avait possédé une fois à l'impression, on ne m'aurait plus au boniment. Personne.

Je croyais à son corps, je ne croyais pas à son esprit. Je la considérais comme une charmante embusquée, la Lola, à l'envers de la guerre, à l'envers de la vie.

Elle traversait mon angoisse avec la mentalité du *Petit Journal* : Pompon, Fanfare, ma Lorraine et gants blancs... En attendant je lui faisais des politesses de plus en plus fréquentes, parce que je lui avais assuré que ça la ferait maigrir. Mais elle comptait plutôt sur nos longues promenades pour y parvenir. Je les détestais, quant à moi, les longues promenades. Mais elle insistait.

Nous fréquentions ainsi très sportivement le Bois de Boulogne, pendant quelques heures, chaque après-midi, le « Tour des Lacs ».

La nature est une chose effrayante et même quand elle est fermement domestiquée, comme au Bois, elle donne encore une sorte d'angoisse aux véritables citadins. Ils se livrent alors assez facilement aux confidences. Rien ne vaut le Bois de Boulogne, tout humide, grillagé, graisseux et pelé qu'il est, pour faire affluer les souvenirs, incoercibles, chez les gens des villes en promenade entre les arbres. Lola n'échappait pas à cette mélancolique et confidente inquiétude. Elle me raconta mille choses à peu près sincères, en nous promenant ainsi, sur sa vie de New York, sur ses petites amies de là-bas.

Je n'arrivais pas à démêler tout à fait le vraisemblable, dans cette trame compliquée de dollars, de fiançailles, de divorces, d'achats de robes et de bijoux dont son existence me paraissait comblée.

Nous allâmes ce jour-là vers le champ de courses. On rencontrait encore dans ces parages des fiacres nombreux et des enfants sur des ânes, et d'autres enfants à faire de la poussière et des autos bondées de permissionnaires qui n'arrêtaient pas de chercher en vitesse des femmes vacantes par les petites allées, entre deux trains, soulevant plus de poussière encore, pressés d'aller

dîner et de faire l'amour, agités et visqueux, aux aguets, tracassés
par l'heure implacable et le désir de vie. Ils en transpiraient de
passion et de chaleur aussi.

Le Bois était moins bien tenu qu'à l'habitude, négligé, admi-
nistrativement en suspens.

› — Cet endroit devait être bien joli avant la guerre?... remarquait Lola. Elégant?... Racontez-moi, Ferdinand!... Les courses
ici?... Etait-ce comme chez nous à New York?...

A vrai dire, je n'y étais jamais allé, moi, aux courses avant
la guerre, mais j'inventai instantanément pour la distraire cent
détails colorés sur ce sujet, à l'aide des récits qu'on m'en avait
faits, à droite et à gauche. Les robes... Les élégantes... Les coupés
étincelants... Le départ... Les trompes allègres et volontaires...
Le saut de la rivière... Le Président de la République... La fièvre
ondulante des enjeux, etc.

Elle lui plut si fort, ma description idéale, que ce récit nous
rapprocha. A partir de ce moment, elle crut avoir découvert
Lola que nous avions au moins un goût en commun, chez moi
bien dissimulé, celui des solennités mondaines. Elle m'en embrassa
même spontanément d'émotion, ce qui lui arrivait rarement,
je dois le dire. Et puis la mélancolie des choses à la mode révolues
la touchait. Chacun pleure à sa façon le temps qui passe. Lola
c'était par les modes mortes qu'elle s'apercevait de la fuite des
années.

— Ferdinand, demanda-t-elle, croyez-vous qu'il y en aura
encore des courses dans ce champ-là?

— Quand la guerre sera finie, sans doute, Lola...

— Cela n'est pas certain, n'est-ce pas?

— Non, pas certain...

Cette possibilité qu'il n'y eût plus jamais de courses à Longchamp la déconcertait. La tristesse du monde saisit les êtres
comme elle peut, mais à les saisir elle semble parvenir presque
toujours.

— Supposez qu'elle dure encore longtemps la guerre, Ferdi-
nand, des années par exemple... Alors il sera trop tard pour moi...
Pour revenir ici... Me comprenez-vous Ferdinand?... J'aime tant,
vous savez, les jolis endroits comme ceux-ci... Bien mondains...
Bien élégants... Il sera trop tard... Pour toujours trop tard...
Peut-être... Je serai vieille alors, Ferdinand... Quand elles repren-

dront les réunions... Je serai vieille déjà... Vous verrez Ferdinand,
il sera trop tard... Je sens qu'il sera trop tard...

Et la voilà retournée dans sa désolation, comme pour les deux
livres. Je lui donnai pour la rassurer toutes les espérances auxquelles je pouvais penser... Qu'elle n'avait en somme que vingt
et trois années... Que la guerre allait passer bien vite... Que les
beaux jours reviendraient... Comme avant, plus beaux qu'avant...
Pour elle au moins... Mignonne comme elle était... Le temps
perdu! Elle le rattraperait sans dommage!... Les hommages...
Les admirations, ne lui manqueraient pas de sitôt... Elle fit
semblant de ne plus avoir de peine pour me faire plaisir.

— Il faut marcher encore? demandait-elle.

— Pour maigrir?

— Ah! c'est vrai, j'oubliais cela...

Nous quittâmes Longchamp, les enfants étaient partis des
alentours. Plus que de la poussière. Les permissionnaires pour-
chassaient encore le Bonheur, mais hors des futaies à présent,
traqué qu'il devait être, le Bonheur, entre les terrasses de la
Porte Maillot.

Nous longions les berges vers Saint-Cloud. voilées du halo
dansant des brumes qui montent de l'automne. Près du pont,
quelques péniches touchaient du nez les arbres, durement enfon-
cées dans l'eau par le charbon jusqu'au plat-bord.

L'immense éventail de verdure du parc se déploie au-dessus
des grilles. Ces arbres ont la douce ampleur et la force des grands
rêves. Seulement des arbres, je m'en méfiais aussi depuis que
j'étais passé par leurs embuscades. Un mort derrière chaque
arbre. La grande allée montait entre deux rangées roses vers les
fontaines. A côté du kiosque la vieille dame aux sodas semblait
lentement rassembler toutes les ombres du soir autour de sa
jupe. Plus loin dans les chemins de côté flottaient les grands
cubes et rectangles tendus de toiles sombres, les baraques d'une
fête que la guerre avait surprise là, et comblée soudain de
silence.

— C'est voilà un an qu'ils sont partis déjà! nous rappelait
la vieille aux sodas. A présent, il n'y passe pas deux personnes
par jour ici... J'y viens encore moi par l'habitude... On voyait
tant de monde par ici!...

Elle n'avait rien compris la vieille au reste de ce qui s'était passé, rien que cela. Lola voulut que nous passions auprès de ces tentes vides, une drôle d'envie triste qu'elle avait.

Nous en comptâmes une vingtaine, des longues garnies de glaces, des petites, bien plus nombreuses, des confiseries foraines, des loteries, un petit théâtre même, tout traversé de courants d'air; entre chaque arbre il y en avait, partout, des baraques, l'une d'elles, vers la grande allée, n'avait même plus ses rideaux, éventée comme un vieux mystère.

Elles penchaient déjà vers les feuilles et la boue les tentes. Nous nous arrêtâmes auprès de la dernière, celle qui s'inclinait plus que les autres et tanguait sur ses poteaux, dans le vent, comme un bateau, voiles folles, prêt à rompre sa dernière corde. Elle vacillait, sa toile du milieu secouait dans le vent montant, secouait vers le ciel, au-dessus du toit. Au fronton de la baraque on lisait son vieux nom en vert et rouge; c'était la baraque d'un tir : *Le Stand des Nations* qu'il s'appelait.

Plus personne pour le garder non plus. Il tirait peut-être avec les autres propriétaires à présent, avec les clients.

Comme les petites cibles dans la boutique en avaient reçu des balles! Toutes criblées de petits points blancs! Une noce pour la rigolade que ça représentait : au premier rang, en zinc, la mariée avec ses fleurs, le cousin, le militaire, le promis, avec une grosse gueule rouge, et puis au deuxième rang des invités encore, qu'on avait dû tuer bien des fois quand elle marchait encore la tête

— Je suis sûre que vous devez bien tirer, vous Ferdinand? Si c'était la fête encore, je ferais un match avec vous!... N'est-ce pas que vous tirez bien Ferdinand?

— Non, je ne tire pas très bien...

Au dernier rang derrière la noce, un autre rang peinturluré, la Mairie avec son drapeau. On devait tirer dans la Mairie aussi quand ça fonctionnait, dans les fenêtres qui s'ouvraient alors d'un coup sec de sonnette, sur le petit drapeau en zinc même on tirait. Et puis sur le régiment qui défilait, en pente, à côté, comme le mien, place Clichy, celui-ci entre les pipes et les petits ballons, sur tout ça on avait tiré tant qu'on avait pu, à présent sur moi on tirait, hier, demain.

— Sur moi aussi qu'on tire Lola! que je ne pus m'empêcher de lui crier.

— Venez! fit-elle alors... Vous dites des bêtises, Ferdinand, et nous allons attraper froid.

Nous descendîmes vers Saint-Cloud par la grande allée, la Royale, en évitant la boue, elle me tenait par la main, la sienne était toute petite, mais je ne pouvais plus penser à autre chose qu'à la noce en zinc du Stand de là-haut qu'on avait laissée dans l'ombre de l'allée. J'oubliais même de l'embrasser Lola, c'était plus fort que moi. Je me sentais tout bizarre. C'est même à partir de ce moment-là, je crois, que ma tête est devenue si difficile à tranquilliser avec ses idées dedans.

Quand nous parvînmes au pont de Saint-Cloud il faisait tout à fait sombre.

— Ferdinand, voulez-vous dîner chez Duval? Vous aimez bien Duval, vous... Cela vous changerait les idées... On y rencontre toujours beaucoup de monde... A moins que vous ne préfériez dîner dans ma chambre? — Elle était bien prévenante, en somme, ce soir-là.

Nous nous décidâmes finalement pour Duval. Mais à peine étions-nous à table que l'endroit me parut insensé. Tous ces gens assis en rangs autour de nous me donnaient l'impression d'attendre eux aussi que des balles les assaillent de partout pendant qu'ils bouffaient.

— Allez-vous-en tous! que je les ai prévenus. Foutez le camp! On va tirer! Vous tuer! Nous tuer tous!

On m'a ramené à l'hôtel de Lola, en vitesse. Je voyais partout la même chose. Tous les gens qui défilaient dans les couloirs du Paritz semblaient aller se faire tirer et les employés derrière la grande caisse, eux aussi, tout juste faits pour ça, et le type d'en bas même, du Paritz, avec son uniforme bleu comme le ciel et doré comme le soleil, le concierge qu'on l'appelait, et puis des militaires, des officiers déambulants, des généraux, moins beaux que lui bien sûr, mais en uniforme quand même, partout un tir immense, dont on ne sortirait pas, ni les uns ni les autres. Ce n'était plus une rigolade.

— On va tirer! que je leur criais moi, du plus fort que je pouvais, au milieu du grand salon. On va tirer! Foutez donc le camp tous!... Et puis par la fenêtre que j'ai crié ça aussi. Ça me tenait. Un vrai scandale. « Pauvre soldat! » qu'on disait. Le concierge m'a emmené au bar bien doucement, par l'amabilité. Il m'a fait boire et j'ai bien bu, et puis enfin les gendarmes sont venus me chercher, plus brutalement eux. Dans le Stand des Nations il y en avait aussi des gendarmes. Je les avais vus. Lola m'embrassa et les aida à m'emmener avec leurs menottes.

Alors je suis tombé malade, fiévreux, rendu fou, qu'ils ont expliqué à l'hôpital, par la peur. C'était possible. La meilleure des choses à faire, n'est-ce pas, quand on est dans ce monde, c'est d'en sortir? Fou ou pas, peur ou pas.

Ça a fait des histoires. Les uns ont dit : « Ce garçon-là, c'est un anarchiste, on va donc le fusiller, c'est le moment, et tout de suite, y a pas à hésiter, faut pas lanterner, puisque c'est la guerre !... » Mais il y en avait d'autres, plus patients, qui voulaient que je soye seulement syphilitique et bien sincèrement fol et qu'on m'enferme en conséquence jusqu'à la paix, ou tout au moins pendant des mois, parce qu'eux les pas fous, qui avaient toute leur raison, qu'ils disaient, ils voulaient me soigner pendant qu'eux seulement ils feraient la guerre. Ça prouve que, pour qu'on vous croye raisonnable, rien de tel que de posséder un sacré culot. Quand on a un bon culot, ça suffit, presque tout alors vous est permis, absolument tout, on a la majorité pour soi et c'est la majorité qui décrète de ce qui est fou et ce qui ne l'est pas.

Cependant mon diagnostic demeurait très douteux. Il fut donc décidé par les autorités de me mettre en observation pendant un temps. Ma petite amie Lola eut la permission de me rendre quelques visites, et ma mère aussi. C'était tout.

Nous étions hébergés nous les blessés troubles, dans un lycée d'Issy-les-Moulineaux, organisé bien exprès pour recevoir et traquer doucement ou fortement aux aveux, selon les cas, ces soldats dans mon genre dont l'idéal patriotique était simplement compromis ou tout à fait malade. On ne nous traitait pas absolument mal, mais on se sentait tout le temps, tout de même, guetté par un personnel d'infirmiers silencieux et dotés d'énormes oreilles.

Après quelque temps de soumission à cette surveillance on sortait discrètement pour s'en aller, soit vers l'asile d'aliénés, soit au front, soit encore assez souvent au poteau.

Parmi les copains rassemblés dans ces locaux louches, je me demandais toujours lequel était en train, parlant bas au réfectoire, de devenir un fantôme.

Près de la grille, à l'entrée, dans son petit pavillon, demeurait la concierge, celle qui nous vendait des sucres d'orge et des oranges et ce qu'il fallait en même temps pour se recoudre des boutons. Elle nous vendait encore en plus, du plaisir. Pour les sous-officiers, c'était dix francs le plaisir. Tout le monde pouvait en avoir. Seulement en se méfiant des confidences qu'on lui faisait trop aisément dans ces moments-là. Elles pouvaient coûter cher ces expansions. Ce qu'on lui confiait, elle le répétait au médecin chef, scrupuleusement, et ça vous passait au dossier pour le Conseil de guerre. Il semblait bien prouvé qu'elle avait ainsi fait fusiller, à coups de confidences, un brigadier de Spahis qui n'avait pas vingt ans, plus un réserviste du Génie qui avait avalé des clous pour se donner mal à l'estomac et puis encore un autre hystérique, celui qui lui avait raconté comment il préparait ses crises de paralysie au front... Moi, pour me tâter, elle me proposa certain soir, le livret d'un père de famille de six enfants, qu'était mort qu'elle disait, et que ça pouvait me servir, à cause des affectations de l'arrière. En somme, c'était une vicieuse. Au lit par exemple, c'était une superbe affaire et on y revenait et elle nous donnait bien de la joie. Pour une garce c'en était une vraie. Faut ça d'ailleurs pour faire bien jouir. Dans cette cuisine-là, celle du derrière, la coquinerie, après tout, c'est comme le poivre dans une bonne sauce, c'est indispensable et ça lie.

Les bâtiments du lycée s'ouvraient sur une très ample terrasse, dorée l'été, au milieu des arbres, et d'où se découvrait magnifiquement Paris, en sorte de glorieuse perspective. C'était là que le jeudi nos visiteurs nous attendaient et Lola parmi eux, venant m'apporter ponctuellement gâteaux, conseils et cigarettes.

Nos médecins nous les voyions chaque matin. Ils nous interrogeaient avec bienveillance, mais on ne savait jamais ce qu'ils pensaient au juste. Ils promenaient autour de nous, dans des mines toujours affables, notre condamnation à mort.

Beaucoup de malades parmi ceux qui étaient là en observation, parvenaient, plus émotifs que les autres, dans cette ambiance doucereuse, à un état de telle exaspération qu'ils se levaient la nuit au lieu de dormir, arpentaient le dortoir de long en large, protestaient tout haut contre leur propre angoisse, crispés entre l'espérance et le désespoir, comme sur un pan traître de montagne. Ils peinaient des jours et des jours ainsi et puis un soir ils se laissaient choir d'un coup tout en bas et allaient tout avouer de leur affaire au médecin chef. On ne les revoyait plus ceux-là, jamais. Moi non plus, je n'étais pas tranquille. Mais quand on est faible ce qui donne de la force, c'est de dépouiller les hommes qu'on redoute le plus, du moindre prestige qu'on a encore tendance à leur prêter. Il faut s'apprendre à les considérer tels qu'ils sont, pire qu'ils sont, c'est-à-dire à tous les points de vue. Ça dégage, ça vous affranchit et vous défend au-delà de tout ce qu'on peut imaginer. Ça vous donne un autre vous-même. On est deux.

Leurs actions, dès lors, ne vous ont plus ce sale attrait mystique qui vous affaiblit et vous fait perdre du temps, et leur comédie ne vous est alors nullement plus agréable et plus utile à votre progrès intime que celle du plus bas cochon.

A côté de moi, voisin de lit, couchait un caporal, engagé volontaire aussi. Professeur avant le mois d'août dans un lycée de Touraine, où il enseignait, m'apprit-il, l'histoire et la géographie. Au bout de quelques mois de guerre, il s'était révélé voleur ce professeur, comme pas un. On ne pouvait plus l'empêcher de dérober au convoi de son régiment des conserves, dans les fourgons de l'Intendance, aux réserves de la Compagnie, et partout ailleurs où il en trouvait.

Avec nous autres il avait donc échoué là, vague en instance de Conseil de guerre. Cependant, comme sa famille s'acharnait à prouver que les obus l'avaient stupéfié, démoralisé, l'instruction différait son jugement de mois en mois. Il ne me parlait pas beaucoup. Il passait des heures à se peigner la barbe, mais quand il me parlait, c'était presque toujours de la même chose, du moyen qu'il avait découvert pour ne plus faire d'enfants à sa femme. Etait-il fou vraiment? Quand le moment du monde à l'envers est venu et que c'est être fou que de demander pourquoi on vous assassine, il devient évident qu'on passe pour fou à peu de frais. Encore faut-il que ça prenne, mais quand il s'agit d'éviter le grand écartelage il se fait dans certains cerveaux de magnifiques efforts d'imagination.

Tout ce qui est intéressant se passe dans l'ombre, décidément. On ne sait rien de la véritable histoire des hommes.

Princhard, il s'appelait, ce professeur. Que pouvait-il bien avoir décidé, lui, pour sauver ses carotides, ses poumons et ses nerfs optiques? Voici la question essentielle, celle qu'il aurait fallu nous poser entre nous hommes pour demeurer strictement humains et pratiques. Mais nous étions loin de là, titubants dans un idéal d'absurdités, gardés par les poncifs belliqueux et insanes, rats enfumés déjà, nous tentions, en folie, de sortir du bateau de feu, mais n'avions aucun plan d'ensemble, aucune confiance les uns dans les autres. Ahuris par la guerre, nous étions devenus fous dans un autre genre : la peur. L'envers et l'endroit de la guerre.

Il me marquait quand même, à travers ce commun délire, une certaine sympathie, ce Princhard, tout en se méfiant de moi, bien sûr.

Où nous nous trouvions, à l'enseigne où tous nous étions logés, il ne pouvait exister ni amitié, ni confiance. Chacun laissait seulement entendre ce qu'il croyait être favorable à sa peau, puisque tout ou presque allait être répété par les mouchards à l'affût.

De temps en temps, l'un d'entre nous disparaissait, c'est que son affaire était constituée, qu'elle se terminerait au Conseil de guerre, à Biribi ou au front, et pour les mieux servis à l'Asile de Clamart.

D'autres guerriers douteux arrivaient encore, toujours, de toutes les armes, des très jeunes et des presque vieux, avec la frousse ou bien crâneurs; leurs femmes et leurs parents leur rendaient visite, leurs petits aussi, yeux écarquillés, le jeudi.

Tout ce monde pleurait d'abondance, dans le parloir, sur le soir surtout. L'impuissance du monde dans la guerre venait pleurer là, quand les femmes et les petits s'en allaient, par le couloir blafard de gaz, visites finies, en traînant les pieds. Un grand troupeau de pleurnicheurs ils formaient, rien que ça, dégoûtants.

Pour Lola, venir me voir dans cette sorte de prison, c'était encore une aventure. Nous deux, nous ne pleurions pas. Nous n'avions nulle part, nous, où prendre des larmes.

— Est-ce vrai que vous soyez réellement devenu fou, Ferdinand? me demandait-elle un jeudi.

— Je le suis! avouai-je.

— Alors, ils vont vous soigner ici?

— On ne soigne pas la peur, Lola.

— Vous avez donc peur tant que ça?

— Et plus que ça encore, Lola, si peur, voyez-vous, que si je meurs de ma mort à moi, plus tard, je ne veux surtout pas qu'on me brûle! Je voudrais qu'on me laisse en terre, pourrir au cimetière, tranquillement, là, prêt à revivre peut-être... Sait-on jamais! Tandis que si on me brûlait en cendres, Lola, comprenez-vous, ça serait fini, bien fini... Un squelette, malgré tout, ça ressemble encore un peu à un homme... C'est toujours plus prêt à revivre que des cendres... Des cendres c'est fini!... Qu'en dites-vous?... Alors, n'est-ce pas, la guerre...

— Oh! Vous êtes donc tout à fait lâche, Ferdinand! Vous êtes répugnant comme un rat...

— Oui, tout à fait lâche, Lola, je refuse la guerre et tout ce qu'il y a dedans... Je ne la déplore pas moi... Je ne me résigne pas moi... Je ne pleurniche pas dessus moi... Je la refuse tout net, avec tous les hommes qu'elle contient, je ne veux rien avoir à faire avec eux, avec elle. Seraient-ils neuf cent quatre-vingt-quinze millions et moi tout seul, c'est eux qui ont tort, Lola, et c'est moi qui ai raison, parce que je suis le seul à savoir ce que je veux : je ne veux plus mourir.

— Mais c'est impossible de refuser la guerre, Ferdinand! Il n'y a que les fous et les lâches qui refusent la guerre quand leur Patrie est en danger....

— Alors vivent les fous et les lâches! Ou plutôt survivent les fous et les lâches! Vous souvenez-vous d'un seul nom par exemple, Lola, d'un de ces soldats tués pendant la guerre de Cent ans?... Avez-vous jamais cherché à en connaître un seul de ces noms?... Non, n'est-ce pas?... Vous n'avez jamais cherché? Ils vous sont aussi anonymes, indifférents et plus inconnus que le dernier atome de ce presse-papiers devant nous, que votre crotte du matin... Voyez donc bien qu'ils sont morts pour rien, Lola! Pour absolument rien du tout, ces crétins! Je vous l'affirme! La preuve est faite! Il n'y a que la vie qui compte. Dans dix mille ans d'ici, je vous fais le pari que cette guerre, si remarquable qu'elle nous paraisse à présent, sera complètement oubliée... À peine si une douzaine d'érudits se chamailleront encore par-ci, par-là, à son occasion et à propos des dates des principales hécatombes dont elle fut illustrée... C'est tout ce que les hommes ont réussi jusqu'ici à trouver de mémorable au sujet les uns des autres à quelques siècles, à quelques années et même à quelques heures de distance... Je ne crois pas à l'avenir, Lola...

Lorsqu'elle découvrit à quel point j'étais devenu fanfaron de mon honteux état, elle cessa de me trouver pitoyable le moins du monde... Méprisable elle me jugea, définitivement.

Elle résolut de me quitter sur-le-champ. C'en était trop. En la reconduisant jusqu'au portillon de notre hospice ce soir-là, elle ne m'embrassa pas.

Décidément, il lui était impossible d'admettre qu'un condamné à mort n'ait pas en même temps reçu la vocation. Quand je lui demandai des nouvelles de nos crêpes, elle ne me répondit pas non plus.

En rentrant à la chambrée je trouvai Princhard devant la fenêtre essayant des lunettes contre la lumière du gaz au milieu d'un cercle de soldats. C'est une idée qui lui était venue, nous expliqua-t-il, au bord de la mer, en vacances, et puisque c'était l'été à présent, il entendait les porter pendant la journée, dans le parc. Il était immense ce parc et fort bien surveillé d'ailleurs par des escouades d'infirmiers alertes. Le lendemain donc Princhard insista pour que je l'accompagne jusqu'à la terrasse pour essayer les belles lunettes. L'après-midi rutilait splendide sur Princhard, défendu par ses verres opaques; je remarquai qu'il avait le nez presque transparent aux narines et qu'il respirait avec précipitation.

— Mon ami, me confia-t-il, le temps passe et ne travaille pas pour moi... Ma conscience est inaccessible aux remords, je suis libéré, Dieu merci! de ces timidités... Ce ne sont pas les crimes qui se comptent en ce monde... Il y a longtemps qu'on y a renoncé... renoncé... Ce sont les gaffes... Et je crois en avoir commis une... Tout à fait irrémédiable...

— En volant les conserves?

— Oui, j'avais cru cela malin, imaginez! Pour me faire soustraire à la bataille et de cette façon, honteux, mais vivant encore, pour revenir en la paix comme on revient, exténué, à la surface de la mer après un long plongeon... J'ai bien failli réussir... Mais la guerre dure décidément trop longtemps... On ne conçoit plus à mesure qu'elle s'allonge d'individus suffisamment dégoûtants pour dégoûter la Patrie... Elle s'est mise à accepter tous les sacri-

fices, d'où qu'ils viennent, toutes les viandes la Patrie... Elle
est devenue infiniment indulgente dans le choix de ses martyrs
la Patrie! Actuellement il n'y a plus de soldats indignes de porter
les armes et surtout de mourir sous les armes et par les armes...
On va faire, derni're nouvelle, un héros avec moi!... Il faut que
la folie des massacres soit extraordinairement impérieuse, pour
qu'on se mette à pardonner le vol d'une boîte de conserves! que
dis-je? à l'oublier! Certes, nous avons l'habitude d'admirer tous
les jours d'immenses bandits, dont le monde entier vénère avec
nous l'opulence et dont l'existence se démontre cependant dès
qu'on l'examine d'un peu près comme un long crime chaque jour
renouvelé, mais ces gens-là jouissent de gloire, d'honneurs et
de puissance, leurs forfaits sont consacrés par les lois, tandis
qu'aussi loin qu'on se reporte dans l'histoire — et vous savez
que je suis payé pour la connaître — tout nous démontre qu'un
larcin véniel, et surtout d'aliments mesquins, tels que croûtes,
jambon ou fromage, attire sur son auteur immanquablement
l'opprobre formel, les reniements catégoriques de la communauté,
les châtiments majeurs, le déshonneur automatique et la honte
inexpiable, et cela pour deux raisons, tout d'abord parce que
l'auteur de tels forfaits est généralement un pauvre et que cet
état implique en lui-même une indignité capitale, et ensuite
parce que son acte comporte une sorte de tacite reproche envers
la communauté. Le vol du pauvre devient une malicieuse reprise
individuelle, me comprenez-vous... Où irions-nous? Aussi la
répression des menus larcins s'exerce-t-elle, remarquez-le, sous
tous les climats, avec une rigueur extrême, comme moyen de
défense sociale non seulement, mais encore et surtout comme une
recommandation sévère à tous les malheureux d'avoir à se tenir
à leur place et dans leur caste, peinards, joyeusement résignés
à crever tout au long des siècles et indéfiniment de misère et
de faim... Jusqu'ici cependant, il restait aux petits voleurs un
avantage dans la République, celui d'être privés de l'honneur
de porter les armes patriotes. Mais dès demain, cet état de choses
va changer, j'irai reprendre dès demain, moi voleur, ma place
aux armées... Tels sont les ordres... En haut lieu, on a décidé
de passer l'éponge sur ce qu'ils appellent « mon moment d'éga-
rement » et ceci, notez-le bien, en considération de ce qu'on inti-
tule aussi « l'honneur de ma famille ». Quelle mansuétude! Je

vous le demande camarade, est-ce donc ma famille qui va s'en aller servir de passoire et de tri aux balles françaises et allemandes mélangées?... Ce sera bien moi tout seul, n'est-ce pas? Et quand je serai mort, est-ce l'honneur de ma famille qui me fera ressusciter?... Tenez, je la vois d'ici, ma famille, les choses de la guerre passées... Comme tout passe. Joyeusement alors gambadante ma famille sur les gazons de l'été revenu, je la vois d'ici par les beaux dimanches... Cependant qu'à trois pieds dessous, moi papa, ruisselant d'asticots et bien plus infect qu'un kilo d'étrons de 14 juillet, pourrira fantastiquement de toute sa viande déçue... Engraisser les sillons du laboureur anonyme c'est le véritable avenir du véritable soldat! Ah! camarade! Ce monde n'est je vous l'assure qu'une immense entreprise à se foutre du monde! Vous êtes jeune. Que ces minutes sagaces vous comptent pour des années! Écoutez-moi bien, camarade, et ne le laissez plus passer sans bien vous pénétrer de son importance, ce signe capital dont resplendissent toutes les hypocrisies meurtrières de notre Société : « L'attendrissement sur le sort, sur la condition du miteux... » Je vous le dis, petits bonshommes, couillons de la vie, battus, rançonnés, transpirants de toujours, je vous préviens, quand les grands de ce monde se mettent à vous aimer, c'est qu'ils vont vous tourner en saucissons de bataille... C'est le signe... Il est infaillible. C'est par l'affection que ça commence. Louis XIV lui au moins, qu'on se souvienne, s'en foutait à tout rompre du bon peuple. Quant à Louis XV, du même. Il s'en barbouillait le pourtour anal. On ne vivait pas bien en ce temps-là, certes, les pauvres n'ont jamais bien vécu, mais on ne se mettait pas à les étriper l'entêtement et l'acharnement qu'on trouve à nos tyrans d'aujourd'hui. Il n'y a de repos, vous dis-je, pour les petits, que dans le mépris des grands qui ne peuvent penser au peuple que par intérêt ou sadisme... Les philosophes, ce sont eux, notez-le encore pendant que nous y sommes, qui ont commencé par raconter des histoires au bon peuple... Lui qui ne connaissait que le catéchisme! Ils se sont mis, proclamèrent-ils, à l'éduquer... Ah! ils en avaient des vérités à lui révéler! et des belles! Et des pas fatiguées! Qui brillaient! Qu'on en restait tout ébloui! C'est ça! qu'il a commencé par dire, le bon peuple, c'est bien ça! C'est tout à fait ça! Mourons tous pour ça! Il ne demande jamais qu'à mourir le peuple! Il est ainsi. « Vive Diderot! » qu'ils ont gueulé

et puis « Bravo Voltaire ! » En voilà au moins des philosophes !
Et vive aussi Carnot qui organise si bien les victoires ! Et vive
tout le monde ! Voilà au moins des gars qui ne le laissent pas
crever dans l'ignorance et le fétichisme le bon peuple ! Ils lui
montrent eux les routes de la Liberté ! Ils l'émancipent ! Ça n'a
pas traîné ! Que tout le monde d'abord sache lire les journaux !
C'est le salut ! Nom de Dieu ! Et en vitesse ! Plus d'illettrés ! Il en
faut plus ! Rien que des soldats citoyens ! Qui votent ! Qui lisent !
Et qui se battent ! Et qui marchent ! Et qui envoient des baisers !
A ce régime-là, bientôt il fut fin mûr le bon peuple. Alors n'est-ce
pas l'enthousiasme d'être libéré il faut bien que ça serve à quelque
chose ? Danton n'était pas éloquent pour les prunes. Par quelques
coups de gueule si bien sentis, qu'on les entend encore, il vous
l'a mobilisé en un tour de main le bon peuple ! Et ce fut le premier
départ des premiers bataillons d'émancipés frénétiques ! Des
premiers couillons voteurs et drapeautiques qu'emmena le Dumou-
riez se faire trouer dans les Flandres ! Pour lui-même Dumou-
riez, venu trop tard à ce petit jeu idéaliste, entièrement inédit,
préférant somme toute le pognon, il déserta. Ce fut notre dernier
mercenaire... Le soldat gratuit ça c'était du nouveau... Tellement
nouveau que Gœthe, tout Gœthe qu'il était, arrivant à Valmy
en reçut plein la vue. Devant ces cohortes loqueteuses et passionnées qui venaient se faire étripailler spontanément par le roi
de Prusse pour la défense de l'inédite fiction patriotique, Gœthe
eut le sentiment qu'il avait encore bien des choses à apprendre.
« De ce jour, clama-t-il, magnifiquement, selon les habitudes de
son génie, commence une époque nouvelle ! » Tu parles ! Par la
suite, comme le système était excellent, on se mit à fabriquer
des héros en série, et qui coûtèrent de moins en moins cher, à
cause du perfectionnement du système. Tout le monde s'en est
bien trouvé. Bismarck, les deux Napoléon, Barrès aussi bien que
la cavalière Elsa. La religion drapeautique remplaça promptement la céleste, vieux nuage déjà dégonflé par la Réforme et con-
densé depuis longtemps en tirelires épiscopales. Autrefois, la
mode fanatique, c'était « Vive Jésus ! Au bûcher les hérétiques ! »,
mais rares et volontaires après tout les hérétiques... Tandis que
désormais, où nous voici, c'est par hordes immenses que les cris :
« Au poteau les salsifis sans fibres ! Les citrons sans jus ! Les innocents lecteurs ! Par millions face à droite ! » provoquent les vocations. Les hommes qui ne veulent ni découdre, ni assassiner

personne, les Pacifiques puants, qu'on s'en empare et qu'on les écartèle! Et les trucide aussi de treize façons et bien fadées! Qu'on leur arrache pour leur apprendre à vivre les tripes du corps d'abord, les yeux des orbites, et les années de leur sale vie baveuse! Qu'on les fasse par légions et légions encore, crever, tourner en mirlitons, saigner, fumer dans les acides, et tout ça pour que la Patrie en devienne plus aimée, plus joyeuse et plus douce! Et s'il y en a là-dedans des immondes qui se refusent à comprendre ces choses sublimes, ils n'ont qu'à aller s'enterrer tout de suite avec les autres, pas tout à fait cependant, mais au fin bout du cimetière, sous l'épitaphe infamante des lâches sans idéal, car ils auront perdu, ces ignobles, le droit magnifique à un petit bout d'ombre du monument adjudicataire et communal élevé pour les morts convenables dans l'allée du centre, et puis aussi perdu le droit de recueillir un peu de l'écho du Ministre qui viendra ce dimanche encore uriner chez le Préfet et frémir de la gueule au-dessus des tombes après le déjeuner...

Mais du fond du jardin, on l'appela Princhard. Le médecin chef le faisait demander d'urgence par son infirmier de service.

— J'y vais, qu'il a répondu Princhard, et n'eut que le temps juste de me passer le brouillon du discours qu'il venait ainsi d'essayer sur moi. Un truc de cabotin.

Lui, Princhard, je ne le revis jamais. Il avait le vice des intellectuels, il était futile. Il savait trop de choses ce garçon-là, et ces choses l'embrouillaient. Il avait besoin de tas de trucs pour s'exciter, se décider.

C'est loin déjà de nous le soir où il est parti, quand j'y pense. Je m'en souviens bien quand même. Ces maisons du faubourg qui limitaient notre parc se détachaient encore une fois, bien nettes, comme font toutes les choses avant que le soir les prenne. Les arbres grandissaient dans l'ombre et montaient au ciel rejoindre la nuit.

Je n'ai jamais rien fait pour avoir de ses nouvelles, pour savoir s'il était vraiment « disparu » ce Princhard, comme on l'a répété. Mais c'est mieux qu'il soit disparu.

DÉJA notre paix hargneuse faisait dans la guerre même ses semences.

On pouvait deviner ce qu'elle serait, cette hystérique, rien qu'à la voir s'agiter déjà dans la taverne de l'Olympia. En bas dans la longue cave-dancing louchante aux cent glaces, elle trépignait dans la poussière et le grand désespoir en musique négro-judéo-saxonne. Britanniques et Noirs mêlés. Levantins et Russes, on en trouvait partout, fumants, braillants, mélancoliques et militaires, tout du long des sofas cramoisis. Ces uniformes dont on commence à ne plus se souvenir qu'avec bien de la peine furent les semences de l'aujourd'hui, cette chose qui pousse encore et qui ne sera tout à fait devenu fumier qu'un peu plus tard, à la longue.

Bien entraînés au désir par quelques heures à l'Olympia chaque semaine, nous allions en groupe faire une visite ensuite à notre lingère-gantière-libraire madame Herote, dans l'Impasse des Bérésinas, derrière les Folies-Bergère, à présent disparue, où les petits chiens venaient avec leurs petites filles, en laisse, faire leurs besoins.

Nous y venions nous, chercher notre bonheur à tâtons, que le monde entier menaçait avec rage. On en était honteux de cette envie-là, mais il fallait bien s'y mettre tout de même! C'est plus difficile de renoncer à l'amour qu'à la vie. On passe son temps à tuer ou à adorer en ce monde et cela tout ensemble. « Je te hais! Je t'adore! » On se défend, on s'entretient, on repasse sa vie au bipède du siècle suivant, avec frénésie, à tout prix, comme si c'était formidablement agréable de se continuer, comme si ça allait nous rendre, au bout du compte, éternels. Envie de s'embrasser malgré tout, comme on se gratte.

J'allais mieux mentalement, mais ma situation militaire demeurait assez indécise. On me permettait de sortir en ville

de temps en temps. Notre lingère s'appelait donc madame Herote. Son front était bas et si borné qu'on en demeurait, devant
elle, mal à l'aise au début, mais ses lèvres si bien souriantes par
contre, et si charnues qu'on ne savait plus comment s'y prendre
ensuite pour lui échapper. A l'abri d'une volubilité formidable,
d'un tempérament inoubliable, elle abritait une série d'intentions
simples, rapaces, pieusement commerciales.

Fortune elle se mit à faire en quelques mois, grâce aux alliés
et à son ventre surtout. On l'avait débarrassée de ses ovaires,
il faut le dire, opérée de salpingite l'année précédente. Cette
castration libératrice fit sa fortune. Il y a de ces blennorragies
féminines qui se démontrent providentielles. Une femme qui passe
son temps à redouter les grossesses n'est qu'une espèce d'impotente et n'ira jamais bien loin dans la réussite.

Les vieux et les jeunes gens aussi croient, je le croyais, qu'on
trouvait moyen de faire facilement l'amour et pour pas cher dans
l'arrière-boutique de certaines librairies-lingeries. Cela était
encore exact, il y a quelque vingt ans, mais depuis, bien des choses
ne se font plus, celles-là surtout parmi les plus agréables. Le
puritanisme anglo-saxon nous dessèche chaque mois davantage,
il a déjà réduit à peu près à rien la gaudriole impromptue des
arrière-boutiques. Tout tourne au mariage et à la correction.

Madame Herote sut mettre à bon profit les dernières licences
qu'on avait encore de baiser debout et pas cher. Un commissaire
priseur désœuvré passa devant son magasin certain dimanche,
il y entra, il y est toujours. Gaga, il l'était un peu, il le demeura
sans plus. Leur bonheur ne fit aucun bruit. A l'ombre des journaux délirants d'appels aux sacrifices ultimes et patriotiques,
la vie, strictement mesurée, farcie de prévoyance, continuait
et bien plus astucieuse même que jamais. Tels sont l'envers
et l'endroit, comme la lumière et l'ombre, de la même
médaille.

Le commissaire de madame Herote plaçait en Hollande des
fonds pour ses amis, les mieux renseignés, et pour madame
Herote à son tour, dès qu'ils furent devenus confidents. Les
cravates, les soutien-gorge, les presque chemises comme elle
en vendait, retenaient clients et clientes et surtout les incitaient
à revenir souvent.

Grand nombre de rencontres étrangères et nationales eurent

lieu à l'ombre rosée de ces brise-bise parmi les phrases incessantes de la patronne dont toute la personne substantielle,
bavarde et parfumée jusqu'à l'évanouissement, aurait pu rendre
grivois le plus ranci des hépatiques. Dans ces mélanges, loin de
perdre l'esprit, elle retrouvait son compte madame Herote,
en argent d'abord, parce qu'elle prélevait sa dîme sur les ventes
en sentiments, ensuite parce qu'il se faisait beaucoup d'amour
autour d'elle. Unissant les couples et les désunissant avec une
joie au moins égale, à coups de ragots, d'insinuations, de tra-
hisons.

Elle imaginait du bonheur et du drame sans désemparer.
Elle entretenait la vie des passions. Son commerce n'en marchait
que mieux.

Proust, mi-revenant lui-même, s'est perdu avec une extraordinaire ténacité dans l'infinie, la diluante futilité des rites
et démarches qui s'entortillent autour des gens du monde,
gens du vide, fantômes de désirs, partouzards indécis attendant
leur Watteau toujours, chercheurs sans entrain d'improbables
Cythères. Mais madame Herote, populaire et substantielle
d'origine, tenait solidement à la terre par de rudes appétits,
bêtes et précis.

Si les gens sont si méchants, c'est peut-être seulement parce
qu'ils souffrent, mais le temps est long qui sépare le moment
où ils ont cessé de souffrir de celui où ils deviennent un peu
meilleurs. La belle réussite matérielle et passionnelle de madame
Herote n'avait pas encore eu le temps d'adoucir ses dispositions
conquérantes.

Elle n'était pas plus haineuse que la plupart des petites com-
merçantes d'alentour, mais elle se donnait beaucoup de peine à
vous démontrer le contraire, alors on se souvient de son cas.
Sa boutique n'était pas qu'un lieu de rendez-vous, c'était encore
une sorte d'entrée furtive dans un monde de richesse et de luxe
où je n'avais jamais, malgré tout mon désir, jusqu'alors pénétré
et d'où je fus d'ailleurs éliminé promptement et péniblement
à la suite d'une furtive incursion, la première et la seule.

Les gens riches à Paris demeurent ensemble, leurs quartiers,
en bloc, forment une tranche de gâteau urbain dont la pointe
vient toucher au Louvre, cependant que le rebord arrondi s'arrête
aux arbres entre le Pont d'Auteuil et la Porte des Ternes. Voilà.

C'est le bon morceau de la ville. Tout le reste n'est que peine et fumier.

Quand on passe du côté de chez les riches on ne remarque pas d'abord de grandes différences avec les autres quartiers, si ce n'est que les rues y sont un peu plus propres et c'est tout. Pour aller faire une excursion dans l'intérieur même de ces gens, de ces choses, il faut se fier au hasard ou à l'intimité.

Par la boutique de madame Herote on y pouvait pénétrer un peu avant dans cette réserve, à cause des Argentins qui descendaient des quartiers privilégiés pour se fournir chez elle en caleçons et chemises et taquiner aussi son joli choix d'amies ambitieuses, théâtreuses et musiciennes, bien faites, que madame Herote attirait à dessein.

A l'une d'elles, moi qui n'avais rien à offrir que ma jeunesse, comme on dit, je me mis cependant à tenir beaucoup trop. La petite Musyne on l'appelait dans ce milieu.

Au passage des Beresinas, tout le monde se connaissait de boutique en boutique, comme dans une véritable petite province, depuis des années coincée entre deux rues de Paris, c'est-à-dire qu'on s'y épiait et s'y calomniait humainement jusqu'au délire.

Pour ce qui est de la matérielle, avant la guerre, on y discutait entre commerçants une vie picoreuse et désespérément économe. C'était entre autres épreuves miséreuses le chagrin chronique de ces boutiquiers, d'être forcés dans leur pénombre de recourir au gaz dès quatre heures du soir venues, à cause des étalages. Mais il se ménageait ainsi, en retrait, par contre, une ambiance propice aux propositions délicates.

Beaucoup de boutiques étaient malgré tout en train de péricliter à cause de la guerre, tandis que celle de madame Herote, à force de jeunes Argentins, d'officiers à pécule et des conseils de l'ami commissaire, prenait un essor que tout le monde, aux environs, commentait, on peut l'imaginer, en termes abominables.

Notons par exemple qu'à cette même époque, le célèbre pâtissier du numéro 112 perdit soudain ses belles clientes par l'effet de la mobilisation. Les habituelles goûteuses à longs gants, forcées tant on avait réquisitionné de chevaux d'aller à pied ne revinrent plus. Elles ne devaient plus jamais revenir. Quant à Sambanet, le relieur de musique, il se défendit mal lui, soudain, contre l'envie qui l'avait toujours possédé de sodomiser quelque soldat. Une telle audace d'un soir, mal venue, lui fit un tort irréparable auprès de certains patriotes qui l'accusèrent d'emblée d'espionnage. Il dut fermer ses rayons.

Par contre mademoiselle Hermance, au numéro 26, dont la spécialité était jusqu'à ce jour l'article de caoutchouc avouable ou non, se serait très bien débrouillée, grâce aux circonstances, si elle n'avait éprouvé précisément toutes les difficultés du monde à s'approvisionner en « préservatifs » qu'elle recevait d'Allemagne.

Seule madame Herote, en somme, au seuil de la nouvelle époque de la lingerie fine et démocratique entra facilement dans la prospérité.

On s'écrivait nombre de lettres anonymes entre boutiques, et des salées. Madame Herote préférait, quant à elle, et pour sa distraction, en adresser à de hauts personnages; en ceci même elle manifestait de la forte ambition qui constituait le fond même de son tempérament. Au Président du Conseil, par exemple, elle en envoyait, rien que pour l'assurer qu'il était cocu, et au Maréchal Pétain, en anglais, à l'aide du dictionnaire, pour le faire enrager. La lettre anonyme? Douche sur les plumes! Madame Herote en recevait chaque jour un petit paquet pour son compte de ces lettres non signées et qui ne sentaient pas bon, je vous l'assure. Elle en demeurait pensive, éberluée pendant dix minutes environ, mais elle se reconstituait tout aussitôt son équilibre, n'importe comment, avec n'importe quoi, mais toujours, et solidement encore, car il n'y avait dans sa vie intérieure aucune place pour le doute et encore moins pour la vérité.

Parmi ses clientes et protégées, nombre de petites artistes lui arrivaient avec plus de dettes que de robes. Toutes, madame Herote les conseillait et elles s'en trouvaient bien, Musyne entre autres qui me semblait à moi la plus mignonne de toutes. Un véritable petit ange musicien, une amour de violoniste, une amour bien dessalée par exemple, elle me le prouva. Implacable dans son désir de réussir sur la terre, et pas au ciel, elle se débrouillait au moment où je la connus, dans un petit acte, tout ce qu'il y avait de mignon, très parisien et bien oublié, aux Variétés.

Elle apparaissait avec son violon dans une manière de prologue impromptu, versifié, mélodieux. Un genre adorable et compliqué.

Avec ce sentiment que je lui vouai, mon temps devint fréné-

tique et se passait en bondissements de l'hôpital à la sortie de
son théâtre. Je n'étais d'ailleurs presque jamais seul à l'attendre.
Des militaires terrestres la ravissaient à tour de bras, des aviateurs aussi et bien plus facilement encore, mais le pompon séduc-
teur revenait sans conteste aux Argentins. Leur commerce de
viandes froides à ceux-là prenait, grâce à la pullulation des contingents nouveaux, les proportions d'une force de la nature.
La petite Musyne en a bien profité de ces jours mercantiles.
Elle a bien fait, les Argentins n'existent plus.

Je ne comprenais pas. J'étais cocu avec tout et tout le monde,
avec les femmes, l'argent et les idées. Cocu et pas content. A
l'heure qu'il est, il m'arrive encore de la rencontrer Musyne,
par hasard, tous les deux ans ou presque, ainsi que la plupart
des êtres qu'on a connus très bien. C'est le délai qu'il nous faut,
deux années, pour nous rendre compte, d'un seul coup d'œil,
intrompable alors, comme l'instinct, des laideurs dont un visage,
même en son temps délicieux, s'est chargé.

On demeure comme hésitant un instant devant, et puis on
finit par l'accepter tel qu'il est devenu le visage avec cette dishar-
monie croissante, ignoble, de toute la figure. Il le faut bien dire oui,
à cette soigneuse et lente caricature burinée par deux ans. Accepter le temps, ce tableau de nous. On peut dire alors qu'on s'est
reconnu tout à fait (comme un billet étranger qu'on hésite à
prendre à première vue) qu'on ne s'était pas trompé de chemin,
qu'on avait bien suivi la vraie route, sans s'être concerté, l'immanquable route pendant deux années de plus, la route de la
pourriture. Et voilà tout.

Musyne, quand elle me rencontrait ainsi, fortuitement, tellement je l'épouvantais avec ma grosse tête, semblait vouloir
me fuir absolument, m'éviter, se détourner, n'importe quoi...
Je lui sentais mauvais, c'était évident, de tout un passé, mais
moi qui sais son âge, depuis trop d'années, elle a beau faire, elle
ne peut absolument plus m'échapper. Elle reste là, l'air gêné
devant mon existence, comme devant un monstre. Elle, si délicate, se croit tenue de me poser des questions balourdes, imbéciles, comme en poserait une bonne prise en faute. Les femmes
ont des natures de domestiques. Mais elle imagine peut-être
seulement cette répulsion, plus qu'elle ne l'éprouve; c'est l'espèce
de consolation qui me demeure. Je lui suggère peut-être seule-

ment que je suis immonde. Je suis peut-être un artiste dans ce
genre-là. Après tout, pourquoi n'y aurait-il pas autant d'art
possible dans la laideur que dans la beauté? C'est un genre à
cultiver, voilà tout.

J'ai cru longtemps qu'elle était sotte la petite Musyne, mais
ce n'était qu'une opinion de vaniteux éconduit. Vous savez,
avant la guerre, on était tous encore bien plus ignorants et plus
fats qu'aujourd'hui. On ne savait presque rien des choses du
monde en général, enfin des inconscients... Les petits types
dans mon genre prenaient encore bien plus facilement qu'aujourd'hui des vessies pour des lanternes. D'être amoureux de
Musyne si mignonne je pensais que ça allait me douer de toutes
les puissances, et d'abord et surtout du courage qui me manquait,
tout ça parce qu'elle était si jolie et si joliment musicienne ma
petite amie! L'amour c'est comme l'alcool, plus on est impuissant et saoul et plus on se croit fort et malin, et sûr de ses
droits.

Madame Herote, cousine de nombreux héros décédés, ne sortait plus de son impasse qu'en grand deuil; encore, n'allait-elle
en ville que rarement, son commissaire ami se montrant assez
jaloux. Nous nous réunissions dans la salle à manger de l'arrière-
boutique, qui, la prospérité venue, prit bel et bien les allures
d'un petit salon. On y venait converser, s'y distraire, gentiment,
convenablement sous le gaz. Petite Musyne, au piano, nous
ravissait de classiques, rien que des classiques, à cause des convenances de ces temps douloureux. Nous demeurions là, des
après-midi, coude à coude, le commissaire au milieu, à bercer
ensemble nos secrets, nos craintes, et nos espoirs.

La servante de madame Herote, récemment engagée, tenait
beaucoup à savoir quand les uns allaient se décider enfin à se
marier avec les autres. Dans sa campagne on ne concevait pas
l'union libre. Tous ces Argentins, ces officiers, ces clients fure-
teurs lui causaient une inquiétude presque animale.

Musyne se trouvait de plus en plus souvent accaparée par les
clients sud-américains. Je finis de cette façon par connaître à
fond toutes les cuisines et domestiques de ces messieurs, à force
d'aller attendre mon aimée à l'office. Les valets de chambre
de ces messieurs me prenaient d'ailleurs pour le maquereau.
Et puis, tout le monde finit par me prendre pour un maquereau,

y comprit Musyne elle-même, en même temps je crois que tous les habitués de la boutique de madame Herote. Je n'y pouvais rien. D'ailleurs, il faut bien que cela arrive tôt ou tard, qu'on vous classe.

J'obtins de l'autorité militaire une autre convalescence de deux mois de durée et on parla même de me réformer. Avec Musyne nous décidâmes d'aller loger ensemble à Billancourt. C'était pour me semer en réalité ce subterfuge parce qu'elle profita que nous demeurions loin, pour rentrer de plus en plus rarement à la maison. Toujours elle trouvait de nouveaux prétextes pour rester à Paris.

Les nuits de Billancourt étaient douces, animées parfois par ces puériles alarmes d'avions et de zeppelins, grâce auxquelles les citadins trouvaient moyen d'éprouver des frissons justificatifs. En attendant mon amante, j'allais me promener, nuit tombée, jusqu'au pont de Grenelle, là où l'ombre monte du fleuve jusqu'au tablier du métro, avec ses lampadaires en chapelets, tendu en plein noir, avec sa ferraille énorme aussi qui va foncer en tonnerre en plein flanc des gros immeubles du quai de Passy.

Il existe certains coins comme ça dans les villes, si stupidement laids qu'on y est presque toujours seul.

Musyne finit par ne plus rentrer à notre espèce de foyer qu'une fois par semaine. Elle accompagnait de plus en plus fréquemment des chanteuses chez les Argentins. Elle aurait pu jouer et gagner sa vie dans les cinémas, où ç'aurait été bien plus facile pour moi d'aller la chercher, mais les Argentins étaient gais et bien payants, tandis que les cinémas étaient tristes et payaient peu. C'est toute la vie ces préférences.

Pour comble de mon infortune survint le *Théâtre aux Armées*. Elle se créa instantanément, Musyne, cent relations militaires au Ministère et de plus en plus fréquemment elle partit alors distraire au front nos petits soldats et cela durant des semaines entières. Elle y détaillait, aux armées, la sonate et l'adagio devant les parterres d'Etat-major, bien placés pour lui voir les jambes. Les soldats parqués en gradins à l'arrière des chefs ne jouissaient eux que des échos mélodieux. Elle passait forcément ensuite des nuits très compliquées dans les hôtels de la zone des Armées. Un jour elle m'en revint toute guillerette des Armées et munie d'un brevet d'héroïsme, signé par l'un de nos grands généraux, s'il vous plaît. Ce diplôme fut à l'origine de sa définitive réussite.

Dans la colonie argentine, elle sut se rendre du coup extrêmement populaire. On la fêta. On en raffola de ma Musyne, violoniste de guerre si mignonne! Si fraîche et bouclée et puis héroïne par-dessus le marché. Ces Argentins avaient la reconnaissance du ventre, ils vouaient à nos grands chefs une de ces admirations qui n'était pas dans une musette, et quand elle leur revint ma Musyne, avec son document authentique, sa jolie frimousse, ses petits doigts agiles et glorieux, ils se mirent à l'aimer à qui mieux mieux, aux enchères pour ainsi dire. La poésie héroïque possède sans résistance ceux qui ne vont pas à la guerre et mieux encore ceux que la guerre est en train d'enrichir énormément. C'est régulier.

Ah! l'héroïsme mutin, c'est à défaillir je vous le dis! Les armateurs de Rio offraient leurs noms et leurs actions à la mignonne qui féminisait si joliment à leur usage la vaillance française et guerrière. Musyne avait su se créer, il faut l'avouer, un petit répertoire très coquet d'incidents de guerre et qui, tel un chapeau mutin, lui allait à ravir. Elle m'étonnait souvent moi-même par son tact et je dus m'avouer, à l'entendre, que je n'étais en fait de bobards qu'un grossier simulateur à ses côtés. Elle possédait le don de mettre ses trouvailles dans un certain lointain dramatique où tout devenait et demeurait précieux et pénétrant. Nous demeurions nous combattants, en fait de fariboles, je m'en rendais soudain compte, grossièrement temporaires et précis. Elle travaillait dans l'éternel ma belle. Il faut croire Claude Lorrain, les premiers plans d'un tableau sont toujours répugnants et l'art exige qu'on situe l'intérêt de l'œuvre dans les lointains, dans l'insaisissable, là où se réfugie le mensonge, ce rêve pris sur le fait, et seul amour des hommes. La femme qui sait tenir compte de notre misérable nature devient aisément notre chérie, notre indispensable et suprême espérance. Nous attendons auprès d'elle, qu'elle nous conserve notre menteuse raison d'être, mais tout en attendant elle peut, dans l'exercice de cette magique fonction, gagner très largement sa vie. Musyne n'y manquait pas, d'instinct.

On trouvait ses Argentins du côté des Ternes, et puis surtout aux limites du Bois, en petits hôtels particuliers, bien clos, bril

lants, où par ces temps d'hiver il régnait une chaleur si agréable
qu'en y pénétrant de la rue, le cours de vos pensées devenait
optimiste soudain, malgré vous.

Dans mon désespoir tremblotant, j'avais entrepris, pour comble
de gaffe, d'aller le plus souvent possible, je l'ai dit, attendre ma
compagne à l'office. Je patientais, parfois jusqu'au matin, j'avais
sommeil, mais la jalousie me tenait quand même bien réveillé,
le vin blanc aussi, que les domestiques me servaient largement.
Les maîtres argentins, eux, je les voyais fort rarement, j'entendais leurs chansons et leur espagnol fracasseur et le piano qui
n'arrêtait pas, mais joué le plus souvent par d'autres mains que
par celles de Musyne. Que faisait-elle donc pendant ce temps-là,
cette garce, avec ses mains?

Quand nous nous retrouvions au matin devant la porte elle
faisait la grimace en me revoyant. J'étais encore naturel comme
un animal en ce temps-là, je ne voulais pas la lâcher ma jolie
et c'est tout, comme un os.

On perd la plus grande partie de sa jeunesse à coups de mala-
dresses. Il était évident qu'elle allait m'abandonner mon aimée
tout à fait et bientôt. Je n'avais pas encore appris qu'il existe
deux humanités très différentes, celle des riches et celle des pauvres
Il m'a fallu, comme à tant d'autres, vingt années et la guerre
pour apprendre à me tenir dans ma catégorie, à demander le
prix des choses et des êtres avant d'y toucher, et surtout avant
d'y tenir.

Me réchauffant donc à l'office avec mes compagnons domestiques, je ne comprenais pas qu'au-dessus de ma tête dansaient
les dieux argentins, ils auraient pu être allemands, français,
chinois, cela n'avait guère d'importance, mais des dieux, des
riches, voilà ce qu'il fallait comprendre. Eux en haut avec Musyne,
moi en dessous, avec rien. Musyne songeait sérieusement à son
avenir; alors elle préférait le faire avec un dieu. Moi aussi bien
sûr j'y songeais, à mon avenir, mais dans une sorte de délire,
parce que j'avais tout le temps, en sourdine, la crainte d'être
tué dans la guerre et la peur aussi de crever de faim dans la paix.
J'étais en sursis de mort et amoureux. Ce n'était pas qu'un cauchemar. Pas bien loin de nous, à moins de cent kilomètres, des
millions d'hommes, braves, bien armés, bien instruits, m'attendaient pour me faire mon affaire et des Français aussi qui m'at-

tendaient pour en finir avec ma peau, si je ne voulais pas la faire mettre en lambeaux saignants par ceux d'en face.

Il existe pour le pauvre en ce monde deux grandes manières de crever, soit par l'indifférence absolue de vos semblables en temps de paix, ou par la passion homicide des mêmes en la guerre venue. S'ils se mettent à penser à vous, c'est à votre torture qu'ils songent aussitôt les autres, et rien qu'à ça. On ne les intéresse que saignants, les salauds! Princhard à cet égard avait eu bien raison. Dans l'imminence de l'abattoir, on ne spécule plus beaucoup sur les choses de son avenir, on ne pense guère qu'à aimer pendant les jours qui vous restent puisque c'est le seul moyen d'oublier son corps un peu, qu'on va vous écorcher bientôt du haut en bas.

Comme elle me fuyait Musyne, je me prenais pour un idéaliste, c'est ainsi qu'on appelle ses propres petits même instincts habillés en grands mots. Ma permission touchait à son terme. Les journaux battaient le rappel de tous les combattants possibles, et bien entendu avant tout, de ceux qui n'avaient pas de relations. Il était officiel qu'on ne devait plus penser qu'à gagner la guerre.

Musyne désirait fort aussi, comme Lola, que je retourne au front dare-dare et que j'y reste et comme j'avais l'air de tarder à m'y rendre, elle se décida à brusquer les choses, ce qui pourtant n'était pas dans sa manière.

Tel soir, où par exception nous rentrions ensemble, à Billancourt, voici que passent les pompiers trompetteurs et tous les gens de notre maison se précipitent à la cave en l'honneur de je ne sais quel zeppelin.

Ces paniques menues pendant lesquelles tout un quartier en pyjama, derrière la bougie, disparaissait en gloussant dans les profondeurs pour échapper à un péril presque entièrement imaginaire, mesuraient l'angoissante futilité de ces êtres tantôt poules effrayées, tantôt moutons fats et consentants. De semblables et monstrueuses inconsistances sont bien faites pour dégoûter à tout jamais le plus patient, le plus tenace des sociophiles.

Dès le premier coup de clairon d'alerte Musyne oubliait qu'on venait de lui découvrir bien de l'héroïsme au Théâtre des Armées. Elle insistait pour que je me précipite avec elle au fond des souterrains, dans le métro, dans les égouts, n'importe où, mais à

l'abri et dans les ultimes profondeurs et surtout tout de suite!
A les voir tous dévaler ainsi, gros et petits, les locataires, fri-
voles ou majestueux, quatre à quatre, vers le trou sauveur, cela
finit même à moi, par me pourvoir d'indifférence. Lâche ou cou-
rageux, cela ne veut pas dire grand-chose. Lapin ici, héros là-
bas, c'est le même homme, il ne pense pas plus ici que là-bas.
Tout ce qui n'est pas gagner de l'argent le dépasse décidément
infiniment. Tout ce qui est vie ou mort lui échappe. Même sa
propre mort, il la spécule mal et de travers. Il ne comprend que
l'argent et le théâtre.

Musyne pleurnichait devant ma résistance. D'autres locataires nous pressaient de les accompagner, je finis par me laisser
convaincre. Il fut émis quant au choix de la cave une série de
propositions différentes. La cave du boucher finit par emporter
la majorité des adhésions, on prétendait qu'elle était située plus
profondément que n'importe quelle autre de l'immeuble. Dès le
seuil il vous parvenait des bouffées d'une odeur âcre et de moi
bien connue, qui me fut à l'instant absolument insupportable.

— Tu vas descendre là-dedans Musyne, avec la viande pen-
dante aux crochets? lui demandai-je.

— Pourquoi pas? me répondit-elle, bien étonnée.

— Eh bien moi, dis-je, j'ai des souvenirs, et je préfère remonter
là-haut...

— Tu t'en vas alors?

— Tu viendras me retrouver, dès que ce sera fini!

— Mais ça peut durer longtemps...

— J'aime mieux t'attendre là-haut, que je dis. Je n'aime pas
la viande, et ce sera bientôt terminé.

Pendant l'alerte, protégés dans leurs réduits, les locataires
échangeaient des politesses guillerettes. Certaines dames en
peignoir, dernières venues, se pressaient avec élégance et mesure
vers cette voûte odorante dont le boucher et la bouchère leur
faisaient les honneurs, tout en s'excusant, à cause du froid arti-
ficiel indispensable à la bonne conservation de la marchandise.

Musyne disparut avec les autres. Je l'ai attendue, chez nous
en haut, une nuit, tout un jour, un an... Elle n'est jamais revenue
me trouver.

Je devins pour ma part à partir de cette époque de plus en
plus difficile à contenter et je n'avais plus que deux idées en

tête. Sauver ma peau et partir pour l'Amérique. Mais échapper à la guerre constituait déjà une œuvre initiale qui me tint tout essoufflé pendant des mois et des mois.

« Des canons! des hommes! des munitions! » qu'ils exigeaient sans jamais en sembler las, les patriotes. Il paraît qu'on ne pouvait plus dormir tant que la pauvre Belgique et l'innocente petite Alsace n'auraient pas été arrachées au joug germanique. C'était une obsession qui empêchait, nous affirmait-on, les meilleurs d'entre nous de respirer, de manger, de copuler. Ça n'avait pas l'air tout de même de les empêcher de faire des affaires les survivants. Le moral était bon à l'arrière, on pouvait le dire.

Il fallut réintégrer en vitesse nos régiments. Mais moi dès la première visite, on me trouva trop au-dessous de la moyenne encore, et juste bon pour être dirigé sur un autre hôpital, pour osseux et nerveux celui-là. Un matin nous sortîmes à six du Dépôt, trois artilleurs et trois dragons, blessés et malades à la recherche de cet endroit où se réparait la vaillance perdue, les réflexes abolis et les bras cassés. Nous passâmes d'abord, comme tous les blessés de l'époque, pour le contrôle, au Val-de-Grâce, citadelle ventrue, si noble et toute barbue d'arbres et qui sentait bien fort l'omnibus par ses couloirs, odeur aujourd'hui et sans doute à jamais disparue, mixture de pieds, de paille et de lampes à huile. Nous ne fîmes pas long feu au Val, à peine entrevus nous étions engueulés et comme il faut, par deux officiers gestionnaires, pelliculaires et surmenés, menacés par ceux-ci du Conseil et projetés à nouveau par d'autres administrateurs dans la rue. Ils n'avaient pas de place pour nous, qu'ils disaient, en nous indiquant une destination vague : un bastion, quelque part, dans les zones autour de la ville.

De bistrots en bastions, de mominettes en cafés-crème, nous partîmes donc à six au hasard des mauvaises directions, à la recherche de ce nouvel abri qui paraissait spécialisé dans la guérison des incapables héros dans notre genre.

Un seul d'entre nous six possédait un rudiment de bien, qui tenait tout entier, il faut le dire, dans une petite boîte en zinc de biscuits Pernot, marque célèbre alors et dont je n'entends plus parler. Là-dedans, il cachait, notre camarade, des cigarettes, et une brosse à dents, même qu'on en rigolait tous, de ce soin peu commun alors, qu'il prenait de ses dents, et que nous on le traitait, à cause de ce raffinement insolite, d' « homosexuel ».

Enfin, nous abordâmes, après bien des hésitations, vers le milieu de la nuit, aux remblais bouffis de ténèbres de ce bastion de Bicêtre, le « 43 » qu'il s'intitulait. C'était le bon.

On venait de le mettre à neuf pour recevoir des éclopés et des vieillards. Le jardin n'était même pas fini.

Quand nous arrivâmes, il n'y avait encore en fait d'habitants que la concierge, dans la partie militaire. Il pleuvait dru. Elle eut peur de nous la concierge en nous entendant, mais nous la fîmes rire en lui mettant la main tout de suite au bon endroit. « Je croyais que c'étaient des Allemands ! fit-elle. — Ils sont loin ! lui répondit-on. — Où c'est que vous êtes malades ? s'inquiétait-elle. — Partout ; mais pas au zizi ! » fit un artilleur en réponse. Alors ça, on pouvait dire que c'était du vrai esprit et qu'elle appréciait en plus, la concierge. Dans ce même bastion séjournèrent par la suite avec nous des vieillards de l'Assistance publique. On avait construit pour eux, d'urgence, de nouveaux bâtiments garnis de kilomètres de vitrages, on les gardait là-dedans jusqu'à la fin des hostilités, comme des insectes. Sur les buttes d'alentour, une éruption de lotissements étriqués se disputait des tas de boue fuyante mal contenue entre des séries de cabanons précaires. A l'abri de ceux-ci poussent de temps en temps une laitue et trois radis dont, on ne sait jamais pourquoi, des limaces dégoûtées consentent à faire hommage au propriétaire.

Notre hôpital était propre, comme il faut se dépêcher de voir ces choses-là, quelques semaines, tout à leur début, car pour l'entretien des choses chez nous, on a aucun goût, on est même à cet égard de francs dégueulasses. On s'est couché, je dis donc, au petit bonheur des lits métalliques et à la lumière lunaire, c'était si neuf ces locaux, que l'électricité n'y venait pas encore.

Au réveil, notre nouveau médecin chef est venu se faire connaître, tout content de nous voir, qu'il semblait, toute cordialité dehors. Il avait des raisons de son côté pour être heureux, il venait d'être nommé à quatre galons. Cet homme possédait en plus les plus beaux yeux du monde, veloutés et surnaturels, il s'en servait beaucoup pour l'émoi de quatre charmantes infirmières bénévoles qui l'entouraient de prévenances et de mimiques et qui n'en perdaient pas une miette de leur médecin chef. Dès le premier contact, il se saisit de notre moral, comme il nous en prévint. Sans façon, empoignant familièrement l'épaule de l'un de nous, le secouant paternellement, la voix réconfortante, il nous traça les règles et le plus court chemin pour aller gaillardement et au plus tôt encore nous refaire casser la gueule.

D'où qu'ils provinssent décidément, ils ne pensaient qu'à cela. On aurait dit que ça leur faisait du bien. C'était le nouveau vice. « La France, mes amis, vous a fait confiance, c'est une femme, la plus belle des femmes la France! entonna-t-il. Elle compte sur votre héroïsme la France! Victime de la plus lâche, de la plus abominable agression. Elle a le droit d'exiger de ses fils d'être vengée profondément la France! D'être rétablie dans l'intégrité de son territoire, même au prix du sacrifice le plus haut la France! Nous ferons tous ici, en ce qui nous concerne, notre devoir, mes amis, faites le vôtre! Notre science vous appartient! Elle est vôtre! Toutes ses ressources sont au service de votre guérison! Aidez-nous à votre tour dans la mesure de votre bonne volonté! Je le sais, elle nous est acquise votre bonne volonté! Et que bientôt vous puissiez tous reprendre votre place à côté de vos chers camarades des tranchées! Votre place sacrée! Pour la défense de notre sol chéri. Vive la France! En avant! » Il savait parler aux soldats.

Nous étions chacun au pied de notre lit, dans la position du garde-à-vous, l'écoutant. Derrière lui, une brune du groupe de ses jolies infirmières dominait mal l'émotion qui l'étreignait et que quelques larmes rendirent visible. Les autres infirmières, ses compagnes, s'empressèrent aussitôt : « Chérie! chérie! Je vous assure... Il reviendra, voyons!... »

C'était une de ses cousines, la blonde un peu boulotte, qui la consolait le mieux. En passant près de nous, la soutenant dans ses bras, elle me confia la boulotte qu'elle défaillait ainsi la cousine jolie, à cause du départ récent d'un fiancé mobilisé dans la marine. Le maître ardent, déconcerté, s'efforçait d'atténuer le bel et tragique émoi propagé par sa brève et vibrante allocution. Il en demeurait tout confus et peiné devant elle. Réveil d'une trop douloureuse inquiétude dans un cœur d'élite, évidemment pathétique, tout sensibilité et tendresse. « Si nous avions su, maître! chuchotait encore la blonde cousine, nous vous aurions prévenu... Ils s'aiment si tendrement si vous saviez!... » Le groupe des infirmières et le Maître lui-même disparurent parlotant toujours et bruissant à travers le couloir. On ne s'occupait plus de nous.

J'essayai de me rappeler et de comprendre le sens de cette allocution qu'il venait de prononcer, l'homme aux yeux splendides, mais loin, moi, de m'attrister elles me parurent en y réfléchissant, ces paroles, extraordinairement bien faites pour me dégoûter de mourir. C'était aussi l'avis des autres camarades, mais ils n'y trouvaient pas au surplus comme moi une façon de défi et d'insulte. Eux ne cherchaient guère à comprendre ce qui se passait autour de nous dans la vie, ils discernaient seulement, et encore à peine, que le délire ordinaire du monde s'était accru depuis quelques mois, dans de telles proportions, qu'on ne pouvait décidément plus appuyer son existence sur rien de stable.

Ici à l'hôpital tout comme dans la nuit des Flandres la mort nous tracassait; seulement ici, elle nous menaçait de plus loin la mort irrévocable tout comme là-bas, c'est vrai, une fois lancée sur votre tremblante carcasse par les soins de l'Administration.

Ici, on ne nous engueulait pas, certes, on nous parlait même avec douceur, on nous parlait tout le temps d'autre chose que de la mort, mais notre condamnation figurait toutefois bien nette au coin de chaque papier qu'on nous demandait de signer, dans chaque précaution qu'on prenait à notre égard : Médailles... Bracelets... La moindre permission... N'importe quel conseil... On se sentait comptés, guettés, numérotés dans la grande réserve des partants de demain. Alors forcément, tout ce monde civil et sanitaire ambiant avait l'air plus léger que nous, par comparaison... Les infirmières, ces garces, ne le partageaient pas, elles, notre destin, elles ne pensaient, par contraste, qu'à vivre longtemps, et plus longtemps encore et à aimer, c'était clair, à se promener et à mille et dix mille fois faire et refaire l'amour. Chacune de ces angéliques tenait à son petit plan dans le périnée, comme les forçats, pour plus tard, le petit plan d'amour, quand nous serions, nous, crevés dans une boue quelconque et Dieu sait comment !

Elles vous auraient alors des soupirs remémoratifs spéciaux de tendresse qui les rendraient plus attrayantes encore; elles évoqueraient en silences émus les tragiques temps de la guerre, les revenants... « Vous souvenez-vous du petit Bardamu, diraientelles à l'heure crépusculaire en pensant à moi, celui qu'on avait tant de mal à empêcher de tousser?... Il en avait un mauvais moral celui-là, le pauvre petit... Qu'a-t-il pu devenir? »

Quelques regrets poétiques placés à propos siéent à une femme aussi bien que certains cheveux vaporeux sous les rayons de la lune.

A l'abri de chacun de leurs mots et de leur sollicitude, il fallait dès maintenant comprendre : « Tu vas crever gentil militaire... Tu vas crever... C'est la guerre... Chacun sa vie... Chacun son rôle... Chacun sa mort... Nous avons l'air de partager ta détresse... Mais on ne partage la mort de personne... Tout doit être aux âmes et aux corps bien portants, façon de distraction et rien de plus et rien de moins, et nous sommes nous des solides jeunes filles, belles, considérées, saines et bien élevées... Pour nous tout devient biologie automatique, joyeux spectacle, et se convertit en joie ! Ainsi l'exige notre santé ! Et les vilaines licences du chagrin nous sont impossibles... Il nous faut des excitants à nous, rien que des excitants... Vous serez vite oubliés, petits soldats... Soyez gentils, crevez bien vite... Et que la guerre finisse et qu'on puisse se marier avec un de vos aimables officiers... Un brun surtout !... Vive la Patrie dont parle toujours papa !... Comme l'amour doit être bon quand il revient de la guerre !... Il sera décoré notre petit mari !... Il sera distingué... Vous pourrez cirer ses jolies bottes le beau jour de notre mariage si vous existez encore à ce moment-là, petit soldat... Ne serez-vous pas alors heureux de notre bonheur, petit soldat?... »

Chaque matin, nous le revîmes, et le revîmes encore le médecin chef, suivi de ses infirmières. C'était un savant, apprîmes-nous. Autour de nos salles réservées venaient trotter les vieillards de l'hospice d'à côté en bonds inutiles et disjoints. Ils s'en allaient crachoter leurs cancans avec leurs caries d'une salle à l'autre, porteurs de petits bouts de ragots et médisances éculées. Ici cloîtrés dans leur misère officielle comme au fond d'un enclos baveux, les vieux travailleurs broutaient toute la fiente qui dépose autour des âmes à l'issue des longues années de servitude. Haines impuissantes, rancies dans l'oisiveté pisseuse des salles communes. Ils ne se servaient de leurs ultimes et chevrotantes énergies que pour se nuire encore un petit peu et se détruire dans ce qui leur restait de plaisir et de souffle.

Suprême plaisir ! Dans leur carcasse racornie il ne subsistait plus un seul atome qui ne fût strictement méchant.

Dès qu'il fut entendu que nous partagerions, soldats, les commodités relatives du bastion avec ces vieillards, ils se mirent à nous détester à l'unisson, non sans venir toutefois en même temps mendier et sans répit nos résidus de tabac à la traîne le long des croisées et les bouts de pain rassis tombés dessous les bancs. Leurs faces parcheminées s'écrasaient à l'heure des repas contre les vitres de notre réfectoire. Il passait entre les plis chassieux de leurs nez des petits regards de vieux rats convoiteux. L'un de ces infirmes paraissait plus astucieux et coquin que les autres, il venait nous chanter des chansonnettes de son temps pour nous distraire, le père Birouette qu'on l'appelait. Il voulait bien faire tout ce qu'on voulait pourvu qu'on lui donnât du tabac, tout ce qu'on voulait, sauf passer devant la morgue du bastion qui d'ailleurs ne chômait guère. L'une des blagues consistait à l'emmener de ce côté-là, soi-disant en promenade. « Tu veux pas entrer ? » qu'on lui demandait quand on était en plein devant la porte. Il se sauvait alors bien râleux mais si vite et si loin qu'on ne le revoyait plus de deux jours au moins, le père Birouette. Il avait entrevu la mort.

Notre médecin chef aux beaux yeux, le professeur Bestombes, avait fait installer pour nous redonner de l'âme, tout un appareillage très compliqué d'engins électriques étincelants dont nous subissions les décharges périodiques, effluves qu'il prétendait toniques et qu'il fallait accepter sous peine d'expulsion. Il était fort riche, semblait-il, Bestombes, il fallait l'être pour acheter tout ce coûteux bazar électrocuteur. Son beau-père, grand politique, ayant puissamment tripoté au cours d'achats gouvernementaux de terrains, lui permettait ces largesses.

Il fallait en profiter. Tout s'arrange. Crimes et châtiments. Tel qu'il était, nous ne le détestions pas. Il examinait notre système nerveux avec un soin extraordinaire, et nous interrogeait sur le ton d'une courtoise familiarité. Cette bonhomie soigneusement mise au point divertissait délicieusement les infirmières, toutes distinguées, de son service. Elles attendaient chaque matin, ces mignonnes, le moment de se réjouir des manifestations de sa haute gentillesse, c'était du nanan. Nous jouions tous en somme dans une pièce où il avait choisi lui Bestombes, le rôle du savant bienfaisant et profondément, aimablement humain, le tout était de s'entendre.

Dans ce nouvel hôpital, je faisais chambre commune avec le sergent Branledore, rengagé; c'était un ancien convive des hôpitaux, lui, Branledore. Il avait traîné son intestin perforé depuis des mois, dans quatre différents services.

Il avait appris au cours de ces séjours à attirer et puis à retenir la sympathie active des infirmières. Il rendait, urinait et coliquait du sang assez souvent Branledore, il avait aussi bien du mal à respirer, mais cela n'aurait pas entièrement suffi à lui concilier les bonnes grâces toutes spéciales du personnel traitant qui en voyait bien d'autres. Alors entre deux étouffements s'il y avait un médecin ou une infirmière à passer par là : « Victoire! Victoire! Nous aurons la Victoire! » criait Branledore, ou le murmurait du bout ou de la totalité de ses poumons selon le cas. Ainsi rendu conforme à l'ardente littérature agressive, par un effet d'opportune mise en scène, il jouissait de la plus haute cote morale. Il le possédait, le truc, lui.

Comme le Théâtre était partout il fallait jouer et il avait bien raison Branledore; rien aussi n'a l'air plus idiot et n'irrite davantage, c'est vrai, qu'un spectateur inerte monté par hasard sur les planches. Quand on est là-dessus, n'est-ce pas, il faut prendre le ton, s'animer, jouer, se décider ou bien disparaître. Les femmes surtout demandaient du spectacle et elles étaient impitoyables, les garces, pour les amateurs déconcertés. La guerre, sans conteste, porte aux ovaires, elles en exigeaient des héros, et ceux qui ne l'étaient pas du tout devaient se présenter comme tels ou bien s'apprêter à subir le plus ignominieux des destins.

Après huit jours passés dans ce nouveau service, nous avions compris l'urgence d'avoir à changer de dégaine et, grâce à Branledore (dans le civil placier en dentelles), ces mêmes hommes apeurés et recherchant l'ombre, possédés par des souvenirs honteux d'abattoirs que nous étions en arrivant, se muèrent en une satanée bande de gaillards, tous résolus à la victoire et je vous le garantis armés d'abattage et de formidables propos. Un dru langage était devenu en effet le nôtre, et si salé que ces dames en rougissaient parfois, elles ne s'en plaignaient jamais cependant parce qu'il est bien entendu qu'un soldat est aussi brave qu'insouciant, et grossier plus souvent qu'à son tour, et que plus il est grossier et que plus il est brave.

Au début, tout en copiant Branledore de notre mieux, nos petites allures patriotiques n'étaient pas encore tout à fait au point, pas très convaincantes. Il fallut une bonne semaine et même deux de répétitions intensives pour nous placer absolument dans le ton, le bon.

Dès que notre médecin, professeur agrégé Bestombes, eut noté, ce savant, la brillante amélioration de nos qualités morales, il résolut, à titre d'encouragement, de nous autoriser quelques visites, à commencer par celles de nos parents.

Certains soldats bien doués, à ce que j'avais entendu conter, éprouvaient quand ils se mêlaient aux combats, une sorte de griserie et même une vive volupté. Dès que pour ma part j'essayais d'imaginer une volupté de cet ordre bien spécial, je m'en rendais malade pendant huit jours au moins. Je me sentais si incapable de tuer quelqu'un, qu'il valait décidément mieux que j'y renonce et que j'en finisse tout de suite. Non que l'expérience m'eût manqué, on avait même fait tout pour me donner le goût, mais le don me faisait défaut. Il m'aurait fallu peut-être une plus lente initiation.

Je résolus certain jour de faire part au professeur Bestombes des difficultés que j'éprouvais corps et âme à être aussi brave que je l'aurais voulu et que les circonstances, sublimes certes, l'exigeaient. Je redoutais un peu qu'il se prît à me considérer comme un effronté, un bavard impertinent... Mais point du tout. Au contraire! Le Maître se déclara tout à fait heureux que dans cet accès de franchise je vienne m'ouvrir à lui du trouble d'âme que je ressentais.

— Vous allez mieux Bardamu, mon ami! Vous allez mieux, tout simplement! — Voici ce qu'il concluait. — Cette confidence que vous venez me faire absolument spontanément, je la considère, Bardamu, comme l'indice très encourageant d'une amélioration notable de votre état mental... Vaudesquin, d'ailleurs, cet observateur modeste, mais combien sagace, des défaillances morales chez les soldats de l'Empire, avait résumé, dès 1802, des observations de ce genre dans un mémoire à présent classique, bien qu'injustement négligé par nos étudiants actuels, où il notait, dis-je, avec beaucoup de justesse et de précision

des crises dites « d'aveux », qui surviennent, signe entre tous
excellent, chez le convalescent moral... Notre grand Dupré,
près d'un siècle plus tard, sut établir à propos du même symptôme
sa nomenclature désormais célèbre où cette crise identique figure
sous le titre de crise du « rassemblement des souvenirs », crise
qui doit, selon le même auteur, précéder de peu, lorsque la cure
est bien conduite, la débâcle massive des idéations anxieuses
et la libération définitive du champ de la conscience, phénomène
second en somme dans le cours du rétablissement psychique.
Dupré donne d'autre part, dans sa terminologie si imagée et
dont il avait l'apanage, le nom de « diarrhée cogitive de libération »
à cette crise qui s'accompagne chez le sujet d'une sensation
d'euphorie très active, d'une reprise très marquée de l'activité
de relations, reprise entre autres très notable du sommeil, qu'on
voit se prolonger soudain pendant des journées entières, enfin
autre stade : Suractivité très marquée des fonctions génitales,
à tel point qu'il n'est pas rare d'observer chez les mêmes malades
auparavant frigides, de véritables « fringales érotiques ». D'où
cette formule : « Le malade n'entre pas dans la guérison, il s'y
rue ! » Tel est le terme magnifiquement descriptif, n'est-ce pas,
de ces triomphes récupératifs, par lequel un autre de nos grands
psychiatres français du siècle dernier, Philibert Margeton, carac-
térisait la reprise véritablement triomphale de toutes les acti-
vités normales chez un sujet convalescent de la maladie de la
peur... Pour ce qui vous concerne, Bardamu, je vous considère
donc et dès à présent comme un véritable convalescent... Vous
intéressera-t-il, Bardamu, puisque nous en sommes à cette satis-
faisante conclusion, de savoir que demain, précisément, je présente à la Société de Psychologie militaire un mémoire sur les
qualités fondamentales de l'esprit humain?... Ce mémoire est
de qualité, je le crois.

— Certes, Maître, ces questions me passionnent...

— Eh bien, sachez, en résumé, Bardamu, que j'y défends
cette thèse : qu'avant la guerre, l'homme restait pour le psy-
chiatre un inconnu clos et les ressources de son esprit une énigme...

— C'est bien aussi mon très modeste avis, Maître...

— La guerre, voyez-vous, Bardamu, par les moyens incomparables qu'elle nous donne pour éprouver les systèmes nerveux,
agit à la manière d'un formidable révélateur de l'Esprit humain !

Nous en avons pour des siècles à nous pencher, méditatifs, sur ces révélations pathologiques récentes, des siècles d'études passionnées... Avouons-le franchement... Nous ne faisions que soupçonner jusqu'ici les richesses émotives et spirituelles de l'homme ! Mais à présent, grâce à la guerre, c'est fait !... Nous pénétrons, par suite d'une effraction, douloureuse certes, mais pour la science décisive et providentielle, dans leur intimité ! Dès les premières révélations, le devoir du psychologue et du moraliste modernes ne fit, pour moi Bestombes, plus aucun doute ! Une réforme totale de nos conceptions psychologiques s'imposait !

C'était bien mon avis aussi, à moi, Bardamu.

— Je crois, en effet, Maître, qu'on ferait bien...

— Ah ! vous le pensez aussi, Bardamu, je ne vous le fais pas dire ! Chez l'homme, voyez-vous, le bon et le mauvais s'équilibrent, égoïsme d'une part, altruisme de l'autre... Chez les sujets d'élite, plus d'altruisme que d'égoïsme. Est-ce exact ? Est-ce bien cela ?

— C'est exact, Maître, c'est cela même...

— Et chez le sujet d'élite quel peut être, je vous le demande Bardamu, la plus haute entité connue qui puisse exciter son altruisme et l'obliger à se manifester incontestablement, cet altruisme ?

— Le patriotisme, Maître !

— Ah ! voyez-vous, je ne vous le fais pas dire ! Vous me comprenez tout à fait bien... Bardamu ! Le patriotisme et son corollaire, la gloire, tout simplement, sa preuve !

— C'est vrai !

— Ah ! nos petits soldats, remarquez-le, et dès les premières épreuves du feu, ont su se libérer spontanément de tous les sophismes et concepts accessoires, et particulièrement des sophismes de la conservation. Ils sont allés d'instinct et d'emblée se fondre avec notre véritable raison d'être, notre Patrie. Pour accéder à cette vérité, non seulement l'intelligence est superflue, Bardamu, mais elle gêne ! C'est une vérité du cœur, la Patrie, comme toutes les vérités essentielles, le peuple ne s'y trompe pas ! Là précisément où le mauvais savant s'égare...

— Cela est beau, Maître ! Trop beau ! C'est de l'Antique !

Il me serra les deux mains presque affectueusement, Bestombes.

D'une voix devenue paternelle, il voulut bien ajouter encore à mon profit : « C'est ainsi que j'entends traiter mes malades, Bardamu, par l'électricité pour le corps et pour l'esprit, par de vigoureuses doses d'éthique patriotique, par les véritables injections de la morale reconstituante! »

— Je vous comprends, Maître!

Je comprenais en effet de mieux en mieux.

En le quittant, je me rendis sans tarder à la messe avec mes compagnons reconstitués dans la chapelle battant neuf, j'aperçus Branledore qui manifestait de son haut moral derrière la grande porte où il donnait justement des leçons d'entrain à la petite fille de la concierge. J'allai de suite l'y rejoindre, comme il m'y conviait.

L'après-midi, des parents vinrent de Paris pour la première fois depuis que nous étions là et puis ensuite chaque semaine.

J'avais écrit enfin à ma mère. Elle était heureuse de me retrouver ma mère, et pleurnichait comme une chienne à laquelle on a rendu enfin son petit. Elle croyait aussi sans doute m'aider beaucoup en m'embrassant, mais elle demeurait cependant inférieure à la chienne parce qu'elle croyait aux mots elle qu'on lui disait pour m'enlever. La chienne au moins ne croit que ce qu'elle sent. Avec ma mère, nous fîmes un grand tour dans les rues proches de l'hôpital, un après-midi, à marcher en traînant dans les ébauches des rues qu'il y a par là, des rues aux lampadaires pas encore peints, entre les longues façades suintantes, aux fenêtres bariolées des cent petits chiffons pendants, les chemises des pauvres, à entendre le petit bruit du graillon qui crépite à midi, orage des mauvaises graisses. Dans le grand abandon mou qui entoure la ville, là où le mensonge de son luxe vient suinter et finir en pourriture, la ville montre à qui veut le voir son grand derrière en boîtes à ordures. Il y a des usines qu'on évite en promenant, qui sentent toutes les odeurs, les unes à peine croyables et où l'air d'alentour se refuse à puer davantage. Tout près, moisit la petite fête foraine, entre deux hautes cheminées inégales, ses chevaux de bois dépeint sont trop coûteux pour ceux qui les désirent, pendant des semaines entières souvent, petits morveux rachitiques, attirés, repoussés et retenus à la fois, tous les doigts dans le nez, par leur abandon, la pauvreté et la musique.

Tout se passe en efforts pour éloigner la vérité de ces lieux qui revient pleurer sans cesse sur tout le monde; on a beau faire, on a beau boire, et du rouge encore, épais comme de l'encre, le ciel reste ce qu'il est là-bas, bien refermé dessus, comme une grande mare pour les fumées de la banlieue.

Par terre, la boue vous tire sur la fatigue et les côtés de l'existence sont fermés aussi, bien clos par des hôtels et des usines encore. C'est déjà des cercueils les murs de ce côté-là. Lola, bien partie, Musyne aussi, je n'avais plus personne. C'est pour ça que j'avais fini par écrire à ma mère, question de voir quelqu'un. À vingt ans je n'avais déjà plus que du passé. Nous parcourûmes ensemble avec ma mère des rues et des rues du dimanche. Elle me racontait les choses menues de son commerce, ce qu'on disait autour d'elle de la guerre, en ville, que c'était triste, la guerre, « épouvantable » même, mais qu'avec beaucoup de courage, nous finirions tous par en sortir, les tués pour elle c'était rien que des accidents, comme aux courses, y n'ont qu'à bien se tenir, on ne tombait pas. En ce qui la concernait, elle n'y découvrait dans la guerre qu'un grand chagrin nouveau qu'elle essayait de ne pas trop remuer; il lui faisait comme peur ce chagrin; il était comblé de choses redoutables qu'elle ne comprenait pas. Elle croyait au fond que les petites gens de sa sorte étaient faits pour souffrir de tout, que c'était leur rôle sur la terre, et que si les choses allaient récemment aussi mal, ça devait tenir encore, en grande partie, à ce qu'ils avaient commis bien des fautes accumulées, les petites gens... Ils avaient dû faire des sottises, sans s'en rendre compte, bien sûr, mais tout de même ils étaient coupables et c'était déjà bien gentil qu'on leur donne ainsi en souffrant l'occasion d'expier leurs indignités... C'était une « intouchable » ma mère.

Cet optimisme résigné et tragique lui servait de foi et formait le fond de sa nature.

Nous suivions tous les deux les rues à lotir, sous la pluie; les trottoirs par là enfoncent et se dérobent, les petits frênes en bordure gardent longtemps leurs gouttes aux branches, en hiver tremblantes dans le vent, mince féerie. Le chemin de l'hôpital passait devant de nombreux hôtels récents, certains avaient des noms, d'autres n'avaient même pas pris ce mal. « A la semaine » qu'ils étaient, tout simplement. La guerre les avait vidés brutalement de leur contenu de tâcherons et d'ouvriers. Ils n'y rentreraient même plus pour mourir les locataires. C'est un travail aussi ça mourir, mais ils s'en acquitteraient dehors.

Ma mère me reconduisait à l'hôpital en pleurnichant, elle acceptait l'accident de ma mort, non seulement elle consentait, mais elle se demandait si j'avais autant de résignation qu'elle-même. Elle croyait à la fatalité autant qu'au beau mètre des Arts et Métiers, dont elle m'avait toujours parlé avec respect, parce qu'elle avait appris étant jeune que celui dont elle se servait dans son commerce de mercerie était la copie scrupuleuse de ce superbe étalon officiel.

Entre les lotissements de cette campagne déchue existaient encore quelques champs et cultures de-ci, de-là, et même accrochés à ces bribes quelques vieux paysans coincés entre les maisons nouvelles. Quand il nous restait du temps avant la rentrée du soir, nous allions les regarder avec ma mère, ces drôles de paysans, s'acharner à fouiller avec du fer cette chose molle et grenue qu'est la terre, où on met à pourrir les morts et d'où vient le pain quand même. « Ça doit être bien dur la terre! » qu'elle remarquait chaque fois en les regardant ma mère bien perplexe. Elle ne connaissait en fait de misères que celles qui ressemblaient à la sienne, celles des villes, elle essayait de s'imaginer ce que pouvaient être celles de la campagne. C'est la seule curiosité que je lui aie jamais connue, à ma mère, et ça lui suffisait comme distraction pour un dimanche. Elle rentrait avec ça en ville.

Je ne recevais plus du tout de nouvelles de Lola, ni de Musyne non plus. Elles demeuraient décidément, les garces, du bon côté de la situation où régnait une consigne souriante mais implacable d'élimination envers nous autres, nous les viandes destinées aux sacrifices. A deux reprises ainsi on m'avait déjà reconduit vers les endroits où se parquent les otages. Question de temps et d'attente seulement. Le jeux étaient faits.

BRANLEDORE mon voisin d'hôpital, le sergent, jouissait, je l'ai raconté, d'une persistante popularité parmi les infirmières, il était recouvert de pansements et ruisselait d'optimisme. Tout le monde à l'hôpital l'enviait et copiait ses manières. Devenus présentables et pas dégoûtants du tout moralement nous nous mîmes à notre tour à recevoir les visites de gens bien placés dans le monde et haut situés dans l'administration parisienne. On se le répéta dans les salons, que le centre neuro-médical du professeur Bestombes devenait le véritable lieu de l'intense ferveur patriotique, le foyer, pour ainsi dire. Nous eûmes désormais à nos jours non seulement des évêques, mais une duchesse italienne, un grand munitionnaire, et bientôt l'Opéra lui-même et les pensionnaires du Théâtre-Français. On venait nous admirer sur place. Une belle subventionnée de la Comédie qui récitait les vers comme pas une revint même à mon chevet pour m'en déclamer de particulièrement héroïques. Sa rousse et perverse chevelure (la peau allant avec) était parcourue pendant ce temps-là d'ondes étonnantes qui m'arrivaient droit par vibrations jusqu'au périnée. Comme elle m'interrogeait cette divine sur mes actions de guerre, je lui donnai tant de détails et des si poignants qu'elle ne me quitta désormais plus des yeux. Emue durablement, elle manda licence de faire frapper en vers, par un poète de ses admirateurs, les plus intenses passages de mes récits. J'y consentis d'emblée. Le professeur Bestombes, mis au courant de ce projet, s'y déclara particulièrement favorable. Il donna même une interview à cette occasion et le même jour aux envoyés d'un grand « Illustré National » qui nous photographia tous ensemble sur le perron de l'hôpital aux côtés de la belle sociétaire. « C'est le plus haut devoir des poètes, pendant les heures tragiques que nous traversons, déclara le professeur Bestombes, qui n'en ratait pas une, de nous redonner le goût de l'Epopée! Les temps ne sont plus aux petites combinaisons mesquines! Sus aux littératures racornies! Une âme nouvelle nous est éclose au milieu du grand et noble fracas des batailles! L'essor du grand renouveau patriotique l'exige désormais! Les hautes cimes promises à notre Gloire!... Nous exigeons le souffle grandiose du poème épique!... Pour ma part, je déclare admirable que dans cet hôpital que je dirige, il vienne se former sous nos yeux, inoubliablement, une de ces sublimes collaborations créatrices entre le Poète et l'un de nos héros! »

Branledore, mon compagnon de chambre, dont l'imagination avait un peu de retard sur la mienne dans la circonstance et qui ne figurait pas non plus sur la photo, en conçut une vive et tenace jalousie. Il se mit dès lors à me disputer sauvagement la palme de l'héroïsme. Il inventait de nouvelles histoires, il se surpassait, on ne pouvait plus l'arrêter, ses exploits tenaient du délire.

Il m'était difficile de trouver plus fort, d'ajouter quelque chose encore à de telles outrances, et cependant personne à l'hôpital ne se résignait, c'était à qui parmi nous, saisi d'émulation, inventerait à qui mieux mieux d'autres « belles pages guerrières » où figurer sublimement. Nous vivions un grand roman de geste, dans la peau de personnages fantastiques, au fond desquels, dérisoires, nous tremblions de tout le contenu de nos viandes et de nos âmes. On en aurait bavé si on nous avait surpris au vrai. La guerre était mûre.

Notre grand ami Bestombes recevait encore les visites de nombreux notables étrangers, messieurs scientifiques, neutres, sceptiques et curieux. Les inspecteurs généraux du Ministère passaient sabrés et pimpants à travers nos salles, leur vie militaire prolongée à ceux-là, rajeunis donc c'est-à-dire et gonflés d'indemnités nouvelles. Aussi n'étaient-ils point chiches de distinctions et d'éloges les Inspecteurs. Tout allait bien. Bestombes et ses blessés superbes devinrent l'honneur du service de Santé.

Ma belle protectrice du « Français » revint elle-même bientôt une fois encore pour me rendre visite, en particulier, cependant que son poète familier achevait, rimé, le récit de mes exploits. Ce jeune homme, je le rencontrai finalement, pâle, anxieux, quelque part au détour d'un couloir. La fragilité des fibres de son cœur, me confia-t-il, de l'avis même des médecins, tenait

du miracle. Aussi le retenaient-ils, ces médecins soucieux des
êtres fragiles, loin des armées. En compensation il avait entrepris,
ce petit barde, au péril de sa santé même et de toutes ses suprêmes
forces spirituelles, de forger, pour nous, « l'Airain Moral de notre
Victoire ». Un bel outil par conséquent, en vers inoubliables,
bien entendu, comme tout le reste.

Je n'allais pas m'en plaindre, puisqu'il m'avait choisi entre
tant d'autres braves indéniables pour être son héros! Je fus
d'ailleurs, avouons-le, royalement servi. Ce fut magnifique à
vrai dire. L'événement du récital eut lieu à la Comédie-Fran-
çaise même, au cours d'un après-midi, dit poétique. Tout
l'hôpital fut invité. Lorsque sur la scène apparut ma rousse,
frémissante récitante, le geste grandiose, la taille longuement
moulée dans les plis devenus enfin voluptueux du tricolore, ce
fut le signal dans la salle entière, debout, désireuse d'une de
ces ovations qui n'en finissent plus. J'étais préparé certes, mais
mon étonnement fut réel néanmoins, je ne pus celer ma stupéfaction à mes voisins en l'entendant vibrer, exhorter de la sorte,
cette superbe amie, gémir même, pour rendre mieux sensible
tout le drame inclus dans l'épisode que j'avais inventé à son
usage. Son poète décidément me rendait des points pour l'imaginative, il avait encore monstrueusement magnifié la mienne,
aidé de ses rimes flamboyantes, d'adjectifs formidables qui
venaient retomber solennels dans l'admiratif et capital silence.
Parvenue dans l'essor d'une période, la plus chaleureuse du
morceau, s'adressant à la loge où nous étions placés, Branledore
et moi-même, et quelques autres blessés, l'artiste, ses deux bras
splendides tendus, sembla s'offrir au plus héroïque d'entre nous.
Le poète illustrait pieusement à ce moment-là un fantastique
trait de bravoure que je m'étais attribué. Je ne sais plus très bien
ce qui se passait, mais ça n'était pas de la piquette. Heureusement, rien n'est incroyable en matière d'héroïsme. Le public
devina le sens de l'offrande artistique et la salle entière tournée
alors vers nous, hurlante de joie, transportée, trépignante,
réclamait le héros.

Branledore accaparait tout le devant de la loge et nous dépassait tous, puisqu'il pouvait nous dissimuler presque complètement derrière ses pansements. Il le faisait exprès le salaud.

Mais deux de nos camarades, eux grimpés sur des chaises

derrière lui, se firent quand même admirer par la foule par-dessus ses épaules et sa tête. On les applaudit à tout rompre.

« Mais c'est de moi qu'il s'agit! ai-je failli crier à ce moment. De moi seul! » Je connaissais mon Branledore, on se serait engueulés devant tout le monde et peut-être même battus. Finalement ce fut lui qui gagna la soucoupe. Il s'imposa. Triomphant, il demeura seul, comme il le désirait, pour recueillir l'énorme hommage. Vaincus, il ne nous restait plus qu'à nous ruer, nous, vers les coulisses, ce que nous fîmes et là nous fûmes heureusement refêtés. Consolation. Cependant notre actrice-inspiratrice n'était point seule dans sa loge. A ses côtés se tenait le poète, son poète, notre poète. Il aimait aussi comme elle les jeunes soldats, bien gentiment. Ils me le firent comprendre artistement. Une affaire. On me le répéta, mais je n'en tins aucun compte de leurs gentilles indications. Tant pis pour moi, parce que les choses auraient pu très bien s'arranger. Ils avaient beaucoup d'influence. Je pris congé brusquement, et sottement vexé. J'étais jeune.

Récapitulons : les aviateurs m'avaient ravi Lola, les Argentins pris Musyne et cet harmonieux inverti, enfin, venait de me souffler ma superbe comédienne. Désemparé, je quittai la Comédie pendant qu'on éteignait les derniers flambeaux des couloirs et rejoignis seul, par la nuit, sans tramway, notre hôpital, souricière au fond des boues tenaces et des banlieues insoumises.

SANS chiqué, je dois bien convenir que ma tête n'a jamais été très solide. Mais pour un oui, pour un non, à présent, des étourdissements me prenaient, à en passer sous les voitures. Je titubais dans la guerre. En fait d'argent de poche, je ne pouvais compter pendant mon séjour à l'hôpital, que sur les quelques francs donnés par ma mère chaque semaine bien péniblement. Aussi, me mis-je dès que cela me fut possible à la recherche de petits suppléments, par-ci, par-là, où je pouvais en escompter. L'un de mes anciens patrons, d'abord, me sembla propice à cet égard et reçut ma visite aussitôt.

Il me souvenait bien opportunément d'avoir besogné quelques temps obscurs chez ce Roger Puta, le bijoutier de la Madeleine, en qualité d'employé supplémentaire, un peu avant la déclaration de la guerre. Mon ouvrage chez ce dégueulasse bijoutier consistait en « extra », à nettoyer son argenterie du magasin, nombreuse, variée, et pendant les fêtes à cadeaux, à cause des tripotages continuels, d'entretien difficile.

Dès la fermeture de la Faculté, où je poursuivais de rigoureuses et interminables études (à cause des examens que je ratais), je rejoignais au galop l'arrière-boutique de M. Puta et m'escrimais pendant deux ou trois heures sur ses chocolatières, « au blanc d'Espagne » jusqu'au moment du dîner.

Pour prix de mon travail j'étais nourri, abondamment d'ailleurs, à la cuisine. Mon boulot consistait encore, d'autre part, avant l'heure des cours, à faire promener et pisser les chiens de garde du magasin. Le tout ensemble pour 40 francs par mois. La bijouterie Puta scintillait de mille diamants à l'angle de la rue Vignon, et chacun de ces diamants coûtait autant que plusieurs décades de mon salaire. Ils y scintillent d'ailleurs toujours ces joyaux. Versé dans l'auxiliaire à la mobilisation, ce patron Puta se mit à servir particulièrement un ministre, dont il conduisait de temps à autre l'automobile. Mais d'autre part, et cette fois de façon tout à fait officieuse, il se rendait, Puta, des plus utiles, en fournissant les bijoux du Ministère. Le haut personnel spéculait fort heureusement sur les marchés conclus et à conclure. Plus on avançait dans la guerre et plus on avait besoin de bijoux. M. Puta avait même quelquefois de la peine à faire face aux commandes tellement il en recevait.

Quand il était surmené, M. Puta arrivait à prendre un petit air d'intelligence, à cause de la fatigue qui le tourmentait, et uniquement dans ces moments-là. Mais reposé, son visage, malgré la finesse incontestable de ses traits, formait une harmonie de placidité sotte dont il est difficile de ne pas garder pour toujours un souvenir désespérant.

Sa femme madame Puta, ne faisait qu'un avec la caisse de la maison, qu'elle ne quittait pour ainsi dire jamais. On l'avait élevée pour qu'elle devienne la femme d'un bijoutier. Ambition de parents. Elle connaissait son devoir, tout son devoir. Le ménage était heureux en même temps que la caisse était prospère. Ce n'est point qu'elle fût laide, madame Puta, non, elle aurait même pu être assez jolie, comme tant d'autres, seulement elle était si prudente, si méfiante qu'elle s'arrêtait au bord de la beauté, comme au bord de la vie, avec ses cheveux un peu trop peignés, son sourire un peu trop facile et soudain des gestes un peu trop rapides ou un peu trop furtifs. On s'agaçait à démêler ce qu'il y avait de trop calculé dans cet être et les raisons de la gêne qu'on éprouvait en dépit de tout, à son approche. Cette répulsion instinctive qu'inspirent les commerçants à ceux qui les approchent et qui savent est une des très rares consolations qu'éprouvent d'être aussi miteux qu'ils le sont ceux qui ne vendent rien à personne.

Les soucis étriqués du commerce la possédaient donc tout entière madame Puta, tout comme madame Herote, mais dans un autre genre et comme Dieu possède ses religieuses, corps et âme.

De temps en temps, cependant, elle éprouvait, notre patronne, comme un petit souci de circonstance. Ainsi lui arrivait-il de se laisser aller à penser aux parents de la guerre. « Quel malheur cette guerre tout de même pour les gens qui ont de grands enfants !

— Réfléchis donc avant de parler! la reprenait aussitôt son mari, que ces sensibleries trouvaient, lui, prêt et résolu. Ne faut-il pas que la France soit défendue?

Ainsi bons cœurs, mais bons patriotes par-dessus tout, stoïques en somme, ils s'endormaient chaque soir de la guerre au-dessus des millions de leur boutique, fortune française.

Dans les bordels qu'il fréquentait de temps en temps, M. Puta se montrait exigeant et désireux de n'être point pris pour un prodigue. « Je ne suis pas un Anglais moi, mignonne, prévenait-il dès l'abord. Je connais le travail! Je suis un petit soldat français pas pressé! » Telle était sa déclaration préambulaire. Les femmes l'estimaient beaucoup pour cette façon sage de prendre son plaisir. Jouisseur mais pas dupe, un homme. Il profitait de ce qu'il connaissait son monde pour effectuer quelques transactions de bijoux avec la sous-maîtresse, qui elle ne croyait pas aux placements en Bourse. M. Puta progressait de façon surprenante au point de vue militaire, de réformes temporaires en sursis définitifs. Bientôt il fut tout à fait libéré après on ne sait combien de visites médicales opportunes. Il comptait pour l'une des plus hautes joies de son existence la contemplation et si possible la palpation de beaux mollets. C'était au moins un plaisir par lequel il dépassait sa femme, elle uniquement vouée au commerce. A qualités égales, on trouve toujours, semble-t-il, un peu plus d'inquiétude chez l'homme que chez la femme, si borné, si croupissant qu'il puisse être. C'était un petit début d'artiste en somme ce Puta. Beaucoup d'hommes, en fait d'art, s'en tiennent toujours comme lui à la manie des beaux mollets. Madame Puta était bien heureuse de ne pas avoir d'enfants. Elle manifestait si souvent sa satisfaction d'être stérile que son mari finissait par communiquer leur contentement à la sous-maîtresse. « Il faut cependant bien que les enfants de quelqu'un y aillent, répondait celle-ci à son tour, puisque c'est un devoir! » C'est vrai que la guerre comportait des devoirs.

Le ministre que servait Puta en automobile n'avait pas non plus d'enfants, les ministres n'ont pas d'enfants.

Un autre employé accessoire travaillait en même temps que moi aux petites besognes du magasin vers 1913 : c'était Jean Voireuse, un peu « figurant » pendant la soirée dans les petits théâtres et l'après-midi livreur chez Puta. Il se contentait lui aussi de

très minimes appointements. Mais il se débrouillait grâce au
métro. Il allait presque aussi vite à pied qu'en métro, pour faire
ses courses. Alors il mettait le prix du billet dans sa poche. Tout
rabiot. Il sentait un peu des pieds, c'est vrai, et même beaucoup,
mais il le savait et me demandait de l'avertir quand il n'y avait
pas de clients au magasin pour qu'il puisse y pénétrer sans dommage et faire ses comptes en douce avec madame Puta. Une fois
l'argent encaissé, on le renvoyait instantanément me rejoindre
dans l'arrière-boutique. Ses pieds lui servirent encore beaucoup
pendant la guerre. Il passait pour l'agent de liaison le plus rapide
de son régiment. En convalescence il vint me voir au fort de
Bicêtre et c'est même à l'occasion de cette visite que nous décidâmes d'aller ensemble taper notre ancien patron. Qui fut dit,
fut fait. Au moment où nous arrivions boulevard de la Madeleine, on finissait l'étalage...

— Tiens! Ah! vous voilà vous autres! s'étonna un peu de
nous voir M. Puta. Je suis bien content quand même! Entrez!
Vous, Voireuse, vous avez bonne mine! Ça va bien! Mais vous,
Bardamu, vous avez l'air malade, mon garçon! Enfin! vous êtes
jeune! Ça reviendra! Vous en avez de la veine, malgré tout, vous
autres! on peut dire ce que l'on voudra, vous vivez des heures
magnifiques, hein? la-haut? Et à l'air! C'est de l'Histoire ça
mes amis, ou je m'y connais pas! Et quelle Histoire!

On ne répondait rien à M. Puta, on le laissait dire tout ce qu'il
voulait avant de le taper... Alors, il continuait :

— Ah! c'est dur, j'en conviens, les tranchées!... C'est vrai!
Mais c'est joliment dur ici aussi, vous savez!... Vous avez été
blessés, hein vous autres? Moi, je suis éreinté! J'en ai fait du
service de nuit en ville depuis deux ans! Vous vous rendez compte?
Pensez donc! Absolument éreinté! Crevé! Ah! les rues de Paris
pendant la nuit! Sans lumière, mes petits amis... Y conduire
une auto et souvent avec le ministre dedans! Et en vitesse encore!
Vous pouvez pas vous imaginer!... C'est à se tuer dix fois par
nuit!...

— Oui, ponctua madame Puta, et quelquefois il conduit la
femme du ministre aussi...

— Ah! oui, et c'est pas fini...

— C'est terrible! reprîmes-nous ensemble.

— Et les chiens? demanda Voireuse pour être poli. Qu'en

a-t-on fait? Va-t-on encore les promener aux Tuileries?

— Je les ai fait abattre! Ils me faisaient du tort! Ça ne faisait pas bien au magasin!... Des bergers allemands!

— C'est malheureux! regretta sa femme. Mais les nouveaux chiens qu'on a maintenant sont bien gentils, c'est des écossais... Ils sentent un peu... Tandis que nos bergers allemands, vous vous souvenez Voireuse?... Ils ne sentaient jamais pour ainsi dire. On pouvait les garder dans le magasin enfermés, même après la pluie...

— Ah! oui, ajouta M. Puta. C'est pas comme ce sacré Voireuse, avec ses pieds! Est-ce qu'ils sentent toujours, vos pieds, Jean? Sacré Voireuse va!

— Je crois encore un peu, qu'il a répondu Voireuse.

A ce moment des clients entrèrent.

— Je ne vous retiens plus, mes amis, nous fit M. Puta soucieux d'éliminer Jean au plus tôt du magasin. Et bonne santé surtout! Je ne vous demande pas d'où vous venez! Eh non! Défense Nationale, avant tout, c'est mon avis!

A ces mots de Défense Nationale, il se fit tout à fait sérieux, Puta, comme lorsqu'il rendait la monnaie... Ainsi on nous congédiait. Madame Puta nous remit vingt francs à chacun en partant. Le magasin astiqué et luisant comme un yacht, on n'osait plus le retraverser à cause de nos chaussures qui sur le fin tapis paraissaient monstrueuses.

— Ah! regarde-les donc, Roger, tous les deux! Comme ils sont drôles!... Ils n'ont plus l'habitude! On dirait qu'ils ont marché dans quelque chose! s'exclamait madame Puta.

— Ça leur reviendra! fit M. Puta, cordial et bonhomme, et bien content d'être débarrassé aussi promptement à si peu de frais.

Une fois dans la rue, nous réfléchîmes qu'on irait pas très loin avec nos vingt francs chacun, mais Voireuse lui avait une idée supplémentaire.

— Viens, qu'il me dit, chez la mère d'un copain qui est mort pendant qu'on était dans la Meuse, j'y vais moi tous les huit jours, chez ses parents, pour leur raconter comment qu'il est mort leur fieu... C'est des gens riches... Elle me donne dans les cent francs à chaque fois, sa mère... Ça leur fait plaisir qu'ils disent... Alors, tu comprends...

— Qu'est-ce que j'irai y faire moi, chez eux? Qu'est-ce que je dirai moi à la mère?

— Eh bien tu lui diras que tu l'as vu, toi auŝsi... Elle te donnera cent francs à toi aussi... C'est des vrais gens riches ça! Je te dis! Et qui sont pas comme ce mufle de Puta... Y regardent pas eux...

— Je veux bien, mais elle va pas me demander des détails, t'es sûr?... Parce que je l'ai pas connu moi, son fils hein... Je nagerais moi si elle en demandait...

— Non, non, ça fait rien, tu diras tout comme moi... Tu feras : Oui, oui... T'en fais pas! Elle a du chagrin, tu comprends, cette femme-là, et du moment alors qu'on lui parle de son fils, elle est contente... C'est rien que ça qu'elle demande. N'importe quoi... C'est pas durillon...

Je parvenais mal à me décider, mais j'avais bien envie des cent francs qui me paraissaient exceptionnellement faciles à obtenir et comme providentiels.

— Bon, que je me décidai à la fin... Mais alors il faut que j'invente rien, hein je te préviens! Tu me promets? Je dirai comme toi, c'est tout... Comment qu'il est mort d'abord le gars?

— Il a pris un obus en pleine poire, mon vieux, et puis pas un petit, à Garance que ça s'appelait... dans la Meuse, sur le bord d'une rivière... On en a pas retrouvé « ça » du gars, mon vieux! C'était plus qu'un souvenir, quoi... Et pourtant, tu sais, il était grand, et bien balancé, le gars, et fort, et sportif, mais contre un obus, hein? Pas de résistance!

— C'est vrai!

— Nettoyé, je te dis qu'il a été... Sa mère, elle a encore du mal à croire ça au jour d'aujourd'hui! J'ai beau y dire et y redire... Elle veut qu'il soye seulement disparu... C'est idiot une idée comme ça... Disparu!... C'est pas de sa faute, elle en a jamais vu, elle, d'obus, elle peut pas comprendre qu'on foute le camp dans l'air comme ça, comme un pet, et puis que ça soye fini, surtout que c'est son fils...

— Evidemment!

— D'abord, je n'y ai pas été depuis quinze jours, chez eux... Mais tu vas voir quand j'y arrive, elle me reçoit tout de suite, sa mère, dans le salon, et puis tu sais, c'est beau chez eux, on dirait un théâtre, tellement qu'y en a des rideaux, des tapis, des glaces partout... Cent francs, tu comprends, ça doit pas les gêner beaucoup... C'est comme moi cent sous, qui dirait-on à peu près... Aujourd'hui elle est même bonne pour deux cents... Depuis quinze jours qu'elle m'a pas vu... Tu verras les domestiques avec les boutons en doré, mon ami...

A l'avenue Henri-Martin, on tournait sur la gauche et puis on avançait encore un peu, enfin, on arrivait devant une grille au milieu des arbres d'une petite allée privée.

— Tu vois! que remarqua Voireuse, quand on fut bien devant, c'est comme une espèce de château... Je te l'avais bien dit... Le père est un grand manitou dans les chemins de fer, qu'on m'a raconté... C'est une huile...

— Il est pas chef de gare? que je fais moi pour plaisanter.

— Rigole pas... Le voilà là-bas qui descend. Il vient sur nous...

Mais l'homme âgé qu'il me désignait ne vint pas tout de suite, il marchait voûté autour de la pelouse, en parlant avec un soldat. Nous approchâmes. Je reconnus le soldat, c'était le même réserviste que j'avais rencontré la nuit à Noirceur-sur-la-Lys, où j'étais en reconnaissance. Je me souvins même à l'instant du nom qu'il m'avait dit : Robinson.

— Tu le connais toi ce biffin-là? qu'il me demanda Voireuse.

— Oui, je le connais

— C'est peut-être un ami à eux... Ils doivent se parler de la mère; je voudrais pas qu'ils nous empêchent d'aller la voir...Parce que c'est elle plutôt qui donne le pognon...

Le vieux monsieur se rapprocha de nous. Il chevrotait.

— Mon cher ami, dit-il à Voireuse, j'ai la grande douleur de vous apprendre que depuis votre dernière visite, ma pauvre femme a succombé à notre immense chagrin... Jeudi nous l'avions laissée seule un moment, elle nous l'avait demandé... Elle pleurait...

Il ne sut finir sa phrase. Il se détourna brusquement et nous quitta.

— J'te reconnais bien, fis-je alors à Robinson, dès que le vieux monsieur se fut suffisamment éloigné de nous.

— Moi aussi, que je te reconnais...

— Qu'est-ce qui lui est arrivé à la vieille? que je lui ai alors demandé.

— Eh bien, elle s'est pendue avant-hier, voilà tout! qu'il

a répondu. Tu parles alors d'une noix, dis donc! qu'il a même ajouté à ce propos... Moi qui l'avais comme marraine!... C'est bien ma veine, hein! Tu parles d'un lot! Pour la première fois que je venais en permission!... Et il y a six mois que je l'attendais ce jour-là!...

On a pas pu s'empêcher de rigoler, Voireuse et moi, de ce malheur-là qui lui arrivait à lui Robinson. En fait de sale surprise, c'en était une, seulement ça nous rendait pas nos deux cents balles à nous non plus qu'elle soye morte, nous qu'on allait monter un nouveau bobard pour la circonstance. Du coup nous n'étions pas contents, ni les uns ni les autres.

— Tu l'avais ta gueule enfarinée, hein, grand saligaud? qu'on l'asticotait nous Robinson, histoire de le faire grimper et de le mettre en boîte. Tu croyais que t'allais te l'envoyer hein? le gueuleton pépère avec les vieux? Tu croyais peut-être aussi que t'allais l'enfiler la marraine?... T'es servi dis donc!..

Comme on pouvait pas rester là tout de même à regarder la pelouse en se bidonnant, on est parti tous les trois ensemble du côté de Grenelle. On a compté notre argent à tous les trois, ça faisait pas beaucoup. Comme il fallait rentrer le soir même dans nos hôpitaux et dépôts respectifs, y avait juste assez pour un dîner au bistrot à trois, et puis il restait peut-être encore un petit quelque chose, mais pas assez pour « monter » au bobinard. Cependant, on y a été quand même au claque mais pour prendre un verre seulement et en bas.

— Toi, je suis content de te revoir, qu'il m'a annoncé, Robinson, mais tu parles d'un colis quand même, la mère du gars!... Tout de même quand j'y repense, et qui va se pendre le jour même où j'arrive dis donc!... J'la retiens celle-là!... Est-ce que je me pends moi dis?... Du chagrin?... J'passerais mon temps à me pendre moi alors!... Et toi?

— Les gens riches, fit Voireuse, c'est plus sensible que les autres...

Il avait bon cœur Voireuse. Il ajouta encore : « Si j'avais six francs j'monterais avec la petite brune que tu vois là-bas, près de la machine à sous...

— Vas-y, qu'on lui a dit nous alors, tu nous raconteras si elle suce bien...

Seulement, on a eu beau chercher, on n'avait pas assez avec

le pourboire pour qu'il puisse se l'envoyer. On avait juste assez pour encore un café chacun et deux cassis. Une fois lichés, on est reparti se promener !

Place Vendôme, qu'on a fini par se quitter. Chacun partait de son côté. On ne se voyait plus en se quittant et on parlait bas, tellement il y avait des échos. Pas de lumière, c'était défendu.

Lui, Jean Voireuse, je l'ai jamais revu. Robinson, je l'ai retrouvé souvent par la suite, Jean Voireuse, c'est les gaz qui l'ont possédé, dans la Somme. Il est allé finir au bord de la mer, en Bretagne, deux ans plus tard, dans un sanatorium marin. Il m'a écrit deux fois dans les débuts puis plus du tout. Il n'y avait jamais été à la mer. « T'as pas idée comme c'est beau, qu'il m'écrivait, je prends un peu des bains, c'est bon pour mes pieds, mais ma voix je crois qu'elle est bien foutue. » Ça le gênait parce que son ambition, au fond, à lui, c'était de pouvoir un jour rentrer dans les chœurs au théâtre.

C'est bien mieux payé et plus artiste les chœurs que la figuration simple.

LES huiles ont fini par me laisser tomber et j'ai pu sauver mes tripes, mais j'étais marqué à la tête et pour toujours. Rien à dire. « Va-t'en!... qu'ils m'ont fait. T'es plus bon à rien!... »

« En Afrique! que j'ai dit moi. Plus que ça sera loin, mieux ça vaudra! » C'était un bateau comme les autres de la Compagnie des *Corsaires Réunis* qui m'a embarqué. Il s'en allait vers les tropiques, avec son fret de cotonnades, d'officiers et de fonctionnaires.

Il était si vieux ce bateau qu'on lui avait enlevé jusqu'à sa plaque de cuivre, sur le pont supérieur, où se trouvait autrefois inscrite l'année de sa naissance; elle remontait si loin sa naissance qu'elle aurait incité les passagers à la crainte et aussi à la rigolade.

On m'avait donc embarqué là-dessus, pour que j'essaie de me refaire aux colonies. Ils y tenaient ceux qui me voulaient du bien, à ce que je fasse fortune. Je n'avais envie moi que de m'en aller, mais comme on doit toujours avoir l'air utile quand on est pas riche et comme d'autre part je n'en finissais pas avec mes études, ça ne pouvait pas durer. Je n'avais pas assez d'argent non plus pour aller en Amérique. « Va pour l'Afrique! » que j'ai dit alors et je me suis laissé pousser vers les tropiques, où, m'assurait-on, il suffisait de quelque tempérance et d'une bonne conduite pour se faire tout de suite une situation.

Ces pronostics me laissaient rêveur. Je n'avais pas beaucoup de choses pour moi, mais j'avais certes de la bonne tenue, on pouvait le dire, le maintien modeste, la déférence facile et la peur toujours de n'être pas à l'heure et encore le souci de ne jamais passer avant une autre personne dans la vie, de la délicatesse enfin...

Quand on a pu s'échapper vivant d'un abattoir international en folie, c'est tout de même une référence sous le rapport du tact et de la discrétion. Mais revenons à ce voyage. Tant que nous restâmes dans les eaux d'Europe, ça ne s'annonçait pas mal. Les passagers croupissaient, répartis dans l'ombre des entreponts, dans les W.-C., au fumoir, par petits groupes soupçonneux et nasillards. Tout ça, bien imbibés de picons et cancans, du matin au soir. On en rotait, sommeillait et vociférait tour à tour et semblait-il sans jamais regretter rien de l'Europe.

Notre navire avait nom : l'*Amiral Bragueton*. Il ne devait tenir sur ces eaux tièdes que grâce à sa peinture. Tant de couches accumulées par pelures avaient fini par lui constituer une sorte de seconde coque à l'*Amiral Bragueton* à la manière d'un oignon. Nous voguions vers l'Afrique, la vraie, la grande; celle des insondables forêts, des miasmes délétères, des solitudes inviolées, vers les grands tyrans nègres vautrés aux croisements de fleuves qui n'en finissent plus. Pour un paquet de lames « Pilett » j'allais trafiquer avec eux des ivoires longs comme ça, des oiseaux flamboyants, des esclaves mineures. C'était promis. La vie quoi! Rien de commun avec cette Afrique décortiquée des agences et des monuments, des chemins de fer et des nougats. Ah! non. Nous allions nous la voir dans son jus, la vraie Afrique! Nous les passagers boissonnants de l'*Amiral Bragueton!*

Mais, dès après les côtes du Portugal, les choses se mirent à se gâter. Irrésistiblement, certain matin au réveil, nous fûmes comme dominés par une ambiance d'étuve infiniment tiède, inquiétante. L'eau dans les verres, la mer, l'air, les draps, notre sueur, tout, tiède, chaud. Désormais impossible la nuit, le jour, d'avoir plus rien de frais sous la main, sous le derrière, dans la gorge, sauf la glace du bar avec le whisky. Alors un vil désespoir s'est abattu sur les passagers de l'*Amiral Bragueton*, condamnés à ne plus s'éloigner du bar, envoûtés, rivés aux ventilateurs, soudés aux petits morceaux de glace, échangeant menaces après cartes et regrets en cadences incohérentes.

Ça n'a pas traîné. Dans cette stabilité désespérante de chaleur, tout le contenu humain du navire s'est coagulé dans une massive ivrognerie. On se mouvait mollement entre les ponts, comme des poulpes au fond d'une baignoire d'eau fadasse. C'est depuis ce moment que nous vîmes à fleur de peau venir s'étaler l'angoissante nature des blancs, provoquée, libérée, bien débraillée enfin, leur vraie nature, tout comme à la guerre. Étuve tropicale pour instincts tels crapauds et vipères qui viennent enfin s'épanouir au mois d'août, sur les flancs fissurés des prisons. Dans le froid d'Europe, sous les grisailles pudiques du Nord, on ne fait, hors les carnages, que soupçonner la grouillante cruauté de nos frères, mais leur pourriture envahit la surface dès que les émoustille la fièvre ignoble des tropiques. C'est alors qu'on se déboutonne éperdument et que la saloperie triomphe et nous recouvre entiers. C'est l'aveu biologique. Dès que le travail et le froid ne nous astreignent plus, relâchent un moment leur étau, on peut apercevoir des blancs, ce qu'on découvre du gai rivage, une fois que la mer s'en retire : la vérité, mares lourdement puantes, les crabes, la charogne et l'étron.

Ainsi, le Portugal passé, tout le monde se mit, sur le navire, à se libérer les instincts avec rage, l'alcool aidant, et aussi ce sentiment d'agrément intime que procure une gratuité absolue de voyage, surtout aux militaires et fonctionnaires en activité. Se sentir nourri, couché, abreuvé pour rien pendant quatre semaines consécutives, qu'on y songe, c'est assez, n'est-ce pas, en soi, pour délirer d'économie? Moi, seul payant du voyage, je fus trouvé par conséquent, dès que cette particularité fut connue, singulièrement effronté, nettement insupportable.

Si j'avais eu quelque expérience des milieux coloniaux, au départ de Marseille, j'aurais été, compagnon indigne, à genoux, solliciter le pardon, la mansuétude de cet officier d'infanterie coloniale, que je rencontrais partout, le plus élevé en grade, et m'humilier peut-être au surplus, pour plus de sécurité, aux pieds du fonctionnaire le plus ancien. Peut-être alors, ces passagers fantastiques m'auraient-ils toléré au milieu d'eux sans dommage? Mais, ignorant, mon inconsciente prétention de respirer autour d'eux faillit bien me coûter la vie.

On n'est jamais assez craintif. Grâce à certaine habileté, je ne perdis que ce qu'il me restait d'amour-propre. Et voici comment les choses se passèrent. Quelque temps après les îles Canaries, j'appris d'un garçon de cabine qu'on s'accordait à me trouver poseur, voire insolent?... Qu'on me soupçonnait de maquereautage en même temps que de pédérastie... D'être même un peu cocaïnomane... Mais cela à titre accessoire... Puis l'Idée fit son chemin que je devais fuir la France devant les conséquences de certains forfaits parmi les plus graves. Je n'étais cependant qu'aux débuts de mes épreuves. C'est alors que j'appris l'usage imposé sur cette ligne, de n'accepter qu'avec une extrême circonspection, d'ailleurs accompagnée de brimades, les passagers payants; c'est-à-dire ceux qui ne jouissaient ni de la gratuité militaire, ni des arrangements bureaucratiques, les colonies françaises appartenant en propre, on le sait, à la noblesse des « Annuaires ».

Il n'existe après tout que bien peu de raisons valables pour un civil inconnu de s'aventurer de ces côtés... Espion, suspect, on trouva mille raisons pour me toiser de travers, les officiers dans le blanc des yeux, les femmes en souriant d'une manière entendue. Bientôt, les domestiques eux-mêmes, encouragés, échangèrent, derrière mon dos, des remarques lourdement caustiques. On en vint à ne plus douter que c'était bien moi le plus grand et le plus insupportable mufle du bord et pour ainsi dire le seul. Voilà qui promettait.

Je voisinais à table avec quatre agents des postes du Gabon, hépatiques, édentés. Familiers et cordiaux dans le début de la traversée, ils ne m'adressèrent ensuite plus un traître mot. C'est-à-dire que je fus placé, d'un tacite accord, au régime de la surveillance commune. Je ne sortais plus de ma cabine qu'avec d'infinies précautions. L'air tellement cuit nous pesait sur la peau à la manière d'un solide. A poil, verrou tiré, je ne bougeais plus et j'essayais d'imaginer quel plan les diaboliques passagers avaient pu concevoir pour me perdre. Je ne connaissais personne à bord, et cependant chacun semblait me reconnaître. Mon signalement devait être devenu précis, instantané dans leur esprit, comme celui du criminel célèbre qu'on publie dans les journaux.

Je tenais, sans le vouloir, le rôle de l'indispensable « infâme et répugnant saligaud » honte du genre humain qu'on signale partout au long des siècles, dont tout le monde a entendu parler, ainsi que du Diable et du Bon Dieu, mais qui demeure toujours si divers, si fuyant, quand à terre et dans la vie, insaisissable en somme. Il avait fallu pour l'isoler enfin « le saligaud », l'identifier, le tenir, les circonstances exceptionnelles qu'on ne rencontrait que sur ce bord étroit.

Une véritable réjouissance générale et morale s'annonçait à bord de l'*Amiral Bragueton*. « L'immonde » n'échapperait pas à son sort. C'était moi.

A lui seul cet événement valait tout le voyage. Reclus parmi

ces ennemis spontanés, je tâchais tant bien que mal de les identifier sans qu'ils s'en aperçussent. Pour y parvenir, je les épiais
impunément, le matin surtout, par le hublot de ma cabine.
Avant le petit déjeuner, prenant le frais, poilus du pubis aux
sourcils et du rectum à la plante des pieds, en pyjamas, trans-
parents au soleil; vautrés le long du bastingage, le verre en main,
ils venaient roter là, mes ennemis, et menaçaient déjà de vomir
alentour, surtout le capitaine aux yeux saillants et injectés que
son foie travaillait ferme, dès l'aurore. Régulièrement au réveil,
il s'enquérait de mes nouvelles auprès des autres lurons, si « l'on »
ne m'avait pas encore « balancé par-dessus bord » qu'il demandait
« comme un glaviot ! » Pour faire image, en même temps il crachait dans la mer mousseuse. Quelle rigolade !

L'*Amiral* n'avançait guère, il se traînait plutôt en ronron-
nant, d'un roulis vers l'autre. Ce n'était plus un voyage, c'était
une espèce de maladie. Les membres de ce concile matinal, à
les examiner de mon coin, me semblaient tous assez profondément malades, paludéens, alcooliques, syphilitiques sans
doute, leur déchéance visible à dix mètres me consolait un peu
de mes tracas personnels. Après tout, c'étaient des vaincus
tout de même que moi ces Matamores !... Ils crânaient encore
voilà tout ! Seule différence ! Les moustiques s'étaient chargés
de les sucer et de leur distiller à pleines veines ces poisons qui
ne s'en vont plus... Le tréponème à l'heure qu'il était leur limail-
lait déjà les artères... L'alcool leur bouffait les foies... Le soleil
leur fendillait les rognons... Les morpions leur collaient aux poils
et l'eczéma à la peau du ventre... La lumière grésillante finirait
bien par leur roustiller la rétine !... Dans pas longtemps que leur
resterait-il? Un bout du cerveau... Pour en faire quoi avec?
Je vous le demande?... Là où ils allaient? Pour se suicider?
Ça ne pouvait leur servir qu'à ça un cerveau là où ils allaient...
On a beau dire, c'est pas drôle de vieillir dans les pays où y a pas
de distractions... Où on est forcé de se regarder dans la glace
dont le tain verdit devenir de plus en plus déchu, de plus en plus
moche... On va vite à pourrir, dans les verdures, surtout quand
il fait chaud atrocement.

Le Nord au moins ça vous conserve les viandes; ils sont pâles
une fois pour toutes les gens du Nord. Entre un Suédois mort
et un jeune homme qui a mal dormi, peu de différence. Mais le

colonial il est déjà tout rempli d'asticots un jour après son débarquement. Elles n'attendaient qu'eux ces infiniment laborieuses vermicelles et ne les lâcheraient plus que bien au-delà de la vie. Sacs à larves.

Nous en avions encore pour huit jours de mer avant de faire escale devant la Bragamance, première terre promise. J'avais le sentiment de demeurer dans une boîte d'explosifs. Je ne mangeais presque plus pour éviter de me rendre à leur table et de traverser leurs entreponts en plein jour. Je ne disais plus un mot. Jamais on ne me voyait en promenade. Il était difficile d'être aussi peu que moi sur le navire tout en y demeurant.

Mon garçon de cabine, un père de famille, voulut bien me confier que les brillants officiers de la coloniale avaient fait le serment, verre en main, de me gifler à la première occasion et de me balancer par-dessus bord ensuite. Quand je lui demandais pourquoi, il n'en savait rien et il me demandait à son tour ce que j'avais bien pu faire pour en arriver là. Nous en demeurions à ce doute. Ça pouvait durer longtemps. J'avais une sale gueule, voilà tout.

On ne m'y reprendrait plus à voyager avec des gens aussi difficiles à contenter. Ils étaient tellement désœuvrés aussi, enfermés trente jours durant avec eux-mêmes, qu'il en fallait très peu pour les passionner. D'ailleurs, dans la vie courante, réfléchissons que cent individus au moins dans le cours d'une seule journée bien ordinaire désirent votre pauvre mort, par exemple tous ceux que vous gênez, pressés dans la queue derrière vous au métro, tous ceux encore qui passent devant votre appartement et qui n'en ont pas, tous ceux qui voudraient que vous ayez achevé de faire pipi pour en faire autant, enfin, vos enfants et bien d'autres. C'est incessant. On s'y fait. Sur le bateau ça se discerne mieux cette presse, alors c'est plus gênant.

Dans cette étuve mijotante, le suint de ces êtres ébouillantés se concentre, les pressentiments de la solitude coloniale énorme qui va les ensevelir bientôt eux et leur destin, les faire gémir déjà comme des agonisants. Ils s'accrochent, ils mordent, ils lacèrent, ils en bavent. Mon importance à bord croissait prodigieusement de jour en jour. Mes rares arrivées à table aussi furtives et silencieuses que je m'appliquasse à les rendre, prenaient l'ampleur de réels événements. Dès que j'entrais dans la salle à manger, les cent vingt passagers tressautaient, chuchotaient...

Les officiers de la coloniale bien tassés d'apéritifs en apéritifs autour de la table du commandant, les receveurs buralistes, les institutrices congolaises surtout, dont l'*Amiral Bragueton* emportait tout un choix, avaient fini de suppositions malveillantes en déductions diffamatoires par me magnifier jusqu'à l'infernale importance.

A l'embarquement de Marseille je n'étais guère qu'un insignifiant rêvasseur, mais à présent, par l'effet de cette concentration agacée d'alcooliques et de vagins impatients, je me trouvais doté, méconnaissable, d'un troublant prestige.

Le Commandant du navire, gros malin trafiqueur et verruqueux, qui me serrait volontiers la main dans les débuts de la traversée, chaque fois qu'on se rencontrait à présent, ne semblait même plus me reconnaître, ainsi qu'on évite un homme recherché pour une sale affaire, coupable déjà... De quoi? Quand la haine des hommes ne comporte aucun risque, leur bêtise est vite convaincue, les motifs viennent tout seuls.

D'après ce que je croyais discerner dans la malveillance compacte où je me débattais, une des demoiselles institutrices animait l'élément féminin de la cabale. Elle retournait au Congo, crever, du moins je l'espérais, cette garce. Elle quittait peu les officiers coloniaux aux torses moulés dans la toile éclatante et parés au surplus du serment qu'ils avaient prononcé de m'écraser ni plus ni moins qu'une infecte limace, bien avant la prochaine escale. On se demandait à la ronde si je serais aussi répugnant aplati qu'en forme. Bref, on s'amusait. Cette demoiselle attisait leur verve, appelait l'orage sur le pont de l'*Amiral Bragueton*, ne voulait connaître de repos qu'après qu'on m'eut enfin, ramassé pantelant, corrigé pour toujours de mon imaginaire impertinence, puni d'oser exister en somme, rageusement battu, saignant, meurtri, implorant pitié sous la botte et le poing d'un de ces gaillards dont elle brûlait d'admirer l'action musculaire, le courroux splendide. Scène de haut carnage, dont ses ovaires fripés pressentaient un réveil. Ça valait un viol par gorille. Le temps passait et il est périlleux de faire attendre longtemps les corridas. J'étais la bête. Le bord entier l'exigeait, frémissant jusqu'aux soutes.

La mer nous enfermait dans ce cirque boulonné. Les machinistes eux-mêmes étaient au courant. Et comme il ne nous restait plus que trois journées avant l'escale, journées décisives, plusieurs toreros s'offrirent. Et plus je fuyais l'esclandre et plus on devenait agressif, imminent à mon égard. Ils se faisaient déjà la main les sacrificateurs. On me coinça entre deux cabines, au revers d'une courtine. Je m'échappai de justesse, mais il me devenait franchement périlleux de me rendre aux cabinets. Quand nous n'eûmes donc plus que ces trois jours de mer devant nous, j'en profitai pour définitivement renoncer à tous mes besoins naturels. Les hublots me suffisaient. Autour de moi tout était accablant de haine et d'ennui. Il faut dire aussi qu'il est incroyable cet ennui du bord, cosmique pour parler franchement. Il recouvre la mer, et le bateau, et les cieux. Des gens solides en deviendraient bizarres, à plus forte raison ces abrutis chimériques.

Un sacrifice! J'allais y passer. Les choses se précisèrent un soir après le dîner où je m'étais quand même rendu, tracassé par la faim. J'avais gardé le nez au-dessus de mon assiette, n'osant même pas sortir mon mouchoir de ma poche pour m'éponger. Nul ne fut à bouffer jamais plus discret que moi. Des machines vous montait, assis, sous le derrière, une vibration incessante et menue. Mes voisins de table devaient être au courant de ce qu'on avait décidé à mon égard, car ils se mirent, à ma surprise, à me parler librement et complaisamment de duels et d'estocades, à me poser des questions... A ce moment aussi, l'institutrice du Congo, celle qui avait l'haleine si forte, se dirigea vers le salon. J'eus le temps de remarquer qu'elle portait une robe en guipure de grand apparat et se rendait au piano avec une sorte de hâte crispée, pour jouer, si l'on peut dire, certains airs dont elle escamotait toutes les finales. L'ambiance devint intensément nerveuse et furtive.

Je ne fis qu'un bond pour aller me réfugier dans ma cabine. Je l'avais presque atteinte quand un des capitaines de la coloniale, le plus bombé, le plus musclé de tous, me barra net le chemin, sans violence, mais fermement. « Montons sur le pont », m'enjoignit-il. Nous y fûmes en quelques pas. Pour la circonstance, il portait son képi le mieux doré, il s'était boutonné entièrement du col à la braguette, ce qu'il n'avait pas fait depuis notre départ. Nous étions donc en pleine cérémonie dramatique.

Je n'en menais pas large, le cœur battant à la hauteur du nombril.

Ce préambule, cette impeccabilité anormale me fit présager une exécution lente et douloureuse. Cet homme me faisait l'effet d'un morceau de la guerre qu'on aurait remis brusquement devant ma route, entêté, coincé, assassin.

Derrière lui, me bouclant la porte de l'entrepont, se dressaient en même temps quatre officiers subalternes, attentifs à l'extrême, escorte de la Fatalité.

Donc, plus moyen de fuir. Cette interpellation avait dû être minutieusement réglée. « Monsieur, vous avez devant vous le capitaine Frémizon des troupes coloniales! Au nom de mes camarades et des passagers de ce bateau justement indignés par votre inqualifiable conduite, j'ai l'honneur de vous demander raison !... Certains propos que vous avez tenus à notre sujet depuis votre départ de Marseille sont inacceptables !... Voici le moment, monsieur, d'articuler bien haut vos griefs !... De proclamer ce que vous racontez honteusement tout bas depuis vingt et un jours ! De nous dire enfin ce que vous pensez... »

Je ressentis en entendant ces mots un immense soulagement. J'avais redouté quelque mise à mort imparable, mais ils m'offraient, puisqu'il parlait, le capitaine, une manière de leur échapper. Je me ruai vers cette aubaine. Toute possibilité de lâcheté devient une magnifique espérance à qui s'y connaît. C'est mon avis. Il ne faut jamais se montrer difficile sur le moyen de se sauver de l'étripade, ni perdre son temps non plus à rechercher les raisons d'une persécution, dont on est l'objet. Y échapper suffit au sage.

— Capitaine! lui répondis-je avec toute la voix convaincue dont j'étais capable dans le moment, quelle extraordinaire erreur vous alliez commettre! Vous! Moi! Comment me prêter à moi, les sentiments d'une semblable perfidie? C'est trop d'injustice en vérité! J'en ferais capitaine une maladie! Comment? Moi hier encore défenseur de notre chère patrie! Moi, dont le sang s'est mêlé au vôtre pendant des années au cours d'innombrables batailles! De quelle injustice alliez-vous m'accabler capitaine!

Puis, m'adressant au groupe entier :

— De quelle abominable médisance messieurs, êtes-vous devenus les victimes? Aller jusqu'à penser que moi, votre frère en somme, je m'entêtais à répandre d'immondes calomnies sur le compte d'héroïques officiers! C'est trop! vraiment c'est trop! Et cela au moment même où ils s'apprêtent ces braves, ces incomparables braves à reprendre, avec quel courage, la garde sacrée de notre immortel empire colonial! poursuivis-je. — Là où les plus magnifiques soldats de notre race se sont couverts d'une gloire éternelle. Les Mangin! les Faidherbe, les Gallieni!... Ah! capitaine! Moi? Ça?

Je me tins en suspens. J'espérais être émouvant. Bienheureusement je le fus un petit instant. Sans traîner, alors, profitant de cet armistice de bafouillage, j'allai droit à lui et lui serrai les deux mains dans une étreinte d'émotion.

J'étais un peu tranquille ayant ses mains enfermées dans les miennes. Tout en les lui tenant, je continuais à m'expliquer avec volubilité et tout en lui donnant mille fois raison, je l'assurais que tout était à reprendre entre nous et par le bon bout cette fois! Que ma naturelle et stupide timidité seule se trouvait à l'origine de cette fantastique méprise! Que ma conduite certes aurait pu être interprétée comme un inconcevable dédain par ce groupe de passagers et de passagères « héros et charmeurs mélangés... Providentielle réunion de grands caractères et de talents... Sans oublier les dames incomparables musiciennes, ces ornements du bord!... » Tout en faisant largement amende honorable, je sollicitai pour conclure qu'on m'admisse sans y surseoir et sans restriction aucune, au sein de leur joyeux groupe patriotique et fraternel... Où je tenais, dès ce moment, et pour toujours, à faire très aimable figure... Sans lui lâcher les mains, bien entendu, je redoublai d'éloquence.

Tant que le militaire ne tue pas, c'est un enfant. On l'amuse aisément. N'ayant pas l'habitude de penser, dès qu'on lui parle il est forcé pour essayer de vous comprendre de se résoudre à des efforts accablants. Le capitaine Frémizon ne me tuait pas, il n'était pas en train de boire non plus, il ne faisait rien avec ses mains, ni avec ses pieds, il essayait seulement de penser. C'était énormément trop pour lui. Au fond, je le tenais par la tête.

Graduellement, pendant que durait cette épreuve d'humiliation, je sentais mon amour-propre déjà prêt à me quitter s'estomper encore davantage et puis me lâcher, m'abandonner tout à fait, pour ainsi dire officiellement. On a beau dire, c'est un moment bien agréable. Depuis cet incident, je suis devenu pour toujours infiniment libre et léger, moralement s'entend. C'est peut-être de la peur qu'on a le plus souvent besoin pour se tirer d'affaire dans la vie. Je n'ai jamais voulu quant à moi d'autres armes depuis ce jour, ou d'autres vertus.

Les camarades du militaire indécis, à présent eux aussi venus là exprès pour éponger mon sang et jouer aux osselets avec mes dents éparpillées, devaient pour tout triomphe se contenter d'attraper des mots dans l'air. Les civils accourus frémissants à l'annonce d'une mise à mort arboraient de sales figures. Comme je ne savais pas au juste ce que je racontais, sauf à demeurer à toute force dans la note lyrique, tout en tenant les mains du capitaine, je fixais un point idéal dans le brouillard moelleux, à travers lequel l'*Amiral Bragueton* avançait en soufflant et crachant d'un coup d'hélice à l'autre. Enfin, je me risquai pour terminer à faire tournoyer un de mes bras au-dessus de ma tête et lâchant une main du capitaine, une seule, je me lançai dans la péroraison : « Entre braves, messieurs les Officiers, doit-on pas toujours finir par s'entendre? Vive la France alors, nom de Dieu! Vive la France! » C'était le truc du sergent Branledore. Il réussit encore dans ce cas-là. Ce fut le seul cas où la France me sauva la vie, jusque-là c'était plutôt le contraire. J'observai parmi les auditeurs un petit moment d'hésitation, mais tout de même il est bien difficile à un officier aussi mal disposé qu'il puisse être, de gifler un civil, publiquement, au moment où celui-ci crie si fortement que je venais de le faire : « Vive la France! » Cette hésitation me sauva.

J'empoignai deux bras au hasard dans le groupe des officiers et invitai tout le monde à venir se régaler au Bar à ma santé et à notre réconciliation. Ces vaillants ne résistèrent qu'une minute et nous bûmes ensuite pendant deux heures. Seulement les femelles du bord nous suivaient des yeux, silencieuses et graduellement déçues. Par les hublots du Bar, j'apercevais entre autres la pianiste institutrice entêtée qui passait et revenait au milieu d'un cercle de passagères, la hyène. Elles soupçonnaient bien ces garces que je m'étais tiré du guet-apens par ruse et se promettaient de me rattraper au détour. Pendant ce temps, nous buvions indéfiniment entre hommes sous l'inutile mais abrutissant ventilateur, qui se perdait à moudre depuis les Canaries le coton tiède atmosphérique. Il me fallait cependant encore retrouver de la verve, de la faconde qui puisse plaire à mes nouveaux amis, de la facile. Je ne tarissais pas, peur de me tromper, en admiration patriotique et je demandais et redemandais à ces héros, chacun son tour, des histoires et encore des histoires de bravoure coloniale. C'est comme les cochonneries, les histoires de bravoure, elles plaisent toujours à tous les militaires de tous les pays. Ce qu'il faut au fond pour obtenir une espèce de paix avec les hommes, officiers ou non, armistices fragiles il est vrai, mais précieux quand même, c'est leur permettre en toutes circonstances, de s'étaler, de se vautrer parmi les vantardises niaises. Il n'y a pas de vanité intelligente. C'est un instinct. Il n'y a pas d'homme non plus qui ne soit pas avant tout vaniteux. Le rôle du paillasson admiratif est à peu près le seul dans lequel on se tolère d'humain à humain avec quelque plaisir. Avec mes soldats, je n'avais pas à me mettre en frais d'imagination. Il suffisait de ne pas cesser d'apparaître émerveillé. C'est facile de demander et de redemander des histoires de guerre. Ces compagnons-là en étaient bardés. Je pouvais me croire revenu aux plus beaux jours de l'hôpital. Après chacun de leurs récits, je n'oubliais pas de marquer mon approbation comme je l'avais appris de Branledore, par une forte phrase : « Eh bien en voilà une belle page d'Histoire! » On ne fait pas mieux que cette formule. Le cercle auquel je venais de me rallier si furtivement me jugea peu à peu devenu intéressant. Ces hommes se mirent à raconter à propos de guerre autant de balivernes qu'autrefois j'en avais entendu, et plus tard raconté moi-même, alors que j'étais en concurrence imaginative avec les copains de l'hôpital. Seulement leur cadre à ceux-ci était différent et leurs bobards s'agitaient à travers les forêts congolaises au lieu des Vosges ou des Flandres.

Mon capitaine Frémizon, celui qui l'instant d'auparavant se désignait encore pour purifier le bord de ma putride présence, depuis qu'il avait éprouvé ma façon d'écouter plus attentivement que personne, se mit à me découvrir mille gentilles qualités. Le flux de ses artères se trouvait comme assoupli par l'effet de mes originaux éloges, sa vision s'éclaircissait, ses yeux striés et sanglants d'alcoolique tenace finirent même par scintiller à travers son abrutissement et les quelques doutes en profondeur qu'il avait pu concevoir sur sa propre valeur et qui l'effleuraient encore dans les moments de grande dépression s'estompèrent pour un temps, adorablement, par l'effet merveilleux de mes intelligents et pertinents commentaires.

Décidément, j'étais un créateur d'euphorie! On s'en tapait à tour de bras les cuisses! Il n'y avait que moi pour savoir rendre la vie agréable malgré toute cette moiteur d'agonie! N'écoutais-je pas d'ailleurs à ravir?

L'*Amiral Bragueton* pendant que nous divaguions ainsi passait à plus petite allure encore, il ralentissait dans son jus; plus un atome d'air mobile autour de nous, nous devions longer la côte et si lourdement, qu'on semblait progresser dans la mélasse.

Mélasse aussi le ciel au-dessus du bordage, rien qu'un emplâtre noir et fondu que je guignais avec envie. Retourner dans la nuit c'était ma grande préférence, même suant et geignant et puis d'ailleurs dans n'importe quel état! Frémizon n'en finissait pas de se raconter. La terre me paraissait toute proche, mais mon plan d'escapade m'inspirait mille inquiétudes... Peu à peu notre entretien cessa d'être militaire pour devenir égrillard et puis franchement cochon, enfin, si décousu, qu'on ne savait plus par où le prendre pour continuer; l'un après l'autre mes convives y renoncèrent et s'endormirent et le ronflement les accabla, dégoûtant sommeil qui leur raclait les profondeurs du nez. C'était le moment ou jamais de disparaître. Il ne faut pas laisser passer ces trêves de cruauté qu'impose malgré tout la nature aux organismes les plus vicieux et les plus agressifs de ce monde.

Nous étions ancrés à présent à très petite distance de la côte. On n'en apercevait que quelques lanternes oscillantes le long du rivage.

Tout le long du bateau vinrent se presser très vite cent tremblantes pirogues chargées de nègres braillards. Ces noirs assaillirent tous les ponts pour offrir leurs services. En peu de secondes, je portai à l'escalier de départ mes quelques paquets préparés furtivement et filai à la suite d'un de ces bateliers dont l'obscurité me cachait presque entièrement les traits et la démarche. Au bas de la passerelle, et au ras de l'eau clapotante, je m'inquiétai de notre destination.

— Où sommes-nous? demandai-je.

— A Bambola-Fort-Gono! me répondit cette ombre.

Nous nous mîmes à flotter librement à grands coups de pagaye. Je l'aidai pour qu'on aille plus vite.

J'eus encore le temps d'apercevoir une fois encore en m'enfuyant mes dangereux compagnons du bord. A la lueur des falots d'entreponts, écrasés enfin d'hébétude et de gastrite, ils continuaient à fermenter en grognant à travers leur sommeil. Repus, vautrés, ils se ressemblaient tous à présent, officiers, fonctionnaires, ingénieurs et traitants, boutonneux, bedonnants, olivâtres, mélangés, à peu près identiques. Les chiens ressemblent aux loups quand ils dorment.

Je retrouvai la terre peu d'instant plus tard et la nuit, plus épaisse encore sous les arbres, et puis derrière la nuit toutes les complicités du silence.

DANS cette colonie de la Bambola-Bragamance, au-dessus de tout le monde, triomphait le Gouverneur. Ses militaires et ses fonctionnaires osaient à peine respirer quand il daignait abaisser ses regards jusqu'à leurs personnes.

Bien au-dessous encore de ces notables les commerçants installés semblaient voler et prospérer plus facilement qu'en Europe. Plus une noix de coco, plus une cacahuète, sur tout le territoire, qui échappât à leurs rapines. Les fonctionnaires comprenaient, à mesure qu'ils devenaient plus fatigués et plus malades, qu'on s'était bien foutu d'eux en les faisant venir ici, pour ne leur donner en somme que des galons et des formules à remplir et presque pas de pognon avec. Aussi louchaient-ils sur les commerçants. L'élément militaire, encore plus abruti que les deux autres, bouffait de la gloire coloniale et pour la faire passer beaucoup de quinine et des kilomètres de Règlements.

Tout le monde devenait, ça se comprend bien, à force d'attendre que le thermomètre baisse, de plus en plus vache. Et les hostilités particulières et collectives duraient interminables et saugrenues entre les militaires et l'administration, et puis entre cette dernière et les commerçants, et puis encore entre ceux-ci alliés temporaires contre ceux-là, et puis de tous contre le nègre et enfin des nègres entre eux. Ainsi, les rares énergies qui échappaient au paludisme, à la soif, au soleil, se consumaient en haines si mordantes, si insistantes, que beaucoup de colons finissaient par en crever sur place, empoisonnés d'eux-mêmes, comme des scorpions.

Toutefois, cette anarchie bien virulente se trouvait renfermée dans un cadre de police hermétique, comme les crabes dans leur panier. Ils bavaient en vain les fonctionnaires, et le Gouverneur trouvait d'ailleurs à recruter, pour maintenir sa colonie en obéissance, tous les miliciens miteux dont il avait besoin, autant de nègres endettés que la misère chassait par milliers vers la côte,

vaincus du commerce, venus à la recherche d'une soupe. On leur
apprenait à ces recrues le droit et la façon d'admirer le Gouverneur. Il avait l'air le Gouverneur de promener sur son uniforme
tout l'or de ses finances, et avec du soleil dessus c'était à ne pas
y croire, sans compter les plumes.

Il s'envoyait Vichy chaque année le Gouverneur et ne lisait
que le « Journal officiel ». Nombre de fonctionnaires avaient
vécu dans l'espérance qu'un jour il coucherait avec leur femme
mais le Gouverneur n'aimait pas les femmes. Il n'aimait rien.
A travers chaque nouvelle épidémie de fièvre jaune, le Gouverneur survivait comme un charme alors que tant parmi les gens
qui désiraient l'enterrer crevaient eux comme des mouches à
la première pestilence.

On se souvenait qu'un certain « Quatorze juillet » alors qu'il
passait devant le front des troupes de la Résidence, caracolant
au milieu des spahis de sa garde, seul en avant d'un drapeau
grand comme ça, certain sergent que la fièvre exaltait sans doute
se jeta au-devant de son cheval pour lui crier : « Arrière, grand
cocu ! » Il paraît qu'il fut fort affecté le Gouverneur, par cette
espèce d'attentat qui demeura d'ailleurs sans explication.

Il est difficile de regarder en conscience les gens et les choses
des tropiques à cause des couleurs qui en émanent. Elles sont en
ébullition les couleurs et les choses. Une petite boîte de sardines
ouverte en plein midi sur la chaussée projette tant de reflets
divers qu'elle prend pour les yeux l'importance d'un accident.
Faut faire attention. Il n'y a pas là-bas que les hommes d'hystériques, les choses aussi s'y mettent. La vie ne devient guère tolérable qu'à la tombée de la nuit, mais encore l'obscurité est-elle
accaparée presque immédiatement par les moustiques en essaims.
Pas un, deux ou cent, mais par billions. S'en tirer dans ces condi-
tions-là devient une œuvre authentique de préservation. Carnaval
le jour, écumoire la nuit, la guerre en douce.

Quand la case où l'on se retire et qui a l'air presque propice
est enfin devenue silencieuse, les termites viennent entreprendre
le bâtiment, occupés qu'ils sont éternellement, les immondes,
à vous bouffer les montants de la cabane. Que la tornade arrive
alors dans cette dentelle traîtresse et des rues entières seront
vaporisées.

La ville de Fort-Gono où j'avais échoué apparaissait ainsi,

précaire capitale de la Bragamance, entre mer et forêt, mais garnie, ornée cependant de tout ce qu'il faut de banques, de bordels, de cafés, de terrasses, et même d'un bureau de recrutement, pour en faire une petite métropole, sans oublier le square Faidherbe et le boulevard Bugeaud, pour la promenade, ensemble de bâtisses rutilantes au milieu des rugueuses falaises, farcies de larves et trépignées par des générations de garnisaires et d'administrateurs dératés.

L'élément militaire, sur les cinq heures, grondait autour des apéritifs, liqueurs dont les prix, au moment où j'arrivais, venaient précisément d'être majorés. Une délégation de clients allait solliciter du Gouverneur la prise d'un arrêt pour interdire aux bistrots d'en prendre ainsi à leur aise avec les prix courants de la mominette et du cassis. A entendre certains habitués, notre colonisation devenait de plus en plus pénible à cause de la glace. L'introduction de la glace aux colonies, c'est un fait, avait été le signal de la dévirilisation du colonisateur. Désormais soudé à son apéritif glacé par l'habitude, il devait renoncer, le colonisateur, à dominer le climat par son seul stoïcisme. Les Faidherbe, les Stanley, les Marchand, remarquons-le en passant, ne pensèrent que du bien de la bière, du vin et de l'eau tiède et bourbeuse qu'ils burent pendant des années sans se plaindre. Tout est là. Voilà comment on perd ses colonies.

J'en appris encore bien d'autres à l'abri des palmiers qui prospéraient par contraste d'une sève provocante le long de ces rues aux demeures fragiles. Seule cette crudité de verdure inouïe empêchait l'endroit de ressembler tout à fait à la Garenne-Bezons.

Venue la nuit, la retape indigène battait son plein entre les petits nuages de moustiques besogneux et lestés de fièvre jaune. Un renfort d'éléments soudanais offrait au promeneur tout ce qu'ils avaient de bien sous les pagnes. Pour des prix très raisonnables, on pouvait s'envoyer une famille entière pendant une heure ou deux. J'aurais aimé vadrouiller de sexe en sexe, mais force me fut de me décider à rechercher un endroit où on me donnerait du boulot.

Le Directeur de la Compagnie Pordurière du Petit Congo cherchait, m'assura-t-on, un employé débutant pour tenir une de ses factories de la brousse. J'allai sans plus tarder lui offrir

mes incompétents mais empressés services. Ce ne fut pas une
réception enchantée qu'il me réserva le Directeur. Ce maniaque
— il faut l'appeler par son nom — habitait non loin du Gouvernement un pavillon, un pavillon spacieux, monté sur bois et
paillotes. Avant même de m'avoir regardé, il me posa quelques
questions fort brutales sur mon passé, puis un peu calmé par mes
réponses toutes naïves, son mépris à mon égard prit un tour
assez indulgent. Cependant il ne jugea point convenable de me
faire asseoir encore.

— D'après vos papiers vous savez un peu de médecine?
remarqua-t-il.

Je lui répondis qu'en effet j'avais entrepris quelques études
de ce côté.

— Ça vous servira alors! fit-il. Voulez-vous du whisky?
Je ne buvais pas. « Voulez-vous fumer? » Je refusai encore.
Cette abstinence le surprit. Il fit même la moue.

— Je n'aime guère les employés qui ne boivent, ni ne fument...
Êtes-vous pédéraste par hasard?... Non? Tant pis!... Ces gens-là
nous volent moins que les autres... Voilà ce que j'ai noté par
expérience... Ils s'attachent... Enfin, voulut-il bien se reprendre,
c'est en général qu'il m'a semblé avoir remarqué cette qualité
des pédérastes, cet avantage... Vous nous prouverez peut-être
le contraire!... Et puis enchaînant : Vous avez chaud, hein?
Vous vous y ferez! Il faudra vous y faire d'ailleurs! Et le voyage?

— Désagréable! lui répondis-je.

— Eh bien, mon ami, vous n'avez encore rien vu, vous m'en
direz des nouvelles du pays quand vous aurez passé un an à
Bikomimbo, là où je vous envoie pour remplacer cet autre farceur..

Sa négresse, accroupie près de la table, se tripotait les pieds
et se les récurait avec un petit bout de bois.

— Va-t'en boudin! lui lança son maître. Va me chercher
le boy! Et puis de la glace en même temps!

Le boy demandé arriva fort lentement. Le Directeur se levant
alors, agacé, d'une détente, le reçut le boy, d'une formidable
paire de gifles et de deux coups de pied dans le bas ventre et qui
sonnèrent.

— Ces gens-là me feront crever, voilà tout! prédit le Directeur
en soupirant. Il se laissa retomber dans son fauteuil garni de
toiles jaunes sales et détendues.

— Tenez, mon vieux, fit-il soudain devenu gentiment familier et comme délivré pour un temps par la brutalité qu'il venait de commettre, passez-moi donc ma cravache et ma quinine... sur la table... Je ne devrais pas m'exciter ainsi... C'est idiot de céder à son tempérament...

De sa maison nous dominions le port fluvial qui miroitait en bas à travers une poussière si dense, si compacte qu'on entendait les sons de son activité cahotique mieux qu'on n'en discernait les détails. Des files de nègres, sur la rive, trimaient à la chicotte, en train de décharger, cale après cale, les bateaux jamais vides, grimpant au long des passerelles tremblotantes et grêles, avec leur gros panier plein sur la tête en équilibre, parmi les injures, sortes de fourmis verticales.

Cela allait et venait par chapelets saccadés à travers une buée écarlate. Parmi ces formes en travail, quelques-unes portaient en plus un petit point noir sur le dos, c'étaient les mères qui venaient trimarder elles aussi les sacs de palmistes avec leur enfant en fardeau supplémentaire. Je me demande si les fourmis peuvent en faire autant.

— N'est-ce pas qu'on se dirait toujours un dimanche ici?... reprit en plaisantant le Directeur. C'est gai! C'est clair! Les femelles toujours à poil. Vous remarquez? Et des belles femelles, hein? Ça fait drôle quand on arrive de Paris, n'est-ce pas? Et nous autres donc! Toujours en coutil blanc! Comme aux bains de mer voyez-vous! On n'est pas beau comme ça? Des communiants, quoi! C'est toujours la fête ici, je vous le dis! Un vrai Quinze Août! Et c'est comme ça jusqu'au Sahara! Vous pensez!

Et puis il s'arrêtait de parler, il soupirait, grognait, répétait encore deux, trois fois « Merde! », s'épongeait et reprenait la conversation.

— Là où vous allez pour la Compagnie, c'est la pleine forêt, c'est humide... C'est à dix jours d'ici... La mer d'abord... Et puis le fleuve. Un fleuve tout rouge vous verrez... Et de l'autre côté c'est les Espagnols... Celui que vous remplacez dans cette factorie, c'est un beau salaud notez-le... Entre nous... Je vous le dis... Il n'y a pas moyen qu'il nous renvoie ses comptes, ce fumier-là! Pas moyen! J'ai beau lui envoyer des rappels et des rappels!... L'homme n'est pas longtemps honnête quand il est seul, allez! Vous verrez!... Vous verrez cela aussi!... Il

est malade qu'il nous écrit... J'veux bien! Malade! Moi aussi,
je suis malade! Qu'est-ce que ça veut dire malade? On est tous
malades! Vous aussi vous serez malade et dans pas longtemps
par-dessus le marché! C'est pas une raison ça! On s'en fout qu'il
soye malade!... La Compagnie d'abord! En arrivant sur place
faites son inventaire surtout!... Il y a des vivres pour trois mois
dans sa factorie et puis des marchandises au moins pour un an...
Vous n'en manquerez pas!... Partez pas la nuit surtout... Méfiez-
vous! Ses nègres à lui, qu'il enverra pour vous prendre à la mer,
ils vous foutront peut-être à l'eau. Il a dû les dresser! Ils sont
aussi coquins que lui-même! Je suis tranquille! Il a dû leur passer
deux mots aux nègres à votre sujet!... Ça se fait par ici! Prenez
donc votre quinine aussi, la vôtre, à vous, avec vous, avant de
partir... Il est bien capable d'avoir mis quelque chose dans la
sienne!

Le Directeur en avait assez de me donner des conseils, il se
levait pour me congédier. Le toit au-dessus de nous en tôle
paraissait peser deux mille tonnes au moins, tellement qu'elle
nous gardait sur nous toute la chaleur la tôle. On en faisait
tous les deux la grimace d'avoir si chaud. C'était à crever sans
délai. Il ajouta :

— C'est peut-être pas la peine qu'on se revoie avant votre
départ Bardamu! Tout fatigue ici! Enfin, j'irai peut-être vous
surveiller aux hangars quand même avant votre départ!... On
vous écrira quand vous serez là-bas... Y a un courrier par mois...
Il part d'ici le courrier... Allons, bonne chance!...

Et il disparut dans son ombre entre son casque et son veston.
On lui voyait bien distinctement les cordes des tendons du cou,
derrière, arquées comme deux doigts contre sa tête. Il s'est
retourné encore une fois :

— Dites bien à l'autre numéro qu'il redescende ici en vitessse!..
Que j'ai deux mots à lui dire!... Qu'il perde pas son temps en route!
Ah! la carne! Faudrait pas qu'il crève en route surtout!... Ça
serait dommage! Bien dommage! Ah le beau fumier!

Un nègre de son service me précédait avec la grande lanterne
pour me mener vers l'endroit où je devais loger en attendant
mon départ pour ce gentil Bikomimbo promis.

Nous allions au long des allées où tout le monde avait l'air
d'être descendu en promenade après le crépuscule. La nuit

martelée de gongs était partout, toute coupaillée de chants rétrécis et incohérents comme le hoquet, la grosse nuit noire des pays chauds avec son cœur brutal en tam-tam qui bat toujours trop vite.

.Mon jeune guide filait souplement sur ses pieds nus. Il devait y avoir des Européens dans les taillis, on les entendait par là, en train de vadrouiller, leurs voix de blancs, bien reconnaissables, agressives, truquées. Les chauves-souris n'arrêtaient pas de venir voltiger, de sillonner parmi les essaims d'insectes que notre lumière attirait autour de notre passage. Sous chaque feuille des arbres devait se cacher un cricri au moins à en juger par le potin assourdissant qu'ils faisaient tous ensemble.

Nous fûmes arrêtés au croisement de deux routes, à mi-hauteur d'une élévation, par un groupe de tirailleurs indigènes qui discutaient auprès d'un cercueil posé par terre, recouvert d'un large et ondulant drapeau tricolore.

C'était un mort de l'hôpital qu'ils ne savaient pas très bien où aller mettre en terre. Les ordres étaient vagues. Certains voulaient l'enterrer dans un des champs d'en bas, les autres insistaient pour un enclos tout en haut de la côte. Fallait s'entendre. Nous eûmes ainsi le boy et moi notre mot à dire dans cette affaire.

Enfin, ils se décidèrent, les porteurs, pour le cimetière d'en bas plutôt que pour celui d'en haut, à cause de la descente. Nous rencontrâmes encore sur notre route trois petits jeunes gens blancs de la race de ceux qui fréquentaient le dimanche les matches de rugby en Europe, spectateurs passionnés, agressifs et pâlots. Ils appartenaient, ici, employés comme moi, à la Société Pordurière et m'indiquèrent bien aimablement le chemin de cette maison inachevée où se trouvait, temporaire, mon lit démontable et portatif.

Nous y partîmes. Cette bâtisse était exactement vide, sauf quelques ustensiles de cuisine et mon espèce de lit. Dès que je fus allongé sur cette chose filiforme et tremblante, vingt chauves-souris sortirent des coins et s'élancèrent en allées et venues bruissantes comme autant de salves d'éventails, au-dessus de mon repos craintif.

Le petit nègre, mon guide, revenait sur ses pas pour m'offrir ses services intimes, et comme je n'étais pas en train ce soir-là, il m'offrit aussitôt, déçu, de me présenter sa sœur. J'aurais été curieux de savoir comment il pouvait la retrouver lui sa sœur dans une nuit pareille.

Le tam-tam du village tout proche vous faisait sauter, coupé menu, des petits morceaux de patience. Mille diligents moustiques prirent sans délai possession de mes cuisses et je n'osais plus cependant remettre un pied sur le sol à cause des scorpions et des serpents venimeux dont je supposais l'abominable chasse commencée. Ils avaient le choix les serpents en fait de rats, je les entendais grignoter les rats, tout ce qui peut l'être, je les entendais au mur, sur le plancher, tremblants, au plafond.

Enfin se leva la lune, et ce fut un peu plus calme dans la piaule. On n'était pas bien en somme aux colonies.

Le lendemain vint quand même, cette chaudière. Une envie formidable de m'en retourner en Europe m'accaparait le corps et l'esprit. Il ne manquait que l'argent pour foutre le camp. Ça suffit. Il ne me restait d'autre part plus qu'une semaine à passer à Fort-Gono avant d'aller rejoindre mon poste à Bikomimbo, de si plaisante description.

Le plus grand bâtiment de Fort-Gono, après le Palais du Gouverneur, c'était l'hôpital. Je le retrouvais partout sur mon chemin; je ne faisais pas cent mètres dans la ville sans rencontrer un de ses pavillons, aux relents lointains d'acide phénique. Je m'aventurais de temps en temps jusqu'aux quais d'embarquement pour voir travailler sur place mes petits collègues anémiques que la Compagnie Pordurière se procurait en France par patronages entiers. Une hâte belliqueuse semblait les posséder de procéder sans cesse au déchargement et rechargement des cargos les uns après les autres. « Ça coûte si cher, un cargo sur rade! » qu'ils répétaient sincèrement navrés, comme si c'était de leur argent qu'il se fût agi.

Ils asticotaient les débardeurs noirs avec frénésie. Zélés, ils l'étaient, et sans conteste, et tout aussi lâches et méchants que zélés. Des employés en or, en somme, bien choisis, d'une inconscience enthousiaste à faire rêver. Des fils comme ma mère eût adoré en posséder un, fervents de leurs patrons, un pour elle toute seule, un dont on puisse être fier devant tout le monde, un fils tout à fait légitime.

Ils étaient venus en Afrique tropicale, ces petits ébauchés, leur offrir leurs viandes, aux patrons, leur sang, leurs vies, leur jeunesse, martyrs pour vingt-deux francs par jour (moins les retenues), contents, quand même contents, jusqu'au dernier globule rouge guetté par le dix-millionième moustique.

La colonie vous les fait gonfler ou maigrir les petits commis, mais les garde; il n'existe que deux chemins pour crever sous le soleil, le chemin gras et le chemin maigre. Il n'y en a pas d'autre. On pourrait choisir, mais ça dépend des natures, devenir gras ou crever la peau sur les os.

Le Directeur là-haut sur la falaise rouge, qui s'agitait, diabolique, avec sa négresse, sous le toit de tôle aux dix mille kilos de soleil, n'échapperait pas lui non plus à l'échéance. C'était le genre maigre. Il se débattait seulement. Il avait l'air de le dominer lui le climat. Apparence! Dans la réalité, il s'effritait encore plus que tous les autres.

On prétendait qu'il possédait un plan d'escroquerie magnifique pour faire sa fortune en deux ans... Mais il n'aurait jamais le temps de le réaliser son plan, même s'il s'appliquait à frauder la Compagnie jour et nuit. Vingt et deux directeurs avaient déjà essayé avant lui de faire fortune chacun avec son plan comme à la roulette. Tout cela était bien connu des actionnaires qui l'épiaient de là-bas, d'encore plus haut, de la rue Moncey à Paris, le Directeur, et les faisait sourire. Tout cela était enfantin. Ils le savaient bien les actionnaires eux aussi, les plus grands bandits que personne, qu'il était syphilitique leur Directeur et terriblement agité sous ses tropiques, et qu'il bouffait de la quinine et du bismuth à s'en faire péter les tympans et de l'arsenic à s'en faire tomber toutes les gencives.

Dans la comptabilité générale de la Compagnie, ses mois étaient comptés au Directeur, et comptés comme les mois d'un cochon.

Mes petits collègues n'échangeaient point d'idées entre eux. Rien que des formules, fixées, cuites et recuites comme des croûtons de pensées. « Faut pas s'en faire! » qu'ils disaient. « On les aura!... » « L'Agent général est cocu!... « Les nègres faut les tailler en blagues à tabac! », etc.

Le soir, nous nous retrouvions à l'apéritif, les dernières corvées exécutées avec un agent auxiliaire de l'Administration, M. Tandernot, qu'il s'appelait, originaire de La Rochelle. S'il

se mêlait aux commerçants, Tandernot, c'était seulement pour
se faire payer l'apéritif. Fallait bien. Déchéance. Il n'avait pas
du tout d'argent. Sa place était aussi inférieure que possible
dans la hiérarchie coloniale. Sa fonction consistait à diriger
la construction de routes en pleines forêts. Les indigènes y travaillaient sous la trique de ses miliciens évidemment. Mais comme
aucun blanc ne passait jamais sur les nouvelles routes que créait
Tandernot et que d'autre part les noirs leur préféraient aux routes
leurs sentiers de la forêt pour qu'on les repère le moins possible
à cause des impôts, et comme au fond elles ne menaient nulle
part les routes de l'Administration à Tandernot, alors elles disparaissaient sous la végétation fort rapidement, en vérité d'un
mois à l'autre, pour tout dire.

— J'en ai perdu l'année dernière pour 122 kilomètres! —
nous rappelait-il volontiers ce pionnier fantastique à propos de
ses routes. — Vous me croirez si vous voulez!...

Je ne lui ai reconnu pendant mon séjour qu'une seule forfan-
terie, humble vanité, à Tandernot, c'était d'être lui, le seul Européen qui puisse attraper des rhumes en Bragamance par 44 degrés
à l'ombre... Cette originalité le consolait de bien des choses...
« Je me suis encore enrhumé comme une vache! » qu'il annonçait
assez fièrement à l'apéritif. « Il n'y a que moi à qui ça arrive!
— Ce Tandernot, quel type quand même! » s'exclamaient alors
les membres de notre bande chétive. C'était mieux que rien du
tout, une telle satisfaction. N'importe quoi, dans la vanité, c'est
mieux que rien du tout.

Une des autres distractions du groupe des petits salariés de
la Compagnie Pordurière consistait à organiser des concours
de fièvre. Ça n'était pas difficile mais on s'y défiait pendant des
journées, alors ça passait bien du temps. Le soir venu et la fièvre
aussi, presque toujours quotidienne, on se mesurait. « Tiens,
j'ai trente-neuf!... Dis donc, t'en fais pas, j'ai quarante comme je
veux! »

Ces résultats étaient d'ailleurs tout à fait exacts et réguliers.
A la lueur des photophores, on se comparait les thermomètres.
Le vainqueur triomphait en tremblotant. « J'peux plus pisser
tellement que je transpire! » notait fidèlement le plus émacié de
tous, un mince collègue, un Ariégeois, un champion de la fébri-
cité venu ici, me confia-t-il, pour fuir le séminaire, où « il n'avait

pas assez de liberté ». Mais le temps passait et ni les uns, ni les autres de ces compagnons ne pouvaient me dire à quel genre d'original exactement appartenait l'individu que j'allais remplacer à Bikomimbo.

« C'est un drôle de type ! » m'avertissaient-ils, et c'était tout.

— Au début à la colonie, me conseillait le petit Ariégeois à la grande fièvre, faut faire valoir tes qualités ! C'est tout l'un ou tout l'autre ! Tu seras tout en ou pour le Directeur ou tout fumier ! Et c'est tout de suite, remarque-le, que t'es jugé !

J'avais bien peur d'être jugé, en ce qui me concernait, parmi les « tout fumier » ou pire encore.

Ces jeunes négriers mes amis m'emmenèrent rendre visite à un autre collègue de la Compagnie Pordurière qui vaut d'être évoqué spécialement dans ce récit. Tenancier d'un comptoir au centre du quartier des Européens, moisi de fatigue, croulant, huileux, il redoutait toute lumière à cause de ses yeux, que deux ans de cuisson ininterrompue sous les tôles ondulées avaient rendus atrocement secs. Il mettait, disait-il, une bonne demi-heure le matin à les ouvrir et encore une autre demi-heure avant d'y voir un peu clair avec. Tout rayon lumineux le blessait. Une énorme taupe bien galeuse.

Étouffer et souffrir était devenu pour lui comme un état second, voler aussi. On l'aurait bien désemparé si on l'avait rendu bien portant et scrupuleux d'un seul coup. Sa haine pour l'Agent général Directeur me semble encore aujourd'hui, à tant de distance, une des passions les plus vivaces qu'il m'ait été donné d'observer jamais chez un homme. Une rage étonnante le secouait à son égard, à travers sa douleur et à la moindre occasion il enrageait énormément tout en se grattant d'ailleurs de haut en bas.

Il n'arrêtait pas de se gratter tout autour de lui-même, giratoirement pour ainsi dire, de l'extrémité de la colonne vertébrale à la naissance du cou. Il se sillonnait l'épiderme et le derme même de rayures d'ongles sanglantes, sans cesser pour cela de servir les clients, nombreux, des nègres presque toujours, nus plus ou moins.

Avec sa main libre, il plongeait alors, affairé, en diverses cachettes, et à droite et à gauche dans la ténébreuse boutique. Il en soutirait sans jamais se tromper, habile et prompt à ravir, très justement ce qu'il fallait au chaland de tabac en branches

puantes, d'allumettes humides, de boîtes de sardines et de mélasse
à la grosse cuiller, de bière suralcoolique en canettes truquées
qu'il laissait retomber brusquement si la frénésie le reprenait
d'aller se gratter, par exemple, dans les grandes profondeurs
de son pantalon. Il y enfonçait alors le bras entier qui ressortait
bientôt par la braguette, toujours entrebâillée par précaution.

Cette maladie qui lui rongeait la peau, il lui donnait un nom
local, « Corocoro ». « Cette vache de « Corocoro »!... Quand je
pense que ce saligaud de Directeur ne l'a pas encore attrapé
le « Corocoro », s'emportait-il. Ça me fait bien mal au ventre
encore davantage!... Il prendra pas sur lui le Corocoro!... Il
est bien trop pourri. C'est pas un homme ce maquereau-là, c'est
une infection!... C'est une vraie merde!... »

Du coup toute l'assemblée éclatait de rigolade et les nègres-
clients aussi par émulation. Il nous épouvantait un peu ce copain.
Il avait un ami quand même, c'était ce petit être poussif et gri-
sonnant qui conduisait un camion pour la Compagnie Pordurière.
Il nous apportait toujours de la glace lui, volée évidemment par-ci,
par-là, sur les bateaux à quai.

Nous trinquâmes à sa santé sur le comptoir au milieu des
clients noirs qui en bavaient d'envie. Les clients c'étaient des
indigènes assez délurés pour oser s'approcher de nous les blancs,
une sélection en somme. Les autres de nègres, moins dessalés,
préféraient demeurer à distance. L'instinct. Mais les plus dégour-
dis, les plus contaminés, devenaient des commis de magasin.
En boutique, on les reconnaissait les commis nègres à ce qu'ils
engueulaient passionnément les autres noirs. Le collègue au
« corocoro » achetait du caoutchouc de traite, brut, qu'on lui
apportait de la brousse, en sacs, en boules humides.

Comme nous étions là, jamais las de l'entendre, une famille
de récolteurs, timide, vient se figer sur le seuil de sa porte. Le
père en avant des autres, ridé, ceinturé d'un petit pagne orange,
son long coupe-coupe à bout de bras.

Il n'osait pas entrer le sauvage. Un des commis indigènes
l'invitait pourtant : « Viens bougnoule! Viens voir ici! Nous
y a pas bouffer sauvages! » Ce langage finit par les décider. Ils
pénétrèrent dans la cagna cuisante au fond de laquelle tempêtait
notre homme au « corocoro ».

Ce noir n'avait encore, semblait-il, jamais vu de boutique,

ni de blancs peut-être. Une de ses femmes le suivait, yeux baissés, portant sur le sommet de la tête, en équilibre, le gros panier rempli de caoutchouc brut.

D'autorité les commis recruteurs s'en saisirent de son panier pour peser le contenu sur la balance. Le sauvage ne comprenait pas plus le truc de la balance que le reste. La femme n'osait toujours pas relever la tête. Les autres nègres de la famille les attendaient dehors, avec les yeux bien écarquillés. On les fit entrer aussi, enfants compris et tous, pour qu'ils ne perdent rien du spectacle.

C'était la première fois qu'ils venaient comme ça tous ensemble de la forêt, vers les blancs en ville. Ils avaient dû s'y mettre depuis bien longtemps les uns et les autres pour récolter tout ce caoutchouc-là. Alors forcément le résultat les intéressait tous. C'est long à suinter le caoutchouc dans les petits godets qu'on accroche au tronc des arbres. Souvent, on n'en a pas plein un petit verre en deux mois.

Pesée faite, notre gratteur entraîna le père, éberlué, derrière son comptoir et avec un crayon lui fit son compte et puis lui enferma dans le creux de la main quelques pièces en argent. Et puis : « Va-t'en! qu'il lui a dit comme ça. C'est ton compte!... »

Tous les petits amis blancs s'en tordaient de rigolade, tellement il avait bien mené son business. Le nègre restait planté penaud devant le comptoir avec son petit caleçon orange autour du sexe.

— Toi, y a pas savoir argent? Sauvage, alors? — que l'interpelle pour le réveiller l'un de nos commis débrouillard habitué et bien dressé sans doute à ces transactions péremptoires. — Toi y en a pas parler « francé » dis? Toi y en a gorille encore hein?... Toi y en a parler quoi hein! Kous kous? Mabillia? Toi y en a couillon! Bushman! Plein couillon!

Mais il restait devant nous le sauvage la main refermée sur les pièces. Il se serait bien sauvé s'il avait osé, mais il n'osait pas.

— Toi y en a acheté alors quoi avec ton pognon? intervint le « gratteur » opportunément. J'en ai pas vu un aussi con que lui tout de même depuis bien longtemps, voulut-il bien remarquer. Il doit venir de loin celui-là! Qu'est-ce que tu veux? Donnemoi-le ton pognon!

Il lui reprit l'argent d'autorité et à la place des pièces lui chiffonna dans le creux de la main un grand mouchoir très vert qu'il avait été cueillir finement dans une cachette du comptoir.

Le père nègre hésitait à s'en aller avec ce mouchoir. Le gratteur fit alors mieux encore. Il connaissait décidément tous les trucs du commerce conquérant. Agitant devant les yeux d'un des tout petits noirs enfants, le grand morceau vert d'étamine : « Tu le trouves pas beau toi dis morpion? T'en as souvent vu comme ça dis ma petite mignonne, dis ma petite charogne, dis mon petit boudin, des mouchoirs? » Et il le lui noua autour du cou d'autorité, question de l'habiller.

La famille sauvage contemplait à présent le petit orné de cette grande chose en cotonnade verte... Il n'y avait plus rien à faire puisque le mouchoir venait d'entrer dans la famille. Il n'y avait plus qu'à l'accepter, le prendre et s'en aller.

Tous se mirent donc à reculer lentement franchirent la porte, et au moment où le père se retournait, en dernier, pour dire quelque chose, le commis le plus dessalé qui avait des chaussures le stimula, le père, par un grand coup de botte en plein dans les fesses.

Toute la petite tribu, regroupée, silencieuse, de l'autre côté de l'avenue Faidherbe, sous le magnolier, nous regarda finir notre apéritif. On aurait dit qu'ils essayaient de comprendre ce qui venait de leur arriver.

C'était l'homme du « corocoro » qui nous régalait. Il nous fit même marcher son phonographe. On trouvait de tout dans sa boutique. Ça me rappelait les convois de la guerre.

Au service de la Compagnie Pordurière du Petit Togo besognaient donc en même temps que moi, je l'ai dit, dans ses hangars et sur ses plantations, grand nombre de nègres et de petits blancs dans mon genre. Les indigènes eux ne fonctionnent guère en somme qu'à coups de trique, ils gardent cette dignité, tandis que les blancs, perfectionnés par l'instruction publique, ils marchent tout seuls.

La trique finit par fatiguer celui qui la manie, tandis que l'espoir de devenir puissants et riches dont les blancs sont gavés, ça ne coûte rien, absolument rien. Qu'on ne vienne plus nous vanter l'Egypte et les Tyrans tartares! Ce n'étaient ces antiques amateurs que petits margoulins prétentieux dans l'art suprême de faire rendre à la bête verticale son plus bel effort au boulot. Ils ne savaient pas, ces primitifs, l'appeler « Monsieur » l'esclave, et le faire voter de temps à autre, ni lui payer le journal, ni surtout l'emmener à la guerre, pour lui faire passer ses passions. Un chrétien de vingt siècles, j'en savais quelque chose, ne se retient plus quand devant lui vient à passer un régiment. Ça lui fait jaillir trop d'idées.

Aussi, décidai-je en ce qui me concernait de me surveiller désormais de très près, et puis d'apprendre à me taire scrupuleusement, à cacher mon envie de foutre le camp, à prospérer enfin si possible et malgré tout au service de la Compagnie Pordurière. Plus une minute à perdre.

Le long de nos hangars, au ras des rives bourbeuses séjournaient, sournois et permanents, des bandes de crocodiles aux aguets. Eux genre métallique, jouissaient de cette chaleur en délire, les nègres aussi, semblait-il.

En plein midi, on se demandait si c'était possible toute l'agitation de ces masses besogneuses le long des quais, cette pagaïe de nègres surexcités et croasseurs.

Question de me dresser au numérotage des sacs, avant que je prisse la brousse, j'ai dû m'entraîner à m'asphyxier progressivement dans le hangar central de la Compagnie avec les autres commis, entre deux grandes balances, coincées au milieu de la foule alcaline des nègres en loques, pustuleux et chantants. Chacun traînait après lui son petit nuage de poussière, qu'il secouait en cadence. Les coups mats des préposés au portage s'abattaient sur ces dos magnifiques, sans éveiller de protestations ni de plaintes. Une passivité d'ahuris. La douleur supportée aussi simplement que l'air torride de cette fournaise poussiéreuse.

Le Directeur passait de temps en temps, toujours agressif, pour s'assurer que je faisais des progrès réels dans la technique du numérotage et des pesées truquées.

Il se frayait un chemin jusqu'aux balances, à travers la houle indigène, à grands coups de trique. « Bardamu, me dit-il un matin qu'il était en verve, ces nègres-là, qui nous entourent, vous les voyez n'est-ce pas?... Eh bien, quand j'arrivai au Petit Togo moi, voici tantôt trente ans, ils ne vivaient encore que de chasse, de pêche et de massacres entre tribus, ces salopards!... Petit factorier à mes débuts, je les ai vus, tel que je vous parle, s'en retourner après victoire dans leur village, chargés de plus de cent paniers de viande humaine bien saignante pour s'en foutre plein la lampe!... Vous m'entendez Bardamu!... Bien saignante! Celle de leurs ennemis! Vous parlez d'un réveillon!... Aujourd'hui, plus de victoires! Nous sommes là! Plus de tribus! Plus de chichis! Plus de fla-fla! Mais de la main-d'œuvre et des cacahuètes! Au boulot! Plus de chasse! Plus de fusils! Des cacahuètes et du caoutchouc!... Pour payer l'impôt! L'impôt pour faire venir à nous du caoutchouc et des cacahuètes encore! C'est la vie Bardamu! Cacahuètes! Cacahuètes et caoutchouc!... Et puis, tenez, voici justement le général Tombat qui vient de notre côté. »

Celui-ci venait bien en effet à notre rencontre, vieillard croulant sous la charge énorme du soleil.

Il n'était plus tout à fait militaire, le général, pas civil encore cependant. Confident de la « Pordurière », il servait de liaison entre l'Administration et le Commerce. Liaison indispensable bien que ces deux éléments fussent toujours en concurrence et en état d'hostilité permanente. Mais le gén ral Tombat manœuvrait admirablement. Il était sorti, entre autres, d'une récente

sale affaire de vente de biens ennemis, qu'on jugeait insoluble
en haut lieu.

Au début de la guerre, on lui avait fendu un peu l'oreille
au général Tombat, juste ce qu'il fallait pour une disponibilité
honorable, à la suite de Charleroi. Il l'avait placée aussitôt
dans le service de « la plus grande France » sa disponibilité.
Mais cependant Verdun passé depuis longtemps le tracassait
encore. Il farfouillait des « radios » dans le creux de sa main.
« Ils tiendront nos petits poilus! Ils tiennent! »... Il faisait si
chaud dans le hangar et cela se passait si loin de nous, la France,
qu'on dispensait le général Tombat d'en pronostiquer davantage.
Enfin on répéta tout de même en chœur par courtoisie, et le
Directeur avec nous : « Ils sont admirables! » et Tombat nous
quitta sur ces mots.

Le Directeur quelques instants plus tard s'ouvrit un autre
chemin violent parmi les torses pressés et disparut à son tour
dans la poussière poivrée.

Yeux ardents et charbonneux, l'intensité de posséder la
Compagnie le consumait cet homme, il m'effrayait un peu.
J'avais du mal à me faire à sa seule présence. Je n'aurais point
cru qu'il existât au monde une carcasse humaine capable de
cette tension maxima de convoitise. Il ne nous parlait presque
jamais à voix haute, à mots couverts seulement, on aurait dit
qu'il ne vivait, qu'il ne pensait que pour conspirer, épier, trahir
passionnément. On assurait qu'il volait, truquait, escamotait
à lui tout seul bien plus que tous les autres employés réunis,
pas fainéants pourtant, je l'assure. Mais je le crois sans peine.

Pendant que dura mon stage à Fort-Gono, j'avais encore
quelques loisirs pour me promener dans cette espèce de ville,
où décidément je ne trouvai qu'un seul endroit définitivement
désirable : l'Hôpital.

Dès qu'on arrive quelque part, il se révèle en vous des ambitions. Moi j'avais la vocation d'être malade, rien que malade.
Chacun son genre. Je me promenais autour de ces pavillons
hospitaliers et prometteurs, dolents, retirés, épargnés, et je ne
les quittais qu'avec regret, eux et leur emprise d'antiseptique.
Des pelouses encadraient ce séjour, égayées de petits oiseaux
furtifs et de lézards inquiets et multicolores. Un genre « Paradis
Terrestre ».

Quant aux nègres on se fait vite à eux, à leur lenteur hilare, à leurs gestes trop longs, aux ventres débordants de leurs femmes. La négrerie pue sa misère, ses vanités interminables, ses résignations immondes; en somme tout comme les pauvres de chez nous mais avec plus d'enfants encore et moins de linge sale et moins de vin rouge autour.

Quand j'avais fini d'inhaler l'hôpital, de le renifler ainsi, profondément, j'allais, suivant la foule indigène, m'immobiliser un moment devant cette sorte de pagode érigée près du Fort par un traiteur pour l'amusement des rigolos érotiques de la colonie.

Les blancs cossus de Fort-Gono s'y montraient à la nuit, ils s'y entêtaient au jeu, tout en lampant d'abondance et de plus bâillant et rotant à loisir. Pour deux cents francs on s'envoyait la belle patronne. Leurs pantalons leur donnaient, aux rigolos, un mal inouï pour parvenir à se gratter, leurs bretelles n'en finissaient pas de s'évader.

A la nuit, tout un peuple sortait des cases de la ville indigène et se massait devant la pagode, jamais las de voir et d'entendre les blancs se trémousser autour du piano mécanique, cordes moisies, souffrant ses valses fausses. La patronne prenait en écoutant la musique un petit air d'avoir envie de danser, transportée d'aise.

Je finis après bien des jours d'essais par avoir, furtivement, avec elle, quelques entretiens. Ses règles, me confia-t-elle, ne lui duraient pas moins de trois semaines. Effet des tropiques. Ses consommateurs au surplus l'épuisaient. Non qu'ils fissent souvent l'amour, mais les apéritifs à la pagode étaient plutôt coûteux, ils essayaient d'en avoir pour leur argent, en même temps, et lui pinçaient énormément les fesses, avant de s'en aller. C'est de là surtout que lui venait la fatigue.

Cette commerçante connaissait toutes les histoires de la colonie et les amours qui se nouaient, désespérées, entre les officiers tracassés par les fièvres et les rares épouses de fonctionnaires, fondantes, elles aussi, en d'interminables règles, navrées sous les vérandas au tréfonds des fauteuils indéfiniment inclinés.

Les allées, les bureaux, les boutiques de Fort-Gono ruisselaient de désirs mutilés. Faire tout ce qui se fait en Europe semblait être l'obsession majeure, la satisfaction, la grimace à tout prix de ces forcenés, en dépit de l'abominable température et de l'avachissement croissant, insurmontable.

La végétation bouffie des jardins tenait à grand-peine, agressive, farouche, entre les palissades, éclatantes frondaisons formant laitues en délire autour de chaque maison, ratatiné gros blanc d'œuf solide dans lequel achevait de pourrir un Européen jaunet. Ainsi autant de saladiers complets que de fonctionnaires tout le long de l'avenue Fachoda, la plus animée, la mieux hantée de Fort-Gono.

Je retrouvais chaque soir mon logis, sans doute inachevable, où le petit squelette de lit m'était dressé par le boy pervers. Il me tendait des pièges le boy, il était lascif comme un chat, il voulait entrer dans ma famille. Cependant, j'étais hanté moi par d'autres et bien plus vivaces préoccupations et surtout par le projet de me réfugier quelque temps encore à l'hôpital, seul armistice à ma portée dans ce carnaval torride.

En la paix comme à la guerre je n'étais point disposé du tout aux futilités. Et même d'autres offres qui me parvinrent d'ailleurs, par un cuisinier du patron, très sincèrement et nouvellement obscènes, me semblèrent ·incolores.

J'effectuai une dernière fois le tour de mes petits camarades de la Pordurière pour tenter de me renseigner sur le compte de cet employé infidèle, celui que je devais aller, coûte que coûte, selon les ordres, remplacer dans sa forêt. Vains bavardages.

Le café Faidherbe, au bout de l'avenue Fachoda bruissant vers l'heure du crépuscule de cent médisances, ragots et calomnies, ne m'apportait rien non plus de substantiel. Des impressions seulement. On en fracassait des pleines poubelles d'impressions dans cette pénombre incrustée de lampions multicolores. Secouant la dentelle des palmiers géants, le vent rabattait ses nuages de moustiques dans les soucoupes. Le Gouverneur, dans les paroles ambiantes, en prenait pour son haut grade. Son inexpiable muflerie formait le fond de la grande conversation apéritive où le foie colonial, si nauséeux, se soulage avant le dîner.

Toutes les automobiles de Fort-Gono, une dizaine au total, passaient et repassaient à ce moment devant la terrasse. Elles ne semblaient jamais aller bien loin les automobiles. La place Faidherbe possédait sa forte ambiance, son décor poussé, sa surabondance végétale et verbale de sous-préfecture du Midi en folie. Les dix autos ne quittaient la place Faidherbe que pour y revenir cinq minutes plus tard, effectuant encore une fois le même périple avec leur cargaison d'anémies européennes déteintes, enveloppées de toile bise, êtres fragiles et cassants comme des sorbets menacés.

Ils passaient ainsi pendant des semaines et des années les uns devant les autres, les colons, jusqu'au moment où ils ne se regardaient même plus, tellement ils étaient fatigués de se détester. Quelques officiers promenaient leur famille, attentives aux saluts militaires et civils, l'épouse boudinée dans ses serviettes hygiéniques spéciales, les enfants, sorte pénible de gros asticots européens, se dissolvaient de leur côté par la chaleur en diarrhée permanente.

Il ne suffit pas d'avoir un képi pour commander, il faut encore avoir des troupes. Sous le climat de Fort-Gono, les cadres européens fondaient pire que du beurre. Un bataillon y devenait comme un morceau de sucre dans du café, plus on le regardait, moins on en voyait. La majorité du contingent était toujours à l'hôpital, cuvant son paludisme, farci de parasites pour tous poils et pour tous replis, des escouades entières vautrées entre cigarettes et mouches, à se masturber sur les draps moisis, tirant d'infinies carottes, de fièvre en accès, scrupuleusement provoqués et choyés. Ils en bavaient ces pauvres coquins, pléiade honteuse, dans la douce pénombre des volets verts, rengagés tôt tombés des affiches, mêlés — l'hôpital était mixte —, aux petits employés de boutique, fuyant les uns et les autres la brousse et les maîtres, traqués.

Dans l'hébétude des longues siestes paludéennes il fait si chaud que les mouches aussi se reposent. Au bout des bras exsangues et poilus pendent les romans crasseux, des deux côtés des lits, toujours dépareillés les romans, la moitié des feuilles manquent à cause des dysentériques qui n'ont jamais de papier suffisamment et puis aussi des Sœurs de mauvaise humeur qui censurent à leur façon les ouvrages où le Bon Dieu n'est pas respecté. Les morpions de la troupe les tracassent comme tout le monde les Sœurs. Elles vont pour mieux se gratter relever leur robe à l'abri des paravents où le mort du matin n'arrive pas à se refroidir tellement qu'il a chaud encore lui aussi.

Tout lugubre qu'était l'hôpital, c'était cependant l'endroit de la colonie, le seul où l'on pouvait se sentir un peu oublié, à l'abri des hommes du dehors, des chefs. Vacances d'esclavage, l'essentiel en somme, et seul bonheur à ma portée.

Je m'enquérais des conditions d'entrée, des habitudes des médecins, de leurs manies. Mon départ pour la forêt, je ne l'envisageais plus qu'avec désespoir et révolte et me promettais déjà de contracter, au plus tôt, toutes les fièvres qui passeraient à ma portée, pour revenir sur Fort-Gono malade et si décharné, si dégoûtant, qu'il faudrait bien qu'ils se décident non seulement à me prendre mais à me rapatrier. Des trucs j'en connaissais déjà et des fameux, pour être malade, j'en appris encore des nouveaux, spéciaux pour les colonies.

Je m'apprêtais à vaincre mille difficultés, car ni les Directeurs de la Compagnie Pordurière, ni les chefs de bataillons ne se fatiguent aisément de traquer leurs proies maigres, transies à beloter entre les lits pisseux.

Ils me trouveraient résolu à pourrir de tout ce qu'il fallait. Au surplus, en général, on ne séjournait que peu de temps à l'hôpital, à moins d'y terminer sa carrière coloniale une bonne fois pour toutes. Les plus subtils, les plus coquins, les mieux armés de caractère parmi les fébriles, arrivaient parfois à se glisser sur un transport pour la métropole. C'était le doux miracle. La plupart des malades hospitalisés, s'avouaient à bout de ruses, vaincus par les règlements, et retournaient en brousse se délester de leurs derniers kilos. Si la quinine les abandonnait tout à fait aux larves tant qu'ils étaient au régime hospitalier l'aumônier leur refermait les yeux simplement sur les dix-huit heures, et quatre Sénégalais de service emballaient ces débris exsangues vers l'enclos des glaises rouges près de l'église de Fort-Gono si chaude celle-là, sous les tôles ondulées, qu'on n'y entrait jamais deux fois de suite, plus tropicale que les tropiques. Il aurait fallu pour s'y tenir debout, dans l'église, ahaner comme un chien.

Ainsi s'en vont les hommes qui décidément ont bien du mal à faire tout ce qu'on exige d'eux : le papillon pendant la jeunesse et l'asticot pour en finir.

J'essayais encore d'obtenir, par-ci, par-là, quelques détails, des renseignements pour me faire une idée. Ce que m'avait dépeint de Bikomimbo le Directeur me semblait tout de même incroyable. En somme il s'agissait d'une factorie d'essai, d'une tentative de pénétration loin de la côte, à dix jours au moins, isolée au milieu des indigènes, de leur forêt, qu'on me représentait, elle, comme une immense réserve pullulante de bêtes et de maladies.

Je me demandais s'ils n'étaient pas tout simplement jaloux de mon sort, les autres, ces petits copains de la Pordurière qui passaient par des alternatives d'anéantissement et d'agressivité. Leur sottise (ils n'avaient que cela) dépendait de la qualité de l'alcool qu'ils venaient d'ingérer, des lettres qu'ils recevaient, de la quantité plus ou moins grande d'espoir qu'ils avaient perdu dans la journée. En règle générale, plus ils dépérissaient, plus ils plastronnaient. Fantômes (comme Ortolan en guerre) ils eussent eu tous les culots.

L'apéritif nous durait trois bonnes heures. On y parlait toujours du Gouverneur, le pivot de toutes les conversations, et puis des vols d'objets possibles et impossibles, et enfin de la sexualité : les trois couleurs du drapeau colonial. Les fonctionnaires présents accusaient sans ambages les militaires de se vautrer dans la concussion et l'abus d'autorité, mais les militaires le leur rendaient bien. Les commerçants considéraient quant à eux tous ces prébendiers comme autant d'hypocrites imposteurs et pillards. Quant au Gouverneur, le bruit de son rappel circulait chaque matin depuis dix bonnes années et cependant le télégramme si intéressant de cette disgrâce n'arrivait jamais et cela en dépit des deux lettres anonymes, au moins, qui s'envolaient chaque semaine, depuis toujours, à l'adresse du Ministre, portant au compte de ce tyran local mille bordées d'horreurs très précises.

Les nègres ont de la veine eux avec leur peau en pelure d'oignon, le blanc lui s'empoisonne, cloisonné qu'il est entre son jus acide et sa chemise en cellular. Aussi malheur à qui l'approche. J'étais dressé depuis l'*Amiral Bragueton*.

En l'espace de quelques jours j'en appris de belles sur le compte de mon propre Directeur ! Sur son passé rempli de plus de crapuleries qu'une prison de port de guerre. On y découvrait de tout dans son passé et même, je le suppose, de magnifiques erreurs judiciaires. C'est vrai que sa tête était contre lui, indéniable, angoissante figure d'assassin, ou plutôt, pour ne charger personne, d'homme imprudent, énormément pressé de se réaliser, ce qui revient au même.

A l'heure de la sieste, en passant, on pouvait percevoir écroulées dans l'ombre de leurs pavillons du boulevard Faidherbe, quelques blanches ci et là, épouses d'officiers, de colons, que le climat décollait bien davantage encore que les hommes, petites voix gracieusement hésitantes, sourires énormément indulgents, fardées sur toute leur pâleur comme de contentes agoniques. Elles montraient moins de courage et de bonne tenue, ces bourgeoises transplantées, que la patronne de la Pagode qui ne devait compter que sur elle-même. La Compagnie Pordurière de son côté consommait beaucoup de petits employés blancs dans mon genre, elle en perdait par dizaines chaque saison de ces sous-hommes, dans ses factories forestières, au voisinage des marais. C'étaient des pionniers.

Chaque matin, l'Armée et le Commerce venaient pleurnicher leurs contingents jusqu'au Bureau même de l'hôpital. Il ne se passait pas de jour qu'un capitaine ne menaçât et ne fît retentir le Tonnerre de Dieu sur le Gestionnaire pour qu'on lui renvoie ses trois sergents beloteurs paludéens et les deux caporaux syphilitiques en vitesse, cadres qui lui faisaient précisément défaut pour s'organiser une compagnie. Si on lui répondait qu'ils étaient morts ses « tire-au-cul » alors il leur foutait la paix aux administrateurs, et il s'en retournait, lui, boire un peu plus à la Pagode.

On avait à peine le temps de les voir disparaître les hommes, les jours et les choses dans cette verdure, ce climat, la chaleur et les moustiques. Tout y passait, c'était dégoûtant, par bouts, par phrases, par membres, par regrets, par globules, ils se perdaient au soleil, fondaient dans le torrent de la lumière et des couleurs, et le goût et le temps avec, tout y passait. Il n'y avait que de l'angoisse étincelante dans l'air.

Enfin, le petit cargo sur lequel je devais longer la côte, jusqu'à proximité de mon poste, mouilla en vue de Fort-Gono. *Le Papaoutah* qu'il s'intitulait. Une petite coque bien plate, bâtie pour les estuaires. On le chauffait au bois le *Papaoutah*. Seul blanc à bord, un coin me fut concédé entre la cuisine et les cabinets. Nous allions si lentement sur les mers que je crus tout d'abord qu'il s'agissait d'une précaution pour sortir de la rade. Mais nous n'allâmes jamais plus vite. Ce *Papaoutah* manquait incroyablement de force. Nous cheminâmes ainsi en vue de la côte, infinie bande grise et touffue de menus arbres dans la

chaleur aux buées dansantes. Quelle promenade! *Papaoutah*
fendait l'eau comme s'il l'avait suée toute lui-même, doulou-
reusement. Il défaisait une vaguelette après l'autre avec des
précautions de pansements. Le pilote, me semblait-il de loin,
devait être un mulâtre; je dis « semblait », car je ne trouvai jamais
l'entrain qu'il aurait fallu pour monter là-haut sur la passerelle
me rendre compte par moi-même. Je restai confiné avec les
nègres, seuls passagers, dans l'ombre de la coursive, tant que
le soleil tenait le pont, jusque sur les cinq heures. Pour ne pas
qu'il vous brûle la tête par les yeux, le soleil, il faut cligner comme
un rat. Après cinq heures on peut se payer un tour d'horizon,
la bonne vie. Cette frange grise, le pays touffu au ras de l'eau,
là-bas, sorte de dessous de bras écrasé ne me disait rien qui vaille.
C'était dégoûtant à respirer cet air-là, même la nuit tellement
l'air restait tiède, marine moisie. Toute cette fadasserie portait
au cœur, avec l'odeur de la machine en plus et le jour les flots
trop ocres par ici, et trop bleus de l'autre côté. On était pire
encore que sur l'*Amiral Bragueton* moins les meurtriers militaires, bien entendu.

Enfin, nous approchâmes du port de ma destination. On m'en
rappela le nom : « Topo. » A force de tousser, de crachoter, trembloter, pendant trois fois le temps de quatre repas de conserves,
sur ces eaux de vaisselle huileuses, le *Papaoutah* finit donc par
aller accoster.

Sur la berge pileuse, trois énormes cases coiffées de chaume
se détachaient. De loin, cela vous prenait au premier coup d'œil
un petit air assez engageant. L'embouchure d'un grand fleuve
sablonneux, le mien, m'expliqua-t-on, par où je devrais remonter
pour atteindre, en barque, le beau milieu de ma forêt. A Topo,
ce poste au bord de la mer, je ne devais rester que quelques jours,
c'était convenu, le temps de prendre mes suprêmes résolutions
coloniales.

Nous fîmes cap sur un léger embarcadère et le *Papaoutah*,
de son gros ventre, avant de l'atteindre, rafla la barre. En bam-
bou qu'il était l'embarcadère, je m'en souviens bien. Il avait
son histoire, on le refaisait chaque mois, je l'appris, à cause des
mollusques agiles et prestes qui venaient par milliers le bouffer
au fur et à mesure. C'était même, cette infinie construction,
une des occupations désespérantes dont souffrait le lieutenant

Grappa commandant du poste de Topo et des régions avoisi-
nantes. Le *Papaoutah* ne trafiquait qu'une fois par mois mais les
mollusques ne mettaient pas plus d'un mois à bouffer son débar-
cadère.

A l'arrivée, le lieutenant Grappa se saisit de mes papiers, en
vérifia la sincérité, les recopia sur un registre vierge et m'offrit
l'apéritif. J'étais le premier voyageur, me confia-t-il, qui soit
venu à Topo depuis plus de deux ans. On ne venait pas à Topo.
Il n'y avait aucune raison pour venir à Topo. Sous les ordres
du lieutenant Grappa servait le sergent Alcide. Dans leur isolement ils ne s'aimaient guère. « Il faut toujours que je me méfie
de mon subalterne, m'apprit aussi le lieutenant Grappa dès
notre premier contact, il a quelques tendances à la familiarité! »

Comme dans cette désolation s'il avait fallu imaginer des
événements ils eussent été trop invraisemblables, le milieu ne
s'y prêtait pas, le sergent Alcide préparait d'avance beaucoup
d'état « Néant » que Grappa signait sans retard et que le *Papaoutah*
remportait ponctuellement au Gouverneur Général.

Entre les lagunes d'alentour et dans le tréfonds forestier sta-
gnaient quelques peuplades moisies, décimées, abruties par le
tripanosome et la misère chronique; elles fournissaient tout de
même ces peuplades un petit impôt et à coups de trique, bien
entendu. On recrutait parmi leur jeunesse quelques miliciens
pour manier par délégation cette même trique. Les effectifs
de la milice se montaient à douze hommes.

Je peux en parler, je les ai bien connus. Le lieutenant Grappa
les équipait à sa façon ces veinards et les nourrissait au riz régulier. Un fusil pour douze c'était la mesure! et un petit drapeau
pour tout le monde. Pas de chaussures. Mais comme tout est
relatif en ce monde et comparatif, les originaires recrutés du
pays trouvaient que Grappa faisait joliment bien les choses.
Il refusait même chaque jour des volontaires Grappa et des
enthousiastes, des fils dégoûtés de la brousse.

La chasse ne donnait guère autour du village, et on n'y bouffait pas moins d'une grand-mère par semaine, faute de gazelles.
Dès sept heures, chaque matin, les miliciens d'Alcide se rendaient
à l'exercice. Comme je logeais dans un coin de sa case, qu'il
m'avait cédé, j'étais aux premières loges pour assister à cette
fantasia. Jamais dans aucune armée du monde ne figurèrent

soldats de meilleure volonté. A l'appel d'Alcide, tout en arpen-
tant le sable par quatre, par huit, puis par douze, ces primitifs
se dépensaient énormément en s'imaginant des sacs, des chaussures, voire des baïonnettes, et plus fort encore, en ayant l'air
de s'en servir. Tout juste issus de la nature si vigoureuse et si
proche, ils n'étaient vêtus que d'un semblant de brève culotte
kaki. Tout le reste devait être par eux imaginé et l'était. Au
commandement d'Alcide, péremptoire, ces ingénieux guerriers,
posant à terre leurs sacs fictifs, couraient dans le vide décocher
à d'illusoires ennemis, d'illusoires estocades. Ils constituaient,
après avoir fait semblant de se déboutonner, d'invisibles faisceaux et sur un autre signe se passionnaient en abstractions de
mousqueterie. A les voir s'éparpiller, gesticuler minutieusement
de la sorte et se perdre en dentelles de mouvements saccadés
et follement inutiles, on en demeurait découragé jusqu'au marasme.
Surtout qu'à Topo la chaleur crue et l'étouffement parfaitement
concentrés par le sable entre les miroirs de la mer et du fleuve,
polis et conjugués, vous eussent fait jurer par votre derrière
qu'on vous tenait assis de force sur un morceau récemment tombé
du soleil.

Mais ces conditions implacables n'empêchaient pas Alcide
de gueuler, au contraire. Ses hurlements déferlaient au-dessus
de son fantastique exercice et parvenaient bien loin jusqu'à
la crête des cèdres augustes de la lisière tropicale. Plus loin rebon-
dissaient-ils même encore, en tonnerre ses : « Garde à vous ! »

Pendant ce temps le lieutenant Grappa préparait sa justice.
Nous y reviendrons. Il surveillait aussi de loin toujours et de
l'ombre de sa case, la construction fuyante de son embarcadère
maudit. A chaque arrivée du *Papaoutah* il allait attendre optimiste et sceptique des équipements complets pour ses effectifs.
Il les réclamait vainement depuis deux ans ses équipements
complets. Etant Corse, Grappa se sentait plus humilié peut-
être que tout autre en observant que ses miliciens demeuraient
tout nus.

Dans notre case, celle d'Alcide, il se pratiquait un petit commerce, à peine clandestin, de menus objets et de rogatons divers.
D'ailleurs tout le trafic de Topo passait par Alcide puisqu'il
détenait un petit stock, l'unique, de tabac en branches et en
paquet, quelques litres d'alcool et quelques métrages de coton.

Les douze miliciens de Topo ressentaient, c'était visible, envers Alcide une véritable sympathie et cela malgré qu'il les engueulât sans limites et leur bottât le derrière assez injustement. Mais ils avaient discerné chez lui, ces militaires nudistes, des éléments indéniables de la grande parenté, celle de la misère incurable, innée. Le tabac les rapprochait, tout noirs qu'ils fussent, force des choses. J'avais apporté avec moi quelques journaux d'Europe. Alcide les parcourut avec le désir de s'intéresser aux nouvelles mais bien qu'il s'y reprît à trois fois pour fixer son attention sur ces colonnes disparates, il ne parvint pas à les achever. « Moi maintenant, m'avoua-t-il après cette vaine tentative, au fond, je m'en fous des nouvelles ! Il y a trois ans que je suis ici ! » Cela ne voulait point dire qu'Alcide tînt à m'étonner en jouant les ermites, non, mais la brutalité, l'indifférence bien prouvée du monde entier à son égard, le forçait à son tour à considérer en qualité de sergent rengagé le monde entier, hors Topo, comme une espèce de Lune.

C'était d'ailleurs une bonne nature, Alcide, serviable et généreuse et tout. Je le compris plus tard, un peu trop tard. Sa formidable résignation l'accablait, cette qualité de base qui rend les pauvres gens de l'armée ou d'ailleurs aussi faciles à tuer qu'à faire vivre. Jamais, ou presque, ils ne demandent le pourquoi, les petits, de tout ce qu'ils supportent. Ils se haïssent les uns les autres, ça suffit.

Autour de notre case, poussaient disséminées, en pleine lagune de sable torride, impitoyable, ces curieuses petites fleurs fraîches et brèves, vertes, roses ou pourpres, comme on ne les voit en Europe que peintes et sur certaines porcelaines, sortes de volubilis primitifs et sans niaiserie. Elles subissaient la longue abominable journée, closes sur leur tige, et venaient en s'ouvrant le soir trembloter gentiment sous les premières brises tièdes.

Un jour qu'Alcide me voyait occupé d'en cueillir un petit bouquet, il me prévint : « Cueille-les si tu veux, mais les arrose pas, ces petites garces-là, ça les tue... C'est tout fragile, c'est pas comme les « soleils » qu'on faisait, nous, pousser aux enfants de troupe à Rambouillet ! On pouvait leur pisser dessus à ceux-là !.. Qu'ils buvaient tout !... D'ailleurs, les fleurs, c'est comme les hommes... Et plus c'est gros et plus c'est con ! » Ceci à l'intention du lieutenant Grappa évidemment, dont le corps était abondant

et calamiteux, les mains brèves, pourpres, terribles. Des mains
à ne jamais rien comprendre. Il n'essayait pas d'ailleurs Grappa
de comprendre.

Je séjournai deux semaines à Topo pendant lesquelles je
partageai non seulement l'existence et la popote d'Alcide, ses
puces de lit et de sable (deux sortes), mais encore sa quinine
et l'eau du puits proche, inexorablement tiède et diarrhéique.

Certain jour le lieutenant Grappa en veine d'amabilité m'invita,
par exception, à venir prendre le café chez lui. Il était jaloux
Grappa et ne montrait jamais sa concubine indigène à personne.
Il avait donc choisi un jour pour m'inviter où sa négresse allait
visiter ses parents au village. C'était aussi le jour d'audience à
son tribunal. Il voulait m'étonner.

Autour de sa case, arrivés dès le matin, se pressaient les plai-
gnants, masse disparate, colorée de pagnes et bigarrée de piail-
lants témoins. Justiciables et simple public debout, mêlés dans
le même cercle, tous sentant fortement l'ail, le santal, le beurre
tourné, la sueur safranée. Tels les miliciens d'Alcide, tous ces
êtres semblaient tenir avant tout à s'agiter frénétiquement
dans le fictif; ils fracassaient autour d'eux un idiome de casta-
gnettes en brandissant au-dessus de leurs têtes des mains crispées
dans un vent d'arguments.

Le lieutenant Grappa, plongé dans son fauteuil de rotin,
crissant et plaintif, souriait au-devant de toutes ces incohé-
rences assemblées. Il se fiait pour sa gouverne à l'interprète
du poste qui lui bafouillait en retour, à son usage et à pleine
voix, d'incroyables requêtes.

Il s'agissait peut-être d'un mouton borgne que certains parents
se refusaient à restituer alors que leur fille, valablement vendue,
n'avait jamais été livrée au mari, en raison d'un meurtre que
son frère à elle avait trouvé le moyen de commettre entre-temps
sur la personne de la sœur de celui-ci qui gardait le mouton.
Et bien d'autres et de plus compliquées doléances.

A notre hauteur, cent faces passionnées par ces problèmes
d'intérêts et de coutumes découvraient leurs dents à petits coups
secs ou à gros glouglous, des mots nègres.

La chaleur parvenait à son comble. On en cherchait le ciel
des yeux par l'angle du toit pour se demander si ce n'était pas
une catastrophe qui arrivait. Pas même un orage.

— Je vais tous les mettre d'accord tout de suite moi! décida finalement Grappa, que la température et les palabres poussaient aux résolutions. Où est-il le père de la mariée?... Qu'on l'amène!

— Il est là! répondirent vingt compères, poussant devant eux un vieux nègre assez flasque enveloppé dans un pagne jaune qui le drapait fort dignement, à la romaine. Il scandait, le vieillard, tout ce qu'on racontait autour de lui, avec son poing fermé. Il n'avait pas l'air d'être venu là du tout pour se plaindre lui, mais plutôt pour se donner un peu de distraction à l'occasion d'un procès dont il n'attendait plus depuis longtemps déjà de résultat bien positif.

— Allons! commanda Grappa. Vingt coups! qu'on en finisse! Vingt coups de chicotte pour ce vieux maquereau!... Ça l'apprendra à venir m'emmerder ici tous les jeudis depuis deux mois avec son histoire de moutons à la noix!

Le vieux vit arriver sur lui les quatre miliciens musclés. Il ne comprenait pas d'abord ce qu'on lui voulait et puis il se mit à rouler des yeux, injectés de sang comme ceux d'un vieil animal horrifié qui jamais auparavant n'aurait encore été battu. Il n'essayait pas de résister en vérité, mais il ne savait pas non plus comment se placer pour recevoir avec le moins de douleur possible cette tournée de justice.

Les miliciens le tiraillaient par l'étoffe. Deux d'entre eux voulaient absolument qu'il s'agenouillât, les autres lui commandaient au contraire de se mettre à plat ventre. Enfin, on s'entendit pour le plaquer tel quel, simplement, à terre, pagne retroussé et d'emblée reçut sur le dos et les fesses flasques une de ces volées de bâton souple à faire beugler une solide bourrique pendant huit jours. Se tortillant, le sable fin giclait tout alentour de son ventre avec du sang, il en crachait du sable en hurlant, on aurait dit une chienne basset enceinte, énorme, qu'on torturait à plaisir.

Les assistants se turent pendant que ça durait. On n'entendait plus que les bruits de la punition. La chose exécutée, le vieux bien sonné essayait de se relever et de ramasser autour de lui son pagne à la romaine. Il saignait abondamment par la bouche, par le nez et surtout le long du dos. La foule s'éloigna en l'emmenant et bourdonnante de mille cancans et commentaires, sur un ton d'enterrement.

Le lieutenant Grappa ralluma son cigare. Devant moi, il tenait à demeurer distant de ces choses. Non pas je pense qu'il eût été plus néronien qu'un autre, seulement il n'aimait pas non plus qu'on le force à penser. Ça l'agaçait. Ce qui le rendait irritable dans ses fonctions judiciaires, c'étaient les questions qu'on lui posait.

Nous assistâmes encore ce même jour à deux autres corrections mémorables, consécutives à d'autres histoires déconcertantes, de dots reprises, de poisons promis... de promesses douteuses... d'enfants incertains...

— Ah! s'ils savaient tous comme je m'en fous de leurs litiges ils ne la quitteraient pas leur forêt pour venir me raconter leurs couillonnades et m'emmerder ici!... Est-ce que je les tiens au courant de mes petites affaires moi? concluait Grappa. Cependant, se reprit-il, je finirais par croire qu'ils y prennent goût à ma justice ces saligauds-là!... Depuis deux ans que j'essaie de les en dégoûter, ils reviennent pourtant chaque jeudi... Croyez-moi si vous voulez, jeune homme, ce sont presque toujours les mêmes qui reviennent!... Des vicieux, quoi!...

Puis la conversation se porta vers Toulouse où il passait ses congés régulièrement et où il pensait à se retirer Grappa, dans six ans, avec sa retraite. C'était entendu ainsi. Nous en étions gentiment au « Calvados » quand nous fûmes à nouveau dérangés par un nègre passible de je ne sais quelle peine, et en retard pour la purger. Il venait spontanément deux heures après les autres s'offrir pour recevoir la chicotte. Ayant effectué un parcours de deux jours et de deux nuits depuis son village à travers la forêt dans ce but, il n'entendait pas s'en retourner bredouille. Mais il était en retard et Grappa était intransigeant sur le sujet de la ponctualité pénale. « Tant pis pour lui! Il n'avait qu'à pas s'en aller la dernière fois!... C'est jeudi de l'autre semaine que je l'ai condamné à cinquante coups de chicotte, ce dégueulasse! »

Le client protestait quand même parce qu'il avait une bonne excuse : Il avait dû retourner à son village en vitesse pour aller enterrer sa mère. Il avait trois ou quatre mères à lui tout seul. Contestations...

— Ça sera pour la prochaine audience!

Mais il avait à peine le temps ce client d'aller à son village et de revenir d'ici à jeudi prochain. Il protestait. Il s'entêtait.

Il fallut le bousculer ce masochiste hors du camp à grands coups de pied dans les fesses. Ça lui a fait plaisir quand même mais pas assez... Enfin, il est allé échouer chez Alcide qui en profita pour lui vendre tout un assortiment de tabac en branches au masochiste, en paquets et en poudre à priser.

Bien diverti par ces multiples incidents, je pris congé de Grappa qui se retirait précisément pour la sieste, au fond de sa case, où reposait déjà sa ménagère indigène revenue de son village. Une paire de nichons splendides cette négresse, bien élevée par les Sœurs du Gabon. Non seulement cette jeunesse parlait le français en zézayant, mais elle savait encore présenter la quinine dans la confiture et vous traquer les puces « chiques » dans la profondeur de la plante des pieds. Elle savait se rendre agréable de cent façons au colonial, sans le fatiguer ou en le fatiguant, à son choix.

Alcide m'attendait. Il était un peu vexé. Ce fut cette invitation dont venait de m'honorer le lieutenant Grappa qui le décida sans doute aux grandes confidences. Et elles étaient salées les confidences. Il me fit sans que je l'en priasse, de Grappa, un portrait express au caca fumant. Je lui répondis qu'en tout c'était bien mon avis. Alcide, son point faible à lui, c'était qu'il trafiquait malgré les règlements militaires, absolument contraires, avec les nègres de la forêt d'alentour et aussi avec les douze tirailleurs de sa milice. Il approvisionnait ce petit monde en tabac de traite, impitoyablement. Quand les miliciens avaient reçu leur part de tabac, il ne leur restait plus de solde à toucher, tout était fumé. Ils fumaient même d'avance. Cette menue pratique, vu la rareté du numéraire dans la région, faisait du tort prétendait Grappa à la rentrée de l'impôt.

Le lieutenant Grappa ne voulait pas, prudent, provoquer sous son gouvernement un scandale à Topo mais enfin, jaloux peut-être, il tiquait. Il aurait désiré que toutes les minuscules disponibilités indigènes demeurassent cela se comprend pour l'impôt. Chacun son genre et ses petites ambitions.

Au début, la pratique du crédit sur solde leur avait paru un peu étonnante et même raide aux tirailleurs qui travaillaient uniquement pour fumer le tabac d'Alcide, mais ils s'y étaient habitués à coups de pied au cul. A présent, ils n'essayaient même plus d'aller la toucher leur solde, ils la fumaient d'avance, tranquillement, au bord de la case à Alcide, parmi les petites fleurs vivaces, entre deux exercices d'imagination.

A Topo en somme, tout minuscule que fût l'endroit, il y avait quand même place pour deux systèmes de civilisation, celle du lieutenant Grappa, plutôt à la romaine, qui fouettait le soumis pour en extraire simplement le tribut, dont il retenait, d'après l'affirmation d'Alcide, une part honteuse et personnelle, et puis le système Alcide proprement dit, plus compliqué, dans lequel se discernaient déjà les signes du second stade civilisateur, la naissance dans chaque tirailleur d'un client, combinaison commercialo-militaire en somme, beaucoup plus moderne, plus hypocrite, la nôtre.

Pour ce qui concerne la géographie, le lieutenant Grappa n'estimait guère qu'à l'aide de quelques cartes très approximatives qu'il possédait au Poste, les vastes territoires confiés à sa garde. Il n'avait pas non plus très envie d'en savoir davantage sur leur compte à ces territoires. Les arbres, la forêt, après tout, on sait ce que c'est, on les voit très bien de loin.

Dissimulées dans les frondaisons et les replis de cette immense tisane, quelques tribus extrêmement disséminées croupissaient çà et là entre leurs puces et leurs mouches, abruties par les totems en se gavant invariablement de maniocs pourris... Peuplades parfaitement naïves et candidement cannibales, ahuries de misère, ravagées par mille pestes. Rien qui vaille qu'on les approche. Rien ne justifiait une expédition administrative douloureuse et sans écho. Quand il avait cessé de rendre sa loi, Grappa se tournait plutôt vers la mer et contemplait cet horizon d'où certain jour il était apparu et par où certain jour il s'en irait, si tout se passait bien...

Tout familiers et finalement agréables que me fussent devenus ces lieux, il me fallut cependant songer à quitter enfin Topo pour la boutique qui m'était promise au terme de quelques jours de navigation fluviale et de pérégrinations forestières.

Avec Alcide, nous étions arrivés à très bien nous entendre. On essayait ensemble de pêcher des poissons-scies, ces manières de requins qui pullulaient devant la case. Il était aussi maladroit à ce jeu que moi-même. Nous n'attrapions rien.

Sa case n'était meublée que par son lit démontable, le mien et quelques caisses vides ou pleines. Il me semblait qu'il devait mettre pas mal d'argent de côté grâce à son petit commerce.

— Où le mets-tu?... lui demandai-je à plusieurs reprises. Où le caches-tu ton sale pognon? — C'était pour le faire enrager. — Tu vas en faire une de ces Bon Dieu de Nouba en rentrant? Je le taquinais. Et vingt fois au moins pendant que nous entamions l'immanquable « conserve de tomates », j'imaginais pour sa réjouissance les péripéties d'une virée phénoménale à sa rentrée à Bordeaux, de bobinard en bobinard. Il ne me répondait rien. Il rigolait seulement, comme si ça l'amusait que je lui dise ces choses-là.

A part l'exercice et les sessions de justice, il ne se passait vraiment rien à Topo, alors forcément, je reprenais le plus souvent possible ma même plaisanterie, faute d'autres sujets.

Sur les derniers temps, il me vint une fois l'envie d'écrire à M. Puta, pour le taper. Alcide se chargerait de poster ma lettre par le prochain *Papaoutah*. Le matériel à écrire d'Alcide tenait dans une petite boîte à biscuits tout comme celle que j'avais connue à Branledore, tout à fait la même. Tous les sergents rengagés avaient donc la même habitude. Mais quand il me vit l'ouvrir sa boîte, Alcide, il eut un geste qui me surprit pour m'en empêcher. J'étais gêné. Je ne savais pas pourquoi il m'en empêchait, je la reposai donc sur la table. « Ah! ouvre-la, va! qu'il a dit enfin. Va ça ne fait rien! » Tout de suite à l'envers du couvercle était collée une photo d'une petite fille. Rien que la tête, une petite figure bien douce d'ailleurs avec des longues boucles, comme on les portait dans ce temps-là. Je pris le papier, la plume et je refermai vivement la boîte. J'étais bien gêné par mon indiscrétion, mais je me demandais pourquoi aussi ça l'avait tant bouleversé.

J'imaginais tout de suite qu'il s'agissait d'un enfant, à lui, dont il avait évité de me parler jusque-là. Je n'en demandais pas davantage, mais je l'entendais derrière mon dos qui essayait de me raconter quelque chose au sujet de cette photo, avec une drôle de voix que je ne lui connaissais pas encore. Il bafouillait. Je ne savais plus où me mettre moi. Il fallait bien que je l'aide à me faire sa confidence. Pour passer ce moment je ne savais plus comment m'y prendre. Ça serait une confidence tout à fait pénible à écouter, j'en étais sûr. Je n'y tenais vraiment pas.

— C'est rien! l'entendis-je enfin. C'est la fille de mon frère...
Ils sont morts tous les deux...

— Ses parents?...

— Oui, ses parents...

— Qui l'élève alors maintenant? Ta mère? que je demandai
moi, comme ça, pour manifester de l'intérêt.

— Ma mère, je l'ai plus non plus...

— Qui alors?

— Eh bien moi!

Il ricanait, cramoisi Alcide, comme s'il venait de faire quelque
chose de pas convenable du tout. Il se reprit hâtif :

— C'est-à-dire je vais t'expliquer... Je la fais élever à Bordeaux chez les Sœurs... Mais pas des Sœurs pour les pauvres,
tu me comprends hein!... Chez des Sœurs « bien »... Puisque
c'est moi qui m'en occupe, alors tu peux être tranquille. Je veux
que rien lui manque! Ginette qu'elle s'appelle... C'est une gentille petite fille... Comme sa mère d'ailleurs... Elle m'écrit, elle
fait des progrès, seulement, tu sais, les pensions comme ça, c'est
cher... Surtout que maintenant elle a dix ans... Je voudrais qu'elle
apprenne le piano en même temps... Qu'est-ce que t'en dis toi
du piano?... C'est bien, le piano, hein, pour les filles?... Tu crois
pas?... Et l'anglais? C'est utile l'anglais aussi?... Tu sais l'anglais
toi?...

Je me mis à le regarder de bien plus près Alcide, à mesure
qu'il s'avouait la faute de pas être assez généreux, avec sa petite
moustache cosmétique, ses sourcils d'excentrique, sa peau cal-
cinée. Pudique Alcide! Comme il avait dû en faire des économies
sur sa solde étriquée... sur ses primes famélLiques et sur son minuscule commerce clandestin... pendant des mois, des années, dans
cet infernal Topo!... Je ne savais pas quoi lui répondre moi, je
n'étais pas très compétent, mais il me dépassait tellement par
le cœur que j'en devins tout rouge... A côté d'Alcide, rien qu'un
mufle impuissant moi, épais, et vain j'étais... Y avait pas à chiquer.
C'était net.

Je n'osais plus lui parler, je m'en sentais soudain énormément
indigne de lui parler. Moi qui hier encore le négligeais et même
le méprisais un peu, Alcide.

— Je n'ai pas eu de veine, poursuivait-il, sans se rendre compte
qu'il m'embarrassait avec ses confidences. Imagine-toi qu'il

y a deux ans, elle a eu la paralysie infantile... Figure-toi... Tu sais ce que c'est toi la paralysie infantile?

Il m'expliqua alors que la jambe gauche de l'enfant demeurait atrophiée et qu'elle suivait un traitement d'électricité à Bordeaux, chez un spécialiste.

— Est-ce que ça revient, tu crois?... qu'il s'inquiétait.

Je l'assurai que ça se rétablissait très bien, très complètement avec le temps et l'électricité. Il parlait de sa mère qui était morte et de son infirmité à la petite avec beaucoup de précautions. Il avait peur, même de loin, de lui faire du mal.

— As-tu été la voir depuis sa maladie?

— Non... j'étais ici.

— Iras-tu bientôt?

— Je crois que je ne pourrai pas avant trois ans... Tu comprends ici, je fais un peu de commerce... Alors ça lui aide bien... Si je partais en congé à présent, au retour la place serait prise... surtout avec l'autre vache...

Ainsi, Alcide demandait-il à redoubler son séjour, à faire six ans de suite à Topo, au lieu de trois, pour la petite nièce dont il ne possédait que quelques lettres et ce petit portrait. « Ce qui m'ennuie, reprit-il, quand nous nous couchâmes, c'est qu'elle n'a là-bas personne pour les vacances... C'est dur pour une petite enfant.... »

Evidemment Alcide évoluait dans le sublime à son aise et pour ainsi dire familièrement, il tutoyait les anges, ce garçon, et il n'avait l'air de rien. Il avait offert sans presque s'en douter à une petite fille vaguement parente des années de torture, l'annihilement de sa pauvre vie dans cette monotonie torride, sans conditions, sans marchandage, sans intérêt que celui de son bon cœur. Il offrait à cette petite fille lointaine assez de tendresse pour refaire un monde entier et cela ne se voyait pas.

Il s'endormit d'un coup, à la lueur de la bougie. Je finis par me relever pour bien regarder ses traits à la lumière. Il dormait comme tout le monde. Il avait l'air bien ordinaire. Ça serait pourtant pas si bête s'il y avait quelque chose pour distinguer les bons des méchants.

ON peut s'y prendre de deux façons pour pénétrer dans la forêt, soit qu'on s'y découpe un tunnel à la manière des rats dans les bottes de foin. C'est le moyen étouffant. Je renâclai. Ou alors subir la montée du fleuve, bien tassé dans le fond d'un tronc d'arbre, poussé à la pagaïe de détours en bocages et guettant ainsi la fin des jours et des jours s'offrir en plein à toute la lumière, sans recours. Et puis ahuri par ces gueulards de nègres, arriver où l'on doit dans l'état qu'on peut.

Chaque fois, au départ, pour se mettre à la cadence, il leur faut du temps, aux canotiers. La dispute. Un bout de pale à l'eau d'abord et puis deux ou trois hurlements cadencés et la forêt qui répond, des remous, ça glisse, deux rames, puis trois, on se cherche encore, des vagues, des bafouillages, un regard en arrière vous ramène à la mer qui s'aplatit là-bas, s'éloigne et devant soi la longue étendue lisse contre laquelle on s'en va labourant, et puis Alcide encore un peu sur son embarcadère que je perçois loin, presque repris déjà par les buées du fleuve, sous son énorme casque, en cloche, plus qu'un morceau de tête, petit fromage de figure et le reste d'Alcide en dessous à flotter dans sa tunique comme perdu déjà dans un drôle de souvenir en pantalons blancs.

C'est tout ce qu'il me reste de cet endroit-là, de ce Topo.

A-t-on pu le défendre encore longtemps ce hameau brûlant contre la faux sournoise du fleuve aux eaux beiges? Et ses trois cases puceuses tiennent-elles toujours debout? Et de nouveaux Grappas et d'inconnus Alcides entraînent-ils encore de récents tirailleurs en ces combats inconsistants? S'y rend-il toujours cette justice sans prétention? L'eau qu'on essaie d'y boire est-elle toujours aussi rance? aussi tiède? A vous en dégoûter de votre propre bouche pendant huit jours après chaque tournée... Et toujours   point de glacière? Et ces combats d'oreille que livrent aux mouches les infatigables bourdons de la quinine? Sulfate? Chlorhydrate?... Mais d'abord existe-t-il encore des nègres à dessécher et pustuler dans cette étuve? Peut-être bien que non...

Peut-être que rien de tout cela n'est plus, que le petit Congo a léché Topo d'un grand coup de sa langue boueuse un soir de tornade en passant et que c'est fini, bien fini, que le nom lui-même a disparu des cartes, qu'il n'y a plus que moi en somme, pour me souvenir encore d'Alcide... Que sa nièce l'a oublié aussi... Que le lieutenant Grappa n'a jamais revu son Toulouse... Que la forêt qui guettait depuis toujours la dune au détour de la saison des pluies a tout repris, tout écrasé sous l'ombre des acajous immenses, tout, et même les petites fleurs imprévues du sable qu'Alcide ne voulait pas que j'arrose... Qu'il n'existe plus rien.

Ce que furent les dix jours de remontée de ce fleuve, je m'en souviendrai longtemps... Passés à surveiller les tourbillons limoneux, au creux de la pirogue, à choisir un passage furtif après l'autre, entre les branchages énormes en dérive, souplement évités. Travail de forçats en rupture.

Après chaque crépuscule, nous faisions halte sur un promontoire rocheux. Certain matin, nous quittâmes enfin ce sale canot sauvage pour entrer dans la forêt par un sentier caché qui s'insinuait dans la pénombre verte et moite, illuminé seulement de place en place par un rai de soleil plongeant du plus haut de cette infinie cathédrale de feuilles. Des monstres d'arbres abattus forçaient notre groupe à maints détours. Dans leur creux un métro entier aurait manœuvré à son aise.

A un certain moment, la grande lumière nous est revenue, nous étions arrivés devant un espace défriché, nous dûmes grimper encore, autre effort. L'éminence que nous atteignîmes couronnait l'infinie forêt, moutonnante de cimes jaunes et rouges et vertes, peuplant, pressurant monts et vallées, monstrueusement abondante comme le ciel et l'eau. L'homme dont nous cherchions l'habitation demeurait, me fit-on signe, encore un peu plus loin... dans un autre petit vallon. Il nous attendait là l'homme.

Entre deux grosses roches il s'était établi une sorte de cagna, à l'abri, me fit-il remarquer, des tornades de l'Est, les plus mau-

vaises, les plus rageuses. Je voulus bien admettre que c'était
un avantage, mais quant à la case elle-même, c'était sûrement
à la dernière catégorie miteuse qu'elle appartenait, demeure
presque théorique, effilochée de partout. Je m'attendais bien
à quelque chose de ce genre-là en fait d'habitation, mais tout
de même la réalité dépassait mes prévisions.

Je dus lui sembler tout à fait navré au copain, car il m'interpella assez brusquement pour me faire sortir de mes réflexions.
« Allez donc, vous serez moins mal encore ici qu'à la guerre!
Ici, après tout, on peut se débrouiller! On bouffe mal, c'est exact,
et pour boire, c'est une vraie boue, mais on peut dormir tant
qu'on veut... Pas de canons ici mon ami! Pas de balles non plus!
En somme c'est une affaire! » Il parlait un peu dans le même
ton que l'Agent général mais des yeux pâles comme ceux d'Alcide, il avait.

Il devait approcher de la trentaine, et barbu... Je ne l'avais
pas bien regardé en arrivant, tellement en arrivant j'étais déconcerté par la pauvreté de son installation, celle qu'il devait me
léguer, et qui devait m'abriter pendant des années peut-être...
Mais je lui trouvai, en l'observant, par la suite, une figure décidément aventureuse, une figure à angles très tracés et même
une de ces têtes de révolte qui entrent trop à vif dans l'existence au lieu de rouler dessus, avec un gros nez rond par exemple
et des joues pleines en péniches, qui vont clapoter contre le destin avec un bruit de babillage. Celui-ci c'était un malheureux.

— C'est vrai, repris-je, y a pas pire que la guerre!

C'était assez pour le moment comme confidences, je n'avais
pas envie d'en dire davantage. Mais ce fut lui qui continua sur
le même sujet :

— Surtout maintenant qu'on les fait si longues les guerres...
qu'il ajouta. Enfin, vous verrez mon ami qu'ici c'est pas très
drôle, voilà tout! Y a rien à faire... C'est comme des espèces de
vacances... Seulement voilà des vacances ici! n'est-ce pas!...
Enfin, ça dépend peut-être des natures, j'peux rien dire...

— Et l'eau? demandai-je. Celle que je voyais dans mon gobelet, que je m'étais versée moi-même m'inquiétait, jaunâtre,
j'en bus, nauséeuse et chaude tout comme celle de Topo. Un
fond de vase au troisième jour.

— C'est ça l'eau? La peine de l'eau allait recommencer.

— Oui, il n'y a que celle-là par ici et puis la pluie... Seulement quand il pleuvra la cabane ne résistera pas longtemps. Vous voyez dans quel état qu'elle est la cabane? — Je voyais.

— Pour la nourriture, qu'il enchaîna, c'est rien que de la conserve, j'en bouffe depuis un an moi... J'en suis pas mort!... Dans un sens c'est bien commode, mais ça ne tient pas au corps; les indigènes eux, ils bouffent du manioc pourri, c'est leur affaire, ils aiment ça... Depuis trois mois je rends tout... La diarrhée. Peut-être aussi que c'est la fièvre; j'ai les deux... Et même que j'en vois plus clair sur les cinq heures... C'est à ça que je vois que j'en ai de la fièvre parce que pour la chaleur, n'est-ce pas, c'est difficile d'avoir plus chaud qu'on a ici rien qu'avec la température du pays!... En somme, ça serait plutôt les frissons qui vous avertiraient qu'on est fiévreux... Et puis aussi à ce qu'on s'ennuie plutôt moins... Mais ça encore ça dépend peut-être des natures... on pourrait peut-être boire de l'alcool pour se remonter, mais je l'aime pas ça moi l'alcool... je le supporte pas...

Il semblait avoir de grands égards pour ce qu'il appelait « les natures ».

Et puis, pendant qu'il y était, il me donna quelques autres renseignements engageants : « Le jour c'est la chaleur, mais la nuit, c'est le bruit qui est le plus difficile à supporter... C'est à pas y croire... C'est les bestioles du bled qui se coursent pour s'enfiler ou se bouffer, j'en sais rien, mais c'est ce qu'on m'a dit... toujours est-il qu'alors vous parlez d'un boucan!... Et les plus bruyants parmi, c'est encore les hyènes!... Elles viennent là tout près de la case... Alors vous les entendrez... Vous vous y tromperez pas... C'est pas comme pour les bruits de la quinine... On peut se tromper quelquefois d'avec les oiseaux, les grosses mouches et la quinine... Ça arrive... Tandis que les hyènes ça rigole énormément... C'est votre viande à vous qu'elles reniflent... Ça les fait rire!... C'est pressé de vous voir crever ces bêtes-là!... On peut même voir leurs yeux briller qu'on dit... Elles l'aiment la charogne... Moi je les ai pas regardées dans les yeux... Je regrette dans un sens... »

— C'est drôle ici! que je réponds.

Mais c'était pas tout pour l'agrément des nuits.

— Y a encore le village, qu'il ajouta... Y a pas cent nègres dedans, mais ils font du bouzin comme dix mille, ces tantes!...

Vous m'en direz des nouvelles de ceux-là aussi! Ah! si vous êtes venu pour le tam-tam, vous vous êtes pas trompé de colonie!... Parce que ici, c'est tantôt parce que c'est la lune qu'ils en jouent, et puis, parce que c'est plus la lune... Enfin, c'est toujours pour quelque chose! On dirait qu'ils s'entendent avec les bêtes pour vous emmerder les charognes! A crever que je vous dis! Moi, je les bousillerais tous d'un bon coup si j'étais pas si fatigué... Mais j'aime encore mieux me mettre du coton dans les oreilles... Avant, quand il me restait encore de la vaseline dans ma pharmacie, j'en mettais dedans, sur le coton, maintenant je mets de la graisse de banane à la place. C'est bon aussi la graisse de banane... Avec ça, ils peuvent toujours se gargariser avec le tonnerre de Dieu si ça les excite, les peaux de boudin! Moi, je m'en fous toujours avec mon coton à la graisse! J'entends plus rien! Les nègres, vous vous en rendrez tout de suite compte, c'est tout crevés et tout pourris!... Dans la journée c'est accroupi, on croirait pas ça capable de se lever seulement pour aller pisser le long d'un arbre et puis aussitôt qu'il fait nuit, va te faire voir! Ça devient tout vicieux! tout nerfs! tout hystérique! Des morceaux de la nuit tournés hystériques! Voilà ce que c'est que les nègres, moi j' vous le dis! Enfin, des dégueulasses... Des dégénérés quoi!...

— Viennent-ils souvent pour vous acheter?

— Acheter? Ah! rendez-vous compte! Faut les voler avant qu'ils vous volent, c'est ça le commerce et voilà tout! Pendant la nuit avec moi d'ailleurs, ils ne se gênent pas, forcément, avec mon coton bien graissé dans chaque oreille hein! Ils auraient tort de faire des manières, pas vrai?... Et puis, comme vous voyez, j'ai pas de porte à ma case non plus alors ils se servent, hein, vous pouvez le dire... C'est la bonne vie ici pour eux...

— Mais, et l'inventaire? demandai-je, tout à fait éberlué par ces précisions. Le Directeur général m'a bien recommandé de l'établir l'inventaire dès mon arrivée, et minutieusement!

— Pour ce qui est de moi, qu'il me répondit alors parfaitement calme, le Directeur général, je l'emmerde... Comme j'ai l'honneur de vous le dire...

— Mais, vous allez le voir pourtant à Fort-Gono, en repassant?

— Je ne reverrai jamais, ni Fort-Gono, ni le Directeur... Elle est grande la forêt mon petit ami...

— Mais alors, où irez-vous?

— Si on vous le demande, vous répondrez que vous n'en savez rien! Mais puisque vous avez l'air curieux, laissez-moi, pendant qu'il en est encore temps, vous donner un sacré conseil et un bon! Foutez-vous donc des affaires de la « Compagnie Pordurière », comme elle se fout des vôtres et si vous courez aussi vite qu'elle vous emmerde, la Compagnie, je peux vous dire dès aujourd'hui que vous allez certainement le gagner le « Grand Prix »!... Soyez donc heureux que je vous laisse un peu de numéraire et n'en demandez pas davantage!... Pour ce qui est des marchandises si c'est vrai qu'il vous a recommandé de les prendre en charge... Vous lui répondrez au Directeur qu'il n'y en avait plus, et puis voilà tout!... S'il refuse de vous croire, eh bien, ça n'aura pas grande importance non plus!... On nous considère déjà tous solidement comme des voleurs, de toutes les manières! Ça ne changera donc rien à rien dans l'opinion publique et pour une fois que ça nous rapportera un petit peu... Le Directeur, d'ailleurs, soyez sans crainte, s'y connaît en combines mieux que personne et c'est pas la peine de le contredire! C'est mon avis! Est-ce le vôtre? On sait bien que pour venir ici, n'est-ce pas, faut être prêt à tuer père et mère! Alors?...

Je n'étais pas très sûr que ce soit réel, tout ce qu'il me racontait là, mais toujours est-il que ce prédécesseur me fit l'effet instantané d'être un fameux chacal.

Pas tranquille du tout j'étais. « Encore une sale histoire qui m'est échue », m'avouai-je, et cela de plus en plus fortement. Je cessai de converser avec ce forban. Dans un coin, en vrac, je découvris au petit bonheur les marchandises qu'il voulait bien m'abandonner, des cotonnades insignifiantes... Mais par contre des pagnes et chaussons par douzaines, du poivre en boîtes, des lampions, un bock à injections, et surtout une quantité désarmante de cassoulets « à la Bordelaise » en conserve, enfin une carte postale en couleurs : « La Place Clichy. »

— Près du poteau, tu trouveras le caoutchouc et l'ivoire que j'ai achetés aux nègres... Au début, je me donnais du mal, et puis, voilà, tiens, trois cents francs... Ça fait ton compte.

Je ne savais pas de quel compte il s'agissait, mais je renonçais à le lui demander.

— T'auras peut-être encore quelques échanges en marchandises me prévint-il, parce que l'argent ici tu sais on n'en a pas besoin, ça ne peut servir qu'à foutre le camp l'argent...

Et il se mit à rigoler. Ne voulant pas le contrarier non plus pour le moment, je fis de même et je rigolai avec lui tout comme si j'avais été bien content.

En dépit de ce dénuement où il stagnait depuis des mois, il s'était entouré d'une domesticité très compliquée composée de garçonnets surtout, bien empressés à lui présenter soit l'unique cuiller du ménage ou le gobelet sans pareil, ou encore à lui extraire de la plante des pieds, finement, les incessantes et classiques puces chiques pénétrantes. En retour, il leur passait, bénévole, la main entre les cuisses à tout instant. Le seul labeur que je lui vis entreprendre, était de se gratter personnellement, mais alors il s'y livrait, comme le boutiquier de Fort-Gono, avec une agilité merveilleuse, qui ne s'observe décidément qu'aux colonies.

Le mobilier qu'il me légua me révéla tout ce que l'ingéniosité pouvait obtenir avec des caisses à savon concassées, en fait de chaises, guéridons et fauteuils. Il m'apprit encore ce ténébreux comment on projetait d'un seul coup bref au loin, pour se distraire, de la pointe du pied preste, les lourdes chenilles caparaçonnées qui montaient sans cesse nouvelles, frémissantes et baveuses à l'assaut de notre case forestière. Si on les écrase, maladroit, gare à soi! On en est puni par huit jours consécutifs de puanteur extrême, qui se dégage lentement de leur bouillie inoubliable. Il avait lu dans les recueils que ces lourdes horreurs représentaient en fait de bêtes ce qu'il y avait de plus vieux au monde. Elles dataient, prétendait-il, de la seconde période géologique! « Quand nous viendrons nous autres d'aussi loin qu'elles mon ami que ne puerons-nous pas? » Tel quel.

Les crépuscules dans cet enfer africain se révélaient fameux. On n'y coupait pas. Tragiques chaque fois comme d'énormes assassinats du soleil. Un immense chiqué. Seulement c'était beaucoup d'admiration pour un seul homme. Le ciel pendant une heure paradait tout giclé d'un bout à l'autre d'écarlate en délire, et puis le vert éclatait au milieu des arbres et montait du sol en traînées tremblantes jusqu'aux premières étoiles. Après ça le gris reprenait tout l'horizon et puis le rouge encore, mais alors fatigué le rouge et pas pour longtemps. Ça se terminait ainsi. Toutes les couleurs retombaient en lambeaux, avachies sur la forêt comme des oripeaux après la centième. Chaque jour sur les six heures exactement que ça se passait.

Et la nuit avec tous ses monstres entrait alors dans la danse parmi ses mille et mille bruits de gueules de crapauds.

La forêt n'attend que leur signal pour se mettre à trembler, siffler, mugir de toutes ses profondeurs. Une énorme gare amoureuse et sans lumière, pleine à craquer. Des arbres entiers bouffis de gueuletons vivants, d'érections mutilées, d'horreur. On en finissait par ne plus s'entendre entre nous dans la case. Il me fallait gueuler à mon tour par-dessus la table comme un chat-huant pour que le compagnon me comprît. J'étais servi, moi qui n'aimais pas la campagne.

— Comment vous appelez-vous? N'est-ce pas Robinson que vous venez de me dire? lui demandai-je.

Il était en train de me répéter le compagnon, que les indigènes dans ces parages souffraient jusqu'au marasme de toutes les maladies attrapables et qu'ils n'étaient point ces miteux en état de se livrer à un commerce quelconque. Pendant que nous parlions des nègres, les mouches et les insectes, si gros, en si grand nombre, vinrent s'abattre autour de la lanterne, en rafales si denses qu'il fallut bien éteindre.

La figure de ce Robinson m'apparut encore une fois avant que j'éteignisse, voilée par cette résille d'insectes. C'est pour cela peut-être que ses traits s'imposèrent plus subtilement à ma mémoire, alors qu'auparavant ils ne me rappelaient rien de précis. Dans l'obscurité il continuait à me parler pendant que je remontais dans mon passé avec le ton de sa voix comme un appel devant les portes des années et puis des mois, et puis de mes jours pour demander où j'avais bien pu le rencontrer cet être-là. Mais je ne trouvai rien. On ne me répondait pas. On peut se perdre en allant à tâtons parmi les formes révolues. C'est effrayant ce qu'on en a des choses et des gens qui ne bougent plus dans son passé. Les vivants qu'on égare dans les cryptes du temps dorment si bien avec les morts qu'une même ombre les confond déjà.

On ne sait plus qui réveiller en vieillissant, les vivants ou les morts.

Je cherchais à l'identifier ce Robinson lorsque des sortes de rire atrocement exagérés, pas loin dans la nuit, me firent sur sauter. Et cela se tut. Il m'avait averti, les hyènes sans doute.

Et puis plus rien que les noirs du village et leur tam-tam, cette percussion radoteuse en bois creux, termites du vent.

C'est le nom même de Robinson qui me tracassait surtout, de plus en plus nettement. Nous nous mîmes à parler de l'Europe dans notre obscurité, des repas qu'on peut se faire servir là-bas quand on a de l'argent, et des boissons donc! si bien fraîches! Nous ne parlions pas du lendemain où je devais rester seul, là, pour des années peut-être, là, avec tous les « cassoulets »... Fallait-il encore préférer la guerre? C'était pire bien sûr. C'était pire!... Lui-même il en convenait... Il y avait été lui aussi à la guerre... Et pourtant il s'en allait d'ici... Il en avait assez de la forêt, malgré tout... J'essayais de le ramener sur le sujet de la guerre. Mais il se dérobait à présent.

Enfin, au moment où nous nous couchions chacun dans un coin de ce délabrement de feuilles et de cloisons, il m'avoua sans y mettre de formes que tout bien pesé il préférait encore risquer d'être repris par un tribunal civil pour carambouillage que d'endurer plus longtemps la vie aux « cassoulets » qu'il menait ici depuis presque une année. J'étais fixé.

— Vous n'avez pas du coton pour vos oreilles? me demanda-t-il encore... Si vous n'en avez pas, faites-en donc avec du poil de couverture et de la graisse de banane. On réussit ainsi des petits tampons très bien... Moi je veux pas les entendre gueuler ces vaches-là!

Il y avait pourtant de tout dans cette tourmente, excepté des vaches, mais il tenait à ce terme impropre et générique.

Le truc du coton m'impressionna subitement comme devant cacher quelque ruse abominable de sa part. Je ne pouvais plus m'empêcher d'être possédé par la crainte énorme qu'il se mette à m'assassiner là, sur mon « démontable », avant de s'en aller en emportant ce qui restait de la caisse... Cette idée m'étourdissait. Mais que faire? Appeler? Qui? Les anthropophages du village?... Disparu? je l'étais déjà presque en vérité! A Paris, sans fortune, sans dettes, sans héritage, on existe à peine déjà, on a bien du mal à ne pas être déjà disparu... Alors ici? Qui se donnerait seulement la peine de venir jusqu'à Bikomimbo cracher dans l'eau seulement, pas davantage, pour faire plaisir à mon souvenir? Personne évidemment.

Des heures passèrent traversées de répits et d'angoisses. Lui ne ronflait pas. Tous ces bruits, ces appels qui venaient de la forêt me gênaient pour l'entendre respirer. Pas besoin de coton. Ce nom de Robinson finit cependant à force de m'entêter par me révéler un corps, une allure, une voix même que j'avais connus... Et puis au moment où j'allais pour de bon céder au sommeil, l'individu entier se dressa devant mon lit, son souvenir je le saisis, pas lui bien sûr, mais le souvenir précisément de ce Robinson, l'homme de Noirceur-sur-la-Lys, lui, là-bas en Flandres, que j'avais accompagné sur les bords de cette nuit où nous cherchions ensemble un trou pour s'échapper à la guerre et puis lui encore plus tard à Paris... Tout est revenu. Des années venaient de passer d'un seul coup. J'avais été bien malade de la tête, j'avais de la peine... A présent que je savais, que je l'avais repéré, je ne pouvais m'empêcher d'avoir tout à fait peur. M'avait-il reconnu lui? En tout cas il pouvait compter sur mon silence et ma complicité.

— Robinson! Robinson! appelai-je, gaillard, comme pour lui annoncer une bonne nouvelle. Hé mon vieux! Hé Robinson!... Aucune réponse.

Cœur battant fort, je me relevai et m'apprêtai à recevoir un sale coup dans le buffet... Rien. Alors assez audacieux, je me risquai jusqu'à l'autre bout de la case, à l'aveuglette, où je l'avais vu se coucher. Il était parti.

J'attendis le jour en grattant une allumette de temps en temps. Le jour arriva dans une trombe de lumière et puis les nègres domestiques survinrent pour m'offrir, hilares, leur énorme inutilité, sauf cependant qu'ils étaient gais. Ils essayaient déjà de m'apprendre l'insouciance. J'avais beau, par une série de gestes très médités, essayer de leur faire comprendre combien la disparition de Robinson m'inquiétait, cela n'avait pas l'air de les empêcher du tout de s'en foutre complètement. Il y a, c'est exact, beaucoup de folie à s'occuper d'autre chose que de ce qu'on voit. Enfin, moi, c'est la caisse que je regrettais surtout dans cette histoire. Mais il est peu commun de revoir les gens qui emportent la caisse... Cette circonstance me fit présumer que Robinson renoncerait à revenir rien que pour m'assassiner. C'était toujours autant de gagné.

A moi donc seul le paysage! J'aurais désormais tout le temps d'y revenir, songeais-je, à la surface, à la profondeur de cette immensité de feuillages, de cet océan de rouge, de marbré jaune, de salaisons flamboyantes magnifiques sans doute pour ceux qui aiment la nature. Je ne l'aimais décidément pas. La poésie des tropiques me dégoûtait. Mon regard, ma pensée sur ces ensembles me revenaient comme du thon. On aura beau dire, ça sera toujours un pays pour les moustiques et les panthères. Chacun sa place.

Je préférais encore retourner à ma case et la remettre d'aplomb en prévision de la tornade, qui ne pouvait tarder. Mais là aussi, je dus renoncer assez vite à mon entreprise de consolidation. Ce qui était banal dans cette structure pouvait encore s'écrouler mais ne se redresserait plus, le chaume infecté de vermine s'effilochait, on n'aurait décidément pas fait avec ma demeure une pissotière convenable.

Après avoir décrit à pas mous quelques cercles dans la brousse je dus rentrer m'abattre et me taire, à cause du soleil. Toujours lui. Tout se tait, tout a peur de brûler sur les midi, il s'en faut d'ailleurs d'un rien, herbes, bêtes et hommes, chauds à point. C'est l'apoplexie méridienne.

Mon poulet, mon seul, la redoutait aussi cette heure-là, il rentrait avec moi lui, l'unique, légué par Robinson. Il a vécu comme ça avec moi pendant trois semaines, le poulet, promenant, me suivant comme un chien, gloussant à tout propos, apercevant des serpents partout. Un jour de très grand ennui, je l'ai mangé. Il n'avait aucun goût, sa chair déteinte au soleil aussi comme un calicot. C'est peut-être lui qui m'a rendu si malade. Enfin, toujours est-il que le lendemain de ce repas je ne pouvais plus me lever. Vers midi, gâteux, je me suis traîné vers la petite boîte aux médicaments. Il n'y avait plus dedans que de la teinture d'iode et puis un plan du Nord-Sud. Des clients, je n'en avais guère vu encore à la factorie, des badauds noirs seulement, d'interminables gesticuleurs et mâcheurs de kola, érotiques et paludéens. Maintenant, ils rappliquaient en cercle autour de moi les nègres, ils avaient l'air de discuter sur ma sale gueule. Malade, je l'étais complètement, à ce point que je me faisais l'effet de n'avoir plus besoin de mes jambes, elles pendaient simplement au rebord de mon lit comme des choses négligeables et un peu comiques.

De Fort-Gono, du Directeur, ne me parvenaient par coureurs que des lettres puantes d'engueulades et de sottises, menaçantes aussi. Les gens du commerce qui se tiennent tous pour des petits et grands astucieux de profession s'avèrent le plus souvent dans la pratique comme d'insurpassables gaffeurs. Ma mère, de France, m'encourageait à veiller sur ma santé, comme à la guerre. Sous le couperet, ma mère m'aurait grondé pour avoir oublié mon foulard. Elle n'en ratait jamais une ma mère pour essayer de me faire croire que le monde était bénin et qu'elle avait bien fait de me concevoir. C'est le grand subterfuge de l'incurie mater-nelle, cette Providence supposée. Il m'était bien facile d'ailleurs de ne pas répondre à toutes ces fariboles du patron et de ma mère et je ne répondais jamais. Seulement cette attitude n'améliorait pas non plus la situation.

Robinson avait à peu près tout volé de ce qu'avait contenu cet établissement fragile et qui me croirait si j'allais le dire? L'écrire? A quoi bon? A qui? Au patron? Chaque soir sur les cinq heures, je grelottais de fièvre à mon tour, et de la vivace, que mon lit clinquant en tremblait comme d'un vrai branleur. Des nègres du village s'étaient sans façon emparés de mon ser-vice et de ma case; je ne les avais pas demandés, mais les ren-voyer c'était déjà trop d'efforts. Ils se chamaillaient autour de ce qu'il restait de la factorie, tripotant ferme les barils de tabac, essayant les derniers pagnes, les estimant, les enlevant, ajoutant encore si on le pouvait à la débandade générale de mon instal-lation. Le caoutchouc en plein la terre et à la traîne mêlait son jus aux melons de la brousse, à ces papayes douceureuses au goût de poires urineuses, dont le souvenir, quinze ans plus tard, tellement j'en ai bouffé à la place de haricots, m'écœure encore.

J'essayais de me représenter à quel niveau d'impuissance j'étais tombé mais je n'y parvenais pas. « Tout le monde voie! » m'avait par trois fois répété Robinson avant de disparaître. C'était l'avis aussi de l'Agent général. Dans la fièvre, ces mots-là me lancinaient. « Faut te débrouiller! »... qu'il m'avait dit encore. J'essayais de me lever. Je n'y arrivais pas non plus. Pour l'eau qu'il fallait boire, il avait eu raison, de la boue c'était, pire, du fond de vase. Des négrillons m'apportaient bien des bananes, des grosses, des menues et des sanguines, et toujours de ces papayes, mais j'avais tellement mal au ventre de tout ça et de tout! J'aurais vomi la terre entière.

Aussitôt que je sentais un peu de mieux poindre, que je me trouvais moins ahuri, l'abominable peur me ressaisissait tout entier, celle d'avoir à rendre mes comptes à la « Société Pordurière ». Que leur dirais-je à ces gens maléficieux? Comment me croiraient-ils? Ils me feraient arrêter sûr! Qui me jugerait alors? Des types spéciaux armés de lois terribles qu'ils tiendraient on ne sait d'où, comme le Conseil de guerre, mais dont ils ne vous donnent jamais les intentions véritables et qui s'amusent à vous faire gravir, avec, en saignant, le sentier à pic au-dessus de l'enfer, le chemin qui conduit les pauvres à la crève. La loi, c'est le grand « Luna Park » de la douleur. Quand le miteux se laisse saisir par elle, on l'entend encore crier des siècles et des siècles après.

Je préférais rester stupéfié là, tremblotant, baveux dans les 40°, que d'être forcé, lucide, d'imaginer ce qui m'attendait à Fort-Gono. J'en arrivais à ne plus prendre de quinine pour bien laisser la fièvre me cacher la vie. On se saoule avec ce qu'on a. Pendant que je mijotais ainsi, des jours et des semaines, mes allumettes s'épuisèrent. Nous en manquions. Robinson ne m'avait laissé derrière lui que du « Cassoulet à la Bordelaise ». Mais alors de ça, je pouvais dire qu'il m'en avait laissé. J'en ai vomi des boîtes. Et pour en arriver à ce résultat, il fallait cependant encore les réchauffer.

Cette pénurie d'allumettes me fut l'occasion d'une petite distraction, celle de regarder mon cuisinier allumer son feu entre deux pierres en briquets parmi les herbes sèches. C'est en le regardant faire aussi que l'idée me vint. Beaucoup de fièvre par-dessus et l'idée qui me vint prit une singulière consistance. Malgré que je fusse maladroit naturellement, après une semaine d'application je savais moi aussi, tout comme un nègre, faire prendre mon petit feu entre deux pierres aiguës. En somme, je commençais à me débrouiller dans l'état primitif. Le feu, c'est le principal, reste bien la chasse, mais je n'avais pas d'ambition. Le feu du silex me suffisait. Je m'y exerçais bien consciencieusement. Je n'avais que ça à faire, jour après jour. Au truc de rejeter les chenilles du « secondaire » j'étais devenu beaucoup moins habile. Je n'avais pas encore acquis le truc. J'en écrasais beaucoup de chenilles. Je m'en désintéressais. Je les laissais entrer librement dans ma case en amies. Survinrent deux grands orages successifs, le second dura trois jours entiers et surtout trois nuits. On but enfin de la pluie au bidon, tiède il est vrai, mais quand même... Les étoffes du petit stock se mirent à fondre sous les averses, sans contrainte, les unes dans les autres, une immonde marchandise.

Des nègres complaisants me cherchèrent bien en forêt des touffes de lianes pour amarrer ma case au sol, mais en vain, les feuillages des cloisons, au moindre vent, se mettaient à battre follement par-dessus le toit, comme des ailes blessées. Rien n'y fit. Tout pour s'amuser en somme.

Les noirs petits et grands se décidèrent à vivre dans ma déroute en complète familiarité. Ils étaient réjouis. Grande distraction. Ils entraient et sortaient de chez moi (si l'on peut dire) comme ils voulaient. Liberté. Nous échangions en signe de grande compréhension des signes. Sans fièvre, je me serais peut-être mis à apprendre leur langue. Le temps me manqua. Quant au feu de pierres, malgré mes progrès, je n'avais pas encore acquis pour l'allumer leur meilleure manière, l'expéditive. Beaucoup d'étincelles me sautaient encore dans les yeux et cela les faisait bien rigoler les noirs.

Quand je n'étais pas à moisir de fièvre sur mon « démontable », ou à battre mon briquet primitif, je ne pensais plus qu'aux comptes de la « Pordurière ». C'est curieux comme on a du mal à s'affranchir de la terreur des comptes irréguliers. Certainement, je devais tenir cette terreur de ma mère qui m'avait contaminé avec sa tradition : « On vole un œuf... Et puis un bœuf, et puis on finit par assassiner sa mère. » Ces choses-là, on a tous mis bien du mal à s'en débarrasser. On les a apprises trop petit et elles viennent vous terrifier sans recours, plus tard, dans les grands moments. Quelles faiblesses ! On ne peut guère compter pour s'en défaire que sur la force des choses. Heureusement, elle est énorme, la force des choses. En attendant, nous, la factorie et moi, on s'enfonçait. On allait disparaître dans la boue après chaque averse plus visqueuse, plus épaisse. La saison des pluies. Ce qui avait l'air hier encore d'une roche, n'était plus aujourd'hui que flasque mélasse. Des branches pendouillantes, l'eau tiède vous poursuivait en cascades, elle se répandait dans la case et partout alentour comme dans le lit d'un vieux fleuve délaissé. Tout fon dait en bouillie de camelotes, d'espérances et de comptes et dans la fièvre aussi, moite elle aussi. Cette pluie tellement dense qu'on en avait la bouche fermée quand elle vous agressait comme par un bâillon tiède. Ce déluge n'empêchait pas les animaux de se rechercher, les rossignols se mirent à faire autant de bruit que les chacals. L'anarchie partout et dans l'arche, moi Noé, gâteux. Le moment d'en finir me parut arrivé.

Ma mère n'avait pas que des dictons pour l'honnêteté, elle disait aussi, je m'en souviens à point, quand elle brûlait chez nous les vieux pansements : « Le feu purifie tout ! » On a de tout chez sa mère, pour toutes les occasions de la Destinée. Il suffit de savoir choisir.

Le moment vint. Mes silex n'étaient pas très bien choisis, mal pointus, les étincelles me restaient surtout dans les mains. Enfin, tout de même, les premières marchandises prirent feu en dépit de l'humidité. C'était un stock de chaussettes absolument trempées. Cela se passait après le coucher du soleil. Les flammes s'élevèrent rapides, fougueuses. Les indigènes du village vinrent s'assembler autour du foyer, furieusement jacasseurs. Le caoutchouc nature qu'avait acheté Robinson grésillait au centre et son odeur me rappelait invinciblement l'incendie célèbre de la Société des Téléphones, quai de Grenelle, qu'on avait été regarder avec mon oncle Charles, qui chantait lui si bien la romance. L'année d'avant l'Exposition ça se passait, la Grande, quand j'étais encore bien petit. Rien ne force les souvenirs à se montrer comme les odeurs et les flammes. Ma case elle sentait tout pareil. Bien que détrempée, elle a brûlé entièrement, très franchement et marchandises et tout. Les comptes étaient faits. La forêt s'est tue pour une fois. Complet silence. Ils devaient en avoir plein la vue les hiboux, les léopards, les crapauds et les papagaies. Il leur en faut pour les épater. Comme nous la guerre. La forêt pouvait revenir à présent prendre les débris sous son tonnerre de feuilles. Je n'avais sauvé que mon petit bagage, le lit pliant, les trois cents francs et bien entendu quelques « cassoulets » hélas ! pour la route.

Après une heure d'incendie, il ne restait presque rien de mon édicule. Quelques flammèches sous la pluie et quelques nègres incohérents qui trifouillaient les cendres du bout de leur lance dans les bouffées de cette odeur fidèle à toutes les détresses,

odeur détachée de toutes les déroutes de ce monde, l'odeur de
la poudre fumante.

Il n'était que temps de foutre mon camp dare-dare. Retourner
à Fort-Gono, sur mes pas? Essayer d'y aller là-bas expliquer
ma conduite et les circonstances de cette aventure? J'hésitai...
Pas longtemps. On n'explique rien. Le monde ne sait que vous
tuer comme un dormeur quand il se retourne le monde, sur vous,
comme un dormeur tue ses puces. Voilà qui serait certes mourir
bien sottement, que je me dis, comme tout le monde, c'est-à-
dire. Faire confiance aux hommes c'est déjà se faire tuer un peu.

Je décidai, malgré l'état où je me trouvais, de prendre la forêt
devant moi dans la direction qu'avait prise déjà ce Robinson
de tous les malheurs.

EN route, les bêtes de la forêt je les entendis bien souvent encore, avec leurs plaintes et leurs tremolos et leurs appels, mais je ne les voyais presque jamais, je compte pour rien ce petit cochon sauvage sur lequel une fois j'ai failli marcher aux environs de mon abri. Par ces rafales de cris, d'appels, de hurlements, on aurait pu croire qu'ils étaient là tout près, des centaines, des milliers à grouiller, les animaux. Cependant dès qu'on s'approchait de l'endroit de leur vacarme, plus personne, à part ces grosses pintades bleues, empêtrées dans leur plumage comme pour une noce et si maladroites quand elles sautaient en toussant d'une branche à l'autre, qu'on aurait dit qu'un accident venait de leur arriver.

Plus bas, sur les moisissures des sous-bois, des papillons lourds et larges et bordés comme des « faire-part » tremblotent de mal à s'ouvrir et puis, plus bas encore c'étaient nous, en train de patauger dans la boue jaune. Nous n'avancions qu'à grand-peine, surtout qu'ils me portaient dans une civière, les nègres, confectionnée avec des sacs cousus bout à bout. Ils auraient bien pu me balancer au jus les porteurs pendant que nous franchissions un marigot. Pourquoi ils ne l'ont point fait? Je l'ai su plus tard. Ou bien encore ils auraient pu me bouffer puisque c'était dans leurs usages?

De temps à autre, je les interrogeais pâteusement, ces compagnons, et toujours ils me répondaient : Oui, oui. Pas contrariants en somme. Des braves gens. Quand la diarrhée me laissait un peu de répit, la fièvre me reprenait tout de suite. C'était pas croyable comme j'étais devenu malade à ce train-là.

Je commençais même à ne plus y voir très clair ou plutôt je voyais toutes les choses en vert. A la nuit toutes les bêtes de la terre venaient cerner notre campement, on allumait un feu. Et par-ci, par-là, un cri traversait malgré tout l'énorme velum noir qui nous étouffait. Une bête égorgée qui malgré son horreur des hommes et du feu arrivait quand même à se plaindre à nous, là, tout près d'elle.

A partir du quatrième jour, je n'essayais même plus de reconnaître le réel parmi les choses absurdes de la fièvre qui entraient dans ma tête les unes dans les autres en même temps que des morceaux de gens et puis des bouts de résolutions et des désespoirs qui n'en finissaient pas.

Mais tout de même, il a dû exister, je me dis aujourd'hui, quand j'y pense, ce blanc barbu que nous rencontrâmes un matin sur un promontoire de cailloux à la jonction des deux fleuves? Et même qu'on entendait un énorme fracas tout proche d'une cataracte. C'était un type du genre d'Alcide, mais en sergent espagnol. Nous venions de passer, à force d'aller d'un sentier à l'autre comme ça, tant bien que mal, dans la colonie du Rio del Rio, antique possession de la Couronne de Castille. Cet Espagnol pauvre militaire, possédait une case aussi lui. Il a bien rigolé, il me semble, quand je lui ai eu raconté tous mes malheurs et ce que j'en avais fait moi de la mienne de case! La sienne, c'est vrai, elle se présentait un peu mieux, mais pas beaucoup. Son tourment à lui spécial, c'étaient les fourmis rouges. Elles avaient choisi de passer, pour leur migration annuelle, juste à travers sa case, les petites garces, et elles n'arrêtaient pas de passer depuis bientôt deux mois.

Elles prenaient presque toute la place; on avait du mal à se retourner, et puis, si on les dérangeait, elles pinçaient dur.

Il fut joliment heureux que je lui donne de mon cassoulet parce qu'il mangeait seulement de la tomate, lui, depuis trois ans. J'avais rien à dire. Il en avait consommé déjà, m'apprit-il, plus de trois mille boîtes à lui tout seul. Fatigué de les accommoder diversement, il les gobait à présent le plus simplement du monde par deux petits orifices pratiqués dans le couvercle, comme des œufs.

Les fourmis rouges, dès qu'elles le surent, qu'on en avait de nouvelles conserves, montèrent la garde autour de ses cassoulets. Il n'aurait pas fallu en laisser une nouvelle boîte à la traîne, entamée, elles auraient fait entrer alors la race entière des fourmis rouges dans la case. Y a pas plus communiste. Et elles auraient bouffé aussi l'Espagnol.

J'appris par cet hôte que la capitale du Rio del Rio se nommait San Tapeta, ville et port célèbre sur toute la côte et même au-delà, pour l'armement des galères du long cours.

La piste que nous suivions y menait précisément, c'était le chemin, il nous suffisait de continuer comme ça pendant trois jours encore et trois nuits. Question de me soigner le délire, je lui demandai à cet Espagnol s'il ne connaissait pas des fois quelque bonne médecine indigène qui m'aurait retapé. La tête me travaillait abominablement. Mais il ne voulait pas en entendre parler de ces machins-là. Pour un Espagnol colonisateur il était même étrangement africanophobe, à ce point qu'il se refusait de se servir aux cabinets, quand il y allait, des feuilles de bananiers et qu'il tenait à sa disposition, découpés pour cet usage, toute une pile du *Boletin de Asturias*, exprès. Il ne lisait plus non plus le journal, tout à fait comme Alcide encore.

Depuis trois ans qu'il vivait là, seul avec des fourmis, quelques petites manies et ses vieux journaux, et puis aussi avec ce terrible accent espagnol qui est comme une espèce de seconde personne tellement il est fort, on avait bien du mal à l'exciter. Quand il engueulait ses nègres, c'était comme un orage par exemple. Alcide n'existait pas à côté de lui pour la gueule. Je finis par lui céder tout mon cassoulet à cet Espagnol tellement il me plaisait. En reconnaissance il m'établit un fort beau passeport sur papier granuleux aux armes de Castille avec une de ces signatures si ouvragée qu'elle lui prit pour l'exécution fignolée dix bonnes minutes.

Pour San Tapeta, on ne pouvait donc pas se tromper, il avait dit vrai, c'était tout droit devant soi. Je ne sais plus comment nous y parvînmes, mais je suis certain d'une chose, c'est qu'on me remit dès l'arrivée entre les mains d'un curé qui me sembla si gâteux lui aussi que de le sentir à mon côté ça me redonna comme une espèce de courage comparatif. Pas pour très longtemps.

La ville de San Tapeta était plaquée à flanc de rocher en plein devant la mer, et verte fallait voir comme. Un magnifique spectacle, sans doute, vu de la rade, quelque chose de somptueux, de loin, mais de près rien que des viandes surmenées comme à Fort-Gono et qui n'en finissent pas non plus de pustuler et de cuire. Quant aux nègres de ma petite caravane, au cours d'un petit moment de lucidité je les renvoyai. Ils avaient traversé un grand morceau de la forêt et craignaient au retour pour leur vie, qu'ils disaient. Ils en pleuraient d'avance en me quittant, mais la force pour les plaindre moi me manquait. J'avais trop souffert et trop transpiré. Ça n'arrêtait pas.

Autant qu'il m'en souvient, beaucoup d'êtres croasseurs dont cette agglomération était décidément bien populeuse, vinrent jour et nuit à partir de ce moment se démener autour de ma couche qu'on avait dressée spécialement dans le presbytère, les distractions étaient rares à San Tapeta. Le curé me remplissait de tisanes, une longue croix dorée oscillait sur son ventre et des profondeurs de sa soutane montait quand il s'approchait de mon chevet un grand bruit de monnaie. Mais il n'était plus question de converser avec le peuple, bafouiller déjà m'épuisait au-delà du possible.

Je croyais bien que c'en était fini, j'essayai de regarder encore un peu ce qu'on pouvait apercevoir de ce monde par la fenêtre du curé. Je n'oserais pas affirmer que je puisse aujourd'hui décrire ces jardins sans commettre de grossières et fantastiques erreurs. Du soleil, cela c'est sûr, il y en avait, toujours le même, comme si on vous ouvrait une large chaudière toujours en pleine figure et puis, en dessous, encore du soleil et ces arbres insensés, et des allées encore, ces façons de laitues épanouies comme des chênes et ces sortes de pissenlits dont il suffirait de trois ou quatre pour faire un beau marronnier ordinaire de chez nous. Ajoutez un crapaud ou deux dans le tas, lourds comme les épagneuls et qui trottent aux abois d'un massif à l'autre.

C'est par les odeurs que finissent les êtres, les pays et les choses. Toutes les aventures s'en vont par le nez. J'ai fermé les yeux parce que vraiment je ne pouvais plus les ouvrir. Alors l'odeur âcre d'Afrique nuit après nuit s'est estompée. Il me devint de plus en plus difficile de retrouver son lourd mélange de terre morte, d'entrejambes et de safran pilé.

Du temps, du passé et du temps encore et puis un moment vint où je subis nombre de chocs et de révulsions nouvelles et puis des secousses plus régulières, celles-là berceuses...

Couché, je l'étais encore certainement, mais alors sur une matière mouvante. Je me laissais aller et puis je vomissais et je me réveillais encore et je me rendormais. C'était en mer.

Si vaseux je me sentais que j'avais à peine assez de force pour
retenir la nouvelle odeur de cordages et de goudron. Il faisait
frais dans le recoin bourlingueur où j'étais tassé juste au-dessous
d'un hublot grand ouvert. On m'avait laissé tout seul. Le voyage
continuait évidemment... Mais lequel? J'entendais des pas sur
le pont, un pont en bois, au-dessus de mon nez et des voix et
les vagues qui venaient clapoter et fondre contre le bordage.

Il est bien rare que la vie revienne à votre chevet, où que
vous soyez, autrement que sous la forme d'un sacré tour de
cochon. Celui que m'avaient joué ces gens de San Tapeta pouvait
compter. N'avaient-ils pas profité de mon état pour me vendre
gâteux, tel quel, à l'armement d'une galère? Une belle galère,
ma foi, je l'avoue, haute de bords, bien ramée, couronnée de
jolies voiles pourpres, un gaillard tout doré, un bateau tout ce
qu'il y avait de capitonné aux endroits pour les officiers, avec
en proue un superbe tableau à l'huile de foie de morue représentant l'*Infanta Combitta* en costume de polo. Elle patronnait,
m'expliqua-t-on par la suite, cette Royauté, de son nom, de ses
nichons, et de son honneur royal le navire qui nous emportait.
C'était flatteur.

Après tout, méditais-je à propos de mon aventure, resté à
San Tapeta, je suis encore malade comme un chien, tout tourne
et je serais sûrement crevé chez ce curé où les nègres m'avaient
placé... Retourner à Fort-Gono? Je n'y coupais pas alors de mes
« quinze ans » à propos des comptes... Ici au moins ça bougeait
et ça c'était déjà de l'espérance... Qu'on y réfléchisse, ce capitaine
de l'*Infanta Combitta* avait eu quelque audace en m'achetant,
même à vil prix, à mon curé au moment de lever l'ancre. Il ris-
quait tout son argent dans cette transaction le capitaine. Il
aurait pu tout perdre... Il avait spéculé sur l'action bénéfique
de l'air de la mer pour me ravigoter. Il méritait sa récompense.
Il allait gagner puisque j'allais mieux déjà et je l'en trouvais
bien content. Je délirais encore énormément mais avec une
certaine logique... A partir du moment où j'ouvris les yeux
il vint souvent me rendre visite dans mon réduit même et paré
de son chapeau à plumes le capitaine. Il m'apparaissait ainsi.

Il s'amusait bien à me voir essayer de me soulever sur ma
paillasse malgré la fièvre qui me tenait. Je vomissais. « Bientôt,
allons, merdailleux, vous pourrez ramer avec les autres! » me

prédit-il. C'était gentil de sa part, et il s'esclaffait en me donnant des petits coups de chicotte, mais bien amicalement alors, et sur la nuque, pas sur les fesses. Il voulait que je m'amuse aussi, que je me réjouisse avec lui de la bonne affaire qu'il venait de faire en m'acquérant.

La nourriture du bord me sembla fort acceptable. Je n'arrêtais pas de bafouiller. Rapidement, comme il l'avait prédit le capitaine, je retrouvai assez de force pour aller ramer de temps en temps avec les camarades. Mais où il y en avait dix des copains j'en voyais cent : la berlue.

On se fatiguait assez peu pendant cette traversée parce qu'on voguait la plupart du temps sous voiles. Notre condition dans l'entrepont n'était guère plus nauséeuse que celle des ordinaires voyageurs des basses classes dans un wagon du dimanche et moins périlleuse que celle que j'avais endurée à bord de l' *Amiral Bragueton* pour venir. Nous fûmes toujours largement éventés pendant ce passage de l'est à l'ouest de l'Atlantique. La température baissa. On ne s'en plaignait guère dans les entreponts. On trouvait seulement que c'était un peu long. Pour moi, j'en avais assez pris des spectacles de la mer et de la forêt pour une éternité.

J'aurais bien demandé des détails au capitaine sur les buts et les moyens de notre navigation, mais depuis que j'allais décidément mieux, il cessait de s'intéresser à mon sort. Et puis je radotais tout de même trop pour la conversation. Je ne le voyais plus que de loin, comme un vrai patron.

À bord, parmi les galériens je me mis à rechercher Robinson et à plusieurs reprises pendant la nuit, en plein silence, je l'appelai à haute voix. Nul ne me répondit sauf par quelques injures et des menaces : la Chiourme.

Cependant, plus je réfléchissais aux détails et aux circonstances de mon aventure plus il me semblait probable qu'on lui avait fait à lui aussi le coup de San Tapeta. Seulement Robinson il devait à présent ramer sur une autre galère. Les nègres de la forêt devaient tous être dans le commerce et la combine. Chacun son tour, c'était régulier. Il faut bien vivre et prendre pour les vendre les choses et les gens qu'on ne mange pas tout de suite. La gentillesse relative des indigènes à mon égard s'expliquait de la plus crapuleuse des façons.

L'*Infanta Combitta* roula encore pendant des semaines et des semaines à travers les houles atlantiques de mal de mer en accès et puis un beau soir tout s'est calmé autour de nous. Je n'avais plus de délire. Nous mijotions autour de l'ancre. Le lendemain au réveil, nous comprîmes en ouvrant les hublots que nous venions d'arriver à destination. C'était un sacré spectacle !

Pour une surprise, c'en fut une. A travers la brume, c'était tellement étonnant ce qu'on découvrait soudain que nous nous refusâmes d'abord à y croire et puis tout de même quand nous fûmes en plein devant les choses, tout galérien qu'on était on s'est mis à bien rigoler, en voyant ça, droit devant nous...

Figurez-vous qu'elle était debout leur ville, absolument droite. New York c'est une ville debout. On en avait déjà vu nous des villes bien sûr, et des belles encore, et des ports et des fameux même. Mais chez nous, n'est-ce pas, elles sont couchées les villes, au bord de la mer ou sur les fleuves, elles s'allongent sur le paysage, elles attendent le voyageur, tandis que celle-là l'Américaine, elle ne se pâmait pas, non, elle se tenait bien raide, là, pas baisante du tout, raide à faire peur.

On en a donc rigolé comme des cornichons. Ça fait drôle forcément, une ville bâtie en raideur. Mais on n'en pouvait rigoler nous du spectacle qu'à partir du cou, à cause du froid qui venait du large pendant ce temps-là à travers une grosse brume grise et rose, et rapide et piquante à l'assaut de nos pantalons et des crevasses de cette muraille, les rues de la ville, où les nuages s'engouffraient aussi à la charge du vent. Notre galère tenait son mince sillon juste au ras des jetées, là où venait finir une eau caca, toute barbotante d'une kyrielle de petits bachots et remorqueurs avides et cornards.

Pour un miteux, il n'est jamais bien commode de débarquer nulle part mais pour un galérien c'est encore bien pire, surtout que les gens d'Amérique n'aiment pas du tout les galériens qui viennent d'Europe. « C'est tous des anarchistes » qu'ils disent. Ils ne veulent recevoir chez eux en somme que les curieux qui leur apportent du pognon, parce que tous les argents d'Europe, c'est des fils à Dollar.

J'aurais peut-être pu essayer comme d'autres l'avaient déjà

réussi, de traverser le port à la nage et puis une fois au quai de me mettre à crier : « Vive Dollar ! Vive Dollar ! » C'est un truc. Y a bien des gens qui sont débarqués de cette façon-là et qui après ça ont fait des fortunes. C'est pas sûr, ça se raconte seulement. Il en arrive dans les rêves des bien pires encore. Moi, j'avais une autre combinaison en tête en même temps que la fièvre.

A bord de la galère ayant appris à bien compter les puces (pas seulement à les attraper, mais à en faire des additions, et des soustractions, en somme des statistiques), métier délicat qui n'a l'air de rien, mais qui constitue bel et bien une technique, je voulais m'en servir. Les Américains on peut en dire ce qu'on voudra, mais en fait de technique, c'est des connaisseurs. Ils aimeraient ma manière de compter les puces jusqu'à la folie, j'en étais certain d'avance. Ça ne devait pas rater selon moi.

J'allais leur offrir mes services quand tout à coup on donna l'ordre à notre galère d'aller passer une quarantaine dans une anse d'à côté, à l'abri, à portée de voix d'un petit village réservé, au fond d'une baie tranquille, à deux milles à l'est de New York.

Et nous demeurâmes tous là en observation pendant des semaines et des semaines, si bien que nous y prîmes des habitudes. Ainsi chaque soir après la soupe se détachait de notre bord pour aller au village l'équipe de la provision d'eau. Il fallait que j'en fasse partie pour arriver à mes fins.

Les copains savaient bien où je cherchais à en venir mais eux ça les tentait pas l'aventure. « Il est fou, qu'ils disaient, mais il est pas dangereux. » Sur l'*Infanta Combitta* on bouffait pas mal, on les triquait un peu les copains, mais pas trop, et en somme ça pouvait aller. C'était du boulot moyen. Et puis, sublime avantage, on les renvoyait jamais de la galère et même que le Roi leur avait promis pour quand ils auraient soixante et deux ans d'âge une espèce de petite retraite. Cette perspective les rendait heureux, ça leur donnait de quoi rêver et le dimanche pour se sentir libres, au surplus, ils jouaient à voter.

Pendant les semaines qu'on nous imposa la quarantaine, ils rugissaient tous ensemble dans l'entrepont, ils s'y battaient et s'y pénétraient aussi tour à tour. Et puis enfin ce qui les empêchait de s'échapper avec moi, c'est surtout qu'ils ne voulaient rien entendre ni savoir de cette Amérique dont j'étais moi féru.

Chacun ses monstres, eux c'était l'Amérique leur bête noire. Ils cherchèrent même à m'en dégoûter tout à fait. J'avais beau leur dire que je connaissais des gens dans ce pays-là, ma petite Lola entre autres, qui devait être bien riche à présent, et puis sans doute le Robinson qui devait s'y être fait une situation dans les affaires, ils ne voulaient pas en démordre de leur aversion pour les Etats-Unis, de leur dégoût, de leur haine : « Tu cesseras jamais d'être tapé » qu'ils me disaient. Un jour j'ai fait comme si j'allais avec eux au robinet du village et puis je leur ai dit que je ne rentrerais pas à la galère. Salut !

C'étaient des bons gars au fond, bien travailleurs et ils m'ont bien répété encore qu'ils ne m'approuvaient pas du tout, mais ils me souhaitèrent quand même du bon courage et de la bonne chance et bien du plaisir avec mais à leur façon. « Va ! qu'ils m'ont dit. Va ! Mais on te prévient encore : T'as pas des bons goûts pour un pouilleux ! C'est ta fièvre qui te rend dingo ! T'en reviendras de ton Amérique et dans un état pire que nous ! C'est tes goûts qui te perdront ! Tu veux apprendre ? T'en sais déjà bien trop pour ta condition ! »

J'avais beau leur répondre que j'avais des amis dans l'endroit et qui m'attendaient. Je bafouillais.

— Des amis ? qu'ils faisaient comme ça eux, des amis ? mais ils se foutent bien de ta gueule tes amis ! Il y a longtemps qu'ils t'ont oublié tes amis !...

— Mais, je veux voir des Américains moi ! que j'avais beau insister. Et même qu'ils ont des femmes comme il y en a pas ailleurs !...

— Mais rentre donc avec nous eh bille ! qu'ils me répondaient. C'est pas la peine d'y aller qu'on te dit ! Tu vas te rendre malade pire que t'es ! On va te renseigner tout de suite nous autres sur ce que c'est que les Américains ! C'est tout millionnaire ou tout charogne ! Y a pas de milieu ! Toi tu les verras sûrement pas les millionnaires dans l'état que t'arrives ! Mais pour la charogne, tu peux compter qu'ils vont t'en faire bouffer ! Là tu peux être tranquille ! Et pas plus tard que tout de suite !...

Voilà comment qu'ils m'ont traité les copains. Ils m'horripilaient tous à la fin ces ratés, ces enculés, ces sous-hommes. « Foutez-moi le camp tous ! que je leur ai répondu ; c'est la jalousie qui vous fait baver et voilà tout ! S'ils me font crever les Américains, on le verra bien! Mais ce qu'il y a de certain, c'est que tous autant que vous êtes, c'est rien qu'un petit four que vous avez entre les jambes et encore un bien mou! »

C'était envoyé ça! J'étais content!

Comme la nuit arrivait on les siffla de la galère. Ils se sont remis à ramer tous en cadence, moins un, moi. J'ai attendu de ne plus les entendre, plus du tout, et puis j'ai compté jusqu'à cent et alors j'ai couru aussi fort que je pouvais jusqu'au village. Un petit endroit coquet que c'était le village, bien éclairé, des maisons en bois, qui attendaient qu'on s'en serve, disposées à droite, à gauche d'une chapelle, toute silencieuse elle aussi, seulement j'avais des frissons, le paludisme et puis la peur. Par-ci, par-là, on rencontrait un marin de cette garnison qui n'avait pas l'air de s'en faire et même des enfants et puis une fillette joliment bien musclée : l'Amérique! J'étais arrivé. C'est ça qui fait plaisir à voir après tant de sèches aventures. Ça remet comme un fruit dans la vie. J'étais tombé dans le seul village qui ne servait à rien. Une petite garnison de familles de marins le tenait en bon état avec toutes ses installations pour le jour éventuel où une peste rageuse arriverait par un bateau comme le nôtre et menacerait le grand port.

C'était alors dans ces installations, qu'on en ferait crever le plus possible des étrangers pour que les autres de la ville n'attrapent rien. Ils avaient même un cimetière fin prêt à proximité et planté de fleurs partout. On attendait. Depuis soixante ans on attendait, on ne faisait rien qu'attendre.

Ayant trouvé une petite cabane vide je me suis faufilé et j'ai dormi tout de suite et dès le matin ce ne furent que marins dans les ruelles, court vêtus, cadrés et balancés, faut voir comme, à jouer du balai et gicler le seau d'eau autour de mon refuge et par tous les carrefours de ce village théorique. J'avais beau garder un petit air détaché, j'avais tellement faim que je m'approchai malgré tout d'un endroit où ça sentait la cuisine.

C'est là que je fus repéré et puis coincé entre deux escouades bien résolues à m'identifier. Il fut tout aussitôt question de me foutre à l'eau. Mené par les voies les plus rapides devant le Directeur de la Quarantaine je n'en menais pas large et bien que j'eusse pris quelque culot dans la constante adversité je me sentais encore trop imbibé de fièvre pour me risquer à quelque improvisation brillante. Je battais plutôt la campagne et le cœur n'y était pas.

Mieux valait perdre connaissance. Ce qui m'arriva. Dans son bureau où je retrouvai mes esprits plus tard quelques dames vêtues de clair avaient remplacé les hommes autour de moi, je subis de leur part un questionnaire vague et bienveillant dont je me serais tout à fait contenté. Mais aucune indulgence ne dure en ce monde et dès le lendemain les hommes se remirent à me reparler de la prison. J'en profitai pour leur parler moi de puces, comme ça sans en avoir l'air... Que je savais les attraper... Les compter... Que c'était mon affaire et aussi de grouper ces parasites en véritables statistiques. Je voyais bien que mes allures les intéressaient, les faisaient tiquer mes gardes. On m'écoutait. Mais quant à me croire c'était une autre paire de manches.

Enfin surgit le commandant de la station lui-même. Il s'appelait le « Surgeon général » ce qui serait un beau nom pour un poisson. Lui se montra grossier, mais plus décidé que les autres. « Que nous racontez-vous, mon garçon? me dit-il, que vous savez compter les puces? Ah, ah!... » Il escomptait un boniment comme celui-là pour me confondre. Mais moi du tac au tac je lui récitai le petit plaidoyer que j'avais préparé. « J'y crois au dénombrement des puces! C'est un facteur de civilisation parce que le dénombrement est à la base d'un matériel de statistique des plus précieux!... Un pays progressiste doit connaître le nombre de ses puces, divisées par sexe, groupe d'âges, années et saisons... »

— Allons, allons! Assez palabré jeune homme! me coupat-il le Surgeon général. Il en est venu avant vous ici bien d'autres de ces gaillards d'Europe qui nous ont raconté des bobards de ce genre, mais c'étaient en définitive des anarchistes comme les autres, pires que les autres... Ils ne croyaient même plus à l'Anarchie! Trêve de vantardises!... Demain on vous essaiera sur les émigrants d'en face à Ellis Island au service des douches! Mon aide-major Mr. Mischief, mon assistant me dira si vous avez menti. Depuis deux mois, Mr. Mischief me réclame un agent « compte-puces ». Vous irez chez lui à l'essai! Rompez! Et si vous nous avez trompés on vous foutra à l'eau! Rompez! Et gare à vous!

Je sus rompre devant cette autorité américaine comme j'avais rompu devant tant d'autres autorités, en lui présentant donc ma verge d'abord, et puis mon derrière, par suite d'un demi-tour preste, le tout accompagné du salut militaire.

Je réfléchis que ce moyen des statistiques devait être aussi bon qu'un autre pour me rapprocher de New York. Dès le lendemain, Mischief, le major en question, me mit brièvement en courant de mon service, gras et jaune il était cet homme et myope tant qu'il pouvait, avec ça porteur d'énormes lunettes fumées. Il devait me reconnaître à la façon qu'ont les bêtes sauvages de reconnaître leur gibier, à l'allure générale, parce que pour les détails, c'était impossible avec des lunettes comme il en portait.

Nous nous entendîmes sans mal pour le boulot et je crois même que vers la fin de mon stage, il avait beaucoup de sympathie pour moi Mischief. Ne pas se voir c'est d'abord déjà une bonne rai on pour sympathiser et puis surtout ma remarquable façon d'attraper les puces le séduisait. Pas deux comme moi dans toute la station, pour les mettre en boîte, les plus rétives, les plus kératinisées, les plus impatientes, j'étais en mesure de les sélectionner par sexe à même l'émigrant. C'était du travail formidable, je peux bien le dire... Mischief avait fini par se fier entièrement à ma dextérité.

Vers le soir, j'avais à force d'en écraser des puces les ongles du pouce et de l'index meurtris et je n'avais cependant pas terminé ma tâche puisqu'il me restait encore le plus important, à dresser les colonnes de l'état signalétique quotidien : Puces de Pologne d'une part, de Yougoslavie... d'Espagne... Morpions de Crimée... Gales du Pérou... Tout ce qui voyage de furtif et de piqueur sur l'humanité en déroute me passait par les ongles. C'était une œuvre, on le voit, à la fois monumentale et méticuleuse. Nos additions s'effectuaient à New York, dans un service spécial doté de machines électriques compte-puces. Chaque jour, le petit remorqueur de la Quarantaine traversait la rade dans toute sa largeur pour porter là-bas nos additions à effectuer ou à vérifier.

Ainsi passèrent des jours et des jours, je reprenais un peu de santé, mais au fur et à mesure que je perdais mon délire et ma fièvre dans ce confort, le goût de l'aventure et des nouvelles imprudences me revint impérieux. A 37° tout devient banal.

J'aurais cependant pu en rester là, indéfiniment tranquille, bien nourri à la popote de la station, et d'autant mieux que la

fille du major Mischief, je le note encore, glorieuse dans sa quin-
zième année, venait après cinq heures jouer du tennis, vêtue de
jupes extrêmement courtes devant la fenêtre de notre bureau.
En fait de jambes j'ai rarement vu mieux, encore un peu mas-
culines et cependant déjà plus délicates, une beauté de chair
en éclosion. Une véritable provocation au bonheur, à crier de
joie en promesses. De jeunes enseignes du Détachement ne la
quittaient guère.

Ils n'avaient point à se justifier comme moi par des travaux
du genre utile les coquins! Je ne perdais pas un détail de leur
manège autour de ma petite idole. J'en blêmissais plusieurs fois
par jour. Je finis par me dire que la nuit moi aussi je pourrais
peut-être passer pour un marin. Je caressais ces espérances quand
un samedi de la vingt-troisième semaine les événements se pré-
cipitèrent. Le camarade chargé de la navette des statistiques,
un Arménien, fut promu de façon soudaine agent compte-puces
en Alaska pour les chiens des prospecteurs.

Pour un bel avancement, c'était un bel avancement et il s'en
montrait d'ailleurs ravi. Les chiens d'Alaska, en effet, sont précieux. On en a toujours besoin. On les soigne bien. Tandis que
des émigrants on s'en fout. Il y en a toujours de trop.

Comme désormais nous n'avions plus personne sous la main
pour porter les additions à New York, ils ne firent pas trop de
manières au bureau pour me désigner. Mischief, mon patron,
me serra la main au départ en me recommandant d'être tout
à fait sage et convenable en ville. Ce fut le dernier conseil qu'il
me donna cet honnête homme et pour autant qu'il m'ait jamais
vu il ne me revit jamais. Dès que nous touchâmes au quai, la
pluie en trombe se mit à nous gicler dessus et puis à travers
mon mince veston et sur mes statistiques aussi qui me fondirent
progressivement dans la main. J'en gardai cependant quelques-
unes en tampon bien épais dépassant de ma poche, pour avoir
tant bien que mal l'air d'un homme d'affaires dans la Cité et
je me précipitai rempli de crainte et d'émotion vers d'autres
aventures.

En levant le nez vers toute cette muraille, j'éprouvai une
espèce de vertige à l'envers, à cause des fenêtres trop nombreuses
vraiment et si pareilles partout que c'en était écœurant.

Précairement vêtu je me hâtai, transi, vers la fente la plus

sombre qu'on puisse repérer dans cette façade géante, espérant
que les passants ne me verraient qu'à peine au milieu d'eux.
Honte superflue. Je n'avais rien à craindre. Dans la rue que
j'avais choisie, vraiment la plus mince de toutes, pas plus épaisse
qu'un gros ruisseau de chez nous, et bien crasseuse au fond, bien
humide, remplie de ténèbres, il en cheminait déjà tellement
d'autres de gens, des petits et des gros qu'ils m'emmenèrent avec
eux comme une ombre. Ils remontaient comme moi dans la ville,
au boulot sans doute, le nez en bas. C'étaient les pauvres de partout.

COMME si j'avais su où j'allais, j'ai eu l'air de choisir encore et j'ai changé de route, j'ai pris sur ma droite une autre rue, mieux éclairée, « Broadway » qu'elle s'appelait. Le nom je l'ai lu sur une plaque. Bien au-dessus des derniers étages, en haut, restait du jour avec des mouettes et des morceaux du ciel. Nous on avançait dans la lueur d'en bas, malade comme celle de la forêt et si grise que la rue en était pleine comme un gros mélange de coton sale.

C'était comme une plaie triste la rue qui n'en finissait plus, avec nous au fond, nous autres, d'un bord à l'autre, d'une peine à l'autre, vers le bout qu'on ne voit jamais, le bout de toutes les rues du monde.

Les voitures ne passaient pas, rien que des gens et des gens encore.

C'était le quartier précieux, qu'on m'a expliqué plus tard, le quartier pour l'or : Manhattan. On n'y entre qu'à pied, comme à l'église. C'est le beau cœur en Banque du monde d'aujourd'hui. Il y en a pourtant qui crachent par terre en passant. Faut être osé.

C'est un quartier qu'en est rempli d'or, un vrai miracle, et même qu'on peut l'entendre le miracle à travers les portes avec son bruit de dollars qu'on froisse, lui toujours trop léger le Dollar, un vrai Saint-Esprit, plus précieux que du sang.

J'ai eu tout de même le temps d'aller les voir et même je suis entré pour leur parler à ces employés qui gardaient les espèces. Ils sont tristes et mal payés.

Quand les fidèles entrent dans leur Banque, faut pas croire qu'ils peuvent se servir comme ça selon leur caprice. Pas du tout. Ils parlent à Dollar en lui murmurant des choses à travers un petit grillage, ils se confessent quoi. Pas beaucoup de bruit, des lampes bien douces, un tout minuscule guichet entre de hautes arches, c'est tout. Ils n'avalent pas l'Hostie. Ils se la mettent sur le cœur. Je ne pouvais pas rester longtemps à les admirer. Il fallait bien suivre les gens de la rue entre les parois d'ombre lisse.

Tout d'un coup, ça s'est élargi notre rue comme une crevasse qui finirait dans un étang de lumière. On s'est trouvé là devant une grande flaque de jour glauque coincée entre des monstres et des monstres de maisons. Au beau milieu de cette clairière, un pavillon avec un petit air champêtre, et bordé de pelouses malheureuses.

Je demandai à plusieurs voisins de la foule ce que c'était que ce bâtiment-là qu'on voyait, mais la plupart feignirent de ne pas m'entendre. Ils n'avaient pas de temps à perdre. Un petit jeune, passant tout près, voulut bien tout de même m'avertir que c'était la Mairie, vieux monument de l'époque coloniale ajouta-t-il, tout ce qu'il y avait d'historique... qu'on avait laissé là... Le pourtour de cette oasis tournait au square, avec des bancs et même on y était assez bien pour la regarder la Mairie, assis. Il n'y avait presque rien à voir d'autre dans le moment où j'arrivais.

J'attendis une bonne heure à la même place et puis de cette pénombre, de cette foule en route, discontinue, morne, surgit sur les midi, indéniable, une brusque avalanche de femmes absolument belles.

Quelle découverte! Quelle Amérique! Quel ravissement! Souvenir de Lola! Son exemple ne m'avait pas trompé! C'était vrai!

Je touchais au vif de mon pèlerinage. Et si je n'avais point souffert en même temps des continuels rappels de mon appétit, je me serais cru parvenu à l'un de ces moments de surnaturelle révélation esthétique. Les beautés que je découvrais, incessantes, m'eussent avec un peu de confiance et de confort ravi à ma condition trivialement humaine. Il ne me manquait qu'un sandwich en somme pour me croire en plein miracle. Mais comme il me manquait le sandwich!

Quelles gracieuses souplesses cependant! Quelles délicatesses incroyables! Quelles trouvailles d'harmonie! Périlleuses nuances! Réussites de tous les dangers! De toutes les promesses possibles de la figure et du corps parmi tant de blondes! Ces brunes! Et ces Titiennes! Et qu'il y en avait plus qu'il en venait encore!

C'est peut-être, pensais-je, la Grèce qui recommence? J'arrive au bon moment!

Elles me parurent d'autant mieux divines ces apparitions, qu'elles ne semblaient point du tout s'apercevoir que j'existais, moi, là, à côté sur ce banc, tout gâteux, baveux d'admiration érotico-mystique de quinine et aussi de faim, faut l'avouer. S'il était possible de sortir de sa peau j'en serais sorti juste à ce moment-là, une fois pour toutes. Rien ne m'y retenait plus.

Elles pouvaient m'emmener, me sublimer, ces invraisemblables midinettes, elles n'avaient qu'un geste à faire, un mot à dire, et je passais à l'instant même et tout entier dans le monde du Rêve, mais sans doute avaient-elles d'autres missions.

Une heure, deux heures passèrent ainsi dans la stupéfaction. Je n'espérais plus rien.

Il y a les boyaux. Vous avez vu à la campagne chez nous jouer le tour au chemineau? On bourre un vieux porte-monnaie avec les boyaux pourris d'un poulet. Eh bien, un homme, moi je vous le dis, c'est tout comme, en plus gros et mobile, et vorace, et puis dedans, un rêve.

Fallait songer au sérieux, ne pas entamer tout de suite ma petite réserve de monnaie. J'en avais pas beaucoup de la monnaie. Je n'osais même pas la compter. J'aurais pas pu d'ailleurs, je voyais double. Je les sentais seulement minces, les billets craintifs à travers l'étoffe, tout près dans ma poche avec mes statistiques à la manque.

Des hommes aussi passaient par là, des jeunes surtout avec des têtes comme en bois rose, des regards secs et monotones, des mâchoires qu'on n'arrivait pas à trouver ordinaires, si larges, si grossières... Enfin, c'est ainsi sans doute que leurs femmes les préfèrent les mâchoires. Les sexes semblaient aller chacun de leur côté dans la rue. Elles les femmes ne regardaient guère que les devantures des magasins, tout accaparées par l'attrait des sacs, des écharpes, des petites choses de soie, exposées, très peu à la fois dans chaque vitrine, mais de façon précise, catégorique. On ne trouvait pas beaucoup de vieux dans cette foule. Peu de couples non plus. Personne n'avait l'air de trouver bizarre que je reste là moi, seul pendant des heures en station sur ce banc à regarder tout le monde passer. Toutefois, à un moment donné, le policeman du milieu de la chaussée posé comme un encrier se mit à me suspecter d'avoir des drôles de projets. C'était visible.

Où qu'on se trouve, dès qu'on attire sur soi l'attention des autorités, le mieux est de disparaître et en vitesse. Pas d'explications. Au gouffre! que je me dis.

A droite de mon banc s'ouvrait précisément un trou, large, à même le trottoir dans le genre du métro de chez nous. Ce trou me parut propice, vaste qu'il était, avec un escalier dedans tout en marbre rose. J'avais déjà vu bien des gens de la rue y disparaître et puis en ressortir. C'était dans ce souterrain qu'ils allaient faire leurs besoins. Je fus immédiatement fixé. En marbre aussi la salle où se passait la chose. Une espèce de piscine, mais alors vidée de toute son eau, une piscine infecte, remplie seulement d'un jour filtré, mourant, qui venait finir là sur les hommes déboutonnés au milieu de leurs odeurs et bien cramoisis à pousser leurs sales affaires devant tout le monde, avec des bruits barbares.

Entre hommes, comme ça, sans façons, aux rires de tous ceux qui étaient autour, accompagnés des encouragements qu'ils se donnaient comme au football. On enlevait son veston d'abord, en arrivant, comme pour effectuer un exercice de force. On se mettait en tenue en somme, c'était le rite.

Et puis bien débraillés, rotant et pire, gesticulant comme au préau des fous, ils s'installaient dans la caverne fécale. Les nouveaux arrivants devaient répondre à mille plaisanteries dégueulasses pendant qu'ils descendaient les gradins de la rue; mais ils paraissaient tous enchantés quand même.

Autant là-haut sur le trottoir ils se tenaient bien les hommes et strictement, tristement même, autant la perspective d'avoir à se vider les tripes en compagnie tumultueuse paraissait les libérer et les réjouir intimement.

Les portes des cabinets largement maculées pendaient, arrachées à leurs gonds. On passait de l'une à l'autre cellule pour bavarder un brin, ceux qui attendaient un siège vide fumaient des cigares lourds en tapant sur l'épaule de l'occupant en travail, lui, obstiné, la tête crispée, enfermée dans ses mains. Beaucoup en geignaient fort comme les blessés et les parturientes. On menaçait les constipés de tortures ingénieuses.

Quand un giclement d'eau annonçait une vacance, des clameurs redoublaient autour de l'alvéole libre, dont on jouait

alors souvent la possession à pile ou face. Les journaux sitôt
lus, bien qu'épais comme de petits coussins, se trouvaient dissous instantanément par la meute de ces travailleurs rectaux.
On discernait ma' les figures à cause de la fumée. Je n'osais pas
trop avancer vers eux à cause de leurs odeurs.

Ce contraste était bien fait pour déconcerter un étranger.
Tout ce débraillage intime, cette formidable familiarité intes-
tinale et dans la rue cette parfaite contrainte! J'en demeurais
étourdi.

Je remontai au jour par les mêmes marches pour me reposer
sur le même banc. Débauche soudaine de digestions et de vulgarité. Découverte du communisme joyeux du caca. Je laissais
chacun de leur côté les aspects si déconcertants de la même
aventure. Je n'avais pas la force de les analyser ni d'en effectuer
la synthèse. C'est dormir que je désirais impérieusement. Déli-
cieuse et rare frénésie!

J'ai donc repris la file des passants qui s'engageaient dans
une des rues aboutissantes et nous avançâmes par saccades à
cause des boutiques dont chaque étalage fragmentait la foule.
La porte d'un hôtel s'ouvrait là, créant un grand remous. Des
gens giclaient sur le trottoir par la vaste porte à tambour, je
fus happé dans le sens inverse en plein grand vestibule à l'intérieur.

Etonnant tout d'abord... Il fallait tout deviner, imaginer de
la majesté de l'édifice, de l'ampleur de ses proportions parce
que tout se passait autour d'ampoules si voilées qu'on ne s'y
habituait qu'après un certain temps.

Beaucoup de jeunes femmes dans cette pénombre, plongées
en de profonds fauteuils, comme dans autant d'écrins. Des
hommes attentifs alentour, silencieux à passer et repasser à
certaine distance d'elles, curieux et craintifs, au large de la
rangée des jambes croisées à de magnifiques hauteurs de soie.
Elles me semblaient ces merveilleuses attendre là des événements très graves et très coûteux. Evidemment, ce n'était pas
à moi qu'elles songeaient. Aussi passai-je à mon tour devant
cette longue tentation palpable, tout à fait furtivement.

Comme elles étaient au moins une centaine ces prestigieuses
retroussées, disposées sur une seule ligne de fauteuils, j'arrivai
au bureau des entrées si rêveur ayant absorbé une ration de

beauté tellement trop forte pour mon tempérament que j'en chancelais.

Au pupitre, un commis gommé m'offrit violemment une chambre. Je me décidai pour la plus petite de l'hôtel. Je ne devais guère posséder à ce moment-là qu'une cinquantaine de dollars, presque plus d'idées et pas de confiance du tout.

J'espérais que ce serait réellement la plus petite chambre d'Amérique qu'il m'offrirait le commis, car son hôtel, le *Laugh Calvin* était annoncé sur les affiches, comme le mieux achalandé parmi les plus somptueux garnis du continent.

Au-dessus de moi quel infini de locaux meublés! Et tout près de moi, dans ces fauteuils, quelles tentations de viols en séries! Quels abîmes! Quels périls! Le supplice esthétique du pauvre est donc interminable? Encore plus tenace que sa faim? Mais point le temps d'y succomber, prestes les gens au bureau m'avaient déjà remis une clef, pesante à pleine main. Je n'osais plus bouger.

Un garçonnet déluré, vêtu en sorte de très jeune général de brigade, surgit de l'ombre devant mes yeux; impératif commandant. L'employé lisse du bureau frappa trois coups sur son timbre métallique et mon garçonnet se mit à siffler. On m'expédiait. C'était le départ. Nous filâmes.

D'abord par un couloir, à belle allure, nous allions noirs et décisifs comme un métro. Lui conduisait, l'enfant. Encore un coin, un détour et puis un autre. Ça ne traînait pas. Nous incurvâmes un peu notre sillage. Ça passe. C'est l'ascenseur. Coup de pompe. Nous y voilà? Non. Un couloir encore. Plus sombre encore, de l'ébène mural il me semble partout sur les parois. Je n'ai pas le temps d'examiner. Le petit siffle, il emporte ma frêle valise. Je n'ose rien lui demander. C'est aller qu'il faut, je m'en rends bien compte. Dans les ténèbres çà et là, sur notre passage, une ampoule rouge et verte sème un commandement. De longs traits d'or marquent les portes. Nous avions franchi depuis longtemps les numéros 1.800 et puis les 3.000, et nous allions cependant toujours emportés par notre même invincible destin. Il suivait l'innominé dans l'ombre, le petit chasseur galonné, comme son propre instinct. Rien ne semblait dans cet antre le trouver au dépourvu. Son sifflet modulait un ton plaintif quand nous dépassions un nègre, une femme de chambre, noire elle aussi. C'était tout.

Dans l'effort de m'accélérer, j'avais perdu au long de ces couloirs uniformes le peu d'aplomb qui me restait en m'échappant de la Quarantaine. Je m'effilochais comme j'avais vu déjà s'effilocher ma case au vent d'Afrique parmi les déluges d'eau tiède. J'étais aux prises ici pour ma part avec un torrent de sensations inconnues. Il y a un moment entre deux genres d'humanités où l'on en arrive à se débattre dans le vide.

Tout à coup le garçonnet, sans prévenir, pivota. Nous venions d'arriver. Je me cognai contre une porte, c'était ma chambre, une grande boîte aux parois d'ébène. Rien que sur la table un peu de lumière ceignait une lampe craintive et verdâtre. « Le Directeur de l'hôtel *Laugh Calvin* avisait le voyageur que son amitié lui était acquise et qu'il prendrait, lui Directeur, le souci personnel de maintenir en gaieté le voyageur pendant toute la durée de son séjour à New York. » La lecture de cette annonce posée bien en évidence dut s'ajouter encore si possible à mon marasme.

Une fois seul, ce fut bien pire. Toute cette Amérique venait me tracasser, me poser d'énormes questions, et me relancer de sales pressentiments, là même dans cette chambre.

Sur le lit, anxieux, je tentais de me familiariser avec la pénombre de cet enclos pour commencer. D'un grondement périodique les murailles tremblaient du côté de ma fenêtre. Passage du métro aérien. Il bondissait en face, entre deux rues, comme un obus, rempli de viandes tremblotantes et hachées, saccadait à travers la ville lunatique de quartier en quartier. On le voyait là-bas aller se faire trembler la carcasse juste au-dessus d'un torrent de membrures dont l'écho grondait encore bien loin derrière lui d'une muraille à l'autre, quand il l'avait délivrée, à cent à l'heure. L'heure du dîner survint pendant cette prostration, et puis celle du coucher aussi.

C'est surtout le métro furieux qui m'avait ahuri. De l'autre côté de ce puits de courette, la paroi s'alluma par une, puis par deux chambres, puis des dizaines. Dans certaines d'entre elles, je pouvais apercevoir ce qui se passait. C'étaient des ménages qui se couchaient. Ils semblaient aussi déchus que les gens de chez nous les Américains, après les heures verticales.

Les femmes avaient les cuisses très pleines et très pâles, celles que j'ai pu bien voir tout au moins. La plupart des hommes se rasaient tout en fumant un cigare avant de se coucher.

Au lit ils enlevaient leurs lunettes d'abord et leurs râteliers ensuite dans un verre et plaçaient le tout en évidence. Ils n'avaient pas l'air de se parler entre eux, entre sexes, tout à fait comme dans la rue. On aurait dit des grosses bêtes bien dociles, bien habituées à s'ennuyer. Je n'ai aperçu en tout que deux couples à se faire à la lumière les choses que j'attendais et pas violemment du tout. Les autres femmes, elles, mangeaient des bonbons au lit en attendant que le mari ait achevé sa toilette. Et puis, tout le monde a éteint.

C'est triste des gens qui se couchent, on voit bien qu'ils se foutent que les choses aillent comme elles veulent, on voit bien qu'ils ne cherchent pas à comprendre eux le pourquoi qu'on est là. Ça leur est bien égal. Ils dorment n'importe comment, c'est des gonflés, des huîtres, des pas susceptibles, Américains ou non. Ils ont toujours la conscience tranquille.

J'en avais trop vu moi des choses pas claires pour être content. J'en savais de trop et j'en savais pas assez. Faut sortir, que je me dis, sortir encore. Peut-être que tu rencontreras Robinson. C'était une idée idiote évidemment mais que je me donnais pour avoir un prétexte à sortir à nouveau, d'autant plus que j'avais beau me retourner et me retourner encore sur le petit plumard je ne pouvais accrocher le plus petit bout de sommeil. Même à se masturber dans ces cas-là on n'éprouve ni réconfort, ni distraction. Alors c'est le vrai désespoir.

Ce qui est pire c'est qu'on se demande comment le lendemain on trouvera assez de forces pour continuer à faire ce qu'on a fait la veille et depuis déjà tellement trop longtemps, où on trouvera la force pour ces démarches imbéciles, ces mille projets qui n'aboutissent à rien, ces tentatives pour sortir de l'accablante nécessité, tentatives qui toujours avortent, et toutes pour aller se convaincre une fois de plus que le destin est insurmontable, qu'il faut retomber au bas de la muraille, chaque soir, sous l'angoisse de ce lendemain, toujours plus précaire, plus sordide.

C'est l'âge aussi qui vient peut-être, le traître, et nous menace du pire. On n'a plus beaucoup de musique en soi pour faire danser la vie, voilà. Toute la jeunesse est allée mourir déjà au bout du monde dans le silence de vérité. Et où aller dehors, je vous le demande, dès qu'on n'a plus en soi la somme suffisante de délire? La vérité, c'est une agonie qui n'en finit pas. La vérité de ce monde c'est la mort. Il faut choisir, mourir ou mentir. Je n'ai jamais pu me tuer moi.

Le mieux était donc de sortir dans la rue, ce petit suicide. Chacun possède ses petits dons, sa méthode pour conquérir le sommeil et bouffer. Il fallait bien que j'arrive à dormir pour retrouver assez de forces pour gagner ma croûte le lendemain. Retrouver de l'entrain, juste ce qu'il fallait pour trouver un boulot demain et franchir tout de suite, en attendant, l'inconnu du sommeil. Faut pas croire que c'est facile de s'endormir une fois qu'on s'est mis à douter de tout, à cause surtout de tant de peurs qu'on vous a faites.

Je m'habillai et tant bien que mal je parvins à l'ascenseur, mais un peu gaga. Encore me fallut-il passer dans le vestibule devant d'autres rangs, d'autres ravissantes énigmes aux jambes si tentantes, aux figures délicates et sévères. Des déesses en somme, des déesses racoleuses. On aurait pu essayer de se comprendre. Mais j'avais peur de me faire arrêter. Complications. Presque tous les désirs du pauvre sont punis de prison. Et la rue me reprit. Ce n'était plus la même foule que tout à l'heure. Celle-ci manifestait un peu plus d'audace tout en moutonnant au long des trottoirs, comme si elle était parvenue cette foule dans un pays moins aride, celui de la distraction, le pays du soir.

Ils avançaient les gens vers les lumières suspendues dans la nuit au loin, serpents agités et multicolores. De toutes les rues d'alentour ils affluaient. Ça faisait bien des dollars, pensais-je, une foule comme ça, rien qu'en mouchoirs, par exemple, ou en bas de soie! Et même rien qu'en cigarettes! Et dire que soi-même, on peut se promener au milieu de tout cet argent, ça ne vous en donne pas un seul sou en plus, même pour aller manger! C'est désespérant quand on y pense, combien c'est défendu les hommes les uns contre les autres, comme autant de maisons.

Moi aussi j'ai été me traîner vers les lumières, un cinéma, et puis un autre à côté, et puis encore un autre et tout au long de la rue comme ça. Nous perdions de gros morceaux de foule devant chacun d'eux. J'en ai choisi un moi de cinéma où il y avait des femmes sur les photos en combinaison et quelles cuisses! Messieurs! Lourdes! Amples! Précises! Et puis des mignonnes têtes par là-dessus, comme dessinées par contraste, délicates, fragiles, au crayon, sans retouches à faire, parfaites, pas une négligence, pas une bavure, parfaites je vous le dis mignonnes mais fermes et concises en même temps. Tout ce que la vie peut épanouir de plus périlleux, de véritables imprudences de beauté, ces indiscrétions sur les divines et profondes harmonies possibles.

Il faisait dans ce cinéma, bon, doux et chaud. De volumineuses orgues tout à fait tendres comme dans une basilique, mais alors qui serait chauffée, des orgues comme des cuisses. Pas un moment de perdu. On plonge en plein dans le pardon tiède. On aurait eu qu'à se laisser aller pour penser que le monde peut-être venait enfin de se convertir à l'indulgence. On y était soi presque déjà.

Alors les rêves montent dans la nuit pour aller s'embraser au mirage de la lumière qui bouge. Ce n'est pas tout à fait vivant ce qui se passe sur les écrans il reste dedans une grande place trouble, pour les pauvres, pour les rêves et pour les morts. Il faut se dépêcher de s'en gaver de rêves pour traverser la vie qui vous attend dehors, sorti du cinéma, durer quelques jours de plus à travers cette atrocité des choses et des hommes. On choisit parmi les rêves ceux qui vous réchauffent le mieux l'âme. Pour moi, c'était je l'avoue, les cochons. Faut pas être fier, on emporte d'un miracle ce qu'on peut en retenir. Une blonde qui possédait des nichons et une nuque inoubliables a cru bon de venir rompre le silence de l'écran par une chanson où il était question de sa solitude. On en aurait pleuré avec elle.

C'est ça qui est bon! Quel entrain ça vous donne! J'en avais ensuite, je le sentais déjà, pour au moins deux journées de plein courage dans la viande. Je n'attendis même point qu'on ait rallumé dans la salle. J'étais prêt à toutes les résolutions du sommeil maintenant que j'avais absorbé un peu de cet admirable délire d'âme.

De retour au *Laugh Calvin*, malgré que je l'eusse salué, le portier négligea de me souhaiter le bonsoir, comme ceux de chez nous, mais je me foutais à présent de son mépris au portier. Une forte vie intérieure se suffit à elle-même et ferait fondre vingt années de banquise. C'est ainsi.

Pour se nourrir à l'économie en Amérique, on peut aller s'acheter un petit pain chaud avec une saucisse dedans, c'est commode, ça se vend au coin des petites rues, pas cher du tout. Manger dans le quartier des pauvres ne me gênait point certes, mais ne plus rencontrer jamais ces belles créatures pour les riches, voilà qui devenait bien pénible. Ça ne vaut alors même plus la peine de bouffer.

Au *Laugh Calvin* je pouvais encore sur ces épais tapis avoir l'air de chercher quelqu'un parmi les trop jolies femmes de l'entrée, m'enhardir peu à peu dans leur ambiance équivoque. En y pensant je m'avouai qu'ils avaient eu raison les autres, de l'*Infanta Combitta*, je m'en rendais compte, avec l'expérience, je n'avais pas des goûts sérieux pour un miteux. Ils avaient bien fait les copains de la galère de m'engueuler. Cependant, le courage ne me revenait toujours pas. J'allais bien reprendre des doses et des doses encore de cinéma, par-ci, par-là, mais c'était tout juste assez pour rattraper ce qu'il me fallait d'entrain pour une promenade ou deux. Rien de plus. En Afrique, j'avais certes connu un genre de solitude assez brutale, mais l'isolement dans cette fourmilière américaine prenait une tournure plus accablante encore.

Toujours j'avais redouté d'être à peu près vide, de n'avoir en somme aucune sérieuse raison pour exister. A présent j'étais devant les faits bien assuré de mon néant individuel. Dans ce milieu trop différent de celui où j'avais de mesquines habitudes, je m'étais à l'instant comme dissous. Je me sentais bien près de ne plus exister, tout simplement. Ainsi, je le découvrais, dès qu'on avait cessé de me parler des choses familières, plus rien ne m'empêchait de sombrer dans une sorte d'irrésistible ennui, dans une manière de doucereuse, d'effroyable catastrophe d'âme. Une dégoûtation.

A la veille d'y laisser mon dernier dollar dans cette aventure, je m'ennuyais encore. Et cela si profondément que je me refusais même d'examiner les expédients les plus urgents. Nous sommes, par nature, si futiles, que seules les distractions peuvent nous empêcher vraiment de mourir. Je m'accrochais pour mon compte au cinéma avec une ferveur désespérée.

En sortant des ténèbres délirantes de mon hôtel je tentais encore quelques excursions parmi les hautes rues d'alentour, carnaval insipide de maisons en vertige. Ma lassitude s'aggravait devant ces étendues de façades, cette monotonie gonflée de pavés, de briques et de travées à l'infini et de commerce et de commerce encore, ce chancre du monde, éclatant en réclames prometteuses et pustulentes. Cent mille mensonges radoteux.

Du côté du fleuve, j'ai parcouru d'autres ruelles, et des ruelles encore, dont les dimensions devenaient assez ordinaires, c'est-à-dire qu'on aurait pu par exemple du trottoir où j'étais casser tous les carreaux d'un même immeuble en face.

Les relents d'une continuelle friture possédaient ces quartiers, les magasins ne faisaient plus d'étalages à cause des vols. Tout me rappelait les environs de mon hôpital à Villejuif, même les petits enfants à gros genoux cagneux tout le long des trottoirs et aussi les orgues foraines. Je serais bien resté là avec eux, mais ils ne m'auraient pas nourri non plus les pauvres et je les aurais tous vus, toujours et leur trop de misère me faisait peur. Aussi finalement je retournai vers la haute cité. « Salaud! que je disais alors. En vérité, tu n'as pas de vertu! » Il faut se résigner à se connaître chaque jour un peu mieux, du moment où le courage vous manque d'en finir avec vos propres pleurnicheries une fois pour toutes.

Un tramway longeait le bord de l'Hudson allant vers le centre de la ville, un vieux véhicule qui tremblait de toutes ses roues et de sa carcasse craintive. Il mettait une bonne heure pour accomplir son trajet. Ses voyageurs se soumettaient sans impatience à un rite compliqué de paiement par une sorte de moulin à café à monnaie placé tout à l'entrée du wagon. Le contrôleur les regardait s'exécuter, vêtu comme l'un des nôtres, en uniforme de « milicien balkanique prisonnier ».

Enfin, on arrivait, vanné, je repassais au retour de ces excursions populistes devant l'inépuisable et double rangée des beautés de mon vestibule tantalien et je repassais encore et toujours songeur et désireux.

Ma disette était telle que je n'osais plus fouiller dans mes poches pour me rendre compte. Pourvu que Lola n'ait point choisi de s'absenter en ce moment ! pensais-je... Et puis d'abord, voudrait-elle me recevoir ? Irais-je la taper de cinquante ou bien de cent dollars pour commencer ?... J'hésitais, je sentais que je n'aurais tous les courages qu'ayant mangé et bien dormi, une bonne fois. Et puis, si je réussissais dans cette première entrevue de tapage, je me mettrais d'emblée à la recherche de Robinson, c'est-à-dire, dès le moment où j'aurais repris assez de force. Il n'était pas un type dans mon genre lui Robinson ! C'était un résolu lui, au moins ! Un brave ! Ah ! Il devait en connaître des trucs et des machins sur l'Amérique ! Il possédait peut-être un moyen pour acquérir cette certitude, cette tranquillité qui me faisait à moi tellement défaut...

Si c'est avec une galère aussi lui qu'il avait débarqué, comme je l'imaginais, et piétiné ce rivage bien avant moi, sûrement qu'à l'heure qu'il était, il l'avait faite lui sa situation américaine ! L'impassible agitation de ces hurluberlus ne devait pas le gêner lui ! Moi aussi peut-être, en réfléchissant bien, j'aurai pu rechercher un emploi dans un de ces bureaux dont je lisais les pancartes éclatantes du dehors... Mais à la pensée d'avoir à pénétrer dans une de ces maisons je m'effarais et m'effondrais de timidité. Mon hôtel me suffisait. Tombe gigantesque et odieusement animée.

Peut-être qu'aux habitués ça ne leur faisait pas du tout le même effet qu'à moi ces entassements de matière et d'alvéoles commerciaux ? ces organisations de membrures à l'infini ? Pour eux c'était la sécurité peut-être tout ce déluge en suspens tandis que pour moi ce n'était rien qu'un abominable système de contraintes, en briques, en couloirs, en verrous, en guichets, une torture architecturale gigantesque, inexpiable.

Philosopher n'est qu'une autre façon d'avoir peur et ne porte guère qu'aux lâches simulacres.

N'ayant plus que trois dollars en poche, j'allai les regarder frétiller au creux de ma main mes dollars à la lueur des annonces de Times Square, cette petite place étonnante où la publicité gicle par-dessus la foule occupée à se choisir un cinéma. Je me cherchai un restaurant bien économique et j'abordai à l'un de ces réfectoires publics rationalisés où le service est réduit au minimum et le rite alimentaire simplifié à l'exacte mesure du besoin naturel.

Dès l'entrée, un plateau vous est remis entre les mains et vous allez prendre votre tour à la file. Attente. Voisines, de fort agréables candidates au dîner comme moi ne me disaient mie... Ça doit faire un drôle d'effet, pensais-je, quand on peut se permettre d'aborder ainsi une de ces demoiselles au nez précis et coquet « Mademoiselle, lui dirait-on, je suis riche, bien riche... dites-moi ce qui vous ferait plaisir d'accepter... »

Alors tout devient simple à l'instant, divinement, sans doute, tout ce qui était si compliqué un moment auparavant... Tout se transforme et le monde formidablement hostile s'en vient à l'instant rouler à vos pieds en boule sournoise, docile et veloutée. On la perd alors peut-être du même coup, l'habitude épuisante de rêvasser aux êtres réussis, aux fortunes heureuses puisqu'on peut toucher avec ses doigts à tout cela. La vie des gens sans moyens n'est qu'un long refus dans un long délire et on ne connaît vraiment bien, on ne se délivre aussi que de ce qu'on possède. J'en avais pour mon compte, à force d'en prendre et d'en laisser des rêves, la conscience en courants d'air, toute fissurée de mille lézardes et détraquée de façon répugnante.

En attendant je n'osais entamer avec ces jeunesses du restaurant la plus anodine conversation. Je tenais mon plateau bien sagement, silencieux. Quand ce fut à mon tour de passer devant les creux de faïence remplis de boudins et de haricots je pris tout ce qu'on me donnait. Ce réfectoire était si net, si bien éclairé, qu'on se sentait comme porté à la surface de sa mosaïque tel qu'une mouche sur du lait.

Des serveuses, genre infirmières, se tenaient derrière les nouilles, le riz, la compote. A chacune sa spécialité. Je me suis rempli de ce que distribuaient les plus gentilles. A mon regret, elles n'adressaient pas de sourire aux clients. Dès que servi il fallait aller s'asseoir en douce et laisser la place à un autre. On marche à petits pas avec son plateau en équilibre comme à travers une salle d'opération. Ça me changeait d'avec mon *Laugh Calvin* et de ma chambrette ébène lisérée d'or.

Mais si on nous arrosait ainsi clients de tant de lumière profuse, si on nous extirpait pendant un moment de la nuit habituelle à notre condition, cela faisait partie d'un plan. Il avait son idée le propriétaire. Je me méfiais. Ça vous fait un drôle d'effet après tant de jours d'ombre d'être baigné d'un seul coup dans des torrents d'allumage. Moi, ça me procurait une sorte de petit délire supplémentaire. Il ne m'en fallait pas beaucoup, c'est vrai.

Sous la petite table qui m'était échue, en lave immaculée, je n'arrivais pas à cacher mes pieds; ils me débordaient de partout. J'aurais bien voulu qu'ils fussent ailleurs mes pieds pour le moment, parce que de l'autre côté de la devanture, nous étions observés par les gens en file que nous venions de quitter dans la rue. Ils attendaient que nous eussions fini, nous, de bouffer, pour venir s'attabler à leur tour. C'est même à cet effet et pour les tenir en appétit que nous nous trouvions nous si bien éclairés et mis en valeur, à titre de publicité vivante. Mes fraises sur mon gâteau étaient accaparées par tant d'étincelants reflets que je ne pouvais me résoudre à les avaler.

On n'échappe pas au commerce américain.

A travers les éblouissements de ces brasiers et cette contrainte, j'apercevais malgré tout les allées et venues dans nos environs immédiats d'une très gentille serveuse, et je décidai de ne pas perdre un seul de ses jolis gestes.

Quand vint mon tour d'avoir mon couvert échangé par ses soins, je pris bonne note de la forme imprévue de ses yeux dont l'angle externe était bien plus aigu, ascendant, que de ceux des femmes de chez nous. Les paupières ondulaient aussi très légèrement vers le sourcil du côté des tempes. De la cruauté en somme, mais juste ce qu'il faut, une cruauté qu'on peut embrasser, insidieuse amertume comme celle des vins du Rhin, agréable malgré soi.

Quand elle fut à ma proximité, je me mis à lui faire des petits signes d'intelligence, si je puis dire, à la serveuse, comme si je la reconnaissais. Elle m'examina sans aucune complaisance comme une bête mais curieusement tout de même. « Voici bien, me disais-je, la première Américaine qui se trouve forcée de me regarder. »

Ayant achevé la tarte lumineuse, il a bien fallu laisser ma place à quelqu'un d'autre. Alors, un peu titubant, au lieu de suivre le chemin bien net qui menait vers la sortie, tout droit, j'ai pris de l'audace et laissant de côté l'homme à la caisse qui nous attendait tous avec notre pognon, je me suis dirigé vers elle la blonde, me détachant, tout à fait insolite, parmi les flots de la lumière disciplinée.

Les vingt-cinq serveuses à leur poste derrière les choses mijotantes, me firent signe toutes en même temps que je me trompais de chemin, que je m'égarais. Je perçus un grand remous de formes dans la vitrine des gens en attente et ceux qui devaient se mettre à bouffer derrière moi en hésitèrent à s'asseoir. Je venais de rompre l'ordre des choses. Tout le monde autour s'étonnait hautement : « C'est encore un étranger au moins! » qu'ils disaient.

Mais, j'avais mon idée, qui valait ce qu'elle valait, je ne voulais plus lâcher la belle de mon service. Elle m'avait regardé la mignonne, tant pis pour elle. J'en avais assez d'être seul! Plus de rêve! De la •sympathie! Du contact! « Mademoiselle, vous me connaissez fort peu, mais moi déjà je vous aime, voulez-vous que nous nous mariions?... » C'est de cette manière que je l'interpellai, la plus honnête.

Sa réponse ne me parvint jamais, car un géant de garde, tout vêtu de blanc lui aussi, survint à ce moment précis et me poussa dehors, justement, simplement, sans injure, ni brutalité, dans la nuit, comme un chien qui vient de s'oublier.

Tout cela se déroulait régulièrement, je n'avais rien à dire. Je remontai vers le *Laugh Calvin*.

Dans ma chambre toujours les mêmes tonnerres venaient fracasser l'écho, par trombes, les foudres du métro d'abord qui semblait s'élancer vers nous de bien loin, à chaque passage emportant tous ses aqueducs pour casser la ville avec et puis entre-temps des appels incohérents de mécaniques de tout en bas, qui montaient de la rue, et encore cette molle rumeur de la foule en remous, hésitante, fastidieuse toujours, toujours en train de repartir, et puis d'hésiter encore, et de revenir. La grande marmelade des hommes dans la ville.

D'où j'étais là-haut, on pouvait bien crier sur eux tout ce qu'on voulait. J'ai essayé. Ils me dégoûtaient tous. J'avais pas le culot de leur dire pendant le jour, quand j'étais en face d'eux, mais d'où j'étais je ne risquais rien, je leur ai crié « Au secours! Au secours! » rien que pour voir si ça leur ferait quelque chose.

Rien que ça leur faisait. Ils poussaient la vie et la nuit et le jour
devant eux les hommes. Elle leur cache tout la vie aux hommes.
Dans le bruit d'eux-mêmes ils n'entendent rien. Ils s'en foutent.
Et plus la ville est grande et plus elle est haute et plus ils s'en
foutent. Je vous le dis moi. J'ai essayé. C'est pas la peine.

CE fut bien uniquement pour des raisons d'argent, mais combien urgentes et impérieuses, que je me mis à la recherche de Lola! Sauf cette nécessité piteuse, comme je l'aurais bien laissé vieillir et disparaître sans jamais la revoir ma petite garce d'amie! Somme toute, à mon égard, et cela ne semblait plus douteux en y réfléchissant, elle s'était comportée de la façon la plus salement désinvolte.

L'égoïsme des êtres qui furent mêlés à notre vie, quand on pense à eux, vieilli, se démontre indéniable, tel qu'il fut c'est-à-dire, en acier, en platine, et bien plus durable encore que le temps lui-même.

Pendant la jeunesse, les plus arides indifférences, les plus cyniques mufleries, on arrive à leur trouver des excuses de lubies passionnelles et puis je ne sais quels signes d'un inexpert romantisme. Mais plus tard, quand la vie vous a bien montré tout ce qu'elle peut exiger de cautèle, de cruauté, de malice pour être seulement entretenue tant bien que mal à 37°, on se rend compte, on est fixé, bien placé, pour comprendre toutes les saloperies que contient un passé. Il suffit en tout et pour tout de se contempler scrupuleusement soi-même et ce qu'on est devenu en fait d'immondice. Plus de mystère, plus de niaiserie, on a bouffé toute sa poésie puisqu'on a vécu jusque-là. Des haricots, la vie.

Ma petite mufle d'amie, j'ai fini par la découvrir, avec bien du mal, au vingt et troisième étage d'une 77e rue. C'est inouï ce que les gens auxquels on s'apprête à demander un service peuvent vous dégoûter. C'était cossu chez elle et bien dans la note que je l'avais imaginé.

Me trouvant imbibé préalablement de larges doses de cinéma je me trouvais mentalement à peu près dispos, émergeant du marasme dans lequel je me débattais depuis mon débarquement à New York et le premier contact fut moins désagréable que je l'avais prévu. Elle ne sembla même point éprouver de vive surprise à me revoir Lola, seulement un peu de désagrément en me reconnaissant.

J'essayai en manière de préambule d'ébaucher une sorte de conversation anodine à l'aide des sujets de notre passé commun et cela bien entendu en termes aussi prudents que possible, mentionnant entre autres, mais sans insister, la guerre en tant qu'épisode. Ici je commis une lourde gaffe. Elle ne voulait plus en entendre parler du tout de la guerre, pas du tout. Ça la vieillissait. Vexée, du tac au tac, elle me confia qu'elle ne m'aurait point reconnu moi dans la rue, tellement que l'âge m'avait déjà ridé, gonflé, caricaturé. Nous en étions à ces courtoisies. Si la petite salope s'imaginait m'atteindre par de semblables turlutaines ! Je ne daignais même point relever ces lâches impertinences.

Son mobilier ne se parait d'aucune grâce imprévue, mais il était guilleret tout de même, supportable, du moins me parut-il ainsi au sortir de mon *Laugh Calvin*.

La méthode, les détails d'une fortune rapide vous donnent toujours une impression de magie. Depuis l'ascension de Musyne et de madame Herote, je savais que le cul est la petite mine d'or du pauvre. Ces brusques mues féminines m'enchantaient et j'aurais donné par exemple mon dernier dollar à la concierge de Lola rien que pour la faire bavarder.

Mais il n'existait pas de concierge dans sa maison. La ville entière manquait de concierge. Une ville sans concierge ça n'a pas d'histoire, pas de goût, c'est insipide telle une soupe sans poivre ni sel, une ratatouille informe. Oh ! savoureuses raclures ! Détritus, bavures à suinter de l'alcôve, de la cuisine, des mansardes, à dégouliner en cascades par chez la concierge, en plein dans la vie, quel savoureux enfer ! Certaines concierges de chez nous succombent à leur tâche, on les voit laconiques, toussantes, délectables, éberluées, c'est qu'elles sont abruties de Vérité ces martyres, consumées par Elle.

Contre l'abomination d'être pauvre, il faut avouons-le, c'est un devoir, tout essayer, se saouler avec n'importe quoi, du vin, du pas cher, de la masturbation, du cinéma. On ne saurait être difficile, « particulier » comme on dit en Amérique. Nos concierges à nous fournissent bon ou mal an, convenons-en, à ceux qui savent la prendre et la réchauffer, bien près du cœur, de la haine à tout faire et pour rien, assez pour faire sauter un monde. A New York on se trouve atrocement dépourvu de ce piment vital, bien mesquin et vivant, irréfutable, sans lequel l'esprit étouffe et se condamne à ne plus médire que vaguement, et bafouiller de pâles calomnies. Rien qui morde, vulnère, incise, tracasse, obsède, sans concierge, et vienne ajouter certainement à la haine universelle, l'allume de ses mille détails indéniables.

Désarroi d'autant plus sensible que Lola, surprise dans son milieu, me faisait éprouver justement un nouveau dégoût, j'avais tout envie de vomir sur la vulgarité de son succès, de son orgueil, uniquement trivial et repoussant mais avec quoi? Par l'effet d'une contagion instantanée, le souvenir de Musyne me devint au même instant tout aussi hostile et répugnant. Une haine vivace naquit en moi pour ces deux femmes, elle dure encore, elle s'est incorporée à ma raison d'être. Il m'a manqué toute une documentation pour me délivrer à temps et finalement de toute indulgence présente et à venir pour Lola. On ne refait pas sa vie.

Le courage ne consiste pas à pardonner, on pardonne toujours bien de trop! Et cela ne sert à rien, la preuve est faite. C'est après tous les êtres humains, au dernier rang qu'on a mis la Bonne! C'est pas pour rien. Ne l'oublions jamais. Il faudra endormir pour de vrai, un soir, les gens heureux, pendant qu'ils dormiront, je vous le dis, et en finir avec eux et avec leur bonheur une fois pour toutes. Le lendemain on en parlera plus de leur bonheur et on sera devenu libres d'être malheureux tant qu'on voudra en même temps que la « Bonne ». Mais que je raconte: Elle allait et venait donc à travers la pièce Lola, un peu déshabillée et son corps me paraissait tout de même encore bien désirable. Un corps luxueux c'est toujours un viol possible, une effraction précieuse, directe, intime dans le vif de la richesse, du luxe, et sans reprise à craindre.

Peut-être n'attendait-elle que mon geste pour me congédier. Enfin ce fut surtout cette sacrée fringale qui m'inspira de la prudence. Bouffer d'abord. Et puis elle n'en finissait pas de me raconter les futilités de son existence. Il faudrait fermer le monde décidément pendant deux ou trois générations au moins

s'il n'y avait plus de mensonge à raconter. On n'aurait plus rien
à se dire ou presque. Elle en vint à me questionner sur ce que
je pensais de son Amérique. Je lui confiai que j'en étais arrivé
à ce point de débilité et d'angoisse où presque n'importe qui et
n'importe quoi vous devient redoutable et quant à son pays
il m'épouvantait tout bonnement plus que tout l'ensemble
de menaces directes, occultes et imprévisibles que j'y trouvais,
surtout par l'énorme indifférence à mon égard qui le résumait
à mon sens.

J'avais à gagner ma croûte, lui avouai-je encore et il me
faudrait donc à bref délai surmonter toutes ces sensibleries.
A ce propos je me trouvais même en grand retard et je l'assurai
de ma bien vive reconnaissance si elle voulait bien me recom-
mander à quelque employeur éventuel... parmi ses relations...
Mais cela au plus tôt... Un très modeste salaire me contenterait
parfaitement... Et encore bien d'autres bénignités et fadaises
que je lui débitai. Elle prit assez mal cette proposition modeste
mais tout de même indiscrète. D'emblée elle se montra décou-
rageante. Elle ne connaissait absolument personne qui puisse
me donner du boulot ou une aide, répondit-elle. Nous en revînmes
forcément à parler de la vie en général et puis de son existence
en particulier.

Nous étions à nous épier ainsi moralement et physiquement
quand on sonna. Et puis presque sans transition ni pause, quatre
femmes pénétrèrent dans la pièce, fardées, mûres, charnues,
du muscle et des bijoux, fortement familières. Présenté à elles
très sommairement, Lola bien gênée (c'était visible) essayait
de les entraîner ailleurs, mais elles se mirent, contrariantes,
à se saisir de mon attention toutes ensemble, pour me raconter
tout ce qu'elles savaient sur l'Europe. Vieux jardin l'Europe
tout rempli de fous désuets, érotiques et rapaces. Elles récitaient
par cœur le Chabanais et les Invalides.

Pour mon compte je n'avais visité aucun de ces deux endroits.
Le premier trop coûteux, le second trop lointain. En manière
de réplique je fus envahi par une bouffée de patriotisme automatique et fatigué, plus niais encore que ce qui vous vient
d'habitude en ces occasions. Je leur rétorquai vivement que
leur ville me navrait. Une espèce de foire ratée, leur dis-je,
écœurante, et qu'on s'entêterait à faire réussir quand même...

Tout en pérorant ainsi dans l'artifice et le convenu je ne pouvais m'empêcher de percevoir plus nettement encore d'autres raisons que le paludisme à la dépression physique et morale dont je me sentais accablé. Il s'agissait au surplus d'un changement d'habitudes, il fallait que j'apprenne une fois encore à reconnaître de nouveaux visages dans un nouveau milieu, d'autres façons de parler et de mentir. La paresse c'est presque aussi fort que la vie. La banalité de la farce nouvelle qu'il faut jouer vous écrase et il vous faut somme toute encore plus de lâcheté que de courage pour recommencer. C'est cela l'exil, l'étranger, cette inexorable observation de l'existence telle qu'elle est vraiment pendant ces longues heures lucides, exceptionnelles dans la trame du temps humain, où les habitudes du pays précédent vous abandonnent, sans que les autres, les nouvelles, vous aient encore suffisamment abruti.

Tout dans ces moments vient s'ajouter à votre immonde détresse pour vous forcer, débile, à discerner les choses, les gens et l'avenir tels qu'ils sont, c'est-à-dire des squelettes, rien que des riens, qu'il faudra cependant aimer, chérir, défendre, animer comme s'ils existaient.

Un autre pays, d'autres gens autour de soi, agités d'une façon un peu bizarre, quelques petites vanités en moins, dissipées, quelque orgueil qui ne trouve plus sa raison, son mensonge, son écho familier, et il n'en faut pas davantage, la tête vous tourne, et le doute vous attire, et l'infini s'ouvre rien que pour vous, un ridicule petit infini et vous tombez dedans...

Le voyage c'est la recherche de ce rien du tout, de ce petit vertige pour couillons...

Elles rigolaient bien les quatre visiteuses de Lola à m'entendre ainsi me confesser à grands éclats et faire mon petit Jean-Jacques devant elles. Elles me traitèrent d'un tas de noms que je compris à peine à cause des déformations américaines, de leur parler onctueux et indécent. Des chattes pathétiques.

Quand le nègre domestique entra pour servir le thé nous fîmes silence.

L'une de ces visiteuses devait posséder cependant plus de discernement que les autres, car elle annonça très haut que je tremblais de fièvre et que je devais souffrir aussi d'une soif pas ordinaire. Ce qu'on servit en fait de collation me plut tout à

fait malgré ma tremblote. Ces sandwiches me sauvèrent la vie,
je peux le dire.

Une conversation sur les mérites comparatifs des maisons
closes parisiennes s'ensuivit sans que je prisse la peine de m'y
joindre. Ces belles goûtèrent encore à bien des liqueurs compliquées et puis devenues tout à fait chaudes et confidentes sous
leur influence elles s'empourprèrent à propos de « mariages ».
Bien que très pris par la boustifaille je ne pouvais m'empêcher
de noter au passage qu'il s'agissait de mariages très spéciaux,
ce devait être même d'unions entre très jeunes sujets, entre
enfants sur lesquels elles touchaient des commissions.

Lola perçut que ces propos me rendaient fort attentif et curieux.
Elle me dévisageait assez durement. Elle ne buvait plus. Les
hommes qu'elle connaissait ici, Lola, les Américains, ne péchaient
pas eux comme moi par curiosité, jamais. Je demeurai avec
quelque peine à la limite de sa surveillance. J'avais envie de
poser à ces femmes mille questions.

Enfin, les invitées finirent par nous quitter, mouvantes lourdement, exaltées par l'alcool et sexuellement ravigotées. Elles
s'émoustillaient tout en pérorant d'un érotisme curieusement
élégant et cynique. Je pressentais là quelque chose d'Elisabé-
thain dont j'aurais bien voulu moi aussi ressentir les vibrations,
certainement très précieuses et très concentrées au bout de mon
organe. Mais cette communion biologique, décisive au cours d'un
voyage, ce message vital, je ne fis que le pressentir, à grands
regrets d'ailleurs et tristesse accrue. Incurable mélancolie.

Lola se montra, dès qu'elles eurent franchi la porte, les amies,
franchement excédée. Cet intermède lui avait tout à fait déplu.
Je ne soufflai mot.

— Quelles sorcières! jura-t-elle quelques minutes plus tard.

— D'où les connaissez-vous? lui demandai-je.

— Ce sont des amies de toujours...

Elle n'était pas disposée à plus de confidences pour l'instant.

D'après leur façon assez arrogante à son égard il m'avait semblé
que ces femmes possédaient dans un certain milieu le pas sur
Lola et même une autorité assez grande, incontestable. Je ne
devais jamais en connaître davantage.

Lola parlait de se rendre en ville, mais elle m'offrit de rester

là encore à l'attendre, chez elle, tout en mangeant un peu si
j'avais encore faim. Ayant quitté le *Laugh Calvin* sans régler
ma note et sans intention d'y retourner non plus, et pour cause,
je fus bien content de l'autorisation qu'elle m'accordait, quelques
moments de chaleur encore avant d'aller affronter la rue, et
quelle rue mes aïeux !...

Dès que je fus seul, je me dirigeai par un couloir vers l'endroit
d'où j'avais vu émerger le nègre de son service. A mi-chemin
de l'office, nous nous rencontrâmes et je lui serrai la main. Confiant, il me conduisit à sa cuisine, bel endroit bien ordonné,
beaucoup plus logique et pimpant que n'était le salon.

Tout de suite, il se mit à cracher devant moi sur le magnifique carrelage et à cracher comme seuls savent cracher les nègres,
loin, copieusement, parfaitement. J'ai craché aussi moi par courtoisie, mais comme j'ai pu. Du coup nous entrâmes dans les
confidences. Lola, appris-je de lui, possédait un canot-salon sur
la rivière, deux autos sur la route, une cave et dedans des liqueurs
de tous les pays du monde. Elle recevait des catalogues des grands
magasins de Paris. Et voilà. Il se mit à me répéter sans fin ces
mêmes sommaires renseignements. Je cessai de l'écouter.

En somnolant à ses côtés, les temps passés me revinrent en
mémoire, ces temps où Lola m'avait quitté dans Paris de la
guerre. Cette chasse, traque, embusque, verbeuse, menteuse, caute-
leuse, Musyne, les Argentins, leurs bateaux remplis de viandes,
Topo, les cohortes d'étripés de la place Clichy, Robinson, les vagues,
la mer, la misère, la cuisine si blanche à Lola, son nègre et rien
du tout et moi là-dedans comme un autre. Tout pouvait continuer. La guerre avait brûlé les uns, réchauffé les autres, comme
le feu torture ou conforte, selon qu'on est placé dedans ou devant.
Faut se débrouiller voilà tout.

C'est vrai aussi ce qu'elle disait que j'avais bien changé. L'existence, ça vous tord et ça vous écrase la face. A elle aussi ça lui
avait écrasé la face mais moins, bien moins. Les pauvres sont
fadés. La misère est géante, elle se sert pour essuyer les ordures
du monde de votre figure comme d'une toile à laver. Il en
reste.

J'avais cru noter cependant chez Lola quelque chose de nouveau, des instants de dépression, de mélancolie, des lacunes dans
son optimiste sottise, de ces instants où l'être doit se reprendre

pour porter un peu plus loin l'acquit de sa vie, de ses années, malgré lui déjà trop pesantes pour l'entrain dont il dispose encore, sa sale poésie.

Son nègre se remit soudain à se trémousser. Ça le reprenait. Nouvel ami, il entendait me gaver de gâteaux, me barder de cigares. D'un tiroir, pour finir, avec d'infinies précautions, il extirpa une masse ronde et plombée.

— La bombe! m'annonça-t-il furieusement. Je reculai. « Liberta! Liberta! » vociféra-t-il jovialement.

Il remit le tout en place et cracha superbement à nouveau. Quel émoi! Il exultait. Son rire me saisit aussi, cette colique des sensations. Un geste de plus ou de moins, que je me disais, ça n'a guère d'importance. Quand Lola revint enfin de ses courses, elle nous retrouva ensemble au salon, en pleine fumée et rigo lade. Elle fit mine de ne s'apercevoir de rien.

Le nègre décampa prestement, moi, elle me ramena dans sa chambre. Je la retrouvai triste, pâle et tremblotante. D'où pouvait-elle revenir? Il commençait à se faire très tard. C'était l'heure où les Américains sont désemparés parce que la vie ne vibre plus autour d'eux qu'au ralenti. Au garage, une auto sur deux. C'est le moment des demi-confidences. Mais il faut se dépêcher d'en profiter. Elle m'y préparait en m'interrogeant, mais le ton qu'elle choisit pour me poser certaines questions sur l'existence que je menais en Europe m'agaça énormément.

Elle ne dissimula point qu'elle me jugeait capable de toutes les lâchetés. Cette hypothèse ne me vexait pas, elle me gênait seulement. Elle pressentait bien que j'étais venu la voir pour lui demander de l'argent et ce fait à lui seul créait entre nous une animosité bien naturelle. Tous ces sentiments frôlent le meurtre. Nous demeurions parmi les banalités et je faisais l'impossible pour qu'une engueulade définitive ne survînt entre nous. Elle s'enquit entre autres choses du détail de mes frasques génitales, si je n'avais pas abandonné quelque part au cours de mes vagabondages un petit enfant qu'elle puisse elle adopter. Une drôle d'idée qui lui était venue. C'était sa marotte l'adoption d'un enfant. Elle pensait assez simplement qu'un raté dans mon genre devait avoir fait souches clandestines un peu sous tous les cieux. Elle était riche, me confia-t-elle, et dépérissait de ne pouvoir se dévouer à un petit enfant. Tous les ouvrages de puériculture elle les avait lus et surtout ceux qui lyrisent à en pâmer les maternités, ces livres qui vous libèrent si vous les assimilez entièrement de l'envie de copuler, à jamais. A chaque vertu sa littérature immonde.

Puisqu'elle avait envie de se sacrifier exclusivement à un « petit être », je jouais donc de malchance, moi. Je n'avais à lui offrir que mon gros être qu'elle trouvait absolument dégoûtant. Il n'existe en somme que les misères bien présentées pour faire recette, celles qui sont bien préparées par l'imagination. Notre entretien languit : « Tenez Ferdinand, me proposa-t-elle finalement, c'est assez discouru, je vous emmène de l'autre côté de New York, pour rendre visite à mon petit protégé, je m'en occupe avec assez de plaisir, mais sa mère m'embête... » C'était une drôle d'heure. En route, dans l'auto, nous parlâmes de son nègre catastrophique.

— Vous a-t-il montré ses bombes? demanda-t-elle. Je lui avouai qu'il m'avait soumis à cette épreuve.

— Il n'est pas dangereux, vous savez, Ferdinand, ce maniaque. Il charge ses bombes avec mes vieilles factures... Autrefois à Chicago, il a eu son temps... Il faisait partie alors d'une société secrète très redoutable pour l'émancipation des noirs... C'était, à ce qu'on m'a raconté, des gens affreux... La bande fut dissoute par les autorités, mais il a gardé ce goût des bombes mon nègre... Jamais il ne met de poudre dedans... L'esprit lui suffit... Au fond ce n'est qu'un artiste... Il n'en finira jamais de faire la révolution. Mais je le garde c'est un excellent domestique! Et à tout prendre, il est peut-être plus honnête que les autres qui ne font pas la révolution...

Et elle revint à sa manie d'adoption.

— C'est malheureux tout de même que vous n'ayez pas une fille quelque part, Ferdinand, un genre rêvasseur comme le vôtre ça irait très bien à une femme tandis que pour un homme ça ne fait pas bien du tout...

La pluie en cinglant refermait la nuit sur notre voiture qui glissait sur la longue bande de ciment lisse. Tout m'était hostile et froid, même sa main, que je tenais pourtant bien close dans la mienne. Nous étions séparés par tout. Nous arrivâmes devant une maison très différente par l'aspect de celle que nous venions de quitter. Dans un appartement d'un premier étage, un petit garçon de dix ans à peu près, à côté de sa mère nous attendait. L'ameublement de ces pièces prétendait au Louis XV, on y sentait le mijotage d'un repas récent. L'enfant vint s'asseoir sur les genoux de Lola et l'embrassa bien tendrement. La mère me parut tout à fait caressante aussi avec Lola et je m'arrangeai pendant que Lola s'expliquait avec le petit, pour faire passer la mère dans la pièce voisine.

Quand nous revînmes, le petit répétait devant Lola un pas de danse qu'il venait d'apprendre au cours du Conservatoire. « Il faut encore lui faire donner quelques heures de leçons particulières, concluait Lola, et je pourrai peut-être le présenter au Théâtre du *Globe* à mon amie Véra! Il a peut-être de l'avenir cet enfant! » La mère, après ces bonnes paroles encourageantes se confondit en remerciements et en larmoiements. Elle reçut en même temps une petite liasse de dollars verts qu'elle enfouit dans son corsage comme un billet doux.

— Ce petit me plairait assez, conclut Lola, quand nous fûmes à nouveau dehors, mais il me faut supporter la mère en même temps que le fils et je n'aime pas les mères trop malignes... Et puis ce petit est tout de même trop vicieux... Ce n'est pas le genre d'attachement que je désire... Je voudrais éprouver un sentiment absolument maternel... Me comprenez-vous, Ferdinand?... Pour bouffer moi je comprends tout ce qu'on veut, ce n'est plus de l'intelligence, c'est du caoutchouc.

Elle n'en démarrait pas, de son désir de pureté. Quand nous fûmes arrivés quelques rues plus loin, elle me demanda où j'allais coucher ce soir-là et fit avec moi encore quelques pas sur le trottoir. Je lui répondis que si je ne trouvais pas quelques dollars à l'instant même, je ne coucherais nulle part.

— C'est bien, répondit-elle, accompagnez-moi jusqu'à la maison et je vous donnerai là-bas un peu de monnaie et puis vous vous en irez où vous voudrez.

Elle tenait à me semer dans la nuit, le plus tôt possible. C'était régulier. A force d'être poussé comme ça dans la nuit, on doit finir tout de même par aboutir quelque part, que je me disais. C'est la consolation. « Courage, Ferdinand, que je me répétais à moi-même, pour me soutenir, à force d'être foutu à la porte de partout, tu finiras sûrement par trouver le truc qui leur fait si peur à eux tous, à tous ces salauds-là autant qu'ils sont et qui doit être au bout de la nuit. C'est pour ça qu'ils n'y vont pas eux au bout de la nuit !

Après c'était tout à fait froid entre nous deux dans son auto. Les rues que nous franchissions nous menaçaient comme de tout leur silence armé jusqu'en haut de pierre à l'infini, d'une sorte de déluge en suspens. Une ville aux aguets, monstre à surprise, visqueux de bitumes et de pluies. Enfin, nous ralentîmes. Lola me précéda vers sa porte.

— Montez, m'invita-t-elle, suivez-moi !

De nouveau son salon. Je me demandais combien elle allait me donner pour en finir et se débarrasser. Elle cherchait des billets dans un petit sac laissé sur un meuble. J'entendis l'énorme frémissement des billets froissés. Quelles secondes ! Il n'y avait plus dans la ville que ce bruit. J'étais cependant encore si gêné que je lui demandai, je ne sais pourquoi, si peu à propos, des nouvelles de sa mère que j'avais oubliée.

— Elle est malade ma mère, fit-elle en se retournant pour me regarder bien en face.

— Où est-elle donc en ce moment ?

— A Chicago.

— De quoi souffre-t-elle votre mère ?

— D'un cancer au foie... Je la fais soigner par les premiers spécialistes de la ville... Leur traitement me coûte très cher, mais ils la sauveront. Ils me l'ont promis.

Précipitamment, elle me donna encore bien d'autres détails qui concernaient l'état de sa mère à Chicago. Devenue soudain toute tendre et familière elle ne pouvait plus s'empêcher de me demander quelque intime réconfort. Je la tenais.

— Et vous, Ferdinand, vous pensez aussi qu'ils la guériront n'est-ce pas ma mère ?

— Non, répondis-je très nettement, très catégorique, les cancers du foie sont absolument inguérissables.

Du coup, elle pâlit jusqu'au blanc des yeux. C'était bien la première fois la garce que je la voyais déconcertée par quelque chose.

— Mais pourtant, Ferdinand, ils m'ont assuré qu'elle guérirait les spécialistes ! Ils me l'ont certifié... Ils me l'ont écrit !... Ce sont de très grands médecins vous savez ?...

— Pour le pognon, Lola, il y aura heureusement toujours

de très grands médecins... Je vous en ferais autant moi si j'étais
à leur place... Et vous aussi Lola vous en feriez autant...

Ce que je lui disais lui parut brusquement si indéniable, si
évident, qu'elle n'osait plus se débattre.

Pour une fois, pour la première fois peut-être de sa vie elle
allait manquer de culot.

— Ecoutez, Ferdinand, vous me faites une peine infinie vous
vous en rendez compte?... Je l'aime beaucoup ma mère, vous
le savez n'est-ce pas que je l'aime beaucoup?...

Ça tombait à pic alors! Nom de Dieu! Qu'est-ce que ça peut
bien foutre au monde, qu'on aime sa mère ou pas?

Elle sanglotait dans son vide la Lola.

— Ferdinand, vous êtes un affreux raté, reprit-elle furieuse,
et rien qu'un abominable méchant!... Vous vous vengez aussi
lâchement que possible de votre sale situation en venant me dire
des choses affreuses... Je suis même certaine que vous faites
beaucoup de mal à ma mère en parlant ainsi!...

Il lui traînait dans son désespoir des relents de méthode Coué.

Son excitation ne me faisait point aussi peur que celle des
officiers de l'*Amiral Bragueton*, ceux qui prétendaient m'anéantir
pour l'émoustillement des dames désœuvrées.

Je la regardais attentivement, Lola, pendant qu'elle me
traitait de tous les noms et j'éprouvais quelque fierté à constater
par contraste que mon indifférence allait croissant, que dis-je,
ma joie, à mesure qu'elle m'injuriait davantage. On est gentil
à l'intérieur.

« Pour se débarrasser de moi, calculais-je, il faudra bien à
présent qu'elle me donne au moins vingt dollars... Peut-être
même davantage... »

Je pris l'offensive : « Lola, prêtez-moi je vous prie l'argent
que vous m'avez promis ou bien je coucherai ici et vous m'entendrez vous répéter tout ce que je sais sur le cancer, ses complications, ses hérédités, car il est héréditaire, Lola, le cancer.
Ne l'oublions pas! »

A mesure que je détachais, fignolais les détails sur le cas
de sa mère, je la voyais devant moi blêmir Lola, faiblir; mollir.
« Ah! la garce! que je me disais moi, tiens-la bien, Ferdinand!
Pour une fois que t'as le bon bout!... Ne la lâche pas la corde...
T'en trouveras pas une si solide avant longtemps!... »

— Prenez! tenez! fit-elle, tout à fait excédée, voilà vos cent dollars et foutez-mci le camp et ne revenez jamais, vous m'entendez jamais!... Out! Out! Out! sale cochon!...

— Embrassez-moi quand même Lola. Voyons!... On n'est pas fâchés! proposai-je pour savoir jusqu'où je pourrais la dégoûter. Elle a sorti alors un revolver d'un tiroir et pas pour rire. L'escalier m'a suffi, j'ai même pas appelé l'ascenseur.

Ça m'a redonné quand même le goût du travail et plein de courage cette solide engueulade. Dès le lendemain j'ai pris le train pour Detroit où m'assurait-on l'embauche était facile dans maints petits boulots pas trop prenants et bien payés.

ILS m'ont parlé les passants comme le sergent m'avait parlé dans la forêt. « Voilà! qu'ils m'ont dit. Vous pouvez pas vous tromper, c'est juste en face de vous. »

Et j'ai vu en effet des grands bâtiments trapus et vitrés, des sortes de cages à mouches sans fin, dans lesquelles on discernait des hommes à remuer, mais remuer à peine, comme s'ils ne se débattaient plus que faiblement contre je ne sais quoi d'impossible. C'était ça Ford? Et puis tout autour et au-dessus jusqu'au ciel un bruit lourd et multiple et sourd de torrents d'appareils, dur, l'entêtement des mécaniques à tourner, rouler, gémir, toujours prêtes à casser et ne cassant jamais.

« C'est donc ici que je me suis dit... C'est pas excitant... » C'était même pire que tout le reste. Je me suis approché de plus près, jusqu'à la porte où c'était écrit sur une ardoise qu'on demandait du monde.

J'étais pas le seul à attendre. Un de ceux qui patientaient là m'a appris qu'il y était lui depuis deux jours, et au même endroit encore. Il était venu de Yougoslavie, ce brebis, pour se faire embaucher. Un autre miteux m'a adressé la parole, il venait bosser qu'il prétendait, rien que pour son plaisir, un maniaque, un bluffeur.

Dans cette foule presque personne ne parlait l'anglais. Ils s'épiaient entre eux comme des bêtes sans confiance, souvent battues. De leur masse montait l'odeur d'entrejambes urineux comme à l'hôpital. Quand ils vous parlaient on évitait leur bouche à cause que le dedans des pauvres sent déjà la mort.

Il pleuvait sur notre petite foule. Les files se tenaient comprimées sous les gouttières. C'est très compressible les gens qui cherchent du boulot. Ce qu'il trouvait de bien chez Ford, que m'a expliqué le vieux Russe aux confidences, c'est qu'on y embauchait n'importe qui et n'importe quoi. « Seulement, prends garde, qu'il a ajouté pour ma gouverne, faut pas crâner chez lui, parce que si tu crânes on te foutra à la porte en moins de deux et tu seras remplacé en moins de deux aussi par une des machines mécaniques qu'il a toujours prêtes et t'auras le bonsoir alors pour y retourner ! » Il parlait bien le parisien ce Russe, à cause qu'il avait été « taxi » pendant des années et qu'on l'avait vidé après une affaire de cocaïne à Bezons, et puis en fin de compte qu'il avait joué sa voiture au zanzi avec un client à Biarritz et qu'il avait perdu.

C'était vrai, ce qu'il m'expliquait qu'on prenait n'importe qui chez Ford. Il avait pas menti. Je me méfiais quand même parce que les miteux ça délire facilement. Il y a un moment de la misère où l'esprit n'est plus déjà tout le temps avec le corps. Il s'y trouve vraiment trop mal. C'est déjà presque une âme qui vous parle. C'est pas responsable une âme.

A poil qu'on nous a mis pour commencer, bien entendu. La visite ça se passait dans une sorte de laboratoire. Nous défilions lentement. « Vous êtes bien mal foutu, qu'a constaté l'infirmier en me regardant d'abord, mais ça fait rien. »

Et moi qui avais eu peur qu'ils me refusent au boulot à cause des fièvres d'Afrique, rien qu'en s'en apercevant si par hasard ils me tâtaient les foies ! Mais au contraire, ils semblaient l'air bien content de trouver des moches et des infirmes dans notre arrivage.

— Pour ce que vous ferez ici, ça n'a pas d'importance comment que vous êtes foutu ! m'a rassuré le médecin examinateur, tout de suite.

— Tant mieux que j'ai répondu moi, mais vous savez, monsieur, j'ai de l'instruction et même j'ai entrepris autrefois des études médicales...

Du coup, il m'a regardé avec un sale œil. J'ai senti que je venais de gaffer une fois de plus, et à mon détriment.

— Ça ne vous servira à rien ici vos études, mon garçon ! Vous n'êtes pas venu ici pour penser, mais pour faire les gestes qu'on vous commandera d'exécuter... Nous n'avons pas besoin d'imaginatifs dans notre usine. C'est de chimpanzés dont nous avons besoin... Un conseil encore. Ne nous parlez plus jamais de votre intelligence ! On pensera pour vous mon ami ! Tenez-vous-le pour dit.

Il avait raison de me prévenir. Valait mieux que je sache à quoi m'en tenir sur les habitudes de la maison. Des bêtises, j'en avais assez à mon actif tel quel pour dix ans au moins. Je tenais à passer désormais pour un petit peinard. Une fois rhabillés, nous fûmes répartis en files traînardes, par groupes hésitants en renfort vers ces endroits d'où nous arrivaient les fracas énormes de la mécanique. Tout tremblait dans l'immense édifice et soi-même des pieds aux oreilles possédé par le tremblement, il en venait des vitres et du plancher et de la ferraille, des secousses, vibré de haut en bas. On en devenait machine aussi soi-même à force et de toute sa viande encore tremblotante dans ce bruit de rage énorme qui vous prenait le dedans et le tour de la tête et plus bas vous agitant les tripes et remontait aux yeux par petits coups précipités, infinis, inlassables. A mesure qu'on avançait on les perdait les compagnons. On leur faisait un petit sourire à ceux-là en les quittant comme si tout ce qui se passait était bien gentil. On ne pouvait plus ni se parler ni s'entendre. Il en restait à chaque fois trois ou quatre autour d'une machine.

On résiste tout de même, on a du mal à se dégoûter de sa substance, on voudrait bien arrêter tout ça pour qu'on y réfléchisse, et entendre en soi son cœur battre facilement, mais ça ne se peut plus. Ça ne peut plus finir. Elle est en catastrophe cette infinie boîte aux aciers et nous on tourne dedans et avec les machines et avec la terre. Tous ensemble ! Et les mille roulettes et les pilons qui ne tombent jamais en même temps avec des bruits qui s'écrasent les uns contre les autres et certains si violents qu'ils déclenchent autour d'eux comme des espèces de silences qui vous font un peu de bien.

Le petit wagon tortillard garni de quincaille se tracasse pour passer entre les outils. Qu'on se range ! Qu'on bondisse pour qu'il puisse démarrer encore un coup le petit hystérique. Et hop ! il va frétiller plus loin ce fou clinquant parmi les courroies et volants, porter aux hommes leurs rations de contraintes.

Les ouvriers penchés soucieux de faire tout le plaisir possible aux machines vous écœurent, à leur passer les boulons au calibre et des boulons encore, au lieu d'en finir une fois pour toutes, avec cette odeur d'huile, cette buée qui brûle les tympans et le dedans des oreilles par la gorge. C'est pas la honte qui leur fait baisser la tête. On cède au bruit comme on cède à la guerre On se laisse aller aux machines avec les trois idées qui restent à vaciller tout en haut derrière le front de la tête. C'est fini. Partout ce qu'on regarde, tout ce que la main touche, c'est dur à présent. Et tout ce dont on arrive à se souvenir encore un peu est raidi aussi comme du fer et n'a plus de goût dans la pensée.

On est devenu salement vieux d'un seul coup.

Il faut abolir la vie du dehors, en faire aussi d'elle de l'acier, quelque chose d'utile. On l'aimait pas assez telle qu'elle était, c'est pour ça. Faut en faire un objet donc, du solide, c'est la Règle.

J'essayai de lui parler au contremaître à l'oreille, il a grogné comme un cochon en réponse et par les gestes seulement il m'a montré, bien patient, la très simple manœuvre que je devais accomplir désormais pour toujours. Mes minutes, mes heures, mon reste de temps comme ceux d'ici s'en iraient à passer des petites chevilles à l'aveugle d'à côté qui les calibrait, lui, depuis des années les chevilles, les mêmes. Moi j'ai fait ça tout de suite très mal. On ne me blâma point, seulement après trois jours de ce labeur initial, je fus transféré, raté déjà, au trimbalage du petit chariot rempli de rondelles, celui qui cabotait d'une machine à l'autre. Là, j'en laissais trois, ici douze, là-bas cinq seulement. Personne ne me parlait. On existait plus que par une sorte d'hésitation entre l'hébétude et le délire. Rien n'importait que la continuité fracassante des mille et mille instruments qui commandaient les hommes.

Quand à six heures tout s'arrête on emporte le bruit dans sa tête, j'en avais encore moi pour la nuit entière de bruit et d'odeur à l'huile aussi comme si on m'avait mis un nez nouveau, un cerveau nouveau pour toujours.

Alors à force de renoncer, peu à peu, je suis devenu comme un autre... Un nouveau Ferdinand. Après quelques semaines. Tout de même l'envie de revoir des gens du dehors me revint. Pas ceux de l'atelier bien sûr, ce n'étaient que des échos et des odeurs de machines comme moi, des viandes vibrées à l'infini, mes compagnons. C'était un vrai corps que je voulais toucher, un corps rose en vraie vie silencieuse et molle.

Je ne connaissais personne dans cette ville et surtout pas de femmes. Avec bien du mal, j'ai fini par recueillir l'adresse incertaine d'une « Maison », d'un bobinard clandestin, dans le quartier Nord de la ville. J'allai me promener de ce côté quelques soirs de suite, après l'usine, en reconnaissance. Cette rue ressemblait à une autre, mais mieux tenue peut-être que celle que j'habitais.

J'avais repéré le petit pavillon où ça se passait, entouré de jardins. Pour entrer, il fallait faire vite afin que le cogne qui montait la garde près de la porte puisse ne rien avoir aperçu. Ce fut le premier endroit d'Amérique où je fus reçu sans brutalité, aimablement même pour mes cinq dollars. Et des belles jeunes femmes, charnues, tendues de santé et de force gracieuse, presque aussi belles après tout que celles du *Laugh Calvin.*

Et puis celles-ci au moins, on pouvait les toucher franchement. Je ne pus m'empêcher de devenir un habitué de cet endroit. Toute ma paie y passait. Il me fallait, le soir venu, les promiscuités érotiques de ces splendides accueillantes pour me refaire une âme. Le cinéma ne me suffisait plus, antidote bénin, sans effet réel contre l'atrocité matérielle de l'usine. Il fallait recourir, pour durer encore, aux grands toniques débraillés, aux drastiques vitaux. On n'exigeait de moi que de faibles redevances dans cette maison, des arrangements d'amis, parce que je leur avais apporté de France, à ces dames, des petits trucs et des machins. Seulement, le samedi soir, assez de petits trucs, le business battait son plein et je laissais toute la place aux équipes de « baseball » en bordée, magnifiquement vigoureuses, costauds à qui le bonheur semblait venir aussi simplement que la respiration.

Pendant qu'elles jouissaient les équipes, mis en verve de mon côté, je rédigeais des petites nouvelles dans la cuisine pour moi seul. L'enthousiasme de ces sportifs pour les créatures du lieu n'atteignait certes pas à la ferveur un peu impuissante du mien. Ces athlètes tranquilles dans leur force étaient blasés sur le compte de la perfection physique. La beauté, c'est comme l'alcool ou le confort, on s'y habitue, on n'y fait plus attention.

Ils venaient surtout eux, au boxon, pour la rigolade. Souvent ils se battaient pour finir, énormément. La police arrivait alors en trombe et emportait le tout dans des petits camions.

A l'égard d'une des jolies femmes de l'endroit, Molly, j'éprouvai bientôt un exceptionnel sentiment de confiance, qui chez les êtres apeurés tient lieu d'amour. Il me souvient comme si c'était hier de ses gentillesses, de ses jambes longues et blondes et magnifiquement déliées et musclées, des jambes nobles. La véritable aristocratie humaine, on a beau dire, ce sont les jambes qui la confèrent, pas d'erreur.

Nous devînmes intimes par le corps et par l'esprit et nous allions ensemble nous promener en ville quelques heures chaque semaine. Elle possédait d'amples ressources, cette amie, puisqu'elle se faisait dans les cent dollars par jour en maison, tandis que moi, chez Ford, j'en gagnais à peine six. L'amour qu'elle exécutait pour vivre ne la fatiguait guère. Les Américains font ça comme des oiseaux.

Sur le soir, après avoir traîné mon petit chariot colporteur, je m'obligeais cependant à faire aimable figure pour la retrouver après dîner. Il faut être gai avec les femmes tout au moins dans les débuts. Une grande envie vague me lancinait de lui proposer des choses, mais je n'avais plus la force. Elle comprenait bien le gâtisme industriel, Molly, elle avait l'habitude des ouvriers.

Un soir, comme ça, à propos de rien, elle m'a offert cinquante dollars. Je l'ai regardée d'abord. J'osais pas. Je pensais à ce que ma mère aurait dit dans un cas semblable. Et puis je me suis réfléchi que ma mère, la pauvre, ne m'en avait jamais offert autant. Pour faire plaisir à Molly, tout de suite, j'ai été acheter avec ses dollars un beau complet beige pastel (four piece suit) comme c'était la mode au printemps de cette année-là. Jamais on ne m'avait vu arriver aussi pimpant au bobinard. La patronne fit marcher son gros phono, rien que pour m'apprendre à danser.

Après ça nous allâmes au cinéma avec Molly pour étrenner mon complet neuf. Elle me demandait en route si j'étais pas jaloux, parce que le complet me donnait l'air triste, et l'envie aussi de ne plus retourner à l'usine. Un complet neuf, ça vous bouleverse les idées. Elle l'embrassait mon complet à petits baisers passionnés, quand les gens ne nous regardaient pas. J'essayais de penser à autre chose.

Cette Molly, tout de même quelle femme ! Quelle généreuse ! Quelle carnation ! Quelle plénitude de jeunesse ! Un festin de désirs. Et je redevenais inquiet. Maquereau ?... que je me pensais.

— N'allez donc plus chez Ford ! qu'elle me décourageait au surplus Molly. Cherchez-vous plutôt un petit emploi dans un bureau... Comme traducteur par exemple, c'est votre genre... Les livres ça vous plaît...

Elle me conseillait ainsi bien gentiment, elle voulait que je soye heureux. Pour la première fois un être humain s'intéressait à moi, du dedans si j'ose le dire, à mon égoïsme, se mettait à ma place à moi et pas seulement me jugeait de la sienne, comme tous les autres.

Ah! si je l'avais rencontrée plus tôt, Molly, quand il était encore temps de prendre une route au lieu d'une autre! Avant de perdre mon enthousiasme sur cette garce de Musyne et sur cette petite fiente de Lola! Mais il était trop tard pour me refaire une jeunesse. J'y croyais plus! On devient rapidement vieux et de façon irrémédiable encore. On s'en aperçoit à la manière qu'on a prise d'aimer son malheur malgré soi. C'est la nature qui est plus forte que vous voilà tout. Elle nous essaie dans un genre et on ne peut plus en sortir de ce genre-là. Moi j'étais parti dans une direction d'inquiétude. On prend doucement son rôle et son destin au sérieux sans s'en rendre bien compte et puis quand on se retourne il est bien trop tard pour en changer. On est devenu tout inquiet et c'est entendu comme ça pour toujours.

Elle essayait bien aimablement de me retenir auprès d'elle Molly, de me dissuader... « Elle passe aussi bien ici qu'en Europe la vie, vous savez, Ferdinand! On ne sera pas malheureux ensemble. » Et elle avait raison dans un sens. « On placera nos économies... on s'achètera une maison de commerce... On sera comme tout le monde... » Elle disait cela pour calmer mes scrupules. Des projets. Je lui donnais raison. J'avais même honte de tant de mal qu'elle se donnait pour me conserver. Je l'aimais bien, sûrement, mais j'aimais encore mieux mon vice, cette envie de m'enfuir de partout, à la recherche de je ne sais quoi, par un sot orgueil sans doute, par conviction d'une espèce de supériorité.

Je voulais éviter de la vexer, elle comprenait et devançait mon souci. J'ai fini, tellement qu'elle était gentille par lui avouer la manie qui me tracassait de foutre le camp de partout. Elle m'a écouté pendant des jours et des jours, à m'étaler et me raconter dégoûtamment, en train de me débattre parmi des fantasmes et les orgueils et elle n'en fut pas impatientée, bien au contraire. Elle essayait seulement de m'aider à vaincre cette vaine et niaise angoisse. Elle ne comprenait pas très bien où je voulais en venir

avec mes divagations, mais elle me donnait raison quand même
contre les fantômes ou avec les fantômes, à mon choix. A force
de douceur persuasive, sa bonté me devint familière et presque
personnelle. Mais il me semblait que je commençais alors à tricher
avec mon fameux destin, avec ma raison d'être comme je l'appe-
lais, et je cessai dès lors brusquement de lui raconter tout ce
que je pensais. Je retournai tout seul en moi-même, bien content
d'être encore plus malheureux qu'autrefois parce que j'avais
rapporté dans ma solitude une nouvelle façon de détresse, et
quelque chose qui ressemblait à du vrai sentiment.

Tout cela est banal. Mais Molly était dotée d'une patience
angélique, elle croyait justement dur comme fer aux vocations.
Sa sœur cadette, par exemple, à l'Université d'Arizona, avait
attrapé la manie de photographier les oiseaux dans leurs nids
et les rapaces dans leurs tanières. Alors, pour qu'elle puisse continuer à suivre les cours bizarres de cette technique spéciale,
Molly lui envoyait régulièrement, à sa sœur photographe, cinquante dollars par mois.

Un cœur infini vraiment, avec du vrai sublime dedans, qui
peut se transformer en pognon, pas en chiqué comme le mien
et tant d'autres. Pour ce qui me concernait, Molly ne demandait
pas mieux que de s'intéresser pécuniairement à mon aventure
vaseuse. Bien que je lui apparusse comme un garçon assez ahuri
par moments, ma conviction lui semblait réelle et vraiment
digne de ne pas être découragée. Elle m'engageait seulement
à lui établir une sorte de petit bilan pour une pension budgétaire
qu'elle voulait me constituer. Je ne pouvais me résoudre à accepter
ce don. Un dernier relent de délicatesse m'empêchait d'escompter
davantage, de spéculer encore sur cette nature vraiment trop
spirituelle et trop gentille. C'est ainsi que je me mis délibérément
en difficulté avec la Providence.

Je fis même, honteux, à ce moment, quelques efforts encore
pour retourner chez Ford. Petits héroïsmes sans suite d'ailleurs. Je parvins tout juste devant la porte de l'usine, mais je
demeurai figé à cet endroit liminaire, et la perspective de toutes
ces machines qui m'attendaient en tournant, anéantit en moi
sans appel ces velléités travailleuses.

Je me postai devant la grande vitre de la génératrice centrale, cette géante multiforme qui rugit en pompant et en refou-

lant je ne sais d'où, je ne sais quoi, par mille tuyaux luisants,
intriqués et vicieux comme des lianes. Un matin que j'étais
posté ainsi en contemplation baveuse, mon Russe du taxi vint
à passer. « Dis donc, qu'il m'a dit, t'es balancé coquin !... Y a trois
semaines que t'es pas venu... Ils t'ont déjà remplacé par une
mécanique... Je t'avais bien prévenu pourtant... »

« Comme ça, me suis-je dit alors, au moins c'est fini... Y a
plus à y revenir... » Et je suis reparti vers la Cité. En rentrant,
je suis repassé par le Consulat, histoire de demander si on n'avait
pas entendu parler des fois d'un Français nommé Robinson.

— Sûr ! Bien sûr ! qu'ils m'ont répondu les consuls. Il est même
venu ici nous voir deux fois, et il avait des faux papiers encore...
La police le recherche d'ailleurs ! Vous le connaissez ?... J'ai pas
insisté...

Dès lors, je me suis attendu à le rencontrer à chaque instant
le Robinson. Je sentais que ça venait. Molly continuait à être
tendre et bienveillante. Elle était même plus gentille encore
qu'avant depuis qu'elle était persuadée que je voulais m'en aller
définitivement. Ça ne servait à rien d'être gentil avec moi. Avec
Molly, nous parcourions souvent les environs de la ville, pendant
ses après-midi de congé.

Des petits tertres pelés, des bosquets de bouleaux autour de
lacs minuscules, des gens à lire par-ci, par-là des magazines grisailles sous le ciel tout lourd de nuages plombés. Nous évitions
avec Molly les confidences compliquées. Et puis, elle était fixée.
Elle était trop sincère pour avoir beaucoup de choses à dire
à propos d'un chagrin. Ce qui se passait en dedans lui suffisait,
dans son cœur. On s'embrassait. Mais je ne l'embrassais pas bien,
comme j'aurais dû, à genoux en vérité. Toujours je pensais un
peu à autre chose en même temps, à ne pas perdre du temps et
de la tendresse, comme si je voulais tout garder pour je ne sais
quoi de magnifique, de sublime, pour plus tard, mais pas pour
Molly, et pas pour ça. Comme si la vie allait emporter, me cacher
ce que je voulais savoir d'elle, de la vie au fond du noir, pendant
que je perdrais de la ferveur à l'embrasser Molly, et qu'alors
j'en aurais plus assez et que j'aurais tout perdu au bout du compte
par manque de force, que la vie m'aurait trompé comme tous
les autres, la Vie, la vraie maîtresse des véritables hommes.

Nous revenions vers la foule et puis je la laissais devant sa

maison, parce que la nuit, elle était prise par la clientèle jusqu'au
petit matin. Pendant qu'elle s'occupait avec les clients, j'avais
tout de même de la peine, et cette peine me parlait d'elle si bien,
que je la sentais encore mieux avec moi que dans la réalité. J'entrais dans un cinéma pour passer le temps. A la sortie du cinéma
je montais dans un tramway, par-ci, par-là, et j'excursionnais
dans la nuit. Après deux heures sonnées montaient les voyageurs
timides d'une espèce qu'on ne rencontre guère avant ou après
cette heure-là, si pâles toujours et somnolents, par paquets dociles,
jusqu'aux faubourgs.

Avec eux on allait loin. Bien plus loin encore que les usines,
vers les lotissements imprécis, les ruelles aux maisons indistinctes sur le pavé gluant des petites pluies d'aurore le jour
venait reluire en bleu. Mes compagnons du tram disparaissaient
en même temps que leurs ombres. Ils fermaient leurs yeux sur
le jour. Pour les faire parler ces ombreux on avait du mal. Trop
de fatigue. Ils ne se plaignaient pas, non, c'est eux qui nettoyaient
pendant la nuit les boutiques et encore des boutiques et les bureaux
de toute la ville, après la fermeture. Ils semblaient moins inquiets
que nous autres, gens de la journée. Peut-être parce qu'ils étaient
parvenus, eux, tout en bas des gens et des choses.

Une de ces nuits-là, comme j'avais pris un autre tramway
encore et que c'était le terminus et qu'on descendait prudem-
ment, il m'a semblé qu'on m'appelait par mon nom : « Ferdinand !
Hé Ferdinand ! » Ça faisait comme un scandale forcément dans
cette pénombre. J'aimais pas ça. Au-dessus des toits, le ciel
revenait déjà par petits paquets bien froids, découpés par les
gouttières. Sûr qu'on m'appelait. En me retournant, je l'ai reconnu tout de suite Léon. En chuchotant il m'a retrouvé et on s'est
alors expliqué tous les deux.

Lui aussi il revenait de nettoyer un bureau avec les autres.
C'est tout ce qu'il avait trouvé comme combine. Il marchait
bien pondérément, avec un peu de véritable majesté, comme s'il
venait d'accomplir des choses dangereuses et pour ainsi dire
sacrées dans la ville. C'est le genre qu'ils prenaient d'ailleurs
tous ces nettoyeurs de nuit, je l'avais déjà remarqué. Dans la
fatigue et la solitude le divin ça sort des hommes. Il en avait
plein les yeux lui aussi quand il les ouvrait bien plus grand que
les yeux d'habitude, dans la pénombre bleue où nous étions.

Il avait déjà nettoyé lui aussi des étendues de lavabos à ne plus finir et fait reluire de vraies montagnes d'étages et des étages de silence.

Il a ajouté : « Je t'ai reconnu tout de suite Ferdinand! A la manière que t'es monté dans le tramway... Figure-toi, rien qu'à ta manière dont t'étais triste quand t'as trouvé qu'il y avait pas une femme. C'est-y pas vrai? C'est-y pas ton genre? » C'était vrai que c'était mon genre. Décidément j'avais une âme débraillée comme une braguette. Rien donc pour m'étonner dans cette juste observation. Mais ce qui m'a plutôt surpris c'est que lui non plus il aye pas réussi en Amérique. C'était pas du tout ce que j'avais prévu.

Je lui ai parlé à lui du coup de la galère à San Tapeta. Mais il comprenait pas ce que ça voulait dire. « T'as la fièvre! » qu'il m'a répondu simplement. Lui c'était par un cargo qu'il était arrivé. Il aurait bien essayé de se placer chez Ford mais ses papiers vraiment trop faux pour oser les montrer l'arrêtaient. « C'est juste bon à avoir dans sa poche » qu'il remarquait. Pour les équipes du nettoyage on était pas difficile sur l'état civil. On payait pas beaucoup non plus, mais on passait la main. C'était une espèce de légion étrangère de la nuit.

— Et toi qu'est-ce que tu fais? qu'il m'a demandé alors. T'es donc toujours cinglé? T'en as pas encore assez des trucs et des machins? T'en veux donc encore des voyages?

— J'veux rentrer en France, que je lui dis, j'en ai assez vu comme ça, t'as raison, ça va...

— Tu fais mieux, qu'il m'a répondu parce que pour nous les pommes sont cuites... On a vieilli sans s'en apercevoir, je sais ce que c'est... Je voudrais bien rentrer aussi moi, mais c'est toujours les papiers... J'attendrai encore un peu pour m'en procurer des bons.. On peut pas dire que c'est mauvais le boulot qu'on fait. Y a pire. Mais j'apprends pas l'anglais... Depuis trente ans dans le nettoyage y en a dans le même truc qui n'ont appris en tout que « Exit » à cause que c'est sur les portes qu'on astique, et puis « Lavatory ». Tu comprends?

Je comprenais. Si jamais Molly venait à me manquer je serais bien forcé d'aller m'embaucher aussi, au boulot de la nuit.

Y a pas de raison pour que ça finisse.

En somme, tant qu'on est à la guerre, on dit que ce sera mieux dans la paix et puis on bouffe cet espoir-là comme si c'était du bonbon et puis c'est rien quand même que de la merde. On n'ose pas le dire d'abord pour dégoûter personne. On est gentil somme toute. Et puis un beau jour on finit quand même par casser le morceau devant tout le monde. On en a marre de se retourner dans la mouscaille. Mais tout le monde trouve du coup qu'on est bien mal élevé. Et c'est tout.

A deux ou trois reprises après ça, on s'est donné rendez-vous avec Robinson. Il avait bien mauvaise mine. Un déserteur français qui fabriquait des liqueurs en fraude pour les coquins de Detroit lui avait cédé un petit coin dans son « business ». Ça le tentait Robinson. « J'en ferais bien un peu, moi aussi du « raidillon » pour leur sale gueule, qu'il me confiait, mais vois-tu j'ai perdu l'estomac... Je sens qu'au premier flic qui me travaille, je me dégonfle... J'en ai trop vu... Et puis en plus j'ai tout le temps sommeil... Forcément, dormir le jour, c'est pas dormir... Sans compter la poussière des « bureaux » qu'on s'en remue plein les poumons... Tu te rends compte?... Ça crève un homme... »

On s'est donné rendez-vous pour une autre nuit. Je suis retourné trouver Molly et je lui ai tout raconté. A me cacher la peine que je lui faisais, elle se donnait bien du mal mais c'était pas difficile à voir quand même qu'elle en avait. Je l'embrassais plus souvent à présent, mais c'était du profond chagrin le sien, plus vrai que chez nous autres, parce qu'on a plutôt l'habitude nous autres d'en dire pour plus qu'il y en a. Chez les Américaines c'est le contraire. On n'ose pas comprendre, l'admettre. C'est un peu humiliant, mais tout de même, c'est bien du chagrin, c'est pas de l'orgueil, c'est pas de la jalousie non plus, ni des scènes, c'est rien que de la vraie peine du cœur et qu'il faut bien se dire que tout ça nous manque en dedans et que pour le plaisir d'avoir du chagrin on est sec. On a honte de ne pas être plus riche en cœur et en tout et aussi d'avoir jugé quand même l'humanité plus basse qu'elle n'est vraiment au fond.

De temps en temps, elle se laissait, Molly, entraîner tout de même à me faire un petit reproche, mais toujours en termes bien mesurés, bien aimables.

— Vous êtes bien gentil, Ferdinand, me disait-elle, et je sais que vous faites des efforts pour ne pas devenir aussi méchant que les autres, seulement, je ne sais pas si vous savez bien ce

que vous désirez au fond... Réfléchissez-y bien ! Il faudra que
vous trouviez à manger de retour là-bas, Ferdinand... Et ailleurs
vous ne pourrez plus vous promener comme ici à rêvasser pendant des nuits et des nuits... Comme vous aimez tant à le faire...
Pendant que je travaille... Vous y avez pensé Ferdinand?

Dans un sens, elle avait mille fois raison, mais chacun sa nature.
J'avais peur de la blesser. Surtout qu'elle se blessait bien facilement.

— Je vous assure que je vous aime bien, Molly, et je vous
aimerai toujours... comme je peux... à ma façon.

Ma façon, c'était pas beaucoup. Elle était bien en chair pourtant Molly, bien tentante. Mais j'avais ce sale penchant aussi
pour les fantômes. Peut-être pas tout à fait par ma faute.
La vie vous force à rester beaucoup trop souvent avec les
fantômes.

— Vous êtes bien affectueux, Ferdinand, me rassurait-elle,
ne pleurez pas à mon sujet... Vous en êtes comme malade de
votre désir d'en savoir toujours davantage... Voilà tout... Enfin,
ça doit être votre chemin à vous... Par là, tout seul... C'est le
voyageur solitaire qui va le plus loin... Vous allez partir bientôt
alors?

— Oui, je vais finir mes études en France, et puis je reviendrai,
lui assurais-je avec culot.

— Non, Ferdinand, vous ne reviendrez plus... Et puis je ne
serai plus ici non plus...

Elle n'était pas dupe.

Le moment du départ arriva. Nous allâmes un soir vers la
gare un peu avant l'heure où elle rentrait à la maison. Dans
la journée j'avais été faire mes adieux à Robinson. Il n'était
pas fier non plus que je le quitte. Je n'en finissais pas de quitter
tout le monde. Sur le quai de la gare, comme nous attendions
le train avec Molly, passèrent des hommes qui firent semblant
de ne pas la reconnaître, mais ils chuchotaient des choses.

— Vous voilà déjà loin, Ferdinand. Vous faites, n'est-ce pas,
Ferdinand, exactement ce que vous avez bien envie de faire?
Voilà ce qui est important... C'est cela seulement qui compte...

Le train est entré en gare. Je n'étais plus très sûr de mon
aventure quand j'ai vu la machine. Je l'ai embrassée Molly
avec tout ce que j'avais encore de courage dans la carcasse.

J'avais de la peine, de la vraie, pour une fois, pour tout le monde, pour moi, pour elle, pour tous les hommes.

C'est peut-être ça qu'on cherche à travers la vie, rien que cela, le plus grand chagrin possible pour devenir soi-même avant de mourir.

Des années ont passé depuis ce départ et puis des années encore... J'ai écrit souvent à Detroit et puis ailleurs à toutes les adresses dont je me souvenais et où l'on pouvait la connaître, la suivre Molly. Jamais je n'ai reçu de réponse.

La Maison est fermée à présent. C'est tout ce que j'ai pu savoir. Bonne, admirable Molly, je veux si elle peut encore me lire, d'un endroit que je ne connais pas, qu'elle sache bien que je n'ai pas changé pour elle, que je l'aime encore et toujours, à ma manière, qu'elle peut venir ici quand elle voudra partager mon pain et ma furtive destinée. Si elle n'est plus belle, eh bien tant pis! Nous nous arrangerons! J'ai gardé tant de beauté d'elle en moi, si vivace, si chaude que j'en ai bien pour tous les deux et pour au moins vingt ans encore, le temps d'en finir.

Pour la quitter il m'a fallu certes bien de la folie et d'une sale et froide espèce. Tout de même, j'ai défendu mon âme jusqu'à présent et si la mort, demain, venait me prendre, je ne serais, j'en suis certain, jamais tout à fait aussi froid, vilain, aussi lourd que les autres, tant de gentillesse et de rêve Molly m'a fait cadeau dans le cours de ces quelques mois d'Amérique.

C'EST pas le tout d'être rentré de l'Autre Monde! On retrouve le fil des jours comme on l'a laissé à traîner par ici, poisseux, précaire. Il vous attend.

J'ai tourné encore pendant des semaines et des mois tout autour de la place Clichy, d'où j'étais parti, et aux environs aussi, à faire des petits métiers pour vivre, du côté des Batignolles. Pas racontables! Sous la pluie ou dans la chaleur des autos, juin venu, celle qui vous brûle la gorge et le fond du nez, presque comme chez Ford. Je les regardais passer, et passer encore, pour me distraire, les gens filant vers leur théâtre ou le Bois, le soir.

Toujours plus ou moins seul pendant les heures libres je mijotais avec des bouquins et des journaux et puis aussi avec toutes les choses que j'avais vues. Mes études, une fois reprises, les examens je les ai franchis, à hue à dia, tout en gagnant ma croûte. Elle est bien défendue la Science, je vous le dis, la Faculté, c'est une armoire bien fermée. Des pots en masse, peu de confiture. Quand j'ai eu tout de même terminé mes cinq ou six années de tribulations académiques, je l'avais mon titre, bien ronflant. Alors, j'ai été m'accrocher en banlieue, mon genre, à la Garenne-Rancy, là, dès qu'on sort de Paris, tout de suite après la Porte Brancion.

Je n'avais pas de prétention moi, ni d'ambition non plus, rien que seulement l'envie de souffler un peu et de mieux bouffer un peu. Ayant posé ma plaque à ma porte, j'attendis.

Les gens du quartier sont venus la regarder ma plaque, soupçonneux. Ils ont même été demander au Commissariat de Police si j'étais bien un vrai médecin. Oui, qu'on leur a répondu. Il a déposé son diplôme, c'en est un. Alors, il fut répété dans tout Rancy qu'il venait de s'installer un vrai médecin en plus des autres. « Y gagnera pas son bifteck! a prédit tout de suite ma concierge. Il y en a déjà bien trop des médecins par ici! » Et c'était exactement observé.

En banlieue, c'est surtout par les tramways que la vie vous arrive le matin. Il en passait des pleins paquets avec des pleines bordées d'ahuris bringuebalant, dès le petit jour, par le boulevard Minotaure, qui descendaient vers le boulot.

Les jeunes semblaient même comme contents de s'y rendre au boulot. Ils accéléraient le trafic, se cramponnaient aux marchepieds, ces mignons, en rigolant. Faut voir ça. Mais quand on connaît depuis vingt ans la cabine téléphonique du bistrot, par exemple, si sale qu'on la prend toujours pour les chiottes, l'envie vous passe de plaisanter avec les choses sérieuses et avec Rancy en particulier. On se rend alors compte où qu'on vous a mis. Les maisons vous possèdent, toutes pisseuses qu'elles sont, plates façades, leur cœur est au propriétaire. Lui on le voit jamais. Il n'oserait pas se montrer. Il envoie son gérant, la vache. On dit pourtant dans le quartier qu'il est bien aimable le proprio quand on le rencontre. Ça n'engage à rien.

La lumière du ciel à Rancy, c'est la même qu'à Detroit, du jus de fumée qui trempe la plaine depuis Levallois. Un rebut de bâtisses tenues par des gadoues noires au sol. Les cheminées, des petites et des hautes, ça fait pareil de loin qu'au bord de la mer les gros piquets dans la vase. Là-dedans, c'est nous.

Faut avoir le courage des crabes aussi, à Rancy, surtout quand on prend de l'âge et qu'on est bien certain d'en sortir jamais plus. Au bout du tramway voici le pont poisseux qui se lance au-dessus de la Seine, ce gros égout qui montre tout. Au long des berges, le dimanche et la nuit les gens grimpent sur les tas pour faire pipi. Les hommes ça les rend méditatifs de se sentir devant l'eau qui passe. Ils urinent avec un sentiment d'éternité, comme des marins. Les femmes, ça ne médite jamais. Seine ou pas. Au matin donc le tramway emporte sa foule se faire comprimer dans le métro. On dirait à les voir tous s'enfuir de ce côté-là, qu'il leur est arrivé une catastrophe du côté d'Argenteuil, que c'est leur pays qui brûle. Après chaque aurore, ça les prend, ils s'accrochent par grappes aux portières, aux rambardes. Grande déroute. C'est pourtant qu'un patron qu'ils vont chercher dans Paris, celui qui vous sauve de crever de faim, ils ont énormément peur de le perdre, les lâches. Il vous la fait transpirer pourtant sa pitance. On en pue pendant dix ans, vingt ans et davantage. C'est pas donné.

Et on s'engueule dans le tramway déjà un bon coup pour se faire la bouche. Les femmes sont plus râleuses encore que des moutards. Pour un billet en resquille, elles feraient stopper toute la ligne. C'est vrai qu'il y en a déjà qui sont saoules parmi les passagères, surtout celles qui descendent au marché vers Saint-Ouen, les demi-bourgeoises. « Combien les carottes? » qu'elles demandent bien avant d'y arriver pour faire voir qu'elles ont de quoi.

Comprimés comme des ordures qu'on est dans la caisse en fer, on traverse tout Rancy et on odore ferme en même temps, surtout quand c'est l'été. Aux fortifications on se menace, on gueule un dernier coup et puis on se perd de vue, le métro avale tous et tout, les complets détrempés, les robes découragées, bas de soie, les métrites et les pieds sales comme des chaussettes, cols inusables et raides comme des termes, avortements en cours, glorieux de la guerre, tout ça dégouline par l'escalier au coaltar et phéniqué et jusqu'au bout noir, avec le billet de retour qui coûte autant à lui tout seul que deux petits pains.

La lente angoisse du renvoi sans musique, toujours si près des retardataires (avec un certificat sec) quand le patron voudra réduire ses frais généraux. Souvenirs de « Crise » à fleur de peau, de la dernière fois sans place, de tous les *Intransigeant* qu'il a fallu lire, cinq sous, cinq sous... des attentes à chercher du boulot... Ces mémoires vous étranglent un homme, tout enroulé qu'il puisse être dans son pardessus « toutes saisons ».

La ville cache tant qu'elle peut ses foules de pieds sales dans ses longs égouts électriques. Ils ne reviendront à la surface que le dimanche. Alors, quand ils seront dehors, faudra pas se montrer. Un seul dimanche à les voir se distraire, ça suffirait pour vous enlever à toujours le goût de la rigolade. Autour du métro, près des bastions croustille, endémique, l'odeur des guerres qui traînent, des relents de villages mi-brûlés, mal cuits, des révolutions qui avortent, des commerces en faillite. Les chiffonniers de la zone brûlent depuis des saisons les mêmes petits tas humides dans les fossés à contre-vent. C'est des barbares à la manque ces biffins pleins de litrons et de fatigue. Ils vont tousser au Dispensaire d'à-côté, au lieu de balancer les tramways dans

les glacis et d'aller pisser dans l'octroi un bon coup. Plus de sang.
Pas d'histoire. Quand la guerre elle reviendra, la prochaine,
ils feront encore une fois fortune à vendre des peaux de rats,
de la cocaïne et des masques en tôle ondulée.

Moi, je m'étais trouvé pour la pratique un petit appartement
au bord de la zone d'où j'apercevais bien les glacis et l'ouvrier
toujours qui est dessus, à regarder rien, avec son bras dans
un gros coton blanc, blessé du travail, qui sait plus quoi faire
et quoi penser et qui n'a pas assez pour aller boire et se remplir
la conscience.

Molly avait eu bien raison, je commençais à la comprendre.
Les études ça vous change, ça fait l'orgueil d'un homme. Il
faut bien passer par là pour entrer dans le fond de la vie. Avant,
on tourne autour seulement. On se prend pour un affranchi
mais on bute dans des riens. On rêve de trop. On glisse sur
tous les mots. Ça n'est pas ça. Ce n'est rien que des intentions,
des apparences. Faut autre chose au résolu. Avec la médecine,
moi, pas très doué, tout de même je m'étais bien rapproché
des hommes, des bêtes, de tout. Maintenant, il n'y avait plus
qu'à y aller carrément, dans le tas. La mort court après vous,
faut se dépêcher et faut manger aussi pendant qu'on cherche
et puis passer en dessous la guerre par-dessus le marché. Ça fait
bien des choses à accomplir. C'est pas commode.

En attendant, quant aux malades, il n'en venait pas « bezef ».
Faut le temps de démarrer, qu'on me disait pour me rassurer.
Le malade, pour l'instant, c'était surtout moi.

Y a guère plus lamentable que la Garenne-Rancy, trouvais-je,
quand on n'a pas de clients. On peut le dire. Faudrait pas penser
dans ces endroits-là, et moi qui y étais venu justement pour
penser tranquille, et de l'autre bout de la terre encore ! Je tombais
bien. Petit orgueilleux ! C'est venu sur moi noir et lourd... Y
avait pas de quoi rire, et puis ça m'a plus lâché. Un cerveau,
c'est tyran comme y a pas.

En bas de chez moi, demeurait Bézin, le petit brocanteur
qui me disait toujours quand je m'arrêtais devant chez lui :
« Faut choisir, Docteur ! Jouer aux courses ou bien prendre
l'apéritif, c'est l'un ou l'autre !... On peut pas tout faire ! Moi,
c'est l'apéro que je préfère ! J'aime pas le jeu... »

Pour lui, celui d'apéritif qu'il préférait, c'était la gentiane-

cassis. Pas méchant d'habitude et puis après du picolo, pas
très gentil... Quand il allait au ravitaillement à la Foire aux
puces, il restait des trois jours dehors, en « expédition », comme
il appelait ça. On le ramenait. Alors, il prophétisait :

— L'avenir, je vois comment qu'y sera... Ça sera comme
une partouze qui n'en finira plus... Et avec du cinéma entre...
Y a qu'à voir comment que c'est déjà...

Il voyait même plus loin encore dans ces cas-là : « Je vois
aussi qu'ils boiront plus... Je suis le dernier, moi, qui bois
dans l'avenir... Faut que je me dépêche... Je connais mon
vice... »

Tout le monde toussait dans ma rue. Ça occupe. Pour voir
le soleil, faut monter au moins jusqu'au Sacré-Cœur, à cause
des fumées.

De là alors c'est un beau point de vue; on se rend bien compte
que dans le fond de la plaine, c'étaient nous, et les maisons où on
demeurait. Mais quand on les cherche en détail, on les retrouve
pas, même la sienne, tellement que c'est laid et pareillement
laid, tout ce qu'on voit.

Plus au fond encore, c'est toujours la Seine à circuler comme
un grand glaire en zigzag d'un pont à l'autre.

Quand on habite à Rancy, on se rend même plus compte qu'on
est devenu triste. On a plus envie de faire grand-chose, voilà
tout. A force de faire des économies sur tout, à cause de tout,
toutes les envies vous sont passées.

Pendant des mois j'ai emprunté de l'argent par-ci et par-là.
Les gens étaient si pauvres et si méfiants dans mon quartier
qu'il fallait qu'il fasse nuit pour qu'ils se décident à me faire
venir, moi, le médecin pas cher pourtant. J'en ai parcouru ainsi
des nuits et des nuits à chercher des dix francs et des quinze à
travers les courettes sans lune.

Au matin, la rue devenait comme un grand tambour de tapis
battus.

Ce matin-là, j'ai rencontré Bébert sur le trottoir, il gardait
la loge de sa tante partie dehors aux commissions. Lui aussi
soulevait un nuage du trottoir avec un balai, Bébert.

Qui ne ferait pas sa poussière dans ces endroits-là, sur les
sept heures, passerait pour un fameux cochon dans sa propre
rue. Carpettes secouées, signe de propreté, ménage bien tenu.

Ça suffit. On peut puer de la gueule, on est tranquille après ça. Bébert avalait toute celle qu'il soulevait de poussière et puis celle aussi qu'on lui envoyait des étages. Il arrivait cependant aux pavés quelques taches de soleil mais comme à l'intérieur d'une église, pâles et adoucies, mystiques.

Bébert m'avait vu venir. J'étais le médecin du coin, à l'endroit où l'autobus s'arrête. Teint trop verdâtre, pomme qui ne mûrira jamais, Bébert. Il se grattait et de le voir, ça m'en donnait à moi aussi envie de me gratter. C'est que, des puces j'en avais, c'est vrai, moi aussi, attrapé pendant la nuit au-dessus des malades. Elles sautent dans votre pardessus volontiers parce que c'est l'endroit le plus chaud et le plus humide qui se présente. On vous apprend ça à la Faculté.

Bébert abandonna sa carpette pour me souhaiter le bonjour. De toutes les fenêtres on nous regardait parler ensemble.

Tant qu'il faut aimer quelque chose, on risque moins avec les enfants qu'avec les hommes, on a au moins l'excuse d'espérer qu'ils seront moins carnes que nous autres plus tard. On ne savait pas.

Sur sa face livide dansotait cet infini petit sourire d'affection pure que je n'ai jamais pu oublier. Une gaieté pour l'univers.

Peu d'êtres en ont encore un petit peu après les vingt ans passés de cette affection facile, celle des bêtes. Le monde n'est pas ce qu'on croyait! Voilà tout! Alors, on a changé de gueule! Et comment! Puisqu'on s'était trompé! Tout de la vache qu'on devient en moins de deux! Voilà ce qui nous reste sur la figure après vingt ans passés! Une erreur! Notre figure n'est qu'une erreur.

— Hé! qu'il me   t Bébert, Docteur! Pas qu'on en a ramassé un Place des Fêtes cette nuit? Qu'il avait la gorge coupée avec un rasoir? C'était-y vous qu'étiez de service? C'est-y vrai?

— Non, c'était pas moi de service, Bébert, c'était pas moi, c'était le Docteur Frolichon...

— Tant pis, parce que ma tante elle a dit qu'elle aurait bien aimé que ça soye vous... Que vous lui auriez tout raconté...

— Ce sera pour la prochaine fois, Bébert.

— C'est souvent, hein, qu'on en tue des gens par ici? a remarqué Bébert encore.

Je traversai sa poussière, mais la machine balayeuse muni-
cipale passait tout juste, vrombissante, à ce moment-là, et ce
fut un grand typhon qui s'élança impétueux des ruisseaux et
combla toute la rue par d'autres nuages encore, plus denses,
poivrés. On ne se voyait plus. Bébert sautait de droite à gauche,
éternuant et hurlant, réjoui. Sa tête cernée, ses cheveux poisseux, ses jambes de singe étique, tout cela dansait, convulsif,
au bout du balai.

La tante à Bébert rentrait des commissions, elle avait déjà
pris le petit verre, il faut bien dire également qu'elle reniflait
un peu l'éther, habitude contractée alors qu'elle servait chez un
médecin et qu'elle avait eu si mal aux dents de sagesse. Il ne lui
en restait plus que deux des dents par-devant, mais elle ne manquait jamais de les brosser. « Quand on est comme moi, qu'on a
servi chez un médecin, on connaît l'hygiène. » Elle donnait des
consultations médicales dans le voisinage et même assez loin
jusque sur Bezons.

Il m'aurait intéressé de savoir si elle pensait quelquefois à
quelque chose la tante à Bébert. Non, elle ne pensait à rien. Elle
parlait énormément sans jamais penser. Quand nous étions
seuls, sans indiscrets alentour, elle me tapait à son tour d'une
consultation. C'était flatteur dans un sens.

— Bébert, Docteur, faut que je vous dise, parce que vous
êtes médecin, c'est un petit saligaud !... Il se « touche » ! Je m'en
suis aperçue depuis deux mois et je me demande qui est-ce qui
a pu lui apprendre ces saletés-là ?... Je l'ai pourtant bien élevé
moi ! Je lui défends... Mais il recommence...

— Dites-lui qu'il en deviendra fou, conseillai-je, classique.
Bébert, qui nous entendait, n'était pas content.

— J'me touche pas, c'est pas vrai, c'est le môme Gagat qui
m'a proposé...

— Voyez-vous, j' m'en doutais, fit la tante, dans la famille
Gagat, vous savez, ceux du cinquième ?... C'est tous des vicieux.
Le grand-père, il paraît qu'il courait après les dompteuses...
Hein, j'vous le demande, des dompteuses ?... Dites-moi, Docteur,
pendant qu'on est là, vous pourriez pas lui faire un sirop pour
l'empêcher de se toucher ?...

Je la suivis jusque dans sa loge pour prescrire un sirop anti-
vice pour le môme Bébert. J'étais trop complaisant avec tout

le monde, et je le savais bien. Personne ne me payait. J'ai consulté à l'œil, surtout par curiosité. C'est un tort. Les gens se vengent
des services qu'on leur rend. La tante à Bébert en a profité comme
les autres de mon désintéressement orgueilleux. Elle en a même
salement abusé. Je me laissais aller, mentir. Je les suivais. Ils
me tenaient, pleurnichaient les clients malades, chaque jour,
davantage, me conduisaient à leur merci. En même temps ils
me montraient de laideurs en laideurs tout ce qu'ils dissimulaient
dans la boutique de leur âme et ne le montraient à personne
qu'à moi. On ne payera jamais ces hideurs assez cher. Seulement elles vous filent entre les doigts comme des serpents
glaireux.

Je dirai tout un jour, si je peux vivre assez longtemps pour
tout raconter.

« Attention, dégueulasses! Laissez-moi faire des amabilités
encore pendant quelques années. Ne me tuez pas encore. Avoir
l'air servile et désarmé, je dirai tout. Je vous l'assure et vous
vous replierez d'un coup alors comme les chenilles baveuses qui
venaient en Afrique foirer dans ma case et je vous rendrai plus
subtilement lâches et plus immondes encore, si et tant que vous
en crèverez peut-être, enfin. »

— Est-ce qu'il est sucré? questionnait Bébert à propos du
sirop.

— Lui sucrez pas surtout, recommanda la tante. A cette
petite charogne... Il ne mérite pas que ça soye sucré et puis y
m'en vole bien assez du sucre comme ça! Il a tous les vices, tous
les culots! Il finira par assassiner sa mère!

— J'ai pas de mère, rétorqua Bébert tranchant et qui perdait
pas le Nord.

— Merde! fit la tante alors. J' vais te foutre une tournée
de martinet si tu me réponds! Et la voilà qui va le décrocher
le martinet, mais lui, il était déjà filé dans la rue. « Vicieuse! »
qu'il lui crie en plein couloir. La tante en rougit et revint vers
moi. Silence. On change de conversation.

— Vous devriez peut-être, Docteur, allez voir la dame à l'entresol du 4 de la rue des Mineures... C'est un ancien employé
de notaire, on lui a parlé de vous... Je lui ai dit que vous
étiez un médecin tout ce qu'il y a de gentil avec les
malades.

Je sais tout de suite qu'elle est en train de me mentir, la tante. Son médecin préféré à elle, c'est Frolichon. C'est toujours lui qu'elle recommande quand elle peut, moi, elle me débine au contraire en chaque occasion. Mon humanitarisme me vaut de sa part une haine animale. C'est une bête elle, faut pas l'oublier. Seulement Frolichon qu'elle admire la fait payer comptant, alors elle me consulte, moi, sur le pouce. Pour qu'elle m'ait recommandé, il faut donc que ce soit encore un truc absolument gratuit ou encore une sale affaire bien douteuse. En m'en allant, je pense tout de même à Bébert.

— Faut le sortir que je lui dis, il ne sort pas assez cet enfant-là...

— Où voulez-vous qu'on aille tous les deux? Je peux pas aller bien loin avec ma loge.

— Allez au moins jusqu'au Parc avec lui, le dimanche...

— Mais il y a encore plus de monde et de poussière qu'ici au Parc... On est les uns sur les autres.

Sa remarque est pertinente. Je cherche un autre endroit à lui conseiller.

Timidement, je propose le cimetière.

Le cimetière de la Garenne-Rancy, c'est le seul espace un peu boisé d'un peu d'étendue dans la région.

— Tiens c'est vrai, j'y pensais pas, on pourrait bien y aller!

Bébert revenait justement.

— Eh toi, Bébert, est-ce que ça te plairait d'aller te promener au cimetière? Faut que je lui demande, Docteur, parce que pour les promenades il a aussi sa vraie tête de cochon, faut que je vous avertisse!...

Bébert justement n'a pas d'opinion. Mais l'idée plaît à la tante et ça suffit. Elle a un faible pour les cimetières la tante, comme tous les Parisiens. On dirait à ce propos qu'elle va se mettre enfin à penser. Elle examine le pour et le contre. Les fortifications, c'est trop voyou... Au Parc, y a décidément trop de poussière... Tandis que le cimetière, c'est vrai, c'est pas mal... Et puis les gens qui viennent là le dimanche, c'est plutôt des gens convenables et qui se tiennent... Et puis, en plus, ce qui est bien commode, c'est qu'au retour on peut faire ses commissions en rentrant par le boulevard de la Liberté, où il y a encore des boutiques d'ouvertes le dimanche.

Et elle a conclu : « Bébert, va-t'en reconduire le Docteur chez madame Henrouille, rue des Mineures... Tu sais bien où qu'elle demeure, hein Bébert, madame Henrouille? »

Bébert sait où tout est pourvu que ça soye l'occasion d'une vadrouille.

ENTRE la rue Ventru et la place Lénine, c'est plus guère que des immeubles locatifs. Les entrepreneurs ont pris presque tout ce qu'il y avait encore là de campagne, les Garennes, comme on les appelait. Il en restait tout juste encore un petit peu vers le bout, quelques terrains vagues, après le dernier bec de gaz.

Coincés entre les bâtisses, moisissent ainsi quelques pavillons résistants, quatre pièces avec un gros poêle dans le couloir d'en bas; on l'allume à peine, c'est vrai, le feu, à cause de l'économie. Il fume dans l'humidité. C'est des pavillons de rentiers, ceux qui restent. Dès qu'on entre chez eux on tousse à cause de la fumée. C'est pas des rentiers riches qui sont restés par là, non, surtout pas les Henrouille où on m'envoyait. Mais tout de même c'étaient des gens qui possédaient un petit quelque chose.

En entrant, ça sentait chez les Henrouille, en plus de la fumée, les cabinets et le ragoût. Leur pavillon venait de finir d'être payé. Ça leur représentait cinquante bonnes années d'économie. Dès qu'on entrait chez eux et qu'on les voyait on se demandait ce qu'ils avaient tous les deux. Eh bien, ce qu'ils avaient les Henrouille de pas naturel, c'est de ne jamais avoir dépensé pendant cinquante ans un seul sou à eux deux sans l'avoir regretté. C'est avec leur chair et leur esprit qu'ils avaient acquis leur maison, tel l'escargot. Mais lui l'escargot, fait ça sans s'en douter.

Les Henrouille eux n'en revenaient pas d'avoir passé à travers la vie rien que pour avoir une maison et comme des gens qu'on vient de désemmurer ça les étonnait. Ils doivent faire une drôle de tête les gens quand on les extirpe des oubliettes.

Les Henrouille, dès avant leur mariage, ils y pensaient déjà à s'acheter une maison. Séparément d'abord, et puis après, ensemble. Ils s'étaient refusé de penser à autre chose pendant un demi-siècle et quand la vie les avait forcés à penser à autre chose, à la guerre par exemple, et surtout à leur fils, ça les avait rendus tout à fait malades.

Quand ils avaient emménagé dans leur pavillon, jeunes mariés, avec déjà leurs dix ans d'économie chacun, il n'était pas tout à fait terminé. Il était encore situé au milieu des champs le pavillon. Pour y parvenir, l'hiver, fallait prendre ses sabots, on les laissait chez le fruitier du coin de la Révolte en partant le matin au boulot, à six heures, à la station du tramway à cheval, pour Paris, à trois kilomètres de là, pour deux sous.

Ça représente une belle santé pour y tenir toute une vie à un régime pareil. Leur portrait était au-dessus du lit, au premier étage, pris le jour de la noce. Elle était payée aussi leur chambre à coucher, les meubles, et même depuis longtemps. Toutes les factures acquittées depuis dix, vingt, quarante ans sont du reste épinglées ensemble, dans le tiroir d'en haut de la commode et le livre des comptes complètement à jour est en bas dans la salle à manger où on ne mange jamais. Henrouille vous montrera tout ça si vous voulez. Le samedi, c'est lui qui balance les comptes dans la salle à manger. Eux, ils ont toujours mangé dans la cuisine.

J'ai appris tout ça, peu à peu, par eux et puis par d'autres, et puis par la tante à Bébert. Quand je les ai eu mieux connus, ils m'ont raconté eux-mêmes leur grande peur, celle de toute leur vie, celle que leur fils, l'unique, lancé dans le commerce, ne fasse de mauvaises affaires. Pendant trente ans ça les avait réveillés presque chaque nuit, un peu ou beaucoup, cette sale pensée-là. Etabli dans les plumes ce garçon! Songez un peu si on en a eu des crises dans les plumes depuis trente ans! Y a peut-être pas eu un métier plus mauvais que la plume, plus incertain.

On connaît des affaires qui sont si mauvaises qu'on ne songe même pas à emprunter de l'argent pour les renflouer, mais il y en a des autres au sujet desquelles il est toujours plus ou moins question d'emprunts. Quand ils y pensaient à un emprunt comme ça, même encore à présent maison payée et tout, ils se levaient de leurs chaises les Henrouille et se regardaient en rougissant. Que feraient-ils eux dans un cas comme celui-ci? Ils refuseraient.

Ils avaient décidé de tout temps de refuser à n'importe quel emprunt... Pour les principes, pour lui garder un pécule, un

héritage et une maison à leur fils, le Patrimoine. C'est comme ça
qu'ils raisonnaient. Un garçon sérieux certes, leur fils, mais dans
les affaires, on peut se trouver entraîné...

Questionné, moi, je trouvais tout comme eux.

Ma mère aussi à moi, elle faisait du commerce; ça nous avait
jamais rapporté que des misères son commerce, un peu de pain
et beaucoup d'ennuis. Je les aimais pas non plus, donc moi,
les affaires. Le péril de ce fils, le danger d'un emprunt qu'il aurait
pu à la rigueur envisager dans le cas d'une échéance périlleuse,
je le comprenais d'emblée. Pas besoin de m'expliquer. Lui, le
père Henrouille, il avait été petit clerc chez un notaire au boulevard Sébastopol pendant cinquante ans. Aussi, en connaissait-il
des histoires de dilapidation de fortunes! Il m'en a même raconté
des fameuses. Celle de son propre père d'abord, c'est même à
cause de sa faillite à son propre père qu'il n'avait pas pu se lancer
dans le professorat Henrouille, après son bachot et qu'il avait
dû se placer tout de suite dans les écritures. On s'en souvient
de ces choses-là.

Enfin, leur pavillon payé, bien possédé et tout, plus un sou
de dettes, ils n'avaient plus à s'en faire tous les deux du côté
de la sécurité! C'était dans leur soixante-sixième année.

Et voilà justement qu'il se met, lui alors, à éprouver un drôle
de malaise, ou plutôt, il y a longtemps qu'il l'éprouvait cette
espèce de malaise, mais avant il n'y pensait pas, à cause de la
maison à payer. Quand ce fut de ce côté-là une affaire bien
réglée et entendue et bien signée, il s'y mit à y penser à son curieux
malaise. Comme des étourdissements et puis des sifflets de vapeur
dans chaque oreille qui le prenaient.

C'est vers ce moment-là aussi qu'il s'est mis à acheter le journal
puisqu'on pouvait bien se le payer désormais! Dans le journal
c'était justement écrit et décrit tout ce qu'il ressentait Henrouille dans ses oreilles. Il a alors acheté le médicament qu'on
recommandait dans l'annonce, mais ça n'a rien changé à son
malaise, au contraire; ça avait l'air de lui siffler davantage
encore. Davantage rien que d'y penser peut-être? Tout de
même ils ont été ensemble consulter le médecin du Dispensaire.
« C'est de la pression artérielle » qu'il leur a dit.

Ça l'avait frappé ce mot-là. Mais au fond cett' obsession lui
arrivait bien à point. Il s'était tant fait de bile pendant tellement

d'années pour la maison et les échéances du fils, qu'il y avait
comme une place brusquement de libre dans la trame d'angoisses
qui lui tenait toute la viande depuis quarante années aux
échéances et dans la même constante craintive ferveur. A présent
que le médecin lui en avait parlé de sa pression artérielle, il
l'écoutait sa tension battre contre son oreiller, dans le fond
de son oreille. Il se relevait même pour se tâter le pouls et il
restait après là, bien immobile, près de son lit, dans la nuit,
longtemps, pour sentir son corps s'ébranler à petits coups mous,
chaque fois que son cœur battait. C'était sa mort, qu'il se disait,
tout ça, il avait toujours eu peur de la vie, à présent il rattachait
sa peur à quelque chose, à la mort, à sa tension, comme il l'avait
rattachée pendant quarante ans au risque de ne pas pouvoir
finir de payer la maison.

Il était toujours malheureux, tout autant, mais il fallait
cependant qu'il se dépêche de trouver une bonne raison nouvelle
pour être malheureux. Ce n'est pas si facile que ça en a l'air.
Ce n'est pas le tout de se dire « Je suis malheureux ». Il faut
encore se le prouver, se convaincre sans appel. Il n'en demandait
pas davantage : Pouvoir donner à la peur qu'il avait un bon
motif bien solide, et bien valable. Il avait 22 de tension, d'après
le médecin. C'est quelque chose 22. Le médecin lui avait appris
à trouver le chemin de sa mort à lui.

Le fameux fils plumassier, on ne le voyait -presque jamais.
Une ou deux fois autour du Jour de l'an. C'était tout. Mais à
présent d'ailleurs il aurait pu toujours y venir le plumassier !
Il n'y avait plus rien à emprunter chez papa et maman. Il ne
venait donc presque plus le fils.

Madame Henrouille, elle, j'ai mis plus longtemps à la connaître ; elle ne souffrait d'aucune angoisse, elle, même pas celle
de sa mort qu'elle n'imaginait pas. Elle se plaignait seulement
de son âge, mais sans y penser vraiment, pour faire comme
tout le monde, et aussi de ce que la vie « augmentait ». Leur
grand labeur était accompli. Maison payée. Pour finir les traites
plus vite, les dernières, elle s'était mise à coudre des boutons
sur des gilets, pour le compte d'un grand magasin. « Ce qu'il
faut en coudre pour cent sous, c'est pas croyable ! » Et pour
livrer son boulot en autobus, c'était toujours des histoires en
seconde, un soir même on lui avait tapé dessus. Une étrangère

c'était, la première étrangère, la seule à laquelle elle eût parlé de sa vie, pour l'engueuler.

Les murs du pavillon se gardaient encore bien secs autrefois quand l'air tournait encore tout autour, mais à présent que les hautes maisons de rapport le cernaient, tout suintait l'humide chez eux, même les rideaux qui se tachaient en moisi.

La maison acquise, Madame Henrouille s'était montrée pendant tout le mois consécutif souriante, parfaite, ravie comme une religieuse après la communion. C'est même elle qui avait proposé à Henrouille : « Jules, tu sais, à partir d'aujourd'hui on s'achètera le journal tous les jours, on le peut... » Comme ça. Elle venait de penser à lui, de le regarder son mari, et puis alors elle avait regardé autour d'elle et enfin pensé à sa mère à lui, la belle-mère Henrouille. Et elle était redevenue sérieuse, la fille, du coup, comme avant qu'on ait fini de payer. Et c'est ainsi que tout a recommencé avec cette pensée-là, parce qu'il y avait encore des économies à faire à propos de la mère de son mari, de cette vieille-là, dont n'en parlait pas souvent le ménage, ni à personne au-dehors.

Dans le fond du jardin qu'elle était, dans l'enclos où s'accumulaient les vieux balais, les vieilles cages à poules et toutes les ombres des bâtisses d'alentour. Elle demeurait dans un bas logis d'où presque jamais elle ne sortait. Et c'était d'ailleurs des histoires à n'en plus finir rien que pour lui passer son manger. Elle ne voulait laisser entrer personne dans son réduit, pas même son fils. Elle avait peur d'être assassinée, qu'elle disait.

Quand l'idée vint à la belle-fille d'entreprendre de nouvelles économies, elle en toucha d'abord quelques mots au mari, pour le tâter, pour voir si on ne pourrait pas faire, par exemple, entrer sa vieille chez les sœurs de Saint-Vincent, des religieuses qui s'occupent justement de ces vieilles gâteuses dans leur hospice. Lui ne répondit ni oui, ni non, le fils. C'est autre chose qui l'occupait dans le moment, ses bruits dans l'oreille qui n'arrêtaient pas. A force d'y penser, de les écouter ces bruits, il s'était dit qu'ils l'empêcheraient de dormir ces bruits abominables. Et il les écoutait en effet, au lieu de dormir, des sifflets, des tambours, des ronrons... C'était un nouveau supplice. Il s'en occupait toute la journée et toute la nuit. Il avait tous les bruits en lui.

Peu à peu, quand même, après des mois ainsi, l'angoisse s'est usée et il ne lui en restait plus assez pour ne s'occuper que d'elle. Il est retourné alors au marché de Saint-Ouen avec sa femme. C'était, d'après ce qu'on disait, le plus économique des environs, le marché de Saint-Ouen. Ils partaient au matin pour toute la journée, à cause des additions et des remarques qu'on échangeait sur les prix des choses et des économies qu'on aurait pu faire peut-être en faisant ceci au lieu de cela... Vers onze heures du soir, chez eux, la peur les reprenait d'être assassinés. C'était régulier comme peur. Moins lui que sa femme. Lui c'était plutôt les bruits de ses oreilles auxquels, vers cette heure-là, quand la rue était bien silencieuse, il se remettait à se cramponner désespérément. « Avec ça je ne dormirai jamais! » qu'il se répétait tout haut pour bien s'angoisser davantage. « Tu peux pas t'imaginer! »

Mais elle n'avait jamais essayé de comprendre ce qu'il voulait dire, ni imaginer ce qui le turlupinait avec ses malaises d'oreilles. « Tu m'entends bien pourtant? » qu'elle lui demandait.

— Oui, qu'il lui répondait.

— Eh bien, ça va alors!... Tu ferais mieux alors de penser à ta mère qui nous coûte si cher et que la vie augmente encore tous les jours... Et que son logement est devenu une vraie infection...!

La femme de ménage passait chez eux trois heures par semaine pour laver, c'était la seule visite qu'ils eussent reçue au cours de bien des années. Elle aidait aussi Madame Henrouille à faire son lit et pour que la femme de ménage ait bien envie de le répéter eux environs, chaque fois qu'elles retournaient ensemble le matelas depuis dix ans, madame Henrouille annonçait sur le ton le plus élevé possible : « Nous n'avons jamais d'argent à la maison! » A titre d'indication et de précaution, comme ça, pour décourager les voleurs et les assassins éventuels.

Avant de monter dans leur chambre, ensemble, ils fermaient avec un grand soin toutes les issues, l'un contrôlant l'autre. Et puis, on allait jeter un coup d'œil jusque chez la belle-mère, au fond du jardin, pour voir si sa lampe était toujours allumée. C'était signe qu'elle vivait encore. Elle en usait de l'huile! Elle l'éteignait jamais sa lampe. Elle avait peur des assassins aussi, elle, et peur de ses enfants en même temps. Depuis vingt ans qu'elle vivait là, jamais elle n'avait ouvert ses fenêtres, ni l'hiver, ni l'été, et jamais éteint non plus sa lampe.

Son fils lui gardait son argent à sa mère, des petites rentes. Il en prenait soin. On lui mettait ses repas devant sa porte. On gardait son argent. C'était bien ainsi. Mais elle se plaignait de ces divers arrangements, et pas seulement de ceux-ci, elle se plaignait de tout. A travers sa porte, elle engueulait tous ceux qui s'approchaient de sa turne. « C'est pas de ma faute si vous vieillissez, grand-mère, tentait de parlementer la bru. Vous avez vos douleurs comme toutes les personnes âgées...

— Agée vous-même! Petite gredine! Petite salope! C'est vous qui me ferez crever avec vos sales menteries!... »

Elle niait l'âge avec fureur la mère Henrouille... Et se démenait, irréconciliable, à travers sa porte, contre les fléaux du monde entier. Elle refusait comme une sale imposture le contact, les fatalités et les résignations de la vie extérieure. Elle ne voulait rien entendre de tout ça. « C'étaient des tromperies! qu'elle hurlait. Et c'est vous-même qui les avez inventées! »

Contre tout ce qui se passait en dehors de sa masure elle se défendait atrocement et contre toutes les tentations de rapprochement et de conciliation aussi. Elle avait la certitude que si elle ouvrait sa porte les forces hostiles déferleraient chez elle, s'empareraient d'elle et que ça serait fini une fois pour toutes.

— Ils sont malins aujourd'hui, qu'elle criait. Ils ont des yeux partout autour de la tête et des gueules jusqu'au trou du cul et d'autres partout encore et rien que pour mentir... Ils sont comme ça...

Elle parlait dru comme elle avait appris dans Paris à parler au marché du Temple comme brocanteuse avec sa mère à elle, dans sa petite jeunesse... Elle venait d'un temps où le petit peuple n'avait pas encore appris à s'écouter vieillir.

— J'veux travailler si tu veux pas me donner mon argent! qu'elle criait à sa belle-fille. Tu m'entends-t-y friponne? J'veux travailler!

— Mais, vous ne pouvez plus, grand-mère!

— Ah! j'peux plus! Essaie donc d'entrer dans mon trou pour voir! Je vas te montrer si je peux plus!

Et on l'abandonnait encore un coup dans son réduit à se

protéger. Tout de même, ils voulaient à toute force me la montrer la vieille, j'étais venu pour ça, et pour qu'elle nous reçoive, ça a été une fameuse manigance. Et puis, pour tout dire, je ne voyais pas très bien ce qu'on me voulait. C'est la concierge, la tante à Bébert, qui leur avait répété que j'étais un médecin bien doux, bien aimable, bien complaisant... Ils voulaient savoir si je pouvais pas la faire tenir tranquille leur vieille rien qu'avec des médicaments... Mais ce qu'ils désiraient encore plus, au fond (elle surtout, la bru), c'est que je la fasse interner la vieille une fois pour toutes... Quand nous eûmes frappé pendant une bonne demi-heure à sa porte, elle a fini par ouvrir d'un seul coup et je l'ai eue là, devant moi, avec ses yeux bordés de sérosités roses. Mais son regard dansait bien-guilleret quand même au-dessus de ses joues tapées et bises, un regard qui vous prenait l'attention et vous faisait oublier le reste, à cause du plaisir léger qu'il vous donnait malgré soi et qu'on cherchait à retenir après en soi d'instinct, la jeunesse.

Ce regard allègre animait tout alentour, dans l'ombre, d'une joie jeunette, d'un entrain minime mais pur comme nous n'en avons plus à notre disposition, sa voix cassée quand elle vociférait reprenait guillerette les mots quand elle voulait bien parler comme tout le monde et vous les faisait alors sautiller, phrases et sentences, caracoler et tout, et rebondir vivantes tout drôlement comme les gens pouvaient le faire avec leur voix et les choses autour d'eux au temps encore où ne pas savoir se débrouiller à raconter et chanter tour à tour, bien habilement, passait pour niais, honteux, et maladif.

L'âge l'avait recouverte comme un vieil arbre frémissant, de rameaux allègres.

Elle était gaie la vieille Henrouille, mécontente, crasseuse, mais gaie. Ce dénuement, où elle séjournait depuis plus de vingt ans n'avait point marqué son âme. C'est contre le dehors au contraire qu'elle était contractée, comme si le froid, tout l'horrible et la mort ne devaient lui venir que de là, pas du dedans. Du dedans, elle ne paraissait rien redouter, elle semblait absolument certaine de sa tête comme d'une chose indéniable et bien entendue, une fois pour toutes.

Et moi, qui courais tant après la mienne et tout autour du monde encore.

« Folle » qu'on disait d'elle, la vieille, c'est vite dit ça « folle ». Elle était pas sortie de ce réduit plus de trois fois en douze années voilà tout! Elle avait peut-être ses raisons... Elle ne voulait rien perdre... Elle n'allait pas nous les dire à nous qu'on n'est plus inspirés par la vie.

Sa fille y revenait à son projet d'internement. « Croyez-vous pas, Docteur, qu'elle est folle?... Y a plus moyen de la faire sortir!... Ça lui ferait du bien pourtant de temps en temps!... Mais si grand'mère que ça vous ferait du bien!... Ne dites pas non... Ça vous ferait du bien!... Je vous assure. » La vieille hochait la tête, fermée, entêtée, sauvage, alors qu'on l'invitait comme ça...

— Elle veut pas qu'on s'occupe d'elle... Elle aime mieux faire dans les coins... Il fait froid chez elle et y a pas de feu... C'est pas possible voyons qu'elle reste comme ça... N'est-ce pas, Docteur, que c'est pas possible?...

Je faisais celui qui ne comprenait pas. Henrouille lui, il était demeuré près du poêle, il préférait ne pas savoir précisément ce qui se manigançait entre sa femme et sa mère et moi...

La vieille se remit en colère.

— Rendez-moi donc tout ce que je possède et puis je m'en irai d'ici!... J'ai de quoi vivre moi!... Et que vous n'en entendrez plus parler de moi!... Une bonne fois pour toutes!...

— De quoi vivre? Mais grand'mère, vous n'allez pas vivre avec vos trois mille francs par an, voyons!... La vie a augmenté depuis la dernière fois que vous êtes sortie!... N'est-ce pas, Docteur, qu'il vaudrait bien mieux qu'elle aille chez les Sœurs comme on lui dit... Qu'elles s'en occuperont bien les Sœurs... Elles sont gentilles les Sœurs...

Mais cette perspective des Sœurs lui faisait horreur.

— Chez les Sœurs?... Chez les Sœurs?... qu'elle se rebiffa tout de suite. J'y ai jamais été moi chez les Sœurs!... Pourquoi que j'irais pas chez le curé pendant que vous y êtes!... Hein? Si j'en ai point assez d'argent comme vous dites, eh bien j'irai encore travailler!...

— Travailler? Grand'mère! Mais où ça? Ah! Docteur. Ecoutez cette idée : Travailler! A son âge! A quatre-vingts ans bientôt! c'est de la folie ça, Docteur! Qui est-ce qui voudrait d'elle? Mais grand'mère, vous êtes folle!...

— Folle! Personne! Nulle part!... Mais vous y êtes bien, vous quelque part!... Sale caca!...

— Ecoutez-la, Docteur, maintenant quid élire et qui m'insulte! Comment voulez-vous que nous la gardions ici?

La vieille fit face alors de mon côté, à moi, son nouveau danger.

— Qu'est-ce qu'il en sait celui-là si je suis folle? Il est-y dans ma tête? Il y est-y dans la vôtre? Faudrait qu'il y soye pour savoir?... Foutez donc le camp tous les deux!... Allez-vous-en de chez moi!... A me tracasser vous êtes plus méchants que l'hiver de six mois!... Allez donc voir mon fils plutôt au lieu de rester ici à jaboter dans de la ciguë! Il a besoin du médecin bien plus que moi mon fils! Celui-là qui n'a plus de dents déjà et qui les avait si belles quand je m'en occupais!... Allez, allez que je vous dis, foutez-moi le camp tous les deux! — Et elle a claqué la porte contre nous.

Elle nous épiait encore par-derrière sa lampe, à nous éloigner par la cour. Quand nous l'eûmes traversée, que nous fûmes assez loin, elle s'est remise à rigoler. Elle s'était bien défendue.

Au retour de cette incursion fâcheuse, Henrouille se tenait toujours auprès du poêle et nous tournait le dos. Sa femme continuait cependant de m'asticoter de questions et encore dans le même sens... Une petite tête bistre et futée qu'elle avait, la belle-fille. Ses coudes ne se détachaient guère de son corps quand elle parlait. Elle ne mimait rien. Elle tenait tout de même à ce que cette visite médicale ne soit point vaine, qu'elle puisse servir à quelque chose... Le prix de la vie augmentait sans cesse... La pension de la belle-mère ne suffisait plus... Eux aussi vieillissaient après tout... Ils ne pouvaient plus être comme autrefois à avoir peur toujours que la vieille meure sans soins... Qu'elle mette le feu par exemple... Dans ses puces et ses saletés... Au lieu d'aller dans un asile bien convenable où on s'occuperait bien d'elle...

Comme je prenais l'air d'être de leur avis, ils se firent encore plus aimables tous les deux... ils me promirent de répandre beaucoup de paroles élogieuses sur mon compte dans le quartier. Si je voulais les aider... Prendre pitié d'eux... Les débarrasser de la vieille... Si malheureuse elle aussi dans les conditions où elle s'entêtait à demeurer...

— Et qu'on pourrait même louer son pavillon, suggéra le

mari soudain réveillé... C'était la gaffe, qu'il venait de commettre en parlant de ça devant moi. Sa femme lui écrasa le pied
sous la table. Il ne comprenait pas pourquoi.

Pendant qu'ils se chamaillaient je me représentais le billet
de mille francs que je pourrais encaisser rien qu'à leur établir
le certificat d'internement. Ils avaient l'air d'y tenir énormément...
La tante à Bébert les avait sans doute mis en confiance à mon
égard et leur avait raconté qu'il n'y avait pas dans tout Rancy
un médecin aussi miteux... Qu'on m'aurait comme on voudrait!...
C'est pas Frolichon à qui on aurait offert un boulot semblable!
C'était un vertueux celui-là!

J'en étais tout pénétré de ces réflexions quand la vieille vint
faire irruption dans la pièce où nous complotions. On aurait
dit qu'elle se doutait. Quelle surprise! Elle avait ramassé ses
chiffons de jupes contre son ventre et la voilà qui nous engueulait
d'emblée, retroussée, et moi en tout particulier. Elle était venue
rien que pour ça du fond de sa cour.

— Fripouille! qu'elle m'insultait moi directement, tu peux
t'en aller! Fous ton camp, je te l'ai déjà dit! C'est pas la peine
de rester!.. J'irai pas chez les fous!... Et chez les Sœurs non
plus que je te dis!... T'auras beau faire et beau mentir!... Tu m'auras pas, petit vendu!... C'est eux qui iront avant moi, les salauds,
les détrousseurs de vieille femme!... Et toi aussi canaille, t'iras
en prison que je te dis moi et dans pas longtemps encore!

Décidément, j'avais pas de veine. Pour une fois qu'on pouvait
gagner mille francs d'un coup! Je ne demandai pas mon reste.

Dans la rue elle se penchait encore au-dessus du petit péristyle rien que pour m'engueuler de loin, en plein dans le noir
où j'étais réfugié : « Canaille!... Canaille! » qu'elle hurlait. Ça
résonnait. Quelle pluie! Je trottai d'un réverbère à l'autre jusqu'à la pissotière de la place des Fêtes. Premier abri.

Dans l'édicule, à hauteur des jambes, je trouvai justement Bébert. Il était entré là-dedans pour s'abriter lui aussi. Il m'avait vu courir en sortant de chez les Henrouille. « Vous venez de chez eux? qu'il m'a demandé. Faudra à présent monter chez les gens du cinquième de la maison chez nous, pour leur fille... » Cette cliente-là, qu'il m'indiquait, je la connaissais bien, avec son bassin large... Ses belles cuisses longues et veloutées... Son quelque chose de tendrement volontaire et de précisément gracieux dans les mouvements qui complète les femmes bien balancées sexuellement. Elle était venue me consulter à plusieurs reprises depuis que son mal de ventre la tenait. A vingt-cinq ans, à son troisième avortement, elle souffrait de complications, et sa famille appelait ça de l'anémie.

Fallait voir comme elle était solide et bâtie, avec du goût pour les coïts comme peu de femelles en ont. Discrète dans la vie, raisonnable d'allure et d'expression. Rien d'hystérique. Mais bien douée, bien nourrie, bien équilibrée, une vraie championne dans son genre, voilà tout. Une belle athlète pour le plaisir. Pas de mal à ça. Rien que des hommes mariés elle fréquentait. Et seulement des connaisseurs, des hommes qui savent reconnaître et apprécier les belles réussites naturelles et qui ne prennent pas une petite vicieuse quelconque pour une bonne affaire. Non, sa peau mate, son gentil sourire, sa démarche et l'ampleur noblement mobile de ses hanches lui valaient des enthousiasmes profonds, mérités, de la part de certains chefs de bureau qui connaissaient leur sujet.

Seulement, bien sûr, ils ne pouvaient tout de même pas divorcer pour ça, les chefs de bureau. Au contraire, c'était une raison pour demeurer heureux en ménage. Alors chaque fois au troisième mois qu'elle était enceinte, ça ne manquait pas, elle allait trouver la sage-femme. Quand on a du tempérament et qu'on n'a pas un cocu sous la main, on ne rigole pas tous les jours.

Sa mère m'entrouvrit la porte du palier avec des précautions d'assassinat. Elle chuchotait la mère, mais si fortement, si intensément, que c'était pire que des imprécations.

— Qu'ai-je pu faire au ciel, Docteur, pour avoir une fille pareille! Ah, vous n'en direz du moins rien à personne dans notre quartier, Docteur!... Je compte sur vous! — Elle n'en finissait pas d'agiter ses frayeurs et de se gargariser avec de ce que pourraient en penser les voisins et les voisines. En transe de bêtise inquiète qu'elle était. Ça dure longtemps ces états-là.

Elle me laissait m'habituer à la pénombre du couloir, à l'odeur des poireaux pour la soupe, aux papiers des murs, à leurs ramages sots, à sa voix d'étranglée. Enfin, de bafouillages en exclamations, nous parvînmes auprès du lit de la fille, prostrée, la malade, à la dérive. Je voulus l'examiner, mais elle perdait tellement de sang, c'était une telle bouillie qu'on ne pouvait rien voir de son vagin. Des caillots. Ça faisait « glouglou » entre ses jambes comme dans le cou coupé du colonel à la guerre. Je remis le gros coton et remontai sa couverture simplement.

La mère ne regardait rien, n'entendait qu'elle-même. « J'en mourrai, Docteur! qu'elle clamait. J'en mourrai de honte! » Je n'essayai point de la dissuader. Je ne savais que faire. Dans la petite salle à manger d'à-côté, nous apercevions le père qui allait de long en large. Lui ne devait pas avoir son attitude prête encore pour la circonstance. Peut-être attendait-il que les événements se précisassent avant de se choisir un maintien. Il demeurait dans des sortes de limbes. Les êtres vont d'une comédie vers une autre. Entre-temps la pièce n'est pas montée, ils n'en discernent pas encore les contours, leur rôle propice, alors ils restent là, les bras ballants, devant l'événement, les instincts repliés comme un parapluie, branlochants d'incohérence, réduits à eux-mêmes, c'est-à-dire à rien. Vaches sans train.

Mais la mère, elle, le tenait, le rôle capital, entre la fille et moi. Le théâtre pouvait crouler, elle s'en foutait elle, s'y trouvait bien et bonne et belle.

Je ne pouvais compter que sur moi-même pour rompre ce merdeux charme.

Je hasardai un conseil de transport immédiat dans un hôpital pour qu'on l'opère en vitesse.

Ah! malheur de moi! Du coup, je lui ai fourni sa plus belle réplique, celle qu'elle attendait.

— Quelle honte! L'hôpital! Quelle honte, Docteur! A nous! Il ne nous manquait plus que cela! C'est un comble!

Je n'avais plus rien à dire. Je m'assis donc et l'écoutai la mère se débattre encore plus tumultueusement, empêtrée dans les sornettes tragiques. Trop d'humiliation, trop de gêne portent à l'inertie définitive. Le monde est trop lourd pour vous. Tant pis. Pendant qu'elle invoquait, provoquait le Ciel et l'Enfer, tonitruait de malheur, je baissais le nez et baissant déconfit je voyais se former sous le lit de la fille une petite flaque de sang, une mince rigole en suintait lentement le long du mur vers la porte. Une goutte, du sommier, chutait régulièrement. Tac! tac! Les serviettes entre ses jambes regorgeaient de rouge. Je demandai tout de même à voix timide si le placenta était expulsé déjà tout entier. Les mains de la fille, pâles et bleuâtres au bout pendaient de chaque côté du lit, rabattues. A ma question, c'est la mère encore qui a répondu par un flot de jérémiades dégoûtantes. Mais réagir, c'était après tout beaucoup trop pour moi.

J'étais si obsédé moi-même depuis si longtemps par la déveine, je dormais si mal, que je n'avais plus du tout d'intérêt dans cette dérive à ce que ceci arrive plutôt que cela. Je pensais seulement qu'on était mieux à écouter cette mère toute gueulante, assis que debout. Pas grand-chose suffit à vous faire plaisir quand on est devenu bien résigné. Et puis quelle force ne m'aurait-il pas fallu pour interrompre cette farouche au moment juste où elle « ne savait plus comment sauver l'honneur de la famille ». Quel rôle! Et qu'elle le hurlait encore! Après chaque avortement, j'en avais l'expérience, elle se déployait de la même façon, entraînée bien entendu à faire de mieux en mieux à chaque fois! Cela durerait ce qu'elle voudrait! Aujourd'hui, elle me semblait prête à décupler ses effets.

Elle aussi, songeais-je en la regardant, avait dû être une belle créature, la mère, bien pulpeuse en son temps; mais plus verbale toutefois, gaspilleuse d'énergie, plus démonstrative que la fille dont l'intimité concentrée avait été par la nature vraiment admirablement réussie. Ces choses n'ont pas encore été étudiées merveilleusement comme elles le méritent. La mère devinait cette supériorité animale de sa fille sur elle et jalouse réprouvait tout d'instinct, dans sa manière de se faire baiser à des profondeurs inoubliables et de jouir comme un continent.

Le côté théâtral du désastre en tout cas l'enthousiasmait. Elle accaparait de ses tremolos douloureux notre petit monde rétréci où nous étions en train de merdouiller en chœur par sa faute. On ne pouvait songer à l'éloigner non plus. Je l'aurais cependant bien dû tenter. Faire quelque chose. C'était mon devoir, comme on dit. Mais j'étais trop bien assis et trop mal debout.

Chez eux c'était un peu plus gai que chez les Henrouille, aussi laid mais plus confortable. Il y faisait bon. Pas sinistre comme là-bas, seulement vilain, tranquillement.

Ahuri de fatigue mes regards erraient sur les choses de la chambre. Petites affaires sans valeur qu'on avait toujours possédées dans la famille, surtout le dessus de cheminée à grelots roses en velours comme on en trouve plus dans les magasins et ce Napolitain biscuité, et la table à ouvrage en miroir en biseau qu'une tante de province devait posséder en double. Je n'avertis point la mère à propos de la mare de sang que je voyais se former sous le lit, ni des gouttes qui tombaient toujours ponctuellement, la mère aurait crié encore plus fort et ne m'aurait pas écouté davantage. Elle ne finirait jamais de se plaindre et de s'indigner. Elle était vouée.

Autant se taire et regarder dehors, par la fenêtre, les velours gris du soir prendre déjà l'avenue d'en face, maison par maison, d'abord les plus petites et puis les autres, les grandes enfin sont prises et puis les gens qui s'agitent parmi, de plus en plus faibles, équivoques et troubles, hésitants d'un trottoir à l'autre avant d'aller verser dans le noir.

Plus loin, bien plus loin que les fortifications, des files et des rangées de lumignons dispersés sur tout le large de l'ombre comme des clous, pour tendre l'oubli sur la ville, et d'autres petites lumières encore qui scintillent parmi des vertes, qui clignent, des rouges, toujours des bateaux et des bateaux encore, toute une escadre venue là de partout pour attendre, tremblante, que s'ouvrent derrière la Tour les grandes portes de la Nuit.

Si cette mère avait pris un petit temps pour souffler, et même

un grand moment de silence, on aurait pu au moins se laisser
aller à renoncer à tout, à essayer d'oublier qu'il fallait vivre.
Mais elle me traquait.

— Si je lui donnais un lavement, Docteur? Qu'en pensez-
vous? Je ne répondis ni par oui, ni par non, mais je conseillai
une fois de plus, puisque j'avais la parole, l'envoi immédiat
à l'hôpital. D'autres glapissements, encore plus aigus, plus déter-
minés, plus stridents en réponse. Rien à faire.

Je me dirigeai lentement vers la porte, en douceur.

L'ombre nous séparait à présent du lit.

Je ne discernais presque plus les mains de la fille posées sur
les draps, à cause de leur pâleur semblable.

Je revins pour sentir son pouls, plus menu, plus furtif que
tout à l'heure. Elle ne respirait que par à-coups. J'entendais
bien, moi, toujours, le sang tomber sur le parquet comme à petits
coups d'une montre de plus en plus lente, de plus en plus faible.
Rien à faire. La mère me précédait vers la porte.

— Surtout, me recommanda-t-elle, transie, Docteur, promet-
tez-moi que vous ne direz rien à personne? — Elle me suppliait.
— Vous me le jurez?

Je promettais tout ce qu'on voulait. Je tendis la main. Ce
fut vingt francs. Elle referma la porte derrière moi, peu à peu.

En bas, la tante de Bébert m'attendait avec sa tête de circonstance. « Ça ne va pas alors? » qu'elle s'enquérait. Je compris
qu'elle m'avait attendu là, en bas, pendant une demi-heure
déjà, pour toucher sa commission d'usage : deux francs. Que je
n'échappe pas. « Et chez les Henrouille alors, ça a marché? »
voulut-elle savoir. Elle espérait toucher un pourboire pour
ceux-là aussi. « Ils ne m'ont pas payé », ai-je répondu. C'était
vrai aussi. Son sourire préparé tourna en moue à la tante. Elle
me suspectait.

— C'est pas malheureux tout de même, Docteur, de pas savoir
se faire payer! Comment voulez-vous que les gens vous res-
pectent?... On paie comptant au jour d'aujourd'hui ou jamais!
C'était exact aussi. Je filai. J'avais mis mes haricots à cuire
avant de partir. C'était le moment, la nuit tombée, d'aller acheter
mon lait. Pendant la journée, les gens avaient le sourire quand
ils me croisaient avec ma bouteille. Forcément. Pas de bonne.

Et puis l'hiver a traîné, s'est étalé pendant des mois et des semaines encore. On n'en sortait plus de la brume et de la pluie, au fond de tout.

Les malades ne manquaient pas, mais il n'y en avait pas beaucoup qui pouvaient ou qui voulaient payer. La médecine, c'est ingrat. Quand on se fait honorer par les riches, on a l'air d'un larbin, par les pauvres on a tout du voleur. Des « honoraires »? En voilà un mot! Ils n'en ont déjà pas assez pour bouffer et aller au cinéma les malades, faut-il encore leur en prendre du pognon pour faire des « honoraires » avec? Surtout dans le moment juste où ils tournent de l'œil. C'est pas commode. On laisse aller. On devient gentil. Et on coule.

Au terme de janvier j'ai vendu d'abord mon buffet, pour faire de la place, que j'ai expliqué dans le quartier et transformer ma salle à manger en studio de culture physique. Qui m'a cru? Au mois de février pour liquider les contributions, j'ai bazardé encore ma bicyclette et le gramophone, que m'avait donné Molly en partant. Il jouait « No More Worries! » J'ai même encore l'air dans la tête. C'est tout ce qui me reste. Mes disques, Bézin les a eus longtemps dans sa boutique et puis tout de même il les a vendus.

Pour faire encore plus riche j'ai raconté alors que j'allais m'acheter une auto aux premiers beaux jours, et qu'à cause de ça je me faisais un peu de liquide d'avance. C'est le culot qui me manquait au fond pour exercer la médecine sérieusement. Quand on me reconduisait à la porte, après que j'avais donné à la famille les conseils et remis mon ordonnance, je me lançais dans des tas de commentaires rien que pour éluder l'instant du paiement quelques minutes de plus. Je ne savais pas faire ma putain. Ils avaient l'air si misérables, si puants, la plupart de mes clients, si torves aussi, que je me demandais toujours où ils allaient les trouver les vingt francs qu'il fallait me donner, et s'ils allaient pas me tuer en revanche. J'en avais tout de même bien besoin moi des vingt francs. Quelle honte! J'aurai jamais fini d'en rougir.

« Honoraires!... » Qu'ils continuaient à intituler ça les confrères. Pas dégoûtés! Comme si le mot en faisait une chose bien entendue et qu'on avait plus besoin d'expliquer... Honte! moi que je pouvais pas m'empêcher de me dire et y avait pas à en sortir. On explique tout, je le sais bien. Mais n'empêche que celui qui a reçu les cent sous du pauvre et du méchant est pour toujours un beau dégueulasse! C'est même depuis ce temps-là que je suis certain d'être aussi dégueulasse que n'importe quel autre. C'est pas que j'aie fait des orgies et des folies avec leurs cent sous et leurs dix francs. Non! Puisque le propriétaire m'en prenait le plus grand morceau, mais tout de même, ça non plus c'est pas une excuse. On voudrait bien que ça en soye une, mais c'en est pas une encore. Le propriétaire c'est pire que de la merde. Voilà tout.

A force de me faire du mauvais sang et de passer entre les averses glacées de la saison, je prenais plutôt l'air d'une espèce de tuberculeux à mon tour. Fatalement. C'est ça qui arrive quand on doit renoncer à presque tous les plaisirs. De temps en temps, j'achetais des œufs par-ci, par-là, mais mon régime essentiel c'était en somme les légumes secs. Ils mettent longtemps à cuire. Je passais à surveiller leur ébullition des heures dans la cuisine après ma consultation, et comme je demeurais au premier, j'avais de cet endroit un beau panorama d'arrière-cour. Les arrière-cours, c'est les oubliettes des maisons en séries. J'ai eu bien du temps à moi pour la regarder la mienne d'arrière-cour et surtout pour l'entendre

Là viennent chuter, craquer, rebondir les cris, les appels des vingt maisons en pourtour, jusqu'aux petits oiseaux des concierges en désespoir qui moisissaient en pépiant après le printemps qu'ils ne reverront jamais dans leurs cages, auprès des cabinets, qui sont tous groupés les cabinets, là, dans le fond d'ombre, avec leurs portes toujours déglinguées et ballantes. Cent ivrognes mâles et femelles peuplent ces briques et farcissent l'écho de leurs querelles vantardes, de leurs jurons incertains et débordants, après les déjeuners du samedi surtout. C'est le moment intense dans la vie des familles. Avec la gueule on se défie et des verres plein le nez. Papa manie la chaise, faut voir, comme une cognée, et maman le tison comme un sabre! Gare aux faibles alors! C'est le petit qui prend. Les torgnoles aplatissent au mur tout ce qui ne peut pas se défendre et riposter : enfants, chiens ou chats. Dès le troisième verre de vin, le noir, le plus mauvais, c'est le chien qui commence à souffrir, on lui écrase la patte d'un grand coup de talon. Ça lui apprendra à avoir faim en même temps que les hommes. On rigole bien à le voir disparaître en piaulant sous le lit comme un éventré. C'est le signal. Rien ne stimule les femmes éméchées comme la douleur des bêtes, on n'a pas toujours des taureaux sous la main. La discussion en repart vindicative, impérieuse comme un délire, c'est l'épouse qui mène, lançant au mâle une série d'appels aigus à la lutte. Et après ça c'est la mêlée, les objets cassés se morcellent. La cour recueille le fracas, l'écho tourne autour de l'ombre. Les enfants dans l'horreur glapissent. Ils découvrent tout ce qu'il y a dans Papa et Maman! Ils attirent sur eux la foudre en gueulant.

Je passais bien des jours à attendre qu'il arrive ce qui arrivait de temps à autre au bout des séances ménagères.

C'est au troisième, devant ma fenêtre que ça se passait, dans la maison de l'autre côté.

Je ne pouvais rien voir, mais j'entendais bien.

Il y a un bout à tout. Ce n'est pas toujours la mort, c'est souvent quelque chose d'autre et d'assez pire, surtout avec les enfants.

Ils demeuraient là ces locataires, juste à la hauteur de la cour où l'ombre commence à pâlir. Quand ils étaient seuls le père et la mère, les jours où ça arrivait, ils se disputaient d'abord longtemps et puis survenait un long silence. Ça se préparait. On en avait après la petite fille d'abord, on la faisait venir. Elle le savait. Elle pleurnichait tout de suite. Elle savait ce qui l'attendait. D'après sa voix, elle devait bien avoir dans les dix ans. J'ai fini par comprendre après bien des fois ce qu'ils lui faisaient tous les deux.

Ils l'attachaient d'abord, c'était long à l'attacher, comme pour une opération. Ça les excitait. « Petite charogne » qu'il jurait lui. « Ah! la petite salope! » qu'elle faisait là mère. « On va te dresser salope! » qu'ils criaient ensemble et des choses et des choses qu'ils lui reprochaient en même temps, des choses qu'ils devaient imaginer. Ils devaient l'attacher après les montants du lit. Pendant ce temps-là, l'enfant se plaignotait comme une souris prise au piège. « T'auras beau faire petite vache, t'y couperas pas. Va! T'y couperas pas! » qu'elle reprenait, la mère, puis avec toute une bordée d'insultes comme pour un cheval. Tout excitée. « Tais-toi maman, que répondait la petite doucement. Tais-toi maman! Bats-moi maman! Mais tais-toi

maman ! » Elle n'y coupait pas et elle prenait quelque chose
comme raclée. J'écoutais jusqu'au bout pour être bien certain
que je ne me trompais pas, que c'était bien ça qui se passait.
J'aurais pas pu manger mes haricots tant que ça se passait.
Je ne pouvais pas fermer la fenêtre non plus. Je n'étais bon à
rien. Je ne pouvais rien faire. Je restais à écouter seulement
comme toujours, partout. Cependant, je crois qu'il me venait
des forces à écouter ces choses-là, des forces d'aller plus loin,
des drôles de forces et la prochaine fois, alors je pourrais descendre encore plus bas la prochaine fois, écouter d'autres plaintes
que je n'avais pas encore entendues, ou que j'avais du mal à
comprendre avant, parce qu'on dirait qu'il y en a encore toujours
au bout des autres des plaintes encore qu'on n'a pas encore
entendues ni comprises.

Quand ils l'avaient tellement battue qu'elle ne pouvait plus
hurler, leur fille, elle criait encore un peu quand même à chaque
fois qu'elle respirait, d'un petit coup.

J'entendais l'homme alors qui disait à ce moment-là : « Viens
toi grande ! Vite ! Viens par là ! » Tout heureux.

C'était à la mère qu'il parlait comme ça, et puis la porte d'à
côté claquait derrière eux. Un jour, c'est elle qui lui a dit, je
l'ai entendu : « Ah ! je t'aime Julien, tellement, que je te bouffe-
rais ta merde, même si tu faisais des étrons grands comme ça... »

C'était ainsi qu'ils faisaient l'amour tous les deux que m'a
expliqué leur concierge, dans la cuisine ça se passait contre
l'évier. Autrement, ils y arrivaient pas.

C'est peu à peu, que j'ai appris toutes ces choses-là sur eux
dans la rue. Quand je les rencontrais, tous les trois ensemble,
il n'y avait rien à remarquer. Ils se promenaient comme une
vraie famille. Lui, le père, je l'apercevais encore quand je passais
devant l'étalage de son magasin, au coin du boulevard Poincaré, dans la maison de « Chaussures pour pieds sensibles » où
il était premier vendeur.

La plupart du temps, notre cour n'offrait que des hideurs
sans relief, surtout l'été, grondante de menaces, d'échos, de
coups, de chutes et d'injures indistinctes. Jamais le soleil ne
parvenait jusqu'au fond. Elle en était comme peinte d'ombres
bleues, la cour, bien épaisses et surtout dans les angles. Les
concierges y possédaient leurs petits cabinets comme autant

de ruches. Dans la nuit quand ils allaient faire pipi, ils cognaient contre les boîtes à ordure les concierges, ça déclenchait des bruits de tonnerre dans la cour.

Du linge essayait de sécher d'une fenêtre à l'autre.

Après le dîner, c'était plutôt des discussions sur les courses qui résonnaient, les soirs où on n'était pas aux brutalités. Mais ces sportives polémiques finissaient elles aussi souvent assez mal en torgnoles diverses et toujours au moins derrière une des fenêtres, pour un motif ou pour un autre, on finissait par s'assommer.

L'été aussi tout sentait fort. Il n'y avait plus d'air dans la cour, rien que des odeurs. C'est celle du chou-fleur qui l'emporte et facilement sur toutes les autres. Un chou-fleur vaut dix cabinets, même s'ils débordent. C'est entendu. Ceux du deuxième débordaient souvent. La concierge du 8, la mère Cézanne, arrivait alors avec son jonc trifouilleur. Je l'observais à s'escrimer. C'est comme ça que nous finîmes par avoir des conversations. « Moi, qu'elle me conseillait, si j'étais à votre place, en douce je débarrasserais les femmes qni sont enceintes... Y en a des femmes dans ce quartier-ci qui font la vie... C'est à pas y croire !... Et elles demanderaient pas mieux que de vous faire travailler !... Moi, je vous le dis ! C'est meilleur qu'à soigner les petits employés pour leurs varices... Surtout que ça c'est du comptant. »

La mère Cézanne avait un grand mépris d'aristocrate, qui lui venait je ne sais d'où, pour tous les gens qui travaillent...

— Jamais contents les locataires, on dirait des prisonniers, faut qu'ils fassent de la misère à tout le monde !... C'est leurs cabinets qui se bouchent... Un autre jour c'est le gaz qui fuit... C'est leurs lettres qu'on leur ouvre !... Toujours à la chicane... Toujours emmerdants quoi !... Y en a même un qui m'a craché dans son enveloppe du terme... Vous voyez ça ?...

Même à déboucher les cabinets, elle devait souvent renoncer la mère Cézanne, tellement c'était difficile. « Je ne sais pas ce qu'ils mettent dedans, mais faudrait pas d'abord qu'elle sèche !... Je connais ça... Ils vous préviennent toujours trop tard !... Ils font exprès d'abord !... Où j'étais avant il a même fallu faire fondre un tuyau tellement que c'était dur !... Je ne sais pas ce qu'ils peuvent bouffer moi... C'est de la double !... »

On me retirera difficilement, de l'idée que si ça m'a repris ça n'est pas surtout à cause de Robinson. D'abord j'en ai pas tenu grand compte des malaises. Je continuais à traîner comme ci, comme ça, d'un malade à l'autre, mais j'étais devenu plus inquiet encore qu'auparavant, de plus en plus, comme à New York, et j'ai recommencé à dormir aussi encore plus mal que d'habitude.

De le rencontrer à nouveau, Robinson, ça m'avait donc donné un coup et comme une espèce de maladie qui me reprenait.

Avec sa gueule toute barbouillée de peine, ça me faisait comme un sale rêve qu'il me ramenait et dont je n'arrivais pas à me délivrer depuis trop d'années déjà. J'en bafouillais.

Il était venu retomber là, devant moi. J'en finirais pas. Sûrement qu'il m'avait cherché par ici. J'essayais pas d'aller le revoir moi, bien sûr... Il reviendrait à coup sûr encore et il me forcerait à penser à ses affaires à nouveau. Tout à présent d'ailleurs me faisait repenser à sa sale substance. Ces gens-là même que je regardais par la fenêtre et qui n'avaient l'air de rien, à marcher comme ça dans la rue, ils m'y faisaient penser, à bavarder au coin des portes, à se frotter les uns contre les autres. Je savais moi, ce qu'ils cherchaient, ce qu'ils cachaient avec leurs airs de rien les gens. C'est tuer et se tuer qu'ils voulaient, pas d'un seul coup bien sûr, mais petit à petit comme Robinson avec tout ce qu'ils trouvaient, des vieux chagrins, des nouvelles misères, des haines encore sans nom quand ça n'est pas la guerre toute crue et que ça se passe alors plus vite encore que d'habitude.

J'osais même plus sortir de peur de le rencontrer.

Fallait qu'on me demande des deux ou trois fois de suite pour que je me décide à répondre à l'appel des malades. Alors la plupart du temps quand j'arrivais on avait déjà été en chercher un autre. C'était la pagaïe dans mon esprit, tout comme

dans la vie. Dans cette rue Saint-Vincent où je n'étais allé encore
qu'une seule fois, on m'a fait demander chez les gens du troisième
au numéro 12. On est même venu me chercher avec une voiture.
Je l'ai bien reconnu tout de suite le grand-père, il chuchotait,
il s'essuyait longuement les pieds sur mon paillasson. Un être
furtif, gris et voûté, c'est pour son petit-fils qu'il voulait que
je me dépêche.

Je me souvenais bien de sa fille aussi, à lui, une autre gail-
larde, flétrie déjà, mais solide et silencieuse, qui était revenue
pour avorter, à plusieurs reprises chez ses parents. On ne lui
reprochait rien à celle-là. On aurait seulement voulu qu'elle
finisse par se marier en fin de compte, surtout qu'elle avait déjà
un petit garçon de deux ans à demeure chez les grands-parents.

Il était malade cet enfant pour un oui, pour un non, et quand
il était malade, le grand-père, la grand-mère, la mère pleuraient
ensemble, énormément, et surtout parce qu'il n'avait pas de
père légitime. C'est dans ces moments-là qu'on est le plus affecté
par les situations irrégulières dans les familles. Ils croyaient les
grands-parents sans se l'avouer tout à fait, que les enfants naturels sont plus fragiles et plus souvent malades que les autres.

Enfin, le père, celui qu'on croyait du moins, il était bel et
bien parti pour toujours. On lui avait tellement parlé de mariage
à cet homme, que ça avait fini par l'ennuyer. Il devait être loin
à présent, s'il courait encore. Personne n'y avait rien compris
à cet abandon et surtout la fille elle-même, parce qu'il avait
pris pourtant bien du plaisir à la baiser.

Donc, depuis qu'il était parti le volage ils contemplaient tous
les trois l'enfant en pleurnichant et puis voilà. Elle s'était donnée
à cet homme comme elle disait « corps et âme ». Cela devait arriver, et d'après elle devait suffire à tout expliquer. Le petit en
était sorti de son corps et d'un seul coup et l'avait laissée toute
plissée autour des flancs. L'esprit est content avec des phrases,
le corps c'est pas pareil, il est plus difficile lui, il lui faut des
muscles. C'est quelque chose de toujours vrai un corps, c'est
pour cela que c'est presque toujours triste et dégoûtant à regarder. J'ai vu, c'est vrai, bien peu de maternités emporter autant
de jeunesse d'un seul coup. Il ne lui restait plus pour ainsi dire
que des sentiments à cette mère et une âme. Personne n'en voulait plus.

Avant cette naissance clandestine la famille demeurait dans le quartier des « Filles du Calvaire », et cela depuis bien des années. S'ils étaient venus tous s'exiler à Rancy, c'était pas par plaisir, mais pour se cacher, se faire oublier, disparaître en groupe.

Dès qu'il fut devenu impossible de dissimuler cette grossesse aux voisins, ils s'étaient décidés à quitter leur quartier de Paris pour éviter tous commentaires. Déménagement d'honneur.

A Rancy, la considération des voisins n'était pas indispensable, et puis d'abord ils étaient inconnus à Rancy, et puis la municipalité de ce pays pratiquait justement une politique abominable, anarchiste pour tout dire, et dont on parlait dans toute la France, une politique de voyous. Dans ce milieu de réprouvés, le jugement d'autrui ne saurait compter.

La famille s'était punie spontanément, elle avait rompu toute relation avec les parents et les amis d'autrefois. Pour un drame, ç'avait été un drame complet. Plus rien à perdre qu'ils se disaient. Déclassés. Quand on tient à se déconsidérer on va au peuple.

Ils ne formulaient aucun reproche contre personne. Ils essayaient seulement de découvrir par poussées de petites révoltes invalides ce que le Destin pouvait bien avoir bu le jour où il leur avait fait une saleté pareille, à eux.

La fille n'éprouvait à vivre à Rancy, qu'une seule consolation, mais très importante, celle de pouvoir parler librement à tout le monde désormais de « ses responsabilités nouvelles ». Son amant en la désertant, avait réveillé un désir profond de sa nature entichée d'héroïsme et de singularité. Dès qu'elle fut assurée pour le reste de ses jours de ne jamais avoir un sort absolument identique à la plupart des femmes de sa classe et de son milieu et de pouvoir toujours en appeler au roman de sa vie saccagée dès ses premières amours, elle s'accommoda du grand malheur qui la frappait, avec délices, et les ravages du sort furent en somme dramatiquement bienvenus. Elle pavoisait en fille mère.

Dans leur salle à manger quand nous entrâmes, son père et moi, un éclairage d'économie ne dépassait point les demi-teintes, on n'apercevait les figures que comme autant de taches pâles, de chairs rabâcheuses de mots qui restaient à traîner dans la pénombre, lourde de cette odeur de vieux poivre que dégagent tous les meubles de famille.

Sur la table, au centre, sur le dos, l'enfant parmi les langes, se laissait palper. Je lui déprimai pour commencer la paroi du ventre, avec beaucoup de précaution, graduellement, depuis l'ombilic jusqu'aux bourses, et puis je l'auscultai, fort gravement encore.

Son cœur battait au rythme d'un petit chat, sec et follement. Et puis, il en eut assez l'enfant de mes doigts tripoteurs et de mes manœuvres et se mit à hurler comme on peut le faire à cet âge, inconcevablement. C'en était trop. Depuis le retour de Robinson, je me trouvais devenu bien étrange dans ma tête et mon corps et les cris de ce petit innocent me firent une impression abominable. Quels cris, mon Dieu! Quels cris! Je n'en pouvais plus.

Une autre idée aussi sans doute dut déterminer ma sotte conduite. Excédé, je ne sus me retenir de leur faire part tout haut de ce que j'éprouvais en fait de rancœur et de dégoût depuis trop longtemps, tout bas.

— Eh! répondis-je, à ce petit hurleur, ne te presse donc pas, petit crétin, tu en auras toujours du temps pour gueuler! Il en restera, ne crains rien, petit âne! Ménage-toi! Il en restera bien du malheur assez pour te faire fondre les yeux et la tête aussi et le reste encore si tu ne fais pas attention!

— Qu'est-ce que vous dites Docteur? sursauta la grand-mère. Je répétai simplement : « Il en restera encore! »

— Quoi? Que reste-t-il? questionnait-elle, horrifiée..

— Faut comprendre! que je lui réponds. Faut comprendre! On vous explique bien trop de choses! Voilà le malheur! Cherchez donc à comprendre! Faites un effort!

« Il en reste de quoi?... Que dit-il? » Et ils s'interrogeaient du coup, tous les trois, et la fille « aux responsabilités » faisait un drôle d'œil, et elle se mit à pousser elle aussi de fameux longs cris. Elle venait de trouver une sacrée bonne occasion de crise. Elle ne la raterait pas. C'était la guerre! Et je te frappe des pieds! Et des suffocations! et des strabismes affreux! J'étais bien! Fallait voir ça! « Il est fou maman! qu'elle s'étranglait à rugir. Le Docteur est devenu fou! Enlève-lui mon petit, maman! » Elle sauvait son enfant.

Je ne saurai jamais pourquoi, mais elle s'est mise, tellement elle était excitée, à prendre l'accent basque. « Il dit des choses effrayantes! Maman!... C'est un démeng!... »

On m'arracha le petit des mains tout comme si on l'avait arraché aux flammes. Le grand-père si timide tout à l'heure décrochait à présent son gros thermomètre en acajou du mur, un énorme, comme une massue... Et m'accompagnait à distance, vers la porte, dont il relança le battant sur moi, violemment, d'un grand coup de pied.

Bien entendu, on en profita pour ne pas me payer ma visite...

Quand je me suis retrouvé dans la rue, je n'étais pas très fier de ce qui venait de m'arriver. Pas tant du point de vue de ma réputation qui ne pouvait être plus mauvaise dans le quartier qu'on me l'avait déjà faite et sans que j'aie eu pour cela besoin de m'en mêler, mais toujours à propos de Robinson dont j'avais espéré me délivrer par un éclat de franchise, trouver dans le scandale volontaire la résolution de ne plus le recevoir celui-là, en me faisant une espèce de scène brutale à moi-même.

Ainsi, avais-je calculé : Je verrais bien à titre expérimental tout le scandale qu'on peut arriver à se faire en une seule fois ! Seulement on n'en finit jamais dans le scandale et l'émotion, on ne sait jamais jusqu'où on sera forcé d'aller avec la franchise... Ce que les hommes vous cachent encore... Ce qu'ils vous montreront encore... Si on vit assez longtemps... Si on s'avance assez loin dans leurs balivernes... C'était à recommencer entièrement.

J'avais hâte d'aller me cacher, moi aussi, pour le moment. J'ai d'abord pris pour rentrer par l'impasse Gibet et puis par la rue des Valentines C'est un bon bout de chemin. On a le temps de changer d'avis. J'allai vers les lumières. Place Transitoire, j'ai rencontré Péridon l'allumeur. Nous avons échangé quelques propos anodins. « Vous allez au cinéma Docteur ? » qu'il m'a demandé. Il m'en donna l'idée. Je la trouvai bonne.

Par l'autobus on est plus vite rendu que par le métro. Après ce honteux intermède je serais bien parti de Rancy pour de bon et pour toujours, si j'avais pu.

A mesure qu'on reste dans un endroit, les choses et les gens se débraillent, pourrissent et se mettent à puer tout exprès pour vous.

MALGRÉ tout, j'ai bien fait de rentrer à Rancy dès le lendemain, à cause de Bébert qui est tombé malade juste à ce moment. Le confrère Frolichon venait de partir en vacances, la tante a hésité et puis elle m'a demandé de le soigner quand même son neveu, sans doute parce que j'étais le moins cher parmi les autres médecins qu'elle connaissait.

C'est survenu après Pâques. Il commençait à faire bon. Les premiers vents du Sud passaient sur Rancy, ceux aussi qui rabattent toutes les suies des usines sur les croisées des fenêtres.

Elle a duré des semaines la maladie de Bébert. J'y allais deux fois par jour pour le voir. Les gens du quartier m'attendaient devant la loge, sans en avoir l'air et sur le pas de leurs maisons, les voisins aussi. C'était comme une distraction pour eux. On venait pour savoir de loin si ça allait plus mal ou mieux. Le soleil qui passe à travers trop de choses ne laisse jamais à la rue qu'une lumière d'automne avec des regrets et des nuages.

Des conseils, j'en ai reçu beaucoup à propos de Bébert. Tout le quartier, en vérité, s'intéressait à son cas. On parlait pour et puis contre mon intelligence. Quand j'entrais dans la loge, il s'établissait un silence critique et assez hostile, écrasant de sottise surtout. Elle était toujours remplie par des commères amies la loge, les intimes, et elle sentait donc fort le jupon et l'urine de lapin. Chacun tenait à son médecin préféré, toujours plus subtil, plus savant. Je ne présentais qu'un seul avantage moi, en somme, mais alors celui qui vous est difficilement pardonné, celui d'être presque gratuit, ça fait tort au malade et à sa famille un médecin gratuit, si pauvre soit-elle.

Bébert ne délirait pas encore, il n'avait seulement plus du tout envie de bouger. Il se mit à perdre du poids chaque jour. Un peu de chair jaunie et mobile lui tenait encore au corps en tremblotant de haut en bas à chaque fois que son cœur battait.

On aurait dit qu'il était partout son cœur sous sa peau tellement qu'il était devenu mince Bébert en plus d'un mois de maladie. Il m'adressait des sourires raisonnables quand je venais le voir. Il dépassa ainsi très aimablement les 39 et puis les 40 et demeura là pendant des jours et puis des semaines, pensif.

La tante à Bébert avait fini par se taire et nous laisser tranquilles. Elle avait tout dit ce qu'elle savait, alors elle allait pleurnicher, déconcertée, dans les coins de sa loge, l'un après l'autre. Du chagrin enfin lui était venu tout au bout des mots, elle n'avait pas l'air de savoir qu'en faire du chagrin, elle essayait de se le moucher, mais il lui revenait son chagrin dans la gorge et des larmes avec, et elle recommençait. Elle s'en mettait partout et comme ça elle arrivait à être encore un peu plus sale que d'habitude et elle s'en étonnait : « Mon Dieu ! mon Dieu ! » qu'elle faisait. Et puis c'était tout. Elle était arrivée au bout d'elle-même à force de pleurer et les bras lui retombaient et elle en restait bien ahurie devant moi.

Elle revenait quand même encore un bon coup en arrière dans son chagrin et puis elle se redécidait à repartir en sanglotant. Ainsi, pendant des semaines que ça a duré ces allées et venues dans sa peine. Il fallait pressentir que cette maladie tournerait mal. Une espèce de typhoïde maligne c'était, contre laquelle tout ce que je tentais venait buter, les bains, le sérum... le régime sec... les vaccins... Rien n'y faisait. J'avais beau me démener, tout était vain. Bébert passait, irrésistiblement emmené, souriant. Il se tenait tout en haut de sa fièvre comme en équilibre, moi en bas à cafouiller. Bien entendu, on conseilla un peu partout et impérieusement encore à la tante de me liquider sans ambages et de faire appeler en vitesse un autre médecin, plus expérimenté, plus sérieux.

L'incident de la fille « aux responsabilités » avait été retenu à la ronde et commenté énormément. On s'en gargarisait dans le quartier.

Mais comme les autres médecins avertis de la nature du cas à Bébert se défilèrent, je demeurai finalement. Puisqu'il m'était échu, Bébert, je n'avais qu'à continuer, songeaient-ils justement les confrères.

Il ne me restait plus en fait de ressources qu'à aller jusqu'au bistrot pour téléphoner de temps en temps à quelques autres praticiens par-ci, par-là, au loin, que je connaissais plus ou moins bien dans Paris, dans les hôpitaux, pour leur demander ce qu'ils feraient eux, ces malins, ces considérés, devant une typhoïde comme celle qui me tracassait. Ils me donnaient des bons conseils tous, en réponse, des bons conseils inopérants, mais j'éprouvais quand même du plaisir à les entendre se donner du mal ainsi et gratuitement enfin pour le petit inconnu que je protégeais. On finit par se réjouir de pas grand-chose, du très peu que la vie veut bien nous laisser de consolant.

Pendant que je raffinais ainsi, la tante à Bébert s'effondrait de droite à gauche au hasard des chaises et des escaliers, elle ne sortait de son ahurissement que pour manger. Mais jamais par exemple elle ne passa au travers d'un seul repas, il faut le dire. On ne l'aurait d'ailleurs pas laissée s'oublier. Ses voisins veillaient sur elle. Ils la gavaient entre les sanglots. « Ça soutient ! » qu'ils lui affirmaient. Et même qu'elle se mit à engraisser.

En fait d'odeur de choux de Bruxelles, au plus fort de la maladie de Bébert, ce fut dans la loge une véritable orgie. C'était la saison et il lui en venait de partout en cadeau des choux de Bruxelles tout cuits, bien fumants. « Cela me donne des forces, c'est vrai !... qu'elle admettait volontiers. Et ça fait bien uriner ! »

Avant la nuit, à cause des coups de sonnette, pour dormir plus légèrement et entendre le premier appel tout de suite, elle se gavait de café, comme cela les locataires ne le réveillaient pas Bébert en sonnant des deux ou trois fois de suite. Passant devant la maison le soir j'entrais pour voir si tout ça n'était pas fini des fois. « Vous croyez pas que c'est avec la camomille au rhum qu'il a voulu boire chez la fruitière le jour de la course cycliste qu'il l'a attrapée sa maladie ? » qu'elle supposait tout haut la tante. Cette idée la tracassait depuis le début. Idiote.

« Camomille ! » murmurait faiblement Bébert, en écho perdu dans la fièvre. A quoi bon la dissuader ? J'effectuais une fois de plus les deux ou trois menus simulacres professionnels qu'on attendait et puis j'allais reprendre la nuit, pas fier, parce que comme ma mère, je n'arrivais jamais à me sentir entièrement innocent des malheurs qui arrivaient.

Vers le dix-septième jour je me suis dit tout de même que je ferais bien d'aller demander ce qu'ils en pensaient à l'Institut Bioduret Joseph, d'un cas de typhoïde de ce genre, et leur demander en même temps un petit conseil et peut-être même un vaccin qu'ils me recommanderaient. Ainsi, j'aurais tout fait, tout tenté, même les bizarreries et s'il mourrait Bébert, eh bien, on n'aurait peut-être rien à me reprocher. J'arrivai là-bas à l'Institut, au bout de Paris, derrière la Villette, un matin sur les onze heures. On me fit d'abord promener à travers des laboratoires et des laboratoires à la recherche d'un savant. Il ne s'y trouvait encore personne dans ces laboratoires pas plus de savants que de public, rien que des objets bousculés en grand désordre, des petits cadavres d'animaux éventrés, des bouts de mégots, des becs de gaz ébréchés, des cages et des bocaux avec des souris dedans en train d'étouffer, des cornues, des vessies à la traîne, des tabourets défoncés, des livres et de la poussière, encore et toujours des mégots, leur odeur et celle de pissotière, dominantes. Puisque j'étais bien en avance, je décidai d'aller faire un tour, pendant que j'y étais, jusqu'à la tombe du grand savant Bioduret Joseph qui se trouvait dans les caves mêmes de l'Institut parmi les ors et les marbres. Fantaisie bourgeoiso-byzantine de haut goût. La quête se faisait en sortant du caveau, le gardien grognait même à cause d'une pièce belge qu'on lui avait refilée. C'est à cause de ce Bioduret que nombre de jeunes gens optèrent depuis un demi-siècle pour la carrière scientifique. Il en advint autant de ratés qu'à la sortie du Conservatoire. On finit tous d'ailleurs par se ressembler après un certain nombre d'années, qu'on n'a pas réussi. Dans les fossés de la grande déroute, un « Lauréat de Faculté » vaut un « Prix de Rome ». Question d'autobus qu'on ne prend pas tout à fait à la même heure. C'est tout.

Il me fallut attendre encore assez longtemps dans les jardins de l'Institut, petite combinaison de maison d'arrêt et de square public, jardins, fleurs déposées soigneusement au long de ces murs ornés avec malveillance.

Tout de même, quelques garçons du petit personnel finirent par arriver les premiers, nombre d'entre eux portaient déjà des provisions du marché voisin, en de grands filets, et traînaient la savate. Et puis, les savants franchirent à leur tour la grille, plus traînards encore, plus réticents que leurs modestes subalternes, par petits groupes mal rasés et chuchoteurs. Ils allaient se disperser au long des couloirs en lissant les peintures.

Rentrée de vieux écoliers grisonnants, à parapluie, stupéfiés par la routine méticuleuse, les manipulations désespérément dégoûtantes, soudés pour des salaires de disette et à longueur de maturité dans ces petites cuisines à microbes, à réchauffer cet interminable mijotage de raclures de légumes, de cobayes asphyxiques et d'autres incertaines pourritures.

Ils n'étaient plus en fin de compte eux-mêmes que de vieux rongeurs domestiques, monstrueux, en pardessus. La gloire de nos jours ne sourit guère qu'aux riches, savants ou non. Les plébéiens de la Recherche ne pouvaient compter pour les maintenir en haleine que sur leur propre peur de perdre leur place dans cette boîte à ordures chaude, illustre et compartimentée. C'était au titre de savant officiel qu'ils tenaient essentiellement. Titre grâce auquel les pharmaciens de la ville leur accordaient encore quelque confiance pour l'analyse, chichement rétribuée d'ailleurs, des urines et des crachats de la clientèle. Casuel bourbeux du savant.

Dès son arrivée, le chercheur méthodique allait se pencher rituellement pendant quelques minutes au-dessus des tripes bilieuses et corrompues du lapin de l'autre semaine, celui qu'on exposait classiquement à demeure, dans un coin de la pièce, bénitier d'immondice. Lorsque l'odeur en devenait véritablement intenable, on en sacrifiait un autre de lapin, mais pas avant, à cause des économies auxquelles le professeur Jaunisset, grand secrétaire de l'Institut, tenait en ce temps-là une main fanatique.

Certaines pourritures animales subissaient de ce fait, par économie, d'invraisemblables dégradations et prolongations. Tout est question d'habitude. Certains garçons de laboratoires bien entraînés eussent fort bien cuisiné dans un cercueil en activité tellement la putréfaction et ses relents ne les gênaient plus. Ces modestes auxiliaires de la grande recherche scientifique arrivaient même à cet égard à surpasser en économie le professeur Jaunisset lui-même, pourtant fameusement sordide, et le battaient à son propre jeu, profitant du gaz de ses étuves par exemple pour se confectionner de nombreux pot-au-feu personnels et bien d'autres lentes ratatouilles, plus périlleuses encore.

Lorsque les savants avaient achevé de procéder à l'examen

distrait des boyaux du cobaye et du lapin rituel, ils étaient parvenus doucement au deuxième acte de leur vie scientifique quotidienne, celui de la cigarette. Essai de neutralisation des puanteurs ambiantes et de l'ennui par la fumée du tabac. De mégot en mégot, les savants venaient tout de même à bout de leur journée, sur les cinq heures. On remettait alors doucement les putréfactions à tiédir dans l'étuve branlante. Octave, le garçon, dissimulait ses haricots fin cuits en un journal pour mieux les passer impunément devant la concierge. Feintes. Tout prêt le dîner qu'il emportait à Gargan. Le savant, son maître, déposait encore un petit quelque chose d'écrit dans un coin du livret d'expériences, timidement, comme un doute, en vue d'une communication prochaine pleinement oiseuse, mais justificative de sa présence à l'Institut et des chétifs avantages qu'elle comportait, corvée qu'il faudrait bien se décider à effectuer tout de même avant longtemps devant quelque Académie infiniment impartiale et désintéressée.

Le véritable savant met vingt bonnes années en moyenne à effectuer la grande découverte, celle qui consiste à se convaincre que le délire des uns ne fait pas du tout le bonheur des autres et que chacun ici-bas se trouve indisposé par la marotte du voisin.

Le délire scientifique plus raisonné et plus froid que les autres est en même temps le moins tolérable d'entre tous. Mais quand on a conquis quelques facilités pour subsister même assez chichement dans un certain endroit, à l'aide de certaines grimaces, il faut bien persévérer ou se résigner à crever comme un cobaye. Les habitudes s'attrapent plus vite que le courage et surtout l'habitude de bouffer.

Je cherchais donc mon Parapine à travers l'Institut, puisque j'étais venu tout exprès de Rancy pour le trouver. Il s'agissait donc de persévérer dans ma recherche. Ça n'allait pas tout seul. Je m'y repris en plusieurs fois, hésitant longuement entre tant de couloirs et de portes.

Il ne déjeunait pas du tout ce vieux garçon et ne dînait guère que deux ou trois fois par semaine au plus, mais là alors énormément, selon la frénésie des étudiants russes dont il conservait tous les usages fantasques.

On lui accordait à ce Parapine, dans son milieu spécialisé, la plus haute compétence. Tout ce qui concernait les maladies

typhoïdes lui était familier, soit animales, soit humaines. Sa
notoriété datait de vingt ans déjà, de l'époque où certains auteurs
allemands prétendirent un beau jour avoir isolé des vibrions
Eberthiens vivants dans l'excrétat vaginal d'une petite fille
de dix-huit mois. Ce fut un beau tapage dans le domaine de la
vérité. Heureux, Parapine riposta dans le moindre délai au
nom de l'Institut National et surpassa d'emblée ce fanfaron
teuton en cultivant lui, Parapine, le même germe mais à l'état
pur et dans le sperme d'un invalide de soixante et douze ans.
Célèbre d'emblée, il ne lui restait plus jusqu'à sa mort, qu'à
noircir régulièrement quelques colonnes illisibles dans divers
périodiques spécialisés pour se maintenir en vedette. Ce qu'il
fit sans mal d'ailleurs depuis ce jour d'audace et de chance.

Le public scientifique sérieux lui faisait à présent crédit et
confiance. Cela dispensait le public sérieux de le lire.

S'il se mettait à critiquer ce public, il n'y aurait plus de progrès
possible. On resterait un an sur chaque page.

Quand j'arrivai devant la porte de sa cellule, Serge Parapine
était en train de cracher aux quatre coins du laboratoire d'une
salive incessante, avec une grimace si dégoûtée qu'il vous en
faisait réfléchir. Il se rasait de temps à autre Parapine, mais
il conservait cependant aux méplats des joues toujours assez
de poils pour avoir l'air d'un évadé. Il grelottait constamment
ou du moins il en avait l'air, bien que ne quittant jamais son
pardessus, grand choix de taches et surtout de pellicules qu'il
essaimait ensuite à menus coups d'ongles alentour, tout en
ramenant sa mèche, oscillante toujours, sur son nez vert et rose.

Pendant mon stage dans les écoles pratiques de la Faculté,
Parapine m'avait donné quelques leçons de microscope et témoi-
gné en diverses occasions de quelque réelle bienveillance. J'espérais qu'il ne m'avait depuis ces temps déjà lointains tout à fait
oublié et qu'il serait à même de me donner peut-être un avis
thérapeutique de tout premier ordre pour le cas de Bébert qui
m'obsédait en vérité.

Décidément, je me découvrais beaucoup plus de goût à empêcher Bébert de mourir qu'un adulte. On n'est jamais très mécon-
tent qu'un adulte s'en aille, ça fait toujours une vache de moins
sur la terre, qu'on se dit, tandis que pour un enfant, c'est tout
de même moins sûr. Il y a l'avenir.

Parapine mis au courant de mes difficultés ne demanda pas mieux que de m'aider et d'orienter ma thérapeutique périlleuse, seulement il avait appris lui, en vingt années, tellement de choses et des si diverses et de si souvent contradictoires sur le compte de la typhoïde qu'il lui était devenu bien pénible à présent, et comme qui dirait impossible, de formuler au sujet de cette affection si banale et des choses de son traitement le moindre avis net ou catégorique.

— D'abord, y croyez-vous, cher confrère, vous, aux sérums? qu'il commença par me demander. Hein? qu'en dites-vous?... Et les vaccins donc?... En somme quelle est votre impression?... D'excellents esprits ne veulent plus à présent en entendre parler des vaccins... C'est audacieux, confrère, certes... Je le trouve aussi... Mais enfin? Hein? Quand même? Ne trouvez-vous pas qu'il y a du vrai dans ce négativisme?... Qu'en pensez-vous?

Les phrases procédaient dans sa bouche par bonds terribles parmi des avalanches d' « R » énormes.

Pendant qu'il se débattait tel un lion parmi d'autres furieuses et désespérées hypothèses, Jaunisset, qui vivait encore à cette époque, l'illustre grand secrétaire, vint à passer juste sous nos fenêtres, précis et sourcilleux.

A sa vue, Parapine pâlit encore si possible davantage et changea nerveusement de conversation, hâtif de me témoigner tout de suite tout le dégoût que provoquait en lui la seule vue quotidienne de ce Jaunisset par ailleurs universellement glorifié. Il me le qualifia ce Jaunisset fameux en l'espace d'un instant, de faussaire, de maniaque de l'espèce la plus redoutable, et le chargea encore de plus de crimes monstrueux et inédits et secrets qu'il n'en fallait pour peupler un bagne entier pendant un siècle.

Et je ne pouvais plus l'empêcher de me donner, Parapine, cent et mille haineux détails sur le métier bouffon de chercheur auquel il était bien obligé pour avoir à bouffer de s'astreindre, haine plus précise, plus scientifique vraiment, que celles qui émanent des autres hommes placés dans des conditions similaires dans les bureaux ou magasins.

Il tenait ces propos à très haute voix et je m'étonnais de sa franchise. Son garçon du laboratoire nous écoutait. Il avait terminé lui aussi sa petite cuisine et s'agitait encore pour la forme entre les étuves et les éprouvettes, mais il avait tellement pris l'habitude le garçon, d'entendre Parapine dans le cours de ses malédictions, pour ainsi dire quotidiennes, qu'il tenait à présent ces propos, si exorbitants fussent-ils, pour absolument académiques et insignifiants. Certaines petites expériences personnelles qu'il poursuivait avec beaucoup de gravité, le garçon, dans une des étuves du laboratoire, lui semblaient, à l'encontre de ce que racontait Parapine, prodigieuses et délicieusement instructives. Les fureurs de Parapine ne parvenaient point à l'en distraire. Avant de s'en aller, il refermait la porte de l'étuve sur ses microbes personnels, comme sur un tabernacle, tendrement, scrupuleusement.

— Vous avez vu mon garçon, confrère? Vous l'avez vu mon vieux crétin de garçon? que fit Parapine à son propos, dès qu'il fut sorti. Eh bien voici trente ans bientôt, qu'à balayer mes ordures il entend autour de lui ne parler que de science et fort copieusement et sincèrement ma foi... cependant, loin d'en être dégoûté, c'est lui et lui seul à présent qui a fini par y croire ici même! A force de tripoter mes cultures il les trouve merveilleuses! Il s'en pourlèche... La moindre de mes singeries l'enivre! N'en va-t-il pas d'ailleurs de même dans toutes les religions? N'y a-t-il point belle lurette que le prêtre pense à tout autre chose qu'au Bon Dieu que son bedeau y croit encore... Et dur comme fer? C'est à vomir en vérité!... Mon abruti ne pousse-t-il point le ridicule jusqu'à copier le grand Bioduret Joseph dans son costume et sa barbiche! L'avez-vous noté?... Entre nous, à ce propos, le grand Bioduret ne différait tellement de mon garçon que par sa réputation mondiale et l'intensité de ses lubies... Avec sa manie de rincer parfaitement les bouteilles et de surveiller d'incroyablement près l'éclosion des mites, il m'a toujours semblé monstrueusement vulgaire à moi cet immense génie expérimental... Otez un peu au grand Bioduret sa prodigieuse mesquinerie ménagère, et dites-moi donc un peu ce qu'il en reste d'admirable? Je vous le demande? Une figure hostile de concierge chicaneur et malveillant. C'est tout. Au surplus, il l'a bien prouvé à l'Académie son caractère de cochon pendant les vingt années qu'il y passa, détesté par presque tous, il s'y est engueulé à peu près avec tout le monde, et pas qu'un peu... C'était un mégalomane ingénieux... Et voilà tout.

Parapine s'apprêtait à son tour, doucement, au départ. Je

l'aidai à se passer une sorte d'écharpe autour du cou et en
dessus de ses pellicules de toujours encore une espèce de man-
tille. Alors l'idée lui revint que j'étais venu le voir à propos de
quelque chose de très précis et d'urgent. « C'est vrai, fit-il, qu'à
vous ennuyer avec mes petites affaires, j'oubliais votre malade !
Pardonnez-moi confrère et revenons bien vite à notre sujet !
Mais que vous dirais-je après tout que vous ne sachiez déjà !
Parmi tant de théories vacillantes, d'expériences discutables,
la raison commanderait au fond de ne pas choisir ! Faites donc
au mieux allez confrère ! Puisqu'il faut que vous agissiez, faites
au mieux ! Pour moi d'ailleurs, je puis ici vous l'assurer en confidence, cette affection typhique est arrivée à me dégoûter au-
delà de toute limite ! De toute imagination même ! Quand je
l'abordai dans ma jeunesse la typhoïde, nous n'étions que quelques
chercheurs à prospecter ce domaine, et nous pouvions, en somme,
aisément nous compter, nous faire valoir mutuellement... Tandis
qu'à présent, que vous dire ? Il en arrive de Laponie mon cher !
du Pérou ! Tous les jours davantage ! Il en vient de partout des
spécialistes ! On en fabrique en série au Japon ! J'ai vu le monde
devenir en moins de quelques ans une véritable pétaudière de
publications universelles et saugrenues sur ce même sujet rabâché.
Je me résigne, pour y garder ma place et la défendre certes tant
bien que mal, à produire et reproduire mon même petit article
d'un congrès, d'une revue à l'autre, auquel je fais simplement
subir vers la fin de chaque saison quelques subtiles et anodines
modifications, bien accessoires... Mais cependant croyez-moi,
confrère, la typhoïde, de nos jours, est aussi galvaudée que la
mandoline ou le banjo. C'est à crever je vous le dis ! Chacun
veut en jouer un petit air à sa façon. Non, j'aime autant vous
l'avouer, je ne me sens plus de force à me tracasser davantage,
ce que je cherche pour achever mon existence, c'est un petit
coin de recherches bien tranquilles, qui ne me vaillent plus ni
ennemis, ni élèves, mais cette médiocre notoriété sans jalousie
dont je me contente et dont j'ai grand besoin. Entre autres
fadaises, j'ai songé à l'étude de l'influence comparative du
chauffage central sur les hémorroïdes dans les pays du Nord
et du Midi. Qu'en pensez-vous ? De l'hygiène ? Du régime ? C'est
à la mode ces histoires-là ! n'est-ce pas ? Une telle étude convenablement conduite et traînée en longueur me conciliera l'Aca-

démie j'en suis persuadé, qui compte un nombre majoritaire de vieillards que ces problèmes de chauffage et d'hémorroïdes ne peuvent laisser indifférents. Regardez ce qu'ils ont fait pour le cancer qui les touche de près!... Qu'elle m'honore par la suite l'Académie, d'un de ses prix d'hygiène? Que sais-je? Dix mille francs? Hein? Voilà de quoi me payer un voyage à Venise... J'y fus savez-vous à Venise dans ma jeunesse, mon jeune ami... Mais oui! On y dépérit aussi bien de faim qu'ailleurs... Mais on y respire une odeur de mort somptueuse qu'il n'est pas facile d'oublier par la suite... »

Dans la rue, nous dûmes revenir sur nos pas en vitesse pour chercher ses caoutchoucs qu'il avait oubliés. Nous nous mîmes ainsi en retard. Et puis nous nous hâtâmes vers un endroit dont il ne me parlait pas.

Par la longue rue de Vaugirard, parsemée de légumes et d'encombrements, nous arrivâmes tout au bord d'une place entourée de marronniers et d'agents de police. Nous nous faufilâmes dans l'arrière-salle d'un petit café où Parapine se jucha derrière un carreau, à l'abri d'un brise-bise.

— Trop tard! fit-il dépité. Elles sont sorties déjà!
— Qui?
— Les petites élèves du Lycée... Il en est de charmantes vous savez... Je connais leurs jambes par cœur. Je ne demande plus autre chose pour la fin de mes journées... Allons-nous-en! Ce sera pour un autre jour...

Et nous nous quittâmes vraiment bons amis.

J'AURAIS été content de ne jamais avoir à retourner à Rancy. Depuis ce matin même que j'étais parti de là-bas j'avais presque oublié déjà mes soucis ordinaires; ils y étaient encore incrustés si fort dans Rancy qu'ils ne me suivaient pas. Ils y seraient peut-être morts mes soucis, à l'abandon, comme Bébert, si je n'étais pas rentré. C'étaient des soucis de banlieue. Cependant vers la rue Bonaparte, la réflexion me revint, la triste. C'est une rue pourtant qui donnerait plutôt du plaisir au passant. Il en est peu d'aussi bienveillantes et gracieuses. Mais, en m'approchant des quais, je devenais tout de même craintif. Je rôdais. Je ne pouvais me résoudre à franchir la Seine. Tout le monde n'est pas César! De l'autre côté, sur l'autre rive, commençaient mes ennuis. Je me réservai d'attendre ainsi de ce côté gauche jusqu'à la nuit. C'est toujours quelques heures de soleil de gagnées, que je me disais.

L'eau venait clapoter à côté des pêcheurs et je me suis assis pour les regarder faire. Vraiment, je n'étais pas pressé du tout moi non plus, pas plus qu'eux. J'étais comme arrivé au moment, à l'âge peut-être, où on sait bien ce qu'on perd à chaque heure qui passe. Mais on n'a pas encore acquis la force de sagesse qu'il faudrait pour s'arrêter pile sur la route du temps, et puis d'abord si on s'arrêtait on ne saurait quoi faire non plus sans cette folie d'avancer qui vous possède et qu'on admire depuis toute sa jeunesse. Déjà on est moins fier d'elle de sa jeunesse, on ose pas encore l'avouer en public que ce n'est peut-être que cela sa jeunesse, de l'entrain à vieillir.

On découvre dans tout son passé ridicule tellement de ridicule, de tromperie, de crédulité qu'on voudrait peut-être s'arrêter tout net d'être jeune, attendre la jeunesse qu'elle se détache, attendre qu'elle vous dépasse, la voir s'en aller, s'éloigner, regarder toute sa vanité, porter la main dans son vide, la voir repasser encore devant soi, et puis soi partir, être sûr qu'elle s'en est bien allée sa jeunesse et tranquillement alors, de son côté, bien à soi repasser tout doucement de l'autre côté du Temps pour regarder vraiment comment qu'ils sont les gens et les choses.

Au bord du quai les pêcheurs ne prenaient rien. Ils n'avaient même pas l'air de tenir beaucoup à en prendre des poissons. Les poissons devaient les connaître. Ils restaient là tous à faire semblant. Un joli dernier soleil tenait encore un peu de chaleur autour de nous, faisant sauter sur l'eau des petits reflets coupés de bleu et d'or. Du vent, il en venait du tout frais d'en face à travers mille feuilles, en rafales douces. On était bien. Deux heures pleines, on est resté ainsi à ne rien prendre, à ne rien faire. Et puis, la Seine est tournée au sombre et le coin du pont est devenu tout rouge du crépuscule. Le monde en passant sur le quai nous avait oubliés là, nous autres, entre la rive et l'eau.

La nuit est sortie de dessous les arches, elle est montée tout le long du château, elle a pris la façade, les fenêtres, l'une après l'autre, qui flambaient devant l'ombre. Et puis, elles se sont éteintes aussi les fenêtres.

Il ne restait plus qu'à partir une fois de plus.

Les bouquinistes des quais fermaient leurs boîtes. « Tu viens! » que criait la femme par-dessus le parapet à son mari, à mon côté, qui refermait lui ses instruments, et son pliant et les asticots. Il a grogné et tous les autres pêcheurs ont grogné après lui et on est remonté, moi aussi, là-haut, en grognant, avec les gens qui marchent. Je lui ai parlé à sa femme, comme ça pour lui dire quelque chose d'aimable avant que ça soye la nuit partout. Tout de suite, elle a voulu me vendre un livre. C'en était un de livre qu'elle avait oublié de rentrer dans sa boîte à ce qu'elle prétendait. « Alors ce serait pour moins cher, pour presque rien... » qu'elle ajoutait. Un vieux petit « Montaigne » un vrai de vrai pour un franc. Je voulais bien lui faire plaisir à cette femme pour si peu d'argent. Je l'ai pris son « Montaigne ».

Sous le pont, l'eau était devenue toute lourde. J'avais plus du tout envie d'avancer. Aux boulevards, j'ai bu un café-crème et j'ai ouvert ce bouquin qu'elle m'avait vendu. En l'ouvrant, je suis juste tombé sur une page d'une lettre qu'il écrivait à sa femme le Montaigne, justement pour l'occasion d'un fils à eux qui venait de mourir. Ça m'intéressait immédiatement ce passage, probablement à cause des rapports que je faisais tout de suite avec Bébert. « Ah! qu'il lui disait le Montaigne, à peu près comme ça à son épouse. T'en fais pas va ma chère femme! Il faut bien te consoler!... Ça s'arrangera!... Tout s'arrange dans la vie... Et puis d'ailleurs, qu'il lui disait encore, j'ai justement retrouvé hier dans des vieux papiers d'un ami à moi une certaine lettre que Plutarque envoyait lui aussi à sa femme dans des circonstances tout à fait pareilles aux nôtres... Et que je l'ai trouvée si joliment bien tapée sa lettre ma chère femme, que je te l'envoie sa lettre!... C'est une belle lettre! D'ailleurs je ne veux pas t'en priver plus longtemps, tu m'en diras des nouvelles pour ce qui est de guérir ton chagrin!... Ma chère épouse! Je te l'envoie la belle lettre! Elle est un peu là comme lettre celle de Plutarque!.. On peut le dire! Elle a pas fini de t'intéresser!... Ah non! Prenez-en connaissance ma chère femme! Lisez-la bien! Montrez-la aux amis. Et relisez-la encore! Je suis bien tranquille à présent! Je suis certain qu'elle va vous remettre d'aplomb!... Vostre bon mari. Michel. » Voilà que je me dis moi, ce qu'on peut appeler du beau travail. Sa femme devait être fière d'avoir un bon mari qui s'en fasse pas comme son Michel. Enfin, c'était leur affaire à ces gens. On se trompe peut-être toujours quand il s'agit de juger le cœur des autres. Peut-être qu'ils avaient vraiment du chagrin? Du chagrin de l'époque?

Mais pour ce qui concernait Bébert, ça me faisait une sacrée journée. Je n'avais pas de veine avec lui Bébert, mort ou vif. Il me semblait qu'il n'y avait rien pour lui sur la terre, même dans Montaigne. C'est peut-être pour tout le monde la même chose d'ailleurs, dès qu'on insiste un peu, c'est le vide. Y avait pas à dire, j'étais parti de Rancy depuis le matin, fallait y retourner, et j'avais rien rapporté. J'avais rien absolument à lui offrir, ni à la tante non plus.

Un petit tour par la place Blanche avant de rentrer.

Je vois du monde tout le long de la rue Lepic, encore plus que d'habitude. Je monte donc aussi, pour voir. Au coin d'un boucher c'était la foule. Fallait s'écraser pour voir ce qui se passait, en cercle. Un cochon c'était, un gros, un énorme. Il geignait aussi lui, au milieu du cercle, comme un homme qu'on dérange, mais alors énormément. Et puis, on arrêtait pas de lui faire des misères. Les gens lui tortillaient les oreilles histoire de l'entendre crier. Il se tordait et se retournait les pattes le cochon à force de vouloir s'enfuir à tirer sur sa corde, d'autres l'asticotaient et il hurlait encore plus fort à cause de la douleur. Et on riait davantage.

Il ne savait pas comment se cacher le gros cochon dans le si peu de paille qu'on lui avait laissée et qui s'envolait quand il grognait et soufflait dedans. Il ne savait pas comment échapper aux hommes. Il le comprenait. Il urinait en même temps autant qu'il pouvait, mais ça ne servait à rien non plus. Grogner, hurler non plus. Rien à faire. On rigolait. Le charcutier, par-derrière dans sa boutique, échangeait des signes et des plaisanteries avec les clients et faisait des gestes avec un grand couteau.

Il était content lui aussi. Il avait acheté le cochon, et attaché pour la réclame. Au mariage de sa fille il ne s'amuserait pas davantage.

Il arrivait toujours plus de monde devant la boutique pour voir le cochon crouler dans ses gros plis roses après chaque effort pour s'enfuir. Ce n'était cependant pas encore assez. On fit grimper dessus un tout petit chien hargneux qu'on excitait à sauter et à le mordre à même dans la grosse chair dilatée. On s'amusait alors tellement qu'on ne pouvait plus avancer. Les agents sont venus pour disperser les groupes.

Quand on arrive vers ces heures-là en haut du pont Caulaincourt, on aperçoit au-delà du grand lac de nuit qui est sur le cimetière les premières lumières de Rancy. C'est sur l'autre bord Rancy. Faut faire tout le tour pour y arriver. C'est si loin ! Alors on dirait qu'on fait le tour de la nuit même, tellement il faut marcher de temps et des pas autour du cimetière pour arriver aux fortifications.

Et puis ayant atteint la porte, à l'octroi, on passe encore devant le bureau moisi où végète le petit employé vert. C'est tout près alors. Les chiens de la zone sont à leur poste d'aboi. Sous un bec de gaz, il y a des fleurs quand même, celles de la marchande qui attend toujours là les morts qui passent d'un jour à l'autre, d'une heure à l'autre. Le cimetière, un autre encore, à côté, et puis le boulevard de la Révolte. Il monte avec toutes ses lampes droit et large en plein dans la nuit. Y a qu'à suivre, à gauche. C'était ma rue. Il n'y avait vraiment personne à rencontrer. Tout de même, j'aurais bien voulu être ailleurs et loin. J'aurais aussi voulu avoir des chaussons pour qu'on m'entende pas du tout rentrer chez moi. J'y étais cependant pour rien, moi, si Bébert n'allait pas mieux du tout. J'avais fait mon possible. Rien à me reprocher. C'était pas de ma faute si on ne pouvait rien dans des cas comme ceux-là. Je suis parvenu jusque devant sa porte, et je le croyais, sans avoir été remarqué. Et puis, une fois monté, sans ouvrir les persiennes j'ai regardé par les fentes pour voir s'il y avait toujours des gens à parler devant chez Bébert. Il en sortait encore quelques-uns des visiteurs de la maison, mais ils n'avaient pas le même air qu'hier les visiteurs. Une femme de ménage des environs, que je connaissais bien, pleurnichait en sortant. « On dirait décidément que ça va encore plus mal, que je me disais. En tout cas, ça va sûrement pas mieux... Peut-être qu'il est déjà passé? que je me disais. Puisqu'il y en a une qui pleure déjà!... » La journée était finie.

Je cherchais quand même si j'y étais pour rien dans tout ça. C'était froid et silencieux chez moi. Comme une petite nuit dans un coin de la grande, exprès pour moi tout seul.

De temps en temps montaient des bruits de pas et l'écho entrait de plus en plus fort dans ma chambre, bourdonnait, s'estompait... Silence. Je regardais encore s'il se passait quelque chose dehors, en face. Rien qu'en moi que ça se passait, à me poser toujours la même question.

J'ai fini par m'endormir sur la question, dans ma nuit à moi, ce cercueil, tellement j'étais fatigué de marcher et de ne trouver rien.

Autant pas se faire d'illusions, les gens n'ont rien à se dire, ils ne se parlent que de leurs peines à eux chacun, c'est entendu. Chacun pour soi, la terre pour tous. Ils essaient de s'en débarrasser de leur peine, sur l'autre, au moment de l'amour, mais alors ça ne marche pas et ils ont beau faire, ils la gardent tout entière leur peine, et ils recommencent, ils essaient encore une fois de la placer. « Vous êtes jolie, Mademoiselle », qu'ils disent. Et la vie les reprend, jusqu'à la prochaine où on essaiera encore le même petit truc. « Vous êtes bien jolie, Mademoiselle !... »

Et puis à se vanter entre-temps qu'on y est arrivé à s'en débarrasser de sa peine, mais tout le monde sait bien n'est-ce pas que c'est pas vrai du tout et qu'on l'a bel et bien gardée entièrement pour soi. Comme on devient de plus en plus laid et répugnant à ce jeu-là en vieillissant, on ne peut même plus la dissimuler sa peine, sa faillite, on finit par en avoir plein la figure de cette sale grimace qui met des vingt ans, des trente ans et davantage à vous remonter enfin du ventre sur la face. C'est à cela que ça sert, à ça seulement, un homme, une grimace, qu'il met toute une vie à se confectionner, et encore, qu'il arrive même pas toujours à la terminer, tellement qu'elle est lourde et compliquée la grimace qu'il faudrait faire pour exprimer toute sa vraie âme sans rien en perdre.

La mienne à moi, j'étais justement en train de bien la fignoler avec des factures que je n'arrivais pas à payer, des petites pourtant, mon loyer impossible, mon pardessus beaucoup trop mince pour la saison, et le fruitier qui rigolait en coin de me voir compter mes sous, à hésiter devant son brie, à rougir au moment où le raisin commence à coûter cher. Et puis aussi à cause des malades qui n'étaient jamais contents. Le coup du décès de Bébert ne m'avait pas fait du bien non plus dans les environs. Cependant la tante ne m'en voulait pas. On pouvait pas dire qu'elle ait été méchante la tante dans la circonstance, non. C'est plutôt du côté des Henrouille, dans leur pavillon, que je me suis mis à récolter subitement des tas d'ennuis et à concevoir des craintes.

Un jour, la vieille mère Henrouille, comme ça, elle a quitté son pavillon, son fils, sa bru, et elle s'est décidée d'elle-même à venir me rendre une visite. C'était pas bête. Et puis alors elle est revenue souvent pour me demander si je croyais vraiment moi qu'elle était folle. Ça lui faisait comme une distraction à cette vieille de venir exprès pour me questionner là-dessus. Elle m'attendait dans la pièce qui me servait de salle d'attente. Trois chaises et un guéridon à trois pieds.

Et quand je suis rentré ce soir-là, je l'ai trouvée dans la salle d'attente en train de consoler la tante à Bébert en lui racontant tout ce qu'elle avait perdu elle, vieille Henrouille, en fait de parents sur la route, avant de parvenir à son âge, des nièces à la douzaine, des oncles par-ci, par-là, un père bien loin là-bas, au milieu de l'autre siècle, et des tantes encore, et puis ses propres filles disparues celles-là un peu partout, qu'elle ne savait même plus très bien ni où, ni comment, devenues si vagues, si incertaines ses propres filles qu'elle était comme obligée de les imaginer à présent et avec bien de la peine encore dès qu'elle voulait en parler aux autres. Ce n'était même plus tout à fait des souvenirs ses propres enfants. Elle traînait tout un peuple de trépas anciens et menus autour de ses vieux flancs, des ombres muettes depuis longtemps, des chagrins imperceptibles qu'elle essayait de faire remuer encore un peu quand même, avec bien du mal, pour la consolation, quand j'arrivai, de la tante à Bébert.

Et puis Robinson est venu me voir à son tour. On leur a fait faire connaissance à tous. Des amis.

C'est même de ce jour-là, je m'en suis souvenu depuis, qu'il a pris l'habitude de la rencontrer dans ma salle d'attente, la vieille mère Henrouille, Robinson. Ils se parlaient. C'est le lendemain qu'on enterrait Bébert. « Irez-vous? qu'elle demandait, la tante, à tous ceux qu'elle rencontrait, je serais bien contente que vous y alliez... »

— Bien sûr que j'irai, qu'a répondu la vieille. Ça fait plaisir dans ces moments-là d'avoir du monde autour de soi. On ne pouvait plus la retenir dans son taudis. Elle était devenue sorteuse.

— Ah! bien alors, tant mieux si vous venez! que la remerciait la tante. Et vous, Monsieur, vous y viendrez-t-y aussi? demandait-elle à Robinson.

— Moi, j'ai peur des enterrements, Madame, faut pas m'en vouloir, qu'il a répondu lui pour se défiler.

Et puis chacun d'eux a encore parlé un bon coup rien que pour son compte, presque violemment, même la très vieille Henrouille, qui s'est mêlée à la conversation. Beaucoup trop haut qu'ils parlaient tous, comme chez les fous.

Alors je suis venu chercher la vieille pour l'emmener dans la pièce à côté où je consultais.

J'avais pas grand-chose à lui dire. C'est elle plutôt qui me demandait des choses. Je lui ai promis de pas insister pour le certificat. On est revenu dans la pièce s'asseoir avec Robinson et la tante et on a discuté encore tous pendant une vraie heure sur le cas malheureux de Bébert. Tout le monde était du même avis décidément dans le quartier, que je m'étais donné bien du mal pour sauver le petit Bébert, que c'était une fatalité seulement, que je m'étais bien conduit en somme, et ça c'était presque une surprise pour tout le monde. La mère Henrouille quand on lui eut dit l'âge de l'enfant, sept ans, elle a paru s'en sentir mieux et comme toute rassurée. La mort d'un enfant si jeune lui apparaissait comme un véritable accident seulement, pas comme une mort normale et qui puisse la faire réfléchir, elle.

Robinson se mit à nous raconter une fois de plus que les acides lui brûlaient l'estomac et les poumons, l'étouffaient et le faisaient cracher tout noir. Mais la mère Henrouille, elle, ne crachait pas, ne travaillait pas dans les acides, ce que Robinson racontait à ce sujet-là ne pouvait donc pas l'intéresser. Elle était venue seulement pour se faire bien son opinion à mon sujet. Elle me dévisageait de coin pendant que je parlais, avec ses petites prunelles agiles et bleuettes et Robinson n'en perdait pas une miette de toute cette inquiétude latente entre nous. Il faisait sombre dans ma salle d'attente, la grande maison de l'autre côté de la rue pâlissait largement avant de céder à la nuit. Après cela, il n'y eut plus que nos voix à nous, entre nous, et tout ce qu'elles ont toujours l'air d'être tout près de dire les voix et ne disent jamais.

Une fois seul avec lui, j'ai essayé de lui faire comprendre que

je n'avais plus du tout envie de le revoir Robinson, mais il est
revenu quand même vers la fin du mois et puis alors presque
chaque soir. C'est vrai qu'il n'allait pas bien du tout de la poitrine.

— M. Robinson est encore venu vous demander... me rappelait ma concierge qui s'intéressait à lui. Il n'en sortira pas
hein?... qu'elle ajoutait. Il toussait encore quand il est venu...
Elle savait bien que ça m'agaçait qu'elle m'en parle.

C'est vrai qu'il toussait. « Y a pas moyen, qu'il prédisait lui-
même, j'en finirai jamais... »

— Attends l'été prochain encore! Un peu de patience! Tu
verras... Ça finira tout seul...

Enfin ce qu'on dit dans ces cas-là. Je pouvais pas le guérir
moi, tant qu'il travaillerait dans les acides... J'essayais de le
remonter quand même.

— Tout seul, que je guérirai? qu'il répondait. Tu y vas bien
toi!... On dirait que c'est facile à respirer comme moi je respire... Je voudrais t'y voir toi avec un truc comme le mien dans
la caisse... On se dégonfle avec un truc comme j'en ai un dans
la caisse... Et puis voilà que je te dis moi...

— T'es déprimé, tu passes par un mauvais moment, mais
quand tu iras mieux... Même un peu mieux, tu verras...

— Un peu mieux? Au trou que j'irai un peu mieux! J'aurais
surtout mieux fait d'y rester moi à la guerre en fait de vrai mieux!
Toi ça te va d'être revenu... T'as rien à dire!

Les hommes y tiennent à leurs sales souvenirs, à tous leurs
malheurs et on ne peut pas les en faire sortir. Ça leur occupe
l'âme. Ils se vengent de l'injustice de leur présent en besognant
l'avenir au fond d'eux-mêmes avec de la merde. Justes et lâches
qu'ils sont tout au fond. C'est leur nature.

Je ne lui répondais plus rien. Alors il m'en voulait.

— Tu vois bien que toi aussi t'es du même avis!

Pour être tranquille, j'allai lui chercher une petite potion
contre la toux. C'est que ses voisins se plaignaient de ce qu'il
n'arrêtait pas de tousser et qu'ils ne pouvaient pas dormir. Pendant que je lui remplissais la bouteille, il se demandait encore
où il avait bien pu l'attraper cette toux incoercible. Il demandait aussi en même temps que je lui fasse des piqûres : Avec
des sels d'or.

— Si j'en crève des piqûres, tu sais j'y perdrai rien!

Mais je me refusais, bien entendu, à entreprendre une thérapeutique héroïque quelconque. Je voulais avant tout qu'il s'en aille.

J'en avais perdu moi-même tout entrain rien qu'à le revoir traîner par ici. Toutes les peines du monde j'éprouvais déjà à ne pas me laisser aller au courant de ma propre débine, à ne pas céder à l'envie de fermer ma porte une fois pour toutes et vingt fois par jour je me répétais : « A quoi bon? » Alors encore l'écouter jérémiader au surplus, c'était vraiment trop.

— Tu n'as pas de courage, Robinson! finissais-je par lui dire... Tu devrais te marier, ça te donnerait peut-être du goût pour la vie... S'il avait pris une femme, il m'aurait débarrassé un peu. Là-dessus il s'en allait tout vexé. Il n'aimait pas mes conseils, surtout ceux-là. Il ne me répondait même pas sur cette question du mariage. C'était, c'est vrai aussi un conseil bien niais que je lui donnais là.

Un dimanche où je n'étais pas de service, nous sortîmes ensemble. Au coin du boulevard Magnanime, on est allé prendre à la terrasse un petit cassis et un diabolo. On ne se parlait pas beaucoup, on n'avait plus grand-chose à se dire. D'abord, à quoi ça sert, les mots quand on est fixé? A s'engueuler et puis c'est tout. Il ne passe pas beaucoup d'autobus le dimanche. De la terrasse c'est presque un plaisir de voir le boulevard tout net, tout reposé lui aussi, devant soi. On avait le gramophone du bistrot derrière.

— T'entends? qu'il me fait Robinson. Il joue des airs d'Amérique, son phono; je les reconnais ces airs-là, moi, c'est les mêmes qu'on jouait à Detroit chez Molly...

Pendant deux ans qu'il avait passés là-bas, il n'était pas entré bien avant dans la vie des Américains; seulement, il avait été comme touché quand même par leur espèce de musique, où ils essaient de quitter eux aussi leur lourde accoutumance et la peine écrasante de faire tous les jours la même chose et avec laquelle ils se dandinent avec la vie qui n'a pas de sens, un peu, pendant que ça joue. Des ours, ici, là-bas.

Il n'en finissait pas son cassis à réfléchir à tout ça. Un peu de poussière s'élevait de partout. Autour des platanes vadrouillent les petits enfants barbouillés et ventrus, attirés, eux aussi, par le disque. Personne ne lui résiste au fond à la musique. On n'a rien à faire avec son cœur, on le donne volontiers. Faut entendre au fond de toutes les musiques l'air sans notes, fait pour nous, l'air de la Mort.

Quelques boutiques ouvrent encore le dimanche par entêtement : la marchande de pantoufles sort de chez elle et promène, en bavardant, d'une devanture voisine à l'autre, ses kilos de varices après les jambes.

Au kiosque, les journaux du matin pendent avachis et jaunes un peu déjà, formidable artichaut de nouvelles en train de rancir. Un chien, dessus, fait pipi, vite, la gérante somnole.

Un autobus à vide fonce vers son dépôt. Les idées aussi finissent par avoir leur dimanche; on est plus ahuri encore que d'habitude. On est là, vide. On en baverait. On est content. On a rien à causer, parce qu'au fond il ne vous arrive plus rien, on est trop pauvre, on a peut-être dégoûté l'existence? Ça serait régulier.

— Tu vois pas un truc, toi, que je pourrais faire, pour sortir de mon métier qui me crève?

Il émergeait de sa réflexion.

— J'voudrais en sortir de mon business, comprends-tu? J'en ai assez moi de me crever comme un mulet... J'veux aller me promener moi aussi... Tu connais pas des gens qu'auraient besoin d'un chauffeur, par hasard?... T'en connais pourtant du monde, toi?

C'étaient des idées du dimanche, des idées de gentleman qui le prenaient. Je n'osais pas le dissuader, lui insinuer qu'avec une tête d'assassin besogneux comme la sienne, personne ne lui confierait jamais son automobile, qu'il conserverait toujours un trop drôle d'air, avec ou sans livrée.

— T'es pas encourageant en somme, qu'il a conclu alors. J'en sortirai donc jamais à ton avis?... C'est donc plus la peine même que j'essaie?... En Amérique j'allais pas assez vite, que tu disais... En Afrique, c'est la chaleur qui me crevait... Ici, je suis pas assez intelligent... Mais tout ça je m'en rends compte, c'est du «bourre-mou!» Ah! si j'avais du pognon!... Tout le monde me trouverait bien gentil ici... là-bas... Et partout... En Amérique même... C'est-y pas vrai ce que je dis là? Et toi-même?... Il nous manque qu'une petite maison de rapport avec six locataires qui payent bien...

— C'est effectivement vrai, répondis-je.

Il n'en revenait pas d'être arrivé tout seul à cette conclusion majeure. Alors il me regarda drôlement, comme s'il me découvrait soudain un aspect inouï de dégueulasse.

— Toi, quand j'y pense, t'as le bon bout. Tu vends tes bobards aux crevards et pour le reste, tu t'en fous... T'es pas contrôlé, rien... T'arrives et tu pars quand tu veux, t'as la liberté en somme. T'as l'air gentil mais t'es une belle vache tout dans le fond !...

— Tu es injuste Robinson !

— Dis donc alors, trouve-moi donc quelque chose !

Il y tenait ferme à son projet de laisser son métier dans les acides à d'autres...

Nous repartîmes par les petites rues latérales. Vers le soir on croirait encore que c'est un village, Rancy. Les portes maraîchères s'entrouvrent. La grande cour est vide. La niche du chien aussi. Un soir, comme celui-ci, il y a longtemps déjà, les paysans sont partis de chez eux, chassés par la ville qui sortait de Paris. Il ne reste plus qu'un ou deux débits de ces temps-là, invendables et moisis et repris déjà par les glycines lasses qui retombent au versant des petits murs cramoisis d'affiches. La herse pendue entre deux gargouilles n'en peut plus de rouiller. C'est un passé auquel on ne touche plus. Il s'en va tout seul. Les locataires d'à présent sont bien trop fatigués le soir pour toucher à rien d'abord devant chez eux quand ils rentrent. Ils vont s'entasser simplement par ménages dans ce qui reste des salles communes et boire. Le plafond porte les cercles de la fumée des « suspensions » vacillantes d'alors. Tout le quartier tremblote sans se plaindre au ronron continu de la nouvelle usine. Les tuiles moussues chutent en dégringolades sur les hauts pavés bos s comme il n'en existe plus guère qu'à Versailles et dans les prisons vénérables.

Robinson m'accompagna jusqu'au petit parc municipal, tout cintré d'entrepôts, où viennent s'oublier sur les pelouses teigneuses tous les abandons d'alentour entre le boulodrome à gâteux, la Vénus insuffisante et le monticule de sable pour jouer à faire pipi.

On s'est remis à parler comme ça de choses et d'autres.

« Ce qui me manque, tu vois, c'est de pouvoir supporter la boisson. » C'était son idée. « Quand je bois j'ai des crampes que c'est à y pas tenir. C'est pire ! » Et il me donnait la preuve tout de suite par une série de renvois qu'il n'avait même pas bien supporté notre petit cassis de cet après-midi... « Ainsi tu vois? »

Devant sa porte, il m'a quitté. « Le Château des Courants d'Air » comme il annonçait. Il a disparu. Je croyais ne pas le revoir de sitôt.

Mes affaires eurent l'air de vouloir reprendre un petit peu et juste au cours de cette nuit-là.

Rien que dans la maison du Commissariat, je fus appelé deux fois d'urgence. Le dimanche soir tous les soupirs, les émotions, les impatiences, sont déboutonnés. L'amour-propre est sur le pont dominical et en goguette encore. Après une journée entière de liberté alcoolique, voici les esclaves qui tressaillent un peu, on a du mal à les faire se tenir, ils reniflent, ils s'ébrouent et font clinquer leurs chaînes.

Rien que dans la maison du Commissariat, deux drames se déroulaient à la fois. Au premier finissait un cancéreux, tandis qu'au troisième passait une fausse couche dont la sage-femme n'arrivait pas à se débrouiller. Elle donnait, cette matrone, des conseils absurdes à tout le monde, tout en rinçant des serviettes et des serviettes encore. Et puis, entre deux injections s'échappait pour aller piquer le cancéreux d'en bas, à dix francs l'ampoule d'huile camphrée s'il vous plaît. Pour elle la journée était bonne.

Toutes les familles de cette maison avaient passé leur dimanche en peignoir et bras de chemise en train de faire face aux événements et bien soutenues les familles par des nourritures épicées. Ça sentait l'ail et de plus drôles d'odeurs encore à travers les couloirs et l'escalier. Les chiens s'amusaient en cabriolant jusqu'au sixième. La concierge tenait à se rendre compte de l'ensemble. On la retrouvait partout. Elle ne buvait que du blanc elle, à cause que le rouge donne des pertes.

La sage-femme énorme et blousée mettait les deux drames en scène, au premier, au troisième, bondissante, transpirante, ravie et vindicative. Ma venue la mit en boule. Elle qui tenait son public en main depuis le matin, vedette.

J'eus beau m'ingénier, pour me la ménager, à me faire remarquer le moins possible, trouver tout bien (alors qu'en réalité elle n'avait guère accompli dans son office que d'abominables

sottises), ma venue, ma parole lui faisaient horreur d'emblée.
Rien à faire. Une sage-femme qu'on surveille, c'est aimable
comme un panaris. On ne sait plus où la mettre pour qu'elle
vous fasse le moins de mal possible. Les familles débordaient
de la cuisine jusqu'aux premiers marches à travers le logement,
se mêlant aux autres parents de la maison. Et comme il y en
avait des parents! Des gros et des fluets agglomérés en grappes
somnolentes sous les lumières des « suspensions ». L'heure avançait et il en venait encore d'autres, de province où on se couche
plus tôt qu'à Paris. Ils en avaient marre ceux-là. Tout ce que
je leur racontais, à ces parents du drame d'en bas comme à ceux
du drame d'en haut, était mal pris.

L'agonie du premier étage a peu duré. Tant mieux et tant pis.
Au moment juste où il lui montait le grand hoquet, voilà son
médecin ordinaire, le docteur Omanon qui monte lui, comme ça,
pour voir s'il était mort son client et il m'engueule aussi lui ou
presque parce qu'il me trouve à son chevet. Je lui expliquai alors
à Omanon que j'étais de service municipal du dimanche et que
ma présence était bien naturelle et je suis remonté au troisième
bien dignement.

La femme en haut saignait toujours du derrière. Pour un peu
elle allait se mettre à mourir aussi sans attendre plus longtemps.
Une minute pour lui faire une piqûre et me revoilà descendu
auprès du type à Omanon. C'était bien fini. Omanon venait de
s'en aller. Mais il avait quand même touché mes vingt francs
la vache. Flanelle. Du coup, je ne voulais pas lâcher la place
que j'avais prise chez la fausse couche. Je remontai donc dare-
dare.

Devant la vulve saignante, j'expliquai encore des choses à
la famille. La sage-femme, évidemment, n'était pas du même
avis que moi. On aurait presque dit qu'elle gagnait son pognon
à me contredire. Mais j'étais là, tant pis, faut s'en foutre qu'elle
soye contente ou pas! Plus de fantaisie! J'en avais pour au moins
cent balles si je savais m'y prendre et persister! Du calme encore
et de la science, nom de Dieu! Résister aux assauts des remarques
et des questions pleines de vin blanc qui se croisent implacables
au-dessus de votre tête innocente, c'est du boulot, c'est pas
commode. La famille dit ce qu'elle pense à coups de soupirs et
de renvois. La sage-femme attend de son côté que je patauge

en plein, que je me sauve et que je lui laisse les cent francs. Mais elle peut courir la sage-femme! Et mon terme alors? Qui c'est qui le payera? Cet accouchement vasouille depuis le matin, je veux bien. Ça saigne, je veux bien aussi, mais ça ne sort pas, et faut savoir tenir!

Maintenant que l'autre cancéreux est mort en bas, son public d'agonie furtivement remonte par ici. Tant qu'on est en train de passer la nuit blanche, qu'on en a fait le sacrifice, faut prendre tout ce qu'il y a à regarder en distractions dans les environs. La famille d'en bas vint voir si par ici ça allait se terminer aussi mal que chez eux. Deux morts dans la même nuit, dans la même maison, ça serait une émotion pour la vie! Tout simplement! Les chiens de tout le monde on les entend par coups de grelots qui sautent et cabriolent à travers les marches. Ils montent aussi eux. Des gens venus de loin entrent en surnombre encore, en chuchotant. Les jeunes filles d'un seul coup « apprennent l'existence » comme disent les mères, elles affectent des airs tendrement avertis devant le malheur. L'instinct féminin de consoler. Un cousin en est tout saisi qui les épiait depuis le matin. Il ne les quitte plus. C'est une révélation dans sa fatigue. Tout le monde est débraillé. Il épousera l'une d'elles le cousin mais il voudrait voir leurs jambes aussi pendant qu'il y est, pour pouvoir mieux choisir.

Cette expulsion de fœtus n'avance pas, le détroit doit être sec, ça ne glisse plus, ça saigne encore seulement. Ça aurait été son sixième enfant. Où il est le mari? Je le réclame.

Fallait le trouver le mari pour pouvoir diriger sa femme sur l'hôpital. Une parente me l'avait proposé de l'envoyer à l'hôpital. Une mère de famille qui voulait tout de même aller se coucher elle, à cause des enfants. Mais quand on a eu parlé d'hôpital, personne alors ne fut plus d'accord. Les uns en voulaient de l'hôpital, les autres s'y montraient absolument hostiles à cause des convenances. Ils voulaient même pas qu'on en parle. On s'est même dit à ce propos-là des mots un peu durs entre parents qu'on oubliera jamais. Ils sont passés dans la famille. La sage-femme méprisait tout le monde. Mais c'est le mari, moi, pour ma part, que je désirais qu'on retrouve pour pouvoir le consulter, pour qu'on se décide enfin dans un sens ou dans l'autre. Le voilà qui se met à surgir d'un groupe, plus indécis

encore que tous les autres le mari. C'était pourtant bien à lui
de décider. L'hôpital? Pas l'hôpital? Que veut-il? Il ne sait pas.
Il veut regarder. Alors il regarde. Je lui découvre le trou de sa
femme d'où suintent des caillots et puis des glouglous et puis
toute sa femme entièrement, qu'il regarde. Elle qui gémit comme
un gros chien qu'aurait passé sous une auto. Il ne sait pas en
somme ce qu'il veut. On lui passe un verre de vin blanc pour le
soutenir. Il s'assoit.

L'idée ne lui vient pas quand même. C'est un homme ça qui
travaille dur dans la journée. Tout le monde le connaît bien
au Marché et à la Gare surtout où il remise des sacs pour les
maraîchers, et pas des petites choses, des gros lourds depuis
quinze ans. Il est fameux. Son pantalon est vaste et vague et
sa veste aussi. Il ne les perd pas, mais il n'a pas l'air d'y tenir
tellement que ça à sa veste et à son pantalon. C'est seulement
à la terre et à rester droit dessus qu'il a l'air de tenir par ses
deux pieds posés en large comme si elle allait se mettre à trembler
la terre d'un moment à l'autre sous lui. Pierre qu'il s'appelle.

On l'attend. « Qu'est-ce que t'en penses toi Pierre? » qu'on
lui demande tout autour. Il se gratte et puis il va s'asseoir Pierre,
auprès de la tête de sa femme comme s'il avait du mal à la reconnaître, elle qui n'en finit pas de mettre au monde tant de douleurs, et puis il pleure une espèce de larme Pierre, et puis il se
remet debout. Alors on lui repose encore la même question.
Je prépare déjà un billet d'admission pour l'hôpital. « Pense
donc un peu, Pierre ! » que tout le monde l'adjure. Il essaie bien,
mais il fait signe que ça ne vient pas. Il se lève et va vaciller
vers la cuisine en emportant son verre. Pourquoi l'attendre
encore? Ça aurait pu durer le reste de la nuit son hésitation de
mari, on s'en rendait bien compte tout autour. Autant s'en aller
ailleurs.

C'était cent francs de perdus pour moi, voilà tout! Mais n'importe comment avec cette sage-femme j'aurais eu des ennuis...
C'était couru. Et d'autre part, je n'allais tout de même pas me
lancer dans des manœuvres opératoires devant tout le monde,
fatigué comme j'étais! « Tant pis! que je me suis dit. Allons-
nous-en! Ça sera pour une autre fois... Résignons-nous! Laissons
la nature tranquille, la garce! »

A peine étais-je parvenu au palier, qu'ils me recherchaient

tous et lui qui dégringole après moi. « Hé! qu'il me crie, Docteur,
ne partez pas! »

— Que voulez-vous que je fasse? que je lui réponds.

— Attendez! Je vous accompagne Docteur!... Je vous en
prie, monsieur le Docteur!...

— C'est bien, que je lui ai fait, et je le laissai alors m'accompagner jusqu'en bas. Et nous voilà donc descendus. En passant
au premier, je rentre tout de même pour dire au revoir à la famille
du mort cancéreux. Le mari entre avec moi dans la pièce, on
ressort. Dans la rue, il se mettait à mon pas. Il faisait vif dehors.
On rencontre un petit chien qui s'entraînait à répondre aux
autres de la zone à coups de longs hurlements. Et qu'il était
entêté et bien plaintif. Déjà il savait y faire pour gueuler. Bientôt
il serait un vrai chien.

— Tiens c'est « Jaune d'œuf » que remarque le mari, tout
content de le reconnaître et de changer de conversation... Ce
sont les filles du blanchisseur de la rue des Gonesses qui l'ont
élevé au biberon, « Jaune d'œuf », ce godon-là...! Vous les connaissez vous les filles du blanchisseur?

— Oui, que je réponds.

Toujours pendant qu'on marchait, il s'est mis alors à me raconter les façons qu'on avait d'élever les chiens avec du lait sans
que ça vous revienne trop cher. Tout de même il cherchait par-
derrière ces mots-là toujours son idée à propos de sa femme.

Un débit restait ouvert près de la porte.

— Vous entrez-t'y, Docteur? Je vous en offre un...

J'allais pas le vexer. « Entrons! » que je fais. « Deux crème. »
Et j'en profite pour lui parler de sa femme. Ça le rendait tout
sérieux que je lui en parle, mais c'est à le décider que j'arrivais
toujours pas. Sur le comptoir triomphait un gros bouquet. A
cause de la fête du bistrot Martrodin. « Un cadeau des enfants! »
qu'il nous a annoncé lui-même. Alors, nous avons pris un vermouth avec lui, à l'honneur. Il y avait encore au-dessus du comptoir la Loi sur l'ivresse et un certificat d'études encadré. Du coup
en voyant ça le mari voulait absolument que le bistrot se mette
à lui réciter les sous-préfectures du Loir-et-Cher parce que lui
les avait apprises et il le savait encore. Après ça, il a prétendu
que c'était pas le nom du bistrot qui était sur le certificat mais
un autre et alors ils se sont fâchés et il est revenu s'asseoir à côté

de moi le mari. Le doute l'avait repris tout entier. Il ne m'a même pas vu partir tellement que ça le tracassait...

Je ne l'ai jamais revu le mari. Jamais. Moi j'étais bien déçu par tout ce qui était arrivé ce dimanche-là et bien fatigué en plus.

Dans la rue, j'avais à peine fait cent mètres que j'aperçois Robinson qui s'en venait de mon côté, chargé de toutes espèces de planches, des petites et des grandes. Malgré la nuit, je l'ai bien reconnu. Bien gêné de me rencontrer il se défilait, mais je l'arrête.

— T'as donc pas été te coucher? que je lui fis.

— Doucement!... qu'il me répond... Je reviens des constructions!...

— Qu'est-ce que tu vas faire avec tout ce bois-là? Des constructions aussi?... Un cercueil?... Tu l'as volé au moins?...

— Non, un clapier pour les lapins...

— T'élèves des lapins à présent?

— Non, c'est pour les Henrouille...

— Les Henrouille? Ils ont des lapins?

— Oui, trois, qu'ils vont mettre dans la petite cour, tu sais, là où qu'habite leur vieille...

— Alors tu fais des cages à lapins à cette heure-ci? C'est une drôle d'heure...

— C'est l'idée de sa femme....

— C'est une drôle d'idée!... Qu'est-ce qu'elle veut faire avec des lapins? Les revendre? Des chapeaux de forme?...

— Ça tu sais, tu lui demanderas quand tu la verras, moi pourvu qu'elle me donne les cent francs...

Tout de même, cette affaire de clapier me paraissait bien drôle, comme ça, dans la nuit. J'insistai.

Alors il détourna la conversation.

— Mais comment es-tu venu chez eux? demandai-je à nouveau. Tu ne les connaissais pas les Henrouille?

— C'est la vieille qui m'a amené chez eux que je te dis, le jour où je l'ai rencontrée chez toi à la consultation... Elle est bavarde, cette vieille-là quand elle s'y met... T'as pas idée... On n'en sort pas... Alors elle est devenue comme copine avec moi et puis eux aussi... Y a des gens que j'intéresse tu sais!...

— Tu ne m'en avais jamais rien raconté de tout ça à moi...
Mais puisque tu vas chez eux, tu dois savoir s'ils vont arriver
à la faire interner leur vieille?

— Non, ils n'ont pas pu à ce qu'ils m'ont dit...

Toute cette conversation lui était bien déplaisante, je le sentais, il ne savait pas comment m'éliminer. Mais plus il fuyait.
plus je tenais à en savoir...

— La vie est dure quand même, tu trouves pas? Il faut en
faire des trucs hein? qu'il répétait vaguement. Mais moi je le
ramenais au sujet. J'étais décidé à ne pas le laisser se dérober...

— On dit qu'ils ont plus d'argent qu'ils en ont l'air les Henrouille? Qu'est-ce que tu en dis, toi maintenant qui vas chez
eux?

— Oui, c'est bien possible qu ils en aient, mais dans tous les
cas, ils voudraient bien se débarrasser de la vieille!

A dissimuler, il n'avait jamais été fort Robinson.

— C'est à cause de la vie, tu sais, qui est de plus en plus chère,
qu'ils voudraient bien s'en débarrasser. Ils m'ont dit comme
ça que tu voulais pas la trouver folle, toi?... C'est-y vrai?

Et sans insister après cette question, il me demanda vivement
de quel côté je me dirigeais.

— Tu reviens d'une visite, toi?

Je lui racontai un peu mon aventure avec le mari que je venais
de perdre en route. Ça le fit bien rigoler, seulement aussi en
même temps ça le fit tousser.

Il se recroquevillait tellement dans le noir pour tousser sur
lui-même que je ne le voyais presque plus, si près de moi, ses
mains seulement je voyais encore un peu, qui se rejoignaient
doucement comme une grosse fleur blême devant sa bouche,
dans la nuit, à trembler. Il n'en finissait pas. « C'est les courants
d'air! » qu'il fit enfin à bout de toux, comme nous arrivions devant
chez lui.

— Ça oui, il y en a chez moi des courants d'air! et puis il y
a des puces aussi! T'en a-t-il aussi des puces chez toi?...

J'en avais. « Forcément, que je lui ai répondu, j'en rapporte
de chez les malades. »

— Tu trouves pas que ça sent la pisse les malades? qu'il m'a
demandé alors.

— Oui, et la sueur aussi...

— Tout de même, fit-il lentement après avoir bien réfléchi, j'aurais bien aimé moi à être infirmier.

— Pourquoi?

— Parce que, tu vois, les hommes quand ils sont bien portants, y a pas à dire, ils vous font peur... Surtout depuis la guerre... Moi je sais à quoi ils pensent... Ils s'en rendent pas toujours compte eux-mêmes... Mais moi, je sais à quoi ils pensent... Quand ils sont debout, ils pensent à vous tuer... Tandis que quand ils sont malades, y a pas à dire ils sont moins à craindre... Faut t'attendre à tout, que je te dis, tant qu'ils tiennent debout. C'est pas vrai?

— C'est bien vrai! que je fus forcé de dire.

— Et alors toi, c'est-y pas pour ça aussi que tu t'es fait médecin? qu'il m'a demandé encore.

En cherchant, je me rendis compte qu'il avait peut-être raison Robinson. Mais il se remit tout de suite à tousser par quintes.

— Tu as les pieds mouillés, t'iras chercher une pleurésie en tirant des bordées dans la nuit... Rentre donc chez toi, lui conseillai-je. Va te coucher...

De tousser ainsi coup sur coup, ça l'énervait.

— La vieille mère Henrouille, tiens en voilà une qui va attraper une sacrée grippe! qu'il me tousse en rigolant dans l'oreille.

— Comment ça?

— Tu vas voir!... qu'il me fait.

— Qu'est-ce qu'ils ont inventé?

— J'peux pas t'en dire plus long... Tu verras...

— Raconte-moi donc ça, Robinson, voyons dégueulasse, tu sais bien que je répète jamais rien, moi...

A présent, soudain, l'envie le prenait de tout me raconter, pour me prouver peut-être en même temps qu'il fallait pas le prendre pour aussi résigné et dégonflé qu'il en avait l'air.

— Vas-y donc! le stimulai-je encore tout bas. Tu sais bien que moi je ne parle jamais...

C'était l'excuse qu'il lui fallait pour se confesser.

— Pour ça c'est bien vrai, tu te tais bien, qu'il admit. Et le voilà alors parti et qui se met à table sérieusement, en veux-tu, en voilà...

On était bien seuls à cette heure-là sur le boulevard Contumance.

— Tu te rappelles, commença-t-il, de l'histoire des marchands de carottes?

Tout d'abord, je ne m'en souvenais pas de cette histoire de marchands de carottes.

— Tu sais bien, voyons? qu'il insiste... C'est toi-même qui me l'as racontée!...

— Ah! oui... Et que ça me revint alors d'un coup. — Le cheminot de la rue des Brumaires?... Celui qui avait reçu tout un pétard dans les testicules en allant voler les lapins?...

— Oui, tu sais, chez le fruitier du quai d'Argenteuil...

— C'est vrai!... J'y suis à présent, que je fais. Alors? — Parce que je ne voyais pas encore le rapport entre cette ancienne histoire et le cas de la vieille Henrouille.

Il ne tarda pas à me mettre les points sur les « i ».

— Tu comprends pas?

— Non, que je fais... Mais bientôt je n'osai plus comprendre...

— Eh bien tout de même t'y mets du temps!...

— C'est que tu me parais drôlement parti... ne puis-je m'empêcher de remarquer. Vous n'allez tout de même pas vous mettre à assassiner la vieille Henrouille à présent pour faire plaisir à la bru?

— Oh! moi tu sais, je me contente de faire le clapier qu'ils me demandent... Pour le pétard c'est eux qui s'en occuperont... s'ils veulent...

— Combien qu'ils t'ont donné pour ça?

— Cent francs pour le bois et puis deux cent cinquante francs pour la façon et puis encore mille francs rien que pour l'histoire... Et tu comprends... Ça n'est qu'un commencement... C'est une histoire, quand on saura bien la raconter, que c'est comme une vraie rente!... Hein, petit, tu te rends compte?...

Je me rendais compte en effet et je n'étais pas très surpris. Ça me rendait triste, voilà tout, un peu plus. Tout ce qu'on dit pour dissuader les gens dans ces cas-là c'est toujours bien insignifiant. Est-ce que la vie elle est gentille avec eux? Pitié de qui et de quoi qu'ils auraient donc eux? Pour quoi faire? Des autres? A-t-on jamais vu personne descendre en enfer pour remplacer un autre? Jamais. On l'y voit l'y faire descendre. C'est tout.

La vocation de meurtre qui avait soudain possédé Robinson me semblait plutôt somme toute comme une espèce de progrès sur ce que j'avais observé jusqu'alors parmi les autres gens, toujours mi-haineux, mi-bienveillants, toujours ennuyeux par leur imprécision de tendances. Décidément d'avoir suivi dans la nuit Robinson jusque-là où nous en étions, j'avais quand même appris des choses.

Mais il y avait un danger : la Loi. « C'est dangereux que je lui fis remarquer la Loi. Si t'es pris, toi, tu n'y couperas pas avec ta santé... Tu y resteras en prison... Tu résisteras pas !... »

— Tant pis alors qu'il m'a répondu, j'en ai trop marre des trucs réguliers à tout le monde... T'es vieux, t'attends encore ton tour de rigoler, et quand il arrive... Bien patient s'il arrive... T'es crevé et enterré depuis longtemps... C'est un business pour les innocents les métiers honnêtes, comme on dit... D'abord tu sais ça aussi bien que moi...

— Possible.... Mais les autres, les coups durs, tout le monde en tâterait si y avait pas les riques... Et la police est méchante tu sais... Y a le pour et le contre... On examinait la situation.

— Je ne te dis pas le contraire, mais tu comprends à travailler comme je travaille, dans les conditions où je suis, à pas dormir, à tousser, à faire des boulots comme un cheval en voudrait pas... Rien peut m'arriver à présent de pire... C'est mon avis... Rien...

Je n'osais pas lui dire qu'il avait somme toute raison, à cause des reproches qu'il aurait pu me faire plus tard si sa nouvelle combinaison allait rater.

Pour me remettre en train il m'énuméra enfin quelques bons motifs de ne pas m'en faire à propos de la vieille, parce que d'abord après tout, de n'importe quelle façon, elle n'en avait plus à vivre pour bien longtemps, trop âgée déjà comme elle était. Il arrangerait son départ en somme et puis c'était tout.

Quand même pour une vilaine combine, c'était malgré tout une vilaine combine. Tout le détail était déjà convenu entre lui et les enfants : Puisque la vieille avait repris l'habitude de sortir de chez elle, on l'enverrait un beau soir porter à manger aux lapins... Le pétard y serait bien disposé... Il lui partirait en pleine face dès qu'elle toucherait à la porte... Tout à fait comme ça s'était passé chez le fruitier... Elle passait déjà pour folle dans le quartier, l'accident ne surprendrait personne... On dirait qu'on l'avait bien prévenue de jamais y aller aux lapins... Qu'elle avait désobéi... Et à son âge, elle en réchapperait sûrement pas d'un coup de pétard comme on lui en préparait un... comme ça en plein dans la tirelire.

Y a pas à dire, moi, j'en avais raconté une belle d'histoire, à Robinson.

ET la musique est revenue dans la fête celle qu'on entend d'aussi loin qu'on se souvienne depuis les temps qu'on était petit, celle qui ne s'arrête jamais par-ci, par-là, dans les encoignures de la ville, dans les petits endroits de la campagne, partout où les pauvres vont s'asseoir au bout de la semaine, pour savoir ce qu'ils sont devenus. Paradis! qu'on leur dit. Et puis on fait jouer de la musique pour eux, tantôt ci tantôt là, d'une saison dans l'autre, elle clinque, elle moud tout ce qui faisait danser l'année d'avant les riches. C'est la musique à la mécanique qui tombe des chevaux de bois, des automobiles qui n'en sont pas, des montagnes pas russes du tout et du tréteau du lutteur qui n'a pas de biceps et qui ne vient pas de Marseille, de la femme qui n'a pas de barbe, du magicien qui est cocu, de l'orgue qui n'est pas en or, derrière le tir dont les œufs sont vides. C'est la fête à tromper les gens du bout de la semaine.

Et on va la boire la canette sans mousse! Mais le garçon, lui, pue vraiment de l'haleine sous les faux bosquets. Et la monnaie qu'il rend contient des drôles de pièces, si drôles qu'on n'a pas encore fini de les examiner des semaines et des semaines après et qu'on les refile avec bien de la peine et quand on fait la charité. C'est la fête quoi. Faut être amusant quand on peut, entre la faim et la prison, et prendre les choses comme elles viennent. Puisqu'on est assis, faut déjà pas se plaindre. C'est toujours ça de gagné. « Le Tir des Nations » le même, je l'ai revu, celui que Lola avait remarqué, il y avait bien des années passées à présent, dans les allées du Parc de Saint-Cloud. On revoit de tout dans les fêtes, c'est des renvois de joie les fêtes. Depuis le temps elles avaient dû revenir se promener les foules dans la grande allée de Saint-Cloud... Des promeneurs. La guerre était bien finie. Au fait, était-ce toujours le même propriétaire au Tir? Est-ce qu'il est revenu de la guerre celui-là? Tout m'intéresse.

J'ai reconnu les cibles, mais en plus on tirait à présent sur des aéroplanes. Du nouveau. Le progrès. La mode. La noce y était toujours, les soldats aussi et la Mairie avec son drapeau. Tout en somme. Avec même bien plus de choses encore à tirer qu'autrefois.

Mais les gens s'amusaient bien davantage dans le manège aux automobiles, des inventions récentes, à cause des espèces d'accidents qu'on n'arrêtait pas d'avoir là-dedans et des secousses épouvantables que ça vous donne dans la tête et aux tripes. Il en venait sans cesse d'autres ahuris et gueulailleurs pour se tamponner sauvagement et retomber tout le temps en vrac et se démolir la rate au fond des baquets. Et on ne pouvait pas les faire arrêter. Jamais ils ne demandaient grâce, jamais ils ne semblaient avoir été aussi heureux. Certains en déliraient. Fallait les arracher à leurs catastrophes. On leur aurait donné la mort en prime pour vingt sous qu'ils se seraient précipités sur le truc. Sur les quatre heures, devait jouer au milieu de la fête, l'Orphéon. Pour le réunir l'Orphéon, c'était la croix et la bannière, à cause des bistrots qui les voulaient tous, tour à tour, les musiciens. Toujours le dernier manquait. On l'attendait. On allait le chercher. Le temps qu'on l'attende, qu'on revienne, on prenait soif, et en voilà encore deux qui disparaissaient. C'était tout à recommencer.

Les cochons en épices perdus à force de poussière tournaient en reliques et donnaient de la soif atroce aux gagnants.

Les familles, elles, attendent le feu d'artifice pour aller se coucher. Attendre, c'est la fête aussi. Dans l'ombre tressaillent mille litres vides qui grelottent à chaque instant sous les tables. Des pieds agités consentants ou contradicteurs. On n'entend plus les musiques à force de connaître les airs, ni les cylindres poussifs à moteurs derrière les baraques où s'animent les choses qu'il faut voir pour deux francs. Le cœur à soi quand on est un peu bu de fatigue vous tape le long des tempes. Bim! Bim! qu'il fait, contre l'espèce de velours tendu autour de la tête et dans le fond des oreilles. C'est comme ça qu'on arrive à éclater un jour. Ainsi soit-il! Un jour quand le mouvement du dedans rejoint celui du dehors et que toutes vos idées alors s'éparpillent et vont s'amuser enfin avec les étoiles.

Il survenait beaucoup de pleurs à travers la fête à cause des enfants qu'on écrasait par-ci, par-là, entre les chaises sans le faire exprès et puis ceux aussi auxquels on apprenait à résister à leurs désirs, aux petits gros plaisirs que leur feraient encore et encore des tours de chevaux de bois. Faut profiter de la fête pour se constituer un caractère. Il n'est jamais trop tôt pour s'y prendre. Ils ne savent pas encore ces mignons que tout se paie. Ils croient que c'est par gentillesse que les grandes personnes derrière les comptoirs enluminés incitent les clients à s'offrir les merveilles qu'ils amassent et dominent et défendent avec des vociférants sourires. Ils ne connaissent pas la loi les enfants. C'est à coups de gifles que les parents la leur apprennent la loi et les défendent contre les plaisirs.

Il n'y a jamais de fête véritable que pour le commerce et en profondeur encore et en secret. C'est le soir qu'il se réjouit le commerce quand tous les inconscients, les clients, ces bêtes à bénéfices sont partis, quand le silence est revenu sur l'esplanade et que le dernier chien a projeté enfin sa dernière goutte d'urine contre le billard japonais. Alors les comptes peuvent commencer. C'est le moment où le commerce recense ses forces et ses victimes avec des sous.

Le soir du dernier dimanche de la fête la bonne de Martrodin le bistrot s'est blessée, assez profondément, à la main, en découpant du saucisson.

Vers les dernières heures de cette même soirée tout est devenu assez net autour de nous, comme si les choses décidément en avaient eu assez de traîner d'un bord à l'autre du destin, indécises, et fussent toutes en même temps sorties de l'ombre et mises à me parler. Mais il faut se méfier des choses et des gens de ces moments-là. On croit qu'elles vont parler les choses et puis elles ne disent rien du tout et sont reprises par la nuit bien souvent sans qu'on ait pu comprendre ce qu'elles avaient à vous raconter. Moi du moins, c'est mon expérience.

Enfin, toujours est-il que j'ai revu Robinson au café de Martrodin ce même soir-là, justement comme j'allais panser la bonne du bistrot. Je me souviens exactement des circonstances. A côté de nous consommaient des Arabes, réfugiés par paquets sur les banquettes et qui somnolaient. Ils n'avaient l'air de s'intéresser en rien à ce qui se passait autour d'eux. En parlant à Robinson j'évitais de le remettre sur la conversation de l'autre soir, quand

je l'avais surpris à porter des planches. La blessure de la bonne
était difficile à suturer et je n'y voyais pas très clair dans le fond
de la boutique. Cela m'empêchait de parler, l'attention. Dès que
ce fut fini, il m'attira dans un petit coin Robinson et tint lui-
même à me confirmer que c'était arrangé son affaire et pour
bientôt. Voilà une confidence qui me gênait beaucoup et dont
je me serais bien passé.

— Bientôt quoi?

— Tu le sais bien...

— Encore ça?...

— Devine combien qu'ils me donnent à présent?

Je ne tenais pas à le deviner.

— Dix mille!... Rien que pour me taire...

— C'est une somme!

— Me voilà tiré d'affaire tout simplement, ajouta-t-il, ce
sont ces dix mille francs-là qui m'ont toujours manqué à moi!...
Les dix mille francs de début quoi!... Tu comprends?... Moi
j'ai jamais eu à vrai dire de métier mais avec dix mille francs!...

Il avait dû déjà les faire chanter...

Il me laissait me rendre compte de tout ce qu'il allait pouvoir
effectuer, entreprendre, avec ces dix mille francs... Il me donnait
le temps d'y réfléchir, lui redressé le long du mur, dans la pénombre.
Un monde nouveau. Dix mille francs!

Tout de même en y repensant à son affaire, je me demandais
si je ne courais pas quelque risque personnel, si je ne glissais
pas à une sorte de complicité en n'ayant pas l'air de réprouver
tout de suite son entreprise. J'aurais dû le dénoncer même.
De la morale de l'humanité, moi je m'en fous, énormément,
ainsi que tout le monde d'ailleurs. Qu'y puis-je? Mais il y a toutes
les sales histoires, les sales chichis que remue la Justice au
moment d'un crime rien que pour amuser les contribuables, ces
vicieux... On ne sait plus alors comment en sortir... J'avais
vu ça moi. Misère pour misère, je préférais encore celle qui
ne fait pas de bruit à toute celle qu'on étale dans les
journaux.

Somme toute, j'étais intrigué et empoisonné en même temps.
Venu jusque-là, le courage me manquait une fois de plus pour
aller vraiment au fond des choses. Maintenant qu'il s'agissait
d'ouvrir les yeux dans la nuit j'aimais presque autant les garder

fermés. Mais Robinson semblait tenir à ce que je les ouvrisse, à ce que je me rende compte.

Pour changer un peu, tout en marchant, je portai la conversation sur le sujet des femmes. Il ne les aimait pas beaucoup lui, les femmes.

— Moi, tu sais, je m'en passe des femmes qu'il disait avec leurs beaux derrières, leurs grosses cuisses, leurs bouches en cœur et leurs ventres dans lesquels il y a toujours quelque chose qui pousse, tantôt des mômes, tantôt des maladies... C'est pas avec leurs sourires qu'on le paie son terme! N'est-ce pas? Même moi dans mon gourbi, si j'en avais une de femme, j'aurais beau montrer ses fesses au propriétaire le quinze du mois ça lui ferait pas me faire une diminution!...

C'était l'indépendance qu'était son faible à Robinson. Il le disait lui-même. Mais le patron Martrodin en avait déjà assez de nos « apartés » et de nos petits complots dans les coins.

— Robinson, les verres! Nom de Dieu! qu'il commanda. C'est-y moi qui vais vous les laver?

Robinson bondit du coup.

— Tu vois, qu'il m'apprit, je fais ici un extra!

C'était la fête décidément. Martrodin éprouvait mille difficultés à finir de compter sa caisse, ça l'agaçait. Les Arabes partirent, sauf les deux qui sommeillaient encore contre la porte.

— Qu'est-ce qu'ils attendent ceux-là?

— La bonne! qu'il me répond le patron.

— Ça va, les affaires? que je demande alors pour dire quelque chose.

— Comme ça... Mais c'est dur! Tenez, Docteur, voilà un fonds que j'ai acheté soixante billets comptant avant la crise. Il faudrait bien que je puisse en tirer au moins deux cents... Vous vous rendez compte?... C'est vrai que j'ai du monde, mais c'est surtout des Arabes... Alors ça ne boit pas ces gens-là... Ça n'a pas encore l'habitude... Faudrait que j'aie des Polonais. Ça Docteur ça boit les Polonais on peut le dire... Où j'étais avant dans les Ardennes, j'en avais moi des Polonais et qui venaient des fours à émailler, c'est tout vous dire, hein? C'est ça qui leur donnait chaud, les fours à émailler!... Il nous faut ça à nous!... La soif!... Et le samedi tout y passait... Merde! que c'était du boulot! La paie entière! Rac!... Ceux-ci les bicots, c'est pas de boire qui les intéresse, c'est plutôt de s'enc... c'est défendu de boire dans leur religion qu'il paraît, mais c'est pas défendu de s'enc...

Il les méprisait Martrodin, les bicots. « Des salauds quoi ! Il paraît même qu'ils font ça à ma bonne !... c'est des enragés, hein ? En voilà des idées, hein ? Docteur ? je vous demande ? »

Le patron Martrodin comprimait de ses doigts courts les petites poches séreuses qu'il avait sous les yeux. « Comment vont les reins ? » que je lui demandai en le voyant faire. Je le soignais pour les reins. « On ne prend plus de sel au moins ? »

— Encore de l'albumine Docteur ! J'ai fait faire l'analyse avant-hier au pharmacien... Oh, je m'en fous moi de crever qu'il ajoutait, d'albumine ou d'autre chose, mais ce qui me dégoûte c'est de travailler comme je travaille... à petits bénéfices !...

La bonne en avait terminé avec sa vaisselle, mais son pansement ayant été si souillé par les graillons qu'il fallut le refaire. Elle m'offrit un billet de cent sous. Je ne voulais pas les accepter ses cent sous, mais elle y tenait absolument de me les donner Sévérine qu'elle s'appelait.

— Tu t'es fait couper les cheveux Sévérine ? que je remarquai.

— Faut bien ! C'est la mode ! qu'elle a dit. Et puis les cheveux longs avec la cuisine d'ici, ça retient toutes les odeurs...

— Ton cul y sent bien pire ! que dérangé dans ses comptes par notre bavardage l'interrompit Martrodin. Et ça les empêche pourtant pas tes clients...

— Oui, mais c'est pas pareil, que rétorqua la Sévérine, bien vexée. Y a des odeurs pour toutes les parties... Et vous patron voulez-vous que je vous dise un peu quoi que vous sentez ?... Pas seulement une seule partie de vous, mais vous tout entier ?

Elle était bien mise en colère Sévérine. Martrodin ne voulut pas entendre le reste. Il se remit en grognant dans ses sales comptes.

Sévérine ne pouvait pas arriver à quitter ses chaussons à cause de ses pieds gonflés par le service et à remettre ses chaussures. Elle les a donc gardés pour s'en aller.

— Je dormirai bien avec ! qu'elle a même remarqué tout haut finalement.

— Allons, va fermer la lumière au fond ! lui ordonna Martrodin encore. On voit bien que c'est pas toi qui me la paies, l'électricité!

— Je dormirai bien! qu'elle gémit Sévérine encore une fois comme elle se relevait.

Martrodin n'en finissait pas dans ses additions. Il avait enlevé son tablier et puis son gilet pour mieux compter. Il peinait. Du fond invisible du débit nous parvenait un cliquetis de soucoupes, le travail de Robinson et de l'autre plongeur. Martrodin traçait des larges chiffres enfantins avec un crayon bleu qu'il écrasait entre ses gros doigts d'assassin. La bonne roupillait devant nous, dégingandée à pleine chaise. De temps en temps, elle reprenait dans son sommeil un peu de conscience.

— Ah! mes pieds! Ah! mes pieds! qu'elle faisait alors et puis retombait en somnolence.

Mais Martrodin s'est mis à la réveiller d'un bon coup de gueule :

— Eh! Sévérine! Emmène-les donc dehors tes bicots! J'en ai marre moi!... Foutez-moi tous le camp d'ici, nom de Dieu! Il est l'heure.

Eux les Arabes ne semblaient justement pas pressés du tout malgré l'heure. Sévérine s'est réveillée à la fin. « C'est vrai qu'il faut que j'aille! qu'elle a convenu. Je vous remercie patron! » Elle les emmena avec elle tous les deux les bicots. Ils s'étaient mis ensemble pour la payer.

— Je les fais tous les deux ce soir, qu'elle m'expliqua en partant. Parce que dimanche prochain je pourrai pas à cause que je vais à Achères voir mon gosse. Vous comprenez samedi prochain c'est le jour de la nourrice.

Les Arabes se levèrent pour la suivre. Ils n'avaient pas l'air effronté du tout. Sévérine les regardait quand même un peu de travers à cause de la fatigue. « Moi, je suis pas de l'avis du patron, j'aime mieux les bicots moi! C'est pas brutal comme les Polonais les Arabes, mais c'est vicieux... Y a pas à dire c'est vicieux... Enfin, ils feront bien tout ce qu'ils voudront, je crois pas que ça m'empêchera de dormir! — Allons-y! qu'elle les a appelés. En avant les gars! »

Et les voilà donc partis tous les trois, elle un peu en avant d'eux. On les a vus traverser la place refroidie, plantée des débris de la fête, le dernier bec de gaz du bout a éclairé leur groupe brièvement blanchi et puis la nuit les a pris. On entendit encore un peu leurs voix et puis plus rien du tout. Il n'y avait plus rien.

J'ai quitté le bistrot à mon tour sans avoir reparlé à Robinson. Le patron m'a souhaité bien des choses. Un agent de police arpentait le boulevard. Au passage on remuait le silence. Ça faisait sursauter un commerçant par-ci, par-là, embarbouillé de son calcul agressif comme un chien en train de ronger. Une famille en vadrouille occupait toute la rue en gueulant au coin de la place Jean-Jaurès, elle n'avançait plus du tout la famille, elle hésitait devant une ruelle comme une escadrille de pêche par mauvais vent. Le père allait buter d'un trottoir à l'autre et n'en finissait pas d'uriner.

La nuit était chez elle.

JE me souviens encore d'un autre soir vers cette époque-là, à cause des circonstances. Tout d'abord, un peu après l'heure du dîner, j'ai entendu un grand bruit de poubelles qu'on remuait. Cela arrivait souvent dans mon escalier qu'on chahutait les boîtes à ordures. Et puis, les gémissements d'une femme, des plaintes. J'entrouvris ma porte du palier mais sans bouger.

En sortant spontanément au moment d'un accident on m'aurait peut-être considéré seulement comme voisin et mon secours médical aurait passé pour gratuit. S'ils me voulaient ils n'avaient qu'à m'appeler dans les règles et alors ça serait vingt francs. La misère poursuit implacablement et minutieusement l'altruisme et les plus gentilles initiatives sont impitoyablement châtiées. J'attendais donc qu'on vienne me sonner, mais on ne vint pas. Économie sans doute.

Toutefois, j'avais presque fini d'attendre quand une petite fille apparut devant ma porte, elle cherchait à lire les noms sur les sonnettes... C'était bien en définitive moi qu'elle venait demander de la part de Mme Henrouille.

— Qui est malade chez eux? que je la questionnai.

— C'est pour un monsieur qui s'est blessé chez eux...

— Un monsieur? — Je songeai tout de suite à Henrouille lui-même.

— Lui?... Monsieur Henrouille?

— Non... C'est pour un ami qui est chez eux...

— Tu le connais, toi?

— Non. — Elle ne l'avait jamais vu cet ami.

Dehors, il faisait froid, l'enfant trottait, j'allais vite.

— Comment est-ce arrivé?

— Ça j'en sais rien.

Nous avons longé un autre petit parc, dernier enclos d'un bois d'autrefois où venaient à la nuit se prendre entre les arbres les longues brumes d'hiver douces et lentes. Petites rues l'une après l'autre. Nous parvînmes en quelques instants devant leur pavillon. L'enfant m'a dit au revoir. Elle avait peur de s'approcher davantage. La bru Henrouille sur le perron à marquise m'attendait. Sa lampe à huile vacillait au vent.

— Par ici, Docteur! Par ici! qu'elle me héla.

Je demandai moi aussitôt : « C'est votre mari qui s'est blessé? »

— Entrez donc! fit-elle assez brusquement, sans me laisser même le temps de réfléchir. Et je tombai en plein sur la vieille qui dès le couloir se mit à glapir et à m'assaillir. Une bordée.

— Ah! les saligauds! Ah! lès bandits! Docteur! Ils ont voulu me tuer!

C'est donc que c'était raté.

— Tuer? fis-je, comme tout surpris. Et pourquoi donc?

— Parce que je voulais point crever assez vite, dame! Tout simplement! Et nom de Dieu! Bien sûr que non que je veux point mourir!

— Maman! maman! l'interrompait la belle-fille. Vous n'avez plus votre bon sens! Vous racontez au Docteur des horreurs, voyons, maman!...

— Des horreurs que je dis moi? Eh bien, ma salope, vous en avez un sacré culot! Plus mon bon sens moi? J'en ai encore assez du bon sens pour vous faire pendre tous, moi! Et que je vous le dis encore!

— Mais qui est blessé? Où est-il?

— Vous allez le voir! que me coupa la vieille. Il est là-haut, il est sur son lit, l'assassin! Il l'a même bien sali son lit, hein garce? Bien sali ton sale matelas et avec son sang de cochon! Et pas avec le mien! Du sang que ça doit être comme de l'ordure! T'en as pas fini de le laver! Il empuantera encore pour des temps et des temps le sang d'assassin, que je te dis! Ah, il y en a qui vont au théâtre pour se faire des émotions! Mais je vous le dis il est ici le théâtre! Il est ici, Docteur! Il est là-haut! Et un théâtre pour de vrai! Pas un semblant seulement! Faut pas perdre sa place! Montez-y vite! Il sera peut-être mort lui aussi le sale coquin quand vous arriverez! Alors vous verrez plus rien!

La bru craignait qu'on l'entendît de la rue, et la sommait de se taire. En dépit des circonstances, elle ne me semblait pas très déconcertée la bru, très contrariée seulement parce que les choses allaient tout à fait de travers, mais elle gardait son idée. Elle était même absolument certaine d'avoir eu raison, elle.

— Mais Docteur, écoutez-la! N'est-ce pas malheureux d'entendre ça! Moi qui ai toujours essayé de lui rendre au contraire la vie meilleure! Vous le savez bien?... Moi qui lui ai proposé tout le temps de la mettre en pension chez les Sœurs...

C'était trop pour la vieille d'entendre encore une fois parler des Sœurs.

— Au Paradis! Oui garce que vous vouliez m'envoyer tous! Ah bandite! Et c'est pour ça que vous l'avez fait venir ici toi et ton mari, la crapule qui est là-haut! Bien pour me tuer, oui, et pas pour m'envoyer chez les Sœurs bien sûr! Il a raté son affaire, oui, ça vous pouvez bien vous le dire que c'était mal machiné! Allez-y Docteur, allez-y le voir dans quel état il s'est arrangé votre saligaud là-haut et lui-même encore qu'il s'est fait ça!... Et même qu'il faut bien espérer qu'il en crèvera! Allez-y, Docteur! Allez-y le voir pendant qu'il est encore temps!...

Si la belle-fille ne semblait point abattue la vieille l'était encore moins. Elle avait bien failli y passer pourtant dans la tentative, mais elle n'était pas aussi indignée qu'elle voulait s'en donner l'air. Du chiqué. Ce meurtre raté l'avait plutôt comme stimulée, arrachée à l'espèce de tombeau sournois où elle était recluse depuis tant d'années dans le fond du jardin moisi. A son âge une tenace vitalité revenait la parcourir. Elle jouissait indécemment de sa victoire et aussi du plaisir de posséder un moyen de tracasser, désormais indéfiniment, sa bru coriace. Elle la possédait à présent. Elle ne voulait point qu'on me laisse ignorer un seul détail de cet attentat à la manque et du comment que les choses s'étaient passées.

— Et puis, vous savez, qu'elle poursuivait à mon adresse, sur le même mode exalté, c'est chez vous que je l'ai rencontré l'assassin, c'est chez vous monsieur le Docteur... Et que je me méfiais de lui pourtant!... Ah que je m'en méfiais!... Savez-vous ce qu'il m'a proposé d'abord? De vous faire la peau à vous ma fille! A vous garce! Et pour pas cher non plus! Je vous l'assure! Il propose la même chose à tout le monde d'ailleurs! C'est connu!... Alors tu vois ma salope, que je le connais bien moi son métier à ton travailleur! Que je suis renseignée moi hein! Robinson qu'il s'appelle!... C'est-y pas son nom? Dis-moi donc que c'est

pas son nom? Dès que je l'ai vu fricoter par ici avec vous j'ai
tout de suite eu mes soupçons... J'ai bien fait! Si je m'étais pas
méfiée où que je serais maintenant?

Et la vieille me raconta encore et encore comment les choses
s'étaient déroulées. Le lapin avait bougé pendant qu'il atta-
chait le pétard après la porte du clapier. Elle pendant ce temps,
la vieille, elle le regardait faire de sa cagna, « aux premières
loges! » comme elle disait. Et le pétard avec toute la chevrotine
lui avait explosé en plein dans la face, pendant qu'il préparait
son truc, dans les yeux mêmes. « On a pas l'esprit tranquille quand
on fait des assassinats. Forcément! » qu'elle concluait, elle.

Enfin, ça avait été tapé comme maladresse et comme ratage.

— On les a rendus comme ça, les hommes d'à-présent! Parfaitement! On les habitue ainsi! qu'insistait la vieille. Il faut
qu'ils tuent à ce jour pour manger! Il leur suffit plus de voler
leur pain seulement... Et de tuer des grand-mères encore!...
Ça s'était jamais vu... Jamais!... C'est la fin du monde! Et ça
n'a rien plus d'autre que des méchancetés dans le corps! Mais
vous voilà enfoncés tous jusqu'au cou dans la diablerie!... Et
qu'il est aveugle maintenant celui-là! Et que vous l'avez sur
les bras pour toujours!... Hein?... Et que vous n'avez pas fini
d'en apprendre des coquineries avec lui!...

La belle-fille ne pipait pas, mais elle devait déjà avoir arrêté
son plan pour en sortir. C'était une charogne bien concentrée.
Pendant que nous nous adonnions aux réflexions, la vieille se
mit à la recherche de son fils à travers les pièces.

— Et puis c'est vrai, Docteur, que j'ai un fils moi! Où est-il
donc encore? Qu'est-ce qu'il manigance en plus?

Elle oscillait à travers le couloir, secouée par une rigolade qui
n'en finissait pas.

Un vieillard, rire et si fort c'est une chose qui n'arrive guère
que chez les fous. On se demande où on va quand on entend ça.
Mais elle tenait à le retrouver son fils. Il s'était sauvé dans la rue;
« Eh bien! qu'il se cache et qu'il vive longtemps encore! Il ne
l'a pas volé d'être obligé de vivre avec l'autre aussi qu'est là-
haut, de vivre encore tous les deux ensemble, avec celui qui verra
plus rien! A le nourrir! Et que son pétard lui est tout parti dans la
gueule! J'ai vu moi! J'ai tout vu! Comme ça, boum! Et que j'ai
tout vu moi! Et que c'était pas un lapin je vous assure! Ah! nom

de nom alors! Où qu'il est mon fils, Docteur, où qu'il est? Vous l'avez pas vu? C'est une foutue crapule aussi celui-là qui a toujours été un sournois encore pire que l'autre, mais à présent l'abomination elle a fini par lui sortir de sa sale nature, ça y est bien! Ah! ça met longtemps, dame, à sortir des natures aussi horribles que la sienne! Mais quand ça sort, alors c'est de la vraie putréfaction! Y a pas à dire, Docteur, ça en est bien! Faut pas le rater! » Et elle s'amusait encore. Elle voulait aussi m'étonner par sa supériorité devant ces événements et nous confondre tous d'un seul coup, nous humilier en somme.

Elle s'était saisie d'un rôle avantageux dont elle tirait de l'émotion. On n'en finit pas d'être heureux. On en a jamais assez de bonheur, tant qu'on est capable encore de jouer un rôle. Des jérémiades, pour les vieillards, ce qu'on lui avait offert depuis vingt ans, elle n'en voulait plus la vieille Henrouille. Celui-là de rôle qui lui arrivait elle ne le lâchait plus, virulent, inespéré. Être vieux, c'est ne plus trouver de rôle ardent à jouer, c'est tomber dans cette insipide relâche où on n'attend plus que la mort. Le goût de vivre lui revenait à la vieille, tout soudain, avec un rôle ardent de revanche. Elle n'en voulait plus mourir du coup, plus du tout. De cette envie de survivre elle rayonnait, de cette affirmation. Retrouver du fer, un véritable feu dans le drame.

Elle se réchauffait, elle ne voulait plus le quitter le feu nouveau, nous quitter. Pendant longtemps, elle avait presque cessé d'y croire. Elle en était arrivée à ne plus savoir comment faire pour ne pas se laisser mourir dans le fond de son jardin gâteux et puis soudain voici que lui survenait un grand orage de dure actualité, bien chaude.

— Ma mort, à moi! qu'elle hurlait à présent la mère Henrouille, je veux la voir ma mort à moi! Tu m'entends! J'ai des yeux pour la voir, moi! Tu m'entends! j'ai des yeux encore moi! Je veux la regarder bien!

Elle ne voulait plus mourir, jamais. C'était net. Elle n'y croyait plus à sa mort.

ON sait que ces choses-là c'est toujours difficile à arranger et que de les arranger ça coûte toujours très cher. Pour commencer on ne savait pas même où le placer Robinson. A l'hôpital? Ça pouvait provoquer mille racontars évidemment, des bavardages... Le renvoyer chez lui? Il ne fallait pas y songer non plus à cause de sa figure dans l'état où elle se trouvait. Volontiers donc ou pas, les Henrouille furent obligés de le garder chez eux.

Lui, dans leur lit de la chambre d'en haut n'en menait pas large. Une vraie terreur qu'il éprouvait, celle d'être mis à la porte et poursuivi. Ça se comprenait. C'était une de ces histoires qu'on ne pouvait vraiment raconter à personne. On tenait les persiennes de sa chambre bien closes, mais les gens, des voisins, se mirent à passer dans la rue plus souvent que d'habitude, rien que pour regarder les volets et demander des nouvelles du blessé. On leur en donnait des nouvelles, on leur racontait des blagues. Mais comment les empêcher de s'étonner? de cancaner? Aussi, ils en ajoutaient. Comment éviter les suppositions? Heureusement le Parquet n'avait encore été saisi d'aucune plainte précise. C'était déjà ça. Pour sa figure, je me débrouillai. Aucune infection ne survint et cela malgré que la plaie fût des plus anfractueuses et des plus souillées. Quant aux yeux, jusque sur la cornée, je prévoyais l'existence de cicatrices et à travers lesquelles la lumière ne passerait plus que bien difficilement si même elle arrivait jamais à repasser, la lumière.

On trouverait moyen de lui arranger une vision tant bien que mal s'il lui restait quelque chose d'arrangeable. Pour le moment nous devions parer à l'urgence et surtout éviter que la vieille n'arrive à nous compromettre tous avec ses sales glapissements devant les voisins et les curieux. Elle avait beau passer pour folle, ça n'explique pas toujours tout.

Si la police s'en mêlait une bonne fois de nos aventures, elle nous entraînerait on ne saurait plus où, la police. Empêcher la vieille à présent de se tenir scandaleusement dans sa petite cour constituait une délicate entreprise. C'était chacun à notre tour d'essayer de la calmer. On ne pouvait pas avoir l'air de la violenter, mais la douceur ne nous réussissait point non plus toujours. Elle était possédée de vindicte à présent, elle nous faisait chanter, tout simplement.

Je passais voir Robinson, deux fois par jour au moins. Sous ses bandages il gémissait dès qu'il m'entendait monter l'escalier. Il souffrait, c'était exact, mais pas tant qu'il essayait de me le démontrer. Il aurait de quoi se désoler, prévoyais-je, et bien davantage encore quand il s'apercevrait exactement de ce qu'ils étaient devenus ses yeux... Je demeurais assez évasif au sujet de l'avenir. Ses paupières le piquaient fort. Il se figurait que c'était à cause de ces picotements qu'il n'y voyait plus devant lui.

Les Henrouille s'étaient mis à le bien soigner scrupuleusement, selon mes indications. Pas d'ennuis de ce côté-là.

On ne parlait plus de la tentative. On ne parlait pas de l'avenir non plus. Quand je les quittais le soir, on se regardait bien tous par exemple chacun à son tour, et chaque fois et avec une telle insistance qu'on me semblait toujours en imminence de se supprimer une fois pour toutes, les uns les autres. Cette terminaison à la réflexion me paraissait logique et bien expédiente. Les nuits de cette maison m'étaient difficilement imaginables. Cependant je les retrouvais au matin et nous les reprenions ensemble les gens et les choses où nous les avions laissés ensemble la soirée d'avant. Avec Mme Henrouille, on renouvelait le pansement au permanganate et on entrouvrait un peu les persiennes à titre d'épreuve. Chaque fois en vain. Robinson ne s'en apercevait même pas qu'on venait de les entrouvrir les persiennes...

Ainsi tourne le monde à travers la nuit énormément menaçante et silencieuse.

Et le fils revenait m'accueillir chaque matin avec une petite parole paysanne : « Eh bien ! voilà Docteur... Nous voilà aux dernières gelées ! » qu'il remarquait en levant les yeux au ciel sous le petit péristyle. Comme si ça avait eu de l'importance le temps qu'il faisait. Sa femme partait essayer une fois de plus de parlementer avec la belle-mère à travers la porte barricadée et elle n'aboutissait qu'à renforcer ses fureurs.

Pendant qu'on le tenait sous les bandages, Robinson m'a raconté comment il avait débuté dans la vie. Par le commerce. Ses parents l'avaient placé, dès ses onze ans, chez un cordonnier de luxe pour faire les courses. Un jour qu'il effectuait une livraison, une cliente l'avait invité à prendre un plaisir dont il n'avait eu jusque-là que l'imagination. Il n'était jamais retourné chez ce patron tellement sa propre conduite lui avait paru abominable. Baiser une cliente en effet aux temps dont il parlait c'était encore un acte impardonnable. La chemise de cette cliente surtout, tout mousseline, lui avait produit un extraordinaire effet. Trente années plus tard, il s'en souvenait encore exactement de cette chemise-là. La dame froufrouteuse dans son appartement comblé de coussins et de portières à franges, cette chair rose et parfumée, le petit Robinson en avait rapporté dans sa vie les éléments d'interminables comparaisons désespérées.

Bien des choses s'étaient pourtant passées par la suite. Il en avait vu des continents, des guerres entières, mais jamais il ne s'était bien relevé de cette révélation. Ça l'amusait cependant d'y repenser, de me raconter cette espèce de minute de jeunesse qu'il avait eue avec la cliente. « D'avoir les yeux comme ça fermés, ça fait penser, qu'il notait. Ça défile... On dirait qu'on a un cinéma dans le citron... » Je n'osais pas encore lui dire qu'il aurait le temps d'en être fatigué de son petit cinéma. Comme toutes les pensées conduisent à la mort, il arriverait un certain moment où il ne verrait plus qu'elle avec lui dans son cinéma.

Tout à côté du pavillon des Henrouille besognait à présent une petite usine avec un gros moteur dedans. On en tremblait dans leur pavillon du matin au soir. Et puis d'autres fabriques encore un peu plus loin, qui pilonnaient sans arrêt, des choses qui n'en finissaient pas, même pendant la nuit. « Quand elle tombera la bicoque, on n'y sera plus ! » que plaisantait Henrouille à ce propos, un peu inquiet quand même. « Elle finira bien par tomber ! » C'était vrai que le plafond s'égrenait déjà sur le plancher en menus gravats. Un architecte avait eu beau les rassurer, dès qu'on s'arrêtait pour entendre les choses du monde on se sentait chez eux comme dans un bateau, une espèce de bateau qui irait d'une crainte à l'autre. Des passagers renfermés et qui passaient longtemps à faire des projets plus tristes encore que la vie et des économies aussi et puis à se méfier de la lumière et aussi de la nuit.

Henrouille montait dans la chambre après le déjeuner pour faire un peu de lecture à Robinson, comme je le lui avais demandé. Les jours passaient. L'histoire de cette merveilleuse cliente qu'il avait possédée au temps de son apprentissage, il l'a racontée aussi à Henrouille. Et elle finit par constituer une manière de rigolade générale l'histoire, pour tout le monde dans la maison. Ainsi finissent nos secrets dès qu'on les porte à l'air et en public. Il n'y a de terrible en nous et sur la terre et dans le ciel peut-être que ce qui n'a pas encore été dit. On ne sera tranquille que lorsque tout aura été dit, une bonne fois pour toutes, alors enfin on fera silence et on aura plus peur de se taire. Ça y sera.

Pendant les quelques semaines que dura encore la suppuration des paupières il me fut possible de l'entretenir avec des balivernes à propos de ses yeux et de l'avenir. Tantôt on prétendait que la fenêtre était fermée alors qu'elle était grande ouverte, tantôt qu'il faisait très sombre dehors.

Un jour cependant, pendant que j'avais le dos tourné, il est allé jusqu'à la croisée lui-même pour se rendre compte et avant que j'aie pu l'en empêcher, il avait écarté les bandeaux de dessus ses yeux. Il a hésité un bon moment. Il touchait à droite et puis à gauche les montants de la fenêtre, il voulait pas y croire d'abord, et puis tout de même il a bien fallu qu'il y croie. Il fallait bien.

— Bardamu ! qu'il a hurlé alors après moi, Bardamu ! Elle est ouverte ! Elle est ouverte la fenêtre que je te dis ! — Je ne savais pas quoi lui répondre moi, j'en restais imbécile devant. Il tenait ses deux bras en plein dans la fenêtre, dans l'air frais. Il ne voyait rien évidemment, mais il sentait l'air. Il les allongeait alors ses bras comme ça dans son noir tant qu'il pouvait, comme pour toucher le bout. Il voulait pas y croire. Du noir tout à lui. Je l'ai repoussé dans son lit et je lui ai raconté encore des consolations, mais il ne me croyait plus du tout. Il pleurait. Il était arrivé au bout lui aussi. On ne pouvait plus rien lui dire. Il y a un moment où on est tout seul quand on est arrivé au bout de tout ce qui peut vous arriver. C'est le bout du monde. Le chagrin lui-même, le vôtre, ne vous répond plus rien et il faut revenir en arrière alors, parmi les hommes, n'importe lesquels. On n'est pas difficile dans ces moments-là, car même pour pleurer il faut retourner là où tout recommence, il faut revenir avec eux.

— Alors, qu'en ferez-vous de lui quand il ira mieux? demandai-je à la bru pendant le déjeuner qui suivit cette scène. Ils m'avaient demandé justement de rester à manger avec eux, dans la cuisine. Au fond, ils ne savaient très bien ni l'un ni l'autre comment en sortir de la situation. La dépense d'une pension à payer les effrayait, elle surtout, mieux renseignée que lui encore sur les prix des combinaisons pour infirmes. Elle avait même déjà tenté certaines démarches auprès de l'Assistance Publique. Démarches dont on évitait de me parler.

Un soir, après ma seconde visite, Robinson essaya de me retenir auprès de lui par tous les moyens, question que je m'en aille encore un peu plus tard. Il n'en finissait pas de raconter tout ce qu'il pouvait réunir, de souvenirs sur les choses et les voyages qu'on avait faits ensemble, même de ce qu'on n'avait encore jamais essayé de se souvenir. Il se rappelait des choses qu'on n'avait jamais eu le temps encore d'évoquer. Dans sa retraite le monde qu'on avait parcouru semblait affluer avec toutes les plaintes, les gentillesses, les vieux habits, les amis qu'on avait quittés, un vrai bazar d'émotions démodées, qu'il inaugurait dans sa tête sans yeux.

« Je vais me tuer! » qu'il me prévenait quand sa peine lui semblait trop grande. Et puis il parvenait tout de même à la porter sa peine un peu plus loin comme un poids bien trop lourd pour lui, infiniment inutile, peine sur une route où il ne trouvait personne à qui en parler, tellement qu'elle était énorme et multiple. Il n'aurait pas su l'expliquer, c'était une peine qui dépassait son instruction.

Lâche qu'il était, je le savais, et lui aussi, de nature, espérant toujours qu'on allait le sauver de la vérité, mais je commençais cependant, d'autre part, à me demander s'il existait quelque part, des gens vraiment lâches... On dirait qu'on peut toujours trouver pour n'importe quel homme une sorte de choses pour laquelle il est prêt à mourir et tout de suite et bien content encore. Seulement son occasion ne se présente pas toujours de mourir joliment, l'occasion qui lui plaisait. Alors il s'en va mourir comme il peut, quelque part... Il reste là l'homme sur la terre avec l'air d'un couillon en plus et d'un lâche pour tout le monde, pas convaincu seulement, voilà tout. C'est seulement en apparence la lâcheté.

Robinson n'était pas prêt à mourir dans l'occasion qu'on lui présentait. Peut-être que présentée autrement, ça lui aurait beaucoup plu.

En somme la mort c'est un peu comme un mariage.

Cette mort-là elle ne lui plaisait pas du tout et puis voilà. Rien à dire.

Il faudrait alors qu'il se résigne à accepter son croupissement et sa détresse. Mais pour le moment il était encore tout occupé, tout passionné à s'en barbouiller l'âme d'une façon dégoûtante de son malheur et de sa détresse. Plus tard, il mettrait de l'ordre dans son malheur et alors une vraie vie nouvelle recommencerait. Faudrait bien.

— Tu me croiras, si tu voudras, me rappelait-il, en ravaudant des bouts de souvenirs le soir comme ça après dîner, mais tu sais, en anglais, bien que j'aie jamais eu de dispositions fameuses pour les langues, j'étais arrivé à pouvoir tout de même tenir une petite conversation sur la fin à Detroit... Eh bien maintenant j'ai presque tout oublié, tout sauf une seule chose... Deux mots... Qui me reviennent tout le temps depuis que ça m'est arrivé aux yeux : « Gentlemen first! » C'est presque tout ce que je peux dire à présent d'anglais, je sais pas pourquoi... C'est facile à se souvenir, c'est vrai... « Gentlemen first! » Et pour essayer de lui changer les idées on s'amusait à reparler anglais ensemble. On répétait alors, mais souvent : « Gentlemen first! » à propos de tout et de rien comme des idiots. Une plaisanterie pour nous seulement. On a fini par l'apprendre à Henrouille lui-même qui montait un peu pour nous surveiller.

En remuant les souvenirs on se demandait ce qui pouvait bien exister encore de tout ça... Qu'on avait connu ensemble... On se demandait ce qu'elle avait pu devenir Molly, notre gentille Molly... Lola, elle, je voulais bien l'oublier, mais après tout j'aurais bien aimé avoir des nouvelles de toutes quand même, de la petite Musyne aussi tant qu'à faire... Qui ne devait pas demeurer bien loin dans Paris à présent. A côté en somme... Mais il aurait fallu que j'entreprenne des espèces d'expéditions quand même pour avoir de ses nouvelles à Musyne... Parmi tant de gens dont j'avais perdu les noms, les coutumes, les adresses, et dont les amabilités et même les sourires, après tant d'années de soucis, d'envies de nourriture devaient être tournés comme des vieux fromages en de bien pénibles grimaces... Les souvenirs eux-mêmes ont leur jeunesse... Ils tournent dès qu'on les laisse moisir en dégoûtants fantômes tout suintants d'égoïsme, de vanités et de mensonges... Ils pourrissent comme des pommes... On se parlait donc de notre jeunesse, on la goûtait et regoûtait. On se méfiait. Ma mère à propos j'avais pas été la voir depuis longtemps... Et ces visites-là ne me réussissaient guère sur le système nerveux... Elle était pire que moi, pour la tristesse ma mère... Toujours dans sa petite boutique, elle avait l'air d'en accumuler tant qu'elle pouvait autour d'elle des déceptions après tant et tant d'années... Quand j'allais la voir, elle me racontait : « Tu sais la tante Hortense elle est morte il y a deux mois à Coutances... Tu aurais peut-être pu y aller? Et Clémentin, tu sais bien Clémentin?... Le cireur de parquets qui jouait avec toi quand tu étais petit?... Eh bien, lui, on l'a ramassé avant-hier dans la rue d'Aboukir... Il n'avait pas mangé depuis trois jours... »

La sienne Robinson d'enfance, il ne savait plus par où la prendre quand il y pensait tellement qu'elle était pas drôle. A part le coup de la cliente, il n'y trouvait rien dont il ne puisse désespérer jusqu'à en vomir jusque dans les coins comme dans une maison où il n'y aurait rien qué des choses répugnantes qui sentent, des balais, des baquets, des ménagères, des gifles... Monsieur Henrouille n'avait rien à raconter sur la sienne de jeunesse jusqu'au régiment, sauf qu'à cette époque-là, il avait eu sa photo de prise en pompon et qu'elle était encore actuellement cette photo juste au-dessus de l'armoire à glace.

Quand il était redescendu Henrouille, Robinson me faisait part de son inquiétude de ne jamais les toucher à présent, ses dix mille francs promis... « N'y compte pas trop, en effet! », que je lui disais moi-même. J'aimais mieux le préparer à cette autre déception.

Des petits plombs, ce qu'il restait de la décharge, venaient affleurer au rebord des plaies. Je les lui enlevais en plusieurs temps, quelques-uns chaque jour. Ça lui faisait très mal quand je le tripotais ainsi juste au-dessus des conjonctives.

On avait eu beau prendre bien des précautions, les gens du

quartier s'étaient mis à bavarder quand même, à tort et à travers. Il ne s'en doutait pas lui Robinson, heureusement, des bavardages, ça l'aurait rendu encore plus malade. Y a pas à dire, nous étions environnés de soupçons. La fille Henrouille faisait de moins en moins de bruit en parcourant la maison dans ses chaussons. On ne comptait pas sur elle et elle était là à côté de nous.

Parvenus en plein au milieu des récifs, le moindre doute suffirait à présent pour nous faire chavirer tous. Tout irait alors craquer, se fendre, cogner, se fondre, s'étaler sur la berge. Robinson, la grand-mère, le pétard, le lapin, les yeux, le fils invraisemblable, la bru assassine, nous irions nous étaler là parmi toutes nos ordures et nos sales pudeurs devant les curieux frémissants. Je n'étais pas fier. Ce n'est pas que j'aye rien commis, moi, de positivement criminel. Non. Mais je me sentais coupable quand même. J'étais surtout coupable de désirer au fond que tout ça continue. Et que même je n'y voyais plus guère d'inconvénients à ce qu'on aille tous ensemble se vadrouiller de plus en plus loin dans la nuit.

D'abord, il n'y avait même plus besoin de désirer, ça marchait tout seul, et dare-dare encore !

Les riches n'ont pas besoin de tuer eux-mêmes pour bouffer. Ils les font travailler les gens comme ils disent. Ils ne font pas le mal eux-mêmes, les riches. Ils paient. On fait tout pour leur plaire et tout le monde est bien content. Pendant que leurs femmes sont belles, celles des pauvres sont vilaines. C'est un résultat qui vient des siècles, toilettes mises à part. Belles mignonnes, bien nourries, bien lavées. Depuis qu'elle dure la vie n'est arrivée qu'à ça.

Quant au reste, on a beau se donner du mal, on glisse, on dérape, on retombe dans l'alcool qui conserve les vivants et les morts, on n'arrive à rien. C'est bien prouvé. Et depuis tant de siècles qu'on peut regarder nos animaux naître, peiner et crever devant nous sans qu'il leur soit arrivé à eux non plus jamais rien d'extraordinaire que de reprendre sans cesse la même insipide faillite où tant d'autres animaux l'avaient laissée. Nous aurions pourtant dû comprendre ce qui se passait. Des vagues incessantes d'êtres inutiles viennent du fond des âges mourir tout le temps devant nous, et cependant on reste là, à espérer des choses... Même pas bon à penser la mort qu'on est.

Les femmes des riches bien nourries, bien menties, bien reposées elles, deviennent jolies. Ça c'est vrai. Après tout ça suffit peut-être. On ne sait pas. Ça serait au moins une raison pour exister.

— Les femmes en Amérique, tu trouves pas qu'elles étaient plus belles que celles d'ici? — Il me demandait des choses comme ça depuis qu'il ruminait les souvenirs des voyages Robinson. Il avait des curiosités, il se mettait même à parler des femmes.

J'allais maintenant le voir un peu moins souvent parce que c'est vers cette même époque que j'ai été nommé à la consultation d'un petit dispensaire pour les tuberculeux du voisinage. Il faut appeler les choses par leurs noms, ça me rapportait huit cents francs par mois. Comme malade c'était plutôt des gens de la zone que j'avais, de cette espèce de village qui n'arrive jamais à se dégager tout à fait de la boue, coincé dans les ordures et bordé de sentiers où les petites filles trop éveillées et morveuses, le long des palissades, fuient l'école pour attraper d'un satyre à l'autre vingt sous, des frites et la blennorragie. Pays de cinéma d'avant-garde où les linges sales empoisonnent les arbres et toutes les salades ruissellent d'urine les samedis soir. Dans mon domaine, je n'accomplis au cours de ces quelques mois de pratique spécialisée aucun miracle. Il en était pourtant grand besoin de miracles. Mais mes clients n'y tenaient pas à ce que j'accomplisse des miracles, ils comptaient au contraire sur leur tuberculose pour se faire passer de l'état de misère absolue où ils étouffaient depuis toujours à l'état de misère relative que confèrent les pensions gouvernementales minuscules. Ils traînaient leurs crachats plus ou moins positifs de réforme en réforme depuis la guerre. Ils maigrissaient à force de fièvre soutenue par le manger peu, le vomir beaucoup, l'énormément de vin, et le travailler quand même, un jour sur trois à vrai dire.

L'espoir de la pension les possédait corps et âme. Elle leur viendrait un jour comme la grâce, la pension, pourvu qu'ils aient la force d'attendre un peu encore avant de crever tout à fait. On ne sait pas ce que c'est que de revenir et d'attendre quelque chose tant qu'on n'a pas observé ce que peuvent attendre et revenir les pauvres qui espèrent une pension.

Ils y passaient des après-midi et des semaines entières à espérer, dans l'entrée et sur le seuil de mon dispensaire miteux, tant qu'il pleuvait dehors, et à remuer leurs espérances de pourcentages, leurs envies de crachats franchement bacillaires, de vrais crachats, des « cent pour cent » tuberculeux crachats. La guérison ne venait que bien après la pension dans leurs espérances, ils y pensaient aussi certes à la guérison, mais à peine, tellement que l'envie d'être rentier, un tout petit peu rentier, dans n'importe quelles conditions les éblouissait totalement. Il ne pouvait plus exister en eux outre ce désir intransigeant, ultime, que des petites envies subalternes et leur mort même en devenait par comparaison quelque chose d'assez accessoire, un risque sportif tout au plus. La mort n'est après tout qu'une question de quelques heures, de minutes même, tandis qu'une rente c'est comme la misère, ça dure toute la vie. Les gens riches sont saouls dans un autre genre et ne peuvent arriver à comprendre ces frénésies de sécurité. Etre riche, c'est une autre ivresse, c'est oublier. C'est même pour ça qu'on devient riche, pour oublier.

J'avais peu à peu perdu la mauvaise habitude de leur promettre la santé à mes malades. Ça ne pouvait pas leur faire très plaisir, la perspective d'être bien portants. Ce n'est après tout qu'un pis aller d'être bien portant. Ça sert à travailler le bien portant, et puis après? Tandis qu'une pension de l'Etat, même infime, ça c'est divin, purement et simplement.

Quand on n'a pas d'argent à offrir aux pauvre, il vaut mieux se taire. Quand on leur parle d'autre chose que d'argent, on les trompe, on ment, presque toujours. Les riches c'est facile à amuser, rien qu'avec des glaces par exemple, pour qu'ils s'y contemplent, puisqu'il n'y a rien de mieux au monde à regarder que les riches. Pour les ravigoter, on les remonte les riches, à chaque dix ans, d'un cran dans la Légion d'honneur, comme un vieux nichon et les voilà occupés pendant dix ans encore. C'est tout. Mes clients, eux, c'étaient des égoïstes, des pauvres, matérialistes tout rétrécis dans leurs sales projets de retraite, par le crachat sanglant et positif. Le reste leur était bien égal. Même les saisons qui leur étaient égales. Ils s'en ressentaient des saisons et n'en voulaient connaître que ce qui se rapporte à la toux et la maladie, qu'en hiver, par exemple, on s'enrhume bien davantage qu'en été, mais qu'on crache par contre facilement du sang au printemps et que pendant les chaleurs on peut arriver à perdre trois kilos par semaine... Quelquefois je les entendais se parler entre eux, alors qu'ils me croyaient ailleurs, attendant leur tour. Ils racontaient sur mon compte des horreurs à n'en plus finir et des mensonges à s'en faire sauter l'imagination. Ça devait les encourager de me débiner de la sorte, dans je ne sais quel courage mystérieux qui leur était nécessaire pour être de plus en plus impitoyables, résistants et bien méchants, pour durer, pour tenir. A dire du mal ainsi, médire, mépriser, menacer, ça leur faisait du bien, faut croire. Pourtant, j'avais fait mon possible, moi, pour leur être agréable, par tous les moyens, j'épousais leur cause, et j'essayais de leur être utile, je leur donnais beaucoup d'iodure pour tâcher de leur faire cracher leurs sales bacilles et tout cela cependant sans arriver jamais à neutraliser leur vacherie...

Ils restaient là devant moi, souriants comme des domestiques quand je les questionnais, mais ils ne m'aimaient pas, d'abord parce que je leur faisais du bien, ensuite parce que je n'étais pas riche et que d'être soigné par moi, ça voulait dire qu'on était soigné gratuitement et que cela n'est jamais flatteur pour un malade, même en instance de pension. Par-derrière, il n'y avait donc pas de saloperies qu'ils n'eussent propagées sur mon compte. Je n'avais pas d'auto moi non plus comme la plupart des autres médecins des environs, et c'était aussi comme une infirmité à leur sens que j'aille à pied. Dès qu'on les excitait un peu mes malades, et les confrères ne s'en faisaient pas défaut, ils se vengeaient on aurait dit de toute mon amabilité, de ce que j'étais si serviable, si dévoué. Tout ça c'est régulier. Le temps passait quand même.

Un soir, comme ma salle d'attente était presque vide, un prêtre entra pour me parler. Je ne le connaissais pas ce prêtre, j'ai failli l'éconduire. Je n'aimais pas les curés, j'avais mes raisons, surtout depuis qu'on m'avait fait le coup de l'embarquement à San Tapeta. Mais celui-ci, j'avais beau chercher à le reconnaître, pour l'engueuler avec des précisions, vraiment je ne l'avais jamais rencontré nulle part auparavant. Il devait pourtant circuler pas mal la nuit comme moi dans Rancy, puisqu'il était des environs. Peut-être alors qu'il m'évitait quand il sortait? J'y pensai. Enfin on avait dû le prévenir que je n'aimais pas les curés. Ça se sentait à la manière furtive dont il emmanchait sa palabre. Donc, on ne s'était jamais bousculé autour des mêmes malades. Il desservait une église, là, à côté, depuis vingt ans, m'apprit-il. Des fidèles, il en avait des masses, mais pas beaucoup qui le payaient. Plutôt un mendigot en somme. Ceci nous rapprochait. La soutane qui le couvrait me parut être une draperie bien malcommode pour déambuler comme dans la bouillabaisse des zones. Je le lui fis remarquer. J'insistai même sur l'incommodité extravagante d'un pareil attirail.

— On s'y habitue! qu'il me répondit.

L'impertinence de ma remarque ne le dégoûta point d'être plus aimable encore. Il avait évidemment quelque chose à me demander. Sa voix ne s'élevait guère au-dessus d'une certaine monotonie confidente, qui lui venait, je l'imaginais du moins, de sa profession. Pendant qu'il parlait prudent et préliminaire, j'essayais de me représenter tout ce qu'il exécutait chaque jour ce curé, pour gagner ses calories, des tas de grimaces et des promesses encore, dans le genre des miennes... Et puis je me l'imaginais, pour m'amuser, tout nu devant son autel... C'est ainsi qu'il faut s'habituer à transposer dès le premier abord les hommes qui viennent vous rendre visite, on les comprend bien plus vite après ça, on 'iscerne tout de suite dans n'importe quel personnage sa réalité d'énorme et d'avide asticot. C'est un bon truc d'imagination. Son sale prestige se dissipe, s'évapore. Tout nu, il ne reste plus devant vous en somme qu'une pauvre besace prétentieuse et vantarde qui s'évertue à bafouiller futilement dans un genre ou dans un autre. Rien ne résiste à cette épreuve. On s'y retrouve instantanément. Il ne reste plus que les idées, et les idées ne font jamais peur. Avec elles, rien n'est perdu, tout s'arrange. Tandis que c'est parfois difficile à supporter le prestige d'un homme habillé. Il garde des sales odeurs et des mystères plein ses habits.

Il avait des dents bien mauvaises, l'Abbé, rancies, brunies et haut cerclées de tartre verdâtre, une belle pyorrhée alvéolaire en somme. J'allais lui en parler de sa pyorrhée mais il était trop occupé à me raconter des choses. Elles n'arrêtaient pas de venir juter les choses qu'il me racontait contre ses chicots sous les poussées d'une langue dont j'épiais tous les mouvements. A maints minuscules endroits écorchée sa langue sur ses rebords saignants.

J'avais l'habitude et même le goût de ces méticuleuses observations intimes. Quand on s'arrête à la façon par exemple dont sont formés et proférés les mots, elles ne résistent guère nos phrases au désastre de leur décor baveux. C'est plus compliqué et plus pénible que la défécation notre effort mécanique de la conversation. Cette corolle de chair bouffie, la bouche, qui se convulse à siffler, aspire et se démène, pousse toutes espèces de sons visqueux à travers le barrage puant de la carie dentaire, quelle punition! Voilà pourtant ce qu'on nous adjure de transposer en idéal. C'est difficile. Puisque nous scmmes que des enclos de tripes tièdes et mal pourries nous aurons toujours du mal avec le sentiment. Amoureux ce n'est rien c'est tenir ensemble qui est difficile. L'ordure, elle, ne cherche ni à durer, ni à croître. Ici, sur ce point, nous sommes bien plus malheureux que la merde, cet enragement à persévérer dans notre état constitue l'incroyable torture.

Décidément nous n'adorons rien de plus divin que notre odeur. Tout notre malheur vient de ce qu'il nous faut demeurer Jean, Pierre ou Gaston coûte que coûte pendant toutes sortes d'années. Ce corps à nous, travesti de molécules agitées et banales, tout le temps se révolte contre cette farce atroce de durer. Elles veulent aller se perdre nos molécules, au plus vite, parmi l'univers ces mignonnes! Elles souffrent d'être seulement « nous », cocus d'infini. On éclaterait si on avait du courage, on faille seulement d'un jour à l'autre. Notre torture chérie est enfermée là, atomique, dans notre peau même, avec notre orgueil.

Comme je me taisais, consterné par l'évocation de ces ignominies biologiques, l'Abbé crut qu'il me possédait et en profita même pour devenir à mon égard tout à fait bienveillant et même familier. Evidemment il s'était renseigné sur mon compte au préalable. Avec d'infinies précautions il aborda le sujet malin de ma réputation médicale dans les environs. Elle aurait pu être meilleure, me fit-il entendre, ma réputation, si j'avais procédé de toute autre manière en m'installant, et cela dès les premiers mois de ma pratique à Rancy. « Les malades, cher Docteur, ne l'oublions jamais, sont en principe des conservateurs... Ils redoutent, cela se conçoit aisément, que la terre et le ciel viennent à leur manquer... »

Selon lui, j'aurais donc dû dès mes débuts me rapprocher de l'Église. Telle était sa conclusion d'ordre spirituel et pratique aussi. L'idée n'était pas mauvaise. Je me gardais bien de l'interrompre, mais j'attendais avec patience qu'il vienne aux faits de sa visite.

Pour un temps triste et confidentiel on ne pouvait pas mieux désirer que le temps qu'il faisait dehors. On aurait dit, tellement il était vilain le temps, et d'une façon si froide, si insistante, qu'on ne reverrait jamais plus le reste du monde en sortant, qu'il aurait fondu le monde, dégoûté.

Au cours de cet entretien, ce curé se nomma, l'abbé Protiste qu'il s'appelait. Il m'apprit de réticences en réticences qu'il effectuait depuis un certain temps déjà des démarches avec la fille Henrouille en vue de caser sa vieille et Robinson, tous les deux ensemble, dans une communauté religieuse, une pas coûteuse. Ils cherchaient encore.

En le regardant bien il aurait pu passer à la rigueur, l'abbé Protiste, pour une manière d'employé d'étalage, comme les autres, peut-être même pour un chef de rayon, mouillé, verdâtre et resséché cent fois. Il était véritablement plébéien par l'humilité de ses insinuations. Par l'haleine aussi. Je ne m'y trompais guère dans les haleines. C'était un homme qui mangeait trop vite et qui buvait du vin blanc.

La belle-fille Henrouille, me raconta-t-il, pour le début, était venue le trouver au presbytère même, peu de temps après l'attentat pour qu'il les tire du sale pétrin où ils venaient de se fourrer. Il me paraissait en racontant ça chercher des excuses, des explications, il avait comme honte de cette collaboration. C'était vraiment pas la peine, pour moi, de faire des manières. On comprend les choses. Il venait nous retrouver dans la nuit. Voilà tout. Tant pis pour lui d'ailleurs le curé! Une espèce de sale audace s'était emparée de lui aussi, peu à peu, avec l'argent. Tant pis! Comme tout mon dispensaire était en plein silence et que la nuit se refermait sur la zone, il baissa alors tout à fait le ton pour bien me faire ses confidences rien qu'à moi. Mais tout de même il avait beau chuchoter, tout ce qu'il me racontait me paraissait malgré tout immense, insupportable, à cause du calme sans doute autour de nous et comme rempli d'échos. En moi seul peut-être? Chut! avais-je envie de lui souffler tout le temps, dans l'intervalle des mots qu'il prononçait. De peur je

tremblais même un peu des lèvres et au bout des phrases on
s'en arrêtait de penser.

Maintenant qu'il nous avait rejoints dans notre angoisse il
ne savait plus trop comment faire le curé, pour avancer à la
suite de nous quatre dans le noir. Un petit groupe. Il voulait
savoir combien qu'on était déjà dans l'aventure? Où que c'était
que nous allions? Pour pouvoir, lui aussi, tenir la main des nouveaux amis vers cette fin qu'il nous faudrait bien atteindre tous
ensemble ou jamais. On était maintenant du même voyage. Il
apprendrait à marcher dans la nuit le curé, comme nous, comme
les autres. Il butait encore. Il me demandait comment il devait
s'y prendre pour ne pas tomber. Il n'avait qu'à pas venir s'il
avait peur! On arriverait au bout ensemble et alors on saurait
ce qu'on était venu chercher dans l'aventure. La vie c'est ça,
un bout de lumière qui finit dans la nuit.

Et puis peut-être qu'on ne saurait jamais, qu'on trouverait
rien. C'est ça la mort.

Le tout pour le moment c'était d'avancer bien à tâtons. Où
nous en étions, d'ailleurs, on ne pouvait plus reculer. Y avait
pas à choisir. Leur sale justice avec des Lois était partout, au
coin de chaque couloir. La fille Henrouille tenait la main de la
vieille et son fils et moi la leur et Robinson aussi. On était ensemble. C'est ça. Je lui expliquai le tout ça tout de suite au curé.
Et il a compris.

Qu'on le veuille ou non où on se trouvait à présent, il ne ferait
pas bon à se faire surprendre et mettre au jour par les passants,
que je lui disais aussi au curé, et j'insistai bien là-dessus. Si on
rencontrait quelqu'un faudrait avoir l'air de se promener, mine
de rien. C'était la consigne. Rester bien naturels. Le curé donc
à présent il savait tout, il comprenait tout. Il me serrait fort la
main à son tour, Il avait très peur forcément lui aussi. Les débuts.
Il hésitait, il bafouillait même comme un innocent. Plus de route
ni de lumière là où nous en étions, rien que des espèces de prudences à la place et qu'on se repassait et auxquelles on ne croyait
pas beaucoup non plus. Les mots qu'on se raconte pour se rassurer dans ces cas-là ne sont recueillis par rien. L'écho ne renvoie
rien, on est sorti de la Société. La peur ne dit ni oui, ni non.
Elle prend tout ce qu'on dit la peur, tout ce qu'on pense,
tout.

Ça ne sert pas même d'écarquiller les yeux dans le noir dans ces cas-là. C'est de l'horreur de perdue et puis voilà tout. Elle a tout pris la nuit et les regards eux-mêmes. On est vidé par elle. Faut se tenir quand même par la main, on tomberait. Les gens du jour ne vous comprennent plus. On est séparé d'eux par toute la peur et on en reste écrasé jusqu'au moment où ça finit d'une façon ou d'une autre et alors on peut enfin les rejoindre ces salauds de tout un monde dans la mort ou dans la vie.

L'Abbé n'avait qu'à nous aider pour le moment et à se grouiller d'apprendre, c'était son boulot. Et puis d'ailleurs il était venu rien que pour ça, s'évertuer au placement de la mère Henrouille pour commencer, et dare-dare, et de Robinson aussi, en même temps, chez les Sœurs en province. Elle lui semblait possible, à moi d'ailleurs aussi, cette combinaison. Seulement, il aurait fallu attendre des mois une place vacante et on en pouvait plus nous d'attendre. Assez.

La bru avait bien raison, le plus tôt serait le mieux. Qu'ils s'en aillent! Qu'on s'en débarrasse! Alors Protiste tâtait d'un autre arrangement. Celui-ci, j'en convins tout de suite, paraissait joliment ingénieux. Et puis d'abord, il comportait une commission pour tous les deux, le curé et moi. L'arrangement devait se conclure presque sans délai et je devais y jouer mon petit rôle. Celui qui consistait à décider Robinson à partir pour le Midi, à le conseiller en sorte et d'une manière tout amicale bien entendu, mais pressante quand même.

Ne connaissant pas le fond ni l'envers de la combinaison dont il parlait le curé, j'aurais peut-être dû faire mes réserves, ménager pour mon ami quelques garanties par exemple... Car après tout, c'était en y réfléchissant bien une drôle de combinaison qu'il nous soumettait l'abbé Protiste. Mais nous étions tous si pressés par les circonstances que l'essentiel c'était que ça ne traîne pas. Je promis tout ce qu'on désirait, mon appui et le secret. Ce Protiste semblait avoir tout à fait l'habitude des circonstances délicates de ce genre et je sentais qu'il allait me faciliter bien des choses.

Par où commencer d'abord? Il y avait à organiser un départ discret pour le Midi. Qu'en penserait-il Robinson du Midi? Et puis le départ avec la vieille en plus, qu'il avait bien failli assassiner... J'insisterais... Voilà tout!... Il fallait qu'il y passe, et pour toutes espèces de raisons, pas très bonnes toutes, mais solides toutes.

Pour un drôle de métier, c'en était un qu'on leur avait trouvé à faire à Robinson et à la vieille dans le Midi. A Toulouse que ça se trouvait. Une belle ville Toulouse! On la verrait d'ailleurs la ville! On irait les voir là-bas! C'était promis que j'irais à Toulouse dès qu'ils y seraient installés, dans leur maison et dans leur boulot et tout.

Et puis en réfléchissant ça m'ennuyait un peu qu'il parte si tôt là-bas Robinson et puis en même temps ça me faisait beaucoup de plaisir, surtout parce que pour une fois j'y trouvais un vrai petit bénéfice. On me donnerait mille francs. Convenu aussi. J'avais qu'à exciter Robinson sur le Midi en lui assurant qu'il n'y avait pas climat meilleur pour les blessures de ses yeux, qu'il serait là-bas on ne peut mieux et qu'en somme il avait bien de la veine de s'en tirer à si bon compte. C'était le moyen de le décider.

Après cinq minutes de rumination de ce genre, j'étais bien imbibé moi-même de conviction et fin préparé pour une entrevue décisive. Faut battre le fer quand il est chaud, c'est mon avis. Après tout, il ne serait pas plus mal là-bas qu'ici. L'idée qu'avait eue ce Protiste paraissait en la remédiant, décidément, bien raisonnable. Ces curés ils savent tout de même vous éteindre les pires scandales.

Un commerce pas plus méchant qu'un autre, voilà ce qu'on leur offrait à Robinson et à la vieille en définitive. Une espèce de cave à momies que c'était, si je comprenais bien. On la faisait visiter la cave au-dessous d'une église, moyennant obole. Des touristes. Et une véritable affaire, qu'il m'assurait Protiste. J'en étais presque persuadé et aussitôt un peu jaloux. C'est pas tous les jours qu'on peut faire travailler les morts.

J'ai bouclé le dispensaire et nous voilà en route pour les Henrouille, bien décidés, tous les deux avec le curé, à travers les fondrières. Pour du nouveau, c'était du nouveau. Mille francs d'espérance! J'avais changé d'avis sur le curé. En arrivant au pavillon nous trouvâmes les époux Henrouille auprès de Robinson dans la chambre du premier. Mais alors Robinson dans quel état!

— C'est toi, qu'il me fait à bout d'émotion, aussitôt qu'il m'entend monter. Je sens qu'il va se passer quelque chose !... C'est-y vrai? qu'il me demande haletant.

Et le revoilà tout larmoyant avant même que j'aie pu répondre un seul mot. Les autres, les Henrouille, me font des signes pendant qu'il appelle à son secours : « Un beau pétrin ! que je me dis moi. Trop pressés les autres !... Toujours trop pressés ! Ils lui ont cassé le morceau à froid comme ça?... Sans préparation? Sans m'attendre?... »

Heureusement, j'ai pu reprendre, pour ainsi dire, toute l'affaire avec d'autres mots. Il n'en demandait pas davantage Robinson lui non plus, un nouvel aspect des mêmes choses. Ça suffisait. Le curé dans le couloir n'osait pas rentrer dans la chambre. Il en zigzaguait de frousse.

— Entrez ! qu'elle l'invitait pourtant la fille, finalement. Entrez donc ! Vous n'êtes pas de trop du tout, monsieur l'Abbé ! Vous surprenez une pauvre famille dans le malheur voilà tout !... Le médecin et le prêtre !... N'est-ce pas ainsi toujours dans les moments douloureux de la vie?

Elle était en train de faire des phrases. C'étaient des nouvelles espérances d'en sortir de la mouscaille et de la nuit qui la rendaient lyrique la vache à sa sale manière.

Le curé désemparé avait perdu tous ses moyens et se remit à bafouiller tout en demeurant à une certaine distance du malade. Son bafouillis ému se communique alors à Robinson qui repart en transe : « Ils me trompent ! Ils me trompent tous ! » qu'il gueulait.

Des bavardages quoi, et rien que sur des apparences encore. Des émotions. Toujours la même chose. Mais ça m'a remis en train moi, en culot. J'ai attiré la fille Henrouille dans un coin et je lui ai posé franchement le marché en main parce que je voyais bien que le seul homme là-dedans capable de les sortir c'était encore cézigue, finalement. « Un acompte que je lui ai fait à la fille. Et tout de suite mon acompte ! » Quand on n'a plus confiance on a pas de raison de se gêner, comme on dit. Elle a compris et m'a renfermé alors un billet de mille francs en plein dans la main et puis encore un autre en plus pour être sûre. Je le lui avais fait à l'autorité. Je me suis mis à le décider alors Robinson pendant que j'y étais. Il fallait qu'il le prenne son parti pour le Midi.

Trahir, qu'on dit, c'est vite dit. Faut encore saisir l'occasion. C'est comme d'ouvrir une fenêtre dans une prison, trahir. Tout le monde en a envie, mais c'est rare qu'on puisse.

UNE fois Robinson quitté Rancy, j'ai bien cru qu'elle allait
démarrer la vie, qu'on aurait par exemple un peu plus de malades
que l'habitude, et puis pas du tout. D'abord il est survenu du
chômage, de la crise dans les environs et ça c'est le plus mauvais.
Et puis le temps s'est mis, malgré l'hiver, au doux et au sec,
tandis que c'est l'humide et le froid qu'il nous faut pour la
médecine. Pas d'épidémie non plus, enfin une saison contraire,
bien ratée.

J'ai même aperçu des confrères qui allaient faire leurs visites
à pied, c'est tout dire, d'un petit air amusé par la promenade,
mais en vérité bien vexés et uniquement pour ne pas sortir leurs
autos, par économie. Moi, je n'avais qu'un imperméable pour
sortir. Etait-ce pour cela que j'ai attrapé un rhume si tenace?
Ou bien est-ce que je m'étais habitué à manger vraiment trop
peu? Tous est possible. Est-ce les fièvres qui m'ont repris?
Enfin, toujours est-il que sur un petit coup de froid, juste avant
le printemps, je me suis mis à tousser sans-arrêt, salement malade. Un désastre. Certain matin il me devint tout à fait impossible de me lever. La tante à Bébert passait justement devant
ma porte. Je la fis appeler. Elle monte. Je l'envoyai tout de
suite toucher une petite note qu'on me devait encore dans le
quartier. La seule, la dernière. Cette somme récupérée à moitié
me dura dix jours, alité.

On a le temps de penser pendant dix jours allongé. Dès que
je me trouverais mieux je m'en irais de Rancy, c'était ce que
j'avais décidé. Deux termes en retard d'ailleurs... Adieu donc,
mes quatre meubles! Sans rien en dire à personne bien entendu,
je filerais, tout doucement et on ne me reverrait plus jamais
à la Garenne-Rancy. Je partirais sans laisser ni de traces ni
d'adresse. Quand la bête à misère, puante, vous traque, pourquoi
discuter? C'est rien dire et puis foutre le camp qu'est malin.

Avec mon diplôme, je pouvais m'établir n'importe où, **ça** c'était vrai... Mais ce ne serait autre part, ni plus agréable, **ni** pire... Un peu meilleur l'endroit dans les débuts, forcément, parce qu'il faut toujours un peu de temps pour que les gens arrivent à vous connaître, et pour qu'ils se mettent en train et trouvent le truc pour vous nuire. Tant qu'ils cherchent encore l'endroit par où c'est le plus facile de vous faire du mal, on a un peu de tranquillité, mais dès qu'ils ont trouvé le joint, alors ça redevient du pareil au même partout. En somme, c'est le petit délai où on est inconnu dans chaque endroit nouveau qu'est le plus agréable. Après, c'est la même vacherie qui recommence. C'est leur nature. Le tout c'est de ne pas attendre trop longtemps qu'ils aient bien appris votre faiblesse les copains. Il faut écraser les punaises avant qu'elles aient retrouvé leurs fentes. Pas vrai?

Quant aux malades, aux clients, je n'avais point d'illusion sur leur compte... Ils ne seraient dans un autre quartier ni moins rapaces, ni moins bouchés, ni moins lâches que ceux d'ici. Le même pinard, le même cinéma, les mêmes ragots sportifs, la même soumission enthousiaste aux besoins naturels, de la gueule et du cul, en referaient là-bas comme ici la même horde lourde, bouseuse, titubante d'un bobard à l'autre, hâblarde toujours, trafiqueuse, malveillante, agressive entre deux paniques.

Mais puisque le malade lui, change bien de côté dans son lit, dans la vie, on a bien le droit aussi nous, de se chambarder d'un flanc sur l'autre, c'est tout ce qu'on peut faire et tout ce qu'on a trouvé comme défense contre son Destin. Faut pas espérer laisser sa peine nulle part en route. C'est comme une femme qui serait affreuse la Peine, et qu'on aurait épousée. Peut-être est-ce mieux encore de finir par l'aimer un peu que de s'épuiser à la battre pendant la vie entière. Puisque c'est entendu qu'on ne peut pas l'estourbir?

Toujours est-il que j'ai filé bien en douce de mon entresol à Rancy. Ils étaient autour du vin de table et des marrons chez ma concierge quand je passai devant leur loge, pour la dernière fois. Ni vu, ni connu. Elle se grattait, et lui, penché sur le poêle, perclus de chaleur, il était déjà si bien bu que le violet lui faisait fermer les yeux.

Pour ces gens-là je me glissais dans l'inconnu comme dans

un grand tunnel sans fin. Ça fait du bien trois êtres de moins à vous connaître donc à vous épier et à vous nuire, qui ne savent même plus du tout ce que vous êtes devenu. C'est bon. Trois, parce que je compte leur fille aussi, leur enfant Thérèse qui se blessait à en suppurer de furoncles, tellement qu'elle se démangeait sans cesse sous les puces et les punaises. C'est vrai qu'on était tellement piqué chez eux mes concierges, qu'en entrant dans leur loge on aurait dit qu'on pénétrait dans une brosse peu à peu.

Le long doigt du gaz dans l'entrée, cru et sifflant, s'appuyait sur les passants au bord du trottoir et les tournait en fantômes hagards et pleins, d'un seul coup, dans le cadre noir de la porte. Ils allaient ensuite se chercher un peu de couleur, les passants, ici et là, devant les autres fenêtres et les lampadaires et se perdaient finalement comme moi dans la nuit, noirs et mous.

On n'était même plus forcé de les reconnaître les passants. Pourtant ça m'aurait plu de les arrêter dans leur vague déambulage, une petite seconde, rien que le temps de leur dire, une bonne fois, que moi, je m'en allais me perdre au diable, que je partais, mais si loin, que je les emmerdais bien et qu'ils ne pouvaient plus rien me faire ni les uns ni les autres, rien tenter...

En arrivant au boulevard de la Liberté, les voitures de légumes montaient en tremblotant vers Paris. J'ai suivi leur route. En somme, j'étais déjà presque parti tout à fait de Rancy. Pas très chaud non plus. Alors question de me réchauffer, j'ai fait un petit crochet jusqu'à la loge de la tante à Bébert. Sa lampe boutonnait l'ombre dans le fond du couloir. « Pour en finir, que je me suis dit, faut bien que je lui dise « au revoir » à la tante. »

Elle était là sur sa chaise comme à son habitude, entre les odeurs de sa loge, et le petit poêle réchauffant tout ça et sa vieille figure à présent toujours prête à pleurer depuis que Bébert était décédé et puis au mur, au-dessus de la boîte à ouvrages, une grande photo d'école de Bébert, avec son tablier, un béret et la croix. C'était un « agrandissement » qu'elle avait eu en prime avec du café. Je la réveille.

— Bonjour Docteur, qu'elle sursaute. Je me souviens bien encore de ce qu'elle m'a dit. « Vous avez l'air comme malade! qu'elle a remarqué tout de suite. Asseyez-vous donc... Moi je vais pas bien non plus... »

— Me voilà en train de faire un petit tour, que j'ai répondu, pour me donner une contenance.

— C'est bien tard, qu'elle a fait, pour un petit tour, surtout si vous allez vers la place Clichy... L'avenue est froide au vent à cette heure-ci !

Elle se lève alors et se met en trébuchant par-ci, par-là, à nous faire un grog, et tout de suite à parler de tout en même temps, et des Henrouille et de Bébert forcément.

Pour l'empêcher d'en parler de Bébert, il y avait rien à faire, et pourtant cela lui faisait du chagrin et du mal et elle le savait aussi. Je l'écoutais sans jamais plus l'interrompre, j'étais comme engourdi. Elle essayait de me faire rappeler de toutes les gentilles qualités qu'il avait eues Bébert et qu'elle en faisait comme un étalage avec bien de la peine parce qu'il ne fallait rien oublier de ses qualités à Bébert et qu'elle recommençait, et puis quand tout y était bien et qu'elle m'avait bien raconté toutes les circonstances de son élevage au biberon, elle retrouvait encore une petite qualité à Bébert qu'il fallait tout de même mettre à côté des autres, alors elle reprenait toute l'histoire par le commencement et cependant elle en oubliait quand même et elle était forcée finalement de pleurnicher un peu, d'impuissance. Elle s'égarait de fatigue. Elle s'endormait à coups de petits sanglots. Déjà elle n'avait plus la force de reprendre longtemps à l'ombre le petit souvenir du petit Bébert qu'elle avait bien aimé. Le néant était toujours près d'elle et sur elle-même un peu déjà. Un rien de grog et de fatigue et ça y était, elle s'endormait en ronflant comme un petit avion lointain que les nuages emportent. Il n'y avait plus personne à elle sur terre.

Pendant qu'elle était écroulée comme ça dans les odeurs je pensais que je m'en allais et que jamais je ne la reverrais sans doute la tante à Bébert, que Bébert était bien parti, lui, et sans faire de manières et pour de bon, qu'elle partirait aussi la tante pour le suivre et dans pas bien longtemps. Son cœur était malade d'abord, et tout à fait vieux. Il poussait du sang comme il pouvait son cœur dans ses artères, il avait du mal à remonter dans les veines. Elle s'en irait au grand cimetière d'à côté d'abord la tante, où les morts c'est comme une foule qui attend. C'est là qu'elle allait faire jouer Bébert avant qu'il soye tombé malade, au cimetière. Et ça serait bien fini alors après ça. On viendrait repeindre sa loge et on pourrait dire qu'on s'est tous rattrapés comme les boules du jeu qui tremblotent au bord du trou qui font des manières avant d'en finir.

Elles partent bien violentes et grondeuses elles aussi les boules, et elles ne vont jamais nulle part, en définitive. Nous non plus, et toute la terre ne sert qu'à ça, qu'à nous faire nous retrouver tous. Ce n'était plus bien loin pour la tante à Bébert à présent, elle n'avait presque plus d'élan. On ne peut pas se retrouver pendant qu'on est dans la vie. Y a trop de couleurs qui vous distraient et trop de gens qui bougent autour. On ne se retrouve qu'au silence, quand il est trop tard, comme les morts. Moi aussi fallait que je bouge encore et que je m'en aille ailleurs. J'avais beau faire, beau savoir... Je ne pouvais pas rester en place avec elle.

Mon diplôme dans ma poche bombait en saillie, bien plus grosse saillie que mon argent et mes papiers d'identité. Devant le poste de police, l'agent de garde attendait la relève de minuit et crachait aussi tant qu'il pouvait. On s'est dit bonsoir.

Après le truc à éclipse du coin du boulevard, pour l'essence, c'était l'octroi et ses préposés verdoyants dans leur cage en verre. Les tramways ne marchaient plus. C'était le bon moment pour leur parler de l'existence aux préposés, de l'existence qui est toujours plus difficile, plus chère. Ils étaient deux là, un jeune et un vieux, à pellicules tous les deux, penchés sur des états grands comme ça. A travers leur vitre, on apercevait les gros quais d'ombre des fortifs qui s'avancent hauts dans la nuit pour attendre des bateaux de si loin, des si nobles navires, qu'on ne verra jamais des bateaux comme ça. C'est sûr. On les espère.

On bavarda donc ensemble un bon moment avec les préposés, et même nous prîmes encore un petit café qui réchauffait sur le poêlon. Ils me demandèrent si je partais en vacances des fois, pour rigoler, comme ça, dans la nuit, avec mon petit paquet à la main. « C'est exact » que je leur ai répondu. Inutile de leur expliquer des choses peu ordinaires aux préposés. Ils ne pouvaient pas m'aider à comprendre. Et un peu vexé par leur remarque, l'envie m'a pris tout de même d'être intéressant, de les étonner enfin, et je me mis à parler sur le pouce, comme ça, de la campagne de 1816, celle qui amena précisément les Cosaques à l'endroit même où nous étions, à la Barrière, aux trousses du grand Napoléon.

Ceci invoqué avec désinvolture, bien entendu. Les ayant en peu de mots convaincus ces deux sordides et de ma supériorité culturelle, et de mon érudition primesautière, me voilà qui repars rasséréné vers la place Clichy, par l'avenue qui monte.

Vous remarquerez qu'il y a toujours deux prostituées en attente au coin de la rue des Dames. Elles tiennent ces quelques heures épuisées qui séparent le fond du jour du petit matin. Grâce à elles la vie continue à travers les ombres. Elles font la liaison avec leur sac à main bouffi d'ordonnances, de mouchoirs pour tout faire et de photos d'enfants à la campagne. Quand on se rapproche d'elles dans l'ombre, il faut faire attention parce qu'elles n'existent qu'à peine ces femmes, tant elles sont spécialisées, juste restées vivantes ce qu'il faut pour répondre à deux ou trois phrases qui résument tout ce qu'on peut faire avec elles. Ce sont des esprits d'insectes dans des bottines à boutons.

Faut rien leur dire, à peine les approcher. Elles sont mauvaises. J'avais de l'espace. Je me suis mis à courir par le milieu des rails. L'avenue est longue.

Tout au bout c'est la statue du maréchal Moncey. Il défend toujours la place Clichy depuis 1816 contre des souvenirs et l'oubli, contre rien du tout, avec une couronne en perles pas très chère. J'arrivai moi aussi près de lui en courant avec 112 ans de retard par l'avenue bien vide. Plus de Russes, plus de batailles, ni de cosaques, point de soldats, plus rien sur la place qu'un rebord du socle à prendre au-dessous de la couronne. Et le feu d'un petit brasero avec trois grelotteux autour qui louchaient dans la fumée puante. On n'était pas très bien.

Quelques autos s'enfuyaient tant qu'elles pouvaient vers les issues.

On se souvient des grands boulevards dans l'urgence comme d'un endroit moins froid que les autres. La tête ne marchait plus qu'à coup de volonté à cause de la fièvre. Possédé par le grog de la tante, je suis descendu fuyant devant le vent qui est moins froid quand on le reçoit par-derrière. Une vieille dame en bonnet près du métro Saint-Georges pleurait sur le sort de sa petite fille malade à l'hôpital, de méningite qu'elle disait. Elle en profitait pour faire la quête. Elle tombait mal.

Je lui ai donné des mots. Je lui ai parlé aussi moi du petit Bébert et d'une petite fille encore que j'avais soignée en ville moi et qui était morte pendant mes études, de méningite, elle aussi. Trois semaines que ça avait duré son agonie et même que sa mère dans le lit à côté ne pouvait plus dormir à cause du chagrin, alors elle s'est masturbée sa mère tout le temps des trois semaines d'agonie, et puis même qu'on ne pouvait plus l'arrêter après que tout a été fini.

Ça prouve qu'on ne peut pas exister sans plaisir même une seconde, et que c'est bien difficile d'avoir vraiment du chagrin. C'est comme ça l'existence.

On s'est quitté avec la vieille au chagrin devant les Galeries. Elle avait à décharger les carottes du côté des Halles. Elle suivait la route des légumes, comme moi, la même.

Mais le « Tarapout » m'a attiré. Il est posé sur le boulevard comme un gros gâteau en lumière. Et les gens y viennent de partout pressés comme des larves. Ils sortent de la nuit tout autour les gens avec les yeux tout écarquillés déjà pour venir se les remplir d'images. Ça n'arrête pas l'extase. C'est les mêmes qu'au métro du matin. Mais là devant le « Tarapout » ils sont contents, comme à New York ils se grattent le ventre devant la caisse, ils suintent un peu de monnaie et aussitôt les voilà tout décidés qui se précipitent en joie dans les trous de la lumière. On en était comme déshabillés par la lumière, tellement qu'il y en avait sur les gens, les mouvements, les choses, plein des guirlandes et des lampes encore. On aurait pas pu se parler d'une affaire personnelle dans cette entrée, c'était comme tout le contraire de la nuit.

Bien étourdi moi aussi, j'aborde alors à un petit café voisin. A la table d'à côté de moi, je regarde et voici Parapine mon ancien professeur, qui prenait un bock avec ses pellicules et tout. On se retrouve. On est content. Il est survenu de grands changements dans son existence, qu'il me dit. Il lui faut dix minutes pour me les raconter. C'est pas drôle. Le professeur Jaunisset était devenu si méchant à son égard, l'avait si tant persécuté qu'il avait dû s'en aller Parapine, démissionner et quitter son laboratoire et puis aussi c'étaient les mères des petites filles du Lycée qui étaient venues à leur tour pour l'attendre à la porte de l'Institut et lui casser la gueule. Histoires. Enquêtes. Angoisses.

Au dernier moment, par le moyen d'une annonce ambiguë dans un périodique médical, il avait pu raccrocher de justesse une autre petite espèce de subsistance. Pas grand-chose évidemment, mais tout de même un truc pas fatigant et bien dans ses cordes. Il s'agissait de l'application astucieuse des théories récentes du professeur Baryton sur l'épanouissement des petits crétins par le cinéma. Un fameux pas en avant dans le subconscient. On ne parlait que de cela dans la ville. C'était moderne.

Parapine accompagnait ces clients spéciaux au « Tarapout » moderne. Il passait les prendre à la maison de santé moderne de Baryton en banlieue et puis les reconduisait après le spectacle, gâteux, repus de visions, heureux et saufs et plus modernes encore. Voilà tout. Dès qu'assis devant l'écran plus besoin de s'occuper d'eux. Un public en or. Tout le monde content, le même film dix fois de suite les ʳ vissait. Ils n'avaient pas de mémoire. Ils jouissaient continuellement de la surprise. Leurs familles ravies. Parapine aussi. Moi aussi. On en rigolait d'aise et de boire des bocks et des bocks pour célébrer cette reconstitution matérielle de Parapine sur le plan du moderne. On ne s'en irait qu'à deux heures du matin après la dernière séance au « Tarapout, » c'était décidé, pour chercher ses crétins, les ramasser et les ramener dare-dare en auto à la maison du docteur Baryton à Vigny-sur-Seine. Une affaire.

Puisqu'on était heureux l'un et l'autre de se retrouver on s'est mis à parler rien que pour le plaisir de se dire des fantaisies et d'abord sur les voyages qu'on avait faits l'un et l'autre et enfin sur Napoléon, comme ça, qui est survenu à propos de Moncey sur la place Clichy dans le courant de la conversation. Tout devient plaisir dès qu'on a pour but d'être seulement bien ensemble parce qu'alors on dirait qu'on est enfin libre. On oublie sa vie, c'est-à-dire les choses du pognon.

De fil en aiguille, même sur Napoléon on a trouvé des rigolades à se raconter. Parapine il la connaissait bien lui l'histoire à Napoléon. Ça l'avait passionné autrefois qu'il m'apprit, en Pologne, quand il était encore au Lycée. Il avait été bien élevé lui Parapine, pas comme moi.

Ainsi à ce propos il me raconta que pendant la retraite de Russie, les généraux à Napoléon ils avaient eu un sacré coton pour l'empêcher d'aller se faire pomper à Varsovie une dernière fois suprême par la Polonaise de son cœur. Il était ainsi, Napoléon, même au milieu des plus grands revers et des malheurs. Pas sérieux en somme. Même lui, l'aigle à sa Joséphine! Le feu au train, c'est le cas de le dire envers et contre tout. Rien à faire d'ailleurs tant qu'on a le goût de jouir et de la rigolade et c'est un goût qu'on a tous. Voilà le plus triste. On ne pense qu'à ça! Au berceau, au café, sur le trône, aux cabinets. Partout! Partout! Bistoquette! Napoléon ou pas! Cocu ou pas! Plaisir d'abord! Que crèvent les quatre cent mille hallucinés embérésinés jusqu'au plumet! qu'il se disait le grand vaincu, pourvu que Poléon tire encore un coup! Quel salaud! Et allez donc! C'est bien la vie! C'est ainsi que tout finit! Pas sérieux! Le tyran est dégoûté de la pièce qu'il joue bien avant les spectateurs. Il s'en va baiser quand il n'en peut plus le tyran de sécréter des délires pour le public. Alors son compte est bon! Le Destin le laisse tomber en moins de deux! Ce n'est pas de les massacrer à tour de bras, que les enthousiastes lui font un reproche! Que non! Ça n'est rien! Et comment qu'on lui pardonnerait! Mais d'être devenu ennuyeux tout d'un coup, c'est ça qu'on lui pardonne pas. Le sérieux ne se tolère qu'au chiqué. Les épidémies ne cessent qu'au moment où les microbes sont dégoûtés de leurs toxines. Robespierre on l'a guillotiné parce qu'il répétait toujours la même chose et Napoléon n'a pas résisté, pour ce qui le concerne, à plus de deux ans d'une inflation de Légion d'honneur. Ce fut sa torture de ce fou d'être obligé de fournir des envies d'aventures à la moitié de l'Europe assise. Métier impossible. Il en creva.

Tandis que le cinéma, ce nouveau petit salarié de nos rêves, on peut l'acheter lui, se le procurer pour une heure ou deux, comme un prostitué.

Et puis des artistes en plus, de nos jours, on en a mis partout par précaution tellement qu'on s'ennuie. Même dans les maisons où on a mis des artistes avec leurs frissons à déborder partout et leurs sincérités à dégouliner à travers les étages. Les portes en vibrent. C'est à qui frémira davantage et avec le plus de culot, de tendresse, et s'abandonnera plus intensément que le copain. On décore à présent aussi bien les chiottes que les abattoirs

et le Mont-de-Piété aussi, tout cela pour vous amuser, vous distraire, vous faire sortir de votre Destinée.

Vivre tout sec, quel cabanon! La vie c'est une classe dont
l'ennui est le pion, il est là tout le temps à vous épier d'ailleurs,
il faut avoir l'air d'être occupé, coûte que coûte, à quelque chose
de passionnant, autrement il arrive et vous bouffe le cerveau.
Un jour qui n'est rien qu'une simple journée de 24 heures c'est
pas tolérable. Ça ne doit être qu'un long plaisir presque insupportable une journée, un long coït une journée, de gré ou de
force.

Il vous en vient ainsi des idées dégoûtantes pendant qu'on
est ahuri par la nécessité, quand dans chacune de vos secondes
s'écrase un désir de mille autres choses et d'ailleurs.

Robinson était un garçon tracassé par l'infini aussi, dans
son genre, avant qu'il lui soit arrivé son accident, mais maintenant il avait reçu son compte. Du moins je le croyais.

Je profitai que nous étions au café, tranquilles, pour raconter
moi aussi à Parapine tout ce qui m'était arrivé depuis notre
séparation. Il comprenait les choses lui, et même les miennes
et je lui avouai que je venais de briser ma carrière médicale
en quittant Rancy de façon insolite. C'est comme ça qu'on doit
dire. Et il y avait pas de quoi rigoler. Pour retourner à Rancy,
il fallait pas que j'y songe, vu les circonstances. Il en convenait
lui-même Parapine.

Voilà que pendant qu'on se parlait bien agréablement ainsi,
qu'on se confessait en somme, survint l'entracte du « Tarapout »
et les musiciens du ciné qui débarquent en masse au bistrot.
On prend du coup un verre en chœur. Lui Parapine il était bien
connu des musiciens.

De fil en aiguille, j'apprends d'eux qu'on cherchait justement un Pacha pour la figuration de l'intermède. Un rôle muet.
Il était parti, celui qui le tenait le « Pacha » sans rien dire. Un
beau rôle bien payé pourtant dans un prologue. Pas d'efforts.
Et puis, ne l'oublions pas, coquinement entouré par une magnifique volée de danseuses anglaises, des milliers de muscles agités
et précis. Tout à fait mon genre et ma nécessité.

Je fais l'aimable et j'attends les propositions du régisseur.
Je me présente en somme. Comme il était si tard et qu'ils n'avaient
pas le temps d'aller en chercher un autre de figurant jusqu'à

la Porte Saint-Martin, il fut bien content le régisseur de me trouver sur place. Ça lui évitait des courses. A moi aussi. Il m'a examiné à peine. Il m'adopte donc d'emblée. On m'embarque. Pourvu que je ne boite pas, on ne m'en demande pas davantage, et encore..

Je pénètre dans ces beaux sous-sols chauds et capitonnés du cinéma « Tarapout ». Une véritable ruche de loges parfumées où les Anglaises dans l'attente du spectacle se détendent en jurons et cavalcades ambiguës. Tout de suite exubérant d'avoir retrouvé mon bifteck je me hâtai d'entrer en relations avec ces jeunes et désinvoltes camarades. Elles me firent d'ailleurs les honneurs de leur groupe le plus gracieusement du monde. Des anges. Des anges discrets. C'est bon aussi de n'être ni confessé, ni méprisé, c'est l'Angleterre.

Grosses recettes au « Tarapout ». Dans les coulisses même tout était luxe, aisance, cuisses, lumières, savons, sandwiches. Le sujet du divertissement où nous paraissions tenait je crois du Turkestan. C'était prétexte à fariboles chorégraphiques et déhanchements musicaux et violentes tambourinades.

Mon rôle à moi, sommaire, mais essentiel. Ballonné d'or et d'argent, j'éprouvai d'abord quelque difficulté à m'installer parmi tant de portants et lampadaires instables, mais je m'y fis et parvenu là, gentiment mis en valeur, je n'avais plus qu'à me laisser rêvasser sous les projections opalines.

Un bon quart d'heure durant vingt bayadères londoniennes se démenaient en mélodies et bacchanales impétueuses pour me convaincre soi-disant de la réalité de leurs attraits. Je n'en demandais pas tant et songeais que cinq fois par jour, répéter cette performance c'était beaucoup pour des femmes, et sans faiblir encore, jamais, d'une fois à l'autre, tortillant implacablement des fesses avec cette énergie de race un peu ennuyeuse, cette continuité intransigeante qu'ont les bateaux en route, les étraves, dans leur labeur infini au long des Océans...

C'est pas la peine de se débattre, attendre ça suffit, puisque tout doit finir par y passer dans la rue. Elle seule compte au fond. Rien à dire. Elle nous attend. Faudra qu'on y descende dans la rue, qu'on se décide, pas un, pas deux, pas trois d'entre nous, mais tous. On est là devant à faire des manières et des chichis, mais ça viendra.

Dans les maisons, rien de bon. Dès qu'une porte se referme sur un homme, il commence à sentir tout de suite et tout ce qu'il emporte sent aussi. Il se démode sur place, corps et âme. Il pourrit. S'ils puent, les hommes, c'est bien fait pour nous. Fallait qu'on s'en occupe! Fallait les sortir, les expulser, les exposer. Tous les trucs qui puent sont dans la chambre et à se pomponner et puent quand même.

Parlant de familles, je connais comme ça un pharmacien moi, avenue de Saint-Ouen qui a une belle affiche dans son étalage, une réclame : Trois francs la boîte pour purger toute la famille! Une affaire! On rote! On fait ensemble, en famille. On se hait à plein sang, c'est le vrai foyer, mais personne ne réclame, parce que c'est tout de même moins cher que d'aller vivre à l'hôtel.

L'hôtel, parlons-en, c'est plus inquiet, c'est pas prétentieux comme un appartement, on s'y sent moins coupable. La race des hommes n'est jamais tranquille, et pour descendre au jugement dernier qui se passera dans la rue, évidemment qu'on est plus proche à l'hôtel. Ils peuvent y venir les anges à trompettes, on y sera les premiers nous, descendus de l'hôtel.

On essaie de pas se faire trop remarquer à l'hôtel. Ça ne vaut rien. Déjà dès qu'on s'engueule un peu fort ou trop souvent, ça va mal, on est repéré. A la fin on ose à peine pisser dans le lavabo, tellement que tout s'entend d'une chambre à l'autre. On finit forcément par les acquérir les bonnes manières, comme les officiers dans la marine de guerre. Tout peut se mettre à trembler de la terre au ciel d'un moment à l'autre, on est prêt, on s'en fout nous autres puisqu'on se « pardonne » déjà dix fois par jour rien qu'en se rencontrant dans les couloirs, à l'hôtel.

Faut apprendre à reconnaître aux cabinets, l'odeur de chacun des voisins du palier, c'est commode. C'est difficile de se faire des illusions dans un garni. Les clients n'ont pas de panache. C'est en douce qu'ils voyagent sur la vie d'un jour à l'autre sans se faire remarquer, dans l'hôtel comme dans un bateau qui serait pourri un peu et puis plein de trous et qu'on le saurait.

Celui où je suis allé me loger, il attirait surtout les étudiants de la province. Ça y sentait le vieux mégot et le petit déjeuner, dès les premières marches. On le retrouvait de loin dans la nuit, à cause du feu en lumière grise qu'il avait au-dessus de sa porte et aux lettres brèches en or qui lui pendaient après le balcon comme un vieux énorme râtelier. Un monstre à loger abruti de crasseuses combines.

De chambres à chambres par le couloir on se faisait des visites. Après mes années d'entreprises miteuses dans la vie pratique, des aventures comme on dit, j'étais revenu vers eux, les étudiants.

Leurs désirs c'étaient toujours les mêmes, solides et rances, ᴌ plus ni moins insipides qu'autrefois, aux temps où je les avais quittés. Les êtres avaient changé mais pas les idées. Ils allaient encore, comme toujours, les uns et les autres, brouter plus ou moins de médecine, des bouts de chimie, des comprimés de Droit, et des zoologies entières, à des heures à peu près régulières, à l'autre bout du quartier. La guerre en passant sur leur classe n'avait rien fait bouger du tout en eux et quand on se mêlait à leurs rêves, par sympathie, ils vous menaient tout droit à leur âge de quarante ans. Ils se donnaient ainsi vingt années devant eux, deux cent quarante mois d'économies tenaces pour se fabriquer un bonheur.

C'était une image d'Épinal qui leur servait de bonheur en même temps que de réussite, mais bien graduée, soigneuse. Ils se voyaient au dernier carré eux, entourés d'une famille peu nombreuse mais incomparable et précieuse jusqu'au délire. Ils ne l'auraient cependant pour ainsi dire jamais regardée leur famille. Pas la peine. Elle est faite pour tout excepté pour être regardée la famille. D'abord c'est la force du père, son bonheur, d'embrasser sa famille sans jamais la regarder, sa poésie.

En fait de nouveauté, ils auraient été à Nice, en automobile avec l'épouse dotée, et peut-être adopté l'usage du chèque pour les transferts de banque. Pour les parties honteuses de l'âme, emmené sans doute aussi l'épouse un soir au bobinard. Pas davantage. Le reste du monde se trouve enfermé dans les journaux quotidiens et gardé par la police.

Le séjour à l'hôtel puceux les rendait pour le moment un peu honteux et facilement irritables mes camarades. Le bourgeois jeunet à l'hôtel, l'étudiant, se sent en pénitence, et puisqu'il est entendu qu'il ne peut pas encore faire d'économies, alors il réclame de la Bohème pour s'étourdir et encore de la Bohème, ce désespoir en café-crème.

Vers les débuts du mois nous passions par une brève et vraie crise d'érotisme, tout l'hôtel en vibrait. On se lavait les pieds. Une randonnée d'amour était organisée. L'arrivée des mandats de province nous décidait. J'aurais peut-être pu obtenir les mêmes coïts de mon côté au « Tarapout » avec mes Anglaises de la danse et gratuitement encore, mais à la réflexion je renonçai à cette facilité à cause des histoires et des malheureux jaloux petits maquereaux d'amis qui traînent toujours dans les coulisses après les danseuses.

Comme nous lisions nombre de journaux cochons à notre hôtel, on en connaissait des trucs et des adresses pour baiser dans Paris! Faut bien avouer que c'est amusant les adresses. On se laisse entraîner, même moi qui avais fait le passage des Bérésinas et des voyages et connu bien des complications dans le genre cochon, la partie des confidences me semblait jamais tout à fait épuisée. Il subsiste en vous toujours un petit peu de curiosité de réserve pour le côté du derrière. On se dit qu'il ne vous apprendra plus rien le derrière, qu'on a plus une minute à perdre à son sujet, et puis on recommence encore une fois cependant rien que pour en avoir le cœur net qu'il est bien vide et on apprend tout de même quelque chose de neuf à son égard et ça suffit pour vous remettre en train d'optimisme.

On se reprend, on pense plus clairement qu'avant, on se remet à espérer alors qu'on espérait plus du tout et fatalement on y retourne au derrière pour le même prix. En somme, toujours des découvertes dans un vagin pour tous les âges. Un après-midi donc, que je raconte ce qui s'est passé, nous partîmes à trois locataires de l'hôtel, à la recherche d'une aventure à bon marché. C'était expéditif grâce aux relations de Pomone qui tenait office, lui, de tout ce qui peut se désirer en façon d'ajustements et de compromis érotiques dans son quartier des Batignolles. Son registre à Pomone abondait d'invitations à tous les prix, il fonctionnait ce providentiel, sans faste aucun, au fond d'une courette dans un mince logis si peu éclairé qu'il fallait pour s'y guider autant de tact et d'estime que dans une pissotière inconnue. Plusieurs tentures qu'il fallait écarter vous inquiétaient avant de l'atteindre ce proxénète, assis toujours dans un faux demi-jour pour aveux.

A cause de cette pénombre, je ne l'ai, à vrai dire, jamais observé tout à fait à mon aise Pomone, et bien que nous ayons longuement conversé ensemble, collaboré même pendant un certain temps et qu'il m'ait fait des sortes de propositions et toutes sortes d'autres dangereuses confidences, je serais bien incapable de le reconnaître aujourd'hui si je le rencontrais en enfer.

Il me souvient seulement que les amateurs furtifs qui attendaient leur tour d'entrevue dans son salon se tenaient toujours fort convenablement, pas de familiarité entre eux, il faut le dire, de la réserve même, comme chez une espèce de dentiste qui n'aimerait pas du tout le bruit, non plus que la lumière.

C'est grâce à un étudiant en médecine que j'ai fait sa connaissance à Pomone. Il fréquentait chez lui l'étudiant pour se constituer un petit casuel, grâce à son truc, doté qu'il était le veinard, d'un pénis formidable. On le convoquait l'étudiant pour animer avec ce polard fameux des petites soirées bien intimes, en banlieue. Surtout les dames, celles qui ne croyaient pas qu'on puisse en avoir « une grosse comme ça » lui faisaient fête. Divagations de petites filles surpassées. Dans les registres de la Police il figurait notre étudiant sous un terrible pseudonyme : Balthazar !

Les conversations s'établissaient difficilement entre les clients en attente. La douleur s'étale, tandis que le plaisir et la nécessité ont des hontes.

Ce sont des péchés qu'on le veuille ou non d'être baiseurs et pauvres. Quand Pomone fut au courant de mon état et de mon passé médical, il ne se tint plus de me confier son tourment. Un vice l'épuisait. Il l'avait contracté en se « touchant » continuellement sous sa propre table pendant les conversations qu'il tenait avec ses clients, des chercheurs, des tracassés du périnée. « C'est mon métier, vous comprenez ! C'est pas facile de m'en empêch„er... Avec tout ce qu'ils viennent me raconter les saligauds !... La clientèle l'entraînait en somme aux abus, tels ces bouchers trop gras qui toujours ont tendance à se bourrer de viandes. En plus, je crois bien qu'il avait les basses tripes constamment réchauffées par une mauvaise fièvre qui lui venait des poumons. Il fut emporté d'ailleurs quelques années plus tard par la tuberculose. Les bavardages infinis des clientes prétentieuses l'épuisaient aussi dans un autre genre, toujours tricheuses, créatrices de tas d'histoires et de chichis à propos de rien et de leurs derrières dont à les entendre on n'aurait pas trouvé le pareil en bouleversant les quatre parties du monde.

Les hommes il fallait surtout leur présenter des consentantes et des admiratrices pour leurs lubies passionnées. Ils n'en avaient plus qu'ils en avaient encore les clients de l'amour à partager, autant que ceux de Mme Herote. Il arrivait dans un seul courrier matinal de l'agence Pomone assez d'amour inassouvi pour éteindre à jamais toutes les guerres de ce monde. Mais voilà ces déluges sentimentaux ne dépassent jamais le derrière. C'est tout le malheur.

Sa table disparaissait sous ce fouillis dégoûtant de banalités ardentes. Dans mon désir d'en savoir davantage, je décidai de m'intéresser pendant quelque temps au classement de ce grand fricotage épistolaire. On procédait, il me l'apprit, par espèces d'affections, comme pour les cravates ou les maladies, les délires d'abord d'un côté, et puis les masochistes et les vicieux d'un autre, les flagellants par ici, les « genre gouvernante » sur une autre page, et ainsi pour le tout. C'est pas long avant de tourner à la corvée les amusettes. On l'a bien été chassé du Paradis ! Ça on peut bien le dire ! Pomone était de cet avis aussi avec ses mains moites et son vice interminable qui lui infligeait en même temps plaisir et pénitence. Au bout de quelques mois j'en savais assez sur son commerce et sur son compte. J'espaçai mes visites.

Au « Tarapout » on continuait à me trouver bien convenable, bien tranquille, un figurant ponctuel, mais après quelques semaines d'accalmie le malheur me revint par un drôle de côté et je fus bien obligé, brusquement encore, d'abandonner ma figuration pour continuer ma sale route.

Considérés à distance ces temps du « Tarapout » ne furent en somme qu'une sorte d'escale interdite et sournoise. Toujours bien habillé par exemple, j'en conviens pendant ces quatre mois, tantôt prince, centurion par deux fois, aviateur un autre jour et largement et régulièrement payé. J'ai mangé au « Tarapout » pour des années. Une vie de rentier sans les rentes. Traîtrise ! Désastre ! Un certain soir on a bouleversé notre numéro pour je ne sais quelle raison. Le nouveau prologue représentait les quais de Londres. Tout de suite, je me suis méfié, nos Anglaises avaient là-dedans à chanter, comme ça, faux et soi-disant sur les bords de la Tamise, la nuit, moi je faisais le policeman. Un rôle tout à fait muet, à déambuler de droite à gauche devant le parapet. D'un coup, comme je n'y pensais plus, leur chanson est devenue plus forte que la vie et même qu'elle a fait tourner le destin en plein du côté du malheur. Alors pendant qu'elles chantaient, je ne pouvais plus penser à autre chose qu'à toute la misère du pauvre monde et à la mienne, surtout qu'elles me faisaient revenir comme du thon, les garces, avec leur chanson, sur le cœur. Je croyais pourtant l'avoir digéré, oublié le plus dur ! Mais c'était le pire que tout, c'était une chanson gaie la leur qui n'y arrivait pas. Et avec ça, elles se dandinaient, mes compagnes, tout en chantant, pour essayer que ça vienne. On y était bien alors, on pouvait le dire, c'était comme si on s'étalait sur la misère, sur les détresses... Pas d'erreur ! A vadrouiller dans le brouillard et dans la plainte ! Elle en dégoulinait de se lamenter, on en vieillissait minute par minute avec elles. Le décor en suintait aussi lui, de la grande panique. Et elles continuait cependant les copines. Elles n'avaient pas l'air de comprendre toute la mauvaise action du malheur sur nous tous que ça provoquait leur chanson... Elles se plaignaient de toute leur vie en gambillant, en rigolant, bien en mesure... Quand ça vient d'aussi loin, si sûrement, on peut pas se tromper, ni résister.

On en avait partout de la misère, malgré le luxe qui était dans la salle, sur nous, sur le décor, ça débordait, il en jutait sur

toute la terre malgré tout. Pour des artistes c'étaient des artistes...
Il en montait d'elles de la poisse, sans qu'elles veuillent l'arrêter
ou même le comprendre. Leurs yeux seulement étaient tristes.
C'est pas assez les yeux. Elles chantaient la déroute d'exister
et de vivre et elles ne comprenaient pas. Elles prenaient ça encore
pour de l'amour, rien que pour de l'amour, on leur avait pas
appris le reste à ces petites. Un petit chagrin qu'elles chantaient
soi-disant ! Qu'elles appelaient ça ! On prend tout pour des chagrins
d'amour quand on est jeune et qu'on ne sait pas...

> Where I go... where I look...
> It's only for you... ou...
> Only for you... ou...

Comme ça qu'elles chantaient.

C'est la manie des jeunes de mettre toute l'humanité dans
un derrière, un seul, le sacré rêve, la rage d'amour. Elles appren-
draient plus tard peut-être où tout ça finissait, quand elles ne
seraient plus roses du tout, quand la poisse sérieuse de leur sale
pays les aurait reprises, toutes les seize, avec leurs grosses cuisses
de jument, leurs nichons sauteurs... Elle les tenait déjà d'ailleurs
la misère au cou, au corps, les mignonnes, elles n'y couperaient
pas elles. Au ventre, au souffle, qu'elle les tenait déjà la
misère par toutes les cordes de leurs voix minces et fausses
aussi.

Elle était dedans. Pas de costume, pas de paillettes, pas de
lumière, pas de sourire pour la tromper, pour lui faire des illusions à elle, sur les siens, elle les retrouve où ils se cachent les
siens ; elle s'amuse à les faire chanter seulement en attendant
leur tour, toutes les bêtises de l'espérance. Ça la réveille, et ça
la berce et ça l'excite la misère.

Notre peine est ainsi, la grande, une distraction.

Alors tant pis pour celui qui chante des chansons d'amour !
L'amour c'est elle la misère et rien qu'elle encore, elle toujours,
qui vient mentir dans notre bouche, la fiente, c'est tout. Elle
est partout la vache, faut pas la réveiller sa misère, même au
chiqué. Pas de chiqué pour elle. Trois fois par jour, elles remettaient pourtant ça, quand même, mes Anglaises, devant le décor
et avec des mélodies d'accordéon. Forcément ça devait très mal
tourner.

Je les laissais faire mais je peux dire que je l'ai vue venir, moi, la catastrophe.

Une des petites d'abord est tombée malade. Mort aux mignonnes qui agacent les malheurs! Qu'elles en crèvent et que c'est tant mieux! A propos, faut pas s'arrêter non plus au coin des rues derrière les accordéons, c'est souvent là qu'on attrape du mal, le coup de vérité. Une Polonaise est venue donc pour remplacer celle qui était malade, dans leur ritournelle. Elle toussait aussi la Polonaise, entre-temps. Une longue fille puissante et pâle c'était. Tout de suite nous devînmes confidents. En deux heures je connus tout de son âme, pour le corps j'attendis encore un peu. Sa manie à cette Polonaise c'était de se mutiler le système nerveux avec des béguins impossibles. Forcément, elle était entrée dans la sale chanson des Anglaises comme dans du beurre, avec sa douleur et tout. Ça commençait d'un petit ton gentil leur chanson, ça n'avait l'air de rien, comme toutes les choses pour danser, et puis voilà que ça vous faisait pencher le cœur à force de vous faire triste comme si on allait perdre à l'entendre l'envie de vivre, tellement que c'était vrai que tout n'arrive à rien, la jeunesse et tout, on se penchait alors bien après les mots et après qu'elle était déjà passée la chanson et partie loin leur mélodie pour se coucher dans le vrai lit à soi, le sien, vrai de vrai, celui du bon trou pour en finir. Deux tours de refrain et on en avait comme envie de ce doux pays de mort, du pays pour toujours tendre et oublieux tout de suite comme un brouillard. C'étaient des voix de brouillard qu'elles avaient en somme.

On la reprenait en chœur, tous la complainte du reproche, contre ceux qui sont encore par là, à traîner vivants, qui attendent au long des quais, de tous les quais du monde qu'elle en finisse de passer la vie, tout en faisant des trucs, en vendant des choses et des oranges aux autres fantômes et des tuyaux et des monnaies fausses, de la police, des vicieux, des chagrins, à raconter des machins, dans cette brume de patience qui n'en finira jamais...

Tania qu'elle s'appelait ma nouvelle copine de Pologne. Sa vie était en fièvre pour le moment, je l'ai compris, à cause d'un petit employé quadragénaire de banque qu'elle connaissait depuis Berlin. Elle voulait y retourner dans son Berlin et l'aimer malgré tout et à tout prix. Pour retourner le trouver là-bas, elle aurait fait n'importe quoi.

Elle pourchassait les agents théâtraux, ces prometteurs d'engagements, au fond de leurs escaliers pisseux. Ils lui pinçaient les cuisses, ces méchants, en attendant des réponses qui n'arrivaient jamais. Mais elle remarquait à peine leurs manipulations tellement son amour lointain la prenait tout entière. Une semaine ne se passa pas dans de telles conditions sans que survienne une fameuse catastrophe. Elle avait bourré le Destin de tentations depuis des semaines et des mois, comme un canon.

La grippe emporta son prodigieux amant. Nous apprîmes le malheur un samedi soir. Aussitôt reçue la nouvelle, elle m'entraîna, échevelée, hagarde, à l'assaut de la gare du Nord. Ceci n'était rien encore, mais dans son délire, elle prétendait au guichet arriver à temps à Berlin pour l'enterrement. Il fallut deux chefs de gare pour la dissuader, lui faire comprendre que c'était bien trop tard.

Dans l'état où elle s'était mise on ne pouvait songer à la quitter. Elle y tenait d'ailleurs à son tragique et encore plus à me le montrer en pleine transe. Quelle occasion ! Les amours contrariées par la misère et les grandes distances, c'est comme les amours de marin, y a pas à dire, c'est irréfutable et c'est réussi. D'abord, quand on a pas l'occasion de se rencontrer souvent, on peut pas s'engueuler, et c'est déjà beaucoup de gagné. Comme la vie n'est qu'un délire tout bouffi de mensonges, plus qu'on est loin et plus qu'on peut en mettre dedans des mensonges et plus alors qu'on est content, c'est naturel et c'est régulier. La vérité c'est pas mangeable.

Par exemple à présent c'est facile de nous raconter des choses à propos de Jésus-Christ. Est-ce qu'il allait aux cabinets devant tout le monde Jésus-Christ ? J'ai l'idée que ça n'aurait pas duré longtemps son truc s'il avait fait caca en public. Très peu de présence, tout est là, surtout pour l'amour.

Une fois bien assurés avec Tania qu'il n'y avait plus de train possible pour Berlin, nous nous rattrapâmes sur les télégrammes. Au Bureau de la Bourse, nous en rédigeâmes un fort long, mais pour l'envoyer c'était encore une difficulté, nous ne savions plus du tout à qui l'adresser. Nous ne connaissions plus personne à Berlin sauf le mort. Nous n'eûmes plus à partir de ce moment que des mots à échanger à propos du décès. Ils nous ont servi à faire deux ou trois fois encore le tour de la Bourse les mots, et puis comme il fallait nous occuper à bercer la douleur quand même, nous montâmes lentement vers Montmartre, tout en bafouillant des chagrins.

Dès la rue Lepic on commence à rencontrer des gens qui viennent chercher de la gaieté en haut de la ville. Ils se dépêchent. Arrivés au Sacré-Cœur, ils se mettent à regarder en bas la nuit qui fait le grand creux lourd avec toutes les maisons entassées dans son fond.

Sur la petite place, dans le café qui nous sembla, d'après les apparences, être le moins coûteux, nous entrâmes. Tania me laissait pour ma consolation et la reconnaissance l'embrasser où je voulais. Elle aimait bien boire aussi. Sur les banquettes autour de nous des festoyeurs un peu saouls dormaient déjà. L'horloge au-dessus de la petite église se mit à sonner des heures et puis des heures encore à n'en plus finir. Nous venions d'arriver au bout du monde, c'était de plus en plus net. On ne pouvait aller plus loin, parce qu'après ça il n'y avait plus que les morts.

Ils commençaient sur la Place du Tertre, à côté, les morts. Nous étions bien placés pour les repérer. Ils passaient juste au-dessus des Galeries Dufayel, à l'est par conséquent.

Mais tout de même, il faut savoir comment on les retrouve, c'est-à-dire du dedans et les yeux presque fermés, parce que les grands buissons de lumière des publicités ça gêne beaucoup, même à travers les nuages, pour les apercevoir, les morts. Avec eux les morts, j'ai compris tout de suite qu'ils avaient repris Bébert, on s'est même fait un petit signe tous les deux, Bébert et puis aussi, pas loin de lui, avec la fille toute pâle, avortée enfin, celle de Rancy, bien vidée cette fois de toutes ses tripes.

Y avait plein d'anciens clients encore à moi par-ci, par-là, et des clientes auxquelles je ne pensais plus jamais, et encore d'autres, le nègre dans un nuage blanc, tout seul, celui qu'on avait cinglé d'un coup de trop, là-bas, je l'ai reconnu depuis Topo, et le père Grappa donc, le vieux lieutenant de la forêt vierge ! A ceux-là j'avais pensé de temps à autre, au lieutenant, au nègre à torture et aussi à mon Espagnol, ce curé, il était venu le curé avec les morts cette nuit pour les prières du ciel et sa croix en or le gênait beaucoup pour voltiger d'un ciel à l'autre. Il s'accrochait avec sa croix dans les nuages, aux plus sales et aux plus jaunes et à mesure j'en reconnaissais encore bien d'autres des disparus, toujours d'autres... Tellement nombreux qu'on a honte vraiment, d'avoir pas eu le temps de les regarder pendant qu'ils vivaient là à côté de vous, des années...

On n'a jamais assez de temps c'est vrai, rien que pour penser à soi-même.

Enfin tous ces salauds-là, ils étaient devenus des anges sans que je m'en soye aperçu! Il y en avait à présent des pleins nuages d'anges et des extravagants et des pas convenables, partout. Au-dessus de la ville en vadrouille! J'ai recherché Molly parmi eux c'était le moment, ma gentille, ma seule amie, mais elle n'était pas venue avec eux... Elle devait avoir un petit ciel rien que pour elle, près du Bon Dieu, tellement qu'elle avait toujours été gentille Molly... Ça m'a fait plaisir de pas la retrouver avec ces voyous-là, parce que c'étaient bien les voyous des morts ceux-là, des coquins, rien que la racaille et la clique de fantômes qu'on avait rassemblés ce soir au-dessus de la ville. Surtout du cimetière d'à côté qu'il en venait et il en venait encore et des pas distingués. Un petit cimetière pourtant, des communards même, tout saignants qui ouvraient grand la bouche comme pour gueuler encore et qui ne pouvaient plus... Ils attendaient les communards, avec les autres, ils attendaient La Pérouse, celui des Iles, qui les commandait tous cette nuit-là pour le rassemblement... Il n'en finissait pas La Pérouse de s'apprêter, à cause de sa jambe en bois qui s'ajustait de travers... et qu'il avait toujours eu du mal d'abord à la mettre sa jambe en bois et puis aussi à cause de sa grande lorgnette qu'il fallait lui retrouver.

Il ne voulait plus sortir dans les nuages sans l'avoir autour du cou sa lorgnette, une idée, sa fameuse longue-vue d'aventures, une vraie rigolade, celle qui vous fait voir les gens et les choses de loin, toujours de plus loin par le petit bout et toujours plus désirables forcément à mesure et malgré qu'on s'en rapproche. Des cosaques enfouis près du Moulin n'arrivaient pas à s'extirper de leurs tombes. Ils faisaient des efforts que c'était effrayant, mais ils avaient essayé bien des fois déjà... Ils retombaient toujours au fond des tombes, ils étaient encore saouls depuis 1820.

Tout de même un coup de pluie les fit jaillir eux aussi, rafraîchis finalement bien au-dessus de la ville. Ils s'émiettèrent alors dans leur ronde et bariolèrent la nuit de leur turbulence, d'un nuage à l'autre... L'Opéra surtout les attirait, qu'il semblait, son gros brasier d'annonces au milieu, ils en giclaient les revenants, pour rebondir à l'autre bout du ciel et tellement agités et si nombreux qu'ils vous en donnaient la berlue. La Pérouse équipé enfin voulut qu'on le grimpe d'aplomb sur le dernier coup des quatre heures, on le soutint, on le harnacha pile dessus. Installé, enfourché, enfin il gesticule encore tout de même et se démène. Le coup de quatre heures l'ébranle pendant qu'il se boutonne. Derrière la Pérouse, c'est la grande ruée du ciel. Une abominable débâcle, il en arrive tournoyants des fantômes, des quatre coins, tous les revenants de toutes les épopées... Ils se poursuivent, ils se défient et se chargent siècles contre siècles. Le Nord demeure alourdi longtemps par leur abominable mêlée. L'horizon se dégage en bleuâtre et le jour enfin monte par un grand trou qu'ils ont fait en crevant la nuit pour s'enfuir.

Après ça pour les retrouver ça devient tout à fait difficile. Il faut savoir sortir du Temps.

C'est du côté de l'Angleterre qu'on les retrouve quand on y arrive, mais le brouillard est de ce côté-là tout le temps si dense, si compact que c'est comme des vraies voiles qui montent les unes devant les autres, depuis la Terre jusqu'au plus haut du ciel et pour toujours. Avec l'habitude et de l'attention on peut arriver à les retrouver quand même, mais jamais pendant bien longtemps à cause du vent qui rapproche toujours des nouvelles rafales et des buées du large.

La grande femme qui est là, qui garde l'Ile c'est la dernière. Sa tête est bien plus haute encore que les buées les plus hautes. Il n'existe plus qu'elle de vivante un peu dans l'Ile. Ses cheveux rouges au-dessus de tout dorent encore un peu les nuages, c'est tout ce qui reste du soleil.

Elle essaie de se faire du thé qu'on explique.

Il faut bien qu'elle essaie puisqu'elle est là pour l'éternité. Elle n'en finira jamais de le faire bouillir son thé à cause du brouillard qui est devenu bien trop dense et bien trop pénétrant. De la coque d'un bateau qu'elle se sert pour théière, le plus beau, le plus grand des bateaux, le dernier qu'elle a pu

Tania m'a réveillé dans la chambre où nous avions fini par aller nous coucher. Il était dix heures du matin. Pour me débarrasser d'elle je lui ai raconté que je ne me sentais pas très bien et que je resterais encore un peu au lit.

La vie reprenait. Elle a fait comme si elle me croyait. Dès qu'elle fut descendue, je me mis à mon tour en route. J'avais quelque chose à faire, en vérité. Cette sarabande de la nuit précédente m'avait laissé comme un drôle de goût de remords. Le souvenir de Robinson revenait me tracasser. C'était vrai que je l'avais abandonné à son sort celui-là et pire encore, aux soins de l'abbé Protiste. C'était tout dire. Bien sûr que j'avais entendu raconter que tout se passait là-bas au mieux, à Toulouse, et que la vieille Henrouille était même devenue tout à fait aimable à son égard. Seulement, dans certains cas, n'est-ce pas, on n'entend guère que ce qu'on désire entendre et ce qui vous arrange le mieux... Ces vagues indications ne prouvaient au fond rien du tout.

Inquiet et curieux, je me dirigeai vers Rancy à la recherche de nouvelles, mais des exactes, des précises. Pour y aller fallait repasser par la rue des Batignolles qu'habitait Pomone. C'était mon chemin. En arrivant près de chez lui, je fus bien étonné de l'apercevoir lui-même au coin de sa rue, Pomone, comme en train de filer un petit monsieur à quelque distance. Pour lui Pomone qui ne sortait jamais, ça devait être un véritable événement. Je l'ai reconnu aussi le type qu'il suivait, c'était un client, le « Cid » qu'il se faisait appeler dans la correspondance. Mais on savait nous, encore par des tuyaux, qu'il travaillait aux Postes le « Cid ».

Depuis des années il relançait Pomone pour qu'il lui découvre une petite amie bien élevée, son rêve. Mais les demoiselles qu'on lui présentait, elles n'étaient jamais assez bien élevées pour son goût. Elles commettaient des fautes, qu'il prétendait. Alors ça n'allait pas. Quand on y réfléchit bien il existe deux grandes espèces de petites amies, celles qui ont « les idées larges » et celles qui ont reçu « une bonne éducation catholique ». Deux façons aux miteuses de se sentir supérieures, deux façons aussi d'exciter les inquiets et les inassouvis, le genre « fichu » et le genre « garçonne ».

Toutes les économies du « Cid » y avaient passé mois après mois dans ces recherches. Il était arrivé à présent avec Pomone à bout de ses ressources et à bout d'espoir aussi. Par la suite, j'ai appris qu'il avait été se suicider le « Cid » ce même soir-là dans un terrain vague. D'ailleurs, dès que j'ai vu Pomone sortir de chez lui je m'en étais douté qu'il se passait quelque chose de pas ordinaire. Je les ai ainsi suivis assez longuement à travers ce quartier qui va perdre ses boutiques au long des rues et même ses couleurs l'une après l'autre et finir comme ça en bistrots précaires juste aux limites de l'octroi. Quand on est pas pressé, on se perd facilement dans ces rues-là, dérouté qu'on est d'abord par la tristesse et par le trop d'indifférence de l'endroit. Si on avait un peu d'argent on prendrait un taxi tout de suite pour s'échapper tellement qu'on s'ennuie. Les gens qu'on rencontre traînent un destin si lourd que ça vous embarrasse pour eux. Derrière les fenêtres à rideaux, c'est comme certain que des petits rentiers ont laissé leur gaz ouvert. On n'y peut rien. Merde ! qu'on dit, c'est pas beaucoup.

Et puis même pas un banc pour s'asseoir. C'est marron et gris partout. Quand il pleut, il pleut de partout aussi, de face et de côté et la rue glisse alors comme un dos d'un gros poisson avec une raie de pluie au milieu. On ne peut même pas dire que c'est désordre ce quartier-là, c'est plutôt comme une prison, presque bien tenue, une prison qui n'a pas besoin de portes.

A vadrouiller ainsi, j'ai fini par le perdre Pomone et son suicidé tout de suite après la rue des Vinaigriers. Ainsi j'étais parvenu si près de la Garenne-Rancy que j'ai pas pu m'empêcher d'aller jeter un coup d'œil par-dessus les fortifs.

De loin, c'est engageant la Garenne-Rancy, on peut pas dire le contraire, à cause des arbres du grand cimetière. Pour un peu on se laisserait tromper et on jurerait que c'est le Bois de Boulogne.

Quand on veut absolument des nouvelles de quelqu'un, faut aller les demander à ceux qui savent. Après tout, je me suis dit alors, j'ai pas grand-chose à perdre en leur faisant une petite visite aux Henrouille. Ils devaient savoir comment qu'elles se passaient eux, les choses à Toulouse. Et voilà bien l'imprudence que j'ai commise. On ne se méfie pas. On ne sait pas qu'on y est parvenu et pourtant on y est déjà et en plein dans les sales régions de la nuit. Un malheur vous est alors tout de suite arrivé. Il suffit d'un rien et puis d'abord fallait pas chercher à revoir certaines gens, surtout ceux-là. Ça n'en finit plus après.

De détours en détours je me trouvai comme reconduit par l'habitude à quelques pas du pavillon. J'en revenais pas de le revoir au même endroit leur pavillon. Il se mit à pleuvoir. Plus personne dans la rue que moi, qui n'osais plus m'avancer. J'allais même m'en retourner sans insister quand la porte du pavillon s'est entrouverte, juste assez pour qu'elle me fasse signe de venir la fille. Elle bien sûr, elle voyait tout. Elle m'avait aperçu en pantaine sur le trottoir d'en face. J'y tenais plus alors à m'approcher, mais elle insistait et même qu'elle m'appelait par mon nom.

— Docteur !... Venez donc vite !

Comme ça qu'elle m'appelait, d'autorité... J'avais peur d'être remarqué. Je me dépêchai alors de monter jusqu'à son petit perron, et de retrouver le petit couloir au poêle et de revoir tout le décor. Ça m'a redonné une drôle d'inquiétude quand même. Et puis, elle se mit à me raconter que son mari était bien malade depuis deux mois et même qu'il allait de plus en plus mal.

Tout de suite, bien sûr, de la méfiance.

— Et Robinson ? que j'interroge moi empressé.

D'abord elle élude ma question. Enfin elle s'y met. « Ils vont bien tous les deux... Leur combinaison marche bien à Toulouse » qu'elle a fini par répondre, mais comme ça, rapidement. Et sans plus, elle m'entreprend à nouveau à propos de son mari malade. Elle veut que j'aille m'en occuper tout de suite de son mari et sans perdre une minute encore. « Que je suis si dévoué... Que je le connais si bien son mari... Et patati et patata... Qu'il n'a confiance qu'en moi... Qu'il n'a pas voulu e~ voir un autre de médecin... Qu'ils ne savaient plus mon adresse... » Enfin des chichis.

Moi, j'avais bien des raisons de redouter que cette maladie du mari eût encore des drôles d'origines. J'étais payé pour bien la connaître la dame et les usages de la maison aussi. Tout de même une satanée curiosité me fit monter dans la chambre.

Il était couché justement dans le même lit où j'avais soigné Robinson après son accident, quelques mois auparavant.

En quelques mois ça change une chambre, même quand on n'y bouge rien. Si vieilles, si déchues qu'elles soient, les choses, elles trouvent encore, on ne sait où, la force de vieillir. Tout avait changé autour de nous. Pas les objets de place, bien sûr, mais les choses elles-mêmes, en profondeur. Elles sont autres quand on les retrouve les choses, elles possèdent, on dirait, plus de force pour aller en nous plus tristement, plus profondément encore, plus doucement qu'autrefois, se fondre dans cette espèce de mort qui se fait lentement en nous, gentiment, jour à jour, lâchement devant laquelle chaque jour on s'entraîne à se défendre un peu moins que la veille. D'une fois à l'autre, on la voit s'attendrir, se rider en nous-mêmes la vie et les êtres et les choses avec, qu'on avait quittées banales, précieuses, redoutables parfois. La peur d'en finir a marqué tout cela de ses rides pendant qu'on trottait par la ville après son plaisir ou son pain.

Bientôt il n'y aura plus que des gens et des choses inoffensifs, pitoyables et désarmés tout autour de notre passé, rien que des erreurs devenues muettes.

La femme nous laissa seuls avec le mari. Il n'était pas brillant le mari. Il n'avait plus beaucoup de circulation. C'est au cœur que ça le tenait.

— Je vais mourir, qu'il répétait, bien simplement d'ailleurs.

J'avais pour me trouver dans des cas de ce genre une espèce de veine de chacal. Je l'écoutais battre son cœur, question de faire quelque chose dans la circonstance, les quelques gestes qu'on attendait. Il courait son cœur, on pouvait le dire, derrière ses côtes, enfermé, il courait après la vie, par saccades, mais il avait beau bondir, il ne la rattraperait pas la vie. C'était cuit. Bientôt à force de trébucher, il chuterait dans la pourriture,

son cœur, tout juteux, en rouge et bavant telle une vieille grenade
écrasée. C'est ainsi qu'on le verrait son cœur flasque, sur le
marbre, crevé au couteau après l'autopsie, dans quelques jours.
Car tout ça finirait par une belle autopsie judiciaire. Je le prévoyais, attendu que tout le monde dans le quartier allait en
raconter des trucs salés à propos de cette mort qu'on ne trouverait
pas ordinaire non plus, après l'autre.

On l'attendait au détour, dans le quartier sa femme avec
tous les cancans accumulés de l'affaire précédente qui restaient
sur le carreau. Ça serait pour un peu plus tard. Pour l'instant
le mari il ne savait plus comment se tenir, ni mourir. Il en était
déjà comme un peu sorti de la vie, mais il n'arrivait pas tout de
même à se défaire de ses poumons. Il chassait l'air, l'air revenait.
Il aurait bien voulu se laisser aller, mais il fallait qu'il vive quand
même, jusqu'au bout. C'était un boulot bien atroce, dont il
louchait.

— Je sens plus mes pieds, qu'il geignait... J'ai froid jusqu'aux
genoux... Il voulait se les toucher les pieds, il pouvait
plus.

Pour boire, il n'arrivait pas non plus. C'était presque fini.
En lui passant la tisane préparée par sa femme, je me demandais ce qu'elle pouvait bien y avoir mis dedans. Elle ne sentait
pas très bon la tisane, mais l'odeur c'est pas une preuve, la
valériane sent très mauvais par elle-même. Et puis à étouffer
comme il étouffait le mari, ça n'avait plus beaucoup d'importance qu'elle soye bizarre la tisane. Il se donnait pourtant bien
de la peine, il travaillait énormément, avec tout ce qui lui restait
de muscles sous la peau, pour arriver à souffrir et souffler davantage. Il se débattait autant contre la vie que contre la mort.
Ça serait juste d'éclater dans ces cas-là. Quand la nature se met
à s'en foutre on dirait qu'il n'y a plus de limites. Derrière la porte,
sa femme écoutait la consultation que je lui donnais, mais je
la connaissais bien moi, sa femme. En douce, j'ai été la surprendre.
« Cuic! Cuic! » que je lui ai fait. Ça l'a pas vexée du tout et elle
est même venue alors me parler à l'oreille :

— Faudrait, qu'elle me murmure, que vous lui fassiez enlever
son râtelier... Il doit le gêner pour respirer son râtelier... — Moi
je voulais bien qu'il l'enlève en effet, son râtelier.

— Mais dites-le-lui donc vous-même! que je lui ai conseillé.

— C'était délicat comme commission à faire dans son état.

— Non! non! ça serait mieux de votre part! qu'elle insiste. De moi, ça lui ferait quelque chose que je sache...

— Ah! que je m'étonne, pourquoi?

— Y a trente ans qu'il en porte un et jamais il m'en a parlé...

— On peut peut-être le lui laisser alors? que je propose. Puisqu'il a l'habitude de respirer avec...

— Oh! non, je me le reprocherais! qu'elle m'a répondu avec comme une certaine émotion dans la voix...

Je retourne en douce alors dans la chambre. Il m'entend revenir près de lui le mari. Ça lui fait plaisir que je revienne. Entre les suffocations il me parlait encore, il essayait même d'être un peu aimable avec moi. Il me demandait de mes nouvelles, si j'avais trouvé une autre clientèle... « Oui, oui » que je lui répondais à toutes ces questions. Ça aurait été bien trop long et trop compliqué pour lui expliquer les détails. C'était pas le moment. Dissimulée par le battant de la porte, sa femme me faisait des signes pour que je lui redemande encore d'enlever son râtelier. Alors je m'approchai de son oreille au mari et je lui conseillai à voix basse de l'enlever. Gaffe! « Je l'ai jeté aux cabinets!... » qu'il fait alors avec des yeux plus effrayés encore. Une coquetterie en somme. Et il râle un bon coup après ça.

On est artiste avec ce qu'on trouve. Lui c'était à propos de son râtelier qu'il s'était donné du mal esthétique pendant toute sa vie.

Le moment des confessions. J'aurais voulu qu'il en profite pour me donner son avis sur ce qui était arrivé à propos de sa mère. Mais il pouvait plus. Il battait la campagne. Il s'est mis à baver énormément. La fin. Plus moyen d'en sortir une phrase. Je lui essuyai la bouche et je redescendis. Sa femme dans le couloir en bas n'était pas contente du tout et elle m'a presque engueulé à cause du râtelier, comme si c'était ma faute.

— En or! qu'il était Docteur... Je le sais! Je sais combien il l'a payé!... On n'en fait plus des comme ça!... Toute une histoire. « Je veux bien remonter essayer encore » que je lui propose tellement j'étais gêné. Mais alors seulement avec elle!

Cette fois-là, il ne nous reconnaissait presque plus le mari. Un petit peu seulement. Il râlait moins fort quand on était près de lui, comme s'il avait voulu entendre tout ce qu'on disait ensemble, sa femme et moi.

Je ne suis pas venu à l'enterrement. Y a pas eu d'autopsie comme je l'avais redouté un peu. Ça s'est passé en douce. Mais n'empêche qu'on s'était fâchés pour de bon tous les deux, avec la veuve Henrouille, à propos du râtelier.

LES jeunes c'est toujours si pressés d'aller faire l'amour, ça se dépêche tellement de saisir tout ce qu'on leur donne à croire pour s'amuser, qu'ils y regardent pas à deux fois en fait de sensations. C'est un peu comme ces **voyageurs** qui vont bouffer tout ce qu'on leur passe au buffet, **entre deux** coups de sifflet. Pourvu qu'on les fournisse aussi les **jeunes de ces** deux ou trois petits couplets qui servent à remonter **les conversations** pour baiser, ça suffit, et les voilà tout heureux. C'est content facilement les jeunes, ils jouissent comme ils veulent d'abord c'est vrai!

Toute la jeunesse aboutit sur la plage glorieuse, au bord de l'eau, là où les femmes ont l'air d'être libres enfin, où elles sont si belles qu'elles n'ont même plus besoin du mensonge de nos rêves.

Alors bien sûr, l'hiver une fois venu, on a du mal à rentrer, à se dire que c'est fini, à se l'avouer. On resterait quand même, dans le froid, dans l'âge, on espère encore. Ça se comprend. On est ignoble. Il faut en vouloir à personne. Jouir et bonheur avant tout. C'est bien mon avis. Et puis quand on commence à se cacher des autres, c'est signe qu'on a peur de s'amuser avec eux. C'est une maladie en soi. Il faudrait savoir pourquoi on s'entête à ne pas guérir de la solitude. Un autre type que j'avais rencontré pendant la guerre à l'hôpital, un caporal, il m'en avait bien un peu parlé lui de ces sentiments-là. Dommage que je l'aie jamais revu, ce garçon! « La terre est morte! qu'il m'avait expliqué... On est rien que des vers dessus nous autres, des vers sur son dégueulasse de gros cadavre, à lui bouffer tout le temps les tripes et rien que ses poisons... Rien à faire avec nous autres. On est tout pourris de naissance... Et puis voilà! »

N'empêche qu'on a dû l'emmener un soir en vitesse du côté des bastions ce penseur, c'est la preuve qu'il était encore bon à faire un fusillé. Ils étaient même à deux cognes pour l'emmener, un grand et un petit. Je m'en souviens bien. Un anarchiste qu'on a dit de lui au Conseil de guerre.

Après des années quand on y resonge il arrive qu'on voudrait bien les rattraper les mots qu'ils ont dit certaines gens et les gens eux-mêmes pour leur demander ce qu'ils ont voulu nous dire... Mais ils sont bien partis !... On avait pas assez d'instruction pour les comprendre... On voudrait savoir comme ça s'ils n'ont pas depuis changé d'avis des fois... Mais c'est bien trop tard... C'est fini !... Personne ne sait plus rien d'eux. Il faut alors continuer sa route tout seul, dans la nuit. On a perdu ses vrais compagnons. On leur a pas seulement posé la bonne question, la vraie, quand il était temps. A côté d'eux on ne savait pas. Homme perdu. On est toujours en retard d'abord. Tout ça c'est des regrets qui ne font pas bouillir la marmite.

Enfin heureusement que l'abbé Protiste lui au moins est venu me trouver un beau matin afin qu'on se partage la ristourne, celle qui nous revenait de l'affaire du caveau de la mère Henrouille. J'y comptais même plus sur le curé. C'était comme s'il me tombait du ciel... Mille cinq cents francs qui nous revenaient à chacun ! En même temps, il apportait des bonnes nouvelles de Robinson. Ses yeux, à ce qu'il paraît, allaient beaucoup mieux. Il ne suppurait même plus des paupières. Et tous là-bas me réclamaient. J'avais promis d'ailleurs d'aller les voir. Protiste lui-même insistait.

D'après ce qu'il me raconta encore, j'ai saisi que Robinson devait se marier prochainement avec la fille de la marchande de cierges de l'église d'à côté du caveau, celle dont les momies de la mère Henrouille dépendaient. C'était presque fait ce mariage.

Forcément tout cela nous amena à parler un peu du décès de M. Henrouille, mais sans insister, et la conversation revint plus agréablement sur l'avenir de Robinson et puis sur cette ville même de Toulouse, que je ne connaissais pas du tout, et dont Grappa m'avait parlé autrefois, et puis sur l'espèce de commerce qu'il faisait là-bas tous les deux avec la vieille et enfin sur la jeune fille qui allait épouser Robinson. Un peu sur tous les sujets en somme et à propos de tout, nous bavardâmes... Mille cinq cents francs ! Ça me rendait indulgent et pour ainsi dire optimiste. Je trouvais tous les projets qu'il me rapportait de Robinson tout à fait sages, sensés et judicieux et fort bien adaptés aux circonstances... Ça s'arrangeait. Du moins je le croyais. Et puis, nous nous mîmes à discourir sur les âges avec le curé. Nous avions lui et moi franchi la trentaine d'assez loin déjà. Elle s'éloignait au passé notre trentaine sur des rives coriaces et pauvrement regrettées. C'était même pas la peine de se retourner pour les reconnaître les rives. On n'avait pas perdu grand-chose en vieillissant. « Il faut être bien vil après tout, concluais-je, pour regretter telle année plutôt que les autres!... C'est avec entrain qu'on peut vieillir nous autres, Curé, et carrément encore! Hier était-il si drôle? Et l'autre année d'avant?... Comment la trouviez-vous?... Regretter quoi?... Je vous le demande? La jeunesse?... On n'en a pas eu nous autres de jeunesse!...

« Ils rajeunissent c'est vrai plutôt du dedans à mesure qu'ils avancent les pauvres, et vers leur fin pourvu qu'ils aient essayé de perdre en route tout le mensonge et la peur et l'ignoble envie d'obéir qu'on leur a donnée en naissant ils sont en somme moins dégoûtants qu'au début. Le reste de ce qui existe sur la terre c'est pas pour eux! Ça les regarde pas! Leur tâche à eux, la seule, c'est de se vider de leur obéissance, de la vomir. S'ils y sont parvenus avant de crever tout à fait alors ils peuvent se vanter de n'avoir pas vécu pour rien. »

J'étais en train décidément... Ces quinze cents francs me tracassaient la verve, je continuai : « La jeunesse vraie, la seule, Curé, c'est d'aimer tout le monde sans distinction, cela seulement est vrai, cela seulement est jeune et nouveau. Eh bien, vous en connaissez beaucoup vous, Curé, des jeunes qui soient ainsi balancés?... Moi, je n'en connais pas!... Je ne vois partout que de noires et vieilles niaiseries qui fermentent dans les corps plus ou moins récents, et plus elles fermentent ces sordidités et plus ça les tracasse les jeunes, et plus ils prétendent alors qu'ils sont formidablement jeunes! Mais c'est pas vrai c'est du bourre-mou... Ils sont seulement jeunes à la façon des furoncles à cause du pus qui leur fait mal en dedans et qui les gonfle. »

Ça le gênait Protiste que je lui parle comme ça... Pour ne pas l'agacer plus longtemps je changeai de conversation... Surtout qu'il venait d'être bien complaisant à mon égard et même providentiel... C'est tout à fait difficile de s'empêcher de revenir sur un sujet qui vous tracasse autant que celui-là me tracassait. On est accablé du sujet de sa vie entière dès qu'on vit seul. On en est abruti. Pour s'en débarrasser on essaie d'en badigeonner un peu tous les gens qui viennent vous voir et ça les embête. Être seul c'est s'entraîner à la mort. « Il faudra mourir, que je lui dis encore, plus copieusement qu'un chien et on mettra mille minutes à crever et chaque minute sera neuve quand même et bordée d'assez d'angoisse pour vous faire oublier mille fois tout ce qu'on aurait pu avoir de plaisir à faire l'amour pendant mille ans auparavant... Le bonheur sur terre ça serait de mourir avec plaisir, dans du plaisir... Le reste c'est rien du tout, c'est de la peur qu'on n'ose pas avouer, c'est de l'art. »

Protiste en m'entendant divaguer de la sorte, il s'est fait la réflexion que je venais sûrement de retomber malade. Peut-être qu'il avait raison et que j'avais tout à fait tort en toutes choses. Dans ma retraite, en train de rechercher une punition pour l'égoïsme universel, je me branlais l'imagination en vérité, j'allais la rechercher jusqu'au néant la punition ! On rigole comme on peut lorsque les occasions de sortir se font rares, à cause de l'argent qui manque, et plus rares encore les occasions de sortir de soi-même et de baiser.

Je veux bien que je n'avais pas tout à fait raison de l'agacer Protiste avec mes philosophies contraires à ses convictions religieuses, mais il faut dire qu'il avait tout de même dans toute sa personne un sale petit goût de supériorité qui devait porter sur les nerfs de bien des gens. D'après son idée à lui, on était tous les humains dans une espèce de salle d'attente d'éternité sur la terre avec des numéros. Le sien de numéro excellent bien sûr et pour le Paradis. Du reste il s'en foutait.

Des convictions comme ça c'est pas supportable. Par contre, lorsqu'il m'offrit, ce même soir-là, de m'avancer la somme qu'il me fallait pour le voyage de Toulouse, je cessai tout à fait de l'importuner et de le contredire. La frousse d'avoir à retrouver Tania au « Tarapout » avec son fantôme me fit accepter son invitation sans discuter davantage. Toujours une ou deux semaines de bonne existence ! que je me disais. Le diable possède tous les trucs pour vous tenter ! On en finira jamais de les connaître. Si on vivait assez longtemps on ne saurait plus où aller pour se recommencer un bonheur. On en aurait mis partout des avortons de bonheur, à puer dans les coins de la terre et on ne pourrait plus même respirer. Ceux qui sont dans les musées, les vrais avortons, y a des gens que ça rend malades rien que de les voir et prêts à vomir. De nos tentatives aussi à nous si dégueulasses, pour être heureux, c'est à tomber malades tellement qu'elles sont ratées, et bien avant d'en mourir pour de bon.

On n'en pourrait plus de dépérir si on les oubliait pas. Sans compter le mal qu'on s'est donné pour en arriver où nous en sommes, pour les rendre excitants nos espoirs, nos dégénérés de bonheurs, nos ferveurs et nos mensonges... En veux-tu, en voilà! Et nos argents donc? Et des petites manières encore avec, et des éternités tant qu'on en veut... Et des choses qu'on se fait jurer et qu'on jure et qu'on a cru que les autres n'avaient encore jamais dites, ni jurées avant qu'elles nous remplissent l'esprit et la bouche, et des parfums et des caresses et des mimiques, de tout enfin, pour finir par cacher tout ça tant qu'on peut, pour ne plus en parler de honte et de peur que ça nous revienne comme un vomi. C'est donc pas l'acharnement qui nous manque à nous non, c'est plutôt d'être dans la vraie route qui mène à la mort tranquille.

Aller à Toulouse c'était en somme encore une sottise. A la réflexion je m'en suis bien douté. J'ai donc pas eu d'excuses. Mais à suivre Robinson comme ça, parmi ses aventures, j'avais pris du goût pour les machins louches. A New York déjà quand j'en pouvais plus dormir ça avait commencé à me tracasser de savoir si je pouvais pas accompagner plus loin encore, et plus loin, Robinson. On s'enfonce, on s'épouvante d'abord dans la nuit, mais on veut comprendre quand même et alors on ne quitte plus la profondeur. Mais il y a trop de choses à comprendre en même temps. La vie est bien trop courte. On ne voudrait être injuste avec personne. On a des scrupules, on hésite à juger tout ça d'un coup et on a peur surtout d'avoir à mourir pendant qu'on hésite, parce qu'alors on serait venu sur la terre pour rien du tout. Le pire des pires.

Faut se dépêcher, faut pas la rater sa mort. La maladie, la misère qui vous disperse les heures, les années, l'insomnie qui vous barbouille en gris, des journées, des semaines entières, et le cancer qui nous monte déjà peut-être, méticuleux et saignotant du rectum.

On n'aura jamais le temps qu'on se dit! Sans compter la guerre prête toujours elle aussi, dans l'ennui criminel des hommes, à monter de la cave où s'enferment les pauvres. En tue-t-on assez des pauvres? C'est pas sûr... C'est une question? Peut-être faudrait-il égorger tous ceux qui ne comprennent pas? Et qu'il en naisse d'autres, des nouveaux pauvres et toujours ainsi jusqu'à ce qu'il en vienne qui saisissent bien la plaisanterie, toute la plaisanterie... Comme on fauche les pelouses jusqu'au moment où l'herbe est vraiment la bonne, la tendre.

En débarquant à Toulouse, je me trouvais devant la gare assez hésitant. Une canette au buffet et me voici quand même déambulant à travers les rues. C'est bon les villes inconnues! C'est le moment et l'endroit où on peut supposer que les gens qu'on rencontre sont tous gentils. C'est le moment du rêve. On peut profiter que c'est le rêve pour aller perdre quelque temps au jardin public. Cependant, passé un certain âge à moins de raisons de famille excellentes on a l'air comme Parapine de rechercher les petites filles au jardin public, faut se méfier. C'est préférable le pâtissier juste avant de passer la grille du jardin, le beau magasin du coin fignolé comme un décor de bobinard avec des petits oiseaux qui constellent les miroirs à larges biseaux. On s'y découvre bouffant les pralines à l'infini, par réflexion. Séjour pour séraphins. Les demoiselles du magasin babillent furtivement à propos de leurs affaires de cœur comme ceci :

— Alors, je lui ai dit qu'il pouvait venir me chercher dimanche... Ma tante, qui a entendu, en a fait toute une histoire à cause de mon père... .

— Mais est-ce qu'il n'est pas remarié ton père? qu'a interrompu la copine.

— Qu'est-ce que ça peut faire qu'il soit remarié?... Il a tout de même bien le droit de savoir avec qui c'est que sort sa fille...

C'était bien l'avis aussi de l'autre demoiselle du magasin. D'où controverse passionnée entre toutes les vendeuses. J'avais beau dans mon coin, pour ne pas les déranger, me gaver sans les interrompre, de choux à la crème et de tartes, qui passèrent d'ailleurs à l'as, dans l'espérance qu'elles arriveraient plus vite à résoudre ces délicats problèmes de préséances familiales, elles n'en sortaient pas. Rien n'émergeait. Leur impuissance spécu-

lative les bornait à haïr sans aucune netteté. Elles crevaient
d'illogisme, de vanité et d'ignorance les demoiselles du magasin,
et elles en bavaient en se chuchotant mille injures.

Je demeurais malgré tout fasciné par leur sale détresse. J'atta-
quai les babas. Je ne les comptais plus les babas. Elles non plus.
J'espérais bien ne pas avoir à m'en aller avant qu'elles ne fussent
parvenues à une conclusion... Mais la passion les rendait sourdes
et puis bientôt muettes à mes côtés.

Fiel tari, crispées, elles se contenaient dans l'abri du comptoir
aux gâteaux, chacune d'elles invincible, close et pincée rumi-
nant de « remettre ça » plus amèrement encore, d'éjecter à la
prochaine occasion et plus promptement que ce coup-ci les
niaiscries rageuses et blessantes qu'elles pouvaient connaître
sur le compte de la copine. Occasion qui ne traînerait d'ailleurs
pas à survenir, qu'elles feraient naître... Des raclures d'arguments
à l'assaut de rien du tout. J'avais fini par m'asseoir pour qu'elles
m'étourdissent mieux encore avec le bruit incessant des mots,
des intentions de pensées comme au bord d'un rivage où les
petites vagues de passions incessantes n'arrivent jamais à s'organiser...

On entend, on attend, on espère, ici, là-bas, dans le train,
au café, dans la rue, au salon, chez la concierge, on entend, on
attend que la méchanceté s'organise comme à la guerre, mais
ça s'agite seulement et rien n'arrive, jamais, ni par elles, les
pauvres demoiselles, ni par les autres non plus. Personne ne
vient nous aider. Un énorme babillage s'étend gris et monotone au-dessus de la vie comme un mirage énormément décou-
rageant. Deux dames vinrent à entrer et le vaseux charme
de la conversation inefficace répandu entre moi et les demoiselles en fut rompu. Les clientes furent l'objet de l'empresse-
ment immédiat du personnel entier. On se précipitait au-devant
de leurs commandes et de leurs moindres désirs. Çà et là, elles
choisirent, picotèrent petits fours et tartes pour emporter. Au
moment de payer elles s'éparpillaient encore en politesses et
puis prétendirent s'offrir mutuellement des petits feuilletés à
croquer « tout de suite ».

L'une d'elles refusa avec mille grâces, expliquant copieusement en confidence, aux autres dames, bien intéressées, que
son médecin lui interdisait toutes sucreries désormais, et qu'il

était merveilleux son médecin, et qu'il avait déjà fait des miracles dans les constipations en ville et ailleurs, et qu'entre autres, il était en train de la guérir, elle, d'une rétention de caca dont elle souffrait depuis plus de dix années, grâce à un régime tout à fait spécial, grâce aussi à un merveilleux médicament de lui seul connu. Les dames n'entendirent point être surpassées aussi aisément dans les choses de la constipation. Elles en souffraient mieux que personne de constipation. Elles se rebiffaient. Il leur fallait des preuves. La dame mise en doute, ajouta seulement, qu'elle faisait à présent « des vents en allant à la selle, que c'était comme un vrai feu d'artifice... Qu'à cause de ses nouvelles selles, toutes très formées, très résistantes, il lui fallait redoubler de précautions... Parfois elles étaient si dures les nouvelles selles merveilleuses, qu'elle en éprouvait un mal affreux au fondement... Des déchirements... Elle était obligée de se mettre de la vaseline alors avant d'aller aux cabinets. » C'était pas réfutable.

Ainsi sortirent convaincues ces clientes bien devisantes, accompagnées jusqu'au seuil de la pâtisserie aux « Petits Oiseaux » par tous les sourires du magasin.

Le jardin public d'en face me parut convenable à une petite station de recueillement, le temps de me refaire l'esprit avant de partir à la recherche de mon ami Robinson.

Dans les parcs provinciaux les bancs demeurent presque tout le temps vacants pendant les matinées de semaine, au bord des massifs bouffis de cannas et de marguerites. Près des rocailles, sur des eaux strictement captives, une barquette de zinc, cerclée de cendres légères, tenait au rivage par sa corde moisie. L'esquif naviguait le dimanche, c'était annoncé sur la pancarte et le prix du tour du lac aussi : « Deux francs. »

Combien d'années? d'étudiants? de fantômes?

Dans tous les coins des jardins publics, il y a comme ça d'oubliés des tas de petits cercueils fleuris d'idéal, des bosquets à promesses et des mouchoirs remplis de tout. Rien n'est sérieux.

Tout de même, trêve de rêvasserie! En route me dis-je, à la recherche du Robinson et de son église Sainte-Eponime, et de ce caveau dont il gardait les momies avec la vieille. J'étais venu pour voir tout ça, fallait me décider...

Avec un fiacre on s'est pris alors dans des détours et des petites manières de trot, au creux des rues d'ombre de la vieille cité, là où le jour reste pincé entre les toits. Nous menions grand boucan de roues derrière ce cheval tout en sabots, de caniveaux en passerelles. On n'a pas brûlé de villes dans le Midi depuis bien longtemps. Jamais elles ne furent aussi vieilles. Les guerres ne vont plus par là.

Nous arrivâmes devant l'église Sainte-Eponime comme midi sonnait. Le caveau c'était encore un peu plus loin sous un calvaire. On m'en indiqua l'emplacement au beau milieu d'un petit jardin bien sec. On pénétrait dans cette crypte par une espèce de trou barricadé. De loin j'aperçus la gardienne du caveau, une jeune fille. D'emblée je lui demandai des nouvelles de mon ami Robinson. Elle était en train de refermer la porte, cette jeune fille. Elle eut un sourire bien aimable pour me répondre et des nouvelles elle m'en donna tout de suite et des bonnes.

Dans ce jour de midi, de l'endroit où nous étions, tout devenait rose autour de nous et les pierres vermoulues montaient au ciel le long de l'église, comme prêtes à aller se fondre dans l'air, enfin, à leur tour.

Elle devait avoir dans les vingt ans, la petite amie de Robinson, les jambes bien fermes et tendues et un petit buste entièrement gracieux, une tête menue dessus, bien dessinée, précise, les yeux un peu trop noirs et attentifs peut-être, pour mon goût. Pas rêveuse du tout comme genre. C'était elle qui écrivait les lettres de Robinson celles que je recevais. Elle me précéda de sa démarche bien précise vers le caveau, pied, cheville bien dessinés et aussi des attaches de bonne jouisseuse qui devait se cambrer bien nettement au bon moment. Des mains brèves, dures, qui tiennent bien, des mains d'ouvrière ambitieuse. Un petit coup sec pour tourner la clef. La chaleur nous dansait autour et tremblait au-dessus de la chaussée. On s'est parlé de-ci, de-çà, et puis une fois réouverte la porte, elle s'est décidée tout de même à me faire visiter le caveau, malgré l'heure du déjeuner. Je commençais à reprendre un peu d'insouciance. Nous enfoncions dans la fraîcheur croissante derrière sa lanterne. C'était bien bon. J'ai eu l'air de trébucher entre deux marches pour me rattraper à son bras, cela nous fit plaisanter et parvenus sur la terre battue en bas, je l'embrassai un petit peu autour du cou. Elle a protesté d'abord, mais pas trop.

Au bout d'un petit moment d'affection, je me suis tortillé

autour de son ventre comme un vrai asticot d'amour. Vicieux, on se mouillait et remouillait les lèvres pour la conversation des âmes. Avec une main je lui remontai lentement le long des cuisses cambrées, c'est agréable avec la lanterne par terre parce qu'on peut regarder en même temps les reliefs qui bougent le long de la jambe. C'est une position recommandable. Ah! il ne faut rien perdre de ces moments-là! On louche. On est bien récompensé. Quelle impulsion! Quelle soudaine bonne humeur! La conversation a repris sur un ton de nouvelle confiance et de simplicité. On était amis. Derrières d'abord! Nous venions d'économiser dix ans.

— Vous faites visiter souvent? demandai-je tout soufflant et gaffeux. Mais j'enchaînai aussitôt : « C'est bien votre mère n'est-ce pas qui vend des cierges à l'église d'à côté?... L'abbé Protiste m'a aussi parlé d'elle.

— Je remplace seulement Mme Henrouille pendant le déjeuner... répondit-elle. L'après-midi, je travaille dans les modes... Rue du Théâtre... Êtes-vous passé devant le Théâtre en venant?

Elle me rassura encore une fois pour Robinson, il allait tout à fait mieux, même que le spécialiste des yeux pensait qu'il y verrait bientôt assez pour se conduire tout seul dans la rue. Déjà même il avait essayé. Tout cela était d'excellent présage. La mère Henrouille de son côté se déclarait tout à fait contente du caveau. Elle faisait des affaires et des économies. Un seul inconvénient, dans la maison qu'ils habitaient les punaises empêchaient tout le monde de dormir, surtout pendant les nuits d'orage. Alors on brûlait du soufre. Il paraît que Robinson parlait souvent de moi et en bons termes encore. Nous arrivâmes de fil en aiguille à l'histoire et aux circonstances du mariage.

C'est vrai qu'avec tout ça je ne lui avais pas encore demandé son nom. Madelon que c'était son nom. Elle était née pendant la guerre. Leur projet de mariage, après tout, il m'arrangerait bien. Madelon, c'était un nom facile à se souvenir. Pour sûr qu'elle devait savoir ce qu'elle faisait en l'épousant Robinson... En somme lui en dépit des améliorations ça serait toujours un infirme... Et encore elle croyait qu'il avait que les yeux de touchés... Mais il avait les nerfs de malade et le moral, donc et le reste! J'allais presque le lui dire, la mettre en garde... Les conversations à propos de mariages, moi je n'ai jamais su comment les orienter, ni comment en sortir.

Pour changer d'objet, j'ai pris un grand intérêt subit aux choses de la cave et puisqu'on venait de très loin pour la voir la cave, c'était le moment de m'en occuper.

Avec sa petite lanterne, Madelon et moi, on les a fait alors sortir de l'ombre les cadavres, du mur, un par un. Ça devait leur donner de quoi réfléchir aux touristes ! Collés au mur comme des fusillés ils étaient ces vieux morts... Plus tout à fait en peau ni en os, ni en vêtements qu'ils étaient... Un peu de tout cela ensemble seulement... En très crasseux état et avec des trous partout... Le temps qui était après leur peau depuis des siècles ne les lâchait toujours pas... Il leur déchirait encore des bouts de figure par-ci, par-là, le temps... Il leur agrandissait tous les trous et leur trouvait même encore des longs filins d'épiderme que la mort avait oubliés après les cartilages. Leur ventre s'était vidé de tout, mais ça leur faisait à présent comme un petit berceau d'ombre à la place du nombril.

Madelon m'a expliqué que dans un cimetière de chaux vive ils avaient attendu plus de cinq cents ans les morts pour en arriver à ce point-là. On n'aurait pas pu dire que c'étaient des cadavres. Le temps des cadavres était bien fini pour eux. Ils étaient arrivés aux confins de la poussière, tout doucement.

Il y en avait dans cette cave des grands et des petits, vingt et six en tout, qui ne demandaient pas mieux que d'entrer dans l'Éternité. On ne les laissait pas encore. Des femmes avec des bonnets perchés en haut des squelettes, un bossu, un géant et même un bébé tout fini lui aussi avec, autour de son minuscule cou sec, une espèce de bavette en dentelle, s'il vous plaît, et un petit bout de layette.

Elle gagnait bien de l'argent la mère Henrouille avec ces raclures de siècles. Quand je pense que je l'avais connue elle presque pareille à ces fantômes... Ainsi on a repassé lentement devant eux tous avec Madelon. Une à une leur espèce de tête est venue se taire dans le cercle cru de la lampe. Ce n'est pas tout à fait de la nuit qu'ils ont au fond des orbites, c'est presque encore du regard, mais en plus doux, comme en ont des gens qui savent. Ce qui gênerait c'est plutôt leur odeur de poussière, qui vous retient par le bout du nez.

La mère Henrouille ne perdait pas une visite avec les touristes. Elle les faisait travailler les morts, comme dans un cirque. Cent francs par jour qu'ils lui rapportaient en pleine belle saison.

— N'est-ce pas qu'ils n'ont pas l'air tristes? me demandait Madelon. La question était rituelle.

La mort ne lui disait rien à elle cette mignonne. Elle était née pendant la guerre, temps de la mort légère. Moi, je savais bien comment on meurt. J'ai appris. Ça fait souffrir énormément. On peut raconter aux touristes que ces morts-là sont contents. Ils n'ont rien à dire. La mère Henrouille leur tapait même sur le ventre quand il leur restait du parchemin assez dessus et ça faisait « boum, boum ». Mais c'est pas une preuve non plus que tout va bien.

Enfin, on est revenu à nos affaires avec Madelon. C'était donc tout à fait vrai qu'il allait mieux Robinson. Je n'en demandais pas davantage. Elle semblait y tenir à son mariage, la petite amie! Elle devait s'ennuyer ferme à Toulouse. Les occasions y étaient rares de rencontrer un garçon qui avait autant voyagé que Robinson. Il en savait lui des histoires! Des vraies et des moins vraies aussi. Il leur avait déjà parlé d'ailleurs longuement de l'Amérique et des tropiques. C'était parfait.

J'y avais été aussi moi en Amérique et aux tropiques. J'en savais aussi moi des histoires. Je me proposais d'en raconter. C'est même à force de voyager ensemble avec Robinson qu'on était devenus amis. La lanterne s'éteignait. On l'a rallumée dix fois pendant que nous arrangions le passé avec l'avenir. Elle me défendait ses seins qu'elle avait bien trop sensibles.

Tout de même, comme la mère Henrouille allait revenir d'une minute à l'autre de déjeuner, il fallut remonter au jour par le petit escalier raide et fragile et difficile comme une échelle. Je l'ai remarqué.

A cause de ce petit escalier si mince et si traître, Robinson ne descendait pas souvent lui dans la cave aux momies. A vrai dire il restait plutôt devant la porte à faire un peu de boniment aux touristes et à s'entraîner aussi à retrouver de la lumière, par-ci, par-là, à travers ses yeux.

Dans les profondeurs, pendant ce temps-là, elle se débrouillait la mère Henrouille. Elle travaillait pour deux en réalité avec les momies. Elle agrémentait la visite des touristes d'un petit discours sur ses morts en parchemin. « Ils sont nullement dégoûtants, Messieurs, Mesdames, puisqu'ils ont été préservés dans la chaux, comme vous le voyez, et depuis plus de cinq siècles... Notre collection est unique au monde... La chair a évidemment disparu... Seule la peau leur est restée après, mais elle est tannée... Ils sont nus, mais pas indécents... Vous remarquerez qu'un petit enfant fut enterré en même temps que sa mère... Il est très bien conservé aussi le petit enfant... Et ce grand-là avec sa chemise et de la dentelle qui est encore après... Il a toutes ses dents... Vous remarquerez... » Elle leur tapait sur la poitrine encore à tous pour finir et ça faisait tambour. « Voyez, Messieurs, Mesdames, qu'à celui-ci, il ne reste qu'un œil... tout sec... et la langue... qui est devenue comme du cuir aussi ! » Elle tirait dessus. « Il tire la langue mais c'est pas répugnant... Vous pouvez donner ce que vous voudrez en vous en allant, Messieurs, Mesdames, mais d'habitude on donne deux francs par personne et la moitié pour les enfants... Vous pouvez les toucher avant de vous en aller... Vous rendre compte par vous-mêmes... Mais ne tirez pas fort dessus... Je vous les recommande... Ils sont tout ce qu'il y a de fragile... »

La mère Henrouille avait songé à augmenter ses prix, dès son arrivée, c'était question d'entente avec l'Evêché. Seulement ça n'allait pas tout seul à cause du curé de Sainte-Epo-

nime qui voulait prélever un tiers de la recette, rien que pour
lui, et puis aussi de Robinson qui protestait continuellement
parce qu'elle ne lui donnait pas assez de ristourne, qu'il trouvait.

— J'ai été fait, qu'il concluait lui, fait comme un rat... Encore
une fois... J'suis pas verni !... Un bon truc que c'est pourtant
sa cave à la vieille !... Et elle s'en met plein les poches, la vache,
moi je te l'affirme.

— Mais tu n'as pas apporté d'argent toi dans la combinaison !
que j'objectais pour le calmer et lui faire comprendre... Et
t'es bien nourri !... Et on s'occupe de toi !...

Mais il était obstiné comme un bourdon Robinson, une vraie
nature de persécuté que c'était. Il ne voulait pas comprendre,
pas se résigner.

— Somme toute, t'en es sorti pas mal du tout d'une foutue
sale affaire, je t'assure !... Te plains pas ! T'allais directement
à Cayenne si on t'avait pas aiguillé. Et voilà qu'on te laisse
peinard !... Et t'as trouvé en plus la petite Madelon qui est
gentille et qui veut bien de toi... Tout malade que t'es ! Alors
de quoi que tu viens te plaindre ?... Surtout à présent que tes
yeux vont mieux ?...

— T'as l'air de dire que je sais pas trop de quoi que je me
plains hein ? qu'il me répondait alors. Mais je sens tout de même
qu'il faut que je me plaigne... C'est comme ça... Il me reste plus
que ça... Je vais te dire... C'est la seule chose qu'on me permette...
On n'est pas forcé de m'écouter.

En fait, il n'arrêtait pas de jérémiader dès que nous étions
seuls. J'en étais arrivé à redouter ces moments de confidence.
Je le regardais avec ses yeux clignants, encore un peu suintants
au soleil, et je me disais qu'après tout il n'était pas sympathique
Robinson. Il y a des animaux ainsi faits, ils ont beau être innocents et malheureux et tout, on le sait, on leur en veut quand
même. Il leur manque quelque chose.

— T'aurais pu crever en prison... que je revenais à la charge,
histoire de le faire réfléchir encore.

— Mais j'y ai été moi en prison... C'est pas pire qu'où je suis
à présent !... Tu retardes...

Il ne m'avait pas dit ça qu'il avait été en prison. Ça avait
dû se passer avant qu'on se rencontre, avant la guerre. Il insistait

et concluait : « Il n'y a qu'une liberté, que je te dis moi, rien qu'une : C'est de voir clair d'abord, et puis ensuite d'avoir du pognon plein les poches, le reste c'est du mou!... »

— Alors où veux-tu en venir finalement? que je lui faisais. Quand on le mettait en demeure, comme ça, de se décider, de se prononcer, de se déclarer pour de bon, il se dégonflait. C'est le moment pourtant que ça aurait été intéressant...

Pendant que Madelon, dans la journée était partie à son atelier et que la mère Henrouille montrait ses rogatons aux clients, on allait, nous, au café sous les arbres. Voilà un coin qu'il aimait bien, le café sous les arbres, Robinson. Probablement à cause du bruit que faisaient tout au-dessus les oiseaux. Comme il y en avait des oiseaux! Surtout sur les cinq heures quand ils rentraient au nid, bien excités par l'été. Ils s'abattaient alors sur la place comme un orage. On racontait même à ce propos-là qu'un coiffeur qui avait sa boutique le long du jardin en était devenu fou, rien qu'à les entendre piailler tous ensemble pendant des années. C'est vrai qu'on ne s'entendait plus parler. Mais c'était gai quand même qu'il trouvait lui Robinson.

— Si seulement elle me donnait régulièrement quatre sous par visiteur, j'trouverais ça bien!

Il y revenait toutes les quinze minutes environ à son souci. Entre-temps, les couleurs des temps passés semblaient lui revenir quand même, des histoires aussi, celles de la Cómpagnie Pordurière en Afrique, entre autres, qu'on avait tout de même bien connue tous les deux, et des salées d'histoires qu'il ne m'avait encore jamais racontées. Pas osé peut-être. Il était assez secret au fond, même cachottier.

En fait de passé, c'est surtout de Molly, moi, que je me souvenais bien, quand j'étais bon sentiment, comme de l'écho d'une heure sonnée lointaine, et quand je pensais à quelque chose de gentil, tout de suite, je pensais à elle.

Après tout quand l'égoïsme nous relâche un peu, quand le temps d'en finir est venu, en fait de souvenir on ne garde au cœur que celui des femmes qui aimaient vraiment un peu les hommes, pas seulement un seul, même si c'était vous, mais tous.

En rentrant le soir du café, on n'avait rien fait, comme des sous-officiers à la retraite.

Pendant la saison, les touristes n'en finissaient pas. Ils traînaient au caveau et la mère Henrouille parvenait à les faire rigoler. Le curé tiquait bien un peu sur ces plaisanteries, mais comme il touchait plus que sa part, il ne pipait pas, et puis d'abord en fait de gaudriole, il n'y connaissait rien. Elle valait pourtant la peine d'être vue et entendue la mère Henrouille au milieu de ses cadavres. Elle vous les regardait en plein visage, elle qui n'avait pas peur de la mort et si ridée pourtant, si ratatinée déjà, elle-même, qu'elle était comme une des leurs avec sa lanterne à venir bavarder en plein dans leur espèce de figure.

Quand on rentrait à la maison, qu'on se réunissait pour le dîner, on discutait encore sur la recette, et puis la mère Henrouille m'appelait son « petit Docteur Chacal » à cause des histoires qu'il y avait eues entre nous à Rancy. Mais tout ça en matière de plaisanterie bien entendu. Madelon se démenait à la cuisine. Ce logis où nous demeurions ne recevait qu'une chiche lumière, dépendance de la sacristie, bien étroite, entremêlée de poutrelles et de recoins poudreux. « Tout de même, faisait remarquer la vieille, malgré qu'il y fasse pour ainsi dire nuit tout le temps, on y trouve tout de même son lit, sa poche et puis sa bouche et ça suffit bien ! »

Après la mort de son fils, elle n'avait pas chagriné longtemps. « Il a toujours été très délicat, qu'elle me racontait un soir à son propos, et moi, tenez, qui ai mes soixante-seize ans, je me suis pourtant jamais plainte !... Lui il se plaignait toujours, c'est un genre qu'il avait, absolument comme votre Robinson... pour vous donner un exemple. Ainsi, le petit escalier du caveau il est dur, n'est-ce pas ?... Vous le connaissez ?... Il me fatigue bien sûr, mais il y a des jours où il me rapporte jusqu'à deux francs par marche... J'ai compté... Eh bien, pour ce prix-là, moi, je monterais, si on voulait, jusqu'au ciel ! »

Elle mettait beaucoup d'épices dans nos dîners la Madelon, et de la tomate aussi. C'était fameux. Et du vin rosé. Même Robinson qui s'était mis au vin à force d'être dans le Midi. Il m'avait déjà tout raconté, Robinson, de ce qui s'était passé depuis son arrivée à Toulouse. Je ne l'écoutais plus. Il me décevait et me dégoûtait un peu pour tout dire. « T'es bourgeois » que je finis par conclure (parce que pour moi y avait pas pire injure à cette époque). Tu ne penses en définitive qu'à l'argent... Quand tu reverras clair tu seras devenu pire que les autres ! »

Par l'engueulade on le vexait pas. On aurait dit plutôt même que ça lui redonnait du courage. Il savait que c'était vrai d'ailleurs. Ce garçon-là, que je me disais, il est casé à présent, faut plus s'en faire pour lui... Une petite femme un peu violente et un peu vicieuse, y a pas à dire, ça vous transforme un homme à pas le reconnaître... Robinson, je me disais encore... je l'ai pris longtemps pour un gars d'aventure, mais c'est rien qu'un demi-sel, cocu ou pas, aveugle ou non... Et voilà.

En plus, la vieille Henrouille l'avait tout de suite contaminé avec sa rage d'économies, et puis la Madelon avec son envie de mariage. Alors c'était complet. Son compte était bon. Surtout qu'il y prendrait goût à la petite. J'en savais quelque chose. Ça serait mentir d'abord que de dire que j'en étais pas jaloux un peu, ça serait pas juste. Avec Madelon, nous nous retrouvions des petits moments de temps à autre avant le dîner, dans sa chambre. Mais c'était pas facile à arranger ces entrevues-là. On n'en disait rien. On était tout ce qu'il y a de discrets.

Faut pas aller croire pour ça qu'elle l'aimait pas son Robinson. Ça n'avait rien à voir ensemble. Seulement, lui, il jouait aux fiançailles, alors, elle aussi naturellement, elle jouait aux fidélités. C'était le sentiment entre eux. Le tout dans ces choses-là c'est de s'entendre. Il attendait d'être marié pour y toucher, qu'il m'avait confié. C'était son idée. A lui donc l'éternité et à moi le tout de suite. D'ailleurs, il m'avait parlé d'un projet qu'il avait en plus pour s'établir dans un petit restaurant avec elle, et plaquer la vieille Henrouille. Tout donc au sérieux. « Elle est gentille, elle plaira à la clientèle », qu'il prévoyait dans ses meilleurs moments. « Et puis t'as goûté à sa cuisine, hein? Elle craint personne pour la tambouille ! »

Il pensait même pouvoir taper d'un petit capital initial la mère Henrouille. Moi, je voulais bien, mais je prévoyais qu'il aurait bien du mal à la décider. « Tu vois tout en rose » que je lui faisais remarquer, histoire comme ça de le calmer et de le faire réfléchir un peu. Du coup il pleurait et me traitait de dégoûtant. En somme on ne doit décourager personne, et j'en convenais du coup que j'avais tort et que moi c'était le cafard qui au fond m'avait perdu. Le truc qu'il savait faire avant la guerre Robinson c'était la gravure sur cuivre, mais il ne voulait plus en tâter, à aucun prix. Libre à lui. « Avec mes poumons c'est du grand air dont j'ai besoin, tu comprends, et puis mes yeux d'abord ne seront jamais comme avant. » Il n'avait pas tort non plus d'un sens. Rien à répondre. Quand nous passions ensemble à travers les rues fréquentées, les gens se retournaient pour le plaindre l'aveugle. Ils en ont des pitiés les gens, pour les invalides et les aveugles et on peut dire qu'ils en ont de l'amour en réserve. Je l'avais bien senti, bien des fois, l'amour en réserve. Y en a énormément. On peut pas dire le contraire. Seulement c'est malheureux qu'ils demeurent si vaches avec tant d'amour en réserve, les gens. Ça ne sort pas, voilà tout. C'est pris en dedans, ça reste en dedans, ça leur sert à rien. Ils en crèvent en dedans, d'amour.

Après le dîner, Madelon s'occupait de lui, de son Léon comme elle l'appelait. Elle lui lisait le journal. Il raffolait de la politique à présent et les journaux du Midi en pustulent de la politique et de la vivace.

Autour de nous, le soir, la maison s'enfonçait dans la roustissure de siècles. C'était le moment, après le dîner, où les punaises vont s'expliquer, le moment aussi d'essayer sur elles, les punaises, les effets d'une solution corrosive que je voulais céder plus tard à un pharmacien avec un petit bénéfice. Une petite combinaison. La mère Henrouille, ça la distrayait mon truc et elle m'assistait dans mes expériences. Nous allions ensemble de nids en nids, aux fissures, aux recoins, vaporiser leurs essaims avec mon vitriol. Elles grouillaient et s'évanouissaient sous la chandelle que me tenait bien attentivement la mère Henrouille.

Tout en travaillant on se parlait de Rancy. Rien qu'à y penser à cet endroit-là, ça m'en donnait la colique, j'en serais bien resté à Toulouse pendant le reste de ma vie. J'en demandais plus davantage au fond, la croûte assurée et du temps à moi. Du bonheur quoi. Mais je dus songer quand même au retour et au boulot. Le temps passait et la prime du curé aussi, et les économies.

Avant de partir, je voulus donner encore quelques leçons et des petits conseils à Madelon. Vaut mieux sûrement donner de l'argent quand on peut et qu'on veut faire du bien. Mais ça peut rendre service aussi d'être prévenu et de savoir bien

exactement à quoi s'en tenir et particulièrement tout ce qu'on
risque en baisant à droite et à gauche. Voilà ce que je me disais,
surtout que par rapport aux maladies, elle me faisait un peu
peur, Madelon. Délurée, certes, mais tout ce qu'il y avait d'igno-
rante pour ce qui concernait les microbes. Je me lance donc
moi dans des explications tout à fait détaillées à propos de ce
qu'elle devait regarder soigneusement avant de répondre à des
politesses. Si c'était rouge... S'il y avait une goutte au bout...
Enfin des choses classiques qu'on doit savoir et joliment utiles...
Après qu'elle m'eut bien entendu, bien laissé parler, elle pro-
testa pour la forme. Elle m'a fait même comme une espèce de
scène... « Qu'elle était sérieuse... Que c'était une honte de ma part...
Que je m'étais fait d'elle une abominable opinion... Que c'était
pas parce qu'avec moi !... Que je la méprisais... Que les hommes
étaient tous infects... »

Enfin, tout ce qu'elles disent toutes les dames dans ces cas-là.
Fallait s'y attendre. Du paravent. Le principal pour moi, c'était
qu'elle ait bien écouté mes conseils et qu'elle en ait retenu l'essentiel. Le reste n'avait aucune importance. M'ayant bien entendu,
ce qui lui faisait triste au fond, c'était de penser qu'on pouvait
attraper tout ce que je lui racontais rien que par la tendresse
et du plaisir. Ç'avait beau être la nature, elle me trouvait aussi
dégoûtant que la nature et ça l'insultait. Je n'insistai plus,
sauf pour lui parler un peu encore des capotes si commodes.
Enfin, pour faire psychologues, nous essayâmes d'analyser un
peu le caractère de Robinson. « Il n'est pas jaloux précisément,
qu'elle me dit alors, mais il a des moments difficiles. »

« Ça va ! ça va !... » que j'ai répondu, et je me suis lancé dans
une définition de son caractère à Robinson, comme si je le connaissais, moi son caractère, mais je me suis aperçu tout de suite
que je ne connaissais guère Robinson sauf par quelques grossières évidences de son tempérament. Rien de plus.

C'est étonnant ce qu'on a du mal à s'imaginer ce qui peut
rendre un être plus ou moins agréable aux autres... On veut
le servir pourtant, lui être favorable, et on bafouille... C'est
pitoyable, dès les premiers mots... On nage.

De nos jours, faire le « La Bruyère » c'est pas commode. Tout
l'inconscient se débine devant vous dès qu'on s'approche.

Au moment où j'allais pour prendre mon billet, ils m'ont retenu encore, pour une semaine de plus fut-il convenu. Histoire de me montrer les environs de Toulouse, les bords du fleuve bien frais, dont on m'avait beaucoup parlé, et de me faire visiter surtout ces jolis vignobles des environs, dont tout le monde en ville semblait fier et content, comme si tout le monde était déjà propriétaire. Il ne fallait pas que je m'en aille ainsi, ayant seulement visiter les cadavres à la mère Henrouille. Cela ne se pouvait pas! Enfin, des manières...

J'étais mou devant tant d'amabilité. Je n'osais pas beaucoup insister pour rester à cause de mon intimité avec la Madelon, intimité qui devenait un peu dangereuse. La vieille commençait à se douter de quelque chose entre nous. Une gêne.

Mais elle ne devait pas nous accompagner la vieille dans cette promenade. D'abord, elle ne voulait pas le fermer son caveau, même pour un seul jour. J'acceptai donc de rester, et nous voilà partis par un beau dimanche matin pour la campagne. Lui, Robinson, nous le tenions par le bras entre nous deux. A la gare, on a pris des secondes. Ça sentait fort le saucisson quand même dans le compartiment tout comme en troisième. A un pays qui s'appelait Saint-Jean nous descendîmes. Madelon avait l'air de s'y trouver dans la région et d'ailleurs elle rencontra tout de suite des connaissances venues d'un peu partout. Une belle journée d'été s'annonçait, on pouvait le dire. Tout en nous promenant, fallait raconter tout ce qu'on voyait à Robinson. « Ici c'est un jardin... Là voilà un pont et dessus un pêcheur à la ligne... Il n'attrape rien le pêcheur... Attention au cycliste...» Par exemple l'odeur des frites le guidait bien. C'est même lui qui nous entraîna vers le débit où on les faisait les frites pour dix sous à la fois. Je l'avais toujours connu moi Robinson aimant les frites, comme

moi d'ailleurs. C'est parisien le goût des frites. Madelon préférait le vermouth, elle, sec et tout seul.

Les rivières ne sont pas à leur aise dans le Midi, Elles souffrent
qu'on dirait, elles sont toujours en train de sécher. Collines,
soleil, pêcheurs, poissons, bateaux, petits fossés, lavoirs, raisins,
saules pleureurs, tout le monde en veut, tout en réclame. De
l'eau on leur en demande beaucoup trop, alors il en reste pas
beaucoup dans le lit du fleuve. On dirait par endroits un chemin
mal inondé plutôt qu'une vraie rivière. Puisqu'on était venu
pour le plaisir fallait se dépêcher d'en trouver. Aussitôt finies
les frites, nous décidâmes qu'un petit tour en bateau, avant le
déjeuner, ça nous distrairait, moi ramant bien entendu, et eux
deux me faisant face, la main dans la main, Robinson et Madelon.

Nous voilà donc partis au fil des eaux, comme on dit, raclant
le fond par-ci, par-là, elle avec des petits cris, lui pas très rassuré
non plus. Des mouches et encore des mouches. Des libellules
qui surveillent la rivière avec leurs gros yeux partout et des
menus coups de queue craintifs. Une chaleur étonnante, à faire
fumer toutes les surfaces. On glisse dessus, depuis les longs remous
plats là-bas jusqu'aux branches mortes... Au ras des rives brû-
lantes qu'on passe, à la recherche de bouffées d'ombre qu'on
attrape comme on peut au revers de quelques arbres pas trop
criblés par le soleil. Parler donne plus chaud encore si possible.
On n'ose pas dire non plus qu'on est mal.

Robinson, c'était naturel, en eut assez le premier de la navigation. Je proposai alors qu'on aille s'aborder devant un restaurant. Nous n'étions pas les seuls à avoir eu la même petite
idée. Tous les pêcheurs du bief en vérité y étaient installés déjà
au bistrot, avant nous, jaloux d'apéritifs, et retranchés derrière
leurs siphons. Robinson n'osait pas me demander s'il était cher
ce café que j'avais choisi mais je lui épargnai tout de suite ce
souci en l'assurant que tous les prix étaient affichés et tous fort
raisonnables. C'était vrai. A sa Madelon, il ne lâchait plus la
main.

Je peux dire à présent qu'on a payé dans ce restaurant comme
si on avait mangé, mais on n'avait qu'essayé de bouffer seulement. Mieux vaut ne pas parler des plats qu'on nous a servis.
Ils y sont encore.

Pour passer l'après-midi ensuite, organiser une séance de pêche avec Robinson, c'était trop compliqué et on lui aurait fait du chagrin puisqu'il aurait même pas pu voir son bouchon. Mais moi, d'autre part, de la rame, j'en étais déjà malade, rien qu'après l'épreuve du matin. Ça suffisait. Je n'avais plus l'entraînement des rivières d'Afrique. J'avais vieilli en ça comme pour tout.

Pour changer quand même d'exercice j'affirmai alors qu'une petite promenade à pied, tout simplement, le long de la berge, nous ferait joliment du bien, au moins jusqu'à ces herbes hautes qu'on apercevait à moins d'un kilomètre de distance, près d'un rideau de peupliers.

Nous voilà avec Robinson, encore repartis bras-dessus, bras-dessous, Madelon elle nous précédait de quelques pas. C'était plus commode pour avancer dans les herbes. A un détour de la rivière nous entendîmes de l'accordéon. D'une péniche ça venait le son, une belle péniche amarrée à cet endroit du fleuve. La musique le retint Robinson. C'était bien compréhensible dans son cas et puis il avait toujours eu un faible pour la musique. Alors contents nous d'avoir trouvé quelque chose qui l'amusait, nous campâmes sur ce gazon même, moins poussiéreux que celui de la berge en pente à côté. On voyait que ça n'était pas une péniche ordinaire. Bien propre et fignolée qu'elle était, une péniche pour habiter seulement, pas pour le cargo, avec tout plein de fleurs dessus et même une petite niche bien pimpante pour le chien. Nous lui décrivîmes la péniche à Robinson. Il voulait tout savoir.

— Je voudrais bien, moi aussi, demeurer dans un bateau bien propre comme celui-là, qu'il a dit alors, et toi ? qu'il demandait à Madelon...

— Je t'ai bien compris va ! qu'elle a répondu. Mais c'est une idée qui revient cher que tu as Léon ! Ça vaut encore bien plus cher, je suis sûre, qu'une maison de rapport !

On s'est mis là-dessus, tous les trois, à réfléchir sur le prix qu'elle pouvait bien coûter une péniche ainsi faite et nous n'en sortions pas de nos estimations... Chacun tenait à son chiffre. L'habitude qu'on avait, nous autres, de compter tout haut à propos de tout... La musique de l'accordéon nous parvenait bien câline pendant ces temps, et même les paroles d'une chanson d'accompagnement... Finalement nous tombâmes d'accord qu'elle devait coûter telle quelle au moins dans les cent mille francs la péniche. A faire rêver...

> *Ferme tes jolis yeux, car les heures sont brèves...*
> *Au pays merveilleux, au doux pays du rê-ê-êve,*

Voilà ce qu'ils chantaient dans l'intérieur, des voix d'hommes et de femmes mélangées, un peu faux, mais bien agréablement tout de même à cause de l'endroit. Ça allait avec la chaleur et la campagne, et l'heure qu'il était et la rivière.

Robinson s'entêtait à estimer des mille et des cents. Il trouvait que ça valait davantage encore, telle qu'on la lui avait décrite la péniche... Parce qu'elle avait un vitrail dessus pour voir plus clair dedans et des cuivres partout, enfin du luxe...

— Léon, tu te fatigues, essayait de le calmer Madelon, allonge-toi plutôt dans l'herbe qui est bien épaisse et repose-toi un peu... Cent mille ou cinq cent mille, c'est pas à toi ni à moi non plus, n'est-ce pas?... Alors c'est vraiment pas la peine de t'exciter...

Mais il était allongé et il s'excitait quand même sur le prix et il voulait se rendre compte à toute force et essayer de la voir la péniche qui valait si cher...

— A-t-elle un moteur? qu'il demandait... On ne savait pas nous.

J'ai été regarder à l'arrière puisqu'il insistait, rien que pour lui faire plaisir, pour voir si j'apercevais pas le tuyau d'un petit moteur.

> *Ferme tes jolis yeux, car la vie n'est qu'un songe...*
> *L'amour n'est qu'un menson-on-on-ge...*
> *Ferme tes jolis yeuuuuuuux!*

Ils continuaient ainsi à chanter les gens dedans. Nous alors, enfin, on est tombé de fatigue... Ils nous endormaient.

A un moment l'épagneul de la petite niche a bondi dehors et il est venu aboyer sur la passerelle dans notre direction. Il nous a réveillés en sursaut et on l'a engueulé nous autres l'épagneul! Peur de Robinson.

Un type qu'avait l'air d'être le propriétaire sortit alors sur le pont par la petite porte de la péniche. Il ne voulait pas qu'on gueule après son chien et on s'est expliqué! Mais quand il a eu compris que Robinson était pour ainsi dire aveugle, ça l'a calmé subitement cet homme et même qu'il s'est trouvé bien couillon. Il se ravisa de nous engueuler et se laissa même un peu traiter de mufle pour arranger les choses... Il nous pria en compensation de venir prendre le café chez lui, dans sa péniche, parce que c'était sa fête qu'il a ajouté. Il ne voulait plus qu'on reste là au soleil nous autres, à griller, et patati et patata... Et que ça tombait justement bien parce qu'ils étaient treize à table... Un homme jeune que c'était, le patron, un fantaisiste. Il aimait les bateaux qu'il nous a expliqué encore... On a compris tout de suite. Mais sa femme avait peur de la mer, alors ils s'étaient bien amarrés là, pour ainsi dire sur les cailloux. Chez lui, dans sa péniche, ils semblaient assez contents de nous recevoir. Sa femme d'abord, une belle personne qui jouait de l'accordéon comme un ange. Et puis de nous avoir invités pour le café c'était aimable quand même! On aurait pu être des n'importe quoi! C'était confiant en somme de leur part... Tout de suite nous comprîmes qu'il ne fallait pas leur faire honte à ces hôtes charmants... Surtout devant leurs convives... Robinson avait bien des défauts, mais c'était, d'habitude, un garçon sensible. Dans son cœur, rien qu'aux voix, il a compris qu'il fallait nous tenir et ne plus lâcher des grossièretés. Nous n'étions pas bien habillés certes, mais tout de même bien propres et décents. Le patron de la péniche, je l'ai examiné de plus près, il devait bien avoir dans la trentaine, avec des beaux cheveux bruns poétiques et un gentil complet du genre matelot mais en fignolé. Sa jolie femme possédait justement des vrais yeux « de velours ».

Leur déjeuner venait de se terminer. Les restes étaient copieux. Nous ne refusâmes pas le petit gâteau, mais non! Et le porto pour aller avec. Depuis longtemps, je n'avais pas entendu des voix aussi distinguées moi. Ils ont une certaine manière de parler les gens distingués qui vous intimide et moi qui m'effraie, tout simplement, surtout leurs femmes, c'est cependant rien que des phrases mal foutues et prétentieuses, mais astiquées alors comme des vieux meubles. Elles font peur leurs phrases bien qu'anodines. On a peur de glisser dessus, rien qu'en leur répondant. Et même quand ils prennent des tons canaille pour chanter

des chansons de pauvres en manière de distraction, ils le gardent
cet accent distingué qui vous met en méfiance et en dégoût,
un accent qui a comme un petit fouet dedans, toujours, comme
il en faut un, toujours, pour parler aux domestiques. C'est excitant, mais ça vous incite en même temps à trousser leurs femmes
rien que pour la voir fondre, leur dignité, comme ils disent...

J'expliquai doucement à Robinson la manière dont c'était
meublé autour de nous, rien que de l'ancien. Ça me rappelait
un peu la boutique de ma mère, mais en plus propre et en mieux
arrangé évidemment. Chez ma mère ça sentait toujours le vieux
poivre.

Et puis pendus aux cloisons des tableaux du patron, partout. Un peintre. C'est la femme qui me le révéla et cela en faisant mille façons encore. Sa femme, elle l'aimait, ça se voyait,
son homme. C'était un artiste le patron, beau sexe, beaux cheveux,
belles rentes, tout ce qu'il faut pour être heureux; de l'accordéon
par là-dessus, des amis, des rêveries sur le bateau, sur les eaux
rares et qui tournent en rond, bien heureux à ne partir jamais...
Ils avaient tout cela chez eux avec tout le sucre et la fraîcheur
précieuse du monde entre les « brise-bise » et le souffle du ventilateur et la divine sécurité.

Puisqu'on était venus nous, il fallait nous mettre à l'unisson. Des boissons glacées et des fraises à la crème d'abord, mon
dessert chéri. Madelon se tortillait pour en reprendre. Elle aussi,
les belles manières à présent ça la gagnait. Les hommes la trouvaient gentille Madelon, le beau-père surtout, un bien cossu,
il en paraissait tout content de l'avoir à côté de lui Madelon,
et alors de se trémousser pour lui être agréable. Il fallait querir
par toute la table encore des gourmandises, rien que pour elle,
qui s'en mettait jusqu'au bout du nez, de la crème. D'après la
conversation il était veuf le beau-père. Pour sûr qu'il oubliait.
Bientôt, elle posséda Madelon, aux liqueurs, son petit pompon.
Le complet que portait Robinson, le mien aussi suintaient la
fatigue et les saisons et les re-saisons, mais dans l'abri où nous
nous trouvions, ça pouvait ne pas se voir. Tout de même je me
sentais un peu humilié au milieu des autres, si confortables en
tout, propres comme des Américains si bien lavés, si bien tenus,
prêts pour les concours d'élégance.

Madelon éméchée ne se tenait plus très bien. Son petit profil pointé vers les peintures, elle racontait des bêtises, l'hôtesse qui s'en rendait un peu compte se remit à l'accordéon pour arranger les choses cependant que tous chantaient et nous trois aussi en sourdine mais faux alors et platement, la même chanson qu'on entendait dehors tout à l'heure, et puis une autre.

Robinson avait trouvé moyen d'engager la conversation avec un vieux monsieur qui paraissait tout connaître de la culture du cacao. Un beau sujet. Un colonial, deux coloniaux. « Quand j'étais en Afrique, entendis-je pour ma grande surprise affirmer Robinson, au temps où j'étais Ingénieur Agronome de la Comgnie Pordurière, répétait-il, je mettais la population entière d'un village à la récolte... etc... » Il ne pouvait pas me voir et alors il s'en donnait à cœur ouvert... Tant que ça pouvait... Des faux souvenirs... Plein la vue au vieux monsieur... Des mensonges ! Tout ce qu'il pouvait trouver pour se mettre à la hauteur du vieux monsieur compétent. Lui toujours assez réservé Robinson dans son langage, il m'agaçait et me peinait même à divaguer de la sorte.

On l'avait installé à l'honneur dans le creux d'un gros divan plein de parfums, un verre de fine en main droite, pendant que de l'autre il évoquait en larges gestes la majesté des forêts inconquises et les fureurs de la tornade équatoriale. Il était parti, bien parti... Alcide aurait bien rigolé s'il avait pu être là lui aussi, dans un petit coin. Pauvre Alcide !

Pas à dire, pour être bien, on était bien dans leur péniche. Surtout qu'il commençait à se lever un petit vent de rivière et que flottaient dans le cadre des fenêtres les rideaux tuyautés comme autant de petits drapeaux de fraîche gaieté.

Enfin, ce refurent les glaces et puis encore du champagne. Le patron, c'était sa fête, il l'a bien répété cent fois. Il avait entrepris de donner du plaisir pour une fois à tous et même aux passants de la route. A nous pour une fois. Pendant une heure, deux, trois peut-être, on serait tous réconciliés sous sa gouverne, on serait tous copains, les connus et les autres et même les étrangers, et même nous trois qu'on avait racolés sur la rive, faute de mieux, pour n'être plus treize à table. J'en allais me mettre à chanter ma petite chanson d'allégresse et puis je me ravisai, trop fier soudain, conscient. Ainsi trouvai-je bon de leur révéler, pour justifier mon invitation malgré tout, j'en avais chaud à

la tête, qu'ils venaient d'inviter en ma personne l'un des médecins les plus distingués de la région parisienne ! Ils ne pouvaient
pas s'en douter ces gens-là d'après ma mise évidemment ! Et
à la médiocrité de mes compagnons non plus ! Mais aussitôt
qu'ils connurent mon rang, ils se déclarèrent enchantés, flattés,
et sans plus attendre, chacun d'eux se mit à m'initier à ses petits
malheurs particuliers du corps ; j'en profitai pour me rapprocher de la fille d'un entrepreneur, une petite cousine bien râblée
qui souffrait précisément d'urticaire et de renvois aigres pour un
oui, pour un non.

Quand on est pas habitué aux bonnes choses de la table et
du confort, elles vous grisent facilement. La vérité ne demande
qu'à vous quitter. Il s'en faut toujours de très peu pour qu'elle
vous libère. On n'y tient pas à sa vérité. Dans cette abondance
soudaine d'agréments le bon délire mégalomane vous prend
comme un rien. Je me mis à divaguer à mon tour, tout en lui
parlant d'urticaire à la petite cousine. On en sort des humi-
liations quotidiennes en essayant comme Robinson de se mettre
à l'unisson des gens riches, par les mensonges, ces monnaies du
pauvre. On a tous honte de sa viande mal présentée, de sa carcasse déficitaire. Je ne pouvais pas me résoudre à leur montrer
ma vérité ; c'était indigne d'eux comme mon derrière. Il me
fallait faire coûte que coûte bonne impression.

A leurs questions, je me mis à répondre par des trouvailles,
comme tout à l'heure Robinson au vieux monsieur. A mon
tour j'étais envahi de superbe !... Ma grande clientèle !... Le
surmenage !... Mon ami Robinson... l'ingénieur, qui m'avait
offert l'hospitalité dans son petit chalet toulousain...

Et puis d'abord quand il a bien bu et bien mangé, le convive, il est facilement convaincu. Heureusement ! Tout passe !
Robinson m'avait précédé dans le bonheur furtif des bobards
impromptus, le suivre ne demandait plus qu'un tout petit effort.

A cause des lunettes fumées qu'il portait, les gens ne pouvaient pas très bien discerner l'état de ses yeux à Robinson.
Nous attribuâmes généreusement son malheur à la guerre. Dès
lors, nous fûmes bien installés, haussés socialement et puis patrio-
tiquement jusqu'à eux, nos hôtes, surpris un peu d'abord par
la antaisie du mari, le peintre, que sa situation d'artiste mondain
forçait tout de même de temps à autre à quelques actions inso-

lites... Ils se mirent, les invités, à nous trouver réellement tous les trois bien aimables et intéressants au possible.

En tant que fiancée, Madelon ne tenait peut-être pas son rôle aussi pudiquement qu'il eût fallu, elle excitait tout le monde, y compris les femmes, à ce point que je me demandais si tout ça n'allait pas se terminer en partouze. Non. Les propos s'effilochèrent graduellement rompus par l'effort baveux d'aller au-delà des mots. Rien n'arriva.

Nous restions accrochés aux phrases et aux coussins, bien ahuris par l'essai commun de nous rendre heureux, plus profondément, plus chaudement et encore un peu plus, les uns les autres, le corps repu, par l'esprit seulement, à faire tout le possible pour tenir tout le plaisir du monde dans le présent, tout ce qu'on connaissait de merveilleux en soi et dans le monde, pour que le voisin enfin se mette à en profiter aussi et qu'il nous avoue le voisin que c'était bien cela qu'il cherchait d'admirable, qu'il ne lui manquait justement que ce don de nous depuis tant et tant d'années, pour être enfin parfaitement heureux, et pour toujours! Qu'on lui avait révélé enfin sa propre raison d'être! Et qu'il fallait aller le dire à tout le monde alors, qu'il l'avait trouvée sa raison d'être! Et qu'on boive encore un coup ensemble pour fêter et célébrer cette délectation et que cela dure toujours ainsi! Qu'on ne change plus jamais de charme! Que jamais surtout on ne retourne à ces temps abominables, aux temps sans miracles, aux temps d'avant qu'on se connaisse et qu'on se soye admirablement retrouvés!... Tous ensemble désormais! Enfin! Toujours!...

Le patron, lui, ne put se retenir de le rompre le charme.

Il avait sa manie de nous parler de sa peinture, qui le turlupinait vraiment trop fort, de ses tableaux, à toute force et à n'importe quel propos. Ainsi par sa sottise obstinée, bien que saouls, la banalité revint parmi nous écrasante. Vaincu déjà, j'allai lui adresser quelques compliments bien sentis et resplendissants au patron, du bonheur en phrases pour les artistes. C'est de ça qu'il lui fallait. Dès qu'il les eut reçus mes compliments, ce fut comme un coït. Il se laissa couler vers un des sofas bouffis du bord et s'endormit presque aussitôt, bien gentiment, évidemment heureux. Les convives pendant ce temps-là se suivaient encore les contours du visage avec des regards plombés et mutuellement fascinés, indécis entre le sommeil presque invincible et les délices d'une digestion miraculeuse.

J'économisai pour ma part cette envie de somnoler et je me la réservai pour la nuit. Les peurs survivantes de la journée éloignent trop souvent le sommeil, et quand on a la veine de se constituer, pendant qu'on le peut, une petite provision de béatitude il faudrait être bien imbécile pour la gaspiller en futiles roupillons préalables. Tout pour la nuit! C'est ma devise! Il faut tout le temps songer à la nuit. Et puis d'abord nous demeurions invités pour le dîner, c'était le moment de se refaire l'appétit...

Nous profitâmes de l'ahurissement qui régnait pour nous esquiver. Nous exécutâmes tous les trois une sortie tout à fait discrète, évitant les convives assoupis et gentiment parsemés autour de l'accordéon de la patronne. Les yeux de la patronne adoucis de musique clignaient à la recherche de l'ombre. « A tout à l'heure », nous fit-elle, quand nous passâmes auprès d'elle et son sourire s'acheva dans un rêve.

Nous n'allâmes pas très loin, tous les trois, seulement jusqu'à cet endroit que j'avais repéré où la rivière faisait un coude, entre deux rangs de peupliers, des grands peupliers bien pointus. On découvre dans cet endroit-là toute la vallée et même au loin cette petite ville dans son creux, ratatinée autour du clocher planté comme un clou dans le rouge du ciel.

— A quelle heure avons-nous un train pour rentrer? s'inquiéta tout de suite Madelon.

— T'en fais pas! qu'il la rassura lui. Ils nous reconduiront en auto, c'est entendu... Le patron l'a dit... Ils en ont une...

Madelon n'insista plus. Elle restait songeuse de plaisir. Une véritable excellente journée.

— Et tes yeux, Léon, comment qu'ils vont à présent? qu'elle lui demanda alors.

— Ça va bien mieux. Je voulais rien te dire encore à cause que j'en étais pas sûr, mais je crois bien que de l'œil gauche surtout je commence à pouvoir même compter les bouteilles sur la table... J'en ai bu pas mal, t'as remarqué? Et il était bon!...

— Le gauche, c'est le côté du cœur, qu'elle nota Madelon, joyeuse. Elle était toute contente, ça se comprend, de son mieux de ses yeux à lui.

— Embrasse-moi alors que je t'embrasse! qu'elle lui proposa. Je commençais moi à me sentir de trop auprès de leurs effusions. J'avais cependant du mal à m'éloigner, parce que je ne savais plus très bien par où partir. Je me suis donné l'air d'aller faire un besoin derrière l'arbre qui était un peu plus loin et je suis resté là derrière l'arbre en attendant que ça leur passe. C'était tendre ce qu'ils se racontaient. Je les entendais. Des dialogues d'amour les plus plats, c'est toujours tout de même un peu drôle quand on connaît les gens. Et puis je ne leur avais jamais entendu dire des choses comme celles-ci.

— C'est bien vrai que tu m'aimes? qu'elle lui demandait.

— Autant que mes yeux que je t'aime! qu'il lui répondait.

— C'est pas rien, ce que tu viens de dire Léon!... Mais tu m'as pas encore vue Léon?... Peut-être que quand tu m'auras vue avec tes yeux à toi et plus seulement avec les yeux des autres, que tu m'aimeras plus autant?... A ce moment-là, tu reverras les autres femmes et peut-être que tu te mettras à les aimer toutes?... Comme les copains?...

Cette remarque qu'elle lui faisait, en douce, c'était pour moi. Je ne m'y trompais pas... Elle me croyait loin déjà et que je pouvais pas l'entendre... Alors elle m'en mettait un bon coup... Elle perdait pas son temps... Lui, l'ami, il se mit à protester. « Par exemple!... » qu'il faisait. Et que tout ça c'était rien que des suppositions! Des calomnies...

— Moi, Madelon, pas du tout! qu'il se défendait. Je suis pas dans son genre, moi! Qu'est-ce qui te fait croire que je suis comme lui?... Après gentille comme t'as été avec moi?... Je m'attache moi! Je suis pas un salaud moi! C'est pour toujours que je t'ai dit, j'ai qu'une parole! C'est pour toujours! T'es jolie, je le sais déjà, mais tu le seras encore bien plus une fois que je t'aurai vue... Là! Tu es contente à présent? Tu pleures plus? Je peux pas t'en dire davantage tout de même!

— Ça c'est mignon, Léon! qu'elle lui répondait alors et en se blottissant dans lui. Ils étaient en train de faire des serments, on pouvait plus les arrêter, le ciel était plus assez grand.

— Je voudrais que tu soyes toujours heureuse avec moi... — qu'il lui faisait, bien doucement après. — Que t'ayes rien à faire et que t'ayes cependant tout ce qu'il te faut...

— Ah! comme t'es bon mon Léon. T'es meilleur que

j'imaginais encore... T'es tendre! T'es fidèle! et t'es tout!...

— C'est parce que je t'adore, ma mimine...

Et ils s'échauffaient encore en plus, en pelotages. Et puis comme pour me tenir éloigné de leur bonheur intense, à moi ils m'en remettaient un sale vieux coup...

Elle d'abord : « Le Docteur, ton ami, il est gentil n'est-ce pas? » Elle revenait à la charge, comme si je lui étais resté sur l'estomac. « Il est gentil!... Je ne veux rien dire contre lui, puisque c'est un ami à toi... Mais c'est un homme qu'on dirait brutal tout de même avec les femmes... Je veux pas en dire du mal puisque je crois c'est vrai qu'il t'aime bien... Mais enfin ça serait pas mon genre... J'vais te dire... Ça va pas te vexer, au moins? » Non, rien ne le vexait, Léon. « Eh bien, il me semble, le Docteur, qu'il les aime comme trop les femmes... Comme les chiens un peu, tu me comprends?... Tu trouves pas toi?... C'est comme s'il sautait dessus qu'on dirait toujours! Il fait du mal et il s'en va... Tu trouves pas toi? qu'il est comme ça? »

Il trouvait, le saligaud, il trouvait tout ce qu'elle voulait, il trouvait même que ce qu'elle disait était tout à fait juste et rigolo. Drôle comme tout. Il l'encourageait à continuer et il s'en donnait le hoquet.

— Oui, c'est bien vrai ce que t'as remarqué à son sujet Madelon, c'est un homme qu'est pas mauvais Ferdinand, mais pour la délicatesse, c'est pas son fort, on peut le dire, et puis pour la fidélité non plus d'ailleurs!... Ça j'en suis sûr!...

— T'as dû lui en connaître toi des maîtresses, hein dis Léon? Elle se tuyautait la vache.

— Autant comme autant! qu'il lui a répondu fermement, mais tu sais... Lui d'abord... Il est pas difficile!...

Il fallait tirer une conclusion de ces propos, Madelon s'en chargea.

— Les médecins, c'est bien connu, c'est tous des cochons... la plupart du temps... Mais lui, alors, je crois qu'il est fadé dans son genre!...

— T'as jamais si bien dit, qu'il l'a approuvée, mon bon, mon heureux ami, et il a continué : « C'est à ce point que j'ai souvent cru, tellement qu'il était porté là-dessus, qu'il prenait des drogues... Et puis alors, il possède un de ces machins! Si tu voyais ça cette grosseur! C'est pas naturel!... »

— Ah! ah! fit Madelon perplexe du coup et qu'essayait de se souvenir de mon machin. Tu crois alors qu'il aurait des maladies, toi dis? — Elle était bien inquiète, navrée soudain par ces informations intimes.

— Ça, j'en sais rien, fut-il obligé de convenir, à regret, je peux rien assurer... Mais il y a des chances avec la vie qu'il mène.

— Tout de même t'as raison, il doit prendre des drogues... Ça doit être pour ça qu'il est quelquefois si bizarre...

Et sa petite tête elle travaillait, à Madelon, du coup. Elle ajouta : « A l'avenir il faudra qu'on se méfie de lui un peu... »

— T'en as pas peur quand même? qu'il lui a demandé. Il est rien pour toi, au moins?... Il t'a jamais fait d'avances?

— Ah ça non alors, j'aurais pas voulu! Mais on ne sait jamais ce qui peut lui passer par la tête... Suppose par exemple qu'il fasse une crise... Ça fait des crises ces gens-là, avec les drogues!... Toujours est-il que c'est pas moi qui me ferais soigner par lui!...

— Moi non plus, maintenant qu'on en a parlé! qu'il a approuvé Robinson. Et par là-dessus, encore tendresse et caresses...

— Câlin!... Câlin!... qu'elle le berçait.

— Minon!... Minon!... qu'il lui répondait. Et puis des silences entre avec des rages de baisers dedans.

— Dis-moi vite que tu m'aimes autant de fois que tu pourras, pendant que je t'embrasse jusqu'à l'épaule...

Ça commençait au cou le petit jeu.

— Que je suis rouge moi! qu'elle s'exclamait en soufflant... J'étouffe! Donne-moi de l'air! — Mais il la laissait pas souffler. Il recommençait. Moi dans l'herbe à côté, j'essayais de voir ce qui allait se passer. Il lui prenait les bouts des seins entre les lèvres et il s'amusait avec. Enfin, des petits jeux. J'en étais tout rouge aussi moi et d'un tas de sentiments et tout émerveillé en plus par mon indiscrétion.

— Nous deux on sera bien heureux, hein, dis-moi, Léon? Dis-moi que t'en es bien sûr qu'on sera heureux?

C'était l'entracte. Et puis encore des projets d'avenir à n'en plus finir comme pour refaire un monde entier, mais un monde rien que pour eux deux par exemple! Moi surtout pas dedans du tout. On aurait dit qu'ils n'en avaient jamais fini de se débarrasser de moi, de déblayer leur intimité de ma sale évocation.

— Y a longtemps hein, que vous êtes des amis ensemble avec Ferdinand?

Ça la tracassait ce truc-là...

— Des années, oui... Par ici... Par là... qu'il a répondu. On s'est rencontré d'abord au hasard, dans les voyages... Lui c'est un type qui aime à voir des pays... Moi aussi, dans un sens, alors c'est comme si on avait fait route ensemble depuis longtemps... Tu comprends?... Il ramenait ainsi notre vie à de moindres banalités.

— Eh bien! ça va cesser d'être si copains, mon mignon! Et à partir de maintenant encore! qu'elle lui a répondu bien déterminée, brève et nette... Ça va cesser!... Pas mon mimi que ça va cesser?... Rien qu'avec moi toute seule que tu vas faire ta route à présent... Tu m'as compris?... Pas mon mignon?...

— T'es donc jalouse de lui alors? qu'il a demandé un peu interloqué quand même, le couillon.

— Non! je ne suis pas jalouse de lui, mais je t'aime trop, tu vois, mon Léon, je veux t'avoir tout entier à moi... Te partager avec personne... Et puis d'abord il est pas une fréquentation pour toi à présent que je t'aime mon Léon... Il est trop vicieux... Tu comprends là? Dis-moi que tu m'adores Léon! Et que tu me comprends?

— Je t'adore...

— Bien.

ON est rentré tous à Toulouse, le même soir.

C'est deux jours plus tard que l'accident est survenu. Je devais tout de même m'en aller et juste comme j'étais en train de finir ma valise pour partir à la gare voilà que j'entends quelqu'un qui crie quelque chose devant la maison. J'écoute... Il fallait que je me dépêche de descendre tout de suite au caveau... Je ne voyais pas la personne qui m'appelait ainsi... Mais au ton de sa voix, ça devait être rudement pressé... C'était d'urgence qu'il fallait que je m'y rende, paraît-il.

— Pas une minute alors? Ça brûle? que je réponds, moi, histoire de pas me précipiter... Il devait être vers les sept heures, juste avant le dîner. Pour les adieux, on devait se les faire à la gare, ç'avait été convenu ainsi. Ça arrangeait tout le monde parce que la vieille devait rentrer un peu plus tard à la maison. Justement, ce soir-là, à cause d'un pèlerinage qu'elle attendait au caveau.

— Venez vite Docteur! qu'elle insistait encore la personne de la rue... Il vient de lui arriver un malheur à Mme Henrouille!

— Bon! bon! que je fais... J'y vais tout de suite! C'est entendu!... Je descends!

Mais le temps de me ressaisir un peu : « Partez toujours devant, que j'ajoute. Dites-leur que j'arrive derrière vous... Que je cours... Le temps de passer mon pantalon... »

— Mais c'est tout à fait pressé! qu'elle insistait encore la personne... Elle a perdu sa connaissance que je vous répète!... Elle s'est cassé un os dans la tête qu'il paraît!... Elle est tombée ę travers les marches de son caveau!... D'un coup tout en bas qu'elle a tombé!...

« Ça va! » que je me suis dit en moi-même en entendant cette

belle histoire et j'ai pas eu besoin de réfléchir encore longtemps...
J'ai filé, tout droit, vers la gare. J'étais fixé.

Je l'ai eu, mon train de sept heures quinze, quand même,
mais au poil.

On s'est pas fait d'adieux.

PARAPINE, ce qu'il a trouvé d'abord en me revoyant, c'est que j'avais pas bonne mine.

— T'as dû bien te fatiguer, toi, là-bas, à Toulouse, qu'il a remarqué, soupçonneux, comme toujours.

C'est vrai qu'on avait eu des émotions là-bas à Toulouse, mais enfin, fallait pas se plaindre, puisque je l'avais échappé belle, du moins que j'espérais, aux vrais ennuis, en me défilant au moment critique.

Je lui expliquai donc l'aventure en détail en même temps que mes soupçons à Parapine. Mais il n'était pas convaincu que j'eusse agi avec beaucoup d'adresse dans la circonstance... On a pas eu le temps toutefois de bien discuter la chose parce que la question d'un boulot pour moi était devenue sur ces entrefaites si pressante qu'il fallait aviser. Pas de temps donc à perdre en commentaires... Je n'avais plus que cent cinquante francs d'économies et je ne savais plus trop où aller désormais pour m'établir. Au « Tarapout »?... On n'embauchait plus. La crise. Retourner à la Garenne-Rancy alors? Retâter de la clientèle? J'y songeai bien pendant un instant, malgré tout, mais comme fin des fins seulement et bien à contrecœur. Rien qui s'éteigne comme un feu sacré.

C'est lui Parapine qui m'a tendu finalement la bonne perche avec une petite place qu'il a découverte pour moi dans l'Asile, précisément, où il travaillait et depuis des mois déjà.

Les affaires allaient encore assez bien. Dans cette Maison, Parapine était non seulement chargé du service des aliénés au cinéma, mais il s'occupait au surplus des étincelles. A heures précises, deux fois par semaine, il déclenchait des véritables orages magnétiques par-dessus la tête des mélancoliques rassemblés tout exprès dans une pièce bien close et bien noire. Du sport mental en somme et la réalisation de la belle idée du Docteur Baryton, son patron. Un radin d'ailleurs, ce compère, qui m'agréa pour un tout petit salaire, mais avec un contrat et des clauses longues comme ça, toutes à son avantage évidemment. Un patron en somme.

Nous n'étions dans son Asile qu'à peine rémunérés, c'était vrai, mais par contre nourris pas mal et couchés tout à fait bien. On pouvait s'envoyer aussi les infirmières. C'était permis et bien entendu tacitement. Baryton, le patron, n'y trouvait rien à redire à ces divertissements et il avait même remarqué que ces facilités érotiques attachaient le personnel à la maison. Pas bête, pas sévère.

Et puis c'était pas le moment d'abord de poser des questions et des conditions quand on venait m'offrir un petit bifteck, qui tombait plus qu'à pic. A la réflexion, je n'arrivais pas très bien à saisir pourquoi Parapine m'avait voué soudain tant d'actif intérêt. Sa conduite à mon égard me tracassait. Lui attribuer, à lui, Parapine, des sentiments fraternels... C'était tout de même trop l'embellir... Ça devait être plus compliqué encore. Mais tout arrive...

A la table de midi nous nous retrouvions, c'était l'usage, réunis tous autour de Baryton, notre patron, aliéniste chevronné, barbe en pointe, cuisses brèves et charnues, bien gentil, question d'économie à part, chapitre sur lequel il se démontrait tout à fait écœurant chaque fois qu'on lui en fournissait le prétexte et l'occasion.

En fait de nouilles et de bordeaux râpeux, il nous gâtait, on peut le dire. Un vignoble entier lui était échu par héritage, nous expliqua-t-il. Tant pis pour nous! Ce n'était qu'un petit cru, je l'affirme.

Son Asile de Vigny-sur-Seine ne désemplissait guère. On l'intitulait « Maison de Santé » sur les notices, à cause d'un grand jardin qui l'entourait, où nos fous se promenaient pendant les beaux jours. Ils s'y promenaient avec un drôle d'air d'équilibre difficile de leur tête sur leurs épaules, les fous, comme s'ils avaient constamment eu peur d'en répandre le contenu, par terre, en trébuchant. Là-dedans se tamponnaient toutes espèces de choses sautillantes et biscornues auxquelles ils tenaient horriblement.

Ils ne nous en parlaient de leurs trésors mentaux, les aliénés, qu'avec des tas de contorsions effrayées ou des allures de condescendance et protectrices, à la façon de très puissants administrateurs méticuleux. Pour un empire, on ne les aurait pas fait sortir de leurs têtes ces gens-là. Un fou, ce n'est que les idées ordinaires d'un homme mais bien enfermées dans une tête. Le monde n'y passe pas à travers sa tête et ça suffit. Ça devient comme un lac sans rivière une tête fermée, une infection.

Baryton se fournissait en nouilles et en légumes à Paris, en gros. Aussi ne nous aimait-on guère chez les commerçants de Vitry-sur-Seine. Ils nous avaient même dans le nez les commerçants, on pouvait le dire. Ça ne nous coupait pas l'appétit cette animosité. A table, au début de mon stage, Baryton dégageait régulièrement les conclusions et la philosophie de nos propos décousus. Mais ayant passé sa vie au milieu des aliénés, à gagner sa croûte dans leur trafic, à partager leur soupe, à neutraliser tant bien que mal leurs insanités, rien ne lui semblait plus ennuyeux que d'avoir encore à parler parfois de leurs manies au cours de nos repas. « Ils ne doivent pas figurer dans la conversation des gens normaux ! » affirmait-il, défensif et péremptoire. Il s'en tenait pour ce qui le concernait à cette hygiène mentale.

Lui, il l'aimait la conversation, et d'une façon presque inquiète, il l'aimait amusante et surtout rassurante et bien sensée. Sur le compte des tapés il désirait ne point s'appesantir. Une instinctive antipathie à leur égard lui suffisait une fois pour toutes. Nos récits de voyage l'enchantaient par contre. On ne lui en donnait jamais assez. Parapine, dès mon arrivée, fut délivré partiellement de son bavardage. J'étais tombé à point pour distraire notre patron pendant les repas. Toutes mes pérégrinations y passèrent, longuement relatées, arrangées évidemment, rendues littéraires comme il faut, plaisantes. Baryton faisait en mangeant, avec sa langue et sa bouche, énormément de bruit. Sa fille se tenait toujours à sa droite. Malgré ses dix ans elle semblait déjà flétrie à jamais sa fille Aimée. Quelque chose d'inanimé, un incurable teint grisaille estompait Aimée à notre vue, comme si des petits nuages malsains lui fussent continuellement passés devant la figure.

Entre Parapine et Baryton survenaient de petits froissements. Cependant Baryton ne gardait rancune de rien à personne du moment qu'on ne se mêlait aucunement des bénéfices de son entreprise. Ses comptes constituèrent pendant longtemps le seul côté sacré de son existence.

Un jour, Parapine, au temps où il parlait encore, lui avait déclaré tout cru à table qu'il manquait d'Ethique. D'abord, cette remarque ça l'avait froissé Baryton. Et puis tout s'était arrangé. On ne se fâche pas pour si peu. Au récit de mes voyages, Baryton éprouvait non seulement un émoi romanesque, mais encore le sentiment de réaliser des économies. « Quand on vous a entendu, on n'a plus besoin d'aller les voir, ces pays-là, tellement vous les racontez bien Ferdinand! » Il ne pouvait songer à m'adresser un plus gentil compliment. Nous ne recevions dans son Asile que les fous de surveillance facile et jamais les aliénés très méchants et nettement homicides. Son Asile n'était point un lieu absolument sinistre. Peu de grilles, quelques cachots seulement. Le sujet le plus inquiétant, c'était peut-être encore parmi tous, la petite Aimée sa propre fille. Elle ne comptait pas parmi les malades cette enfant, mais le milieu la hantait.

Quelques hurlements, de temps à autre, nous parvenaient jusqu'à notre salle à manger, mais l'origine de ces cris était toujours assez futile. Ils duraient peu d'ailleurs. On observait encore de longues et brusques vagues de frénésie qui venaient secouer de temps à autre les groupes d'aliénés, à propos de rien, au cours de leurs vadrouilles interminables, entre la pompe, les bosquets et les bégonias en massifs. Tout cela finissait sans trop d'histoires et d'alarmes par des bains tièdes et des bonbonnes de sirop Thébaïque.

Aux quelques fenêtres des réfectoires qui donnaient sur la rue les fous venaient parfois hurler et ameuter le voisinage, mais l'horreur leur restait plutôt à l'intérieur. Ils s'en occupaient et la préservaient leur horreur, personnellement, contre nos entreprises thérapeutiques. Ça les passionnait cette résistance.

En pensant à présent à tous les fous que j'ai connus chez le père Baryton, je ne peux m'empêcher de mettre en doute qu'il existe d'autres véritables réalisations de nos profonds tempéraments que la guerre et la maladie, ces deux infinis du cauchemar.

La grande fatigue de l'existence n'est peut-être en somme que cet énorme mal qu'on se donne pour demeurer vingt ans, quarante ans, davantage, raisonnable, pour ne pas être simplement, profondément soi-même, c'est-à-dire immonde, atroce, absurde. Cauchemar d'avoir à présenter toujours comme un petit idéal universel, surhomme du matin au soir, le sous-homme claudicant qu'on nous a donné.

Des malades, nous en avions à l'Asile, à tous les prix, les plus opulents demeuraient en chambres fortement capitonnées Louis XV. A ceux-là Baryton rendait chaque jour sa visite hautement tarifée. Eux l'attendaient. De temps à autre, il recevait une maîtresse paire de gifles, Baryton, formidable à vrai dire, longuement préméditée. Tout de suite il la portait sur la note au titre de traitement spécial.

A table Parapine restait sur la réserve, non point que mes succès oratoires devant Baryton le vexassent le moins du monde, au contraire, il semblait plutôt moins préoccupé qu'autrefois, au temps des microbes, et en définitive, presque content. Il faut noter qu'il avait eu joliment peur avec ses histoires de mineures. Il en demeurait un peu déconcerté vis-à-vis du sexe. Aux heures libres, il rôdait autour des pelouses de l'Asile, lui aussi, tout comme un malade, et quand je passais auprès de lui, il m'adressait des petits sourires, mais si indécis, si pâles ces sourires, qu'on aurait pu les prendre pour des adieux.

En nous agréant tous les deux dans son personnel technique, Baryton avait fait une bonne acquisition puisque nous lui avions apporté non seulement tout notre dévouement de chaque heure, mais encore de la distraction et ces échos d'aventures dont il était friand et sevré. Aussi prenait-il souvent plaisir à nous témoigner de sa satisfaction. Il émettait toutefois quelques réserves en ce qui concernait Parapine.

Il n'avait jamais été avec Parapine entièrement à son aise. « Parapine... Voyez-vous Ferdinand... me fit-il un jour en confidence, c'est un Russe! » Le fait d'être Russe pour Baryton, c'était quelque chose d'aussi descriptif, morphologique, irrémissible, que « diabétique » ou « petit nègre ». Lancé sur ce sujet qui lui agaçait l'âme depuis bien des mois, il se mit en ma présence et pour mon bénéfice particulier à travailler énormément du cerveau... Je ne le reconnaissais pas Baryton. Nous allions justement ensemble jusqu'au « tabac » du pays pour chercher des cigarettes.

— Parapine n'est-ce pas Ferdinand, c'est un garçon que

je trouve tout à fait intelligent, c'est bien entendu... Mais tout
de même il a une intelligence entièrement arbitraire ce garçon-
là! Ne trouvez-vous pas Ferdinand? (« entièremeng » qu'il disait).
C'est un garçon, d'abord, qui ne veut pas s'adapter... Cela se
remarque tout de suite chez lui... Il n'est même pas à son aise
dans son métier... Il n'est même pas à son aise en ce monde!...
Avouez-le!... Et en cela il a tort! Tout à fait tort!... Puisqu'il
souffre!... C'est la preuve! Tenez, moi, regardez comme je m'a-
dapte Ferdinand!... (Il s'en tapait sur le sternum.) Que demain
la terre se mette par exemple à tourner dans l'autre sens. Eh
bien, moi? Je m'adapterai, Ferdinand! Et tout de suite encore!
Et savez-vous comment, Ferdinand? Je dormirai un bon coup
de douze heures en plus, et tout sera dit! Et voilà tout! Et
houp! Ce n'est pas plus malin que cela! Et ce sera fait! Je serai
adapté! Tandis que votre Parapine lui, dans une aventure semblable savez-vous ce qu'il fera? Il en ruminera des projets et
des amertumes pendant cent ... s encore!... J'en suis certain!...
Je vous le dis!... N'est-ce point vrai? Il en perdra son sommeil
du coup que la terre se mette à tourner à l'envers!... Il y trouvera
je ne sais quelle injustice spéciale!... Trop d'injustice!... C'est
sa manie d'ailleurs, l'injustice!... Il m'en parlait énormément
de l'injustice à l'époque où il daignait me parler encore... Et
croyez-vous qu'il se contentera de pleurnicher? Ce ne serait que
demi-mal!... Mais non! Il cherchera tout de suite un truc pour
la faire sauter la terre! Pour se venger Ferdinand! Et le pire,
je vais vous le dire le pire, Ferdinand... Mais là alors tout à fait
entre nous... Eh bien c'est qu'il le trouvera le truc!... Comme
je vous le dis! Ah! tenez Ferdinand, essayez de bien retenir ce
que je vais vous expliquer... Il existe des fous simples et puis
il existe d'autres fous, ceux que torture la marotte de la civilisation... Il m'est affreux de penser que Parapine est à ranger
parmi ceux-ci!... Savez-vous ce qu'un jour il m'a dit?

— Non monsieur...

— Eh bien, il m'a dit : « Entre le pénis et les mathématiques
monsieur Baryton, il n'existe rien! Rien! C'est le vide! » Et
puis tenez-vous encore!... Savez-vous ce qu'il attend pour me
reparler à nouveau?

— Non monsieur Baryton, non, je n'en sais rien du tout...

— Il ne vous l'a donc pas raconté?

— Non, pas encore...

— Eh bien, à moi, il me l'a dit... Il attend qu'advienne l'âge des mathématiques! Tout simplement! Il est absolument résolu! Comment trouvez-vous cette manière impertinente d'agir à mon égard? Son aîné? Son chef?...

Il fallait bien que je me misse à rigoler un brin pour que passe entre nous cette exorbitante fantaisie. Mais Baryton n'entendait plus la bagatelle. Il trouvait même le moyen de s'indigner de bien d'autres choses...

— Ah! Ferdinand! Je vois que tout ceci ne vous semble qu'anodin... Innocentes paroles, billevesées extravagantes entre tant d'autres... Voici ce que vous semblez conclure... Rien que cela, n'est-ce pas?... O imprudent Ferdinand! Laissez-moi au contraire vous mettre bien soigneusement en garde contre ces errements, futiles seulement d'apparence! Je vous déclare que vous avez tout à fait tort!... Tout à fait tort!... Mille fois tort en vérité!... Au cours de ma carrière, vous m'accorderez le crédit d'avoir entendu à peu près tout ce qu'on peut entendre ici et ailleurs en fait de froids et de chauds délires! Rien ne m'a manqué!... Vous me l'accordez, n'est-ce pas Ferdinand?... Et je ne donne point l'impression d'être non plus porté, vous l'avez certainement observé, Ferdinand, aux angoisses... Aux exagérations?... Non, n'est-ce pas? C'est bien peu devant mon jugement que la force d'un mot et même de plusieurs mots et même de phrases et de discours entiers!... Assez simple de naissance et de par ma nature, on ne peut me refuser ceci d'être un de ces humains largement inhibés auxquels les mots ne font point peur!... Eh bien, Ferdinand, après consciencieuse analyse, en ce qui concerne Parapine, je me suis trouvé contraint de me tenir sur mes gardes!... De formuler les plus expresses réserves... Son extravagance à lui ne ressemble à aucune de celles qui sont inoffensives et courantes... Elle appartient m'a-t-il semblé, à l'une des rares formes redoutables de l'originalité, une de ces lubies aisément contagieuses : Sociales et triomphantes pour tout dire!... Ce n'est peut-être point tout à fait encore de la folie dont il s'agit dans le cas de votre ami... Non! Ce n'est peut-être que de la conviction exagérée... Mais je m'y connais en fait de démences contagieuses... Rien n'est plus grave que la conviction exagérée!... J'en ai connu bon nombre, moi qui vous parle,

Ferdinand, de ces sortes de convaincus et de diverses provenances encore!... Ceux qui parlent de justice m'ont semblé, en définitive, être les plus enragés!... Au début, ces justiciers m'ont un peu intéressé, je le confesse... A présent ils m'agacent, ils m'irritent au possible ces maniaques... N'est-ce point votre avis?... On découvre chez les hommes je ne sais quelle facilité de transmission de ce côté qui m'épouvante et chez tous les hommes m'entendez-vous?... Remarquez-le Ferdinand! Chez tous! Comme pour l'alcool ou l'érotisme... Même prédisposition... Même fatalité... Infiniment répandue... Vous rigolez Ferdinand? Vous m'effrayez alors à votre tour! Fragile! Vulnérable! Inconsistant! Périlleux Ferdinand! Quand je pense que je vous croyais sérieux, moi!... N'oubliez pas que je suis vieux, Ferdinand, je pourrais me payer le luxe de m'en foutre moi de l'avenir! Cela me serait permis! Mais à vous!

En principe, pour toujours et en toutes choses j'étais du même avis que mon patron. Je n'avais pas fait de grands progrès pratiques au cours de mon existence tracassée, mais j'avais appris quand même les bons principes d'étiquette de la servitude. Du coup avec Baryton, grâce à ces dispositions, on était devenus bien copains pour finir, je n'étais jamais contrariant moi, je mangeais peu à table. Un gentil assistant en somme, tout à fait économique et pas ambitieux pour un sou, pas menaçant.

VIGNY-SUR-SEINE se présente entre deux écluses, entre ses deux coteaux dépouillés de verdure, c'est un village qui mue dans sa banlieue. Paris va le prendre.

Il perd un jardin par mois. La publicité dès l'entrée le bariole en ballet russe. La fille de l'huissier sait faire des cocktails. Il n'y a que le tramway qui tienne à devenir historique, il ne s'en ira pas sans révolution. Les gens sont inquiets, les enfants n'ont déjà plus le même accent que leurs parents. On se trouve comme gêné quand on y pense d'être encore de Seine-et-Oise. Le miracle est en train de s'accomplir. La dernière boule de jardin a disparu avec l'arrivée de Laval aux Affaires et les femmes de ménage ont augmenté leurs prix de vingt centimes l'heure depuis les vacances. Un bookmaker est signalé. La receveuse des Postes achète des romans pédérastiques et elle en imagine de bien plus réalistes encore. Le curé dit merde quand on veut et donne des conseils de Bourse à ceux qui sont bien sages. La Seine a tué ses poissons et s'américanise entre une rangée double de verseurs-tracteurs-pousseurs qui lui forment au ras des rives un terrible râtelier de pourritures et de ferrailles. Trois lotisseurs viennent d'entrer en prison. On s'organise.

Cette transformation foncière locale n'échappe pas à Baryton. Il regrette amèrement de ne pas avoir su acheter d'autres terrains encore dans la vallée d'à côté vingt ans plus tôt, alors qu'on vous priait encore de les enlever à quatre sous du mètre, comme de la tarte pas fraîche. Temps de la bonne vie passée. Heureusement son Institut psychotérapique se défendait encore gentiment. Cependant pas sans mal. Les familles insatiables n'en finissaient pas de lui réclamer, d'exiger encore et toujours des plus nouveaux systèmes de cure, des plus électriques, des plus mystérieux, des plus tout... Des plus récents mécanismes surtout, des plus impressionnants appareils et tout de suite encore et sous peine d'être dépassé par la concurrence, il fallait qu'il s'y mette... Par ces maisons similaires embusquées dans les futaies voisines d'Asnières, de Passy, de Montretout, à l'affût, elles aussi de tous les gagas de luxe.

Il s'empressait Baryton, guidé par Parapine, de se mettre au goût du jour, au meilleur compte bien sûr, au rabais, d'occasion, en solde, mais sans désemparer, à coups de nouveaux engins électriques, pneumatiques, hydrauliques, sembler ainsi toujours mieux équipé pour courir après les lubies des petits pensionnaires vétilleux et fortunés. Il en gémissait d'être contraint aux inutiles apparats... d'être obligé de se concilier la faveur des fous mêmes...

— Au moment où j'ouvris mon Asile, me confiait-il un jour, épanchant ses regrets, c'était juste avant l'Exposition, Ferdinand, la grande... Nous n'étions, nous ne formions, nous autres aliénistes, qu'un nombre très limité de praticiens et bien moins curieux et moins dépravés qu'aujourd'hui, je vous prie de le croire!... Nul n'essayait alors parmi nous d'être aussi fou que le client... La mode n'était pas encore venue de délirer sous prétexte de mieux guérir, mode obscène remarquez-le, comme presque tout ce qui nous vient de l'étranger...

« Au temps de mes débuts donc les médecins français, Ferdinand, se respectaient encore! Ils ne se croyaient pas contraints de battre la campagne en même temps que leurs malades... Histoire de se mettre au diapason sans doute?... Que sais-je moi? De leur faire plaisir! Où cela nous conduira-t-il?... Je vous le demande?... A force d'être plus astucieux, plus morbides, plus pervers que les persécutés les plus détraqués de nos asiles, de nous vautrer avec une sorte de nouvel orgueil fangeux dans toutes les insanités qu'ils nous présentent, où allons-nous?... Êtes-vous en mesure de me rassurer Ferdinand sur le sort de notre raison?... Et même du simple bon sens?... A ce train que va-t-il nous en demeurer du bon sens? Rien! C'est à prévoir. Absolument rien! Je puis vous le prédire... C'est évident...

« D'abord Ferdinand tout n'arrive-t-il pas à se valoir en présence d'une intelligence réellement moderne? Plus de blanc! Plus de noir non plus! Tout s'effiloche!... C'est le nouveau genre! C'est la mode! Pourquoi dès lors ne pas devenir fous nous-mêmes?... Tout de suite! Pour commencer! Et nous en vanter

encore! Proclamer la grande pagaïe spirituelle! Nous faire de
la réclame avec notre démence! Qui peut nous retenir? Je vous
le demande Ferdinand? Quelques suprêmes et superflus scrupules
humains?... Quelles insipides timidités encore? Hein?... Tenez,
il m'arrive Ferdinand, quand j'écoute certains de nos confrères
et ceux-ci remarquez-le, parmi les plus estimés, les plus recher-
chés par la clientèle et les académies, de me demander où ils
nous mènent!... C'est infernal en vérité! Ces forcenés me dé-
routent, m'angoissent, me diabolisent, et surtout me dégoûtent!
Rien qu'à les entendre nous rapporter au cours d'un de ces
congrès modernes les résultats de leurs recherches familières,
je suis pris de blême panique Ferdinand! Ma raison me trahit
rien qu'à les écouter... Possédés, vicieux, captieux et retors,
ces favoris de la psychiatrie récente, à coups d'analyses super-
conscientes, nous précipitent aux abîmes... Tout simplement
aux abîmes! Un matin, si vous ne réagissez pas, Ferdinand
vous les jeunes, nous allons passer, comprenez-moi bien, passer!
A force de nous étirer, de nous sublimer, de nous tracasser
l'entendement, de l'autre côté de l'intelligence, du côté infernal,
celui-là, du côté dont on ne revient pas!... D'ailleurs on dirait
déjà qu'ils y sont enfermés ces supermalins, dans la cave aux
damnés, à force de se masturber la jugeote jour après nuit!

« Je dis bien jour et nuit parce que vous savez Ferdinand
qu'ils n'arrêtent même plus la nuit de se forniquer à longueur
de rêves ces salauds-là!... C'est tout dire! Et je te creuse! Et
je te la dilate la jugeote! Et je te me la tyrannise!... Et ce n'est
plus, autour d'eux, qu'une ragouillasse dégueulasse de débris
organiques, une marmelade de symptômes de délires en compote
qui leur suintent et leur dégoulinent de partout... On en a plein
les mains de ce qui reste de l'esprit, on en est tout englué, grotesque, méprisant, puant. Tout va s'écrouler, Ferdinand, tout
s'écroule, je vous le prédis, moi le vieux Baryton, et pour dans
pas longtemps encore!... Et vous verrez cela vous Ferdinand,
l'immense débandade! Parce que vous êtes jeune encore! Vous
la verrez!... Ah! je vous en promets des réjouissances! Vous y
passerez tous chez le voisin! Hop! D'un bon coup de délire en
plus! Un de trop! Et Vrroum! En avant chez le Fou! Enfin!
Vous serez libérés comme vous dites! Ça vous a trop tentés
depuis trop longtemps! Pour une audace, ça en sera une d'audace!

Mais quand vous y serez chez le Fou petits amis! je vous l'assure que vous y resterez!

« Retenez bien ceci Ferdinand, ce qui est le commencement de la fin de tout c'est le manque de mesure! La façon dont elle a commencé la grande débandade, je suis bien placé pour vous le raconter... Par les fantaisies de la mesure que ça a commencé! Par les outrances étrangères! Plus de mesure, plus de force! C'était écrit! Alors au néant tout le monde? Pourquoi pas? Tous? C'est entendu! Nous n'y allons pas d'ailleurs, on y court! C'est une véritable ruée! Je l'ai vu moi l'esprit, Ferdinand, céder peu à peu de son équilibre et puis se dissoudre dans la grande entreprise des ambitions apocalyptiques! Cela commença vers 1900... C'est une date! A partir de cette époque, ce ne fut plus dans le monde en général et dans la psychiatrie en particulier qu'une course frénétique à qui deviendrait plus pervers, plus salace, plus original, plus dégoûtant, plus créateur, comme ils disent que le petit copain!... Une belle salade!... Ce fut à qui se vouerait au monstre le plus tôt possible, à la bête sans cœur et sans retenue!... Elle nous bouffera tous la bête, Ferdinand, c'est entendu et c'est bien fait!... La bête? Une grosse tête qui marche comme elle veut!... Ses guerres et ses baves flamboient déjà vers nous et de toutes parts!... Nous voici en plein déluge! Tout simplement! Ah! on s'ennuyait paraît-il dans le conscient! On ne s'ennuiera plus! On a commencé par s'enculer, pour changer... Et alors on s'est mis du coup à les éprouver les « impressions » et les « intuitions »... Comme les femmes!...

« Est-il d'ailleurs nécessaire encore au point où nous en sommes, de s'encombrer d'un traître mot de logique?... Bien sûr que non! Ce serait plutôt une espèce de gêne la logique en présence de savants psychologues infiniment subtils comme notre temps les façonne, réellement progressistes... N'allez point pour cela me faire dire Ferdinand que je méprise les femmes! Que non! Vous le savez bien! Mais je n'aime pas leurs impressions! Je suis une bête à testicules moi Ferdinand et lorsque je tiens un fait alors j'ai bien du mal à le lâcher... L'autre jour, tenez, il m'en est arrivé une belle à ce propos... On me demandait de recevoir un écrivain... Il battait la campagne l'écrivain... Savez-vous ce qu'il gueulait depuis plus d'un mois? «On liquide!... On liquide!...» Comme ça qu'il vociférait à travers la maison! Lui, ça y était...

On pouvait le dire... Il y était passé de l'autre côté de l'intelligence!... Mais c'est que précisément il éprouvait encore toutes les peines du monde à liquider... Un vieux rétrécissement l'empoisonnait d'urine, lui barrait la vessie... Je n'en finissais pas de le sonder, de le débarrasser goutte à goutte... La famille insistait pour que ça lui vienne malgré tout de son génie... J'avais beau essayer de lui expliquer à la famille que c'était plutôt la vessie qu'il avait de malade leur écrivain, ils n'en démordaient pas... Pour eux, il avait succombé à un moment d'excès de son génie et voilà tout... Il a bien fallu que je me range à leur avis finalement. Vous savez n'est-ce pas ce que c'est qu'une famille? Impossible de faire comprendre à une famille qu'un homme, parent ou pas, ce n'est rien après tout que de la pourriture en suspens... Elle refuserait de payer pour de la pourriture en suspens...

Depuis plus de vingt ans Baryton n'en finissait jamais de les satisfaire dans leurs vanités pointilleuses les familles. Elles lui faisaient la vie dure les familles. Bien patient et bien équilibré tel que je l'ai connu, il gardait cependant sur le cœur un vieux reliquat de haine bien rance à l'égard des familles... Au moment où je vivais à ses côtés, il était excédé et cherchait en secret obstinément à se libérer, à se soustraire une bonne fois pour toutes à la tyrannie des familles, d'une manière ou d'une autre... Chacun possède ses raisons pour s'évader de sa misère intime et chacun de nous pour y parvenir emprunte aux circonstances quelque ingénieux chemin. Heureux ceux auxquels le bordel suffit!

Parapine, en ce qui le concernait semblait heureux d'avoir choisi la route du silence. Baryton lui, je ne le compris que plus tard, se demandait en conscience s'il n'arriverait jamais à se débarrasser des familles, de leur sujétion, des mille platitudes répugnantes de la psychiatrie alimentaire, de son état en somme. Il avait tellement envie de choses absolument neuves et différentes, qu'il était mûr au fond pour la fuite et l'évasion d'où sans doute les tirades critiques... Son égoïsme crevait sous les routines. Il ne pouvait plus rien sublimer, il voulait s'en aller seulement, emporter son corps ailleurs. Il n'était pas musicien pour un sou Baryton, il lui fallait donc tout renverser comme un ours, pour en finir.

Il se libéra lui qui se croyait raisonnable au moyen d'un scandale tout à fait regrettable. J'essayerai de raconter plus tard, à loisir, de quelle manière les choses se passèrent.

En ce qui me concernait, pour l'instant, le métier d'assistant chez lui me semblait tout à fait acceptable.

Les routines du traitement nullement pénibles, bien qu'évidemment, de temps à autre, un petit malaise me prît quand j'avais par exemple conversé trop longuement avec les pensionnaires, une sorte de vertige m'entraînait alors comme s'ils m'avaient emmené loin de mon rivage habituel les pensionnaires, avec eux, sans en avoir l'air, d'une phrase ordinaire à l'autre, en paroles innocentes, jusqu'au beau milieu de leur délire. Je me demandais pendant un petit instant comment en sortir, et si par hasard je n'étais pas enfermé une fois pour toutes avec leur folie, sans m'en douter.

Je me tenais au bord dangereux des fous, à leur lisière pour ainsi dire, à force d'être toujours aimable avec eux, ma nature. Je ne chavirais pas mais tout le temps, je me sentais en péril, comme s'ils m'eussent attiré sournoisement dans les quartiers de leur ville inconnue. Une ville dont les rues devenaient de plus en plus molles à mesure qu'on avançait entre leurs maisons baveuses, les fenêtres fondantes et mal closes, sur ces douteuses rumeurs. Les portes, le sol mouvants... L'envie vous prend quand même d'aller un peu plus loin pour savoir si on aura la force de retrouver sa raison, quand même, parmi les décombres. Ça tourne vite au vice la raison, comme la bonne humeur et le sommeil chez les neurasthéniques. On ne peut plus penser qu'à sa raison. Rien ne va plus. Fini de rigoler.

Tout allait donc ainsi de doutes en doutes, quand nous parvînmes à la date du 4 mai. Date fameuse ce 4 mai. Je me sentais par hasard si bien ce jour-là que c'était comme un miracle. Pulsations à 78. Comme à la suite d'un bon déjeuner. Quand voilà que tout se met à tourner! Je me cramponne. Tout tourne en bile. Les gens se mettent à avoir des drôles de mines. Ils me semblent devenus râpeux comme des citrons et plus malveillants encore qu'auparavant. D'être grimpé trop haut sans doute, trop imprudemment tout en haut de la santé, j'étais retombé devant la glace, à me regarder vieillir, passionnément.

On ne compte plus ses dégoûts, ses fatigues quand ces jours

merdeux arrivent, accumulés entre le nez et les yeux, il y en a rien que là, pour des années de plusieurs hommes. Il y en a bien de trop pour un homme.

A tout prendre, soudain j'eusse préféré dans l'instant retourner au « Tarapout ». Surtout que Parapine avait cessé de me parler, à moi aussi. Mais du côté du « Tarapout » j'étais brûlé. C'est dur de n'avoir que son patron pour tout confort spirituel et matériel, surtout quand c'est un aliéniste et qu'on n'est plus très sûr de sa propre tête. Faut tenir. Ne rien dire. Il nous restait à parler de femmes ensemble; c'était un sujet bénin et grâce auquel je pouvais encore espérer l'amuser de temps en temps. A cet égard, il m'accordait même un certain crédit d'expérience, une petite dégoûtante compétence.

Il n'était point mauvais que Baryton me considérât dans mon ensemble avec quelque mépris. Un patron se trouve toujours un peu rassuré par l'ignominie de son personnel. L'esclave doit être coûte que coûte un peu et même beaucoup méprisable. Un ensemble de petites tares chroniques morales et physiques justifie le sort qui l'accable. La terre tourne mieux ainsi puisque chacun se trouve dessus à sa place méritée.

L'être dont on se sert doit être bas, plat, voué aux déchéances, cela soulage, surtout qu'il nous payait tout à fait mal Baryton. Dans ces cas d'avarices aiguës les employeurs demeurent un peu soupçonneux et inquiets. Raté, débauché, dévoyé, dévoué, tout s'expliquait, se justifiait et s'harmonisait en somme. Il ne lui aurait pas déplu à Baryton que j'aye été un peu recherché par la police. C'est ça qui rend dévoué.

J'avais renoncé d'ailleurs, depuis belle lurette à toute espèce d'amour-propre. Ce sentiment m'avait semblé toujours très au-dessus de ma condition, mille fois trop dispendieux pour mes ressources. Je me trouvais tout à fait bien d'en avoir fait le sacrifice une fois pour toutes.

Il me suffisait à présent de me maintenir dans un équilibre supportable, alimentaire et physique. Le reste ne m'importait vraiment plus du tout. Mais j'éprouvais quand même bien du mal à franchir certaines nuits, surtout quand le souvenir de ce qui s'était passé à Toulouse venait me réveiller pendant des heures entières.

J'imaginais alors, je ne pouvais m'en empêcher, toutes espèces de suites dramatiques à la dégringolade de la mère Henrouille dans sa fosse à momies et la peur me montait des intestins, m'attrapait le cœur et me le tenait, à battre, jusqu'à m'en faire bondir tout entier hors du plumard pour arpenter ma chambre dans un sens et puis dans l'autre jusqu'au fond de l'ombre et jusqu'au matin. Au cours de ces crises, je me prenais à désespérer de me retrouver jamais assez d'insouciance pour pouvoir me rendormir jamais. Ne croyez donc jamais d'emblée au malheur des hommes. Demandez-leur seulement s'ils peuvent dormir encore?... Si oui, tout va bien. Ça suffit.

Il ne m'arriverait plus jamais à moi de dormir complètement. J'avais perdu comme l'habitude de cette confiance, celle qu'il faut bien avoir, réellement immense pour s'endormir complètement parmi les hommes. Il m'aurait fallu au moins une maladie, une fièvre, une catastrophe précise pour que je puisse la retrouver un peu cette indifférence et neutraliser mon inquiétude à moi et retrouver la sotte et divine tranquillité. Les seuls jours supportables dont je puisse me souvenir au cours de bien des années ce furent quelques jours d'une grippe lourdement fiévreuse.

Baryton ne me questionnait jamais à propos de ma santé. Il évitait d'ailleurs aussi de s'occuper de la sienne. « La science et la vie forment des mélanges désastreux, Ferdinand! Evitez toujours de vous soigner croyez-moi... Toute question posée au corps devient une brèche... Un commencement d'inquiétude. d'obsession... » Tels étaient ses principes biologiques simplistes et favoris. Il faisait en somme le malin. « Le connu me suffit bien! » disait-il fréquemment encore. Histoire de m'en mettre plein la vue.

Il ne me parlait jamais d'argent, mais c'était pour y penser davantage, plus intimement.

Les démêlés de Robinson avec la famille Henrouille je les gardais, assez incompris encore, sur la conscience et souvent j'essayai de lui en raconter des bouts et des épisodes à Baryton. Mais ça ne l'intéressait pas du tout. Il préférait mes histoires d'Afrique, surtout celles où il était question des confrères que j'avais rencontrés un peu partout, de leurs pratiques médicales à ces confrères peu ordinaires, pratiques étranges ou douteuses.

De temps en temps, à l'Asile, nous passions par une alerte à cause de sa fillette, Aimée. Soudain, à l'heure du dîner, on

ne la retrouvait plus ni dans le jardin, ni dans sa chambre. Pour
ma part, je m'attendais toujours à la retrouver un beau soir,
dépecée derrière un bosquet. Avec nos fous déambulant partout, le pire pouvait lui advenir. Elle avait échappé d'ailleurs
de justesse au viol, bien des fois déjà. Et alors c'étaient des cris,
des douches, des éclaircissements à n'en plus finir. On avait beau
lui défendre de passer par certaines allées trop abritées, elle y
retournait cette enfant, invinciblement, dans les petits coins.
Son père ne manquait pas à chaque fois de la fesser mémorable-
ment. Rien n'y faisait. Je crois qu'elle aimait l'ensemble.

En croisant, en doublant les fous à travers les couloirs, nous,
du personnel, nous devions toujours demeurer un peu sur nos
gardes. Les aliénés ont le meurtre encore plus facile que les hommes
ordinaires. Ainsi cela nous était devenu une sorte d'habitude de
nous placer, pour les croiser, le dos au mur, toujours prêts à les
recevoir d'un grand coup de pied dans le bas du ventre, au premier geste. Ils vous épient, ils passent. Folie à part, on s'est
parfaitement compris.

Baryton déplorait qu'aucun de nous ne sache jouer aux échecs.
Il fallut que je me misse à apprendre ce jeu rien que pour lui
faire plaisir.

Dans la journée, il se distinguait par une activité tracassière
et minuscule Baryton, qui rendait la vie bien fatigante autour
de lui. Une nouvelle petite idée du genre platement pratique
lui jaillissait chaque matin. Remplacer le papier en rouleaux
des cabinets par du papier en folios dépliables nous força à réfléchir pendant toute une semaine, que nous gaspillâmes en résolutions contradictoires. Finalement, il fut décidé qu'on atten-
drait les mois de soldes pour faire un tour dans les magasins.
Après cela survint un autre tracas oiseux, celui des gilets de
flanelle... Fallait-il donc les porter dessous?... Ou dessus la chemise?... Et la façon d'administrer le sulfate de soude?... Parapine se dérobait par un silence tenace à ces controverses sous-
intellectuelles.

Stimulé par l'ennui j'avais fini par lui raconter à Baryton
beaucoup plus d'aventures encore que tous mes voyages n'en
avaient jamais comporté, j'étais épuisé! Et ce fut à son tour
finalement d'occuper entièrement la conversation vacante rien
qu'avec ses propositions et ses réticences minuscules. On n'en

sortait plus. C'est par l'épuisement qu'il m'avait eu. Et je ne possédais pas moi, comme Parapine, une indifférence absolue pour me défendre. Il fallait au contraire que je lui réponde malgré moi. Je ne pouvais plus m'empêcher de discutailler, à l'infini, sur les mérites comparatifs du cacao et du café-crème... Il m'ensorcelait de sottise.

Nous remettions ça encore à propos de tout et de rien, des bas-varices, du courant faradique optima, du traitement des cellulites de la région du coude... J'étais arrivé à bafouiller tout à fait selon ses indications et ses penchants, à propos de rien et de tout, comme un vrai technicien. Il m'accompagnait, me précédait dans cette promenade infiniment gâteuse, Baryton, il m'en satura de la conversation pour l'éternité. Parapine rigolait bien dans son dedans, en nous entendant défiler parmi nos ergotages à longueur de nouilles tout en postillonnant le bordeaux du patron à pleine nappe.

Mais paix au souvenir de M. Baryton, ce salaud ! J'ai fini tout de même par le faire disparaître. Ça m'a demandé bien du génie !

Parmi les clientes dont on m'avait confié plus spécialement la garde, les plus baveuses me donnaient un foutu tintouin. Leurs douches par-ci... Leurs sondes par-là... Leurs petits vices, sévices et leurs grandes béances à tenir toujours propres... Une des jeunes pensionnaires me valait assez souvent des observations du patron. Elle détruisait le jardin en arrachant des fleurs, c'était sa manie et je n'aimais pas ça les observations du patron...

« La fiancée » qu'on l'appelait, une Argentine, au physique, pas mal du tout, mais au moral, rien qu'une idée, celle d'épouser son père. Alors elles y passaient une à une toutes les fleurs des massifs pour se les piquer dans son grand voile blanc qu'elle portait jour et nuit, partout. Un cas dont la famille, religieusement fanatique, avait horriblement honte. Ils la cachaient au monde leur fille et son idée avec. D'après Baryton, elle succombait aux inconséquences d'une éducation trop tendue, trop sévère, d'une morale absolue qui lui avait, pour ainsi dire, éclaté dans la tête.

Au crépuscule, nous rentrions tout notre monde après avoir fait l'appel longuement, et nous passions encore par les chambres, surtout pour les empêcher les excités de se toucher trop frénétiquement avant de s'endormir. Le samedi soir c'est bien important de les modérer et d'y faire bien attention, parce que le dimanche quand les parents viennent, c'est très mauvais pour la maison quand ils les trouvent masturbés à blanc, les pensionnaires.

Tout ça me rappelait le coup de Bébert et du fin sirop. A Vigny j'en donnais énormément de ce sirop-là. J'avais conservé la formule. J'avais fini par y croire.

La concierge de l'Asile tenait un petit commerce de bonbons, avec son mari, un vrai costaud, auquel on faisait appel de temps à autre, pour les coups durs.

Ainsi passaient les choses et les mois, assez gentiment en somme et on n'aurait pas eu trop à se plaindre si Baryton n'avait pas subitement conçu une autre nouvelle fameuse idée.

Depuis longtemps, sans doute, il se demandait s'il ne pourrait pas des fois m'utiliser plus et mieux encore pour le même prix. Alors il avait fini par trouver.

Un jour après le déjeùner il l'a sortie son idée. D'abord il nous fit servir un saladier tout plein de mon dessert favori, des fraises à la crème. Ça m'a semblé tout de suite suspect. En effet, à peine avais-je fini de bouffer sa dernière fraise qu'il m'attaquait d'autorité.

— Ferdinand, qu'il me fit comme ça, je me suis demandé si vous consentiriez à donner quelques leçons d'anglais à ma petite fille Aimée?... Qu'en dites-vous?... Je sais que vous possédez un excellent accent... Et dans l'anglais n'est-ce pas, l'accent c'est l'essentiel!... Et puis d'ailleurs soit dit sans vous flatter vous êtes, Ferdinand, la complaisance même...

— Mais certainement, monsieur Baryton, que je lui répondis moi, pris de court...

Et il fut convenu, sans désemparer, que je donnerais à Aimée, dès le lendemain matin, sa première leçon d'anglais. Et d'autres suivirent, ainsi de suite, pendant des semaines...

C'est à partir de ces leçons d'anglais que nous entrâmes tous dans une période absolument trouble, équivoque, au cours de laquelle les événements se succédèrent dans un rythme qui n'était plus du tout celui de la vie ordinaire.

Baryton tint à assister aux leçons, à toutes les leçons que je donnais à sa fille. En dépit de toute ma sollicitude inquiète, la pauvre petite Aimée ne mordait guère à l'anglais, pas du tout à vrai dire. Au fond elle ne tenait guère la pauvre Aimée à savoir ce que tous ces mots nouveaux voulaient bien dire. Elle se demandait même ce que nous lui voulions nous tous en insistant, vicieux, de la sorte, pour qu'elle en retienne réellement la signification. Elle ne pleurait pas, mais c'était tout juste. Elle aurait préféré Aimée qu'on la laisse se débrouiller gentiment avec le petit peu de français qu'elle savait déjà et dont les difficultés et les facilités lui suffisaient amplement pour occuper sa vie entière.

Mais son père, lui, ne l'entendait pas du tout de cette oreille. « Il faut que tu deviennes une jeune fille moderne ma petite Aimée ! » la stimulait-il, inlassablement, question de la consoler... « J'ai bien souffert, moi, ton père, de n'avoir pas su assez d'anglais pour me débrouiller comme il fallait dans la clientèle étrangère... Va ! Ne pleure pas ma petite chérie !... Ecoute plutôt M. Bardamu si patient, si aimable et quand tu sauras faire à ton tour les « the » avec ta langue comme il te montre, je te la payerai, c'est promis, une jolie bicyclette toute nic-ke-lée... »

Mais elle n'avait pas envie de faire les « the » non plus que les « enough », Aimée, pas du tout... C'est lui le patron qui les faisait à sa place, les « the » et les « rough », et puis encore bien d'autres progrès, en dépit de son accent de Bordeaux et de sa manie de logique bien gênante en anglais. Pendant un mois, deux mois ainsi. A mesure que se développait chez le père la passion d'apprendre l'anglais, Aimée avait de moins en moins l'occasion de se débattre avec les voyelles. Baryton me prenait tout entier. Il m'accaparait même, ne me lâchait plus, il me pompait tout mon anglais. Comme nos chambres étaient voisines, je pouvais l'entendre dès le matin tout en s'habillant transformer déjà sa vie intime en anglais. « The coffee is black... My shirt is white... The garden is green... How are you to day Bardamu ? » qu'il hurlait à travers la cloison. Il prit assez tôt du goût pour les formes les plus elliptiques de la langue.

Avec cette perversion il devait nous mener très loin... Dès qu'il eut pris contact avec la grande littérature, il nous fut impossible de nous arrêter... Après huit mois de progrès aussi anormaux, il était presque parvenu à se reconstituer entièrement sur le plan anglo-saxon. Ainsi parvint-il en même temps à me dégoûter entièrement de lui-même, deux fois de suite.

Peu à peu nous étions arrivés à laisser la petite Aimée à peu près en dehors des conversations, donc de plus en plus tranquille. Elle retourna, paisible, parmi ses nuages, sans demander son reste. Elle n'apprendrait pas l'anglais voilà tout! Tout pour Baryton!

L'hiver revint. Ce fut Noël. Dans les agences on nous annonçait des billets d'aller et retour à prix réduits pour l'Angleterre... En passant par les boulevard avec Parapine, l'accompagnant au cinéma, je les avais remarquées moi, ces annonces... J'étais même entré dans une pour me renseigner sur les prix.

Et puis à table, entre autres choses, j'en avais placé deux mots à Baryton. D'abord ça n'a pas eu l'air de l'intéresser mon renseignement. Il a laissé passer la chose. Je croyais bien même que c'était tout à fait oublié quand un soir c'est lui-même qui s'est mis à m'en reparler pour me prier de lui rapporter à l'occasion les prospectus.

Entre nos séances de littérature anglaise nous jouions assez souvent au billard japonais et encore au « bouchon » dans l'une des pièces d'isolement, celle-ci bien garnie de barreaux solides, située juste au-dessus de la loge à la concierge.

Baryton excellait aux jeux d'adresse. Parapine lui challengeait régulièrement l'apéritif et le perdait tout aussi régulièrement. Nous passions dans cette petite salle de jeux improvisée des soirées entières, surtout pendant l'hiver, quand il pleuvait, pour ne pas lui abîmer ses grands salons au patron. Quelquefois on plaçait un agité en observation dans cette même petite salle de jeux, mais c'était assez rare.

Pendant qu'ils rivalisaient d'adresse, Parapine et le patron sur le tapis ou sur le plancher « au bouchon », je m'amusais, si je puis ainsi m'exprimer, à essayer d'éprouver les mêmes sensations qu'un prisonnier dans sa cellule. Ça me manquait comme sensation. Avec de la volonté on peut arriver à se prendre d'amitié pour les gens rares qui passent par les rues de banlieue. Aux fins des journées on s'apitoie sur le petit mouvement que créent les tramways en ramenant de Paris les employés par paquets dociles. Au premier détour après l'épicier c'est déjà fini, leur déroute. Ils vont se verser tout doucement dans la nuit. On a à peine eu le temps de les compter. Mais Baryton me laissait rêvasser rarement à mon aise. En pleine partie de bouchon il pétulait encore d'interrogations insolites.

— How do you say « impossible » en english, Ferdinand?...
En somme il n'en avait jamais assez de faire des progrès. Il
était tendu avec toute sa bêtise vers la perfection. Il ne voulait
même point entendre parler d'à-peu-près ou de concessions.
Heureusement, certaine crise m'en délivra. Voici l'essentiel.

A mesure que nous progressions dans la lecture de l'Histoire
d'Angleterre, je le vis perdre un peu de son assurance et puis
finalement le meilleur de son optimisme. Au moment où nous
abordâmes les poètes élisabéthains de grands changements imma-
tériels survinrent dans son esprit et dans sa personne. J'éprouvai d'abord quelque peine à me convaincre mais je fus bien obligé,
finalement, comme tout le monde, de l'accepter tel qu'il était
devenu, Baryton, lamentable à vrai dire. Son attention précise
et autrefois assez sévère flottait à présent entraînée vers de
fabuleuses, interminables digressions. Et ce fut peu à peu à
son tour de demeurer pendant des heures entières, dans sa maison
même, là, devant nous, rêvasseur, lointain déjà... Bien qu'il
m'ait longuement et décisivement dégoûté, j'éprouvais cependant quelque remords à le voir ainsi se désagréger Baryton.
Je me croyais un peu responsable de cette débâcle... Son désarroi
spirituel ne m'était pas entièrement étranger... A tel point que
je lui proposai un jour d'interrompre pendant quelque temps le
cours de nos exercices de littérature sous le prétexte qu'un intermède nous ménagerait et le loisir et l'occasion de renouveler
nos ressources documentaires... Il ne fut point dupe de cette
mièvre ruse et m'opposa sur-le-champ un refus certes encore
bienveillant mais tout à fait catégorique... Il entendait lui poursuivre avec moi sans désemparer la découverte de l'Angleterre
spirituelle... Telle qu'il l'avait entreprise... Je n'avais rien à lui
répondre... Je m'inclinai. Il redoutait même de ne plus avoir
assez d'heures à vivre encore pour y parvenir entièrement...
Il fallut en somme et malgré que déjà je pressentisse le pire,
poursuivre avec lui tant bien que mal cette pérégrination aca-
démique et désolée.

En vérité Baryton n'était plus du tout lui-même. Autour de
nous, personnes et choses, fantasques et plus lentes, perdaient
leur importance déjà et même les couleurs que nous leur avions
connues prenaient une douceur rêveuse tout à fait équivoque...

Il ne témoignait plus Baryton que d'un intérêt occasionnel

et de plus en plus languissant pour les détails administratifs de sa propre maison, son œuvre cependant, et dont il avait été pendant plus de trente ans littéralement passionné. Il se reposait entièrement sur Parapine pour vaquer aux arrangements des services administratifs. Le désarroi croissant de ses convictions qu'il cherchait encore à dissimuler pudiquement en public, devint bientôt tout à fait évident pour nous, irréfutable, physique.

Gustave Mandamour, l'agent de police que nous connaissions à Vigny pour l'utiliser quelquefois dans les gros travaux de la maison et qui était bien le l'être le moins perspicace qu'il m'ait été donné de rencontrer parmi tant d'autres du même ordre, m'a demandé certain jour, vers cette époque, si le patron des fois n'avait pas reçu de très mauvaises nouvelles... Je le rassurai de mon mieux mais sans y mettre de conviction.

Tous ces cancans n'intéressaient plus Baryton. Il entendait seulement n'être plus dérangé sous aucun prétexte... Tout au début de nos études nous avions trop rapidement parcouru, à son gré, la grande Histoire de l'Angleterre par Macaulay, ouvrage capital en seize volumes. Nous reprîmes, sur son ordre, cette fameuse lecture et cela dans des conditions morales tout à fait inquiétantes. Chapitre après chapitre.

Baryton me semblait de plus en plus perfidement contaminé par la méditation. Lorsque nous parvînmes à ce passage, implacable entre tous, où Monmouth le Prétendant vient de débarquer sur les rivages imprécis du Kent... Au moment où son aventure ne sait plus très bien ce qu'il prétend... Ce qu'il veut faire... Ce qu'il est venu faire... Où il commence à se dire qu'il voudrait bien s'en aller, mais où il ne sait plus ni où ni comment s'en aller... Quand la défaite monte devant lui... Dans la pâleur du matin... Quand la mer emporte ses derniers navires... Quand Monmouth se met à penser pour la première fois... Baryton ne parvenait non plus, en ce qui le concernait, infime, à franchir ses propres décisions... Il lisait et relisait ce passage et se le remurmurait encore... Accablé, il refermait le livre et venait s'étendre près de nous.

Longtemps, il reprenait, yeux mi-clos, le texte entier, de mémoire, et puis avec son accent anglais le meilleur parmi tous ceux de Bordeaux que je lui avais donnés à choisir, il nous le récitait encore...

Dans l'aventure de Monmouth, quand tout le ridicule piteux de notre puérile et tragique nature se déboutonne pour ainsi dire devant l'Eternité il se prenait à son tour de vertige Baryton, et comme il ne tenait déjà plus que par un fil à notre destin ordinaire il lâcha la rampe... Depuis ce moment, je peux bien le dire, il ne fut plus des nôtres... Il ne pouvait plus...

Dès la fin de cette même soirée, il me demanda de venir le rejoindre dans son cabinet directorial... Certes, je m'attendais au point où nous en étions à ce qu'il me fît part de quelque suprême résolution, de mon renvoi immédiat par exemple... Eh bien pas du tout! La décision à laquelle il s'était arrêté m'était au contraire entièrement favorable! Or il m'arrivait si rarement d'être surpris par un sort favorable que je ne pus m'empêcher de verser quelques larmes... Baryton voulut bien prendre ce témoignage de mon émoi pour du chagrin et ce fut dès lors à son tour de me consoler...

— Irez-vous jusqu'à douter de ma parole, Ferdinand, si je vous certifie qu'il m'a fallu bien plus et bien mieux que du courage pour me résoudre à quitter cette maison?... Moi dont vous connaissez les habitudes si sédentaires, moi déjà presque un vieillard en somme et dont toute la carrière ne fut qu'une longue vérification, bien tenace, bien scrupuleuse de tant de lentes ou promptes malices?... Comment suis-je parvenu, est-ce croyable, en l'espace de quelques mois à peine, à tout abjurer?... Et pourtant m'y voici corps et âme dans cet état de détachement, de noblesse... Ferdinand! Hurrah! Comme vous dites en anglais! Mon passé ne m'est décidément plus rien! Je vais renaître, Ferdinand! Tout simplement! Je pars! Oh! vos larmes, bienveillant ami, ne sauraient atténuer le définitif dégoût que je ressens pour tout ce qui me retint ici pendant tant et tant d'insipides années!... C'en est trop! Assez Ferdinand! Je pars vous dis-je! Je fuis! Je m'évade! Certes je me déchire! Je le sais! Je saigne! Je le vois! Eh bien Ferdinand, cependant pour rien au monde! Ferdinand, rien! Vous ne me feriez revenir sur mes pas! M'entendez-vous?... Même si je m'étais laissé tomber là, un œil, quelque part dans cette boue, je ne reviendrais pas pour le ramasser! Alors! C'est tout vous dire! Doutez-vous à présent de ma sincérité?

Je ne doutais plus de rien du tout. Il était décidément capable de tout Baryton. Je crois d'ailleurs qu'il eût été fatal pour sa raison que je me mette à le contredire dans l'état où il s'était mis. Je lui laissai quelque répit et puis j'essayai quand même encore un petit peu de le fléchir, je me risquai dans une suprême tentative pour le ramener vers nous... Par les effets d'une argumentation légèrement transposée... gentiment latérale...

— Abandonnez donc, Ferdinand, de grâce, l'espoir que je me voie revenir sur ma décision! Elle est irrévocable vous dis-je! En ne m'en reparlant plus, vous me ferez tout à fait plaisir... Pour la dernière fois, Ferdinand, voulez-vous me faire plaisir? A mon âge, n'est-ce pas, les vocations deviennent tout à fait rares... C'est un fait... Mais elles sont irrémédiables...

Telles furent ses propres paroles, presque les dernières qu'il prononça. Je les rapporte.

— Peut-être, cher monsieur Baryton, osai-je toutefois encore l'interrompre, peut-être que ces sortes de vacances impromptues que vous vous disposez à prendre ne formeront-elles en définitive qu'un épisode un peu romanesque, une bienvenue diversion, un entracte heureux, dans le cours un peu austère certes de votre carrière? Peut-être qu'après avoir goûté d'une autre vie... Plus agrémentée, moins banalement méthodique que celle que nous menons ici, peut-être nous reviendrez-vous, tout simplement, content de votre voyage, blasé des imprévus?... Vous reprendrez alors, tout naturellement votre place à notre tête... Fier de vos acquis récents... Renouvelé en somme, et sans doute désormais tout à fait indulgent et consentant aux monotonies quotidiennes de notre besogneuse routine... Vieilli enfin! Si toutefois vous m'autorisez à m'exprimer ainsi monsieur Baryton?

— Quel flatteur que ce Ferdinand!... Il trouve encore le moyen de me toucher dans ma fierté masculine, sensible, exigeante même, je le découvre en dépit de tant de lassitude et d'épreuves passées... Non, Ferdinand! Toute l'ingéniosité que vous déployez ne saurait rendre en un moment bénin tout ce qui demeure au fond de notre volonté même, abominablement hostile et douloureux. D'ailleurs, Ferdinand, le temps d'hésiter, de revenir sur mes pas n'est plus!... Je suis, je l'avoue, je le clame Ferdinand : Vidé! Abruti! Vaincu! Par quarante années de petitesses sagaces!... C'est énormément trop déjà!... Ce que je veux tenter? Vous voulez le savoir?... Je puis bien vous le dire, à vous, mon suprême ami, vous qui avez bien voulu prendre une part désintéressée, admirable, aux souffrances d'un vieillard en déroute... Je veux, Ferdinand, essayer d'aller me perdre l'âme comme on va perdre son chien galeux, son chien qui pue, bien loin, le compagnon qui vous dégoûte, avant de mourir... Enfin bien seul... Tranquille... soi-même...

— Mais cher monsieur Baryton, ce violent désespoir dont vous me dévoilez soudain les intraitables exigences ne m'était jamais apparu, j'en suis éberlué, à aucun moment dans vos propos ! Bien au contraire vos observations quotidiennes me semblent encore aujourd'hui même parfaitement pertinentes... Toutes vos initiatives toujours allègres et fécondes... Vos interventions médicales parfaitement judicieuses et méthodiques... En vain chercherais-je dans le cours de vos actes quotidiens l'un de ces signes d'abattement, de déroute... En vérité, je n'observe rien de semblable...

Mais pour la première fois depuis que je le connaissais, Baryton n'éprouvait aucun plaisir à recevoir mes compliments. Il me dissuadait même gentiment de poursuivre l'entretien sur ce ton louangeur.

— Non, mon cher Ferdinand, je vous assure... Ces témoignages ultimes de votre amitié viennent adoucir certes et d'une façon inespérée les derniers moments de ma présence ici, cependant toute votre sollicitude ne saurait me rendre seulement tolérable le souvenir d'un passé qui m'accable et dont ces lieux suintent... Je veux à n'importe quel prix m'entendez-vous et dans n'importe quelles conditions m'éloigner...

— Mais cette maison même, monsieur Baryton, qu'allons-nous en faire désormais ? Y avez-vous songé ?

— Oui, certes, j'y songeai Ferdinand... Vous en prendrez la direction pendant tout le temps que durera mon absence et voilà tout !... N'avez-vous pas toujours entretenu d'excellents rapports avec notre clientèle ? Votre direction sera donc facilement acceptée... Tout ira bien, vous le verrez, Ferdinand... Parapine, lui, puisqu'il ne peut souffrir la conversation, s'occupera des mécaniques, des appareils et du laboratoire... Ça le connaît !... Ainsi tout est réglé sagement... D'ailleurs j'ai cessé de croire aux présences indispensables... De ce côté-là aussi vous le voyez, mon ami, j'ai bien changé...

En fait, il était méconnaissable.

— Mais ne redoutez-vous point, monsieur Baryton, que votre départ ne soit commenté tout à fait malicieusement par nos concurrents des environs... De Passy par exemple? De Montretout?... De Gargan-Livry? Tout ce qui nous entoure... Qui nous épie... Par ces confrères inlassablement perfides... Quel sens vont-ils donner à votre noble et volontaire exil?... Comment vont-ils le qualifier? Escapade? Que sais-je encore? Frasque? Déroute? Faillite? Qui sait?...

Cette éventualité l'avait fait sans doute longuement et péniblement réfléchir. Il se troublait encore, là, devant moi pâlissait, en y songeant...

Aimée, sa fille, notre innocente, allait dans tout cela subir un sort bien brutal. Il la confiait en garde à l'une de ses tantes, une inconnue à vrai dire, en province. Ainsi, toutes choses intimes bien liquidées, il ne nous restait plus, à Parapine et à moi, qu'à faire de notre mieux pour gérer tous ses intérêts et ses biens. Vogue donc la barque sans capitaine!

Je pouvais me permettre après ces confidences, me sembla-t-il, de lui demander au patron de quel côté il comptait se lancer vers les régions de son aventure...

— Par l'Angleterre! Ferdinand, me répondit-il, sans broncher.

Tout ce qui nous advenait en si peu de temps me semblait, certes, bien difficile à assimiler, mais il fallut tout de même nous adapter à ce nouveau sort en vitesse.

Dès le lendemain, nous l'aidâmes, Parapine et moi, à se constituer un bagage. Le passeport avec toutes ses petites pages et ses visas l'étonnait un peu. Il n'en avait jamais possédé auparavant de passeport. Tant qu'à faire, il aurait désiré en obtenir quelques autres de rechange. Nous sûmes le convaincre que c'était impossible.

Une dernière fois il trébucha sur la question des cols durs ou mous qu'il lui fallait emporter en voyage et combien de chaque sorte? Ce problème nous amena, mal résolu, jusqu'à l'heure du train. Nous sautâmes tous les trois dans le dernier tramway pour Paris. Baryton n'emportait qu'une légère valise, entendant demeurer partout où il irait et en toutes circonstances bien mobile et bien léger.

Sur le quai la noble hauteur des marchepieds des trains inter-

nationaux l'impressionna. Il hésitait à gravir ces degrés majestueux. Il se recueillait devant le wagon comme au seuil d'un
monument. Nous l'aidâmes un peu. Ayant pris des secondes,
il nous fit à ce propos une dernière remarque, comparative, pratique, et souriante : « Les premières ne sont pas mieux » fit-il.

Nous lui tendions les mains. Ce fut l'heure. On siffla le départ
qui survint dans un branle énorme, en catastrophe de ferraille,
à la minute bien précise. Nos adieux en furent abominablement
brutalisés. « Au revoir, mes enfants ! » eut-il juste le temps de
nous dire et sa main s'est détachée, enlevée aux nôtres...

Elle remuait là-bas dans la fumée, sa main, élancée dans le
bruit, déjà sur la nuit, à travers les rails, toujours plus loin,
blanche...

D'un côté, on ne le regretta pas, mais tout de même ce départ créait un sacré vide dans la maison.

D'abord la façon dont il était parti nous rendait tristes et pour ainsi dire malgré nous. Elle n'était pas naturelle la façon dont il était parti. On se demandait ce qui allait pouvoir nous arriver à nous après un coup pareil.

Mais on n'a pas eu le temps de se le demander longtemps, ni même de s'ennuyer non plus. Quelques jours à peine après qu'on l'a eu reconduit à la gare Baryton, voilà une visite qui s'annonce pour moi au bureau, pour moi tout spécialement. L'abbé Protiste.

Je lui en ai appris alors moi des nouvelles! Et des belles! Et la façon fameuse surtout dont Baryton nous avait plaqués tous pour s'en aller vadrouiller dans les Septentrions!... Il n'en revenait pas Protiste en apprenant ça, et puis quand il a eu compris à la fin il ne discernait plus dans ce changement que le profit que je pouvais tirer moi d'une situation pareille. « Cette confiance de votre Directeur m'apparaît comme la plus flatteuse des promotions, mon cher Docteur! » qu'il me rabâchait à n'en plus finir.

J'avais beau essayer de le calmer, mis en verve, il n'en démordait plus de sa formule et de me prédire le plus magnifique des avenirs, une splendide carrière médicale comme il disait. Je ne pouvais plus l'interrompre.

Avec bien du mal on est revenu tout de même aux choses sérieuses, à cette ville de Toulouse précisément, dont il arrivait lui, de la veille. Bien entendu je l'ai laissé me raconter à son tour ce qu'il savait. J'ai même fait l'étonné, le stupéfait, quand il m'a eu appris l'accident qui était arrivé à la vieille.

— Comment? Comment? que je l'interrompais moi. Elle est morte?... Mais quand donc ça s'est-il passé voyons?

De fil en aiguille il a bien fallu qu'il se mette à table.

Sans me raconter absolument que c'était Robinson qui l'avait basculée la vieille, dans son petit escalier, il ne m'a tout de même pas empêché de le supposer... Elle avait pas eu le temps de dire ouf! paraît-il. On se comprenait... C'était du joli, du soigné... A la seconde fois qu'il s'y était repris, il l'avait pas loupée la vieille.

Heureusement qu'il passait dans le quartier, à Toulouse, Robinson, pour tout à fait aveugle encore. On était donc pas allé chercher plus qu'un accident, bien tragique certes, mais tout de même bien explicable dès qu'on réfléchissait un peu à tout, aux circonstances, à l'âge de la vieille personne, et aussi à ce que ça s'était passé sur la fin d'une journée, la fatigue... Moi je ne tenais pas à en savoir davantage pour le moment. J'en avais reçu déjà bien assez comme ça des confidences.

Quand même, j'ai eu du mal à le faire changer de conversation l'Abbé. Ça le travaillait son histoire. Il y revenait encore et toujours dans l'espérance sans doute de me faire me couper, de me compromettre qu'on aurait dit... C'était midi!... Il pouvait courir... Alors il y a tout de même renoncé et s'est contenté de me parler de Robinson, de sa santé... De ses yeux... De ce côté-là, il allait beaucoup mieux... Mais c'était le moral qui était toujours mauvais chez lui. Le moral décidément, ça n'allait plus du tout! Et cela en dépit de la sollicitude, de l'affection que les deux femmes n'arrêtaient pas de lui prodiguer... Il n'arrêtait pas en échange de son sort et de la vie.

Moi, ça ne me surprenait pas de l'entendre dire tout ça le curé. Je le connaissais le Robinson moi. De tristes, ingrates dispositions qu'il avait. Mais je me méfiais de l'Abbé bien davantage encore... Je ne pipais pas pendant qu'il me parlait. Il en fut donc pour ses frais de confidences.

— Votre ami, Docteur, en dépit d'une vie matérielle devenue à présent agréable, facile et d'autre part, des perspectives d'un heureux mariage prochain, déçoit toutes nos espérances, je dois vous l'avouer... N'est-il pas repris par ce goût funeste pour les escapades, ce goût de dévoyé que vous lui connûtes en d'autres temps?... Que pensez-vous de ces dispositions, mon cher Docteur?

Il ne songeait là-bas en somme, qu'à tout plaquer Robinson, si je comprenais bien, la fiancée et sa mère en étaient vexées d'abord et puis elles en éprouvaient tout le chagrin qu'on pouvait imaginer. Voilà ce qu'il était venu pour me raconter l'abbé Protiste. Tout cela était assez troublant certes et, pour ma part, j'étais bien résolu à me taire, à ne plus intervenir, à aucun prix, dans les petites affaires de cette famille... Entretien avorté, nous nous quittâmes au tramway avec l'Abbé, assez fraîchement pour tout dire. En rentrant à l'Asile je n'avais pas l'esprit tranquille.

C'est très peu de temps après cette visite que nous reçûmes par l'Angleterre les premières nouvelles de Baryton. Quelques cartes postales. Il nous souhaitait à tous « une bonne santé et bonne chance ». Il nous écrivit encore quelques lignes insignifiantes, de-ci, de-là. Par une carte sans texte, nous apprîmes qu'il était passé en Norvège, et quelques semaines plus tard, un télégramme vint nous rassurer un peu : « Bonne traversée ! » de Copenhague.

Ainsi que nous l'avions prévu, l'absence du patron fut commentée tout à fait méchamment dans Vigny même et aux environs. Il valait mieux pour l'avenir de l'Institut que nous ne donnions désormais sur les motifs de cette absence qu'un minimum d'explications, aussi bien devant nos malades, qu'aux confrères des alentours.

Des mois s'écoulèrent encore, mois de grande prudence, ternes, silencieux. Nous finîmes par éviter tout à fait d'évoquer le souvenir même de Baryton entre nous. D'ailleurs son souvenir nous faisait à tous comme un peu honte.

Et puis revint l'été. Nous ne pouvions pas demeurer tout le temps au jardin en train de surveiller les malades. Pour nous prouver à nous-mêmes que nous étions malgré tout un peu libres on s'aventurait jusqu'au bord de la Seine, histoire de sortir.

Après le remblai de l'autre rive, c'est la grande plaine de Gennevilliers qui commence, une bien belle étendue grise et blanche où les cheminées se profilent doucement dans les poussières et dans la brume. Tout près du halage se tient le bistrot des mariniers, il garde l'entrée du canal. Le courant jaune vient pousser sur l'écluse.

On regardait ça nous autres en contrebas pendant des heures, et à côté, l'espèce de long marécage aussi dont l'odeur revient sournoise jusque sur la route des autos. On s'habitue. Elle n'en avait plus de couleur cette boue, tellement qu'elle était vieille et fatiguée par des crues. Sur les soirs l'été, elle devenait parfois comme douce, la boue, quand le ciel, en rose, tournait au sentiment. C'est là sur le pont qu'on venait pour écouter l'accordéon, celui des péniches, pendant qu'elles attendent devant la porte que la nuit finisse pour passer au fleuve. Surtout celles qui descendent de Belgique sont musicales, elles portent de la couleur partout, du vert et du jaune, et à sécher des linges plein des ficelles et encore des combinaisons framboise que le vent gonfle en sautant dedans par bouffées.

A l'estaminet des mariniers, je venais souvent tout seul encore, à l'heure morte qui suit le déjeuner, quand le chat du patron est bien tranquille, entre les quatre murs, comme enfermé dans un petit ciel en ripolin bleu rien que pour lui.

Là, moi aussi, somnolent au début d'un après-midi, attendant, bien oublié que je croyais, que ça passe.

J'ai vu quelqu'un arriver de loin, qui montait par la route. J'ai pas eu à hésiter longtemps. A peine sur le pont je l'avais déjà reconnu. C'était mon Robinson lui-même. Pas d'erreur possible! « Il vient par ici pour me rechercher! que je me suis dit d'emblée... Le curé a dû lui passer mon adresse!... Faut que je m'en débarrasse en vitesse! »

A l'instant je le trouvai abominable de me déranger au moment juste où je commençais à me refaire un bon petit égoïsme. On se méfie de ce qui arrive par les routes, on a raison. Le voilà donc parvenu tout près du bistrot. Je sors. Il a l'air surpris de me voir. « D'où viens-tu encore? » que je lui demande, ainsi, pas aimable. « De la Garenne... » qu'il me répond. « Bon, ça va! As-tu mangé? » que je le questionne. Il en avait pas trop l'air d'avoir mangé, mais il ne voulait pas paraître la crever tout de suite en arrivant. « Te voilà encore en vadrouille alors? » que j'ajoute. Parce que je peux bien le dire à présent, j'étais pas content du tout de le revoir. Ça me faisait aucun plaisir.

Parapine arrivait aussi du côté du canal, à ma rencontre. Ça tombait bien. Il était fatigué Parapine d'être aussi fréquemment de garde à l'Asile. C'est vrai que j'en prenais un peu à mon aise avec le service. D'abord, en ce qui concerne la situation on aurait bien donné quelque chose, l'un comme l'autre,

pour savoir au juste quand il allait revenir le Baryton. On espérait que ça serait bientôt qu'il aurait fini de vadrouiller pour le
reprendre son bazar et s'en occuper lui-même. C'était de trop
pour nous. Nous n'étions pas des ambitieux, ni l'un ni l'autre
et on s'en foutait nous des possibilités d'avenir. C'était un tort
d'ailleurs.

Faut lui rendre une justice encore à Parapine, c'est qu'il ne
posait jamais de questions sur la gérance commerciale de l'Asile,
sur la façon de m'y prendre avec les clients, seulement je le ren-
seignais tout de même, malgré lui pour ainsi dire, et alors je
parlais tout seul. Dans le cas de Robinson, c'était important de
le mettre au courant.

— Je t'ai déjà parlé de Robinson n'est-ce pas? que je lui
ai demandé en manière d'introduction. Tu sais bien mon ami
de la guerre?... Tu y es?

Il me les avait bien entendu raconter cent fois les histoires
de guerre et les histoires d'Afrique aussi et cent fois de façons
bien diverses. C'était ma manière.

— Eh bien, que je continuai, le voici à présent Robinson
qui revient en chair et en os de Toulouse, pour nous voir... On
va dîner ensemble à la maison. En fait, en m'avançant ainsi au
nom de la maison je me sentais un peu gêné. C'était une espèce
d'indiscrétion que je commettais. Il m'aurait fallu pour la circonstance posséder une autorité liante, engageante, qui me faisait tout à fait défaut. Et puis Robinson lui-même ne me faci-
litait pas les choses. Sur le chemin qui nous ramenait au pays,
il se montrait déjà tout curieux et inquiet, surtout au sujet de
Parapine dont la figure longue et pâle à côté de nous l'intriguait.
Il avait cru d'abord que c'était un fou aussi, Parapine. Depuis
qu'il savait où nous demeurions à Vigny il en voyait partout
des fous. Je le rassurai.

— Et toi, lui demandai-je, as-tu au moins retrouvé un boulot
quelconque depuis que tu es de retour?

— Je vais en chercher... qu'il se contenta de me répondre.

— Mais tes yeux sont-ils bien guéris? Tu y vois bien maintenant avec?

— Oui, j'y vois presque comme avant...

— Alors, t'es bien content? que je lui fais.

Non, il était pas content. Il avait autre chose à faire qu'à

être content. Je me gardai de lui parler de Madelon tout de suite.
C'était entre nous un sujet qui restait trop délicat. Nous passâmes un bon moment devant l'apéritif et j'en profitai pour le
mettre au courant de bien des choses de l'Asile et d'autres détails
encore. J'ai jamais pu m'empêcher de bavarder à tort et à travers. Pas bien différent somme toute de Baryton. Le dîner s'acheva dans la cordialité. Après, je ne pouvais tout de même pas le
renvoyer tel quel à la rue Robinson Léon. Je décidai sur-le-
champ qu'on lui monterait dans la salle à manger un petit lit-
cage en attendant. Parapine n'émettait toujours pas d'avis.
« Tiens Léon ! que j'ai dit moi, voici de quoi te loger tant que tu
n'auras pas encore trouvé de place... — Merci » qu'il a répondu
simplement et depuis ce moment, chaque matin, il s'en allait
par le tramway à Paris soi-disant à la recherche d'un emploi
de représentant.

Il en avait assez de l'usine, qu'il disait, il voulait « représenter ». Il s'est peut-être donné du mal pour en trouver une de
représentation, faut être juste, mais enfin toujours est-il qu'il
l'a pas trouvée.

Un soir il est rentré de Paris plus tôt qu'à l'habitude. J'étais
encore au jardin moi, en train de surveiller les abords du grand
bassin. Il est venu me retrouver là pour me dire deux mots.

— Écoute ! qu'il a commencé.

— Je t'écoute, que j'ai répondu.

— Tu pourrais pas me donner un petit emploi toi ici même ?...
Je trouve rien ailleurs...

— T'as bien cherché ?

— Oui, j'ai bien cherché...

— Un emploi dans la maison que tu veux ? Mais à quoi faire ?
T'en trouves donc pas un petit boulot à Paris ? Veux-tu qu'on
se renseigne pour toi avec Parapine auprès des gens qu'on connaît ?

Ça le gênait que je lui propose d'intervenir à propos de son
emploi.

— C'est pas qu'on en trouve pas absolument, qu'il a continué alors. On en trouverait peut-être... Du petit travail... Bien...
Mais tu vas comprendre... Il faut absolument que j'aie l'air
d'être malade du cerveau... C'est urgent et c'est indispensable
que j'aie l'air malade du cerveau...

— Bon! que je lui fais alors moi, ne m'en dis pas davantage!...

— Si, si, Ferdinand, au contraire, il faut que je t'en dise bien davantage, et qu'il insistait, que tu me comprennes bien... Et puis comme je te connais d'abord, t'es long à comprendre et à te décider...

— Vas-y alors, que je lui fais, résigné, raconte...

— Si j'ai pas l'air fou, ça va aller mal, que je te garantis... Ça va barder... Elle est capable de me faire arrêter... Tu me comprends-t-y à présent?...

— C'est de Madelon qu'il s'agit?

— Oui, bien sûr c'est d'elle!

— C'est gentil!

— Tu peux le dire...

— Vous êtes fâchés tout à fait alors?

— Comme tu vois...

— Viens par ici, si tu veux me donner des détails! que je l'interrompis moi alors, et que je l'entraînai à côté. — Ce sera plus prudent à cause des fous... Ils peuvent comprendre aussi des choses et en raconter des bien plus drôles encore... tout fous qu'ils sont...

Nous montâmes dans une des pièces de l'isolement et une fois là ce ne fut pas long à ce qu'il me reconstitue toute la combinaison, surtout que j'étais déjà bien fixé sur ses capacités et aussi que l'abbé Protiste m'avait laissé supposer le reste...

A la seconde reprise il avait pas raté l'affaire. On ne pouvait plus prétendre qu'il avait vasouillé encore une fois! Ça non! Pas du tout. Rien à dire.

— Tu comprends la vieille, elle me courait de plus en plus... Surtout depuis le moment où j'ai commencé à aller un peu mieux des yeux, c'est-à-dire quand j'ai commencé à pouvoir me conduire tout seul dans la rue... J'ai revu des choses à partir de ce moment-là... Et je l'ai revue elle aussi la vieille... Y a pas à dire, je voyais plus qu'elle!... Je l'avais là tout le temps devant moi!... C'est comme si elle m'avait bouché l'existence!... Je crois bien qu'elle le faisait exprès d'être là... Rien que pour m'empoisonner... C'est pas explicable autrement!... Et puis dans la maison où on était tous, tu la connais hein la maison, c'était pas facile de pas s'engueuler?... T'as vu comment que c'était petit!... On se montait dessus! On peut pas dire autrement!...

— Et les marches du caveau, elles tenaient pas fort hein?

J'avais remarqué moi-même comme il était dangereux l'escalier en visitant la première fois avec Madelon, qu'elles branlaient déjà les marches.

— Non, pour ça c'était presque du tout fait, qu'il a admis, bien franchement.

— Et les gens de là-bas? l'interrogeai-je encore. Les voisins, les curés, les journalistes... Ils ont pas fait leurs petites remarques, eux, quand c'est arrivé?...

— Non, faut croire... Et puis, ils me croyaient pas capable... Ils me prenaient pour un dégonflé... Un aveugle... Tu comprends?

— Enfin, pour ça tu peux t'estimer heureux, parce qu'autrement?... Et Madelon? qu'est-ce qu'elle faisait dans la combine? Elle en était aussi?

— Pas tout à fait... Mais un peu quand même, forcément, puisque le caveau, tu comprends, il devait nous revenir en totalité à tous les deux après que la vieille serait passée... C'était arrangé de cette manière-là... On devait s'établir tous les deux dedans...

— Pourquoi alors après que ça n'a plus marché vos amours?

— Ça tu sais, c'est compliqué à expliquer...

— Elle voulait plus de toi?

— Mais si, au contraire, elle en voulait bien, et même qu'elle restait tout ce qu'il y a de portée sur la question du mariage... Sa mère aussi en voulait bien et encore plus fort qu'avant, et que ça se fasse dare-dare à cause des momies de la mère Henrouille qui nous revenaient et qu'on avait bien de quoi vivre tous les trois désormais tranquilles...

— Qu'est-ce qui s'est passé entre vous alors?

— Eh bien, je voulais, moi, qu'elles me foutent la paix! Tout simplement... La mère et la fille...

— Écoute, Léon!... que je l'arrêtai net en entendant ces mots-là. Écoute-moi... C'est pas sérieux non plus ta salade... Mets-toi à leur place à Madelon et à sa mère... Est-ce que t'aurais été content toi à leur place? Comment? En arrivant là-bas t'avais à peine de chaussures, pas de situation, rien, t'arrêtais pas de râler la longueur des journées, que la vieille gardait tout ton pognon et patati et patata... Elle défile, tu la fais défiler plutôt.. Et tu recommences à refaire des grimaces quand même et tes petites allures... Mets-toi à leur place à ces deux femmes, mets-y-toi un peu!... C'est pas supportable!... Et comment moi alors que je t'aurais envoyé te faire mettre!... Tu le méritais cent fois, qu'elles t'envoient au ballon! J'aime autant te le dire!

Voilà comment que je lui parlais moi à Robinson.

— Possible qu'il m'a répondu alors, du tac au tac, mais toi t'as beau être un médecin et bien instruit et tout, tu comprends rien à ma nature...

— Tais-toi tiens Léon! que je finis par lui dire et pour conclure. Tais-toi, petit malheureux, avec ta nature! Tu t'exprimes comme un malade!... Je regrette bien que Baryton soye actuellement parti aux quatre cents diables, autrement il t'aurait pris en traitement lui! C'est ce qu'on pourrait faire de mieux pour toi d'ailleurs! Ça serait de t'enfermer d'abord! Tu m'entends! T'enfermer! Il s'en serait occupé lui Baryton de ta nature!

— Si t'avais eu ce que j'ai eu, et passé par où j'ai passé qu'il s'est rebiffé en m'entendant, t'aurais été bien malade aussi sans doute! Je te le garantis! Et peut-être pire que moi encore! Dégonflard comme je te connais!... Là-dessus il se met à m'engueuler d'abondance tout comme s'il avait eu des droits.

Je le regardais bien pendant qu'il m'engueulait. J'avais l'habitude d'être maltraité comme ça par des malades. Ça ne me gênait plus.

Il avait bien maigri depuis Toulouse et puis quelque chose que je lui connaissais pas encore lui était comme monté sur la figure, on aurait dit comme un portrait, sur ses traits mêmes, avec de l'oubli déjà, du silence tout autour.

Dans les histoires de Toulouse, il y avait encore autre chose, en moins grave évidemment, qu'il n'avait pas pu digérer, mais en y repensant il lui revenait tout de même de la bile. C'était d'avoir été obligé de graisser la patte à tout un monde de trafiqueurs pour rien. Il avait pas digéré d'avoir été obligé de donner des commissions à droite, à gauche, au moment de la reprise du caveau, au curé, à la chaisière, à la mairie, aux vicaires et à bien d'autres encore, et tout ça sans résultat en somme. Ça le bouleversait quand il en reparlait. Du vol qu'il appelait ces façons-là.

— Et alors, est-ce que vous vous êtes mariés en fin de compte? que je lui demandai, pour conclure.

— Mais non que je te dis! Je ne voulais plus!

— Elle était tout de même pas mal la petite Madelon? Tu peux pas dire le contraire?

— C'est pas là la question...

— Mais bien sûr que si que c'est la question. Puisque vous étiez libres que tu me dis... Si vous teniez absolument à quitter Toulouse, vous pouviez bien laisser le caveau en gérance à sa mère pendant un temps... Vous seriez revenus plus tard...

— Pour ce qui est du physique, reprit-il, tu peux le dire, elle était vraiment gentille, je l'admets, tu m'avais bien tuyauté en somme, surtout imagine que comme un fait exprès quand j'ai revu pour la première fois, c'est pour ainsi dire elle que j'ai revue en premier, dans une glace... Tu imagines?... A la lumière!... Y avait bien à peu près deux mois que la vieille était tombée... La vue m'est revenue comme d'un coup sur elle Madelon, en essayant de lui regarder la figure... Un coup de lumière en somme... Tu me comprends?

— C'était pas agréable?

— Si c'était agréable... Mais y a pas que ça...

— T'es foutu le camp tout de même...

— Oui, mais je vais t'expliquer puisque tu veux comprendre, c'est elle d'abord qui s'est mise à me trouver drôle.. Que j'avais plus d'entrain... Que j'étais plus aimable... Des chichis, des fla-fla...

— C'étaient peut-être des remords qui te travaillaient?

— Des remords?

— Je ne sais pas moi...

— T'appelleras ça comme tu voudras, mais j'étais pas en train... Voilà tout... Je crois tout de même pas que c'étaient des remords...

— T'étais malade alors?

— Ça doit être plutôt ça, malade... Voilà d'ailleurs une heure au moins que j'essaye de te le faire dire que je suis malade... T'admettras que tu y mets du temps...

— Bon! Ça va! que je lui réponds. On le dira que t'es malade, puisque tu crois que c'est le plus prudent...

— Tu feras bien, qu'il a encore insisté, parce que je garantis rien en ce qui la concerne... Elle est bien capable de bouffer le morceau avant qu'il soye longtemps...

C'était comme une sorte de conseil qu'il avait l'air de me don-

ner, et j'en voulais pas de son conseil. J'aimais pas ce genre-là
du tout à cause des complications qui allaient recommencer.

— Tu crois toi, qu'elle boufferait le morceau? que je lui demandai encore pour m'assurer... Mais elle était quand même un peu
ta complice?... Ça devrait la faire réfléchir un moment avant
de se mettre à baver?

— Réfléchir?... qu'il ressaute lui alors en m'entendant. On
voit bien que tu la connais pas... — Ça le faisait rigoler de m'entendre. — Mais elle n'hésiterait pas une seconde!... Comme je
te le dis! Si tu l'avais fréquentée comme moi, tu n'en douterais
pas! C'est une amoureuse que je te répète!... T'en as donc jamais
fréquenté toi des amoureuses? Quand elle est amoureuse, elle
est folle, c'est bien simple! Folle! Et c'est de moi qu'elle est
amoureuse et qu'elle est folle!... Tu te rends compte? Tu comprends? Alors tout ce qui est fou ça l'excite! C'est bien simple!
Ça l'arrête pas! Au contraire!...

Je ne pouvais pas lui dire que ça m'étonnait quand même
un peu, qu'elle en soit arrivée en quelques mois à ce degré de
frénésie Madelon, parce que tout de même je l'avais connue
un petit peu moi-même, Madelon... J'avais mon idée à son
sujet, mais je ne pouvais pas la dire.

D'après la façon dont elle se débrouillait à Toulouse et telle
que je l'avais entendue quand j'étais derrière le peuplier le
jour de la péniche, c'était difficile de me figurer qu'elle avait
pu changer de dispositions à ce point en si peu de temps... Elle
m'avait semblé plus débrouillarde que tragique, gentiment affran-
chie et bien contente de se caser avec des petites histoires et
son petit chiqué partout où ça pouvait prendre. Mais pour le
moment, où nous en étions, je n'avais plus rien à dire. J'avais
qu'à laisser passer. « Bon! Bien! Ça va! que je conclus. Et sa
mère alors? Elle a dû faire un peu de bruit aussi la mère, quand
elle a compris que tu te débinais pour de bon?... »

— Tu parles! Même qu'elle répétait toute la journée que
j'avais un caractère de cochon et remarque, ça, juste au moment
où j'aurais eu besoin au contraire qu'on me parle bien aimablement!... Quelle musique!... En somme ça ne pouvait plus durer
avec la mère non plus, si bien que j'ai proposé à Madelon de
leur laisser le caveau à elles deux, pendant que moi de mon côté,
j'irais faire un tour, voyager tout seul, revoir un peu de pays...

— T'iras avec moi, qu'elle a protesté alors... Je suis ta fiancée n'est-ce pas?... T'iras avec moi, Léon, ou t'iras pas du tout!... Et puis d'abord qu'elle insistait, t'es pas encore assez guéri...

— Si, que je suis guéri et que j'irai tout seul! que je répondais moi... On n'en sortait pas.

— Une femme accompagne toujours son mari! faisait la mère. Vous n'avez qu'à vous marier! — Elle la soutenait rien que pour m'exciter.

En entendant ces trucs-là, moi, ça me faisait souffrir. Tu me connais! Comme si j'avais eu besoin d'une femme pour aller à la guerre moi! Et pour en sortir! Et en Afrique j'en avais-t-y des femmes? Et en Amérique, est-ce que j'avais une femme moi?... Tout de même de les entendre discuter comme ça là-dessus pendant des heures ça me donnait mal au ventre! La colique! Je sais bien à quoi ça sert les femmes tout de même! Toi aussi hein? A rien! J'ai voyagé moi quand même! Un soir enfin qu'elles m'avaient mis bien à bout avec leurs salades, j'ai fini par lui balancer d'un coup à la mère tout ce que je pensais d'elle! « Vous êtes qu'une vieille noix, que je lui ait dit... Vous êtes encore plus con que la mère Henrouille!... Si vous aviez connu un peu plus de gens et des pays comme j'en ai connu moi vous iriez pas si vite à donner des conseils à tout le monde et c'est toujours pas en ramassant vos bouts de suif dans le coin de votre dégueulasse d'église que vous l'apprendrez jamais la vie! Sortez donc un peu aussi vous ça vous fera du bien! Allez donc vous promener un peu vieille ordure! Ça vous rafraîchira! Vous aurez moins de temps pour faire des prières, vous sentirez moins la vache!... »

Voilà comment que je l'ai traitée, moi, sa mère! Je te réponds qu'il y avait longtemps que ça me turlupinait de l'engueuler et qu'elle en avait salement besoin en plus... Mais tout compte fait ça serait plutôt à moi que ça a fait du bien... Ça m'a comme délivré de la situation... Seulement on aurait dit aussi la carne qu'elle n'attendait que ce moment-là que je me déboutonne pour me traiter à son tour de tous les noms de salauds qu'elle savait! Elle en a bavé alors et même plus qu'il en fallait. « Voleur! Fainéant! qu'elle m'agonisait... Vous avez même pas de métier!... Ça va faire un an bientôt que je vous nourris ma fille et moi!... Propre à rien!... Maquereau!... » T'entends ça d'ici? Une vraie

scène de famille... Elle a comme réfléchi un bon coup et puis
elle l'a dit plus bas, mais tu sais alors elle l'a dit et puis de tout
son cœur « Assassin!... Assassin! » qu'elle m'a appelé. Ça m'a
refroidi un peu.

La fille en entendant ça elle avait comme peur que je la bute
sur place sa mère. Elle s'est jetée entre nous deux. Elle lui a
fermé la bouche à sa mère avec sa propre main. Elle a bien fait.
Elles étaient donc d'accord les carnes! que je me disais moi.
C'était évident. Enfin, j'ai passé... C'était plus le moment des
violences... Et puis je m'en foutais après tout qu'elles soient
d'accord... Tu pourrais croire qu'après s'avoir bien soulagé,
elles allaient à présent me laisser tranquille?... Penses-tu! Mais
non! Ça serait pas les connaître... La fille a remis ça. Elle avait
le feu au cœur et puis au cul... Ça l'a reprise de plus belle...

— Je t'aime Léon, tu vois bien que je t'aime, Léon...

Elle ne savait que ce truc-là, son « je t'aime ». Comme si ç'avait
été la réponse à tout.

— Tu l'aimes encore? que repiquait sa mère en l'entendant.
Mais tu ne vois donc pas que c'est rien qu'un voyou? Un moins
que rien? Maintenant qu'il a retrouvé ses yeux, grâce à nos
soins il va t'en donner du malheur ma fille! C'est moi qui te le
jure! Moi! ta maman!...

Tout le monde a pleuré pour finir la scène, même moi parce
que je ne voulais pas me mettre trop mal avec ces deux salopes,
me fâcher de trop malgré tout.

Je suis donc sorti, mais on s'était dit bien trop de choses
pour que ça puisse résister encore longtemps notre face à face.
Ça a traîné tout de même des semaines à se disputer de-ci, de-là,
et puis à se surveiller pendant des jours et surtout des nuits.
On pouvait pas se décider à se séparer, mais le cœur n'y était
plus. On avait encore surtout des craintes qui nous retenaient
ensemble.

— T'en aimes donc une autre? qu'elle me demandait elle,
Madelon, de temps en temps.

— Mais non voyons! que j'essayais de la rassurer moi. Mais
non! — C'était clair cependant qu'elle me croyait pas. Pour
elle, il fallait qu'on aime quelqu'un dans la vie et y avait pas
à en sortir.

— Dis-moi, que je lui répondais, ce que je pourrais bien

en faire moi d'une autre femme? — Mais c'était sa manie l'amour. Je savais plus quoi lui raconter pour la calmer. Elle allait chercher des trucs comme j'en avais jamais entendu auparavant. J'aurais jamais cru qu'elle cachait des choses comme ça dans sa tête.

— Tu m'as pris mon cœur, Léon! qu'elle m'accusait, et puis sérieusement. Tu veux partir! qu'elle me menaçait. Pars! Mais je te préviens que je vais mourir de chagrin Léon!... Moi j'allais être la cause de sa mort de chagrin? A quoi ça rime tout ça, hein? Je te le demande? « Mais non voyons tu vas pas mourir! que je la rassurais. Je t'ai rien pris du tout d'abord! Je t'ai même pas fait d'enfant voyons! Réfléchis! Je t'ai pas donné de maladies non plus? Non? Alors? Je veux seulement m'en aller, voilà tout! Comme qui dirait m'en aller en vacances... C'est bien simple pourtant... Essaie d'être raisonnable... » Et plus j'essayais de lui faire comprendre mon point de vue et moins que ça lui plaisait mon point de vue. En somme on se comprenait plus du tout. Elle en devenait comme enragée à l'idée que je pouvais penser vraiment ce que je disais que c'était rien que du véritable, du simple et du sincère.

Elle croyait en plus que c'était toi qui me poussais à foutre le camp... Voyant alors qu'elle me retiendrait pas en me faisant honte de mes sentiments elle a essayé de me retenir d'une autre manière.

— Va pas croire Léon, qu'elle m'a dit alors, que je tiens à toi, à cause des affaires du caveau!... L'argent tu sais moi ça m'est bien égal au fond... Ce que je voudrais, Léon, c'est rester avec toi... C'est être heureuse... Voilà tout... C'est bien naturel... Je veux pas que tu me quittes... C'est trop de se quitter quand on s'est aimé comme on s'aimait tous les deux... Jure-moi au moins, Léon, que tu ne t'en iras pas pour longtemps?...

Et ainsi de suite que ça a duré sa crise pendant des semaines. On peut dire qu'elle était amoureuse et bien emmerdante... Elle y revenait chaque soir à sa folie d'amour. En fin de compte, elle a tout de même bien voulu qu'on laisse le caveau à sa mère en garde, à condition qu'on partirait tous les deux chercher ensemble du travail à Paris... Toujours ensemble!... Tu parles d'un numéro! Elle voulait bien comprendre n'importe quoi, sauf que moi je m'en aille seul de mon côté et elle du sien...

Pour ça rien à faire... Alors plus elle avait l'air d'y tenir et plus elle me rendait malade moi, forcément !

C'était pas la peine d'essayer de la rendre raisonnable. Je me rendais compte à force que c'était du vrai temps perdu, ou parti pris et que ça la rendait plutôt plus enragée encore. Il a bien fallu que je me mette donc moi à en inventer des trucs pour m'en débarrasser de son amour comme elle disait... C'est de là que l'idée m'est venue de lui faire peur en lui racontant comme ça que je devenais un peu fou de temps à autre... Que ça me prenait par crises... Sans avertir... Elle m'a regardé de travers, d'un drôle d'œil... Elle savait pas trop si c'était pas encore un bobard... Seulement tout de même à cause des aventures que je lui avais racontées auparavant et puis de la guerre qui m'avait touché et puis de la dernière combine surtout avec la mère Henrouille et puis aussi de ma drôle de façon d'être devenu avec elle soudain ça lui a donné à réfléchir tout de même...

Pendant plus d'une semaine qu'elle a réfléchi, et elle m'a laissé bien tranquille... Elle avait dû en confier deux mots à sa mère de mes accès... Toujours est-il qu'elles insistaient moins pour me garder... « Ça y est que je me disais moi, ça va aller ! Me voilà libre... » Déjà je me voyais me défiler bien tranquille, en douce, du côté de Paris, sans rien casser !... Mais attends ! Voilà que je veux faire trop bien... Je fignole... Je croyais avoir trouvé le fin truc pour leur prouver une fois pour toutes que c'était bien vrai... Que j'étais bien tout ce qu'il y avait de dingo à mes heures... « Sens ! que je lui fais un soir à Madelon. Sens là derrière ma tête, la bosse ! Tu la sens bien la cicatrice dessus et c'est une grosse bosse que j'ai hein ?... »

Quand elle l'a eu bien tâtée, ma bosse derrière la tête, ça l'a émue comme je peux pas te dire... Mais par exemple ça l'a excitée encore davantage, ça l'a pas dégoûtée du tout !... « C'est là que j'ai été blessé dans les Flandres. C'est là qu'on m'a trépané... » que j'insistais moi.

— Ah ! Léon ! qu'elle a bondi alors en sentant la bosse, je te demande bien pardon, mon Léon !... J'ai douté de toi jusqu'à présent, mais je te demande bien pardon du fond du cœur ! Je me rends compte ! J'ai été infâme avec toi ! Si ! si ! Léon j'ai été abominable !... Jamais plus je ne serai méchante avec toi !

Je te le jure! Je veux expier Léon! Tout de suite! Ne m'empêche pas d'expier, dis?... Je te rendrai ton bonheur! Je te soignerai bien, va! A partir d'aujourd'hui! Je serai bien patiente pour toujours avec toi! Je serai si douce! Tu verras Léon! Je te comprendrai si bien que tu ne pourras plus te passer de moi! Je te le redonne tout mon cœur, je t'appartiens!... Tout! Toute ma vie Léon je te la donne! Mais dis-moi que tu me pardonnes au moins, dis Léon?...

J'avais rien dit comme ça, moi, rien. C'est elle qui avait tout dit, alors, c'était bien facile qu'elle se réponde à elle-même... Comment donc qu'il fallait s'y prendre pour qu'elle s'arrête?

D'avoir tâté ma cicatrice et ma bosse ça l'avait comme qui dirait saoulée d'amour d'un seul coup! Elle revoulait la prendre dans ses mains ma tête, plus la lâcher et me rendre heureux jusqu'à l'Éternité, que je veuille ou non! A partir de cette scène-là sa mère a plus eu le droit à la parole pour m'engueuler. Elle la laissait pas causer, Madelon, sa mère. Tu l'aurais reconnue, elle voulait me protéger jusqu'à la gauche!

Fallait que ça finisse! J'aurais bien sûr préféré qu'on se quitte en bons amis... Mais c'était même plus la peine d'essayer... Elle se tenait plus d'amour et elle était butée. Un matin, pendant qu'elles étaient parties aux commissions la mère et elle, j'ai fait comme toi t'avais fait, un petit paquet, et je me suis tiré en douce... Tu peux pas dire après ça que j'ai pas eu assez de patience?... Seulement je te répète on pouvait plus rien en faire... Maintenant, tu sais tout... Quand je te dis qu'elle est capable de tout cette petite et qu'elle peut très bien venir me relancer ici même d'un moment à l'autre, faut pas alors que tu viennes me répondre que j'ai des visions! Je sais ce que je dis! Je la connais moi! Et on serait plus tranquille à mon avis si elle me trouvait déjà comme enfermé avec les fous... Comme ça je serais bien plus à mon aise pour faire celui qui ne comprend plus rien... Avec elle, c'est ça qu'il faut... Pas comprendre...

Deux ou trois mois auparavant tout ce qu'il venait de me raconter là Robinson m'aurait encore intéressé, mais j'avais comme vieilli tout d'un coup.

Au fond, j'étais devenu de plus en plus comme Baryton, je m'en foutais. Tout ça qu'il me racontait Robinson de son aventure à Toulouse n'était plus pour moi du danger bien vivant, j'avais beau essayer de m'exciter sur son cas, ça sentait le renfermé son cas. On a beau dire et prétendre, le monde nous quitte bien avant qu'on s'en aille pour de bon.

Les choses auxquelles on tenait le plus, vous vous décidez un beau jour à en parler de moins en moins, avec effort quand il faut s'y mettre. On en a bien marre de s'écouter toujours causer... On abrège... On renonce... Ça dure depuis trente ans qu'on cause... On ne tient plus à avoir raison. L'envie vous lâche de garder même la petite place qu'on s'était réservée parmi les plaisirs... On se dégoûte... Il suffit désormais de bouffer un peu, de se faire un peu de chaleur et de dormir le plus qu'on peut sur le chemin de rien du tout. Il faudrait pour reprendre de l'intérêt trouver de nouvelles grimaces à exécuter devant les autres... Mais on n'a plus la force de changer son répertoire. On bredouille. On se cherche bien encore des trucs et des excuses pour rester là avec eux les copains, mais la mort est là aussi elle, puante, à côté de vous, tout le temps à présent et moins mystérieuse qu'une belote. Vous demeurent seulement précieux les menus chagrins, celui de n'avoir pas trouvé le temps pendant qu'il vivait encore d'aller voir le vieil oncle à Bois-Colombes, dont la petite chanson s'est éteinte à jamais un soir de février. C'est tout ce qu'on a conservé de la vie. Ce petit regret bien atroce, le reste on l'a plus ou moins bien vomi au cours de la route, avec bien des efforts et de la peine. On n'est plus qu'un vieux réverbère à souvenirs au coin d'une rue où il ne passe déjà presque plus personne.

Tant qu'à s'ennuyer, le moins fatigant, c'est encore de le faire avec des habitudes bien régulières. Je tenais à ce que tout soit couché à dix heures, dans la maison. C'est moi qui éteignais l'électricité. Les affaires allaient toutes seules.

D'ailleurs nous ne nous mîmes pas en frais d'imagination. Le système Baryton des « Crétins au cinéma » nous occupait suffisamment. Des économies, la maison n'en réalisait plus beaucoup. Le gaspillage, qu'on se disait, ça le ferait peut-être revenir le patron puisque ça lui donnait des angoisses.

Nous avions acheté un accordéon pour que Robinson puisse faire danser nos malades au jardin pendant l'été. C'était difficile de les occuper à Vigny les malades, jour et nuit. On ne pouvait pas les envoyer tout le temps à l'église, ils s'y ennuyaient trop.

De Toulouse, nous ne reçûmes plus aucune nouvelle, l'abbé Protiste ne revint jamais non plus me voir. L'existence à l'Asile s'organisa monotone, furtive. Moralement, nous n'étions pas à notre aise. Trop de fantômes, par-ci, par-là.

Des mois passèrent encore. Robinson reprenait de la mine. A Pâques, nos fous s'agitèrent un peu, des femmes en claires toilettes passèrent et repassèrent devant nos jardins. Printemps précoce. Bromures.

Au « Tarapout » le personnel avait été depuis le temps de ma figuration bien des fois renouvelé. Les petites Anglaises filées bien loin, m'apprit-on, en Australie. On ne les reverrait plus...

Les coulisses depuis mon histoire avec Tania, m'étaient interdites. Je n'insistai pas.

Nous nous mîmes à écrire des lettres un peu partout et surtout aux Consulats des pays du Nord, pour obtenir quelques indices sur les passages éventuels de Baryton. Nous ne reçûmes de ceux-ci aucune réponse intéressante.

Parapine accomplissait posément et silencieusement son service technique à mes côtés. Depuis vingt-quatre mois, il n'avait guère prononcé plus de vingt phrases en tout. J'étais amené à décider à peu près seul les petits arrangements matériels et administratifs que la situation quotidienne réclamait. Il m'arrivait de commettre quelques gaffes. Parapine ne me les reprochait jamais. On s'accordait ensemble à coups d'indifférence. D'ailleurs un roulement suffisant de malades assurait le côté matériel de notre institution. Réglés les fournisseurs et le loyer, il nous restait encore largement de quoi vivre, la pension d'Aimée à sa tante payée régulièrement, bien entendu.

Je trouvais Robinson beaucoup moins inquiet à présent qu'au moment de son arrivée. Il avait repris de la mine et trois kilos. En somme, semblait-il, tant qu'il y aurait des petits fous dans les familles, on serait bien content de nous trouver, bien commodes que nous étions à proximité de la capitale. Notre jardin seul valait le voyage. On venait exprès de Paris pour les admirer, nos corbeilles et nos bosquets de roses au bel été.

C'est au cours d'un de ces dimanches de juin qu'il m'a semblé reconnaître Madelon, pour la première fois, au milieu d'un groupe de promeneurs, immobile un instant, juste devant notre grille. Tout d'abord je n'ai rien voulu communiquer de cette apparition à Robinson, pour ne pas l'effrayer, et puis tout de même, ayant bien réfléchi, quelques jours plus tard, je lui recommandai de ne plus s'éloigner désormais, pour un temps au moins, en ces vagues promenades alentour, dont il avait pris l'habitude. Ce conseil l'inquiéta. Il n'insista pas cependant pour en savoir davantage. Vers la fin juillet, nous reçûmes de Baryton quelques cartes postales, de Finlande cette fois. Cela nous fit plaisir, mais il ne nous parlait nullement de son retour Baryton, il nous souhaitait seulement une fois de plus « Bonne chance » et mille choses amicales.

Deux mois s'éloignèrent et puis d'autres... La poussière de l'été retomba sur la route. L'un de nos aliénés, vers la Toussaint, fit un petit scandale devant notre Institut. Ce malade, auparavant tout à fait paisible et convenable, subit mal l'exaltation mortuaire de la Toussaint. On ne sut à temps l'empêcher de hurler par sa fenêtre qu'il ne voulait plus jamais mourir... Les promeneurs n'en finissaient pas de le trouver tout à fait cocasse... Au moment où survenait cette algarade j'eus à nouveau, mais cette fois bien plus précisément que la première fois, l'impression très désagréable de reconnaître Madelon au premier rang d'un groupe, juste au même endroit, devant la grille.

Au cours de la nuit qui suivit, je fus réveillé par l'angoisse, j'essayai d'oublier ce que j'avais vu, mais tous mes efforts pour oublier demeurèrent vains. Mieux valait encore ne plus essayer de dormir.

Depuis longtemps, je n'étais retourné à Rancy. Tant qu'à être traqué par le cauchemar, je me demandais s'il ne valait pas mieux aller faire un tour de ce côté, d'où tous les malheurs venaient, tôt ou tard... J'en avais laissé là-bas derrière moi des cauchemars... Essayer d'aller au-devant d'eux pouvait à la rigueur passer pour une espèce de précaution... Pour Rancy, le plus court chemin, en venant de Vigny, c'est de suivre par le quai jusqu'au pont de Gennevilliers celui qui est tout à plat, tendu vers la Seine. Les brumes lentes du fleuve se déchirent au ras de l'eau, se pressent, passent, s'élancent, chancellent et vont retomber de l'autre côté du parapet autour des quinquets acides. La grosse usine des tracteurs qui est à gauche se cache dans un grand morceau de nuit. Elle a ses fenêtres ouvertes par un incendie morne qui la brûle en dedans et n'en finit jamais.

Passé l'usine, on est seul sur le quai... Mais y a pas à s'y perdre... C'est d'après la fatigue qu'on se rend à peu près compte qu'on est arrivé.

Il suffit alors de tourner encore à gauche par la rue des Bournaires et ça n'est plus bien loin. C'est pas difficile à se retrouver à cause du fanal vert et rouge du passage à niveau qui est toujours allumé.

Même en pleine nuit j'y serais allé, moi, les yeux fermés sur le pavillon des Henrouille. J'y avais été assez souvent, autrefois...

Cependant, ce soir-là quand je fus parvenu jusque devant leur porte, je me suis mis à réfléchir au lieu de m'avancer...

Elle était seule à présent la fille pour l'habiter le pavillon, que je me pensais... Ils étaient tous morts, tous... Elle avait dû savoir, ou du moins elle s'était doutée de la façon dont elle avait fini sa vieille à Toulouse... Quel effet que ça avait bien pu lui faire?

Le réverbère du trottoir blanchissait la petite marquise en vitres comme avec de la neige au-dessus du perron. Je suis resté là, au coin de la rue, rien qu'à regarder, longtemps. J'aurais bien pu aller sonner. Sûrement qu'elle m'aurait ouvert. Après tout, on n'était pas fâchés ensemble. Il faisait glacial là où je m'étais mis en arrêt...

La rue finissait en fondrière encore, comme de mon temps. On avait promis des travaux, on les avait pas entrepris... Il ne passait plus personne.

C'est pas que j'aie eu peur d'elle, de la fille Henrouille. Non. Mais tout d'un coup, là, j'avais plus envie de la revoir. Je m'étais trompé en cherchant à la revoir. Là, devant chez elle, je découvrais soudain qu'elle n'avait plus rien à m'apprendre... Ça aurait été même ennuyeux qu'elle me parle à présent, voilà tout. Voilà ce que nous étions devenus l'un pour l'autre.

J'étais arrivé plus loin qu'elle dans la nuit à présent, plus loin même que la vieille Henrouille qui était morte... On était plus tous ensemble... On s'était quittés pour de bon... Pas seulement par la mort, mais par la vie aussi... Ça s'était fait par la force des choses... Chacun pour soi! que je me disais... Et je suis reparti de mon côté, vers Vigny.

Elle n'avait pas assez d'instruction pour me suivre à présent la fille Henrouille... Du caractère ça oui, elle en avait... Mais pas d'instruction! C'était ça le hic. Pas d'instruction! C'est capital l'instruction! Alors elle pouvait plus me comprendre, ni comprendre ce qui se passait autour de nous, aussi vache et têtue qu'elle puisse être... Ça ne suffit pas... Faut encore du cœur et du savoir pour aller plus loin que les autres... Par la rue des Sanzillons j'ai pris pour m'en retourner vers la Seine et puis par l'impasse Vassou. C'était réglé, mon tracas! Content presque! Fier parce que je me rendais compte que ça valait plus la peine d'insister du côté de la bru Henrouille, j'avais fini par la perdre en route la vache!... Quel morceau! On avait sympathisé à notre manière... On s'était bien compris autrefois avec la fille Henrouille... Pendant longtemps... Mais maintenant, elle était plus assez bas pour moi, elle pouvait pas descendre... Me rejoindre... Elle avait pas l'instruction et la force. On ne monte pas dans la vie, on descend. Elle pouvait plus. Elle pouvait plus descendre jusque-là où j'étais moi... Y avait trop de nuit pour elle autour de moi.

En passant devant l'immeuble où la tante à Bébert était concierge, je serais bien entré aussi, rien que pour voir ceux qui l'occupaient à présent sa loge, là où je l'avais soigné Bébert et de là où il était parti. Peut-être qu'il y était encore son portrait en écolier au-dessus du lit... Mais il était trop tard pour réveiller du monde. Je suis passé sans me faire reconnaître...

Un peu plus loin, au faubourg de la Liberté, j'ai retrouvé la boutique à Bézin le brocanteur encore allumée... Je ne m'y attendais pas... Mais rien qu'avec un petit bec dans le milieu de l'étalage. Bézin, lui, il connaissait tous les trucs et les nouvelles du quartier à force d'être chez les bistrots et si bien connu depuis la Foire aux Puces jusqu'à la Porte-Maillot.

Il aurait pu m'en raconter des histoires s'il avait été réveillé. J'ai poussé sa porte. Son timbre a sonné, mais personne m'a répondu. Je savais qu'il couchait dans le fond de la boutique, dans sa salle à manger à vrai dire... C'est là qu'il était lui aussi, dans le noir, avec la tête sur la table, entre ses bras, assis de travers près du dîner froid qui l'attendait, des lentilles. Il avait commencé à manger. Le sommeil l'avait saisi tout de suite en rentrant. Il ronflait fort. Il avait bu aussi, c'est vrai. Je m'en souviens bien du jour, un jeudi, le jour du marché aux Lilas...

Pour les repas, à Vigny, nous avions conservé les habitudes du temps de Baryton, c'est-à-dire qu'on se retrouvait tous à table, mais de préférence à présent dans la salle de billard au-dessus de chez la concierge. C'était plus familier que la vraie salle à manger où traînaient les souvenirs pas drôles des conversations anglaises. Et puis, il y avait trop de beaux meubles aussi pour nous dans la salle à manger, des « 1900 » véritables avec des vitraux genre opale.

Du billard, on pouvait voir dans la rue tout ce qui se passait. Ça pouvait être utile. Nous séjournions dans cette pièce des dimanches entiers. En fait d'invités nous recevions parfois à dîner des médecins des environs, par-ci, par-là, mais notre convive habituel c'était plutôt Gustave, l'agent du trafic. Lui, on pouvait le dire, il était régulier. On s'était connus comme ça par la fenêtre, en le regardant le dimanche, faire son service, au croisement de la route à l'entrée du pays. Il avait du mal avec les automobiles. On s'était dit d'abord quelques mots et puis on était devenus de dimanche en dimanche tout à fait des connaissances. J'avais eu l'occasion en ville de soigner ses deux fils, l'un après l'autre, pour la rougeole et pour les oreillons. Un fidèle à nous, Gustave Mandamour, qu'il s'appelait, du Cantal. Pour la conversation il était un peu pénible, parce qu'il éprouvait du mal avec les mots. Il les trouvait bien les mots, mais il ne les sortait pas, ils lui restaient plutôt dans la bouche, à faire des bruits.

Un soir comme ça Robinson l'a invité au billard, en plaisantant je crois. Mais c'était sa nature de continuer les choses, alors il était toujours revenu depuis lors, Gustave, à la même heure, chaque soir, à huit heures. Il se trouvait bien avec nous Gustave, mieux qu'au café, qu'il nous disait lui-même, à cause des discussions politiques qui s'envenimaient souvent entre les habi-

tués. Nous on ne discutait jamais de politique nous. Dans son
cas à Gustave c'était assez délicat la politique. Au café il avait
eu des ennuis avec ça. En principe il aurait pas fallu qu'il en
parle de politique, surtout quand il avait bu un peu, et ça lui
arrivait. Il était même noté pour trinquer, c'était son faible.
Tandis que chez nous il se trouvait en sécurité à tous les égards.
Il l'admettait lui-même. Nous on ne buvait pas. Il pouvait se
laisser aller à la maison, ça ne portait pas à conséquence. C'était
en confiance qu'il venait.

Quand on pensait, Parapine et moi, à la situation d'où on
était sorti et à celle qui nous était échue chez Baryton, on ne
se plaignait pas, on aurait eu bien tort, parce qu'en somme on
avait eu une espèce de chance miraculeuse et on avait tout ce
qui nous fallait aussi bien au point de vue de la considération
que du confort matériel.

Seulement moi, toujours je m'étais douté que ça ne durerait
pas le miracle. J'avais un passé poisseux et il me remontait déjà
comme des renvois du Destin. Déjà dans les débuts qu'on était
à Vigny, j'avais reçu trois lettres anonymes qui m'avaient semblé
tout ce qu'il y avait de louches et de menaçantes. Et puis encore
après ça, bien d'autres lettres toutes aussi fielleuses. C'est vrai
qu'on en recevait souvent nous autres à Vigny des lettres anonymes et nous n'y prêtions pas autrement attention d'habitude.
Elles provenaient le plus souvent d'anciens malades que leurs
persécutions revenaient travailler à domicile.

Mais ces lettres-ci, leurs tournures m'inquiétaient davantage,
elles ne ressemblaient pas aux autres, leurs accusations se faisaient précises et puis il ne s'agissait jamais que de moi et de
Robinson. Pour tout dire, on nous accusait de faire ménage
ensemble. C'était fumier comme supposition. Ça me gênait d'abord
de lui en parler à lui et puis tout de même je me suis décidé parce
que je n'en finissais pas d'en recevoir des nouvelles lettres du
même ordre. On a cherché alors ensemble de qui elles pouvaient
bien nous provenir. Nous fîmes l'énuméré de tous les gens possibles parmi nos connaissances communes. On ne trouvait pas.
D'ailleurs ça ne tenait pas debout comme accusation. Moi l'in-
version c'était pas mon genre et puis Robinson lui, les choses
du sexe, il s'en foutait amplement, d'un côté comme de l'autre.
Si quelque chose le tracassait, c'était sûrement pas les histoires

de derrières. Fallait au moins que ça soye une jalouse pour imaginer des saloperies semblables.

En résumé on n'en connaissait guère d'autre que Madelon
capable de venir nous relancer avec des inventions aussi dégueulasses jusqu'à Vigny. Ça m'était égal qu'elle continue à écrire
ses trucs, mais j'avais à craindre qu'exaspérée qu'on lui réponde
rien, elle vienne nous relancer, elle-même en personne, un jour
ou l'autre, et faire du scandale dans l'établissement. Fallait
s'attendre au pire.

Nous passâmes ainsi quelques semaines pendant lesquelles
on sursautait à chaque coup de sonnette. Je m'attendais à une
visite de Madelon, ou pire encore, à celle du Parquet.

Chaque fois que l'agent Mandamour arrivait pour la partie
un peu plus tôt que d'habitude, je me demandais s'il n'avait
pas une convocation dans son ceinturon, mais il était encore
à cette époque-là tout ce qu'il y a d'aimable et de reposant,
Mandamour. C'est plus tard seulement qu'il s'est mis à changer
lui aussi de façon notable. En ce temps-là, il perdait encore
à peu près chaque jour à tous les jeux avec tranquillité. S'il
a changé de caractère, ce fut d'ailleurs bien par notre faute.

Un soir, question de m'instruire, je lui ai demandé pourquoi
il n'arrivait jamais à gagner aux cartes, j'avais pas de raison
au fond pour lui demander ça à Mandamour, seulement par manie
de savoir le pourquoi? le comment? Surtout qu'on ne jouait
pas pour de l'argent! Et tout en discutant de sa malchance,
je me suis rapproché de lui, et l'examinant bien, je me suis
aperçu qu'il était assez gravement presbyte. En vérité, dans
l'éclairage où nous nous trouvions, il ne discernait qu'avec peine
le trèfle du carreau sur les cartes. Ça ne pouvait pas durer.

J'ai mis de l'ordre dans son infirmité en lui offrant des belles
lunettes. D'abord il était tout content de les essayer les lunettes,
mais ça ne dura pas. Comme il jouait mieux, grâce à ses lunettes,
il perdait moins qu'avant et il se mit en tête de ne plus perdre
du tout. C'était pas possible, alors il trichait. Et quand ça lui
arrivait de perdre malgré ses trichages il nous boudait pendant
des heures entières. Bref, il devint impossible.

J'étais navré, il se vexait pour un oui, pour un non, lui, Gustave, et en plus, il cherchait à nous vexer à son tour, à nous
donner de l'inquiétude, du souci aussi. Il se vengeait quand il

avait perdu, à sa manière... C'était cependant pas pour de l'argent, je le répète, que nous jouions, rien que pour la distraction et la gloire... Mais il était furieux quand même.

Ainsi un soir qu'il avait eu de la malchance, il nous interpella en s'en allant : « Messieurs, je vais vous dire de prendre garde !... Avec les gens que vous fréquentez, moi, si j'étais vous, je ferais attention !... Il y a une brune entre autres qui passe depuis des jours devant votre maison !... Bien trop souvent à mon sens !... Elle a des raisons !... Elle en aurait après l'un de vous pour s'expliquer que j'en serais pas autrement surpris !... »

Voilà comment qu'il a lancé la chose sur nous, pernicieuse, Mandamour, avant de s'en aller. Il l'avait pas raté son petit effet !... Tout de même je me suis repris à l'instant même. « Bon. Merci Gustave ! que j'ai répondu bien calmement... Je ne vois pas qui ça peut bien être la petite brune dont vous parlez ?... Aucune femme parmi nos anciennes malades n'a eu lieu, à ma connaissance, de se plaindre de nos soins... Il s'agit sans doute encore d'une pauvre égarée... Nous la retrouverons... Enfin vous avez raison, il vaut toujours mieux savoir... Encore une fois merci Gustave de nous avoir prévenus... Et bonsoir ! »

Robinson du coup, il n'en pouvait plus se lever de sa chaise. L'agent parti, nous examinâmes le renseignement qu'il venait de nous fournir, dans tous les sens. Ça pouvait bien être, malgré tout, une autre femme que Madelon... Il en venait bien d'autres, comme ça, rôder sous les fenêtres de l'Asile... Mais tout de même il existait une sérieuse présomption pour que ce soit elle et ce doute nous suffisait pour nous combler de frousse. Si c'était elle quelles étaient ses nouvelles intentions ? Et puis de quoi pouvait-elle vivre d'abord depuis tant de mois à Paris ? Si elle devait finalement rappliquer en personne, il fallait aviser, prendre nos dispositions, tout de suite.

— Ecoute Robinson que j'ai conclu moi alors, décide-toi, c'est le moment, et n'y reviens plus... que veux-tu faire ? As-tu envie de retourner avec elle à Toulouse ?

— Non ! que je te dis. Non et non ! — Voilà sa réponse. C'était ferme.

— Ça va ! que j'ai dit moi alors. Mais dans ce cas-là, si vraiment tu veux plus retourner avec elle, le mieux, à mon avis, ça serait que tu repartes gagner ta croûte pendant un temps au moins à l'étranger. De cette façon t'en seras pour de sûr débarrassé... Elle ira pas te suivre là-bas n'est-ce pas?... T'es jeune encore... T'es redevenu solide... T'es reposé... On te donnera un peu d'argent et alors bon voyage!... Voilà mon avis! Tu te rends compte qu'au surplus c'est pas une situation pour toi... Ça peut pas durer toujours?...

S'il m'avait bien écouté, s'il était parti à ce moment-là, ça m'aurait arrangé, ça m'aurait fait plaisir. Mais il a pas marché.

— Tu te fous de moi Ferdinand dis! qu'il a répondu... C'est pas gentil à mon âge... Regarde-moi bien voyons!... Il voulait plus s'en aller. Il était fatigué en somme des balades.

— Je veux pas aller plus loin... qu'il répétait... T'auras beau dire... T'auras beau faire... Je m'en irai plus...

Voilà comment il répondait à mon amitié. Pourtant j'insistai.

— Et si elle allait te dénoncer Madelon, une supposition, pour l'affaire de la mère Henrouille?... C'est toi-même qui me l'as dit, qu'elle en était bien capable...

— Alors tant pis! qu'il a répondu. Elle fera comme elle voudra...

C'était nouveau des mots comme ça dans sa bouche, parce que la Fatalité, auparavant, c'était pas son genre...

— Au moins, va te chercher un petit travail à côté, dans une usine comme ça tu ne seras pas forcé d'être là tout le temps avec nous... Si on arrive pour te chercher, on aura le temps de te prévenir.

Parapine était tout à fait de mon avis à ce sujet et même pour la circonstance il nous a reparlé un peu. Fallait donc que ça lui paraisse tout à fait grave et urgent ce qui se passait entre nous. Il nous fallut alors nous ingénier à le caser, à le dissimuler Robinson. Parmi nos relations nous comptions un industriel des environs, un carrossier qui nous devait quelque reconnaissance pour des petits services tout à fait délicats, rendus à des moments critiques. Il voulut bien prendre Robinson à l'essai pour les peintures à la main. C'était un boulot fin, pas dur et gentiment payé.

— Léon, qu'on lui a dit, le matin où il débutait, fait pas l'œuf dans ta nouvelle place, te fais pas repérer pour tes idées à la manque... Arrive à l'heure... Pars pas avant les autres... Dis bonjour à tout le monde... Tiens-toi bien enfin. Tu es dans un atelier convenable et t'es recommandé...

Mais voilà qu'il s'est fait repérer quand même tout de suite et pas de sa faute par un mouchard d'un atelier d'à côté qui l'avait vu rentrer dans le cabinet privé du patron. Ça a suffi. Rapport. Mauvais esprit. Balance.

Il nous revient donc Robinson encore une fois, sans place, quelques jours plus tard. Fatalité!

Et puis il se remit à tousser presque le même jour. Nous l'auscultons et on lui trouve toute une série de râles sur toute la hauteur du poumon droit. Il n'avait plus qu'à garder la chambre.

Ça se passait un samedi soir juste avant le dîner, quelqu'un me demande moi en personne au salon des entrées.

Une femme, m'annonce-t-on.

C'était elle avec un petit chapeau marquise et des gants. Je m'en souviens bien. Pas besoin de préambule, elle tombait à pic. Je lui casse le morceau.

— Madelon, que je l'arrête si c'est Léon que vous désirez revoir, j'aime autant vous prévenir tout de suite, que c'est pas la peine d'insister, vous pouvez vous en retourner... Il est malade des poumons et de la tête... Assez gravement d'ailleurs... Vous ne pouvez pas le voir... D'ailleurs il n'a rien à vous dire...

— Pas même à moi? qu'elle insiste.

— Non, pas même vous... Surtout pas à vous... que j'ajoute.

Je croyais qu'elle allait ressauter. Non, elle inclinait seulement la tête, là devant moi, de droite à gauche, les lèvres serrées et avec les yeux elle cherchait à me retrouver où elle m'avait laissé dans son souvenir. J'y étais plus. Je m'étais déplacé, moi aussi dans le souvenir. Dans le cas où nous étions, un homme, un costaud, m'aurait fait peur, mais d'elle j'avais rien à craindre. Elle était moins forte que moi, comme on dit. Depuis toujours l'envie me tenait de claquer une tête ainsi possédée par la colère pour voir comment qu'elles tournent les têtes en colère dans ces cas-là. Ça ou un beau chèque, c'est ce qu'il faut pour voir d'un seul coup virer d'un bond toutes les passions qui sont à louvoyer dans une tête. C'est beau comme une belle manœuvre à la voile sur une mer agitée. Toute la personne s'incline dans un vent nouveau. Je voulais voir ça.

Depuis vingt ans au moins, il me poursuivait, ce désir. Dans la rue, au café, partout où les gens plus ou moins agressifs, vétilleux et hâbleurs, se disputent. Mais je n'aurais jamais osé par peur des coups et surtout de la honte qui s'ensuit des coups. Mais l'occasion, là, pour une fois était magnifique.

— Vas-tu t'en aller? que je fis, rien que pour l'exciter encore un peu plus, la mettre à point.

Elle me reconnaissait plus, à lui parler comme ça. Elle s'est mise à sourire, horripilante au possible, comme si elle m'avait trouvé ridicule et bien négligeable... « Flac! Flac! » Je lui ai collé deux gifles à étourdir un âne.

Elle est allée s'aplatir sur le grand divan rose d'en face, contre le mur, la tête entre les mains. Elle soufflait à petits coups, et gémissait comme un petit chien trop battu. Et puis, elle a comme réfléchi et brusquement elle s'est relevée, toute légère, souple et elle a dépassé la porte sans même retourner la tête. J'avais rien vu. Tout était à recommencer.

MAIS nous avons eu beau faire, elle possédait bien plus d'astuce que nous tous réunis. La preuve c'est qu'elle l'a revu son Robinson, et comme elle l'a voulu encore... Le premier qui les a repérés ensemble c'est Parapine. Ils étaient à la terrasse d'un café en face de la gare de l'Est.

Je m'en doutais déjà moi qu'ils se revoyaient mais je ne voulais plus avoir l'air de m'intéresser du tout à leurs relations. Ça ne me regardait pas en somme. Il s'acquittait de son service de l'Asile, pas mal du tout d'ailleurs, aux paralytiques, un boulot ingrat au possible, à les décrotter, les éponger, les changer de linge, les faire baver. Nous n'avions pas à lui en demander davantage.

S'il profitait des après-midi où je l'envoyais à Paris aux commissions pour la revoir sa Madelon c'était son affaire. Toujours est-il que nous, on ne l'avait jamais revue à Vigny-sur-Seine, Madelon, depuis la gifle. Mais je pensais qu'elle avait dû lui en raconter des saletés sur mon compte !

Je ne lui en parlai même plus de Toulouse à Robinson, comme si rien de tout ça n'était jamais arrivé.

Six mois passèrent ainsi, bon gré, mal gré, et puis une vacance survint dans notre personnel et nous eûmes tout à fait besoin d'une infirmière bien au courant pour les massages, la nôtre était partie sans avertir pour se marier.

Un grand nombre de belles filles se présentèrent pour ce poste, et nous n'eûmes en sorte que l'embarras du choix parmi tant de solides créatures de toutes nationalités qui affluèrent à Vigny dès qu'eut paru notre annonce. En fin de compte, nous nous décidâmes pour une Slovaque du nom de Sophie dont la chair, le port souple et tendre à la fois, une divine santé, nous parurent, il faut l'avouer, irrésistibles.

Elle ne connaissait cette Sophie que peu de mots en français, mais je me disposais quant à moi, c'était bien la moindre des complaisances, à lui donner des leçons sans retard. Je me sentis d'ailleurs à son frais contact un renouveau de goût pour l'enseignement. Baryton avait tout fait cependant pour m'en dégoûter. Impénitence! Mais quelle jeunesse aussi! Quel entrain! Quelle musculature! Quelle excuse! Elastique! Nerveuse! Etonnante au possible! Elle n'était diminuée cette beauté par aucune de ces fausses ou véritables pudeurs qui gênent tant les conversations trop occidentales. Pour mon compte et pour tout dire, je n'en finissais plus de l'admirer. De muscles en muscles, par groupes anatomiques, je procédais... Par versants musculaires, par régions... Cette vigueur concertée mais déliée en même temps, répartie en faisceaux fuyants et consentants tour à tour, au palper, je ne pouvais me lasser de la poursuivre... Sous la peau veloutée, tendue, détendue, miraculeuse...

L'ère de ces joies vivantes, des grandes harmonies indéniables, physiologiques, comparatives est encore à venir... Le corps, une divinité tripotée par mes mains honteuses... Des mains d'honnête homme, ce curé inconnu... Permission d'abord de la Mort et des Mots... Que de chichis puants! C'est barbouillé d'une crasse épaisse de symboles, et capitonné jusqu'au trognon d'excréments artistiques que l'homme distingué va tirer son coup... Arrive ensuite que pourra! Bonne affaire! Économie de ne s'exciter après tout que sur des réminiscences... On les possède les réminiscences, on peut en acheter et des belles et des splendides une fois pour toutes des réminiscences... La vie c'est plus compliqué, celle des formes humaines surtout. Atroce aventure. Il n'en est pas de plus désespérée. A côté de ce vice des formes parfaites, la cocaïne n'est qu'un passe-temps pour chefs de gare.

Mais revenons à notre Sophie! Sa seule présence ressemblait à une audace dans notre maison boudeuse, craintive et louche.

Après quelque temps de vie commune, nous étions certes toujours heureux de la compter parmi nos infirmières, mais nous ne pouvions cependant nous empêcher de redouter qu'elle se mette à déranger un jour l'ensemble de nos infinies prudences ou prenne simplement soudain un beau matin conscience de notre miteuse réalité...

Elle ignorait encore la somme de nos croupissants abandons

Sophie! Une bande de ratés! Nous l'admirions, vivante auprès de nous, rien qu'à se lever, simplement, venir à notre table, partir encore... Elle nous ravissait...

Et chaque fois qu'elle effectuait ces si simples gestes, nous en éprouvions surprise et joie. Nous effectuions comme des progrès de poésie rien qu'à l'admirer d'être tellement belle et tellement plus inconsciente que nous. Le rythme de sa vie jaillissait d'autres sources que les nôtres... Rampantes pour toujours, les nôtres, baveuses.

Cette force allègre, précise et douce à la fois qui l'animait de la chevelure aux chevilles venait nous troubler, nous inquiétait d'une façon charmante, mais nous inquiétait, c'est le mot.

Notre savoir hargneux des choses de ce monde boudait plutôt cette joie si l'instinct y trouvait son compte, le savoir toujours là, au fond peureux, réfugié dans la cave de l'existence, soumis au pire par habitude, par expérience.

Elle possédait Sophie cette démarche ailée, souple et précise qu'on trouve, si fréquente, presque habituelle chez les femmes d'Amérique, la démarche des grands êtres d'avenir que la vie porte ambitieuse et légère encore vers de nouvelles façons d'aventures... Trois-mâts d'allégresse tendre, en route pour l'Infini...

Parapine lui qui pourtant n'était pas des plus lyriques sur ces sujets d'attirance s'en souriait à lui-même une fois qu'elle était sortie. Le seul fait de la contempler vous faisait du bien à l'âme. Surtout à la mienne pour être juste qui demeurait rien désireuse.

Question de la surprendre, de lui faire perdre un peu de cette superbe, de cette espèce de pouvoir et de prestige qu'elle avait pris sur moi, Sophie, de la diminuer, en somme, de l'humaniser un peu à notre mesquine mesure, j'entrais dans sa chambre pendant qu'elle dormait.

C'était alors un tout autre spectacle Sophie, familier celui-là et tout de même surprenant, rassurant aussi. Sans parade, presque pas de couvertures, à travers du lit, cuisses en bataille, chairs moites et dépliées, elle s'expliquait avec la fatigue...

Elle s'acharnait sur le sommeil Sophie dans les profondeurs du corps, elle en ronflait. C'était le seul moment où je la trouvais bien à ma portée. Plus de sorcelleries. Plus de rigolade. Rien que du sérieux. Elle besognait comme à l'envers de l'existence.

à lui pomper de la vie encore... Goulue qu'elle était dans ces moments-là, ivrogne même à force d'en reprendre. Fallait la voir après ces séances de roupillon, toute gonflée encore et sous sa peau rose les organes qui n'en finissaient pas de s'extasier. Elle était drôle alors et ridicule comme tout le monde. Elle en titubait de bonheur pendant des minutes encore, et puis toute la lumière de la journée revenait sur elle et comme après le passage d'un nuage trop lourd elle reprenait, glorieuse, délivrée, son essor...

On peut baiser tout ça. C'est bien agréable de toucher ce moment où la matière devient la vie. On monte jusqu'à la plaine infinie qui s'ouvre devant les hommes. On en fait : Ouf! Et ouf! On jouit tant qu'on peut dessus et c'est comme un grand désert...

Parmi nous, ses amis plutôt que ses patrons, j'étais, je le crois, son plus intime. Par exemple elle me trompait régulièrement, on peut bien le dire, avec l'infirmier du pavillon des agités, un ancien pompier, pour mon bien qu'elle m'expliquait, pour ne pas me surmener, à cause des travaux d'esprit que j'avais en route et qui s'accordaient assez mal avec les accès de son tempérament à elle. Tout à fait pour mon bien. Elle me faisait cocu à l'hygiène. Rien à dire.

Tout cela ne m'aurait donné en définitive que du plaisir, mais l'histoire de Madelon me restait sur la conscience. J'ai fini un beau jour par tout lui raconter à Sophie pour voir ce qu'elle en dirait. Ça m'a délivré un peu de lui raconter mes ennuis. J'en avais assez, c'était vrai, des disputes à n'en plus finir et des rancunes survenues à cause de leurs amours malheureuses, et Sophie fut tout à fait de mon avis à cet égard.

Amis comme on avait été ensemble, Robinson et moi, elle trouvait elle, qu'on devrait tous se réconcilier, tout simplement, tout gentiment et le plus tôt possible. C'était un conseil qui partait d'un bon cœur. Ils en ont beaucoup des bons cœurs comme ça en Europe Centrale. Seulement, elle était pas très au courant des caractères et des réactions des gens de par ici. Avec les meilleures intentions du monde, elle me conseillait tout à fait de travers. Je m'en suis aperçu qu'elle s'était trompée, mais trop tard.

— Tu devrais la revoir, Madelon, qu'elle m'a conseillé, ça doit être une gentille fille au fond, d'après ce que tu me racontes...

Seulement toi, tu l'as provoquée et tu as été tout à fait brutal et dégoûtant avec elle!... Tu lui dois des excuses et même un joli cadeau pour lui faire oublier... Cela se faisait ainsi les choses dans son pays. En somme des démarches très courtoises qu'elle me conseillait, mais pas pratiques.

Je les ai suivis ses conseils, surtout parce que j'entrevoyais au bout de tous ces chichis, de ces approches diplomatiques et de ces fla-fla, une petite partie carrée possible qui serait alors tout ce qu'il y aurait de distrayante, rénovante même. Mon amitié devenait, je le note, avec peine, sous la pression des événements et de l'âge, sournoisement érotique. Trahison. Sophie m'aidait sans le vouloir à trahir dans ce moment-là. Elle était un peu trop curieuse pour ne pas aimer les dangers Sophie. Une nature excellente, pas protestante pour un sou et qui ne cherchait à diminuer en rien les occasions de la vie, qui ne s'en méfiait pas par principe. Tout à fait mon genre. Elle allait encore plus loin. Elle comprenait la nécessité des changements dans les distractions du derrière. Disposition aventureuse, foutrement rare, il faut en convenir, parmi les femmes. Décidément, nous avions bien choisi.

Elle aurait désiré, et je trouvais cela bien naturel, que je puisse lui donner quelques détails sur son physique à Madelon. Elle redoutait de paraître maladroite auprès d'une Française, dans l'intimité, à cause surtout du grand renom d'artiste dans ce genre, qu'on leur a constitué aux Françaises à l'étranger. Quant à subir en même temps Robinson par-dessus le marché, c'était bien pour me faire plaisir qu'elle y consentirait. Il ne l'excitait pas du tout Robinson, qu'elle me disait, mais somme toute, nous étions bien d'accord. C'était le principal. Bien.

J'ai attendu un peu, qu'une bonne occasion se présente pour en toucher deux mots de mon projet de réconciliation générale à Robinson. Un matin, qu'à l'Economat il était en train de recopier les observations médicales sur le grand livre, l'instant m'a paru opportun pour ma tentative et je l'ai interrompu pour lui demander bien simplement ce qu'il penserait d'une démarche de ma part auprès de Madelon afin qu'on oublie le récent violent passé... Et si je ne pourrais pas par la même occasion lui présenter Sophie ma nouvelle amie? Et puis enfin, s'il ne pensait pas que le moment était venu pour tous de nous expliquer une bonne fois gentiment.

D'abord, il a hésité un peu, j'ai bien vu, et puis il m'a répondu, mais sans entrain alors, qu'il n'y voyait pas d'inconvénients... Au fond, je crois que Madelon lui avait annoncé que j'essayerais de la revoir bientôt sous un prétexte ou sous un autre. A propos de la gifle du jour où elle était venue à Vigny, je n'ai pas soufflé mot.

Je ne pouvais pas risquer de me faire engueuler là et qu'il me traite de mufle en public, parce qu'après tout bien qu'amis ensemble depuis longtemps, dans cette maison il était tout de même sous mes ordres. Autorité d'abord.

Ça tombait bien d'effectuer cette espèce de démarche au mois de janvier. Nous décidâmes, parce que c'était plus commode, qu'on se rencontrerait tous à Paris un dimanche, qu'on irait ensuite au cinéma ensemble et peut-être qu'on passerait un moment d'abord à la fête des Batignolles pour commencer si toutefois il ne faisait pas trop froid dehors. Il avait promis de l'emmener à la fête des Batignolles. Elle raffolait des fêtes foraines, m'apprit-il, Madelon. Ça tombait bien! Pour la première fois qu'on se revoyait, ça serait mieux, si ça se passait à l'occasion d'une fête.

ON peut dire qu'on en a eu alors de la fête plein les yeux! Et plein la tête aussi! Bim et Boum! Et Boum encore! Et que je te tourne! Et que je t'emporte! Et que je te chahute! Et nous voilà tous dans la mêlée, avec des lumières, du boucan, et de tout! Et en avant pour l'adresse et l'audace et la rigolade! Zim! Chacun essayait dans son pardessus de paraître à son avantage, d'avoir l'air déluré, un peu distant quand même pour montrer aux gens qu'on s'amusait ailleurs d'habitude, dans des endroits bien plus coûteux, « expensifs » comme on dit en anglais.

D'astucieux, d'allègres rigolos qu'on se donnait l'air, malgré la bise, humiliante aussi elle et cette peur déprimante d'être trop généreux avec les distractions et d'avoir à le regretter le lendemain, peut-être même pendant toute une semaine.

Un grand renvoi de musique monte du manège. Il n'arrive pas à la vomir sa valse de Faust le manège, mais il fait tout ce qu'il peut. Elle lui descend sa valse et elle lui remonte encore autour du plafond rond qui tourbillonne avec ses mille tartes de lumières en ampoules. C'est pas commode. Il souffre de musique dans le tuyau de son ventre l'orgue. Voulez-vous un nougat? Ou préférez-vous un carton? A votre choix!...

Parmi nous autres, au tir, c'est Madelon, chapeau relevé sur le front, la plus adroite. « Regarde! qu'elle fait à Robinson. Je tremble pas moi! Et pourtant on a bien bu! » C'est pour vous donner le ton exact de la conversation. Nous sortions donc du restaurant. « Encore un! » Madelon l'a gagnée la bouteille de champagne! « Ping et pong! Et mouche! » Je lui fais moi alors un grand pari, qu'elle me rattrapera pas dans l'autodrome. « Chiche! » qu'elle répond bien en train. « Chacun la sienne! » et hop! J'étais bien content qu'elle ait accepté. C'était un moyen pour me rapprocher d'elle. Sophie n'était pas jalouse. Elle avait des raisons.

Robinson monte donc derrière avec Madelon dans un baquet et moi dans un autre devant avec Sophie, et on s'en colle une série de fameuses collisions! Et je te cabosse! Et je te crampoune! Mais je vois tout de suite qu'elle n'aime pas ça qu'on la bouscule Madelon. Lui non plus d'ailleurs Léon, il n'aime plus ça. On peut dire qu'il n'est pas à son aise avec nous. Au passage pendant qu'on se raccroche aux rambardes des petits marins se mettent à nous peloter de force, hommes et femmes, et nous font des offres. On grelotte. On se défend. On rigole. Il en arrive de partout des peloteurs et encore avec de la musique et de l'élan et de la cadence! On en prend dans ces espèces de futailles à roulettes de telles secousses qu'à chaque fois qu'on se bigorne les yeux vous en sortent des orbites. La joie quoi! La violence avec de la rigolade! Tout l'accordéon des plaisirs! Je voudrais me remettre bien avec elle Madelon avant qu'on quitte la fête. J'y tiens, mais elle répond plus du tout à mes avances. Non, positivement. Elle me boude même. Elle me tient à distance. J'en demeure perplexe. Ça la reprend, ses humeurs. Je m'attendais à mieux. Au physique d'ailleurs aussi elle a changé et en tout.

Je remarque qu'à côté de Sophie elle perd, elle est terne. L'amabilité lui allait mieux, mais on dirait qu'elle sait à présent des choses supérieures. Ça m'agace. Je la regiflerais volontiers, pour voir si elle reviendrait, ou qu'elle me dise ce qu'elle sait de supérieur, à moi. Mais sourires! On est dans la fête, c'est pas pour pleurnicher! Il faut fêter!

Elle a trouvé du travail chez une tante, qu'elle raconte à Sophie, après ça, pendant qu'on marche. Rue du Rocher, une tante corsetière. Faut bien la croire.

C'était pas difficile à se rendre compte dès ce moment-là qu'on en fait de réconciliation c'était une entrevue ratée. Et pour ma combinaison aussi, c'était raté. C'était même une faillite.

On avait eu tort de chercher à se revoir. Sophie, elle, ne comprenait pas encore bien la situation. Elle ne sentait pas qu'on venait seulement en se revoyant de compliquer les choses... Robinson aurait dû me le lui dire, me prévenir, qu'elle était butée à ce point-là... C'était dommage! Bien! Tzim! Tzim! Toujours et quand même! En avant pour le « Caterpillar »! comme on l'appelle. C'est moi qui propose, c'est moi qui paie, question

de tenter de me rapprocher une fois de plus de Madelon. Mais
elle se défile constamment, elle m'évite, elle profite de la foule
pour grimper sur une autre banquette, devant, avec Robinson,
je suis refait. Des vagues et des remous d'obscurité nous ahu-
rissent. Rien à faire, que je me conclus tout bas, moi. Et Sophie
est enfin de mon avis. Elle comprend que j'avais été en tout ça
victime encore de mon imagination cochonne. « Tu vois ! Elle est
vexée ! Je crois qu'on ferait mieux de les laisser tranquilles à
présent... Nous, on pourrait peut-être aller faire un tour au Chabanais avant de rentrer... » C'était une proposition qui lui plaisait bien à Sophie, parce qu'elle avait entendu parler bien des
fois du Chabanais, quand elle était encore à Prague et elle ne
demandait pas mieux que de l'essayer le Chabanais à présent
pour pouvoir juger, par elle-même. Mais nous calculâmes que
ça nous reviendrait trop cher le Chabanais d'après la somme
d'argent que nous avions emportée. Il a fallu donc nous réin-
téresser à la fête.

Robinson pendant qu'on était dans le « Caterpillar » avait
dû avoir une scène avec Madelon. Ils en descendirent tout à
fait agacés tous les deux de ce Carrousel. Décidément, elle était
pas à prendre ce soir-là avec des pincettes. Pour calmer et arranger
les choses, je leur proposai une distraction bien occupante, un
concours de pêche au goulot de bouteille. Madelon s'y mit en
rechignant. Elle nous gagna cependant tout ce qu'elle voulut.
Elle arrivait avec son anneau juste au-dessus du bouchon et
elle te l'enfilait sur le coup de la cloche ! Là ! Clic ! et ça y était.
Le marchand n'en revenait pas. Il lui remit en lot « une demi
Grand Duc de Malvoison ». C'est dire si elle était adroite, mais
quand même elle était pas satisfaite. « Elle la boirait pas... »
qu'elle nous a annoncé tout de suite... « Que c'était du mauvais... »
C'est Robinson donc qui se la déboucha pour la boire. Hop !
En coup de trompette encore ! C'était drôle de sa part, parce
qu'il ne buvait pour ainsi dire jamais.

On passe après ça devant la noce en zinc. Pan ! Pan ! On s'explique tous dessus avec des balles dures. C'est triste ce que moi
je suis pas habile... Je le félicite Robinson. Il me gagne à n'importe quel jeu lui aussi. Mais ça le fait pas sourire non plus son
adresse. On dirait qu'on les a entraînés tous les deux dans une
véritable corvée décidément. Pas moyen de les ranimer, de les

dérider. « C'est à la fête qu'on est! » que je hurle moi, pour une fois j'étais à bout d'invention.

Mais ça leur était égal que je les stimule et que je leur répète ces choses dans les oreilles. Ils ne m'entendaient pas. « Et la jeunesse alors? que je leur demandai. Qu'est-ce qu'on en fait?... Elle s'amuse donc plus la jeunesse? Qu'est-ce que je dirais, moi qui ai dix piges de plus que vous autres? Ma cocotte! » Ils me regardaient alors, Madelon et lui, comme s'ils s'étaient trouvés devant un intoxiqué, un gazé, un baveux, et que ça vaille même plus la peine qu'on me réponde... Comme si c'était plus la peine d'essayer même de me parler, que je comprendrais plus à coup sûr quoi qu'ils puissent m'expliquer... Rien à rien... Peut-être qu'ils ont raison? que je me suis dit alors et j'ai regardé bien inquiet, tout autour de nous, les autres gens.

Mais ils faisaient ce qu'il fallait eux, les autres gens, pour s'amuser, ils étaient pas là comme nous à branlocher des petits chagrins. Pas du tout! Ils en prenaient eux les gens de la fête! Pour un franc par ici!... Là pour cinquante centimes!... De la lumière... Des boniments, de la musique et des bonbons... Comme des mouches qu'ils s'agitaient avec même en plus leurs petites larves entre les bras, bien livides, blafards bébés, qui disparaissent à force d'être pâles dans le trop de lumière. Un peu de rose seulement autour du nez qu'il leur restait aux bébés à l'endroit des rhumes et des embrassades.

Parmi tous les stands, je l'ai bien reconnu tout de suite en passant le « Tir des Nations » un souvenir, j'en ai rien remarqué aux autres. Voilà quinze ans — que je me suis dit, rien que pour moi. — Voilà quinze ans qui viennent de passer... Une paye! On en a perdu des copains en route! J'aurais bien cru qu'il n'en serait jamais sorti lui-même de la boue qui le tenait là-bas à Saint-Cloud le « Tir des Nations... » Mais il était bien retapé, presque neuf en somme à présent, avec une musique et tout. Rien à dire. On tirait dedans à pleins cartons. Ça travaille toujours un Tir. L'œuf était revenu là aussi, comme moi, au milieu, au bout de presque rien, à sautiller. C'était deux francs. Nous passâmes, on avait trop froid pour essayer, valait mieux marcher. Mais c'était pas parce qu'on manquait de monnaie, on en avait encore plein les poches de la monnaie à faire du bruit, la petite musique de la poche.

J'aurais bien tenté n'importe quoi, à ce moment-là pour qu'on se change les idées, mais personne n'y mettait du sien. Si Parapine avait été avec nous, ça aurait été encore pire sans doute, triste comme il était dès qu'il y avait du monde. Heureusement, il était resté à garder l'Asile. Pour mon compte, je regrettais bien d'être venu. Madelon se mit alors tout de même à rire, mais c'était pas drôle du tout son rire. Robinson ricanait à côté d'elle pour ne pas faire autrement. Sophie du coup s'est mise à nous faire des plaisanteries. C'était complet.

Comme nous passions devant la baraque du photographe, il nous a repérés l'artiste, hésitants. On n'y tenait pas à y passer nous à sa photo, sauf Sophie peut-être. Mais nous voici exposés à son appareil quand même à force d'hésiter devant sa porte. Nous nous soumettons à son commandement traînard, là, sur la passerelle en carton qu'il avait dû construire lui-même, d'un supposé navire « La Belle France ». C'était écrit sur les fausses ceintures de sauvetage. Nous restâmes ainsi un bon moment les yeux droits devant nous à défier l'avenir. D'autres clients attendaient impatients qu'on en descende de la passerelle et déjà ils se vengeaient d'attendre en nous trouvant moches, et ils nous le disaient en plus et tout haut.

Ils profitaient qu'on ne pouvait pas bouger. Mais Madelon, elle, avait pas peur, elle les engueula en retour avec tout l'accent du Midi. Ça s'entendait bien. C'était tassé comme réponse.

Magnésium. On tique tous. Une photo chacun. On est plus laids qu'avant. Il pleut à travers la toile. On a les pieds vaincus par en dessous, par la fatigue bien gelés. Le vent nous a découvert pendant qu'on posait, des trous partout, même que le pardessus finit par en exister à peine.

Faut recommencer à déambuler entre les baraques. J'osais pas proposer de rentrer à Vigny. C'était trop tôt. L'orgue à sentiments du manège profite de ce qu'on la grelottait déjà pour vous faire trembloter encore un peu plus par les nerfs. C'est la faillite du monde entier dont il rigole, l'instrument. Il en hurle à la déroute parmi ses mirlitons argentés, l'air va crever dans la nuit d'à côté, à travers les rues pisseuses qui descendent des Buttes.

Les petites bonnes de Bretagne toussent bien davantage que l'hiver dernier c'est vrai, quand elles arriviaient seulement à

Paris. C'est leurs cuisses marbrées vert et bleu qui ornent, comme elles peuvent, les harnais des chevaux de bois. Les gars d'Auvergne qui payent les tours pour elles, prudents titulaires aux Postes, ne les fricotent qu'en capotes, c'est connu. Ils ne tiennent pas à l'attraper deux fois. Elles se tortillent les bonnes en attendant l'amour dans le fracas salement mélodieux du manège. Un peu mal au cœur elles en ont, mais elles posent quand même par six degrés de froid, parce que c'est le moment suprême, le moment d'essayer sa jeunesse sur l'amant définitif qui est peut-être là, conquis déjà, blotti parmi les couillons de cette foule transie. Il n'ose pas encore l'Amour... Tout arrive comme au cinéma pourtant et le bonheur avec. Qu'il vous adore un seul soir et jamais ne vous quittera plus ce fils de propriétaire... Ça s'est vu, ça suffit. D'ailleurs il est bien, d'ailleurs il est beau, d'ailleurs il est riche.

Dans le kiosque à côté près du métro, la marchande, elle, s'en fout de l'avenir, elle se gratte sa vieille conjonctivite et se la purule lentement avec les ongles. C'est bien du plaisir, obscur et pour rien. Voilà six ans que ça lui dure cet œil et que ça la démange de mieux en mieux.

Les promeneurs en tas, groupés par la crève froide, se pressurent à se fondre autour de la loterie. Sans y parvenir. Brasero de derrières. Ils trottent vite alors et bondissent pour se réchauffer au nœud de foule que font les gens d'en face, devant le veau à deux têtes.

Protégé par la vespasienne, un petit jeune homme que le chômage guette fait son prix pour un couple de province que l'émotion fait rougir. Le cogne des mœurs a bien compris la combine, mais il s'en fout, son rancart à lui pour le moment c'est la sortie du café Miseux. Y a une semaine qu'il le guette le café Miseux. Ça ne peut se passer qu'au tabac ou dans l'arrière-boutique du libraire cochon d'à côté. En tout cas y a longtemps que c'est signalé. L'un des deux procure, à ce qu'on raconte, des mineures qui ont l'air de vendre des fleurs. Encore des lettres anonymes. Le « Marron » du coin « en croque » aussi lui, pour son compte. Bien forcé d'ailleurs. Tout ce qui est sur le trottoir appartient à la Police.

L'espèce de mitrailleuse qu'on entend en rage dans l'air de ce côté-là, par rafales, c'est seulement la moto du type au « Disque de la Mort ». Un « évadé » qu'on dit, mais c'est pas sûr. En tout cas, ça fait deux fois déjà qu'il a crevé sa tente, ici-même, et puis il y a deux ans déjà à Toulouse. Qu'il en finisse alors un bon coup avec son engin ! Qu'il se la casse une bonne fois la gueule et la colonne avec et qu'on en parle plus ! Ça rendrait méchant de l'entendre ! Le tramway aussi d'ailleurs, tel qu'il est avec sa sonnette, ça fait tout de même deux vieux de Bicêtre qu'il a écrasés, au ras des baraques, en moins d'un mois. L'autobus par contre, c'est un tranquille. Il arrive en douce sur la place Pigalle, avec plein de précautions, plutôt en titubant, à coups de trompettes, bien essoufflé, avec ses quatre personnes dedans, bien prudentes et lentes à sortir comme des enfants de chœur.

D'étalages en groupes, et de manèges en loteries, à force de déambuler, nous étions parvenus au bout de la fête, dans le gros vide tout noir où les familles vont faire pipi... Demi-tour donc ! En revenant sur nos pas, on a mangé des marrons pour se donner la soif. C'est mal à la bouche qu'on en a eu, mais pas soif. Un asticot aussi dans les marrons, un mignon. C'est Madelon qui est tombée dessus, comme un fait exprès. C'est même à partir de ce moment-là que les choses se sont mises à ne plus aller du tout entre nous, jusque-là on se retenait encore un peu, mais le coup du marron ça l'a rendue absolument furieuse.

Au moment où elle allait jusqu'au ruisseau pour le cracher l'asticot, Léon lui a dit en plus quelque chose comme pour l'empêcher, je ne sais plus quoi, ni ce qui lui prenait, mais cette façon d'aller cracher ça lui plaisait pas du tout soudain à Léon. Il lui demanda assez sottement si elle avait trouvé dedans un pépin?... C'était pas une question à lui poser non plus... Et voilà Sophie qui trouve moyen de s'en mêler de leur discussion, elle comprenait pas pourquoi ils se disputaient... Elle voulait savoir.

Ça les agace donc encore davantage, d'être interrompus par Sophie, une étrangère, forcément. Juste un groupe de braillards passe entre nous et on est séparés. C'étaient des jeunes gens qui faisaient la retape en réalité, mais avec des mimiques, des mirlitons et toutes sortes de cris effrayés. Quand on a pu se rejoindre ils se disputaient encore Robinson et elle.

— Voilà bien venu, pensais-je, le moment de rentrer... Si on les laisse ici ensemble encore quelques minutes, ils vont

nous faire un scandale au milieu de la fête même... C'en est
assez pour aujourd'hui! — Tout était raté, fallait l'avouer.
« Veux-tu qu'on parte? » que je lui ai proposé. Il me regarde
alors comme surpris. Cependant cela me semblait la décision
la plus sage et la plus indiquée. « Vous en avez donc pas suffisamment comme ça de la fête? » que j'ajoute. Il me fit signe
alors qu'il faudrait mieux que je demande d'abord l'avis à
Madelon. Je voulais bien moi lui demander son avis à Madelon,
mais je trouvais pas ça très malin.

— Mais, on va l'emmener avec nous, Madelon! que je finis
par dire.

— L'emmener? Où ça donc que tu veux l'emmener? qu'il fait.

— Mais à Vigny, voyons! que je réponds.

C'était la gaffe!... Une de plus. Mais je pouvais pas me dédire,
j'avais parlé.

— Nous avons bien une chambre de libre là-bas pour elle
à Vigny! que j'ajoute. C'est pas les chambres qui nous manquent
voyons!... On pourra d'ailleurs faire un petit souper tous ensemble,
avant d'aller se coucher... Ça sera plus gai qu'ici toujours où
on la gèle littéralement depuis deux heures! Ça sera pas difficile...
Elle répondait rien Madelon à mes propositions. Elle me regardait
même pas pendant que je parlais mais elle ne perdait tout de
même pas un mot de ce que je venais de raconter. Enfin, ce qui
était dit, l'était bien.

Quand je me suis trouvé un peu à l'écart, elle s'est rappro-
chée de moi en douce pour me demander si des fois c'était pas
un tour que je voulais lui jouer encore en l'invitant à Vigny.
J'ai rien répondu. On ne peut pas raisonner avec une femme
jalouse comme elle était, ça aurait été encore des prétextes
à des histoires à n'en plus finir. Et puis je ne savais pas au juste
de qui et de quoi elle était jalouse. C'est souvent difficile à déterminer ces sentiments-là qui viennent de la jalousie. De tout
en somme j'imagine qu'elle était jalouse, comme tout le monde.

Sophie ne savait plus trop comment se tenir, mais elle continuait à insister pour se rendre aimable. Elle avait même pris
Madelon par le bras, mais Madelon, elle, était bien trop enragée
et contente en plus d'être en rage pour se laisser distraire par des
gentillesses. Nous nous faufilâmes avec bien de la peine à travers
la foule pour atteindre le tramway, place Clichy. Au moment

juste où nous allions l'attraper le tramway, un nuage a crevé sur la place, la pluie s'est mise à tomber en cascades. Le ciel s'est répandu.

Toutes les autos furent prises d'assaut en un instant. « Tu vas pas encore me faire un affront devant les gens?... Dis Léon? » que j'entendais Madelon lui redemander à mi-voix tout à côté de nous. Ça ne marchait pas. « T'en as déjà assez, hein, de me voir?... Dis-le donc que t'en as assez? qu'elle reprenait. Dis-le donc? C'est pas souvent que tu me vois pourtant!... Mais tu préfères être avec eux deux tout seul hein?... Vous couchez tous ensemble, je parie, quand je suis pas là?... Dis-le que t'aimes mieux être avec eux qu'avec moi!... Dis-le, pour que je t'entende... » Et puis elle restait après ça sans rien dire, sa figure se fermait en grimace autour de son nez qui lui remontait et lui tirait sur la bouche. On attendait sur le trottoir. « Tu vois comment qu'ils me traitent tes amis?... Dis Léon? » qu'elle reprenait.

Mais Léon lui, il faut lui rendre cette justice, il ne répliquait pas, il ne la provoquait pas, il regardait de l'autre côté, les façades et le boulevard et les voitures.

Cependant c'était un violent à ses heures, Léon. Comme elle voyait que ça ne prenait pas ces espèces de menaces, elle le relançait d'une autre façon, et puis à la tendresse qu'elle lui refaisait ça, tout en attendant. « Je t'aime bien moi, mon Léon, dis tu m'entends, que je t'aime bien?... Tu te rends compte de ce que j'ai fait pour toi au moins?... C'était peut-être pas la peine que je vienne aujourd'hui?... Tu m'aimes pas quand même un petit peu Léon? C'est pas possible que tu m'aimes pas du tout... T'as du cœur, dis Léon, t'en as un peu tout de même du cœur?... Pourquoi alors que tu le méprises mon amour?... On avait fait un beau rêve tous les deux ensemble... Comme tu es cruel avec moi quand même!... Tu l'as méprisé mon rêve Léon! Tu l'as sali!... Tu peux dire que tu l'as détruit mon idéal... Tu veux donc que j'y croie plus à l'amour dis?... Et à présent, tu veux que je m'en aille pour toujours alors? C'est bien ça que tu veux?... » Tout qu'elle lui demandait pendant qu'il pleuvait à travers le store du café.

Ça dégoulinait au milieu des gens. Décidément elle était bien comme il m'avait prévenu. Il avait rien inventé, en ce qui concernait son vrai caractère. J'aurais pas pu imaginer qu'ils étaient parvenus si vite à de pareilles intensités sentimentales, c'était ainsi.

Comme les voitures et tout le trafic faisaient beaucoup de bruit autour de nous, j'en ai profité pour lui glisser un petit mot à Robinson à l'oreille quand même au sujet de la situation, pour essayer qu'on se décolle d'elle maintenant et qu'on en finisse au plus vite, puisque c'était raté, qu'on s'esquive en douceur avant que tout tourne au vinaigre et qu'on se fâche à mort. C'était à craindre. « Veux-tu que je te trouve un prétexte moi? que je lui ai soufflé. Et qu'on se défile chacun de notre côté? — Fais pas ça surtout! qu'il m'a répondu. Fais pas ça! Elle serait capable de piquer une crise ici même et on pourrait plus l'arrêter! » J'insistai pas.

Après tout, c'est peut-être que ça lui faisait plaisir de se faire engueuler publiquement Robinson et puis aussi il la connaissait mieux que moi. Comme l'averse finissait on a trouvé un taxi. On se précipite et nous voilà casés les uns contre les autres. D'abord, on ne se dit rien. On en avait gros entre nous et puis j'avais comme ça assez gaffé pour ma part. Je pouvais attendre un petit peu avant de m'y remettre.

Moi et Léon nous prîmes les strapontins de devant et les deux femmes occupèrent le fond du taxi. Les soirs de fête, c'est très encombré la route d'Argenteuil, surtout jusqu'à la Porte. Après, il faut encore compter une bonne heure pour arriver à Vigny à cause des voitures. C'est pas commode de rester une heure sans rien se dire, face à face, à se regarder, surtout quand il fait sombre et qu'on est un peu inquiets les uns à cause des autres.

Toutefois, si nous étions restés comme ça, vexés, mais chacun pour soi, rien ne serait arrivé. C'est encore aujourd'hui mon opinion quand j'y repense.

Somme toute c'est à cause de moi qu'on s'est reparlé et que la dispute a repris alors tout de suite et de plus belle. Avec les mots on ne se méfie jamais suffisamment, ils ont l'air de rien les mots, pas l'air de dangers bien sûr, plutôt de petits vents, de petits sons de bouche, ni chauds, ni froids, et facilement repris dès qu'ils arrivent par l'oreille par l'énorme ennui gris mou du cerveau. On ne se méfie pas d'eux des mots et le malheur arrive.

Des mots, il y en a des cachés parmi les autres, comme des cailloux. On les reconnaît pas spécialement et puis les voilà qui vous font trembler pourtant toute la vie qu'on possède et tout entière, et dans son faible et dans son fort... C'est la panique alors... Une avalanche... On en reste là comme un pendu, au-dessus des émotions... C'est une tempête qui est arrivée, qui est passée, bien trop forte pour vous, si violente qu'on l'aurait jamais crue possible rien qu'avec des sentiments... Donc, on ne se méfie jamais assez des mots, c'est ma conclusion. Mais d'abord que je raconte les choses... : Le taxi suivait doucement son tram à cause des réparations... « Rron... et rron... » qu'il faisait. Un caniveau chaque cent mètres... Seulement ça ne me suffisait pas à moi le tram devant. Toujours bavard et enfantin, je m'impatientais. Ça ne m'était pas supportable cette petite allure d'enterrement et cette indécision partout... Je me dépêchai de le casser le silence pour tâcher de savoir ce qu'il pouvait bien avoir dans le derrière. J'observai, ou plutôt j'essayai d'observer, puisqu'on n'y voyait plus, dans son coin à gauche, dans le fond du taxi, Madelon. Elle gardait la figure tournée vers le dehors, vers le paysage, vers la nuit à vrai dire. Je constatai avec dépit qu'elle était toujours aussi entêtée. Un vrai emmerdeur, moi, d'autre part. Je l'interpellai, rien que pour lui faire tourner la tête de mon côté :

— Dites donc Madelon ! que je lui demandai. Vous avez peut-être un projet d'amusement vous que vous n'osez pas nous confier ? Voulez-vous qu'on s'arrête quelque part avant de rentrer ? Dites-le tout de suite ?...

— S'amuser ! s'amuser ! qu'elle m'a répondu comme insultée. Vous ne pensez jamais qu'à ça vous autres ! A l'amusement !... Et du coup, toute une série de soupirs qu'elle a poussés, profonds, comme j'en ai rarement entendus de si touchants.

— Je fais ce que je peux ! que je lui réponds. C'est dimanche !

— Et toi Léon ? qu'elle lui demande alors à lui. — Toi, est-ce que tu fais aussi tout ce que tu peux, dis ? — C'était direct.

— Tu parles ! qu'il lui a répondu.

Je les regardais tous les deux dans le moment où on passait devant les réverbères. C'était la colère. Madelon s'est alors penchée comme pour l'embrasser. C'était dit décidément que ce soir-là on raterait pas une seule gaffe à faire.

Le taxi allait à nouveau tout à fait doucement à cause des camions, partout échelonnés devant nous. Ça l'agaçait lui justement d'être embrassé et il l'a repoussée assez brutalement faut le dire. Bien sûr, c'était pas aimable comme geste, surtout que ça se passait devant nous autres.

Quand nous arrivâmes au bout de l'Avenue de Clichy, à la Porte, la nuit était bien tombée déjà, les boutiques s'allumaient. Sous le pont du chemin de fer, qui résonne toujours si fort, je l'entends moi quand même qui lui redemandait encore : « Tu veux pas m'embrasser Léon? » Elle repiquait. Lui il répondait toujours pas. Du coup, elle s'est tournée vers moi et elle m'a apostrophé directement. C'était l'affront qu'elle supportait pas.

— Qu'est-ce que vous lui avez encore fait à Léon pour qu'il soye devenu si méchant? Osez donc me le dire tout de suite?... Quels trucs que vous lui avez encore racontés?... Voilà comment qu'elle me provoquait.

— Mais rien du tout! que je lui réponds. Je lui ai rien raconté du tout!... Je m'occupe pas de vos disputes!...

Et le plus fort, c'est que c'était vrai, que je lui avais rien raconté du tout à son sujet à Léon. Il était libre, c'était son affaire à lui de rester avec elle ou bien de s'en séparer. Ça ne me regardait pas, mais c'était pas la peine d'essayer de la convaincre, elle était plus raisonnable et on a recommencé à se taire face à face dans le taxi mais l'air restait tellement chargé d'engueulade que ça ne pouvait pas résister longtemps. Elle avait pris pour me parler une de ces voix minces que je ne lui connaissais pas encore, une voix monotone aussi comme une personne tout à fait déterminée. En retrait comme elle s'était placée dans le coin du taxi, je ne pouvais presque plus apercevoir ses gestes et ça me gênait beaucoup.

Sophie pendant ce temps-là me tenait par la main. Elle ne savait plus où se fourrer Sophie, du coup, la pauvre fille.

Comme nous venions de dépasser Saint-Ouen, c'est Madelon qui a recommencé la séance des griefs qu'elle avait contre Léon et avec une frénétique ampleur, en lui reposant des questions à n'en plus finir et tout haut à présent à propos de son affection et de sa fidélité. Pour nous deux Sophie et moi, c'était embarrassant au possible. Mais elle était tellement montée que ça lui était absolument égal que nous l'écoutions, au contraire.

Evidemment, c'était pas malin non plus de ma part de l'avoir
enfermée dans cette boîte avec nous, ça résonnait et ça lui donnait l'envie avec sa nature de nous jouer la grande scène. C'était
encore une belle initiative à moi le taxi.

Lui Léon, il ne réagissait plus. D'abord, il était fatigué par
la soirée qu'on venait de passer ensemble et puis toujours il
manquait un peu de sommeil, c'était sa maladie.

— Calmez-vous, voyons! que je trouvai quand même le moyen
de lui faire entendre à Madelon, vous vous expliquerez tous
les deux en arrivant... Vous avez bien le temps!...

— Arriver! arriver! qu'elle me répond alors sur un ton pas
imaginable. Arriver? On n'arrivera jamais que je vous dis!...
Et puis d'abord j'en ai assez moi de toutes vos sales manières!
qu'elle a continué, je suis une fille propre moi!... Je vaux mieux
que vous tous ensemble moi!... Bande de cochons... Vous avez
beau essayer de me mettre en boîte... Vous êtes pas dignes de
me comprendre!... Vous êtes bien trop pourris tous autant que
vous êtes pour me comprendre!... Tout ce qui est propre et tout
ce qui est beau, vous pouvez plus le comprendre!

Elle nous attaquait en somme dans notre amour-propre et
ainsi de suite et j'avais beau me tenir bien en place strictement
sur mon strapontin, et le mieux que je pouvais, et ne plus piper
d'un seul soupir pour ne pas l'exciter davantage, à chaque changement de vitesse du taxi, elle repartait quand même en transe.
Il suffit d'un rien dans ces moments-là pour déclencher le pire,
et c'est comme si elle avait joui rien que de nous rendre malheureux, elle ne pouvait plus s'empêcher d'aller tout de suite tout
au bout de sa nature.

— Et croyez pas que ça va se passer comme ça! qu'elle a
continué à nous menacer. Et que vous allez pouvoir vous débarrasser de la môme en douce! Ah! non alors! J'aime autant vous
le dire tout de suite! Non, ça n'ira pas comme vous le désirez!
Ignobles que vous êtes tous... Vous avez fait mon malheur! Je
vais vous réveiller moi; tout dégueulasses autant que vous êtes!...

Du coup elle se pencha vers Robinson et elle l'attrapa par
son pardessus et elle se met à le secouer à deux bras. Il ne faisait
rien lui pour se dégager. J'allais pas intervenir. On aurait même
pu croire que ça lui donnait du plaisir à Robinson de la voir
s'exciter encore un peu plus à son sujet. Il ricanait, c'était pas

naturel, il oscillait pendant qu'elle l'engueulait comme un pantin
à travers la banquette, le nez en bas, le cou mou.

Au moment où j'allais faire tout de même un petit geste de
remontrance pour interrompre ces grossièretés, elle s'est rebiffée
et elle m'en a cassé un morceau à moi-même... Celui qu'elle avait
sur le cœur depuis longtemps... Ce fut à mon tour je peux le
dire! et devant tout le monde. « Vous, tenez-vous donc tranquille,
satyre! qu'elle m'a dit comme ça. C'est pas une affaire qui vous
regarde entre Léon et moi! Vos violences, Monsieur, j'en veux
plus! Vous m'entendez? Hein? J'en veux plus! Si jamais vous
relevez une seule fois la main sur moi, elle vous apprendra Madelon, comment qu'il faut vous conduire dans la vie!... A faire
les copains cocus et puis après à frapper sur leurs femmes!...
Il est culotté ce saligaud-là! Vous avez donc pas honte? » Léon
lui d'entendre ces vérités, il s'en est comme réveillé un peu.
Il ricanait plus. Je me demandai même pendant un petit instant
si on n'allait pas se provoquer, se tabasser, mais on n'avait pas
la place d'abord pour se battre, à quatre comme on était dans
le taxi. Ça me rassurait. C'était trop étroit.

Surtout qu'on roulait assez vite à présent sur les pavés des
boulevards de la Seine et que ça secouait bien de trop, même
pour se bouger...

— Viens Léon! qu'elle lui a commandé alors! Viens que
je te demande pour la dernière fois! Tu m'entends, viens? Laisse-
les tomber! T'entends pas ce que je te dis? — Une vraie comédie.

— Arrête-le voyons le taxi, Léon! Arrête-le ou je vais l'arrêter
moi-même!

Mais lui Léon, il bougeait toujours pas de sa banquette. Il
était vissé.

— Tu veux pas venir alors? qu'elle a recommencé, tu veux
pas venir?

Elle m'avait prévenu qu'en ce qui me concernait c'était mieux
que je me tienne à présent peinard. J'avais mon compte. « Tu
viens pas? » qu'elle lui répétait. Le taxi continuait en vitesse,
c'était libre la route devant à présent et on était encore bien
plus chahutés. Comme des colis qu'on était, par-ci, par-là.

— Bon, qu'elle a conclu, puisqu'il lui répondait rien. C'est
bien! Ça va! C'est toi-même qui l'auras voulu! Demain! Tu m'entends, pas plus tard que demain j'irai moi au Commissaire,

et je lui expliquerai, moi, au Commissaire, comment qu'elle est tombée dans son escalier la mère Henrouille! Tu m'entends, à présent, dis Léon?... T'es content?... Tu fais plus le sourd? Ou bien que tu viens tout de suite avec moi ou bien que j'irai le voir demain matin!... Alors, tu veux-t-y venir, ou tu veux pas? Explique-toi!... — C'était carré comme menace.

Il s'est tout de même décidé à lui répondre un peu à ce moment-là.

— Mais t'es dedans toi aussi, dis donc! qu'il lui a fait. T'as rien à dire...

De l'entendre répondre ça, elle s'est pas calmée du tout, au contraire. « Je m'en fous bien! qu'elle lui a répondu. D'être dedans! Tu veux-t-y dire qu'on ira en prison tous les deux?... Que j'ai été ta complice?... C'est ça que tu veux dire?... Mais je ne demande pas mieux moi!... »

Et elle s'est mise à ricaner du coup, comme une hystérique, comme si elle avait jamais rien connu de plus réjouissant...

— Mais je demande pas mieux que je te répète! Mais ça me plaît à moi la prison que je te dis!... Va pas croire que je vais me dégonfler à cause de ta prison!... J'irai autant qu'on voudra, en prison moi! Mais t'iras aussi alors toi dis ma vache?... Tu te foutras pas de moi plus longtemps dis au moins!... Je suis à toi, bon! mais t'es à moi! T'avais qu'à rester avec moi là-bas! Je connais qu'un amour moi, Monsieur! Je suis pas une putain moi!

Et elle nous défiait moi et Sophie en même temps, tout en disant ça. C'était pour la fidélité ce qu'elle en disait, pour la considération.

Malgré tout on roulait encore et il se décidait toujours pas à le faire arrêter le taxi.

— Tu viens pas alors? T'aimes mieux aller au bagne? Bon!... Tu t'en fous que je te dénonce?... De ce que je t'aime?... Tu t'en fous aussi hein?... Et tu t'en fous de mon avenir?... Tu te fous de tout toi d'abord n'est-ce pas? Dis-le?

— Oui, dans un sens, qu'il a répondu... T'as raison. Mais c'est pas plus de toi que d'une autre, que je m'en fous... Va pas prendre ça pour une insulte surtout!... T'es gentille au fond toi... Mais j'ai plus envie qu'on m'aime... Ça me dégoûte!...

Elle s'attendait pas à ce qu'on lui dise une chose comme ça, bien en face, là, et tellement qu'elle en fut surprise qu'elle savait plus très bien par où la reprendre l'engueulade qu'elle avait commencée. Elle était assez déconcertée, mais elle s'y est remise quand même. « Ah ! ça te dégoûte !... Comment que ça te dégoûte que tu veux dire ?... Explique-toi donc sale ingrat !... »

— Non ! c'est pas toi, c'est tout qui me dégoûte ! qu'il lui a répondu. J'ai pas envie... Faut pas m'en vouloir pour ça...

— Comment, que tu dis ? Répète-le un peu ?... Moi et tout ? — Elle cherchait à comprendre. — Moi et tout ? Explique donc ça ? Qu'est-ce que ça veut dire ?... Moi et tout ?... Parle pas chinois !... Dis-le-moi en français, devant eux, pourquoi que je te dégoûte à présent ? Tu bandes pas donc comme les autres, dis gros salaud quand tu fais l'amour ? Tu bandes pas alors hein ?... Ose le dire là ici ?... Devant tout le monde que tu bandes pas ?...

Malgré sa fureur ça portait un peu à rire la manière dont elle se défendait avec ses remarques. Mais j'ai pas eu le temps de rigoler longtemps, parce qu'elle est revenue à la charge. « Et lui, donc là, qu'elle a fait, il en jouit pas chaque fois qu'il peut m'attraper dans un coin ! Ce dégueulasse ! Ce peloteur, qu'il ose donc venir me dire le contraire ?... Mais dites-le donc tous que vous voulez changer !... Avouez-le !... Que c'est du nouveau qu'il vous faut !... De la partouze !... Pourquoi pas de la pucelle ? Bande de dépravés ! Bande de cochons ! Pourquoi que vous cherchez des prétextes ?... Vous êtes des blasés et voilà tout ! Vous avez plus seulement le courage de vos vices ! Ils vous font peur vos vices ! »

Et alors c'est Robinson qui a pris sur lui de lui répondre. Il était monté aussi à la fin, et il gueulait à présent aussi fort qu'elle.

— Mais si ! qu'il lui a répondu. Que j'en ai du courage ! et sûrement bien autant que toi !... Seulement moi si tu veux tout savoir... Tout absolument... Eh bien, c'est tout, qui me répugne et qui me dégoûte à présent ! Pas seulement toi !... Tout !... L'amour surtout !... Le tien aussi bien que celui des autres... Les trucs aux sentiments que tu veux faire, veux-tu que je te dise à quoi ça ressemble moi ? Ça ressemble à faire l'amour dans des chiottes ! Tu me comprends-t-y à présent ?... Et tous les sentiments que tu vas chercher pour que je reste avec toi collé, ça me fait l'effet d'insultes si tu veux savoir... Et tu t'en doutes même pas non

plus parce que c'est toi qui es une dégueulasse parce que tu t'en
rends pas compte... Et tu t'en doutes même pas non plus que
tu es une dégoûtante !... Ça te suffit de répéter tout ce que bavent
les autres... Tu trouves ça régulier... Ça te suffit parce qu'ils
t'ont raconté les autres qu'il y avait pas mieux que l'amour et
que ça prendrait avec tout le monde et toujours... Eh bien moi
je l'emmerde leur amour à tout le monde !... Tu m'entends ? Plus
avec moi que ça prend ma fille... leur dégueulasse d'amour !...
Tu tombes de travers !... T'arrives trop tard ! Ça prend plus,
voilà tout !... Et c'est pour ça que tu te mets dans les colères !...
T'y tiens quand même toi à faire l'amour au milieu de tout ce
qui se passe ?... De tout ce qu'on voit ?... Ou bien c'est-y que tu
vois rien ?... Je crois plutôt que tu t'en fous !... Tu fais la senti-
mentale pendant que t'es une brute comme pas une... Tu veux
en bouffer de la viande pourrie ? Avec ta sauce à la tendresse ?...
Ça passe alors ?... Pas à moi !... Si tu sens rien tant mieux pour
toi ! C'est que t'as le nez bouché ! Faut être abrutis comme vous
l'êtes tous pour pas que ça vous dégoûte... Tu cherches à savoir
ce qu'il y a entre toi et moi ?... Eh bien entre toi et moi, y a toute
la vie... Ça te suffit pas des fois ?

— Mais c'est propre chez moi, qu'elle s'est rebiffée elle...
On peut être pauvre et être propre quand même dis donc ! Quand
est-ce que t'as vu que c'était pas propre chez moi ? C'est ça que
tu veux dire en m'insultant ?... J'ai le derrière propre moi, Monsieur !... Tu peux peut-être pas en dire autant !... Ni tes pieds
non plus !

— Mais j'ai jamais dit ça Madelon ! J'ai rien dit comme ça
du tout !... Que c'est pas propre chez toi ?... Tu vois bien que
tu ne comprends rien ! — C'est tout ce qu'il avait trouvé à lui
répondre pour la calmer.

— Tu dis que t'as rien dit alors ? T'as rien dit ? Écoutez-le
à présent qui m'insulte plus bas que terre et qui prétend encore
qu'il a rien dit ! Mais il faudra le tuer pour qu'il puisse plus mentir
davantage ! C'est pas assez de la taule pour un cochon pareil !
Un sale maquereau pourri !... Ça suffit pas !... C'est l'éch aud
qu'il lui faudrait !

Elle voulait plus être calmée. On ne comprenait plus rien
à leur dispute dans le taxi. On entendait que des gros mots
dans le boucan que faisait l'auto, le battement des roues dans

la pluie et dans le vent qui se jetait contre notre portière par bourrasques. Des menaces, il en restait plein entre nous. « C'est ignoble... » qu'elle a répété à plusieurs reprises. Elle pouvait plus parler d'autre chose... « C'est ignoble! » Et puis elle a essayé le grand jeu : « Tu viens? qu'elle lui a fait. Tu viens Léon? Un?... Tu viens-t-y? Deux?... » Elle a attendu. « Trois?... Tu viens pas alors?... » « Non! » qu'il lui a répondu, sans bouger d'un pouce. « Fais comme tu veux! » qu'il a même ajouté. C'était une réponse.

Elle a dû se reculer un peu sur la banquette, tout au fond. Elle devait tenir le revolver à deux mains parce que quand le feu lui est parti c'était comme tout droit de son ventre et puis presque ensemble encore deux coups, deux fois de suite... De la fumée poivrée alors qu'on a eue plein le taxi.

On roulait encore quand même. C'est sur moi qu'il est retombé Robinson, sur le côté, par saccades, en bafouillant. « Hop! et Hop! » Il arrêtait pas de gémir « Hop! et Hop! » Le chauffeur avait sûrement entendu.

Il a ralenti qu'un peu d'abord, pour se rendre compte. Enfin il s'est arrêté tout à fait devant un bec de gaz.

Dès qu'il a ouvert la portière, Madelon l'a repoussé violemment, elle s'est jetée en dehors. Elle a dégringolé le remblai à pic. Elle a filé dans la nuit du champ en plein par la boue. J'avais beau la rappeler, elle était déjà loin.

Je ne savais plus trop quoi décider moi avec le blessé. Le ramener à Paris ça aurait été dans un sens plus pratique... Mais nous n'étions plus loin de notre maison... Les gens du pays auraient compris la manœuvre... On l'a donc casé avec Sophie entre des pardessus et tassé dans le coin même où Madelon s'était mise pour tirer. « Doucement! » que j'ai recommandé au chauffeur. Seulement il allait encore bien trop vite, il était pressé. Ça faisait gémir Robinson davantage les cahots.

Une fois qu'on a été arrivé devant la maison, il voulait même pas nous donner son nom le chauffeur, il était inquiet à cause des histoires que ça allait lui attirer avec la police, les témoignages...

Il prétendait aussi qu'il y avait sûrement des taches de sang sur les coussins. Il voulait tout de suite repartir sans attendre. Mais j'avais pris son numéro.

Dans le ventre qu'il avait reçu les deux balles Robinson,

peut-être les trois je ne savais pas encore au juste combien.

Elle avait tiré droit devant elle ça je l'avais vu. Ça ne saignait pas, les blessures. Entre Sophie et moi malgré qu'on le retienne, il cahotait tout de même beaucoup, sa tête baladait. Il parlait, mais c'était difficile de le comprendre. C'était déjà du délire. « Hop! et Hop! » qu'il continuait de chantonner. Il aurait eu le temps de mourir avant qu'on arrive.

La rue était nouvellement pavée. Dès que nous fûmes devant notre grille, j'ai envoyé la concierge chercher Parapine dans sa chambre, en vitesse. Il est descendu tout de suite et c'est avec lui et un infirmier que nous avons pu monter Léon jusque dans son lit. Une fois déshabillé on a pu l'examiner et tâter la paroi du ventre. Elle était déjà bien tendue la paroi sous les doigts, à la palpation et même mat par endroits. Deux trous l'un au-dessus de l'autre que j'ai retrouvés, pas de troisième, l'une des balles avait dû se perdre.

Si j'avais été à la place à Léon, j'aurais préféré pour moi une hémorragie interne, ça vous inonde le ventre, c'est rapidement fait. On se remplit le péritoine et on n'en parle plus. Tandis que par une péritonite, c'est de l'infection en perspective, c'est long.

On pouvait se demander encore ce qu'il allait faire, pour en finir. Son ventre gonflait, il nous regardait Léon, bien fixe déjà, il geignait, mais pas trop. C'était comme une espèce de calme. Je l'avais vu déjà bien malade moi, et dans bien des endroits différents, mais cette fois-ci c'était une affaire où tout était nouveau, les soupirs et les yeux et tout. On ne le retenait plus qu'on aurait dit, il s'en allait de minute en minute. Il transpirait des si grosses gouttes que c'était comme s'il avait pleuré avec toute sa figure. Dans ces moments-là, c'est un peu gênant d'être devenu aussi pauvre et aussi dur qu'on est devenu. On manque de presque tout ce qu'il faudrait pour aider à mourir quelqu'un. On a plus guère en soi que des choses utiles pour la vie de tous les jours, la vie du confort, la vie à soi seulement, la vacherie. On a perdu la confiance en route. On l'a chassée, tracassée la pitié qui vous restait, soigneusement au fond du corps comme une sale pilule. On l'a poussée la pitié au bout de l'intestin avec la merde. Elle est bien là qu'on se dit.

Et je restais, devant Léon, pour compatir et jamais j'avais

été aussi gêné. J'y arrivais pas... Il ne me trouvait pas... Il en bavait... Il devait chercher un autre Ferdinand, bien plus grand que moi, bien sûr, pour mourir, pour l'aider à mourir plutôt, plus doucement. Il faisait des efforts pour se rendre compte si des fois le monde aurait pas fait des progrès. Il faisait l'inventaire, le grand malheureux, dans sa conscience... S'ils avaient pas changé un peu les hommes, en mieux, pendant qu'il avait vécu lui, s'il avait pas été des fois injuste sans le vouloir envers eux... Mais il n'y avait que moi, bien moi, moi tout seul, à côté de lui, un Ferdinand bien véritable auquel il manquait ce qui ferait un homme plus grand que sa simple vie, l'amour de la vie des autres. De ça, j'en avais pas, ou vraiment si peu que c'était pas la peine de le montrer. J'étais pas grand comme la mort moi. J'étais bien plus petit. J'avais pas la grande idée humaine moi. J'aurais même je crois senti plus facilement du chagrin pour un chien en train de crever que pour lui Robinson, parce qu'un chien c'est pas malin, tandis que lui il était un peu malin malgré tout Léon. Moi aussi j'étais malin, on était des malins... Tout le reste était parti au cours de la route et ces grimaces mêmes qui peuvent encore servir auprès des mourants, je les avais perdues, j'avais tout perdu décidément au cours de la route, je ne retrouvais rien de ce qu'on a besoin pour crever, rien que des malices. Mon sentiment c'était comme une maison où on ne va qu'aux vacances. C'est à peine habitable. Et puis aussi c'est exigeant un agonique. Agoniser ne suffit pas. Il faut jouir en même temps qu'on crève, avec les derniers hoquets faut jouir encore, tout en bas de la vie, avec de l'urée plein les artères.

Ils pleurnichent encore parce qu'ils ne jouissent plus assez les mourants... Ils réclament... Ils protestent. C'est la comédie du malheur qui cherche à passer de la vie dans la mort même.

Il a repris un peu de ses sens quand Parapine lui a eu fait sa piqûre de morphine. Il nous a même raconté des choses alors à propos de ce qui venait d'arriver. « C'est mieux que ça se finisse comme ça... » qu'il a dit, et puis : « Ça fait pas si mal que j'aurais cru... » Lorsque Parapine lui a demandé à quel endroit qu'il souffrait exactement, on voyait bien qu'il était déjà un peu parti, mais aussi qu'il tenait malgré tout à nous dire encore des choses... La force lui manquait et puis les moyens. Il pleurait, il étouffait et il riait tout de suite après. C'était pas comme un

PARAPINE gardait ses esprits. Il a trouvé moyen d'envoyer chercher un homme au Poste. Justement c'était Gustave, notre Gustave, qui était de planton après son trafic.

— Voilà, encore un malheur! qu'il a fait Gustave dès qu'il est entré dans la pièce et qu'il a vu.

Et puis il s'est assis à côté pour souffler un peu et pour boire aussi un coup à la table des infirmiers qui n'était pas encore desservie. « Puisque c'est un crime faudrait mieux qu'on le porte au Poste » qu'il a proposé et puis il a remarqué encore : « C'était un gentil garçon Robinson, il aurait pas fait de mal à une mouche. Je me demande pourquoi qu'elle l'a tué?... » Et il a rebu. Il aurait pas dû. Il supportait mal la boisson. Mais il l'aimait la bouteille. C'était son faible.

On a été chercher une civière en haut, avec lui, dans la réserve. Il était bien tard à présent pour déranger du personnel, nous décidâmes de transporter le corps jusqu'au Poste nous-mêmes. Le Poste c'était loin de l'autre côté du pays, après le passage à niveau, la dernière maison.

Ainsi nous nous mîmes en marche. Parapine tenait par l'avant la civière, Gustave Mandamour par l'autre bout. Seulement ils n'allaient pas très droit ni l'un ni l'autre. Il a même fallu que Sophie les guide un peu pour la descente du petit escalier. Je remarquai à ce moment-là qu'elle n'avait pas l'air bien émue Sophie. Ça s'était pourtant passé tout à côté d'elle et si près même qu'elle aurait bien pu prendre une des balles pendant qu'elle tirait l'autre folle. Mais Sophie, je l'avais déjà noté en d'autres circonstances, il lui fallait du temps pour qu'elle se mette en train dans les émotions. C'est pas qu'elle était froide, puisque ça la saisissait plutôt comme une tourmente, mais il lui fallait du temps.

Je voulais les suivre encore un petit bout avec le corps pour être bien certain que c'était tout à fait fini. Mais au lieu de bien les suivre avec leur civière comme j'aurais dû, j'ai déambulé plutôt de droite à gauche tout le long de la route et puis finalement une fois passé la grande école qui est en bordure du passage à niveau je me suis faufilé par un petit chemin qui descend entre les haies d'abord et puis à pic vers la Seine.

Par-dessus les grilles je les ai vus s'éloigner avec leur civière, ils allaient comme s'étouffer parmi les écharpes du brouillard renouées lentement derrière eux. Au quai, l'eau poussait dur sur les péniches bien rassemblées contre la crue. De la plaine de Gennevilliers il arrivait encore plein de froid par bouffées tendues sur les remous du fleuve à le faire reluire entre les arches.

Là-bas tout au loin, c'était la mer. Mais j'avais plus rien à imaginer moi sur elle la mer à présent. J'avais autre chose à faire. J'avais beau essayer de me perdre pour ne plus me retrouver devant ma vie, je la retrouvais partout simplement. Je revenais sur moi-même. Mon trimbalage à moi, il était bien fini. A d'autres !... Le monde était refermé ! Au bout qu'on était arrivés nous autres !... Comme à la fête !... Avoir du chagrin c'est pas tout, faudrait pouvoir recommencer la musique, aller en chercher davantage du chagrin... Mais à d'autres !... C'est la jeunesse qu'on redemande comme ça sans avoir l'air... Pas gênés !... D'abord pour endurer davantage j'étais plus prêt non plus !... Et cependant j'avais même pas été aussi loin que Robinson moi dans la vie !... J'avais pas réussi en définitive. J'en avais pas acquis moi une seule idée bien solide comme celle qu'il avait eue pour se faire dérouiller. Plus grosse encore une idée que ma grosse tête, plus grosse que toute la peur qui était dedans, une belle idée, magnifique et bien commode pour mourir... Combien il m'en faudrait à moi des vies pour que je m'en fasse ainsi une idée plus forte que tout au monde ? C'était impossible à dire ! C'était raté ! Les miennes d'idées elles vadrouillaient plutôt dans ma tête avec plein d'espace entre, c'étaient comme des petites bougies pas fières et clignoteuses à trembler toute la vie au milieu d'un abominable univers bien horrible...

Ça allait peut-être un peu mieux qu'il y a vingt ans, on pouvait pas dire que j'avais pas fait des débuts de progrès mais enfin c'était pas à envisager que je parvienne jamais moi, comme

Robinson, à me remplir la tête avec une seule idée, mais alors une superbe pensée tout à fait plus forte que la mort et que j'en arrive rien qu'avec mon idée à en juter partout de plaisir, d'insouciance et de courage. Un héros juteux.

Plein moi alors que j'en aurais du courage. J'en dégoulinerais même de partout du courage et la vie ne serait plus rien elle-même qu'une entière idée de courage qui ferait tout marcher, les hommes et les choses depuis la Terre jusqu'au Ciel. De l'amour on en aurait tellement, par la même occasion, par-dessus le marché que la Mort en resterait enfermée dedans avec la tendresse et si bien dans son intérieur, si chaude qu'elle en jouirait enfin la garce, qu'elle en finirait par s'amuser d'amour aussi elle, avec tout le monde. C'est ça qui serait beau ! Qui serait réussi ! J'en rigolais tout seul sur le quai en pensant à tout ce qu'il faudrait que j'accomplisse moi en fait de trucs et de machins pour que j'arrive à me faire gonfler ainsi de résolutions infinies... Un véritable crapaud d'idéal ! La fièvre après tout.

Depuis une heure au moins que les copains me recherchaient ! Surtout qu'ils avaient bien vu qu'en les quittant j'étais pas du tout brillant... C'est Gustave Mandamour qui m'a repéré le premier sous mon bec de gaz. « Hé Docteur ! » qu'il m'a appelé. On pouvait dire qu'il avait une sacrée voix Mandamour. « Par ici ! On vous demande chez le Commissaire ! Pour votre déposition ! — Vous savez Docteur... qu'il a ajouté, mais alors dans l'oreille, vous avez vraiment pas bonne mine ! » Il m'a accompagné. Il m'a même soutenu pour marcher. Il m'aimait bien Gustave. Je ne lui adressais jamais de reproches moi, sur la boisson. Je comprenais tout, moi. Tandis que Parapine lui était un peu sévère. Il lui faisait honte de temps en temps à propos de la boisson. Il aurait fait beaucoup de choses pour moi Gustave. Il m'admirait même. Il me l'a dit. Il savait pas pourquoi. Moi non plus. Mais il m'admirait. C'était le seul.

On a tourné par deux ou trois rues ensemble jusqu'à ce qu'on aperçoive la lanterne du Poste. On pouvait plus se perdre. C'était le rapport à faire qui le tracassait Gustave. Il osait pas me le dire. Il avait fait signer déjà tout le monde en bas du rapport, mais quand même il y manquait encore bien des choses à son rapport.

Il avait une grosse tête Gustave, dans mon genre, et même

que je pouvais mettre son képi, c'est tout dire, mais il oubliait facilement les détails. Les idées ne venaient pas facilement, il peinait pour s'exprimer et encore bien plus pour écrire. Parapine l'aurait bien aidé à rédiger mais il n'avait rien vu des circonstances du drame, Parapine. Il aurait fallu qu'il invente et le Commissaire ne voulait pas qu'on invente dans les rapports, il voulait rien que la vérité comme il disait.

En montant le petit escalier du Poste, je grelottais. Je ne pouvais pas lui raconter grand-chose non plus moi au Commissaire, j'étais vraiment pas bien.

Le corps de Robinson, ils l'avaient placé là, devant les rangées des grands classeurs de la Préfecture.

Des imprimés partout autour des bancs et des vieux mégots, « Mort aux vaches » pas bien effacés.

« Vous vous êtes perdu Docteur ? » que m'a demandé le secrétaire, bien cordialement d'ailleurs, quand j'arrivai enfin. On était tous si fatigués, qu'on a tous bafouillé à tour de rôle, un peu.

Enfin, l'accord s'est fait sur les termes et les trajets des balles, une même qui était encore coincée dans la colonne vertébrale. On la retrouvait pas. On l'enterrerait avec. On cherchait les autres. Plantées dans le taxi qu'elles étaient les autres. C'était un fort revolver.

Sophie est venue nous retrouver, elle avait été chercher mon pardessus. Elle m'embrassait et me pressait contre elle, comme si j'allais mourir à mon tour ou bien m'envoler. « Mais je m'en vais pas ! que je m'évertuais à lui répéter. Je m'en vais pas, voyons Sophie ! » C'était pas possible de la rassurer.

On s'est mis à discutailler autour de la civière avec le secrétaire du Commissaire qui en avait vu bien d'autres, comme il disait, des crimes et des pas crimes et des catastrophes aussi et même qu'il voulait tout nous raconter ses expériences à la fois. On n'osait plus s'en aller pour ne pas le froisser. Il était trop aimable. Ça lui faisait plaisir de parler pour une fois avec des gens instruits, pas avec des voyous. Pour pas le vexer donc on traînait dans son poste.

Parapine n'avait pas d'imperméable. Gustave de nous écouter ça lui berçait l'intelligence. Il en gardait la bouche ouverte et sa grosse nuque tendue comme s'il tirait sur une voiture. J'avais pas entendu Parapine parler avec autant de mots depuis bien des années, depuis le temps de mes études, à vrai dire. Tout ce qui venait d'arriver ce jour-là, ça le grisait. Nous nous décidâmes à rentrer à la maison tout de même.

Mandamour on l'a emmené avec nous et Sophie aussi qui m'étreignait de temps à autre encore et qu'elle en avait plein le corps des forces d'inquiétude et de tendresse et plein le cœur aussi, et partout et de la belle. J'en avais plein moi de sa force. Ça me gênait, c'était pas de la mienne et c'était de la mienne dont j'avais besoin pour aller crever bien magnifiquement un jour, comme Léon. J'avais pas de temps à perdre en grimaces. Au boulot! que je me disais. Mais ça ne venait pas.

Elle a même pas voulu que je me retourne pour aller le regarder une fois encore le cadavre. Je suis parti donc, sans me retourner. « Fermez la porte » qu'était écrit. Parapine avait soif encore. De parler sans doute. De trop parler pour lui. En passant devant la buvette du canal, nous cognâmes au volet pendant un bon moment. Ça me faisait souvenir de la route de Noirceur pendant la guerre. La même petite lueur au-dessus de la porte prête à s'éteindre. Enfin, le patron est venu, en personne, pour nous ouvrir. Il n'était pas au courant. C'est nous qui lui avons tout appris et la nouvelle du drame avec. « Un drame d'amour » qu'il appelait ça Gustave.

Le zinc du canal ouvrait juste avant le petit jour à cause des bateliers. L'écluse commence à pivoter lentement sur la fin de la nuit. Et puis c'est tout le paysage qui se ramine et se met à travailler. Les berges se séparent du fleuve tout doucement, elles se lèvent, se relèvent des deux côtés de l'eau. Le boulot émerge de l'ombre. On recommence à tout voir, tout simple, tout dur. Les treuils ici, les palissades aux chantiers là-bas et loin dessus la route voici que reviennent de plus loin encore les hommes. Ils s'infiltrent dans le jour sale par petits paquets transis. Ils se mettent du jour plein la figure pour commencer en passant devant l'aurore. Ils vont plus loin. On ne voit bien d'eux que leurs figures pâles et simples; le reste est encore à la nuit. Il faudra bien qu'ils crèvent tous un jour aussi. Comment qu'ils feront?

Ils montent vers le pont. Après ils disparaissent peu à peu dans la plaine et il en vient toujours des autres, des hommes,

des plus pâles encore, à mesure que le jour monte de partout.
A quoi qu'ils pensent?

Le bistrot voulait tout connaître du drame, des circonstances,
qu'on lui raconte tout.

Vaudescal, qu'il s'appelait le patron, un gars du Nord bien
propre.

Gustave lui en a raconté alors tant et plus.

Il nous rabâchait les circonstances Gustave, c'était pas ça
pourtant qui était important; on se reperdait déjà dans les mots.
Et puis, comme il était saoul, il recommençait. Seulement là
vraiment il n'avait plus rien à dire, rien. Je l'aurais bien écouté
quand même encore un peu, tout doucement, comme un sommeil,
mais alors, voilà les autres qui le contestent et ça le met fort en
colère.

De fureur, il s'en va cogner un grand coup dans le petit poêle.
Tout s'écroule, tout se renverse : le tuyau, la grille et les charbons
en flammes. Il était costaud, Mandamour, comme quatre.

Il s'est mis, en plus, à vouloir nous montrer la véritable danse
du Feu! Enlever ses chaussures et bondir en plein dans les tisons.

Avec le patron, ils avaient eu ensemble une histoire de « machine
à sous » pas poinçonnée... C'était un sournois, Vaudescal; il
fallait s'en méfier, avec des chemises toujours bien trop propres
pour qu'il soye tout à fait honnête. Un rancunier et un mouchard.
Y en a plein les quais.

Parapine s'est douté qu'il le cherchait Mandamour, pour le
faire révoquer, profitant qu'il avait bu.

Il l'a empêché, lui, de la faire, sa danse du Feu et il lui a fait
honte. On l'a repoussé Mandamour tout au bout de la table.
Il s'est écroulé là, finalement, bien sage, parmi les soupirs énormes
et les odeurs. Il a dormi.

De loin, le remorqueur a sifflé; son appel a passé le pont, encore
une arche, une autre, l'écluse, un autre pont, loin, plus loin...
Il appelait vers lui toutes les péniches du fleuve toutes, et la
ville entière, et le ciel et la campagne et nous, tout qu'il emmenait,
la Seine aussi, tout, qu'on n'en parle plus.

IMPRIMERIE DE LA HAYE (division Mureaux)
Imprimé en France
N° 20 9 Dépôt légal n° 5810 - 3ᵉ trimestre 1966
30-21-0147-09

Littérature, roman, théâtre poésie

Le Livre de Poche historique
(Histoire, biographies)